归鸿

GUI
HONG

宋凌云
雷鸣 著

花山文艺出版社

河北·石家庄

图书在版编目（CIP）数据

归鸿 / 宋凌云，雷鸣著. —石家庄:花山文艺
出版社，2020.1
ISBN 978-7-5511-1239-0

Ⅰ. ①归… Ⅱ. ①宋… ②雷… Ⅲ. ①长篇小
说—中国—当代 Ⅳ. ①I247.5

中国版本图书馆CIP数据核字(2019)第270445号

书　　名：**归　鸿**
GUI HONG

著　　者：宋凌云　雷　鸣

策　　划：李　爽

责任编辑：林艳辉　温学蕾

责任校对：李　伟

封面设计：陈　淼　品　欣

美术编辑：胡彤亮

出版发行：花山文艺出版社（邮政编码：050061）
　　　　　　（河北省石家庄市友谊北大街330号）

销售热线：0311-88643221/29/31/32/26

传　　真：0311-88643225

印　　刷：石家庄继文印刷有限公司

经　　销：新华书店

开　　本：700×1000　1/16

印　　张：24.75

字　　数：380千字

版　　次：2020年1月第1版
　　　　　　2020年1月第1次印刷

书　　号：ISBN 978-7-5511-1239-0

定　　价：58.00元

目　录
Contents

第一章 乱云飞渡

1949 年春，中国人民解放军渡过长江，南京和上海被相继解放。国民党军大幅溃败，退踞西南，妄图伺机反扑。在战争中一直在空中运输发挥重要作用的国民政府管辖的华荣、远亚两大航空公司也陷入了困境。两家航空公司原本都以东方巴黎——上海为基地，也在此历史关头陆续将员工设备南迁至香港……

此时，一直关注两航动向的中共中央军委根据时局变化，经过反复调研和讨论，最终做出策动两航起义的决策。这项行动交由我方情报系统元老级人物"霍公"负责。众所周知，在港英当局控制下的香港，鱼龙混杂，敌我难辨，局势十分复杂。策反两航的任务，从诞生那日起，就注定是艰难而坎坷的。就在此时，一个来自上海的意外消息，令局势又产生了微妙变化……

军管会在刚刚解放的上海滩逮捕了一个国民党特务，此人是国民党保密局安插在我华东局的卧底，为了保全性命，这个特务忙不迭地吐露了一则爆炸性的情报：早在去年冬天，保密局就秘密策反了上海地下党内的一名重要成员，他在保密局的新代号是——鼹鼠。

鼹鼠，英文叫 Mole，保密局有一条不成文的规矩，代号开头的字母越靠后，就越表示这个人重要。鼹鼠的公开身份是刚刚南迁的两个航空公司中的员工，但具体是谁，那名被俘特务并不知情。他只知道，鼹鼠两个月前已经随保密局上海站南迁，现在改为香港站在册一等特勤。

鼹鼠——原先是我方地下工作者，却被国民党策反，还身在南迁的两航员工队伍中！来自上海的这条情报，令原本我方策反两航的计划全盘推翻！我方连夜进行紧急盘查，根据汇总的线索，对可疑人员挨个排查，最终，鼹鼠的嫌疑人浮出水面——郑彬，籍贯江西信义县，1931 年在中央苏区入党后赴上海工作，打入国民党中统系统，1935年留学归国，接受组织委派，进入华荣航空公司，负责地下交通线，现任华荣航空营业部主任，代号"鹪鸪"。

如果这个代号鹪鸪的郑彬，就是敌方插入我方的一枚钉子，那么我方将陷入非常被动的局面。因为在初步讨论的策反两航工作小组名单里，这个郑彬是重要成员。作为早年安插在敌人内部的一名特情人员，郑彬在国民党航空系统内深耕多年，处于关键岗位，同时又跟两航的领导层关系密切，对策反工作有重要作用，可以说是牵一发而动全身。一旦他真的叛变，那香港方面的局势将面临巨大危险。

策反两航的计划，陷入了敌我莫辨的重重迷雾之中……

若想拨开这片遮蔽人心的迷雾，霍公提出了一个新的人选：聂云开。这个飞行员出身，如今身在美国的年轻人，是组织上安插在国民党航空系统内的一枚闲棋冷子，他将成为策反两航计划的核心人物。

几日之后。一架涂有"中国华荣航空公司"中英文标识的道格拉斯 DC-4"空中霸王"客机在云层中穿梭。飞机上，一名面容英俊的年轻人正紧闭双眼，沉沉睡着。从紧皱的眉宇之间可以感觉到，他正陷入一片险恶疯狂的噩梦之中……

雾气蒸腾的深山老林，一架刚刚坠毁的道格拉斯 C-47 战机残骸在山谷中冒着黑烟。几声突兀的枪响由远及近，一名穿着国军空军制服、身受重伤的飞行员正被一队日本兵追击。飞行员拖着伤腿，边往前逃命边用手枪回击，但很快就被逼到了密林尽头的悬崖旁。眼看日军已追至，他只得两眼一闭，从山崖瀑布之上纵身跃下……

一身冷汗，聂云开突然睁开双眼从噩梦中醒来，发现自己正置身于从西雅图至香港的飞机头等舱内，舷窗外传来飞机阵阵的引擎轰鸣声。

头等舱内，乘客大多都在打盹。聂云开邻座是个生意人模样的男乘客，手里正用布仔细擦拭着一把餐叉。他看了眼聂云开，笑着搭讪："做梦了吧？"

聂云开笑了笑，没说话，只是掏出手帕擦了擦额角沁出的汗珠。

邻座男子似乎很饶舌："这一路够辛苦的，得经停好几次，吃也吃不好，睡也睡不安……"

聂云开清楚地记得邻座是从马尼拉上的飞机，他微笑着观察着这位爱聊天的邻座。那人手中不停擦着餐叉，抱怨着："我的生意都在东南亚，眼下国内打仗，生意影响太大了……"

此时，两名佩枪的乘警穿过机舱过道，例行巡逻。

邻座男子看到乘警腰间的佩枪，眼睛一亮："哟，你瞧这飞机上的乘警还配枪呢！"

聂云开道："去年出了'澳门小姐'号被劫持坠海的事之后，国际航班的乘警都配枪。"

邻座男子不屑地摇摇头："真要碰上劫机的，两把枪顶屁用。"

这时机舱内的灯调亮，广播里通知将发放餐食："尊敬的乘客，稍后乘务员将为您提供冷餐服务。Later we will provide a simple meal for all passengers..."

邻座男子对着光线，煞有介事地欣赏着手里那把闪闪发亮的餐叉："美国货质量就是好啊，这吃饭的家伙都是精钢打造。"

聂云开也点点头："我们坐的飞机也都是美国造的，工业是强国之本。"

邻座男子撇了撇嘴："实业救国喊了这么多年，还是扶不起的阿斗，算了，莫谈国事……你戴表了吗，还有多久到香港？今天是端阳节，我还等着和女朋友一起吃粽子呢。"

聂云开微微扭头看了看窗外的云层，不假思索地回答："还有一小时二十分钟左右吧。"

对方十分惊讶："你看看外面就知道，太神了吧。我猜，你以前肯定当过飞行员？"

聂云开笑而不答。

此刻的香港，暴雨笼罩着九龙城寨附近两栋临时搭建起来的简易宿舍楼。到处都是泥泞不堪的道路，众多穿着雨衣和胶鞋的工作人员正在往里面搬运东西。这里就是华荣航空公司和远亚航空公司在香港的临时驻地。

华航老总樊耀初此刻正忧心忡忡：两航迁到香港才几个月，就已经备尝世态炎凉——国民政府催促两航南迁香港，却对两航到香港的安置工作置若罔闻，任其自生自灭。港英政府方面一直以两航财务混乱为由，拒绝两航在港交所挂牌上市的要求。此刻的两航，正如这两栋简易大楼一样，在风雨中飘摇……

华航的营业部主任郑彬，这个戴着金丝眼镜的中年男人，一改平日的谨慎，跟樊耀初大吐苦水：国民政府原本答允付给两航的一笔安置资金，经过保密局香港站站长雷至雄之手，又被克扣了一部分。这笔钱是两航的救命钱，他们需要用它去贿赂港英政府，否则两航在启德机场租用的机库和厂房，就会被迫迁出……

樊耀初听着郑彬的抱怨，也被感染了情绪，他指着面前那些忙碌的员工们的身影："两航在抗战和内战中都是出了力的，可现在被挤对成这个样子，连员工宿舍都被弄到这么偏远破烂的地方，你看看，这是人住的地儿吗？"

郑彬只得安慰："咱们人在屋檐下，是龙得盘着，是虎得卧着，都是没办法的事。事到如今，尽快在港交所上市才是唯一的出路。"

樊耀初抬眼望向天空："希望我从美国请回来的总经济师能早点儿来到香港，可以帮我们渡过这个难关……"

飞机掠过浓密的云层，最远处一道闪电划过。一名年轻空姐替聂云开和邻座男子端上飞机餐。聂云开点头表示谢意，空姐报以灿烂的微笑，目光在他的身上多停留了几秒钟。聂云开注意到她的胸牌上写着"见习乘务员·樊江雪"。

邻座男子嘴里咀嚼着东西："你不吃东西吗？这三明治味道还不错。"

聂云开笑了："你的胃口还不错。"

邻座男子点点头，大口咬着三明治："做生意的嘛，大嘴吃四方。对了，你猜我是做什么生意的……算了，你肯定猜不到，告诉你吧，我就是做餐具生意的，把美国造的高档餐具卖给有钱人，以后你要买餐具可以找我啊……"

聂云开盯着邻座男子握叉子的右手——那手的虎口处有个厚厚的老茧："我看你不像卖餐具的……倒像个拿枪的！"

邻座男子微微一愣——这时，飞机穿过乱流，突如其来的颠簸中，邻座男子突然变脸，用手中的叉子猛地刺向聂云开。但聂云开早有防备，他的手死死握住杀手的手腕，叉子的尖端离自己的颈动脉只有分毫之差！

二人四目相对，青筋暴露。这两个人扭打在地，机舱内一片混乱，几个空乘都被吓得惊叫起来，乘警大叫："住手！"

几招之后，聂云开终于将杀手死死摁住。随后赶到的两名乘警将杀手控制住，但飞机仍在颠簸，机舱内一片混乱，每个人都试图稳住身形。

那名叫樊江雪的空中小姐大叫："所有人都待在座位上不要乱动……"

话音未落，更加剧烈的颠簸随之而来，走投无路的杀手突然趁势用尽全力挣脱控制，扑倒了一名乘警，一把夺过他腰间的佩枪向聂云开射击！整个机舱一片尖叫声。聂云开一把将吓傻的樊江雪推到座位后面蹲下，自己往前一个俯冲扑向杀手。杀手撞到椅背上，枪掉落在地，聂云开一脚将枪踢开，但是飞机颠簸得厉害，枪没有滑远，杀手一个鹞子翻身过去再次捡起枪。杀手没有回头，直接掀开头等舱的帘幕，冲向了驾驶舱！

看到杀手冲进驾驶舱，飞行员正准备呼救。副驾驶吓得双手抱头，但还是被杀手一枪干掉。枪响的同时，聂云开和两名乘警也冲进驾驶舱，看见杀手的枪已经顶住了飞行员的太阳穴，飞行员努力控制情绪，操控飞机。

乘警立刻双手举着枪努力对准杀手。

杀手狞笑着："都别过来，不然就同归于尽！"

这时飞机一个剧烈颠簸，杀手摇晃了一下身子，飞行员趁势用胳膊肘猛击杀手的肋部，杀手吃痛，下意识扣动扳机，子弹穿透飞行员的肩膀，击中仪表盘。

几乎是同一个瞬间，聂云开看准机会一把揽过乘警，握着他的手扣动了扳机，杀手眉心中弹，缓缓倒地。这突如其来的安静中，聂云开忽然注意到仪表盘的一角被打碎了！他冲过去摁下通信键，但是没有任何反应。

受伤的飞行员呻吟着："仪表盘被打坏了，跟地面的无线电通信中断了！"

飞行员肩膀血流如注，半个身子都被血染红，聂云开立即从杀手身上的衬衣上撕下一条布，蹲在地上替他包扎伤口。

飞行员努力控制油门杆和配平手轮，飞机剧烈晃动，眼看就要失控，所有人惊慌失措，尖叫声不绝于耳……

飞行员紧咬牙关，额角冒汗："我快撑不住了！有人会开飞机吗？！"

两个乘警大眼瞪小眼，死死抓住门板，忙转身对机舱内大喊："有人会开飞机吗——他妈的有人会开飞机吗？！"

机舱内不仅没有回应，反而引发了更大的恐慌——乘客们哭喊一片，樊江雪等空乘人员极力安抚也没用。聂云开站在驾驶舱门口，极力向外看去——舷窗外乱云飞渡，什么也看不清。终于，他开口问道："现在高度多少？"

飞行员回答："九千英尺！"

聂云开又问："下降高度？"

飞行员喊道："这是垂直风切变，我控制不住！"

聂云开一愣，下意识回头看着后面乱糟糟的机舱通道，乘客慌乱哭号着……机舱广播仍在无用地安抚乘客。整个飞机上所有杂音汇成一团尖厉的嗡鸣，冲击着聂云开的脑回路。他的眼前逐渐模糊，摇晃起来。机舱内的杂音变成剧烈的耳鸣，聂云开痛苦地抱住脑袋，但很快又睁开了眼睛，他用力咽了几下口水，耳鸣终于消失，他深吸一口气，摁住飞行员的肩膀坚定道："让我来。"

满头大汗的飞行员扭脸瞪着聂云开，表情混杂着痛苦和难以置信："你……行吗？"

聂云开敬了个久违的军礼："笕桥中央航校第八期飞行科荣誉毕业，原驼峰航线空运一大队少校飞行员聂云开请求执飞！"

坐上驾驶位的聂云开握紧操纵杆，目光坚定地看了一眼操控台，抓起话筒："所有人回到座位，系好安全带，不要惊慌。飞机准备下降高度，可能会有颠簸，但我会保证大家的安全。预计飞机将在四十分钟后抵达香港启德机场。"

舷窗外，浓密的云层之上电闪雷鸣……

香港启德机场的塔台内，一名身着华荣航空公司制服的年轻男子站在航管员身后，二人正低声交谈，旁边的雷达屏幕上没有任何光点。这时，樊耀初带着三名穿制服的员工走进塔台，神情严肃："滕飞，到底出了什么事？"

那名叫滕飞的年轻男子转身，脸色阴沉："樊总，慕远，HR036 号航班可能出事了！"

航管员清晰地报告着："二十三分钟前，HR036 号航班曾经发出一个 Mayday 求救信号，但是只呼叫了一遍，无线电信号就中断了。十分钟前，飞机下降到四千英尺高度，之后离开了雷达监控范围。"

樊耀初的儿子樊慕远，极力平复着心情跟父亲耳语："父亲，我刚去确认过了，云开和江雪都在这班飞机上。"

樊耀初浑身一凛。慕远看着父亲的脸色，忙安慰着："不过应该不是劫机，否则不会中断通信，我判断很可能是无线电装置出了故障。"

樊耀初剧烈摇头："飞行员不会随便发求救信号的，这是什么机型？"

滕飞道："美制 DC-4。现在机场已经关闭，只留了一条跑道。"

樊慕远安慰说："您别太担心。就算飞行员有什么意外，那不还有云开呢吗？！在驼峰的时候，云开飞过 DC-3，我想他一定能把飞机安全开回来，这种气象条件在驼峰根本算不了什么！"

天空中电闪雷鸣，飞机穿越云层，在空中盘旋了一大圈，终于转向，重新飞往启德机场方向。飞机终于不再颠簸，很多刚才还在闭目祈祷的乘客纷纷睁开眼睛。驾驶舱内，聂云开目光笃定，用力将手柄推到最大……

启德机场塔台内，这时航管员发现雷达屏幕边缘重新出现一个光点："飞机又出现了！"

众人纷纷围拢到那块小小的雷达监视屏幕前。樊慕远和滕飞对视一眼，滕飞明显松了一口气："肯定是遇上高空风切变，这种战术动作我们飞驼峰的时候经常用。"

看着屏幕上，雷达光点正向中心方向缓慢移动。樊耀初一直阴沉的脸终于缓和下来，随即，他又想起一件重要的事："他们只能目视进近。快打开所有跑道灯，让空管去跑道指挥降落。"

大雨滂沱的启德机场，塔台的射灯刺穿雨雾，和飞机的进近灯光相接。穿着黑色雨衣的空管员在跑道边挥舞着红色指挥棒。樊耀初带着儿子樊慕远以及华航公司的飞行大队长滕飞等人撑着伞站在停机坪上急切地等候聂云开。

雨幕中，一架飞机从空中呼啸而来。飞机的起落架缓缓打开，远处隐约可见跑道两侧红色的指示灯。倾盆暴雨中，聂云开驾驶 HR036 号航班安全着陆于启德机场……

当年的亲密战友樊慕远、滕飞立刻冲过去与聂云开在雨中长时间地紧紧相拥。聂云开手中攥着一张发黄的老照片递给他们看——照片上四个身着飞行员制服、抱着头盔的年轻人靠在一起，笑容灿烂，四人身后是一架双翼战斗机。他们都笑了，可眼泪却止不住地往下流……

华航公司的客机遭到劫持！这个惊天消息跟随飞机一起落地，已经开始在香港四散开来。

机场到达大厅人头攒动，众人簇拥着聂云开往外面走去，几名闻风而来的记者已经蜂拥而至："聂先生您好，我是《大公报》记者，能谈谈飞机上的具体情况吗？"

樊慕远和滕飞替聂云开挡开记者："今天发生的事，香港航空署和警察局会联合调查的，现在无可奉告。"

那群记者却不依不饶："我是《南华早报》记者，樊先生，作为华航外联部主任，以您看今天的事件会否影响华航与港英的关系……两航能否在香港立足？"

樊慕远无奈地一笑："你们记者可真是唯恐天下不乱，两航与各方的关系都非常良好。"

聂云开拎着行李，跟随樊家父子上了汽车。这时他才知道，在飞机上一起经历惊心动魄之旅的空中小姐樊江雪，正是恩师樊耀初的小女儿。当年他眼中流着鼻涕的小丫头，如今已经长成亭亭玉立的少女。

和聂云开的云淡风轻不一样，此次共同经历惊险一刻，令樊江雪更对聂云开刮目相看：一直以来，从父亲和兄长口中她就知道，聂云开是父亲当年最得意的学生，后来又成了传奇的抗战英雄。五年前在驼峰，聂云开坠机受了重伤，被送到美国治疗，医生都说他不可能恢复了，但他硬是靠惊人的毅力熬过了漫长的康复训练，一年后不光重新站了起来，而且还考进了西雅图大学，专攻交通经济学，所以这次为了挽救华航在香港的困局，樊耀初才三番五次地邀请聂云开回来助其一臂之力。

风尘仆仆的聂云开，还来不及放下行李，就跟随樊耀初一家来到位于荷里活道的皇家大剧院礼堂。今天是端午节，两航公司借着过节的名目联合举办一个"空中小姐之夜"的晚会。由于两航在香港初来乍到，在旅客服务方面才刚刚起步，希望借此机会宣传一下两航的形象，扩大在香港的影响力。

此刻风雨已停，街面上贴满了"空中小姐之夜"晚会的海报，礼堂外人头攒动。

樊耀初一行乘坐的车子开到礼堂门口停下，樊耀初和聂云开、樊慕远等人从车上下来，华航众员工迎上前来寒暄。

樊耀初指着聂云开介绍："各位手足，这位就是聂云开，咱们公司新到任的总经济师。大家认识一下。"

聂云开和众人一一握手寒暄："各位好，以后还请多关照。"

一身黑衣的郑彬，此刻安静地来到众人队列中，樊耀初走过去将郑彬拉过来，特地跟聂云开介绍着："这位可要专门介绍——营业部主任郑彬，公司的顶梁柱、我的爱将，以后你们俩工作上少不了要悉心勠力、亲爱精诚啊。"

聂云开审视着面前的郑彬，对方面容沉静，笑容真诚。聂云开露出笑容，朝郑彬伸出右手："郑主任，久仰。"

郑彬不慌不忙地伸手轻轻握住聂云开的手："聂先生是少壮英雄、文武兼修，久仰二字该我说才对。"

皇家大剧院礼堂的后台内，众多年轻空姐正在忙碌化妆，其中一名样貌出挑的年轻空姐正掀开舞台侧面帘子的一角朝外窥探，她叫韩安娜，是香港有名的富商韩退之的独生女儿。她听了好友樊江雪对大英雄聂云开的夸赞，早就好奇心大起，不停地窥探坐在台下贵宾席的聂云开，啧啧道："人长得真是挺英俊的，难怪我们樊大小姐春心萌动了！"

旁边的空姐们都哧哧地笑了起来。樊江雪被闹得不好意思起来："别瞎说，他是我哥的老战友，好得跟亲兄弟似的。"

此刻，一名身着戎装的国民党将军在几个人的簇拥陪同下进入礼堂，他是国民党空军司令部的刘将军，他一来，远航公司的老总殷康年和华航公司的副总佟宝善都忙起身相迎。这间礼堂内此刻云集着香港的头面人物，甚至连韩安娜的父亲、大富商韩退之也来了。

韩安娜自从不顾父亲反对执意加入华航当上空姐之后，就一直担心父亲会强行带自己回家，此刻看到父亲就在台下，心里不禁打鼓。樊江雪为首的空姐们却不以为然："放心吧，今天你爹那样子就是来谈生意的，不会跑到后台来强拉你回家，大煞风景……"

姑娘们正在七嘴八舌，一个穿职业装、头发盘起的女子走进后台："演出就要开始了，还不赶紧准备。"

这名女子声音并不大，但神色中透出一种混合着难以言说却又自然而然的温柔与庄重。她叫沈希言，是华航公司的空勤科科长。她伸手替樊江雪整理头发，纤细的手腕上，一枚红绳穿的康熙通宝铜钱从袖口滑落出来。

荷里活道上的路灯渐次亮起。礼堂外围已经布满了港英警察和保密局便衣，对正在入场的观众进行搜查。

礼堂大门对面，保密局香港站站长雷至雄，正一脸谄媚地给一个穿警服的白人警司赔笑点烟："约翰警司，以后在香港地面上，还请您多关照啊。"

约翰警司吸了一口烟，还是满脸不屑："雷站长，我知道你们保密局的人在大陆蛮横惯了，可这里是香港，做事都给我收敛一点儿。要是闹出什么大动静，我也帮不了你。"

雷至雄忙点头："明白。什么能做什么不能做，我很清楚，不会给您添麻烦的。"

约翰转身离开后，雷至雄便收敛起笑容，环视一周，示意副手张立峰过来："没什么异常情况吧？"

张立峰点头："放心，都到位了，刘将军的安全比我全家的命都重要。"

雷至雄抬脚踹了张立峰一脚："废话！"

礼堂内的演出就要开始了，各路贵宾们也在贵宾席上纷纷落座。

刘将军挨着华航副总佟宝善坐下，他斜眼瞥了一眼坐在不远处的位于樊耀初身边的聂云开，低声和佟宝善耳语："那个什么总经济师，既然来了，你就得多提防着点儿，不能让他影响我们的生意。整顿财务明面上是为了上市，实际上还不是翻旧账，都是冲咱们来的。"

佟宝善长着团团脸，见谁都是一脸笑，但此刻他话语中隐隐带着三分狠意："那小子能活着到香港，算他命大。不过飞机上那一出，只是给他个下马威，谅他一个黄毛小子也翻不起什么风浪……"

此刻礼堂的灯光暗下来，聚光灯打在舞台上，一个穿着特制空姐制服、浓妆艳抹的年轻女子款款走上舞台。站定在聚光灯下，她举着话筒环视一圈，对贵宾席正中的刘将军露出一个妖娆的笑容。刘将军的目光立即被她吸引。

台上的女子如黄莺轻啼般开口："各位亲爱的贵宾，当你们看到我这一身特别装扮的时候，就知道'空中小姐之夜'的晚会就要开始了吧？没错，今晚必将是一个让所有人难忘的夜晚！"

佟宝善发现刘将军目不转睛地盯着舞台上的简一梅，不由得心照不宣地笑了："今晚的女司仪还不错吧？"

刘将军目光不离台上："你找来的？"

佟宝善诡秘地一笑："她叫简一梅，就是一个二流的小电影明星，戏演得不怎么样，但是很喜欢跟上层人物打交道。要不，晚会结束了我给您叫来？"

刘将军回过味儿来，看了佟宝善一眼："你小子，少弄这些花花肠子，把心思都放在正事上！"

舞台上，简一梅也结束了开场白："……今晚，华荣和远亚两大航空公司新招聘的二十名空中小姐将在晚会上集体亮相，并为大家奉上精彩演出！首先，我先抛砖引玉，献上一曲……"

台下掌声雷动。音乐响起，简一梅唱起了《夜来香》，她在舞台上妖娆多姿，且歌且舞……

就在礼堂内众位观众都沉醉于靡靡之音的时候，郑彬已经从礼堂后门走了出来。他看了看表，然后从兜里摸出烟来，抽出一支叼上，顺便观察了一下周围。对面的巷口有个报刊亭，郑彬假装随意地走了过去："老板，借个火。"

报摊老板摸出一盒火柴扔给郑彬。郑彬接过火柴点着香烟。

报摊老板笑道："哟，三炮台呀，好烟。"

郑彬也笑了笑："来一支？"

报摊老板摇头："不了，这两天嗓子疼。"

二人对视一眼，郑彬压低声音："说吧。"

报摊老板看了看四周，赶紧低语道："长话短说，你仔细听。为了阻止敌人的一项计划，组织上决定借今晚的机会刺杀国民党空军司令部中将刘正明，现在已确认他进入礼堂。"

郑彬一愣："刺杀？"

报摊老板道："什么都不要问，听我说。因为这位大人物到场，晚会的保卫工作直接由九龙警署负责，安检非常严格。你的任务是，利用身份便利，把狙击步枪带进去，然后放在洗手间第二个隔间抽水马桶的水箱里，之后你的任务就完成了。会有假扮成观众的杀手进入礼堂后去取——听明白了吗？"

郑彬点了点头，用手指将烟头捻灭，迅速走开。

礼堂内，聂云开摸黑起身，来到后台的洗手间。他站在盥洗池前，解开上衣领口，用冷水洗了一把脸。他看着镜子定了定心神，镜子中的他，衣领敞开，露出脖子上用红绳挂着一枚康熙通宝铜钱。重新整理好衣服，他从怀里摸出一张不大的照片，那是一张郑彬的档案照片。看着照片，聂云开心想原来此人便是鹪鸪。

重新装好照片，他从洗手间往外走，刚拉开门，就撞见郑彬走进洗手间。郑彬手里拎着一个黑色长箱子，上面貌似随意地搭着他的外套。二人对视一眼，客套地一笑，聂云开开口寒暄："晚会就要开始了，郑主任不去看吗？"

郑彬苦笑："我哪儿有那么清闲，人手不够，我得在后台盯着啊……"

郑彬说话间注意到聂云开看着自己手里拎着的东西，假装随意地晃了晃："这不，刚才一直忙活道具的事，厕所都没时间上。"

聂云开点点头："郑主任这么敬业，公司真是离不了你。"

郑彬仍旧苦笑："讨生活嘛，总是得勤谨些。一个除了自己的劳力外没有任何其他财产的人，在任何社会和文化的状态中，都不得不为另一些已经成为劳动之物质条件的所有者所驱使。"

聂云开一挑眉毛："想不到郑主任也会读《哥达纲领批判》这样的书。"

郑彬有些小自得："想当年，我可是跟建丰同志一起在苏联留过学的。"

聂云开颔首："不过，我觉得你好像曲解了马克思的意思。"郑彬笑笑看着聂云开，不接话。聂云开也自知说多了，点头笑着离开。

目送聂云开往走廊一头观众席方向去了，郑彬飞快地带上洗手间的门。他进到第二隔间内，从里面扣上门，然后小心地将装有狙击枪部件的盒子放进马桶水箱，重新盖上盖子。他摁下冲水键，从隔间出来，一个拎着水桶的清洁工正在拖地，郑彬没有理会，径直往外面走去。清洁工看见郑彬，放下拖把："先生，带烟了吗？"

郑彬狐疑地盯着清洁工，然后从兜里摸出烟来。

清洁工马上说："哟，三炮台啊，好烟。"

郑彬会意，马上说："来一支？"

清洁工道："不了，这两天嗓子疼。"

郑彬心下了然，回手关上洗手间的门，低语："东西我已经带进来了。"

清洁工点头："我知道，但是现在出了变故。之前安排的杀手被保密局的便衣认出来扣押了。情况紧急，必须由你来完成刺杀任务！"

郑彬马上愣住了。清洁工自顾自交代着："你听清楚了，具体行动计划是这样的：你埋伏到脚手架上，等空姐表演完毕观众起立鼓掌、大家都放松警惕的一瞬间开枪，必须一击命中！这是礼堂的建筑图纸，任务完成后从通风管道撤离。"

郑彬盯着清洁工半天不说话，突然他一把拉住清洁工，几乎是强拉进隔间里，扣上隔间的门："以我多年地下工作的经验，今天的计划已经出了纰漏，这次行动必须立即取消。现在是在香港，稍有不慎就可能造成巨大损失！"

清洁工厉声命令："不行，目标明天将飞往美国，今晚是唯一的机会，必须行动！"

郑彬刚要说话，被清洁工抬手打断："别说了，就算你有一万条理由也不行，这是组织上的命令！你是老党员了，服从命令是原则性问题。"

郑彬瞪着清洁工，清洁工并不躲避他的目光。终于，郑彬叹了口气："我服从组织命令，但仍然保留我的意见。"

皇家大礼堂附近的一栋旧楼楼顶上，夜色中站着几个穿黑衣的男子。之前和郑彬联络过的报摊老板走上天台，向为首一人汇报："组长，一切都安排好了。"

黑衣人中为首那人紧紧攥着手里的枪管，笃定的双眼里露出一丝仇恨的光芒："好，今天我就要看看这只鹧鸪，到底是黑的还是白的！"这群黑衣人纷纷系上蒙面的黑巾。

礼堂后台的黑暗中，已换上黑衣的郑彬拎着枪盒悄悄从一个房间里出来，然后快步往通道尽头走去，悄悄潜入舞台侧后方的脚手架下。

厚厚的帷幕后面，一片漆黑，郑彬无奈地抬头往上看去，有些自嘲地一笑："真是赶鸭子上架啊！"

他看看四下无人，背起枪盒费劲地向上攀爬。在脚手架上找好位置，郑彬嘴里叼着手电，将枪盒打开，迅速看了一眼组装图纸，然后飞快地将狙击枪组装好，那是一支代号"吸血鬼"的德制STG44。

郑彬找好支点将狙击枪架起来，调整好姿势，打开瞄准镜。此时下面舞台上的表演已经正式开始，充满节奏感的音乐声响彻礼堂，各色灯光闪烁。

郑彬调整了一下呼吸，将狙击枪对准贵宾席。借着微弱的光线，瞄准镜缓缓移动，滑过刘将军的脸，停在了聂云开的身上……

第二章　无边的黑暗

利用纸板、椅子等简要道具模拟成机舱的舞台上，二十名身着短裙制服的年轻空姐正在进行空中礼仪舞蹈表演，走位熟练，舞姿曼妙。形式别致的表演令台下观众颇感新奇，皆目不转睛。樊江雪偷眼看见贵宾席上的聂云开，不由得露出笑容，舞跳得更加投入。但此时的聂云开一直没在观众席上看到郑彬，内心狐疑，他的眼睛一直悄悄四处观察着……

此刻的郑彬正置身于脚手架上的黑暗中，他的手微微转动着瞄准镜，手指轻轻搭上扳机。瞄准镜中，聂云开的影像比先前更加清晰了些。郑彬的手指扣下扳机，狙击枪"嗒"地轻响了一下。枪内并没有子弹。他微微点头，努力调试好狙击枪，接着他从枪盒里摸出一枚锃亮的专用子弹，在手里掂了掂，上了膛。调整好呼吸，他将狙击枪对准了贵宾席正中的刘将军。

专心瞄准的郑彬如同捕蝉的螳螂，他根本没想到还有黄雀在后。就在脚手架的另一角，一个蒙面黑衣人如鬼魅般悄无声息地躲在黑暗中，手里的枪正对着郑彬！蒙面巾上方露出一双血红的眼睛。黑洞洞的枪口从身后悄悄对准郑彬，而郑彬的枪口瞄准贵宾席，三个方位形成一个诡异的三角。

舞台上空姐的表演渐入佳境。音乐节奏越发明快，一段精彩的踢踏舞正在上演。台下掌声阵阵。贵宾席上，穿长衫的韩退之将目光从舞台上移开，身子稍微向旁边正襟危坐的樊耀初靠了靠："樊老总，这次的购机生意咱们就算是谈妥了，接下来还请您多关照啊。"

樊耀初淡然地看了韩退之一眼，扭回头去看着舞台："这笔生意是韩老板你从中撮合的，我并不清楚。具体怎么办，一切听上面安排。"

韩退之微微一笑，看了看舞台上正在轻歌曼舞的空姐们："那生意的事先不说。

今天我还有件小事想请樊总帮个忙……我那个打小就任性惯了的闺女安娜，和令爱是英文学校的同学。估计是受了令爱的影响，她执意要报考空姐，这不，居然还被选上了，真是没办法！我跟樊总不一样，就这么一个宝贝闺女，可不希望她去干这个差事。所以樊总您无论如何一定得把我女儿给除名了。"

樊耀初微微一愣："除名？对不起，这我不能横加干涉。你女儿是自愿报考的，而且能选上的都非常优秀……"

韩退之连连摇头："紧打家伙当不了唱，烧热的锅台当不了炕。她就是一阵新鲜劲儿，飞机上给人端茶倒水这事她可干不长久……咱都是养儿养女的人，这闺女的事可不得听爹的？您要是不帮我，我也得想别的办法把她弄回去。与其将来再给您添麻烦，不如现在就悄悄把她给除名了最简单。您说呢？"

樊耀初微微皱眉，只得无奈地点点头。他想了想，探身轻轻拍了拍坐在前排的樊慕远的肩膀："慕远，你去后台把沈科长叫来。"

樊慕远点点头，猫腰往后台去了。

礼堂后台黑漆漆的脚手架上，郑彬手中的狙击枪正对准刘将军，他的手指轻轻搭上扳机。借着帷幕缝隙透进的微光，可以看见后面黑暗的角落里，蒙面黑衣人的枪口一动不动地瞄准着郑彬。这时，沈希言突然出现在狙击枪瞄准镜里，黑暗中的郑彬一愣。

观众席前的过道，沈希言弯着腰走过来在前面一排的位置坐下，回身跟樊耀初和韩退之说话，正好挡住了刘将军。这时，聂云开也看见了沈希言的侧影，微微一怔，随即将目光集中在她身上。

沈希言转头顺着韩退之的指示去看台上的空姐，舞台上漂亮的安娜在一众空姐中显得颇为惹眼。

聂云开终于看见了沈希言的正脸，四目相对，瞬间怔愣住。

脚手架上，郑彬皱了皱眉头，微微调整姿势。突然间，聂云开在沈希言的眼镜镜片上发现一个刺眼的红点！沈希言的眼镜反射舞台的杂光，一个红点在其间微微抖动。聂云开猛然意识到什么，立即扭头去看舞台侧边的帷幕。

聂云开的目光快速搜寻着。两侧记者拍照的闪光灯亮起的一瞬间，他终于在帷幕的缝隙里看见了一个黑洞洞的枪口！此刻的瞄准镜中，不期而至的沈希言正好挡在狙击枪的线路上。

聂云开意识到黑暗中一场刺杀正箭在弦上,他转回头盯着不明就里的沈希言。舞台上表演将近尾声,音乐声越来越急促,空姐们整齐划一的腿部动作,节奏越来越快。

狙击枪的瞄准镜在沈希言和中将之间反复调整。扳机上郑彬的手指紧绷,他额角的汗都流下来了。

这时空姐的表演结束,动作定格。观众正为她们的表演纷纷起立鼓掌。情急之下,聂云开顾不得想太多,猛地伸手一把将沈希言拉了过来。

脚手架上,郑彬正要扣动扳机,突然一片黑暗,停电了!整个礼堂瞬间爆发出一阵嘈杂:“怎么突然停电了?”

黑暗中,保密局香港站站长雷至雄大惊,立即抽枪在手:“保护刘将军!快接通备用电源!”

剧场内一片混乱。佟宝善和几名手下护着刘将军退场。半分钟后,应急照明灯亮了,几束强光如机枪般在礼堂内扫射。雷至雄握着枪警惕地四下观察。

脚手架上,那个黄雀在后的蒙面黑衣人悄悄起身,透过轻轻晃动的帷幕,外面的光线照进来,但郑彬已经不见了,刚才他埋伏的位置空空如也。

混乱一片的礼堂内,张立峰跑到雷至雄身边:“头儿,没发现什么异常啊。”

雷至雄没说话,狐疑的目光落在聂云开和沈希言身上,鼻子夸张地嗅了嗅:“不太对,我好像闻到了生人的味儿。”

此刻的沈希言已经恢复了镇定,她略微整了整衣襟,面无表情地转身往舞台上走去。

聂云开很自然地看了雷至雄一眼。雷至雄阴晴莫测地一笑。一场惊魂未定的演出就这样草草收场。

聂云开拎着皮箱来到华航为他特别购置的单独公寓。这是一套装修精良的一居室套间,各种生活用具一应俱全。聂云开在沙发里坐下,打开行李箱,收拾了一下。接着他打开钱夹,从最里面的夹层摸出一张小小的、发黄的黑白照片,照片上是年轻的沈希言,脸上带着素淡的微笑。这个女人一直在他脑中回旋,抹都抹不去……接着郑彬的脸又跑出来,今天这个局有点儿意思,也令他有些微微的不安……

深夜，生记茶餐厅尚未打烊，雨后空气清新，郑彬拿着长柄伞匆匆走入，四处寻找着。沈希言正独自坐在靠窗的位子上。她看见郑彬走进来，脸上依旧不带喜怒，平静如水。

郑彬在她对面坐下，抱歉地笑笑："等着急了吧？"他从外套内袋里摸出一样东西，双手拢住，"我给你带了礼物。"

郑彬放开双手，一只上了发条的小黄鸭笨拙地向沈希言走去。

沈希言忍不住笑出声来，她拿起那只小黄鸭，捧在手里端详："跟你长得真像。"郑彬听了，憨厚地呵呵一笑。

沈希言抬眼，目光扫过小黄鸭，盯着郑彬："我猜你要说，为了给我买这只绝世难寻的小鸭子，所以才迟到？"

郑彬摇头："不是，我去还道具了，人家明天还等着用。"

沈希言将小鸭子放在餐盘边，口中轻轻抱怨着："你晚会的时候跑哪儿去了？害我一个人忙死了。"

郑彬叹口气，故意道："别提了，突然闹肚子……"他伸手拿过菜单，"难得还有这么晚没打烊的餐厅，今天过节，咱们点些好菜。"

沈希言抬手示意侍者上菜："我点过了。你闹肚子，买药吃了吗？"

郑彬掏出一个小药瓶："买了，你别担心。"他定定地端详着沈希言，"有了女朋友就是不一样，知冷知热，比当单身汉强多了。"

沈希言低头，嫣然一笑。她又怎么会知道背后的枪杀案曾经令她命悬一线。

距离生记茶餐厅仅隔一个街区的云咸街，街边有一间不大的威士西餐厅，一身燕尾服、打着领结、头发梳得一丝不苟的老板齐百川，正将"Close"的打烊牌子挂在大门口，之后他从里面锁上了大门，转过身走到吧台，伸手扭动钱柜下方的旋钮，酒柜上的一扇暗门缓缓打开，他走进去把暗门关上。

昏暗的地下室一角亮着一盏小灯，聂云开正坐在桌前大口吃着一盘意大利面。齐百川没说话，走到另一边，打开柜门，里面挂满各式枪支，他拿起一块粗油布，开始认真地擦枪。

一个文化人模样、戴眼镜的中年男子坐在聂云开对面，满脸关切地说："慢点儿吃，在美国待了几年，吃饭还是这么狼吞虎咽，全是当年打仗落下的毛病。"

聂云开笑笑，用餐巾擦了擦嘴，看着对方："张书记，说说鹧鸪的事吧。"

这是他最感兴趣的。

张书记道："以后不要叫我张书记，我的代号是二零七。我负责香港工委的工作，公开身份是左翼报刊《南华群众报》的社长。这里是香港，局面复杂，需要加倍谨慎。"

张书记指着正在擦枪的齐百川介绍着："你们还不认识吧，齐百川，地下党九龙行动小组组长，代号'红隼'，以后他会在外围配合你的工作。"

齐百川豪迈地冲聂云开点点头，聂云开瞪着他，没说话。

张书记接着说："你来香港的任务不用我多说了，霍公的指示很明确，接下来将由你全面负责策反两航的秘密工作，你的新代号是'雨燕'。眼下的第一步行动，是要利用你在华航内部的有利身份对郑彬进行内部甄别。这件事关乎整个策反行动的成败，务须确保参与行动的人员绝对忠诚可靠。一旦确认他叛变，立即就地清除！组织上给你的甄别时间只有半个月。"

齐百川重重地将一把擦好的手枪放在吧台上："哪用得了半个月。这个鹧鸪肯定不是什么好鸟，老子最恨叛徒！"

张书记看了一眼齐百川，又看着聂云开："雨燕，你说说吧。"

聂云开淡淡地看了齐百川一眼："如果有可能，我请求组织上另外派人协助我的工作。红隼同志的行事方法恐怕很难和我步调一致。"

齐百川急了："你什么意思！我出来干地下工作的时候你小子还撒尿和泥呢！"

聂云开淡淡道："我敬重你是前辈，但我对你利用刺杀来考验鹧鸪的拙劣计划非常不满。幸亏没出事，否则谁也负不起这个责任！"经过前思后想，他早看明白了事情的原委。

齐百川刚要争辩，张书记抬手示意："你来之前我已经严肃批评过红隼了，这种擅自行动的事下不为例。红隼同志在香港多年，一向独当一面，但这次的任务非同寻常，接下来的所有行动必须听雨燕指挥。"

齐百川勉强点了点头。聂云开定神看了齐百川一眼，没再说什么。这种冲动的人最易坏事。

"组织上是经过慎重考虑后才这样安排的。没有红隼在外围的配合，你在两航内部很难开展工作。"张书记说着从包里掏出一个伪装成书本外壳的木盒子，推到聂云开面前，"这是一台最先进的微型短波收发报机，供你专用，务必隐藏好。"

聂云开点点头。

"时不我待，工作吧。"张书记意味深长地看了一眼两人，心里不免有些隐隐的担心。

就在聂云开接受组织上秘密任务的同时，生记茶餐厅内，郑彬和沈希言正在含情脉脉对坐而食。

沈希言几次踌躇，终于开口了："跟我说说那个新来的总经济师吧？"

郑彬淡然地一笑："这个聂云开，是樊总特地从美国请回来的。当年从驼峰活着出来的飞行员，挺年轻，不过我看应该有点儿能力，公司正需要一个这样的人。"

沈希言似有若无地笑笑，拿起一个小粽子，慢慢剥着箬叶："我和他是同乡，旧相识，没想到会在香港重逢。"

郑彬心下一惊，没想到他们竟然早就认识！他点燃一根香烟，吸了一口，看着沈希言颔首："真巧。"

沈希言将粽子放在郑彬的餐盘里，擦了擦手。郑彬盯着她，脸上浮现一丝笑意："什么馅儿的？"

沈希言故意道："你猜。"

郑彬的目光仍然不离沈希言的脸庞："都是你点的菜，我可猜不着。"

沈希言道："你是说粽子，还是我和聂云开的关系？"郑彬的眼神她早看穿了。

郑彬笑了："我没那么小心眼，该告诉我的你自然会告诉我。"

沈希言淡淡地说："我跟他都是过去的事了。谁都有过去，你这年纪，以前难道没有过别的女人？"

郑彬用筷子分开粽子："我猜是红豆馅儿的——果然。"

沈希言撇撇嘴："老男人就是狡猾。"

郑彬放下筷子，坦然注视着沈希言："我是老男人不假，但我对你从不狡猾。"

沈希言不禁问："真的吗？"

郑彬深吸了一口烟，脸上浮起一种复杂的表情："情侣之间最矛盾的地方就是，幻想彼此的未来，却惦记着对方的过去。"

二人相视一笑。沈希言伸过右手轻轻握住郑彬搭在桌上的左手："过去的我不想提了。现在嘛，跟成熟的男人在一起才有安全感。"

郑彬抽出手拍了拍沈希言的手背。他照例用右手的手指将烟头捻灭后放在烟灰缸里。沈希言脸上兀自挂着微笑，目光深邃地盯着郑彬。对于郑彬，她有依赖，但又有些说不清的情愫。

夜空中挂着一弯明月。夜空下的这对恋人彼此都有太多的故事，而谁都不愿意将内心深处的故事袒露出来。现在的时局太多的动荡，谁的内心都是一片狰狞。

回到家，郑彬便躲进家中堆放杂物的地下室，发报的嘀嘀声阵阵传来。他将密电发出后，这才松了一口气。重新在沙发里坐下，他默然地点了一支烟，看着窗外的上弦月。既然沈希言和聂云开早就相识，那他们的故事应该也很动人吧……

威士西餐厅，齐百川在卧室内盖着被子侧躺在床上，正准备入睡，门外却突然响起了敲门声，他立即睁开眼睛，同时手已经握住枕头下的手枪："谁？"

门外传来一个年轻的声音："是我，根仔。"

齐百川这才坐起来。根仔推门而入，手里拿着一封密电："组长，联络站刚收到的密电。"

"谁发的？"

"鸥鹕。他说今天的行动安排不够周密，肯定已经引起保密局的怀疑，最近暂时不要联络。"

齐百川接过密电看了一眼，气急败坏地用力揉成一团："这只老狐狸！肯定是他故意安排停电，浑水摸鱼，以为可以蒙过去！"

沈希言和郑彬分开后，独自回了家。

站在窗边，她的手腕上仍然系着那枚用红线穿起的康熙通宝铜钱，那张面孔避无可避地浮现出来，思绪一下又回到了十几年前——

保定街头，众多学生高举"停止内战、一致对外""反对华北五省自治""收复东北失地""打倒汉奸卖国贼"的白色条幅游行示威。学生高呼口号冲破军警的阻拦。年轻的聂云开和沈希言都走在队伍的最前列。大批军警手执大刀、木棍、水龙，对付手无寸铁的爱国学生。街面上传出枪声，多名学生中弹。游行队伍被打散，局面一片混乱。

人群中，沈希言摔倒受了伤，眼前都是纷沓的脚步，这时一个有力的臂膀将她搀扶起来，聂云开坚定地看了沈希言一眼，二人手挽着手继续向前行进……

火车站内外，到处都贴着巨大的抗日救国标语："一寸山河一寸血、十万青年十万军。"月台上挤满了送行的人。

聂云开将一枚红绳系着的铜钱绑在沈希言的手腕上，又从衣领里拽出自己的那枚，二人紧紧相拥："玉兰，等我打完鬼子就回来。"

聂云开背起行囊正准备转身登车，沈希言——当时还是年轻的沈玉兰再也控制不住情绪，两泪潸然。聂云开也不顾得那么多了，冲过去深情地拥吻着她……火车缓缓开动，沈希言哭着追着火车想要拉住聂云开伸出的手。聂云开也拼命伸手想要拽住她，但是指尖终于分离。二人互相喊着对方的名字，但却淹没在巨大的汽笛轰鸣声中……

泪悄悄从沈希言的脸庞滑落，离别仿佛一场梦，至今想来都如此不真实。

同样陷入梦境的还有聂云开。

"玉兰、玉兰！……"聂云开喊着沈希言的乳名从梦中惊醒。曾经和玉兰的一场相逢难道真的只是一场梦？他掀开窗帘，外面天已蒙蒙亮。

随便洗了一把脸，聂云开拎着公文包走出公寓楼，看了看街面，刚要走，眼角的余光突然注意到树下的一个身影。蓦然回首，沈希言静静地站在那里。那仿佛就是昨夜梦中的场景，他吓了一跳。

两人对视了好一会儿，聂云开才走过去："玉兰。"

沈希言却打断道："我现在叫沈希言。"

聂云开默然点了点头，一时不知道从何说起："一起吃个早饭吧？"

沈希言点点头，没有拒绝。

露天的早点铺子，二人隔着一张破旧的木桌，两碗云吞，冒着氤氲热气，将两人的脸埋在雾气中。聂云开感慨道："十二年了，没想到还能和你一起吃饭。"

但此刻沈希言却什么也吃不下，她抑制住自己的情绪望着聂云开："为什么当年你会失约？我今天来找你，不是旧情未了，只是要当面问一问，当年你为什么失约，那年中秋节你为什么没去卢沟桥？"

聂云开神色怆然，无言以对。多年前的那一幕谁又能忘记——月台上，聂云开将一枚红绳系着的铜钱绑在沈希言的手腕上，又从衣领里拽出自己的那枚，二人紧紧相拥："玉兰，我走了，你等我。等抗战胜利后的第一个中秋节，我们在卢沟桥相见，我娶你。"

沈希言百转千回地看着他，多年来她都在等这个答案。

1945年，卢沟桥的石狮子上挂满"庆祝胜利"的大红灯笼，漫天的烟花绚烂无比。沈玉兰孤单的身影站在卢沟桥畔，太阳落下又升起，升起又落下。自那天分别后，谁又能想到再见已是十二年后！

两碗云吞被孤零零地放在桌上无人问津。聂云开沉吟半晌："我昨天听同事说，你跟营业部的郑主任已经快要订婚了……"

沈希言没说话，只是笃定地看着聂云开。她知道他是故意岔开话题。聂云开无奈又转移话题："1942年我被派到驼峰航线之后，彻底和你失去了联络，1944年我去了美国，后来就留在了那里。"

沈希言轻轻一笑，这一笑无比凄凉："抗战英雄，留学美国，花花世界，乐不思蜀。我替你总结的，没错吧？"

聂云开似乎有些羞愧地低下头："玉兰，对不起，我……"

沈希言凄然摇头："都过去了。这么多年，好歹我等来了你一句解释，可以了。"

聂云开喃喃："对不起，我……"这里面的故事他都不知从何说起。

沈希言打断道："不是每句'对不起'，都能换来'没关系'。"说罢，她起身离去，只留下一碗没吃的云吞，热气早已退去。那场景有些让人看不下去。聂云开看着沈希言的背影抚了一把脸，他知道这个时候跟她解释什么都是徒劳。

平复了一下心情，聂云开径直走向了华航大楼，这是他上任的第一天，不容他怠慢。

拎着公文包推开"总经济师办公室"的门，聂云开走进去四下看了看，身边年轻的吴秘书忙上前邀功："您看办公室布置得合您意吗？都是我弄的。"

聂云开看了吴秘书一眼："你是佟总的外甥吧？"

吴秘书一愣，随即笑笑："是啊，佟总是我表舅，沾亲。不过我是上海市立经专毕业的，学会计，在公司做了两年了。"

聂云开点了点头，翻看桌上的资料："裙带关系也未必都是坏事，符合经济学原理的安排，亲密而不复杂。你去把公司历年的账本和日志全部搬来。接下来咱们的工作，一方面是清查坏账，一方面是要对公司的财务运行规章进行修订和完善。"

吴秘书不停擦汗："所有部门的日志都要吗？"

聂云开点头："都要，尤其是营业部。"

去往樊耀初办公室的路上，聂云开遇到了郑彬。郑彬照例穿着黑衣，拎着黑伞和黑色公文包往自己的办公室走去。二人不约而同地在两米开外停住脚步，聂云开礼貌地笑笑："郑主任，早啊。"

郑彬也人如其名，彬彬有礼："早，聂总昨天刚到，今天就上班，真是敬业。"

聂云开感慨着："重任在肩，时不我待。"他上下打量着郑彬，"郑主任怎么到哪儿都带把黑伞？今天天气挺好啊。"

郑彬笑笑："香港这地界风云变幻，不定什么时候就下雨，不是小伙子了，受不得凉。"

聂云开点点头，目送着郑彬走进营业部办公室。之后他来到樊耀初办公室，发现佟宝善正在里面和樊耀初说话，他下意识想退出："樊总、佟总，你们在谈事？"

樊耀初却向他招手："没事，进来吧，我们谈得差不多了，你坐。"

佟宝善眯眯眼弯着看向聂云开："聂总啊，本来我专门在公司为你安排了一个欢迎仪式，可是樊总说你坚持不要。"

聂云开摇摇头："弄那些虚的没意义，还是赶紧投入工作要紧。"

佟宝善挑起大拇指："年轻人有魄力！看来聂总你是准备大干一场啊。对了，吴秘书你见过了吧？我这个副总是分管人事的。之前樊总跟我说，你不要女秘书，所以才给你派了小吴。"

聂云开点点头："见过了，吴秘书看起来挺能干。我这个刚上任的总经济师感觉很有压力。公司现在又处于非常时期，要面对的棘手问题肯定很多，还是要个男秘书比较好。"

佟宝善不解："这话怎么讲？"

聂云开仰脸一笑："女人嘛，总是发现问题敏锐，解决问题暧昧。"佟宝善大声假笑一下，阴恻恻地看着聂云开："这么说，你肯定是解决问题的一把好手了。"

面对佟宝善的逼视，聂云开不徐不疾道："那我也得仰仗佟总多关照。"

跟聂云开打了半天嘴仗，佟宝善终于走了。聂云开颔首，目送佟宝善走远，将门关上。这时，樊耀初点着门口："怎么样，刚来公司就尝到了不自由的滋味吧？

他把自己的外甥安到你身边，就是为了掣肘你。这个佟宝善，仗着跟上面的关系，一直对我阳奉阴违，实在是头疼啊。"

聂云开将手里的文件放在桌上："您放心，我心里都有数。樊总，关于佟宝善力促的那笔大宗购机计划，我在美国时通过关系仔细调查过了，问题很大——这些是我搜集的证据。"说着把文件递过来。

樊耀初拿起文件翻看："嗯，我果然没猜错，这里面的确有猫腻。"

聂云开语气坚定道："现在情况基本清楚了，我会尽快整理好材料，按照程序向上面提交。"

樊耀初点了点头，放下文件："现在香港鱼龙混杂，你凡事一定要多加小心。飞机上的那个杀手我正在查，我觉得很可能和佟宝善有关系，他做事从来都是不择手段的。"

聂云开不以为意地笑笑："我对佟宝善是什么人没兴趣，一切公事公办。"那个杀手的事我还真没放心上，这种事经历得多了，反而麻木了。

樊耀初喝了口茶："云开啊，当年在笕桥航校，我给你们上第一堂航理课之前说的话，你还记得吗？"

聂云开看着樊耀初，想了想，笑了："老师，您那时说过——我们这里有老飞行员，也有勇猛的飞行员，但是并没有勇猛的老飞行员。"

樊耀初也笑了。

"老师，您的意思我明白，我一定会谨小慎微的。"聂云开看着公司墙上的人员架构，改变了话题，"华航人才济济，我觉得郑主任这个人挺有意思的。"

樊耀初："嗯，郑彬确实很有一套。他是我最得力的助手，这么多年兢兢业业，不谋求升职，也不事钻营，但是却把各方面的关系，包括和远航那边的关系都处理得很好，这一点比我要强得多。我是搞技术出身的，对政治和交际可以说是一窍不通。将来工作上有什么困难，你可以多向他请教。"

聂云开若有所思地点点头，看来这个郑彬混得不错。

时至中午，聂云开自己在茶水间用暖水瓶冲了一杯咖啡，端着走出来。他假装随意地走到斜对面的营业部办公室外，看到郑彬正拿着一沓金圆券在火盆里引火烧艾草，很是惊奇。

郑彬听到脚步声，没抬头，却说："在老家的时候，每年端午都要烧艾草，驱蚊除瘴气。"

聂云开有些惊讶地看着烈火熊熊燃烧的钞票："那也没必要用钱来烧吧？"

郑彬将烧尽的金圆券扔进火盆，又把艾草上的明火甩灭，用鼻子嗅了嗅那白烟："你在美国养尊处优，国内的通货膨胀已经难以想象，从上海带来的金圆券跟废纸一样，比艾草还便宜。"

聂云开正色道："再便宜也是钱，一张都不能贪污。"

郑彬抬眼看着聂云开，笑笑："嗯，有点总经济师的样儿。你说得没错，贪污这种事是最要不得的，党国就是毁在那帮蛀虫手里，坐。"

聂云开走进来，将咖啡杯放在桌上，观察了一下郑彬的办公室，一切井井有条。郑彬起身用手帕擦了擦手："财务整顿是公司的当务之急，我们营业部一定全力配合。不过话说回来，我也算是过来人了，你这么年轻，又是初来乍到，两航这趟浑水可不好蹚啊。"

听了郑彬此番话，聂云开颇有同感："樊总也要我多向郑主任请教。有些事我拿不定主意的时候，您得帮我判断。"

郑彬淡然一笑："好的判断来自经验。但不幸的是，经验往往来自坏的判断。"两个人相视而笑。这个郑彬果然肚子里有点儿东西。

郑彬突然兴致勃勃说："做个游戏吧，你说五件关于自己的事，四件真的，一件假的。"

聂云开不解其意地看着郑彬。郑彬解释："我在苏联时学来的，克格勃的老把戏，测试一个人是否老到。"

聂云开正色道："今天算了，我得好好准备一下，才能跟你玩这个游戏。"

郑彬一笑置之："随便你。"说着又起身为聂云开新冲了一杯咖啡，然后把剩下的一整筒都放在他面前，"这筒咖啡就送你了，我喝不来。"

聂云开拿起咖啡道："那我就不客气了。"

郑彬看着聂云开的外套，还伸手捏了捏衣襟。聂云开不解："怎么了？"

郑彬轻声道："听我女朋友说，这几天荷里活道的成衣店换季大酬宾。你应该去买件风衣，这边湿气太重。"

聂云开点头："好啊，我回头去看看。"

郑彬继续轻言细语："现在买既便宜又合适……公司在香港立足未稳，以我的了解，即便是你这个总经济师，薪水也多不到哪儿去。何况香港物价又高，年轻人还要存钱结婚，不容易，还是得划算着过。"

聂云开惊奇地看着郑彬："郑主任真是会生活的人，成熟而又不失情趣。怪不得能找到年轻漂亮的女朋友。"他这是话中带话，也带着酸意。

郑彬眯着眼笑了，指指聂云开："你在取笑我……对了，飞机上的事我听说了，惊险得很哪！"

聂云开举起咖啡杯喝了一口："还好，有惊无险，要是引发空难就是国际事件了。"

郑彬十分关切地看着聂云开："你受伤了吗？"

聂云开摇摇头："一点儿擦伤而已，没关系。"

郑彬指了指自己的胸口："我是说这儿……"

聂云开不解："什么意思？"

郑彬道："要是你觉得需要心理辅导，我可以帮你联系。泛美航空那边有专门针对飞行员的危机心理干预课程，西方人搞的那套，你知道的。"

聂云开笑笑摇头："多谢关心，我不需要。"

郑彬点点头，又巧妙地调换了话题："查到杀手是什么来头了吗？"

聂云开摇了摇头，想了想，放下咖啡杯，从怀里摸出那把钢叉："杀手的凶器，我现在用它吃饭。"

郑彬扑哧一笑："看来你确实不需要心理辅导。"他接过叉子对着灯光仔细看了看，"这是军用级硅锰精钢打造的，应该是美国的舶来品，不是一般餐具……这样吧，叉子先放我这儿，我利用关系帮你查查这个来路不明的杀手。"

聂云开有些迷惑地望向郑彬，他的瞳孔里映出郑彬模糊不清的轮廓。这个人显然不是一般人，把证据给他显然会非常不安全，但不给他又下不了台，最后也只得把叉子递了过去……

一座位于半山的中式庭院内掩映在暮色中，这里正是韩退之的府邸。在一间雅致的茶亭内，从窗外看向花园，景致颇为美妙。桌上围炉里冒着氤氲水汽，佟宝善和韩退之二人对坐。

韩退之熟练地摆弄茶具，似乎一切都云淡风轻，尽在掌握："刘将军去台湾了？"

佟宝善干笑了一声："下午刚上的飞机。陪了两天，累死我了。"

韩退之徐徐将热水注入茶壶内："做成这么大一笔生意，辛苦一点儿也值了。"

佟宝善有些得意地挑起眉毛："算命的早说过，我命带七杀难休闲，生来就是劳碌命，哪有韩老板稳吃稳坐、日进斗金的好福气。"

韩退之瞥了瞥对方："你这是在取笑老夫？"

佟宝善挤出一脸菊花纹："岂敢岂敢，这次的生意全凭韩老板牵线搭桥，我只有感恩戴德的份儿，哪有取笑的道理？"

韩退之不冷不热："佟总是场面上的人，说话滴水不漏，韩某佩服。不过你这弦外之音我还是能听出来的。"

佟宝善微微一笑，端起茶杯品了一口，略带夸张地称赞："哟，好茶啊。"

韩退之略带笑意点头："台湾的冻顶乌龙，难得的上品。喝过之后，心情舒畅些吗？"

佟宝善狡黠地拿起茶杯举到韩退之的面前："那还得多来两杯才知道。"

韩退之拿起紫砂壶给佟宝善斟茶："这次飞机上办事不力的是我手下的人，这个责任我来担。这杯茶就算赔个不是了。"

佟宝善道："韩老板在香港那是跺一跺脚震三震的人物，您给我赔不是，我可受不起。"

韩退之软中带硬："我这个人一向是非分明。你放心做你的事就好了，我会另派人去除掉那个姓聂的，这次保准做得干干净净。"

佟宝善连连摆手："不必了。今天我来就是要说这件事。咱们飞机上已然打草惊蛇，他现在到了华航履职，再动他恐怕太招人耳目，至少现在不能下手。"

韩退之沉下脸来："那你就不怕他影响咱们的生意？"

佟宝善悠然喝着茶："这次的购机合同绕过了樊耀初和华航董事会，但樊耀初却一直不动声色，只是从美国请了姓聂的小子来，不知道葫芦里卖的什么药，我倒有兴趣看看。"

韩退之抬眼看着佟宝善："不管怎么样，你可得盯住了。"

佟宝善点头道："放心吧，他就在我眼皮子底下，出不了乱子。只要他不跟我对着干，就先让他过两天好日子。"

佟宝善对于这次刺杀任务没完成，心里也憋着怒气，但聂云开这小子运气好，几次都大难不死，这也是事实。既然这样，索性让他再多活几天，谅他一时半会儿也不能怎么样。

一间门脸不大的饭馆，柜台上方的木匾上写着"鲜客来"三字。两侧的墙上错落有致地挂了好几个相框，都是四兄弟当飞行员时的老照片。这个面馆就是四兄弟中的滕飞妹妹滕小菊在香港开的。

这是聂云开到香港后，笕桥航校四兄弟的三人第一次单独相聚。三只倒满黄酒的玻璃杯欢快地碰在一起。聂云开、樊慕远和滕飞围坐在一张桌旁，都喝得涨红了脸。

樊慕远举着酒杯对滕飞挤眼："今天咱们得多喝几杯。滕飞你不能又耍赖！"

滕飞拿起酒杯一饮而尽："云开的接风酒我当然要喝。反正到香港后飞行任务也少了，咱们一醉方休。"

聂云开指着后厨门口："我还得留着肚子吃小菊做的刀鱼面呢，馋这口儿也有年头了。"

樊慕远兴奋起来："你们还记得上海人是怎么说刀鱼面的吗？"学着上海话说，"面汤甩到眼瞠，宁打耳光不放！"三人都大笑起来。

聂云开环顾饭馆四周道："我记得咱们在航校的时候，好几次偷开学校的大卡车出去，就为吃一碗刀鱼面，现在想起来就跟昨天一样。"

三人不约而同地看向墙上的相框，照片上四个身着飞行员制服、抱着头盔的年轻人靠在一起，笑容灿烂，四人身后是一架双翼战斗机。

樊慕远点点头："是啊，只可惜现在咱们四兄弟还差一个人。我最近每个礼拜都给端木翀发一封电报，催他赶紧处理完上海的事来香港相聚，应该快了。"

聂云开听到樊慕远提起端木，来了兴趣："他准备把生意都迁到香港来吗？"

樊慕远道："是啊，他一个做飞机零部件生意的，还不得跟着航空公司走，现在的上海哪还有他的饭吃？"

滕飞没接话，独自喝酒。聂云开注意到了，伸手拍拍滕飞的肩膀："滕飞，咱们四兄弟现在就只有你还在飞了。来，我敬你一杯。"

滕飞和聂云开两个人碰杯，一饮而尽。樊慕远在一边撇嘴："抗战都胜利四年了，你还对端木不满呢？人各有志嘛，虽然当年他没跟我们一起去驼峰，但他还是我们的大哥，我们四个还是一辈子的兄弟。"

滕飞皱眉："不说他了。咱们定好，以后不管多忙，每半个月必须来这儿聚一次。"

聂云开和樊慕远一起点头："好！"

樊慕远几杯酒上头，来了兴致："云开，我跟你说件滕飞的光荣事迹，你肯定不知道……你知道滕飞为什么不留在空军开战斗机，而是来华航开客机？1945年复员运输的时候，国防部的一个少将主任非要把自己的小汽车从重庆运回南京，滕飞进了驾驶舱才知道超重了，但是没办法只能硬着头皮飞啊。没想到刚过三峡，就遇上乱流，要稳住飞机只能卸重啊，扔掉一些不太重要的物资。可你猜滕飞怎么做的？"

"他怎么做？快说。"

樊慕远指手画脚地比画着："他直接打开货舱门，把少将的汽车扔进了长江！"

聂云开拊掌大笑："嗯，像滕飞干的事，有种！"

滕飞闷闷不乐地喝了一杯酒："有种是有种了，可我得罪了当官的，所以被迫退役，发配到航空公司来了。"

聂云开安慰着："我看挺好。反正日本人也打跑了，难道你现在还想开着B-25轰炸机去炸自己的同胞？"

滕飞点了点头。这时，后厨的帘子掀开，他的妹妹滕小菊端着大木托盘走出来："刀鱼面来喽！"

三人立马来了精神，馋涎欲滴。滕小菊把一碗色香味俱全的刀鱼面摆在聂云开面前："云开哥，你先来。"

聂云开拿起筷子，埋头闻了闻那扑鼻的面香："好嘞，我都快等不及了！"

三个人大快朵颐一番，樊慕远和滕飞都喝得脸微红。樊慕远开始拍着聂云开的肩膀问这问那："云开啊，你在美国五年，就没找个洋小姐做女友？"

聂云开笑着摇头。他哪儿有这心思，他的内心深处始终被沈希言占据着，别的女人根本进不来。

滕飞道："他肯定是专心念书的人，哪儿像你这个无忧无虑的富家大少。"

樊慕远有些不好意思："你们是了解我的，我从来就是个乐天派啊。如今也没什么远大抱负，就想着以后能去美国享受生活……我告诉你们一个秘密啊，我爸都不知道，我来香港以后交了一个小女朋友，有机会带给你们看看。"

滕飞拍了慕远一下："嘿，你瞒得可真够严实的。"

樊慕远有些失落："没办法，我爸肯定不同意我跟她交往，但我就是喜欢她。"

聂云开心有所感："能跟自己喜欢的女孩在一起，是天底下最幸福的事了，不是所有人都有这个福气的。滕飞，你将来怎么打算啊？"

滕飞闷闷不乐地嚼着花生米："我能有什么打算，不管时局怎么样，我都会留在中国的，不能当飞行员了就解甲归田呗，反正我本来就是107大学毕业的。"

樊慕远不解："107大学是什么？"

滕飞得意道："这你们都不知道？"他拿手比画着，"1代表扁担，0代表斗笠，7代表锄头！"樊慕远哈哈大笑。但聂云开却没有笑，只是端起杯子抿了一口。

樊慕远用力拍他的肩膀："你怎么不笑啊……云开，你瞒不了我，从昨天在礼堂开始我就觉得你奇奇怪怪的，有什么心事就说出来，跟我们还藏着掖着？"

"碰到了一个老熟人。"聂云开说得很落寞。

樊慕远和滕飞对视一眼："你是说咱们公司空勤科的沈希言？"

聂云开颔首："她就是当年我在老家的初恋情人，沈玉兰。"

二人惊讶不已，开始唏嘘。聂云开黯然道："就是这么巧，我也没想到。昨晚在礼堂，那种场合下和她突然重逢，一时失态了，惭愧。"他拿起酒瓶给自己的杯子倒满。

酒入愁肠愁更愁，很快，三个人喝了三瓶白酒。樊慕远打着酒嗝感慨着："照这么说起来，还真是造化弄人。沈希言变成郑彬的女朋友，好像也就是两三个月之前的事吧？"

滕飞点头："那时候两航正在准备南迁，一片混乱，他俩倒成了。"

樊慕远皱眉："沈希言岁数也不小了，不过总是冰冰冷冷的样子，感情上从来都是拒人于千里之外，所以她突然和郑彬走到一起，公司里的同事都很惊讶。"

滕飞叹气："我要早知道她就是当年你躲在被子里偷偷写情书的玉兰姑娘，肯定帮你拦着！"

樊慕远眼睛一亮："现在横刀夺爱也来得及啊，反正他们还没结婚。"

聂云开摇头道："开什么玩笑。"

樊慕远却说："郑彬在公司干了那么多年，这回也算是铁树开了花，能让比自己小十几岁的沈希言动心，还真有点儿本事。"

滕飞突然一拍桌子："我听几个老地勤讲，公司一直有风传说郑彬在江西乡下老家好像有老婆孩子，不知真假。"

聂云开若有所思："是吗？看来这个郑彬还真是挺神秘。"

此刻，被三兄弟正在议论的郑彬，正和女朋友沈希言谈到终身大事。郑彬表情认真地说："希言，咱俩在一起快三个月了，什么时候往前走一步？"

沈希言抿了抿嘴唇，为难地看着郑彬："我觉得，我还不是那么了解你。等我感觉足够了解你了，咱们再谈结婚的事好吗？"

郑彬沉默了一会儿，从烟盒里掏出一根香烟："听你的。不过你得明白一点，想完全了解一个男人，最好别做他的恋人，而是做他的朋友。"

沈希言极力保持着平静："我不这么认为。我觉得再相处一阵子，我一定能了解你到底是个什么样的男人。到那时候，我才知道自己该怎么做。"

郑彬深深地吸了一口香烟："我希望不用太久。"

自从知道了沈希言和聂云开的关系，让郑彬有了危机感，似乎只有马上结婚才能断了后患。但是没想到沈希言直接拒绝了，为此郑彬闷闷不乐了一个晚上……

夜已深，一弯上弦月挂在天边。从海湾边一直延伸到太平山脚下的街区闪着星星点点的灯火。

卧室里窗帘紧闭，只亮着书桌上的一盏台灯，聂云开穿着浴袍坐在桌边。他戴着修表匠用的单筒眼镜，正聚精会神地在一颗文玩核桃上微雕。微雕是聂云开多年来的习惯，大概也是唯一的业余爱好。当飞行员的时候，他用无师自通的微雕训练自己的双手达到超乎常人的稳定性。这些年来，核桃就像他的伴侣。谁也不知道他雕的是什么，用密码写的日记只有他自己才能读懂。

今天不知怎么的，双手总有些不听使唤。突然，聂云开的手微微一抖，锋利的刻刀划破指尖，一个血珠涌了出来。他将手指放进嘴里吮吸了一下，强迫自己的注意力继续回到核桃上。来香港短短两天，发生了太多事，他有必要稳定一下自己的情绪。本来郑彬已经够让人捉摸不透，现在又多出一个沈希言夹在中间，使得整个局面更加让人不得安宁。

这个郑彬，到底是敌是友？他分明从郑彬的眼神里感觉到了狡黠，但同时又看到了一丝真诚，这让他迷惑不已。沈希言的出现让他忧心忡忡，而偏偏她成了郑彬的女朋友，这更让他夜不能寐。

兀自沉浸在思索当中，片刻，外面似乎传来细微的响动，他微微扭头，突然注意到窗帘外好像有个黑影！他悄悄起身，同时从靴筒里抽出防身用的小手枪，慢慢靠近窗口。这时窗外的黑影倏地一闪，聂云开猛地拉开窗帘。窗外却空无一人，只有无边的黑暗……

第三章　谁是卧底

雾气氤氲的树林里，偶尔回荡着几声不知名的鸟儿发出的鸣叫。聂云开穿着短袖海魂衫，正沿着林间小路晨跑。树林的尽头有一幢老旧建筑，聂云开好奇地跑过去看了看，那是一处废弃已久的仓库，旁边是经年未清理的垃圾堆。他停下脚步，喘着气抬头环视眼前的这片荒林，总觉得这个地方有些奇怪。

不远处，一辆车正不紧不慢地跟着他。开车的正是秘书小吴。

聂云开匆匆往后一瞥，赶紧跑离了小路。小吴抬眼一看，才发现聂云开早不见了踪影。他赶紧摇下车窗，疑惑地四处探看。这时，副驾驶座的车门突然被人拉开，聂云开径直地坐了进来。小吴吓了一跳，随即掩饰地笑笑："聂总……早啊。"

"早。"聂云开故意笑着说，"我这一路你都在屁股后面跟着，是来盯我的梢，还是接我上班？"

小吴忙强颜道："我……我是来接您上班的。"

聂云开笑笑："那走吧，先送我回去换衣服。"

小吴立即开动车子，一脸尴尬。

聂云开突然开口道："以后你别来了。"

小吴慌了："啊……我……其实是……"

"你不必解释，我知道是佟宝善让你盯着我的。昨天晚上鬼鬼祟祟在我窗户外头的人也是你吧？"

"什么窗户外头？我没有啊。"小吴一脸茫然地摇头，"真的不是我！"

聂云开微微蹙眉，没说话。除了小吴，难道还有别人？

小吴知道这事掩不过去，抿了抿嘴说："聂总，我表舅他确实让我跟着您，我也不知道为什么，不过我想反正我是您的秘书，接您上下班也是分内的事。"

"我说了以后不用来了，不管是盯梢还是接我上下班，都不用。"聂云开说着从公文包里摸出一把精致的小手枪，吓了小吴一跳。

"别害怕，没装子弹。我进华航只带了两样东西，除了这把枪，还有一把算盘。枪是一个朋友当作纪念品送给我的，她告诉我：'赢得战斗胜利的是人，而不是枪。'——你回去告诉佟宝善，我跟他之间用不上枪，只用得上算盘。"

小吴似懂非懂地点了点头。

聂云开笑笑，重新将枪收起来："小吴啊，盯梢这种事不适合你，还是把心思都花在工作上吧。"

小吴满脸通红，他也深知自己不是干这事的料。

聂云开换了衣服，直接去了办公室，桌子上早已堆满了各种文件资料。他走过去一看，发现办公桌上还端端正正摆着一个礼品盒。他好奇地打开，盒子里竟是一架精致的飞机模型，机身一侧用金字印着"热烈庆祝聂云开先生荣任总经济师"，翻过来，另一侧是手写的"保持起降次数相等"。

聂云开不禁笑了起来，心想这肯定是端木翀干的。这时，办公桌上的电话响了，聂云开接起来。端木翀的声音果然传来："礼物收到了？"

聂云开笑笑："刚收到，我很喜欢。"

端木翀接着问："香港的天气怎么样？"

聂云开抬眼看了看窗外的明媚天空，故意道："狂风大作，暴雨倾盆，你可千万别来。"

"看来还是上海好，解放区的天是明朗的天。"

聂云开看他真信了，只好说："说真的，你什么时候到？"

端木翀一笑："快了，最多半个月吧，等着我。"

聂云开点点头："好……对了，端木，我正好有个事，你能先帮我跟你父亲打个招呼吗？我这两天想去广州国防部面见他一次，手头有些重要情况需要汇报。"

端木翀也点点头："好吧，你多保重。"

"你也是。"聂云开挂上电话，看着桌上堆积如山的文件头皮又开始发麻。

就在聂云开挂上电话的一瞬，一辆黑色轿车开进大楼外的停车场。郑彬照例拎着黑伞和公文包从车里下来，往大楼里走去。这一幕刚好被走到窗前的聂云开看到。郑彬戴着金边眼镜，永远一副斯文书生的样子。而不远处，有两个人鬼鬼祟祟地盯梢在后面。聂云开不禁一愣，这分明是两个地下党，他们也来盯梢郑彬？

正兀自凝思着，这时身后突然一只手拍了一下他的右肩。聂云开下意识地伸手从左边擒住对方的手腕，一看来人竟是樊江雪。

聂云开立即尴尬地撒手："……是你啊。"

樊江雪揉了揉手腕："跟你开个玩笑嘛。你这个人警惕性还蛮强的。"

"对不起啊……你怎么来了？"

"我来找我爸算账的。"

"算账？"

樊江雪头一歪："对啊，他无缘无故把安娜除名了，我当然要问个清楚。"

"怎么回事？"

樊江雪撇嘴："是安娜他爹不让，而且我爸也不愿意跟韩退之打交道。算了，不说这个了，我找你是有别的事。"说着她从手里变出两张电影票，在聂云开面前晃了晃，"我哥给我的电影票，你陪我去看好不好？"樊江雪生怕他拒绝，马上又说，"我哥说他对这部电影没兴趣，所以我才找你来。"

聂云开有些发愣地问："什么电影？"

"是卓别林的，叫《大独裁者》。据说是文艺界为了声援卓别林专门重映的，我也不太明白。"

聂云开微微点头："卓别林因为他的立场和言论而被怀疑是共产党人，在美国受到迫害。"

"管他是不是共产党，反正他的电影肯定好看。你陪我去好不好啊？"

聂云开为难道："江雪，我刚上班，这几天很忙……"

樊江雪不悦道："我知道你忙。不过我爸可说了，让云开陪你去看，做事情要劳逸结合嘛。"

聂云开一时不知怎么拒绝。樊江雪马上又说："好了，就这么说定了啊。晚上七点，就在那天去过的皇家大剧院。"

聂云开还想说什么，樊江雪已经一溜烟转身跑了。他叹了口气，他当然明白樊江雪的用意，只是这个时候他哪还有心思花前月下。

广州兰园静谧无声，几幢西式建筑掩映在中式园林之中。这是国民政府临时驻地。

一辆黑色轿车停在院内，随从恭敬地打开后车门，一个戎装笔挺的高大背影从车里下来，他顿了顿，看了一眼不远处停着的一辆福特轿车，这才迈步往里面的别墅楼走去。持枪卫兵纷纷立正敬礼。

高大的背影穿过回廊，随从快步走在前面，替他打开办公室的门。巨大而空旷的办公室内窗帘紧闭，只亮着一盏小灯，聊胜于无。

端木衡刚踏进办公室，雷至雄立即从沙发里站起来，立正敬礼："主任！"

端木衡微微点头，在大靠背椅里坐下，昏暗的灯光使得他的面孔不那么清晰。墙角的摆钟开始报时，正是上午九点。端木衡开口了："从香港到广州110英里，你开的是保密局配的新式福特轿车，但平均时速也超不过30英里，也就是说早晨五点就得出发，雷站长辛苦了，坐吧。"

雷至雄马上说："为党国效力，在所不辞。"

"现在国府内像你这样一心做事的人太少了，他们惦记的都是去台湾的机票。"端木衡目光炯炯有神。

雷至雄在端木衡对面坐下，稍微欠身："党国的困难是暂时的，只要坚决戡乱到底，一定……"

端木衡摆了摆手："北伐成功，国民党可能有五百年基业，到穗以来，始知国事日非啊。行了，汇报一下两航的情况吧。"

雷至雄点头道："是。两航迁港以来，困难重重，不过樊耀初和殷康年都表示要励精图治，一心促成两航在港上市。另外，樊耀初从美国请回来的那个总经济师也已经到位。"

"叫什么名字？"端木衡问。

"聂云开。"

"背景调查过了吗？"

"调查过了，目前看应该没什么问题，不过我正在进一步详查。"

端木衡沉吟道："能让樊耀初从美国挖回来，应该有点儿本事。"

雷至雄接口说："您忘了？这个聂云开和贵公子端木翀是笕桥航校时的同窗，情同兄弟，您见过的。"

端木衡颔首，若有若无地一笑："以前觉得记性好是个优点，不过现在不这么认为了。"

雷至雄一笑："您记的都是大事，小事交给我们就行了。"

端木衡看了雷至雄一眼："两航可不是小事。"雷至雄赶紧点头。

"两航乃是党国重器，难保共党不打主意，必须牢牢掌控！那两个老总，尤其是樊耀初在华航精耕细作多年，无人可以替代，一定得盯紧了，决不能让共党有任何可乘之机。"

雷至雄点头："是。属下明白。"

端木衡面色铁青道："眼下香港局势敏感，又是在洋人的地盘上，做事要聪明点儿，别给我惹麻烦。另外，你们挖过来的那个'鼹鼠'，得让他发挥更大作用。"

雷至雄连连点头。在端木衡面前，他永远一副紧张的样子，要知道端木衡面色铁青的样子足以让人寒毛卓竖。

这天，聂云开正在办公室埋头查阅存档文件，不想郑彬走了进来，站在门口敲了敲门。聂云开抬头一愣。

"这是你要的航线运营表。"说着郑彬将一沓文件放在聂云开桌上，顺便看了看桌上的资料。

聂云开眉头一展，说了声谢谢。郑彬早看清楚了聂云开桌上的文件，故意问道："聂总经济师怎么还有空研究起部门日志来了？"

聂云开微微一笑："因为日志里藏着很多秘密。"

郑彬索性坐下说："那你都发现了些什么秘密？"

"比如说，你们营业部的历年资料就很有意思，对我了解郑主任大有帮助。"

郑彬一挑眉："哦，说来听听。"

"你能当营业部主任是有道理的，因为你做事总是独辟蹊径、别开生面。1936年你刚进公司，就前所未有地提出和轮船招商局实现乘客联运，接着你又力主开辟游览航线，以及沪青暑期特班飞行方案，单程票价120元，往返200元，公司第二年就扭亏为盈。樊总也正是因为这件事才决定重用你。"

郑彬不以为道："这些只是花活儿，航空公司能盈利关键在于整合飞行资源。那时候美国人参股两航，只是为了卖飞机，根本不考虑运营。华航当时的主要机型有效载重都严重不足，像赛科斯基型，起飞全重4.8吨，载客却只有八九个，而且折旧成本又过高，当然要亏损。"

聂云开点头表示同意："所以这几年在郑主任的筹划下，公司跟上面讨价还价逐渐优化机型，现在的DC-4已经能搭载四十多人了。"

"说起来也是拜战争所赐，要不是打仗，两航的规模也难以快速扩张。"

"但是两航这几年已经完全沦为内战的工具。樊总之所以坚决要在港上市，就是为了把两航已经褪去的商业航空本色给找回来，包括招聘空乘也是这个用意。"

郑彬点头说："是啊。能否顺利在港上市，就得看聂总经济师的了。"

聂云开颔首道："那咱们可得一体同心。"

郑彬也颔首一笑，站起身来："好了，我还有点儿事，得出去一趟。你先忙着。"

见郑彬走远，他马上合上资料，起身走到窗边。果然半分钟后，郑彬走出大楼，上了车。车子开出去，很快街对面的小商铺里走出两个人，骑上自行车不远不近地跟了过去……

聂云开眼皮一跳。他抬腕看了看表，然后随手拿起一份资料出了办公室。聂云开穿过走廊，看看四下无人，便推开营业部办公室的门走了进去。外间没有人。聂云开将手里的资料放下，走到里间的门口，伸手转了转门把手，上了锁。他从怀里摸出一件东西，那是一把最小号的微雕刀具。他将比铁丝还细的刀头伸进锁眼，摆弄了几下，顺利打开门锁，闪身进去。从身后关上门，他打量了一圈办公室，一切物品井井有条，他马上戴上手套……

已近黄昏，转过一个街角，郑彬的汽车停在不远处一个小巷的巷口。盯梢的两个地下党发现车里并没有人。二人对视一眼，一前一后转弯进了小巷。

小巷里面逼仄狭窄，两边还堆满破烂，一看就是贫民窟。二人在巷子里七弯八拐之后，终于看见前面郑彬的背影，他手里拎着一个袋子，往前又走了几米，转身进了一个破烂的门廊。矮个的地下党抬头观察了一下，扔下自行车，进了旁边的一幢废弃的旧楼。他爬上二楼，来到窗口，正好能看见郑彬进了院子，正和一个穿着破烂的瞎眼老太太说话。他立即从包里掏出一台相机，转动焦距，对准郑彬。镜头里郑彬将手里那袋东西放在厨房灶台上，然后走回门槛边，拉了把木椅子坐下，跟老太太说话……接着他端着碗饭一口一口地喂给老太太吃，脸上带着平静的笑容。

另一个高个地下党也跟过来，看了看镜头，也觉得疑惑，这样子不像是接头啊。二人看了半天也没看明白，只好先拍了照再说。

好一会儿，两个地下党见郑彬走出了院子，一个随即蹬着自行车从巷口出来，跟上。另一个则走进老太太家。瞎眼老太太正搬起板凳准备往屋里去。矮个的地下党走上前，搀住老太太："老太太，您好。"

老太太茫然地回头，用她空洞的双眼寻找声音的来源："你是谁？"

矮个的地下党接过板凳："哦，我是红十字会的，来这片做民生调查……您的眼睛怎么了？"

老太太叹了口气："瞎了好几年了，哭瞎的。"

"您一个人生活吗？"

老太太叹息道："是啊，我老伴和儿子都被日本人打死了，儿媳也跟人跑了。"

"那刚才出去的那个男的是谁啊？"

"你说他啊，我也不知道他是谁，但他每个礼拜都会来看我，给我送米、给我钱，还陪我说话。他可是个大好人，比你们红十字会强多了。"老太太摆摆手，摸索着拿回板凳，扶着墙往里屋去了。

矮个的地下党兀自摇了摇头，一时都不知怎么接话了……

而此刻的皇家大剧院内热闹非凡，幕布上，卓别林扮演的独裁者惟妙惟肖。聂云开和樊江雪坐在观众席中间，樊江雪边吃巧克力边不时偷眼看聂云开，看得聂云开如坐针毡。

电影终于散场后，聂云开和樊江雪随着人流走出剧院，外面的天已经黑了，但是仍然灯火通明，十分热闹。

樊江雪一脸兴奋道："唉，我还以为是喜剧呢。"

聂云开强颜笑笑，看了看表："江雪，我送你回去吧。"

樊江雪却说："时间还早呢，咱们再逛逛吧，荷里活道可是香港最热闹的地方。"

聂云开淡淡道："我不喜欢热闹。"

樊江雪扫兴道："这样啊……那我带你去个地方。"话落不由分说地拉起聂云开的手往前跑去。

樊江雪把聂云开一直拉到了维多利亚港，二人靠在海边的栏杆边，樊江雪迎着海风呼吸，长发被吹起，在夜色的衬托下别有一番韵味。聂云开站在她旁边却不解风情，看着黑黑的海面上泛起粼粼波光一脸发呆。樊江雪打开话题："你知道吗，我不开心的时候就会来这儿，迎着海风呼吸大海的味道。"

聂云开却说："你也有不开心的时候吗？"

樊江雪一愣："当然啦，谁都会不开心。不过只要有你在，我都会觉得好开心。"

聂云开不自然地笑笑。樊江雪又追问："那你开心吗？"

聂云开看着她，只好点了点头。

樊江雪灿烂一笑。二人沿着海滨公园的石板路继续往前走去。樊江雪心里喜滋滋的："我哥说，这个海滨公园是香港重光之后，填海工程造出来的。"

"真了不起。"聂云开却像是在应付。

"嗯，不过人在地上再怎么愚公移山、精卫填海，从天上看也只是微不足道。这也是我当空姐的原因之一，我喜欢在天空中飞的感觉。"

"我了解。"他说话口气始终淡淡的。

樊江雪问："那你当年为什么当飞行员？"

"当然是保家卫国。"

"那也可以直接报名参军，不用上航校啊。"

聂云开颔首，想了想："也许是因为空中的生活更明亮、更简单吧。"

樊江雪若有所思地点了点头。二人走到一块用瓷板拼成的世界地图旁，樊江雪停住脚步。他们并排在长椅上坐下。

樊江雪突然朝聂云开伸手："给我一块口香糖。"

聂云开一愣："你怎么知道我有？"

樊江雪笑笑："飞行员身上还能没有口香糖。"

聂云开也跟着一笑，从口袋摸出两块口香糖，给了她一块，自己也剥开放进嘴里嚼着："我其实很久不嚼口香糖了，但还是习惯带在身上。"

樊江雪痴迷地凝望着瓷板上的世界地图，那是一幅欧式大西洋版世界地图："我当空姐的另一个原因是，可以去世界上好多美丽的地方，不过现在华航的航线太少了。"

"以后会多起来的。"

樊江雪语气一转:"我教你个游戏。闭上眼睛,把口香糖朝地图上吐,看它粘在哪里,哪里就是你心里最想去的地方。我先来。"说着她看了一眼地图,然后闭上眼睛,运了口气,用力把嘴里的口香糖朝瓷板吐过去,样子煞是可爱。随后,她睁开眼睛,跑过去看了看。口香糖粘在了非洲东北角。她道:"完了,这是哪儿啊?"

"是埃及,那里很美。"

"你去过吗?"

聂云开摇头。樊江雪甜蜜地说:"那以后我们一起去吧。"

聂云开看着樊江雪,笑笑,一时不知说什么好。

樊江雪说:"好了,轮到你了。"

聂云开打断道:"我不玩了,咱们该回去了。"

樊江雪坚持道:"不行,你一定要玩……来啊,闭上眼睛。"

聂云开没办法,只得无奈地闭上眼睛,随口往前一吐。一秒钟后樊江雪大笑。聂云开睁开眼睛,看见自己的口香糖粘在太平洋里,也笑了。樊江雪灿笑道:"你要变成一条鱼了。"

聂云开摇摇头,他无言以对,沉默中只有樊江雪银铃般的笑声飘荡在海岸……

夜已深,云咸街的威士西餐厅里格外安静。

聂云开看着手里的几张照片,照片上郑彬一会儿和老太太说话、一会儿喂老太太吃饭、给贫民窟的孩子发糖果。他不解地看向对面的齐百川:"去贫民窟送温暖,照顾孤寡老人?"

齐百川冷笑了一下:"猪鼻子插大葱,装象呗。"

聂云开却说:"我这几天的调查也没有发现什么明确的疑点。"

齐百川道:"说明这小子伪装得够深,是个老手。"

聂云开放下照片,想了想说:"甄别这种事,关键是不能先入为主。"

齐百川一愣:"什么意思?"

"红隼,你为什么从一开始就那么认定鹧鸪是叛徒?"

齐百川咬牙道:"凭我的经验。"

聂云开正色道："可是经验往往来自错误的判断。"

齐百川一愣，被噎住。聂云开见状说："说说你的理由。"

齐百川嘴角一抽："理由？理由就是第一，我的人里不可能有叛徒；第二，最近几个月香港这边先后有两个联络点被保密局发现，这都是两航迁到香港之后发生的！而且，中央都派你来甄别他了，还不够说明问题吗？！"

聂云开平静道："我说不能先入为主就是这个意思，即便你心里再痛恨叛徒，也必须客观冷静。"

齐百川辩道："我很冷静。"

聂云开点头："那就好。我们接着分析，你刚才说的理由，只有第二条逻辑上成立，郑彬来港之后，我们的两个联络点被端。"

"对啊，怎么解释？"

"也许是郑彬，但也有可能是因为保密局派雷至雄来香港了。我跟他打过照面，这个人是反共急先锋，就像狼狗一样，闻到味儿就不撒嘴的那种。"

齐百川不屑道："你的意思是郑彬没有出卖组织，是雷至雄自己查出来的？"

"我没这么说。现在我们唯一能确定的是，组织内部出了叛徒，并且遭受了损失，而郑彬嫌疑最大，但是各条线上的地下党中，很多人都有可能。严格分析起来，这个叛徒甚至未必是从上海来香港的，也可能一直都在香港。你说对不对？"

齐百川想了想，没说话。

"接下来我会进一步甄别郑彬。红隼，我要求你把你的手下全部摸一遍底，逐个排除。"聂云开笃定地看着齐百川。他差点儿就要骂，派这么两个二把刀跟踪，叫人笑掉大牙。

齐百川叹口气，只好点头。聂云开站起身来："好了，我得走了。记住我说的，现在香港的局面和几个月前已经不一样了，咱们都得提防那个雷至雄。"

齐百川只好道："放心吧，我在香港这么多年，敌人跟庄稼似的换了一茬儿又一茬儿，我有数。我现在急的就是赶紧除掉那个叛徒，免得夜长梦多！"

聂云开看着齐百川，拍了拍他的肩膀，轻叹了口气。摊上这么一个有勇无谋的搭档他也只有叹气的份儿。

深夜，东亚旅行社楼下的玻璃门已经锁上，但是三楼的一扇窗户还亮着灯光。

办公室里，雷至雄正坐在桌边吃一份便当。一个手下正一脸严肃地跟他汇报情况："站长，您让我们追查那天礼堂停电的事，有眉目了。"话落，雷至雄抬起头。

手下接着说："我们仔细盘问了所有当晚在剧院里的工作人员，有人在断电之前曾经看见一个清洁工进过配电房。看来您的怀疑是对的，那天不是停电也不是跳闸，而是有人故意在那个时间拉闸断电！"

雷至雄眉头一皱，放下便当盒："果然有蹊跷，找到那个清洁工了吗？"

"正在查，当晚剧场里一共有三个清洁工，不过这些打扫卫生的都是临时从外面找的，我已经派人去追查了。"

雷至雄怒道："一定要尽快找到这个人！"

手下点头："是。那找到之后，带到这儿来吗？"

雷至雄气道："你脑袋让驴踢了吗？当然是带到落马坡去！在这儿审人，惊动香港警察怎么办！"手下吓得一哆嗦："明白。"

雷至雄将最后几口饭胡乱扒了，便当盒扔进垃圾桶："妈的，一天到晚，连口热饭都吃不上！还不快滚！"手下吓得赶紧滚出了办公室。

已是午夜时分。聂云开坐在桌前对着面前的一张信纸冥思苦想。信纸上用笔写着"鹧鸪""红隼""清洁工"三组词，之间反复画着连线和两个大大的问号。

那天跟樊江雪看电影的时候，聂云开趁上厕所的工夫，来到了影院二层的办公室。他很自然地把名片递过去，一个梳背头戴圆眼镜、经理模样的人接过名片看了看："原来是华航的总经济师，失敬。我是剧院经理，您有什么事尽管问。"

聂云开说："那天我们公司借贵宝地办晚会，最后却突然停电，我们老板很不满意。我去供电局问过，那天这一带并没有停电，所以我想来问问，到底是怎么回事？"

剧院经理奇怪道："昨天也有人来调查停电的事，不是你们公司的吗？"

聂云开急促地摇摇头，看来有人已捷足先登了。

剧院经理说："那帮人盘问了剧场的工作人员，据说停电之前有人看见一个清洁工进过配电房，其他的我就不清楚了。"

聂云开一愣。清洁工？他脑中又闪现出那天在剧院看到的一幕：一个拎着水桶和拖把的清洁工进入礼堂洗手间。不一会儿，郑彬从隔间里出来，清洁工放下拖把，和他搭话。二人说了几句之后，郑彬便关上洗手间的门……

难道是红隼？那天和齐百川对话的场景也跟着跑出来。聂云开烦躁地抓了把自己的头发，陷入沉思。他猛地想起，当晚红隼正是让手下假扮成清洁工混进礼堂向郑彬交代任务。

聂云开反复推测了多种可能，心里隐隐怀疑停电是不是红隼安排的？他在信纸上用笔把"鹔鹴"画了一个圈，又打了一个大大的问号……

一早，华航大楼内，两个工人一人搬着一个箱子正往营业部办公室走去。郑彬指挥工人将箱子放在办公室的墙角。他将箱子外的包装撕开，打开木箱盖看了看，里面整整齐齐码放的都是书。

聂云开早已看到了这一幕，假装自然地走过来："郑主任真是个文化人啊，这么多书？"

郑彬一愣，随即平静道："是从上海寄来的。现在邮路中断，两箱书在海上漂了两个多月才到，我还以为丢了呢。"

"真丢了，你也要像丰子恺先生那样给藏书写悼文了。"二人都笑起来。聂云开随手从箱子里拿起一本契诃夫的《装在套子里的人》看了看，"郑主任兴趣很广泛嘛。"

郑彬挑眉道："你专挑那本，是不是觉得我就像那个装在套子里的人？"

书的封面上穿黑衣拿黑伞、微微驼背的别里科夫先生还真挺像面前的郑彬。聂云开笑着走开了。

郑彬知道聂云开话里有话，等到下班时，见公司的人都陆续下班了。他径直来到聂云开的办公室。

聂云开正专心工作。郑彬敲了敲门："聂总是在加班还是给哪个姑娘写情书呢？"

聂云开抬起头，故意笑笑："要是写情书呢。"

"那我就不好意思让你帮我搬箱子了。"

聂云开回过味来，赶紧挺身而出。帮郑彬收拾了半天，聂云开忍不住开口道："这些书够你收拾一阵子了。"

郑彬随口说："希言说她晚上会过去帮我收拾，我自己一个人可弄不来。"

聂云开顿了一下，掩饰说："嗯，家里是得有个女人，生活才像样子。"

"收拾得再好有什么用？以我对战局的判断，香港根本不是久留之地，估计没多久大伙儿又该卷铺盖撤了。"

二人说着走出大楼，外面天色已暗。郑彬往前一指："车在那边。等会儿我顺道送你回去吧？"

"好啊。"聂云开并不想拒绝。

"对了，你为什么不让公司给你配车？"郑彬奇怪道。

"其实我是到了美国以后才学会的开汽车，但美国是左舵，香港是右舵，我不太习惯。"聂云开解释。

郑彬一笑："对飞行员来说，这还叫事？"

"当然。"聂云开笑笑，"其实我是懒得开，这样还能每天换着蹭车，有助于搞好同事关系。"二人走进停车场，沈希言早已等在那里。

"这个想法倒不错。"郑彬说着，同时冲等在车旁的沈希言打了个招呼。沈希言看见郑彬，迎了上来想搭把手，但几乎同时，她看见郑彬身后跟着的是聂云开，一怔，便停住脚步。

这时，停车场另一头突然引擎轰鸣，一辆车亮着大灯快速向三人这边开过来，眼看就要撞上，聂云开用箱子把沈希言推开，自己正对着那车。沈希言吓得惊叫起来。

高速开来的车子猛地刹车，在离聂云开的腿仅仅几厘米的地方戛然停住。瞬间的安静中，聂云开一滴冷汗从额头滑落，他直视车内。车后座的玻璃慢慢摇下来，佟宝善稍微探出头来："吓着聂总了吧？"

聂云开深吸一口气，瞪着他。佟宝善笑道："看来是真吓着了。"

这时郑彬忍不住说："佟总，你这个玩笑开得有点儿大了吧？"

佟宝善语气一转："哟，是郑主任，不好意思啊，Sorry。"他看着司机，很不真诚地假装责怪，"我说你小子，能不能给我好好开车？都是有头有脸的人，吓坏了，你负得起这个责任吗？"

司机隔着挡风玻璃阴阳怪气地看着聂云开："是，对不起各位前辈。"

聂云开平静道："佟总这么晚在停车场瞎转悠，是迷路了吗？要不要我给你指路啊？"

佟宝善哼笑："你这笑话一点儿也不好笑啊。行了，你们走吧，抱着箱子怪累的……好走。"

聂云开站着没动，司机摁了几下喇叭。郑彬转身打开后备厢，将箱子放进去，然后又接过聂云开手里的。

佟宝善看着聂云开故意道："对了聂总，那笔购机订单空军司令部已经批了，我劝你还是别瞎操心了，免得割了驴头敬神——既疼死了驴，又惹恼了神。"

聂云开没说话，佟宝善笑着示意司机开车。三人看着佟宝善的车子呼啸而去。郑彬拍拍聂云开的肩膀："佟宝善无非是怕你坏了他的生意，别跟他正面冲突。"

聂云开颔首道："我心里有数，他蹦跶不了多久。"这时聂云开才转过头看了一眼沈希言。四目相对，一时无措。

片刻，聂云开才说："你们先走吧，我还得回公司加班。"

郑彬点点头。沈希言则自己拉开车门坐了进去。她也不敢看聂云开的眼神，尤其在郑彬面前。

一曲悠扬的钢琴曲在威士西餐厅内悠悠响起。齐百川站在吧台内擦着杯子。根仔扛着一袋面粉走进西餐厅，往后厨去，路过吧台时给齐百川递了个眼色。齐百川不慌不忙擦干净手里的杯子，然后转身进了后厨。

"你怎么这时候过来？"齐百川盯着根仔问。

根仔急道："出事了，老方被保密局的便衣抓走了。"

齐百川一惊："老方？那其他人呢？"

根仔摇头："就抓了老方一个，从家里带走的。"

齐百川一脸奇怪。根仔忙问："现在怎么办？"

齐百川沉吟一下："你先带人去找，我再想办法。"根仔点点头，转身出去了。

齐百川皱着眉头，愣在了原地。为什么会把老方抓走？

客厅里，郑彬从箱子里把书一本本拿出来，往书柜里码放。沈希言在一旁拿着扫帚扫地。她将墙上的挂历拿下来，用抹布掸了掸，正要挂回去，看见地下室的小门上闩着锁。

"这扇小门是干什么的，怎么还上着锁？"她奇怪道。

郑彬扭头看了看沈希言："那是地下室的门。里面是房东的东西，锁起来不能动。"

"什么东西还要锁起来啊，这么神秘？"沈希言越发觉得奇怪。

"我也不知道，别管它了。"郑彬故作平静。

沈希言疑惑地看了一眼那锁，只好将挂历挂回去。她知道这里面绝不是地下室这么简单。

做好了饭，一荤一素两盘菜，二人对面而食，都不说话。沈希言脑中想着地下室的各种可能，郑彬吃完饭，沈希言伸手过去拿起他的碗，起身去厨房的锅里盛了一碗汤放在他面前，然后端起碗接着吃自己的。郑彬点了一支烟，看着她："今天的菜有点儿咸。"

"是吗？那多喝点儿汤吧。"沈希言随口说。

"没关系，只要是你做的菜，都好。"

沈希言没抬眼："今天你是故意让他帮你搬箱子的吧？"

郑彬深吸了一口烟，许久才吐出来："人其实挺矛盾的，总是希望被理解，却又害怕别人看穿。"

沈希言撇嘴道："我可看不穿你。"

"你知道，我心里在乎你，从来没对一个人这么在乎。我宁愿让你看穿。"郑彬用手指将烟头捻灭，扔在烟缸里。

沈希言盯着烟缸里捻碎的烟头："那你告诉我，你为什么每次抽完烟都用手指把烟头捻灭？"

郑彬笑笑："这是我在国外留学时养成的习惯，好像这样能显示男子气概。"

沈希言一笑："你歇着吧，我洗完碗就回去了。"

郑彬站起来："外面要下雨了，今晚别走了，我睡沙发。"

沈希言打断道："不行，我妈还等着我呢。"说着摞起碗筷转身往厨房去了。郑彬看着她，没说话。

晚上，齐百川把聂云开叫到了威士西餐厅。

聂云开狼吞虎咽地吃着一盘意面，吃了一会儿，才停下说："老方有下落了吗？"

齐百川摇头："这件事太奇怪了，保密局为什么单单抓老方呢？他只是个跑腿的啊。"

聂云开看了齐百川一眼："皇家剧院的经理跟我说，保密局的人还在调查那天停电的事，有人看见一个清洁工进过配电房。"

齐百川一愣，随即皱了皱眉头："清洁工？"

聂云开的眼睛一直没离开齐百川："对，那天老方是不是扮成清洁工混进去的？抓他肯定是因为这个。"

二人对视中，齐百川并不回避聂云开的眼睛："你怀疑是我让老方偷偷去拉的电闸？"

聂云开移开目光，摇了摇头："当务之急是救出老方。"

齐百川不悦，心想这个聂云开竟然怀疑到他头上，但面上他仍故作平静地问："你有办法？"

"这里是香港。"聂云开的潜台词是：我能有什么办法。

不知什么时候，一阵狂风吹打窗户，豆大的雨点砸到窗台上，噼啪作响。郑彬独自坐在沙发里，手里握着一个威士忌酒瓶，已经喝掉大半。屋里没有开灯，茶几上放着一个小冰桶。

他喝了一口酒，然后伸手从冰桶里抓了一把冰塞进嘴里，嘎嘣嘎嘣地用力嚼着。他的嘴角细微抽搐着，脸上分辨不出喜怒，接着，他拿起沙发边的电话，拨了个号码。是打给沈希言的，良久，那边接起来。郑彬轻声道："是我，睡了吗？"

沈希言淡淡的："准备睡了，你呢？"

"嗯……我也上床了，在看书。"

"睡不着吗？"

"没有，就是想给你打个电话。外面下雨了，明天又是个阴天。"

沈希言奇怪道："你怎么了，奇奇怪怪的？"

电话那头沉默了一会儿，郑彬缓缓道："今天谢谢你帮我收拾屋子。希言，本来我还有样东西想……"

"好了，明天再说吧。"沈希言却不想听他说下去。

郑彬笑笑，低头摆弄着手里的一只绒面小盒子。他用手指拨开盒盖，里面是一枚金戒指。

"我可能是有点儿累了。我只是想说，你是我生活里仅有的阳光，我不想失去。"

沈希言只好说："你别想太多了，早点睡吧。明天还要早起上班。"

郑彬叹气道："是啊，明天要上班。睡吧，晚安。"放下电话，郑彬苦笑一声，自嘲地摇了摇头，"郑彬啊郑彬，你可真是蚂蚁心大啊！"那一刻他似乎明白了沈希言心里根本没有他。外面一道闪电，短暂地照亮郑彬的脸。想到这一点，他的心莫名地疼了一下。

一阵滚雷，风裹着雨掠过枯树林，更加重了阴森的气息。树林外有一片不起眼的平房，院墙下的狼狗狂吠不已，里面传出男人受刑时的惨叫声……

一间仓库改造的刑讯室内，三个破衣烂衫的男人被吊着，早已是血肉模糊。三个手下拿着鞭子凶神恶煞地审问着。

雷至雄走进来，拉了一下灯绳，刑讯室顿时亮起来。被吊着的三个男人都眯着眼睛，难以适应突如其来的光线。手下搬了把椅子过来，雷至雄坐下："一个个说吧，谁是共产党？"

三人纷纷摇头。雷至雄厉声道："我告诉你们，这里是落马坡，在界河外，不归英国人管。你们死了，扔林子里，连个收尸的都不会有。"

这时，最右边的男人绷不住了，他颤抖着腿："我说，我说……电闸是我拉的，但我不是共产党啊！"最左边的男人闻言微微扭头看了他一眼。

雷至雄得意地笑笑："你叫什么名字？"

"王六。"

雷至雄又问："大名。"

那人道："就叫王六。"

雷至雄看了一眼手下，手下探身上前："他确实叫王六，中间那个叫刘大山，左边那个叫方炳青。"

雷至雄吼道："接着说，谁指使你干的？"

清洁工道："是个男的，他给了我一百块，让我在表演结束的时候拉闸断电。"

雷至雄皱眉："那个男的是什么人？"

"我不知道啊，天黑，他又蒙着面。"

雷至雄冷笑一声："编得挺像啊。"

"我没有骗你，事情就是这样。"

雷至雄提高音量："那你为什么到现在才说？"

"我……我怕你们杀了我，我不敢说。"

雷至雄走过去，抬起王六的下巴，王六的牙齿不住地打战："求求你，饶了我吧。我就是个扫大街的，上有老下有小啊……"

雷至雄正要说话，这时另一个手下跑进来："头儿，您的电话，是约翰警司。"

雷至雄扔下一句："你们接着审！"便快步走了出去。

雷至雄穿过门廊推开办公室的门。他调整了一下情绪，抓起桌上的听筒："约翰警司，我是雷至雄啊。"话音未落，电话那头就传出一连串中英文混杂的斥骂。雷至雄将话筒拿远，直到那边声音减弱。

约翰吼道："你听见没有？！"

雷至雄颤抖地说："我听见了。今天的事是个误会，是我没管好手下，我马上放人……放心，不会给您找麻烦的……我知道了。回头请您吃下午茶。"

重新走进刑讯室，见三个手下仍在挥舞皮鞭。他烦躁地挥了挥手："把那两个放了，让他们滚回去。"

两个手下便上前将刘大山和方炳青解下来。

雷至雄喝道："你们两个听着，今天算你们命大，回去之后老实待着，这里的一切不准对任何人提起，否则的话，管杀不管埋！"

一个手下踹了刘大山一脚："听到没有？！"

刘大山吓得说："听到了听到了，管杀不管埋，我们什么也不会说的。"方炳青也赶紧点头。雷至雄一甩头，两个手下架着刘大山和方炳青出去了。这时屋里只剩下王六，他的眼里充满了恐惧，下意识躲避雷至雄的目光。

雷至雄凑近说："再给你最后一次机会，你是不是共党……是不是？！"

王六已经说不出话，只是不断地摇头。外面雷声隆隆。雷至雄从地上抄起一根铁棍，猛地朝王六头上挥去，把对约翰的恼怒全部发泄在这个手无寸铁的小人物身上。等他终于打够了，王六早已断了气。

雷至雄气喘吁吁地走出刑讯室。雨水顺着屋顶流泻下来，在门廊下形成一道水柱。雷至雄撸起袖子伸手到水柱上洗手。这时一个手下跟出来："头儿，人已经死了，怎么处理？"雷至雄骂道："拉出去喂狗！"

第二天晴空万里，兰园里依旧静谧，卫兵肃立。端木衡坐在靠背椅里仔细看着手里的一份文件。聂云开坐在他对面，眼神笃定。

良久，端木衡合上文件，摘下眼镜，兀自沉思了一会儿，说："你提交的资料很详细，证据也很有说服力。樊耀初的确没有看错人。"

聂云开道："这笔大宗购机订单是佟宝善和他的靠山——空军司令部中将刘正明一手促成的，他们以军用的名义绕过了两航董事会。您也看到了，根据我在美国的调查，那批飞机是由二战期间各战场遗留的残次品翻新而来。他们为了中饱私囊，完全罔顾空军将士的安危！"

端木衡眯着眼睛盯着聂云开，保持沉默。

聂云开继续说："我是飞行员出身，知道飞机对飞行员意味着什么。所以我恳请上峰否决此次购机方案，并按律查处相关人员，以儆效尤、稳定人心。"

端木衡缓缓点头道："说得很好。但是你绕过空军司令部直接来找我，是越级上报，你的这份材料还是要按照程序往上递交。"

聂云开皱眉道："我明白，我来见您，实在是因为空军那边……"

端木衡缓缓说："这件事我自有主张，你照章去办就是了。"

聂云开凝重地点点头。

"年轻人，我非常欣赏你的胆量。但我还是要问一问，如果没有跟端木翀的关系，你还敢直接来广州找我吗？"端木衡问。

聂云开想了想，又点点头。

"很好。"端木衡说着拉开抽屉，从里面拿出一份文件推到聂云开面前，"这是保密局对你的背景调查，很详尽。官场之上，谁人背后无人查，自古皆然。"

聂云开并不吃惊："我是樊总聘请的总经济师，与政治无关。"

端木衡略微提高声调："如果你不是樊耀初聘请的，你觉得以当前的局势，党国会让一个学生时代参加过左派运动的人担任这么重要的职务吗？"

聂云开喉结耸动了一下。

端木衡似笑非笑地挥了一下手："你不用解释，谁都有十七谁都有十八，哪个烟囱不冒烟？我也是从热血青年走过来的……我说这些不代表不信任你，只是要让你明白，两航不是一般的公司，而是党国重器，你得知道这个华航总经济师的分量。将来不管局势怎么发展，你必须跟党国一心，两航也必须跟党国共存亡！"

聂云开严肃道："云开谨记。"

端木衡盯着聂云开良久，终于点了点头。面前的这个年轻人，从骨子里透出的英气果敢他是看在眼里的。但这种英气果敢如果用错了地方，后果肯定也不堪设想。

午夜，落马坡头的枯树林内，人迹罕至，只有不远处亮起一小点红光，那是点烟时发出的光。两个穿风衣的黑影正在接头，其中一个是雷至雄，另一个人替他点上烟后又替自己点了一根。两人沉默了一会儿。

雷至雄问："约我见面是不是钱的事？该给你的钱我已经帮你存到花旗银行的秘密账户了。"

那男人道："不是钱的事。而是共党那边的人可能已经怀疑到我了，情况很复杂。"

雷至雄想了想："鼹鼠，卧底这种事哪儿有那么轻省的？况且共党本来也不是吃素的。趁他们还只是怀疑，你得赶紧找个替死鬼，把自己保护起来，别忘了你还有重要任务！"

男人点了点头："我希望能安排我直接见一次老板。"

雷至雄看了他一眼，耐着性子说："有机会我会安排的。老板很重视你，他上次还说，要让你发挥更大作用。"

"只要不暴露身份，我会尽力做的。"

"行了，我得走了。以后有事密电联络，不是给你配了密码本吗？香港不比内地，没事少见面。注意安全，有什么情况及时汇报。"

男人颔首。雷至雄踩灭烟头拍了拍他的肩膀，快步离去。看来这家伙现在也成累赘了，可怎么对付这个累赘，雷至雄也并没有想好。

夜色将他的影子拉得扭曲，雾气越发浓重，很快那扭曲的影子便消失在雾气中……

第四章　灵丹妙药

　　码头附近，齐百川戴着帽子坐在一艘扣过来的破船上，手里把玩着烟斗，远远看着一艘小船离岸而去。

　　根仔很快走过来："老板，都安排好了，放心吧。我给老方找了条好船，明天就能到海陆丰，从那儿转火车北上。"

　　齐百川低语："他不能在香港活动了，回老家也好。"说完站起身，拍拍屁股。

　　山顶，雾气混杂在阳光中，隐约可见山下的寰岛风光。

　　雷至雄和约翰警司各自坐在一块石头上啃着汉堡包。吃完，雷至雄从内兜里摸出一个牛皮纸信封，放到约翰警司身边的石头上："就算是请你喝下午茶了。"

　　约翰拿起信封，打开看了看，里面是一沓美金，他不动声色地收起来。片刻，他站起身来，摸出烟匣，弹出一支雪茄，递给雷至雄："你又在我的地盘乱抓人，知不知道给我添了多少麻烦？这里是香港，日不落帝国在远东的桥头堡。圣约翰大教堂、总督府、维多利亚港、英皇书院、跑马地，这些地方都不能随便绑架、开枪。"

　　雷至雄不以为然道："现在三教九流都跟蚂蚁似的往香港偷渡，还有不少人急着往外逃，局势一片混乱。我听说警署的停尸间都不够用了，还要租汉堡店的冷冻车来存放那些没人认领的尸体。"

　　约翰看了雷至雄一眼："我是皇家警察，现在全港都在增防，你知不知道我压力很大！"

　　雷至雄摇摇头："没办法。你有压力，我也有压力。但你放心，我不会把事情搞大的。"

　　"但愿如此。"

"我得走了，去抓人，不过不会开枪的。"说完雷至雄在约翰胳膊上拍了拍，转身走了。二人分开后，雷至雄直接开车去了佟宝善家。

佟宝善正拎着包走出来，刚下了两级台阶，就看到了一辆黑色福特轿车横在街边堵住去路。佟宝善知道情况不妙。

雷至雄一步跨到佟宝善面前："佟总，好久不见。"

佟宝善皱眉："雷至雄，你这是什么意思？"

"佟总别误会，国防部临时召开紧急会议，指定由你代表华航列席，主任专门让我来接你去广州。咱们赶紧上车吧？"

佟宝善站着没动。雷至雄冲手下使了个眼色，两个手下立即上前揽住佟宝善的胳膊。佟宝善挣扎着骂道："你们要干什么？！"

雷至雄一笑："佟总可是有身份的人，别搞得太难看了。"

两个手下强行将佟宝善塞进车里。佟宝善怒道："姓雷的，你也不看看老子是什么背景，回头我非弄死你不可！"

雷至雄冷笑："别死鸭子嘴硬了，你小子已经完蛋了，等着蹲班房吧。"他得意地坐上副驾驶座，关上了车门……

此刻，华航会议室内，众人围坐在大会议桌旁一脸严肃。

坐在上首的樊耀初环视一圈说："开会前，先宣布一件事，公司副总经理佟宝善勾结外方、企图高价购进一批翻新旧机，从中渔利、中饱私囊，置空军将士安危于不顾，引起公愤，现已被押解到穗，按律查办。"

众人一阵议论纷纷。郑彬则泰然喝茶，一副事不关己的样子。

樊耀初接着说："佟宝善被开除后，公司副总这一重要职位空缺，我拟提议营业部主任郑彬升任副总一职，请董事会讨论。"

众人的目光纷纷看向郑彬。

郑彬想了想，放下茶杯，看着樊耀初说："樊总，副总一职位高权重、牵涉颇广，郑彬恐难胜任，还请董事会另选贤达。"

樊耀初有些意外，他没想到郑彬会拒绝："郑主任不必过谦，多年以来，你在公司的业绩相信大家都是有目共睹，由你接任副总最合适不过。"

郑彬却说："樊总，公司到港以来举步维艰，眼下正急需开拓业务，而营业部的工作最为繁杂、任重道远，现在换人我觉得不妥。所以，我还是希望继续负责自己最为熟悉的工作，为公司的发展尽绵薄之力。"

聂云开观察着郑彬，独自玩味他的话。他不知道郑彬葫芦里卖的什么药。

樊耀初想了想，点头说："既然郑主任执意让贤，那副总的人选就由董事会再行商议吧。咱们继续开会，下一个议题是讨论聂总经济师主持制定的新的财务运行规章……"

会议结束后，聂云开端着咖啡杯走回办公室。刚坐下，小吴就走进来，手里拿着一张折起的公文纸。聂云开看了他一眼，笑笑："手里拿的什么，我猜猜？"小吴拘谨地站着，欲言又止。聂云开直言道："辞职信？"

小吴微微点头。聂云开站起来，走到他身边，直接拿过辞职信塞进小吴的内兜，又替他整好衣服："辞职就不必了，现在找个好工作也不容易。"

"可是……"

聂云开打断他的话："佟宝善的事跟你没关系。过去的不提了，以后多加努力。"

小吴惊喜地点头。他没想到聂云开竟如此大度："谢谢聂总，我一定会好好工作的。"

"好了，咱们还有很多事要做，你去忙吧。"

小吴又说："对了，您刚才开会的时候，远航的殷总来过电话，他说想请你过去一趟。"

殷康年？聂云开一怔，他又从哪儿冒出来了？想了想，他毫不迟疑地去了殷康年的办公室。

殷康年正背对着门口，手里握着一支高尔夫球杆，正努力比画着挥杆动作，煞是滑稽。

聂云开看了一会儿，忍不住说："肩膀放松，下巴抬高，上半身挺直，前倾三十度。"

听到声音，殷康年才回头看了看站在门口的聂云开，弯腰把球捡回来。聂云开笑说："要打出笔直的球，除了杆面朝向目标，身体其他部分也都得和目标线平行。"

殷康年调整了一下呼吸，挪了挪脚步，按照聂云开说的比画了两下，然后再次挥杆，小白球贴着绿毯滚过去，撞在杯耳上弹开。

聂云开笑道:"好多了。没想到殷总兴趣这么广泛,打高尔夫球的可不多。"

殷康年道:"来了香港,老得跟洋鬼子打交道,我也不喜欢喝洋酒打桥牌,只能练练它了。也不知道这玩意儿有啥意思,反正我这个大老粗是玩不好。"

聂云开笑笑:"殷总管着这么大一家航空公司,还说自己是大老粗,那我这个晚辈只能自惭形秽了。"

殷康年道:"你跟我不必客套。我跟樊耀初不一样,我出身行伍,对飞机啊、经营啊什么其实一窍不通,能坐到远航老总这个位置只能说时势造人。"

"我对殷总也有所耳闻,桂南会战的时候,十几个军长、师长被撤职查办,而您反倒是记了军功的。"

"打鬼子我当然是拼了命的!"

"那跟共产党呢?"

殷康年大手一挥:"这不是咱们的事,不谈也罢。今天我就这么请你过来,有点冒昧了,你别介意。"

聂云开端起茶杯喝了一口:"哪里,有什么事您尽管说。"

"我知道樊耀初一心在着手整顿华航,还准备挂牌上市。说实话,来香港之后,我是有些意志消沉,对公司发展也不抱太大希望,能守成就不错了。但是上面给的压力又大,老这么下去也不是个办法。我一直很关注你。据我了解,聂总虽说才来了一个星期,但整个华航的财务运行和内部管控可以说是气象一新。我要是能有你这么一个得力助手,不知道该省多少心。"

聂云开笑道:"殷总不是想挖华航的墙脚吧?"

"一口锅里舀饭吃,有什么可挖的,要挖我几年前就把郑彬给挖过来了。这两航说起来是两家公司,但其实就是一个娘养大的两个儿子。说白了吧,我的意思就是,聂总在不影响本职工作的情况下,也帮远航规划规划。比如你弄的那个财务运行规章,远航也可以借鉴嘛。你喝过洋墨水,搞出来的东西肯定比我们这些老古董要强啊。"

"殷总过奖了。不过您的意思我很赞同,两航本是同根生,一荣俱荣,一损俱损,上面也希望两航能同时在港上市。所以能帮远航做点事,我个人是很愿意的。"

"有你这句话就行了。"

聂云开口气一转："不过，我毕竟是华航的人，您还是应该直接去跟樊总谈谈。"

殷康年鼻子吸溜了一下，端起杯子喝了一大口茶："曹操诸葛亮——脾气不一样，我跟老樊那人聊不到一块儿去！回头我打发人过去跟他打声招呼就是了。"

聂云开观察了一下殷康年，笑笑。这个殷康年也是个有意思的人。

回到华航大楼，刚进大门，收发室的老大爷递过来一封信。聂云开边走边看信封，寄信人栏是空着的。回到办公室，他打开信封，一枚锃亮的子弹突兀地滑了出来，除此之外别无他物。

聂云开五官一凛，将子弹立在桌上。看来有人已经坐不住了……

下了班，郑彬拎着小食盒不慌不忙地来到启德机场华航空勤科办公室。沈希言正坐在桌前认真地看一份资料。

郑彬走过去，轻轻将手里的小食盒放在桌上，沈希言抬起头诧异道："你怎么上这边来了？"

"我去机场货运部跟泛美谈通航协议，顺便在餐厅给你买了芒果班戟，你爱吃的。"

一旁的同事们都羡慕地看着沈希言，几个女同事忍不住笑出声来。她尴尬地冲大家笑笑："来，大家一起吃啊。"

郑彬说："希言，等会儿我就不来接你了，今天我得加班。"

沈希言点头："嗯，你忙你的，我自己回家就行了。"

郑彬走后，同事羡慕地说："别说，找个年纪大些的男朋友，就是又稳重又体贴啊。沈科长还是挺有眼光的。"

"是啊，什么时候请我们喝喜酒啊？"大家七嘴八舌地说着。

沈希言尴尬地立在中间："哪有那么快啊。"

也许只有她自己知道，她和郑彬之间或许根本就没有未来。

窗外的天已经全黑了。聂云开若有所思地坐在桌边，他一只手将那枚子弹放到桌子最远处，然后等着子弹滚下来，落回手心里，反复如此……

郑彬从机场回到办公室后，发现聂云开的办公室还亮着灯，便走了过去。聂云开正埋头看资料，没注意到郑彬。

"聂总还在工作啊？"

"是啊，加班。"聂云开抬起头，合上资料的同时很自然地将那枚子弹收进抽屉。

郑彬装作没看见："在上海的时候，工作越少的人越吃香，现在反过来了。"

聂云开讪笑："我一个单身汉，回去也没事干。而且我喜欢这份工作，对称性规则决定了跟数字打交道比跟人要简单。"

"其实我年轻的时候一心想当个律师。"

"为什么？"

"我喜欢跟浑蛋打交道。"

两人对视半秒，都大笑起来。聂云开说着弯腰从办公桌下面拿出一只木盒子："其实我今天的事早就做完了，我在等你。正宗的哈瓦那雪茄，来一支？"

郑彬一笑："庆祝你扳倒了佟宝善那个浑蛋？"

聂云开也一笑："Whatever."

二人坐在天台的水泥墩上，手里各自夹着一支雪茄烟，咖啡杯放在脚边。

"我很好奇，这么多年你为什么一直都拒绝升职？"聂云开奇怪地问。

"我对名利和权力都没兴趣，或者说讨厌。"

聂云开看了他一眼："你还真是与众不同。"

"我爹在老家的银行里当了一辈子小职员，他从小就跟我说，想要活得长一点，记住四句话就行了：取本分之财、戒无名之酒、怀克己之心、闭是非之口。"

"能做到这四点的人可不多，即便已经身居高位。殷康年和樊总之间好像就有些过节，据说是因为当年的升迁问题？"

"人多的地方，自然会有各种各样的传言，但未必是真的。"

聂云开赞同道："是啊，他们都是大风大浪过来的人，关系肯定没那么简单。所以我才更佩服你，能把两边的关系都处理得游刃有余。"

"你这个人也很不简单啊。"聂云开一愣："怎么讲？"

"敏锐，敏锐得可怕，不像你这个年纪的人。你很适合当猎人。"说完郑彬就笑了，"跟你讲个笑话吧。两个人去森林里打猎，远远看到一头黑熊正朝他们过来。其中一个人赶紧蹲下系鞋带，同伴嘲笑他说，别忙活了，你跑不过熊的。你猜那人怎么说？"

聂云开饶有兴致地看着郑彬。

"他说，我不用跑得过熊，我只要跑得过你就行了。"

二人的笑声回荡在天台上……从那一天起，聂云开觉得，郑彬似乎并不像表面看到的那么冷漠。但这笑里是否又藏着假象，似乎又不敢过早下结论。

从机场回到家，母亲已做好了一桌饭菜。沈希言刚落座，简一梅便冲过来跟她做鬼脸："我一个礼拜才回来吃顿饭，你这个当姐的也不做点儿好菜？"

简一梅穿着洋装，花枝招展的。一旁的沈母正给她夹菜。

沈希言白了她一眼："你天天在外面吃香的喝辣的，回家吃点儿粗茶淡饭也好。"

简一梅也白她一眼："我在外面那都是应酬，你以为我愿意？"

沈希言没好气："不愿意还当交际花？"

简一梅反驳道："我可不是交际花，再怎么说我也算个电影明星吧。"

沈希言笑道："你拍过几部电影？我怎么都没看过？"

简一梅不屑："像你这样一年也进不了两次电影院的人当然没看过，我还演过女主角呢。对了，我告诉你们，南洋影业的朱老板已经正式邀请我出演他们的新电影了！"

沈母忙问："什么电影啊？"

简一梅刚要回答，沈希言冷冷打断："你演电影我不管，但女孩子还是要洁身自好。"简一梅一凛："你什么意思，我哪不洁身自好了？"

"我只是提醒你。"

简一梅无所谓地笑笑："反正你们都看不惯我，我不跟你们吵，你们也别管我。"

一边的沈母看不下去了，放下碗叹息道："你们姐俩怎么总是吵？"

简一梅气道："不是一个爹生的，脾气当然不一样。"

沈希言放下碗，瞪着简一梅。

简一梅也瞪她："看我干吗，本来就是。人总要选择一种活法，在你眼里是放荡的生活，可偏偏我喜欢。你们看我既不结婚也不存钱，但我却住着半山别墅，有一个女佣、一个司机、二十套香奈儿时装、数不清的名贵首饰，还有赛马会的贵宾季票。而你呢？不管在老家，还是上海、香港，都过着一样乏味的生活。"

沈希言一时不知怎么回她。

简一梅又道："噢，不对，你现在交男朋友了——虽然也是个乏味无趣的老男人。"

沈母一愣，看着沈希言问："小兰，这么大的事你怎么没跟妈说啊？"

沈希言嗫嚅道："我跟他才刚开始相处，将来怎么样还不一定。"

简一梅笑笑："是因为那个飞行员回来了吗？不知道该选谁好了？我给你参谋参谋？"

沈希言冷笑："没想到我的事你还打听得挺清楚，你真应该去当间谍。吃完了吗？我收拾了。"沈母叹了一口气，这姐俩一见面就掐，真是造孽啊！

沈希言面无表情地站起来收拾碗筷，对于这个同父异母的妹妹她也是受够了……

"暂未发现鹧鸪异常。情况复杂，需进一步甄别。雨燕。"

卧室里窗帘紧闭。聂云开戴着耳机坐在桌前发报，随着他手指的律动传出嘀嘀嗒嗒的声音……

隔天一早，当聂云开刚走进华航大楼，会议室内早响起了一片嘈杂声。

"真是欺人太甚，这简直就是把我们往死路上逼啊。"

"是啊，对航空公司来说，没有航油，那不就只能等着倒闭了吗……"

聂云开刚坐定，樊耀初、樊慕远、郑彬等人也快步走进会议室，众人才停止议论。

樊耀初面色凝重地坐下："情况已经确认了。今天早上，港英当局突然以战时禁令为借口，宣布暂停两航燃油供应！"

会议室炸开了窝。郑彬忙问："航空署那边怎么说？"

樊慕远道："外联部以公司名义向香港航空署发了正式的质询文书，但得到的答复是，这次航油禁令是军方的命令。说是现在共军大举南下，局势紧张，港英方面正从各地调运增防部队，燃油消耗量巨大。"

郑彬又问："那其他外航呢？"

樊慕远说："基本不受影响，只是针对两航。我想英国人是想借此显示中立姿态，不想卷入战争。"

这时，财务主任说："两航的局面刚有好转，突然来这么一手，这不是釜底抽薪吗？！"

采购主任叹气道："这下完了，黄泥巴掉裤裆里，是死也是死，不是死也是死！"

看樊耀初愁眉不展，安监主任说："樊总，看来现在只能向上面求救了。"

樊耀初苦笑一声，看看樊慕远："早上就往广州拍过加急电报了，这是国防部的回电。"说着将一封电报拍在桌上，众人立即传阅。

采购主任念道："航空煤油乃战时紧缺资源，须优先供给战场。除军事运输征用之飞机外，其他航线经营所需油料须由两航自行设法解决。"

众人再次群情激愤："太让人寒心了！"

樊耀初站起身来，示意大家安静："现在没有人会救我们，我们只能自救！从现在开始，所有人全天在岗，发动一切关系寻找航油货源。大家同心协力、共渡难关！"

会议一结束，所有的人都行动起来。大堂内文件资料满天飞，几个秘书在各部门间快步走动、传递最新消息。各部门负责人纷纷打电话求援，个个脸上的表情都呈现由希望到失望的变化。樊耀初急得像热锅上的蚂蚁。

与此同时，远航大楼内也好过不到哪去，殷康年气得大拍桌子。直到夜晚降临，大楼内仍灯火通明，众人皆垂头丧气，一个个了无生气……

深夜，樊耀初站在会议室窗边，众人皆默然不语。突然一个俏丽的身影出现在会议室门口，大家都一惊。只见沈希言拎着一大袋便当，郑彬一愣："希言，你怎么来了？"

沈希言不好意思道："我虽然帮不上什么大忙，但我至少可以陪着你们。大家肯定一天没吃饭了吧？"说着她将便当袋子放在桌上，将纸盒包装的便当拿出来分别放在每个人面前。聂云开看着沈希言，喉头竟有点堵，只轻轻说了声谢谢。

沈希言转身对樊总说："去年我到马尼拉出差的时候，认识了几个石油公司的人，我给他们拍了电报，他们答应帮忙解决50吨的航油。"樊耀初一惊，惊讶之余又有些感激。他认真地看了沈希言一眼，默默点了点头。

郑彬说："即便按现在的业务量算，一天的消耗量就将近50吨。眼下咱们找的这些全部加起来也是杯水车薪啊。"

樊慕远道："事情总会有解决办法的，大家先吃饭吧。"

众人默然不语。聂云开拿着便当故意回到了办公室内。面对沈希言和郑彬，他总有些不自在。透过门缝，他看到郑彬替沈希言搬椅子，但沈希言自己接过椅子，拘谨地在他斜对面的桌角边坐下，独自开始吃饭……

聂云开心里一阵不舒服，拿起桌上的饭盒，恨不得扔掉，可刚想扔，便看到空空的垃圾篓里有一个纸团。聂云开狐疑地将纸团捡起打开，上面有一行用打字机打出的字。这一看不要紧，他差点惊掉下巴。镇定片刻，他重新将纸揉成团，随即陷入了思索中……

窗外不知何时依稀传来女人的歌声，聂云开怔了怔，他轻轻推开窗户。五米开外的另一个阳台上，沈希言正对着月光轻声地哼唱二战期间传遍世界的《莉莉·玛莲》，歌声哀而不伤："Vor der Kaserne，Vor dem gro ßen Tor，Stand eine Laterne，Und steht sie noch davor..."

聂云开情不自禁地看着沈希言，月光下她的侧影优雅而娴静，一如从前。他轻声伴着她的歌声念出中文歌词——

聂云开久久伫立，手里的咖啡早已凉了。突然，歌声戛然而止，沈希言一眼瞥见了聂云开，对视的一刹，竟再也唱不出来了。

聂云开也意识到自己想多了，他赶紧收回视线，重新坐回桌前。手中那个白色的纸团令他一下回到现实。

晚上回到家，他打开微型收发报机的盒子，戴上耳机，开始发报："两航突遭燃油危机，如我方伸出援手助其渡过难关，对其后之策反工作必大有帮助，特此请示。雨燕……"

一处闹中取静的中式庭院内，两个女用人正在收拾碗筷。穿素色长衫的韩退之坐在太师椅上剔牙，旁边一个姨太太为他奉上茶水。这时管家走进来："老爷，小姐已经安全送到书院了，您放心。"

韩退之点头。姨太太说："我再让人给她送点吃的过去吧。"

韩退之打断道："行了，我都吩咐过了。我韩退之活了半辈子，就落下这么一个宝贝女儿，还能不疼她？"

姨太太说："那你还让她去上寄宿学校。"

"我是为了让她安省点儿，别成天想一出是一出。还要当什么空姐，那是韩家的小姐能做的事吗？"

姨太太点了点头，不再说话，转身回了后堂。管家凑上前："老爷，小姐最近好像经常跟樊耀初的儿子在一起，不知道是不是……"

韩退之想了想说："这我知道，先由着她吧。"

管家说："可是那个樊耀初一直不太给您面子。您好不容易撮合那么大一笔飞机订单，就让他这么给搅和了，咱们的损失可不小啊。"

韩退之却说："我这个人可不记仇。"管家一愣。

"有仇我都是现报！"说着韩退之重重地放下茶杯，"走着瞧吧，那个老东西迟早要上门来求我。"

威士西餐厅内，齐百川照例站在吧台后擦着杯子，嘴里叼着一只没点燃的烟斗，一双眼睛不动声色地盯着窗外。

而地下室内聂云开和张书记正在密谈。

"你向上级请示的情况，霍公刚刚复电，原则上同意帮助两航解决燃油问题，并指示香港工委与华润公司沟通，设法介入。"张书记低声说。

"太好了。"聂云开终于笑了。

张书记说："不过华润公司背景特殊，安排上必须考虑周全。华润的前身是抗战期间我党在香港建立的地下交通站，去年整合了在港的所有党办商号，改组更名为华润公司。这些年华润千方百计突破封锁，采购和运送了大批重要物资，为抗日和三大战役都做出了巨大贡献。这次让华润介入，表明了中央对两航方面的重视，霍公要求我们尽快拿出具体方案。"

聂云开微微叹口气："现在的情况非常复杂，甄别的事还没结果，又遇上燃油危机，我的确得好好想一想。"

张书记严肃道："雨燕，记住一句话——如果斗争只是在极顺利的成功机会的条件下才着手进行，那么创造历史未免就太容易了。"

聂云开问："谁说的？"

"马克思。"

聂云开若有所思地看着张书记。

张书记接着说："组织上派你来负责两航的工作，一方面是对你的极大信任，另一方面也是对你的考验。越是艰难的时刻越需要冷静，冷静往往也是最有力的武器。"

聂云开一顿："我明白。甄别的事我自有章法，而且我觉得自己正在一步步接近真相。下一步我希望双管齐下，一方面帮助两航解决燃油的事，一方面借机试探鹪鸪。"

回到华航大楼，聂云开找了个借口，叫上郑彬去了天台。这地方说话方便，二人并排坐在天台的石墩子上。

郑彬点了支烟，看看远处，故意道："你很喜欢上天台吗？"

聂云开不紧不慢道："这里视野开阔，思路自然也会开阔。"

"你还在愁燃油的事？"

"你不也是吗？说到底咱们都是一样的人，遇到事情想不认真都不行。"

"因为我们都会逼自己。"

"没准也会逼别人。"

郑彬笑笑。聂云开说："你当营业部主任这么多年，各方面的关系和门路肯定很广吧？"

郑彬点头："是。不过香港不比内地，来这边之后很多关系都没用了，否则燃油的事不会这么麻烦。"

"这次的事肯定是指望不上国府那边，洋人就更别谈了。想要渡过难关，恐怕要独辟蹊径才行。"

郑彬看了聂云开一眼："你这是在逼我？"

聂云开与他对视："郑主任不是最擅长独辟蹊径吗？你跟共党在香港的人有接触吗？"

"我算知道你为什么把我骗上天台了，着了你小子的道儿。"

聂云开笑道："说正经的，我听说华润公司跟海外市场关系紧密，在战时物资方面很有一套，你肯定跟他们有过接触吧？"

"接触过。但国共这种态势下，以华润的左派背景，你觉得他们会帮两航吗？"

聂云开摇头："我不知道。不过现在毕竟是在香港，我觉得他们肯定也明白一个道理——当你搬开别人脚下的绊脚石，也许恰恰是在为自己铺路。"

郑彬点了点头："嗯，这可能是眼下唯一的办法了。这样吧，我先试着以私人身份跟华润公司那边沟通一下。"

聂云开点头，但郑彬仍看着他。聂云开会意道："放心，都是为公司做事，我会守口如瓶的。"

郑彬笑笑，用手指捻灭烟头。聂云开盯着他的手指："你这个习惯好，干什么都不留指纹、无着痕迹。"

郑彬眉毛一挑，意味深长地看了他一眼。

次日，郑彬拎着公文包走进一间茶楼，伙计将他迎进去。街面上好几个便衣地下党已经分布在茶楼四周。茶楼对面的居民楼二层窗口，齐百川看了看周围情况，举起望远镜，透过茶楼雅间的窗户看见郑彬和两个穿长衫的男子握手，三人坐下开始谈话……郑彬谈笑风生，看不出任何异样。

齐百川暗自叹道："这个鹧鸪，做事真是够周密的，竟找不出任何可疑的破绽。"他远远盯着郑彬的身影，目光里透出一股狠劲……

天已黑下来，郑彬拎着包走向家门，刚掏出钥匙，却看见沈希言坐在门口的台阶上。他一惊："希言，你怎么坐在这儿？"

沈希言站起身来，手里拿着一个资料簿："你今天一天都干吗去了？"

"我去外面找人谈燃油的事。怎么了？"

沈希言面带埋怨："那你怎么没开车？"

"哦，谈事的茶楼很近，而且今天天气好，我想走一走。"

沈希言不悦道："害我担心半天。你以前出去办事都会跟公司的人打招呼的。"

郑彬只好说："我跟聂云开说了，他没跟你说吗？"

沈希言一听聂云开的名字，也不想多问了，只移开目光，将资料交给郑彬："这份计划表你明天一早就要用，我怕起不了那么早……我回去了。"

郑彬忙拉住她："对了希言，我想找个时间请聂云开来家里吃顿饭，你觉得行吗？"

沈希言一愣，郑彬是什么意思，故意考验她？不高兴却也不好反驳，好似一反驳，心里更有鬼，她只得说："你觉得行就行，定了时间告诉我吧。"

九龙城寨的一片树林内，这里雾气弥漫，鸦雀无声，非常隐蔽。齐百川约了聂云开在这里碰头。

聂云开站在树下低声说："鹧鸪已经跟华润的人接触过了，明天下午三点，华润会派代表在顺风茶楼和樊耀初面谈。"

齐百川道："如果鹧鸪是叛徒，那保密局肯定已经知道两航在跟共产党接洽，明天一定会有动作。我这边已经做好了应对方案。"

聂云开微微颔首："好，注意安全。"

齐百川点点头，将衣领竖起，转身消失在黑暗中。聂云开看着他的背影，又有怀疑，又有肯定，一时也拿不定主意。

次日一早，聂云开跟着樊耀初和郑彬来到了顺风茶楼。

聂云开不动声色地看了看周围。街面上，乔装改扮的齐百川及手下早已分布在茶楼周围。

伙计引三人上楼进入雅间，一个穿西装戴眼镜的男子站起身来，主动和樊耀初握手："这位就是樊总吧？幸会幸会。鄙人姓钱，华润公司经理。"说着递过名片。

樊耀初接过名片道："久仰了。这位是我们公司总经济师聂云开，营业部主任郑彬。"大家一一握手后就座。

"这是我专门从杭州带来的雨前龙井，大家尝尝，看是不是那个味儿。"钱先生道。

樊耀初笑道："钱先生太客气了。"墙上的钟指向三点一刻。

钱先生再次为三人斟茶。樊耀初有点儿急道："钱先生，咱们是不是该谈谈正事了？"钱先生却说："不急，先喝茶，请——"

樊耀初有点儿沉不住气了，他看了看郑彬，郑彬镇定自若地喝着茶。这时，钱先生看了看手表，站起身来，笃定地看着樊耀初说："樊总，请借一步说话。"

聂云开和郑彬对视一眼，点头。钱先生便引樊耀初出了雅间。下了楼梯，伙计打开后门。茶楼后面是一片树林，不远处的树下停着一辆汽车。钱先生走过去拉开后车门。樊耀初想了想，也只得硬着头皮坐进车里。车后座上坐着一个同样穿西装戴眼镜的中年男子，他热情地伸出手和樊耀初握了握。

钱先生介绍说："樊总，这位才是华润公司的经理钱新光。"

樊耀初一惊："钱先生真是神龙见首不见尾啊。保密工作做得如此谨慎。"

钱新光笑道："让樊总久等，实在是抱歉得很。不过这么做也是事出有因，敏感时期，我们都不想引来不必要的麻烦，您说呢？"

樊耀初道："我们两家公司背景各不相同，钱先生这么谨慎也是在替我考虑。"

"樊总真是心明眼亮之人啊。其实说起来，你我还曾有过一面之缘。"

樊耀初眉毛一扬："哦，是吗？"

钱新光道："1933 年你在南京飞机制造厂当厂长，我那时候也在南京办了个纺织厂，你们的工装都是我们厂生产的。"

樊耀初这才恍然："我想起来了，大新纺织厂对不对？"

"是啊。人生的际遇和缘分就是这么神奇。"二人都感慨地笑了。

钱新光道："华航眼下的处境我们非常理解。据我所知，港英政府一直在着力打压两航公司，对此我们也非常愤慨。所以这次的事我们很愿意伸出援手，华润公司会通过海外关系，尽快帮你们搞到航空煤油的货源。"

樊耀初真诚地看着钱新光："钱先生真是古道热肠，实在是太感谢了。"

"樊总先别急着谢我，咱们还得谈谈具体的细节。"

"你放心，价格方面我是不会吝惜的。"樊耀初给他吃定心丸。

钱新光却摇头道："你误会了。我的意思是，航空用油可不是几十吨上百吨的问题，只能通过海运，但是这么大宗的敏感物资，我们没办法使用自己的交通线运输，国民党和港英当局都盯得很紧，所以还需要另想办法。"

樊耀初微微点头："钱先生是爽快人，我也就明人不说暗话了。坦率地讲，我对贵公司的左派背景也有担忧，即便用你们的交通线，恐怕也很难通过香港海关的检查。眼下运输确实是个棘手的问题。"

"是啊，但饭总要一口一口吃嘛。只要解决了交通线的问题，我承诺，华润公司运到香港的航油全部都平价转让给华航，我们不赚取一分钱利润。"

樊耀初感动地握住钱新光的手："我真是太感动了，谢谢。"

钱新光道："大家都是在港同胞，就算是交个朋友，将来日子还长呢。"

这个危难时候，任何人的帮助都是一种恩赐，樊耀初不由得动容地点点头……

广州兰园，昏暗的办公室内，端木衡身着军服、背着手站在书柜前。雷至雄焦急地走上前问："主任，我实在不明白，您为什么让我按兵不动？昨天鼹鼠已经提供了确切情报，樊耀初现在正跟共党秘密接头啊。"

端木衡不说话。雷至雄无奈地站在一边干着急。端木衡从书柜里抽出一本小册子，转过身来。那是一本发黄的《共产党宣言》。他问："你读过他们的《共产党宣言》吗？"

雷至雄愕然地摇头："我怎么会读这种书。"

端木衡却道："你应该读一读，我们大家都应该读。"说着把书翻到第十一页，"第五行，你念出来。"

雷至雄不明所以地拿起书，念道："在政治上为了一定的目的，甚至可以同魔鬼结成联盟，只是必须肯定，是你领着魔鬼走，而不是魔鬼领着你走。"

"行了。"端木衡打断他，"共党很好地运用了马克思的理论，而我们却一直被他们牵着鼻子走。"

雷至雄晕了："我不太明白。"

端木衡正色道："你当然不明白，你就是个只会打打杀杀的榆木疙瘩。我把你派到香港去当这个保密局站长，不是为了抓到一两个共党头目，也不是为了端掉他们一两个联络站，而是要掌控，要领着共党这个魔鬼走，要时刻掌控他们的动向，束缚他们的手脚，让他们无法伸展！"

雷至雄马上点头："是，属下明白。"

"你不明白。我放任樊耀初和共党接触，是为了借共党之手解决两航的燃油问题，而共党之所以会帮两航，必定也是心怀鬼胎。共党一向是很沉得住气的。"

雷至雄赶紧点头："我明白了，您要鼹鼠发挥更大作用，意思就是让我借这颗钉子盯紧共党，时刻掌控他们在香港的一切动向。"

端木衡沉声道："跟你说句实话吧，广州估计是保不住的。要不了多久，香港就会成为国共明争暗斗的前沿阵地，香港的局面只会越来越复杂。你不仅要让这个鼹鼠保护好自己，而且还需要更多的鼹鼠，让他们从内部一点一点啃噬共党的肌体。只有这样，我们才能紧紧攥住反败为胜的希望！"他拿起那本《共产党宣言》，高举轻放地在雷至雄脑袋上打了一下，"这本书送给你了，好好学一学怎么和魔鬼共舞。"

雷至雄高喊："是。"

端木衡叹了口气。两雄对峙，势不并存。眼下这个局面往后恐怕会越来越复杂了。

这天华航大楼里静悄悄的，聂云开坐在椅子里，盯着桌上两只几乎一模一样的文玩核桃发呆。郑彬拿着一份文件找他签字。

等签完，郑彬并没想走，而是回身关上门，从怀里摸出那把钢叉放在聂云开面前："有一个好消息和一个坏消息，你想先听哪个？"

聂云开一愣："都一样。"他不知郑彬搞什么鬼。

郑彬得意道："我已经查到飞机上的那个杀手，是韩退之的手下。"

聂云开想了想："这算好消息还是坏消息？"

郑彬故作神秘道："坏消息在后面。"说着他拉了把椅子坐下，给自己点了支烟，"佟宝善被放出来了，只领了个革职处分。"

聂云开微微一惊："那么大一桩渎职舞弊案，国府就这么放过去了？"

郑彬挥挥手："国民党早就烂到根了，不说也罢。眼下最紧要的是，搞清楚所有事情背后的关联——从韩退之到佟宝善、从飞机上的杀手到这次两航的燃油危机，全都一脉相承，情况很复杂。"

聂云开从身后的柜子里拿出一只烟灰缸推到他面前。郑彬接着说："先说这个韩退之，他表面上是做海运的正经生意人，但其实脚踩黑白两道、心狠手辣。他本来是混上海滩的，但抗战一结束就看准形势，提前把家眷和生意都迁来香港，在这边另起炉灶，也算是占了先机。"

"那我这个小人物应该入不了他的法眼啊。"

"是因为佟宝善。佟宝善原本跟他并不相熟，两航迁到香港以后，他们才因为利益勾结在一起。而你是来整顿财务的，所以他们一开始就视你为眼中钉，想除掉你，只是未能得逞。现在佟宝善丢了前程，一肚子怨恨无处发泄，肯定还要弄出些事情来。"

聂云开点点头，拉开抽屉，拿出一颗锃亮的子弹竖在桌上："看起来，这颗子弹应该就是佟宝善寄给我的。"

郑彬拿起子弹看了看："佟宝善不足为惧，真正难对付的还是韩退之。"

"杀手都派到飞机上去了，当然是狠角色。"

郑彬拿着子弹比画了一个上膛开枪的手势："那你要不要现在就拿着枪去找韩退之算账？反正他也对你坏了他的生意恨得牙痒，你们正好新仇旧恨一块儿了结。"

聂云开哼笑："找人火并这种事，最好有个帮手。"

郑彬点头："没问题，我已经帮你给韩府递了帖子，说抗战英雄聂云开先生要亲自登门拜访。"

聂云开盯着郑彬，直截了当道："说吧，你葫芦里到底卖的什么药？"

郑用手指将烟头捻灭，扔在烟缸里。聂云开盯着那烟头。

郑彬忽然一笑："不跟你玩笑了。我已经查清了，这次燃油危机其实也是佟宝善勾结韩退之一起搞的鬼。他们通过多方运作，最终打通了港督府的关系，英国人本来就想限制两航发展，所以跟他们一拍即合，给两航来了这么一手。什么战时禁令、燃油管控全都是扯淡。"

聂云开坐直身子："这倒真是令我刮目相看呀，这个韩退之的能量确实不小啊。"

"佟宝善的目的当然是报复，而韩退之掐住两航的燃油命脉，真实企图是希望趁火打劫，折价收购华航百分之三十的股份！"

聂云开心下一惊："他的胃口够大的。"

"韩退之现在稳坐钓鱼台，因为他吃准了两航就算能找到燃油货源，也运不到香港。现在能解决运输问题的人，恐怕只有韩退之了，他控制着香港四分之一的海运份额，连飞机都能走私。"

聂云开沉吟了一会儿："樊总知道这件事了吗？"郑彬摇了摇头。

二人马上向樊耀初做了汇报。

樊耀初听完恼怒地一拍桌子："欺人太甚！他这分明是在逼我就范。"

郑彬解释："如果您咬牙答应他的条件，那燃油问题当然不在话下，但是韩退之可就成了华航的第二大股东了。"

樊耀初怒道："不可能！我是绝不会靠出卖股份求生的。"

聂云开说："是啊，我想所有的华航员工也不会答应。"

樊耀初道："1941年华航最惨的时候，被日军炸得就剩三架飞机，就是那样我也没有屈服过。这次我一定要跟他们斗到底！"说完叉着腰气愤地看着窗外。

郑彬将烟头捻灭扔进烟灰缸："这样吧，我有个办法，你们听一听是否可行？"

聂云开有些意外地看了郑彬一眼，难道他的脑袋瓜还有什么灵丹妙药？

第五章　鸿门宴

韩府厅堂内，佟宝善坐在客座饮茶，面上明显已没有了往日的精气神。

管家侍立一旁。韩退之端坐在太师椅上，手里拿着一张拜帖看了看，扔在桌上："聂云开居然要登门来拜访我？有点儿意思。"

佟宝善伸手拿起拜帖，哼笑一声："这小子还真是天不怕地不怕，老子正要跟他算账，没想到他倒自投罗网来了！"

韩退之微微一笑。管家察言观色道："老爷，我看肯定是樊耀初那老小子派他上门来求您的。"

韩退之冷笑："现在想起拜我的码头了。哼，船到江心才补漏，晚了。这次我得不到华航的股份，绝不会善罢甘休。"

管家道："老爷，那我去准备准备？"

韩退之面露杀气道："既然来了，咱们当然得好好招待。"管家会意地转身出去。

佟宝善拍马屁道："韩老板，这次咱们一起会会这个姓聂的，给他点颜色看看，出口恶气！"

韩退之摇摇头："你还是喝完茶先回去吧，我来跟聂云开谈。"

佟宝善一愣："这话什么意思，断两航的油这事可是咱俩一块儿做的，说好了共同进退。怎么着，你这就想过河拆桥、卸磨杀驴了？"

韩退之皱着眉头笑笑："话说得这么难听。你误会了，我是怕你见了聂云开报仇心切，坏了大事。这次的首要目的是为了拿到股份，报仇泄愤倒在其次。"

佟宝善轻轻一笑："韩老板啊韩老板，我怎么咂摸着你这话味儿不对啊。你是不是觉得我被革了职，就没有利用价值了？我告诉你，凭我佟宝善的人脉，要不了一年半载就能东山再起……"

韩退之耐着性子道："好了，佟先生，少安毋躁，一切有我。你就踏踏实实地回去等好消息吧！"

佟宝善还要说什么，韩退之不理会，兀自端起茶杯，吹了吹热气。佟宝善深吸一口气，只好起身离去。

这边聂云开和郑彬已准备好赴这场鸿门宴了。

二人刚发动车子开出停车场，穿着飞行员制服的滕飞却突然迎着车跑过来，郑彬只好停下车。聂云开奇怪道："滕飞，你怎么来了？"

原来滕飞知道他们要赴鸿门宴，非要跟他们一起去。

聂云开笑笑："没事，你不用担心。有郑主任陪我，出不了事。"

滕飞就是不放心，说什么也要一起去。聂云开只得说："这事别人去还真不行。放心，我跟郑主任会处理好的，相信我。"滕飞点点头，从腰间摸出一个纸袋塞到聂云开手里。聂云开打开一看，是把手枪。滕飞道："这是我当年开战斗机时的配枪。你拿着防身用。"

聂云开没说什么，点点头。滕飞目送他们的车子开走，担忧不已。

车内郑彬还感慨："你跟滕大队长他们还真是过命的交情。"

聂云开得意道："当然。"

郑彬笑笑："看来，今天我可得把你全须全尾地带回来，否则他们非吃了我不可。"

二人嘴上说得轻松，其实心里都捏把汗，谁知道接下来会发生什么。

走进韩府大门时，已近黄昏。家丁将二人仔细搜了身才放行。

桌上已摆满了精致的上海菜，韩退之坐在上首。几个家丁侍立在旁，个个腰间鼓出，明显带了枪。聂云开不动声色地和郑彬交换了一下眼色。

韩退之马上迎上来道："有朋自远方来，不亦乐乎。这第一杯酒我先尽地主之谊了，二位请。"三人端杯，聂云开慨然喝下，韩退之则仅是抿了一口。

韩退之道："这一桌子上海菜，不知道合不合二位的口味啊？"

聂云开不动声色道："韩老板客气了，我和郑主任都是走南闯北的人，哪里的菜都吃得来。"

韩退之道："此言差矣，中国人最念乡味，是哪里的人就爱吃哪里的菜，一辈子改不了。"

"韩老板可不太像上海人。"聂云开一派轻松的样子。

韩退之微微一愣，瞪着聂云开，接着就用上海话说："噢，噶侬阿拉呛啥地方宁？"

郑彬紧张地看了一眼聂云开。聂云开却道："好啊，如果我猜对了，韩老板能不能让你这些小兄弟先下去歇着？吃饭的时候人太多，我不自在。"

韩退之微微冷笑："好。不过你要是没猜对，那就不光是罚酒三杯的事了。"

二人对视，聂云开笑笑："这下韩老板可输定了。经济师的工作说白了就是解决问题，我对耦合关系和二元假设都非常在行，这个特长可以用来猜任何事。比如我们已知，第一韩老板同时会讲上海话和国语，但是讲国语的时候却带有细微的北方口音；第二，韩老板气宇轩昂，又重情重义、礼贤下士，颇有齐鲁古风；第三，我进门的时候看见正厅的墙上挂着一把桃木雕的剑，那是辟邪用的。我想应该是家传的宝器吧？"

郑彬看向门厅，墙上果然挂着一把古拙的桃木剑。

聂云开接着说："据我所知，泰山脚下的肥城乃是桃木之乡，那里出的桃木剑技艺尤为精巧。所以综合这三个条件，我猜韩老板一定是山东肥城县人氏。"

良久，韩退之笑笑，看了管家一眼。管家便对家丁挥了挥手，家丁退下。韩退之啧啧道："聂总经济师果然有两下子。"

聂云开道："过奖了。不瞒您说，其实还有一个小原因帮了我。"

聂云开看向墙上那幅精心装裱的全家福老照片。全家福照片侧边有一行毛笔题字："满堂祥瑞满堂春，丙寅正月摄于肥城祖宅。"

韩退之反应过来，哈哈大笑。聂云开端起酒杯："跟您逗了个趣儿，别介意。"

韩退之端杯干了，招呼二人："吃菜。"

聂云开接着说："韩老板，咱们虽然算不上相熟，但说起来也是颇有缘分哪。"

"此话怎讲？"

聂云开便从怀里摸出那把钢叉放在桌上："江湖上的朋友跟我说，这件东西是韩老板手下的，现在物归原主。来香港的飞机上，我跟您的这位手下是邻座，这把叉子就是他留给我的。"

韩退之一凛。站在门口的管家看了韩退之一眼，韩退之微微摇头。

韩退之笑笑，似恼怒似无奈地叹了口气："聂先生在飞机上的遭遇我听说了。

只是没想到，我的手下竟然会被收买去做杀手，我很生气！至于实情到底如何，我一定会详加调查的。"

聂云开半开玩笑道："不必了。大丈夫生于乱世之间，碰到个把杀手也不是什么大不了的事，我根本没往心里去。"

"既然聂先生不是为了这件事而来，那老夫就奇怪了，难道咱们之间还有什么别的恩怨？"

聂云开直接道："您是生意人，有恩怨并不代表不能合作，您说呢？"

韩退之不置可否，眼里露出一丝阴鸷。

聂云开平静道："今天我来，其实是想跟韩老板借一样东西。"

韩退之一挥手："不必兜圈子了，明说吧，你想借什么？"

聂云开挤出两字："借路。"

韩退之想了想，哈哈大笑。很快笑声便戛然而止，韩退之一拍桌子，刚才退下的家丁快步冲进来，其中一个用枪指住了聂云开的脑袋！

聂云开镇定地环视一圈。韩退之喝道："聂云开，你好大的胆子啊，我还没有找你算账，你倒蹬鼻子上脸了。今天我得让你知道知道，韩府不是想来就来的地方！"

这时一直按兵不动的郑彬霍地站起来。眼看局面变得不可收拾，门口方向忽然传来一声惊呼。众人循声望去，安娜和樊江雪正站在厅堂门口，惊得用手捂住嘴。聂云开和郑彬也很意外，她们二人为何会来。

韩安娜惊恐道："爹，你这是干什么呀？！聂云开不是你请来的客人吗？"

这时樊江雪吓得已经跑到聂云开身边，她推开手下的枪，挡在聂云开和韩退之中间。

聂云开低声道："江雪，你快走开。"

樊江雪执意道："我不。"又对韩退之说，"你让他们把枪放下，有什么话好好说！"

韩退之皱了皱眉头，站起身来，瞪着安娜："安娜，别在这儿胡闹！赶紧把她给我带走！"

韩安娜大着胆子说："江雪是我的好姐妹，是我请她来家里的。"

樊江雪坚定地护住聂云开。韩退之一时不知怎么办。聂云开道："安娜、江雪，你们走吧。我跟韩老板只是在谈生意，没事的。"

郑彬也跟着说："是啊，江雪，韩老板只是跟云开开个玩笑，顺便试探一下他的胆识罢了。"

聂云开看向韩退之。韩退之只好点了点头："我们确实在谈生意。"

韩安娜气愤道："谈生意怎么还动刀动枪的？"

韩退之面色铁青："大人的事你们不懂。再不走，爹真要生气了！"

韩安娜坚决道："不行，你必须跟我保证，聂云开不会有任何危险，否则我们决不离开。"樊江雪也直视韩退之。

韩退之叹口气，坐下："行，爹保证，不会动他一根汗毛，这下总行了吧？"话落他对手下使了个眼色，手下放下枪退到墙边。

聂云开看了樊江雪一眼："江雪，没事了，你们快走吧。"

这时管家走上前："樊小姐，请吧。"说完拉起樊江雪和安娜的胳膊，带二人往外走去。樊江雪担忧地看着聂云开，聂云开点了点头，对她露出一个微笑。

厅堂内，聂云开和郑彬对了一下眼色，坐下。韩退之端起茶杯喝了一口："聂云开，你别以为有了护身符，我奈何不了你。你最好打听打听，我韩退之是什么角色。"

聂云开不以为然道："韩老板的手段我很知道，不用打听。"

"那我今天可就要跟你老账新账一块儿算了。"

聂云开笑笑："韩老板是前辈，又是做大事的人，连我这个后生晚辈都不记仇，您怎么会做小人呢？"说着将桌上的叉子推到韩退之面前，"今天我们来，是诚心诚意要跟韩老板做一笔生意的。这笔生意互惠互利，做成了，之前的恩怨一笔勾销，大家都是朋友，何乐不为？"

韩退之冷笑："你有什么资格跟我谈生意。"

聂云开直视他道："那就要看这笔生意到底值不值得做了。"

韩退之没说话，看着他。这小子看来胆量不小，敢跟他叫板。

聂云开道："我们希望今后由韩老板旗下的海运公司，帮华航运输航空油料，华航可以出双倍的运价。"

韩退之干笑两声，难以置信似的看看聂云开，又看看郑彬："你们两个还真是揸了头的苍蝇，不知死活。这点蝇头小利就想来跟我谈生意，也未免太小看我韩某人了。"

郑彬不动声色地笑笑，继续喝酒吃菜。

韩退之怒道："明着告诉你们吧，想借我的道，除非华航折价出让百分之三十的股份！否则一切免谈！"

聂云开道："我知道韩老板在港英那边的关系很硬，这次两航断油到底是怎么回事，你我心知肚明。不过韩老板肯定也明白，狗肉贴不到羊身上，洋人无非是在利用你，中国人跟中国人合作，才是长远之计。"

韩退之笑笑："看来樊耀初是派你来当说客的？"

聂云开摇头道："樊总已经同意转让华航百分之五的股份给韩老板，算是合作之谊，彼此来日方长。现在佟宝善已经被革职，你在两航里没有别的朋友了，我觉得韩老板应该重新考虑这个条件。"

韩退之坚决道："我说过了，百分之三十，否则免谈。"

聂云开没说话，他看了郑彬一眼。郑彬放下筷子，从容地拿起餐布擦了擦嘴角："哎呀，韩府的厨师手艺真是不错，这顿饭吃得真香！"

韩退之这才转头看向郑彬。郑彬不疾不徐道："韩老板说得对啊，中国人最念乡情，而鲁人更是乡土观念浓厚、忠孝节义，对祖宗留下的传统和族产那是最为看重的。我知道，韩老板年轻时就闯荡上海滩，到了天命之年，却退居香港，实在是不得已而为之，但韩家的基业还在上海、根还在山东。"

韩退之警惕地问："郑主任说这些是什么意思？"

郑彬嘻笑道："我们来之前打听过了，韩家在山东和上海有两处宅邸，尤其是肥城的祖宅里还住着您几十口至亲家眷。这两处宅子可是您的心头肉，我没说错吧？"

韩退之暗暗吃惊。郑彬微微点头："现在不管是山东还是上海，都已经被共产党接管，地主资本家的房产按例都是要充公的。祖宅的事，我想韩老板近来一定是忧心忡忡吧？"

韩退之不安地端起茶杯喝茶。郑彬接着说："都是人之常情，我们非常理解。今天我们是带着诚意来的，只要韩老板点头答应为华航运输燃油，我们就可以通过特殊渠道替您摆平内地的事。换句话说，我会设法以民主人士应享受的优待，帮你保住山东和上海的两处祖宅。"

韩退之放下茶杯，盯着郑彬。这小子似乎比聂云开还有脑子。

郑彬沉稳地说："韩老板，我们要的只是航油，不涉其他，而您保住祖宅，孝义两全。咱们双方各取所需，何乐而不为？更重要的是，祖宅一事，只有你我他三人知道。"

韩退之心里一动，这两小子竟然说得有理有据，让他一时还不了嘴。但就这么答应了似乎太便宜他们了，但不答应，他又没任何便宜可占了，索性不如将计就计……

从韩府出来，聂云开和郑彬都出了一身冷汗，今晚他们配合默契，化险为夷。刚到门口，却见樊耀初、樊慕远和滕飞正等在门口，再加上韩安娜和樊江雪，好不热闹。原来他们都是不放心，谁也不肯走。

聂云开见他们担心成这样，只好说："事情都谈妥了，韩退之答应帮华航运输燃油，明天就签合同。"

樊耀初吃惊，拍了拍聂云开的胳膊："嘿，你们可真神。"

聂云开笑笑："这都是郑主任的功劳。"

郑彬摇头："我要是不把聂云开安全带出来，看你们这阵仗，明天还不得上报纸头条啊？"

众人都笑了。聂云开提议："今天这么开心，应该好好庆祝一下。"韩安娜和樊江雪都乐开了花，连连叫好。

众人去了附近一家酒吧，无数个杯子欢快地碰在一起。

韩安娜面如桃花："好开心啊，我从来没跟这么多飞行员坐在一起过，感觉自己都要飞起来了！"

樊慕远开心道："今天大家多喝几杯。公司的燃油问题顺利解决，这是大事，咱们先一块儿敬郑主任和云开一杯！"

众人再次举杯，一饮而尽。樊江雪偷眼看着聂云开。

韩安娜说："你们的飞机飞一趟要用掉好多油吧？"

滕飞接话："那可不。"

"怪不得机票那么贵，你们就不能省点油吗？"韩安娜话落，飞行员们一阵哄笑。

滕飞开玩笑道："云开，你给她们俩讲讲飞机到底得烧多少油。"

聂云开开怀一笑："我记得 1943 年有一次，我开运输机从昆明转场到加尔各答机场，空管发现我的 C-46 跟前面的飞机距离太近，于是要求我原地转一圈增加距离。我很生气地说：'塔台，你知道我们转半圈，就得白烧五百美元的油吗？'你们猜空管怎么回答？"

韩安娜和樊江雪都摇摇头。

聂云开道："那个英国空管说，那你给我转一千美元的就对了。"

众人哈哈大笑。安娜和樊江雪更是笑得前仰后合。那欢快的笑声让窗外的路人纷纷驻足。大家都被这美好的气氛感染了。

而人群中一张秀丽的脸直勾勾地停在聂云开脸上。此人正是沈希言，她没想到，这不经意地一瞥竟能看到聂云开和郑彬的脸。

她停住脚步愣愣地看着——众人说笑间，安娜将樊江雪推到聂云开身边坐下。樊江雪脸上写满了爱慕——这一幕竟令她眼睛酸涩了。她呆立了一会儿，赶紧转身离去。

吧台边，樊慕远将一张唱片放上唱片机，酒吧内很快响起雄壮的音乐声，那是中华民国空军军歌——"凌云御风去，报国把志伸，遨游昆仑上空，俯瞰太平洋滨……"整个酒吧的人都安静下来，滕飞带头跟着唱起来。

"看五岳三江雄关要塞，美丽的锦绣河山，辉映着无敌机群，缅怀先烈莫辜负创业艰辛，发扬光大尤赖我空军军人，同志们努力努力，矢勇矢勤！"

众人个个情绪激动，唱得激情澎湃。激昂的氛围中，只有郑彬依然平静如水地看着大家……

韩府厅堂内，只听砰的一声，一只茶杯被摔碎在地。

佟宝善怒目圆睁："好你个韩退之啊，你可真是见利忘义的小人！你居然跟那个聂云开站到一头去了，他可是我们的仇人！"

韩退之不屑地一笑："聂云开是你的仇人，是他搞得你被革职查办，但他还算不上我的仇人。虽然他也坏过我一桩生意，不过现在我跟他又谈成了另外一笔生意。我是商人，谁手里有我想要的东西，谁就是我的朋友，天经地义！"

佟宝善怒道："他们究竟给了你什么好处？！"

"这就不劳你操心了。"

"行，那我就不操心，你把我应得的股份折现给我，你我从此分道扬镳！"

韩退之眉毛一抬："应得的股份？你是不是有点儿太天真了？"

佟宝善上前一步："之前说好的，你想抵赖？"

韩退之面无波澜道："你有凭据吗？我记得说好的是，咱们联手设计对付华航，你报仇，我得股份。你再好好想想？"

佟宝善气结："韩退之，你个狗娘养的！"说着就朝韩退之扑过去。几乎同时，管家带着家丁冲进来，三下五除二将佟宝善摁倒在地。

韩退之整了整衣襟，鄙夷地说："疯狗，把他给我扔出去！"

几个家丁将佟宝善拉起来。佟宝善怒骂："姓韩的，你可别后悔！我手里有你当汉奸的证据！有种你让他们放开我！"

韩退之一愣，想了想，走过去，瞪着佟宝善。佟宝善挣脱家丁的手，从怀里掏出一个信封甩在韩退之面前："你自己看吧。"

韩退之拿起信封看了一眼里面的文件，面色一沉。

佟宝善一脸冷笑："韩退之啊，你也太小瞧我佟宝善了，我这个人做事从来都要留后手。从我跟你搭上那天起，我就详细调查过你的老底。这些证据就是我留下来防患于未然的！别以为当年你靠日本人发家的那段事没人知道！全国上下一心抗战的时候你在做什么，你帮着日本人……"

韩退之打断道："行了，你想怎么样？"

佟宝善得意道："问得好，是个聪明人。很简单，第一，咱们事先说好的分成必须给我！第二，我要你去帮我杀了聂云开！两件事必须全都办到，否则这些证据的原件就会登在各大报刊上，等你身败名裂，成了人人喊打的过街老鼠，看你怎么在香港立足！怎么在中国立足！"

韩退之喉结耸动："钱现在就可以给你，但聂云开暂时不能杀。"

"别跟我讨价还价！"

韩退之低声下气道："做生意哪有不讨价还价的。这样吧，明天一早，聂云开会过来跟我签合同，到时候我安排你们见面，该怎么做你自己看着办。"

第二天一早，聂云开就赶到了韩府。

书房内，聂云开和韩退之、佟宝善三人各据一角地坐着，氛围诡异。韩退之清了清嗓子："今天请二位来，我的本意是想当个和事佬，就是不知道二位肯不肯给我韩某人这个面子。”

佟宝善气不打一处来："别打官腔了，姓聂的这条命，我今天要定了。"

聂云开微微冷笑："看起来，今天才是真正的鸿门宴啊。"

韩退之忙说："话不能这么说。冤家宜解不宜结，我是希望二位能好好谈谈的。谈好了大家化干戈为玉帛，谈不好也不至于动刀动枪。你们说呢？"

韩退之站起身来，看了聂云开一眼："我先回避了，二位慢慢聊。"说完赶紧走出书房，带上房门。这个时候他一刻都不能待了。

佟宝善立即从怀里抽出手枪，指着聂云开："姓聂的，你害得我这么惨，咱们的恩怨也该了结了！"

聂云开直视佟宝善，脸上没有丝毫畏惧。佟宝善拨开枪栓。聂云开却道："你就不想看看我给你带了什么礼物？"

佟宝善不耐烦道："别耍花样。"聂云开笑笑，从怀里摸出一个信封袋放在桌上。佟宝善微微皱眉。

聂云开道："那我就长话短说了。这个信封袋你应该认识吧，里面装的是韩退之当年通日的证据，当然是原件。我碰巧从小吴那儿听说你在新界养了个外室，知道你被放出来之后，我就去走了一趟，在你的保险柜里找到了很多银行存单和金银细软，不知道算不算你贪腐的证据。至于这个，算是意外收获吧。"

佟宝善用一只手打开信封袋看了一眼，惊道："原来你也是早有防备啊。"

聂云开冷笑："丧家之犬会做的事无非那几件，要防也不太难。没猜错的话，你是想用这个来要挟韩退之帮你杀了我。不过现在原件放在了韩府，你觉得就算杀了我，你能走得出去吗？"

佟宝善："那我也得拉个垫背的！"

聂云开接着从怀里摸出一张机票和一颗子弹，将子弹压在机票上："佟宝善，这颗子弹是你寄给我的，我原本可以把它装进手枪再扣动扳机还给你，但我并不想这么做。"

佟宝善一颤："听你这意思，我还得感谢你的不杀之恩了？"

聂云开摇头："我说过，你我之间用不到枪，只用得到算盘。算盘上的事你输了，虽然没有坐大牢，但也算受到了点惩罚，并不冤枉。所以，说到底你跟我没有深仇大恨，更没到非置对方于死地的份上。你只是狂犬吠日，慌不择路罢了。"

佟宝善嘴角抽搐了一下。聂云开将子弹收回兜里，机票推到佟宝善面前："你应该明白我的意思了。这张机票是到菲律宾的，带上你的钱和家眷，远走高飞比什么都强。"

二人对视中，聂云开伸出手，缓缓将佟宝善的枪摁下去："信封袋留在这里，你跟我一起出去，他不会拦你。"

佟宝善肩膀垮下来，他知道他已经败下阵来，这个聂云开果然不是个省油的灯，他太小瞧了……

华航大楼内，殷康年和樊耀初隔桌含笑而坐。

"老殷啊，到香港几个月了，你还从来没进过我的办公室呢。"

殷康年道："这次航油的事能这么快解决，全靠你。你们好不容易搞到的油，还分出一半原价转给远航，解了我的燃眉之急，我不上门来表示一下感谢怎么行？"

"两航危难时刻理当一体同心，我樊耀初绝不会因为私人原因影响大局。"

"别跟我文绉绉的，听得我耳根子发痒。反正这次是要谢你就对了，我给你带了谢礼，不欠你人情。"殷康年说着从脚边将一只大袋子拎起来放在办公桌上。樊耀初打开袋子看了看，里面是两条油光发亮的金华火腿。

殷康年笑笑："知道你好这口儿，专门让人弄来的。回去做腌笃鲜给老太太解解馋吧。"

樊耀初咧嘴笑开了，好久没笑得这么想流眼泪了。

今天的威士西餐厅内一个食客也没有。

聂云开坐在吧台边喝咖啡边随手翻看一张报纸。突然他的目光停在一则豆腐块新闻上——《前华航副总佟宝善遭枪杀》。聂云开一愣，下意识皱了皱眉头。这又是谁干的？

这时，齐百川端着一盆洗好的杯子从后厨出来，聂云开伸手帮他抬起吧台的面板。齐百川走进去，站在聂云开对面，开始埋头擦杯子。

聂云开合上报纸，从怀里摸出一个信封袋交给齐百川："这个你帮我收着，里面是韩退之当年通日的证据，我拍了照片，将来兴许有用。"

齐百川不动声色地将信封袋收进钱柜，又拿起咖啡壶给聂云开续了一杯咖啡，然后继续擦杯子。聂云开喝了口咖啡，环视一圈："最近生意这么冷清？"

齐百川淡淡道："局势越来越紧张，况且吃得起西餐的本来就不多。这不，刚让人去印刷厂印的月份牌广告，回头得散出去。"

"你还挺懂经营，为了多挣点儿钱？"

"这么多年光靠组织划拨的经费哪儿够，还不得指着这餐厅补贴。"

聂云开没接话，看着窗外，片刻才说："我让你上鹧鸪老家调查的事有结果了吗？"

齐百川低语："派去的人还没回来，最近内陆的交通很成问题。但也就这两天吧。"

聂云开微微点头："这次燃油的事，鹧鸪每一步都按纪律秘密向组织上做了请示汇报，没发现什么异常。"

齐百川哼了一声："我早就说过，他是个老狐狸。"

这时，一对白人情侣走进西餐厅。齐百川放下手里的活计，拿起菜单簿走了过去。

聂云开随手拿起一张广告单看了看，兀自笑笑，折起来放进内兜，起身离开。

聂云开回到华航大楼，刚走上楼梯，正碰上沈希言和郑彬下楼，撞了个正着。三人都下意识停住脚步，沈希言抱着一沓资料，面上极不自然。

聂云开稍显尴尬道："你们……忙着呢？"

沈希言避开他的眼光道："嗯。我先走了。"

聂云开微微侧身让开，沈希言面无表情地低着头下楼梯走了。

郑彬一脸平常道："聂总吃过午饭了？"

"在外面随便吃了点儿。"

"对了，樊总请你去他办公室。估计是想跟你谈谈吧。这次航油的事，你上下奔走，公司同事都对你另眼相看。"

"这次郑主任厥功至伟，我对你也是刮目相看的。我还真没想到你有办法帮韩退之保住内地的宅子，你果然朋友遍天下。"

郑彬小声道："那你可千万别跟上面举报说我跟共党有染啊。"

聂云开一笑："说笑了，我还正准备请你吃饭呢。"

"应该我请你去家里吃饭才对。我现在有了把柄在聂总手里，可得好好巴结你，免得稍有不慎跟佟宝善一个下场。择日不如撞日，要不就今晚吧？"

聂云开想了想，道："好啊，恭敬不如从命。"他知道这一天一定会来。

天色将晚，郑彬家墙上的时钟指向六点。沈希言在厨房忙活着。不一会儿，就听见郑彬的声音："希言啊，聂总来了。"

沈希言定了定神，捧着一个木托盘走出来，将沏好的茶水放在茶几上："聂总请喝茶。"聂云开道了声谢谢。两人都是一脸镇静。

沈希言转身走去一边布置饭桌。郑彬说着走进了卧室。

聂云开在沙发坐下，抬眼打量了一下。这是一套格局奇特的旧屋，不算厨房有三间屋子，客厅则专门辟出一角作为饭厅使用，整体上显得颇为局促却又不浪费一点儿空间。

这时，郑彬拿着一件尚未开封的白色衬衫走出来："这件衣服是希言上个月给我买的，外国舶来的时新亚麻料子，不过不巧得很，我对亚麻过敏，一穿就浑身起红疹子。我看咱俩身材相仿，正好就送给你吧。"

聂云开直言："太客气了。"

沈希言边擦桌子边冷冷斜了二人一眼，忍不住揶揄道："妻子如衣服，就这么送出去，可见男人靠不住。"

郑彬不以为意地笑笑："聂总不是外人，我这也是物尽其用嘛。"

聂云开注意到这次沈希言的手腕上没有戴着那枚铜钱。

郑彬笑笑："还得一会儿开饭，要不我带你参观一下屋子？"

"好啊。"二人走到书房门口。

聂云开边看边说："这房子虽然旧，但布置得很别致，一看郑主任就是很会生活的人。"

"今天希言特地提早下班，过来帮我收拾了一番，这才得到你的赞美，看来果然合你心意。"

聂云开微微一怔，走进书房，环视一圈。

郑彬道："香港人多拥挤，我这住处其实是三间很小的亭子间打通的。第一间原本属于一个轮船公司的职员，因为老板得罪了英国人而遭连累、背了黑锅，自杀死了。大概就是我现在站的位置。"

聂云开点头。

"第二间是你站的位置，被我改造成书房了。这里原来住了一个孤寡老太太，她的三个儿子先后都战死了。那老太太原本省吃俭用存了很多钱，准备给儿子结婚，但后来都用不上了，临死前捐给了慈善总会——她以前就把钱藏在那个隔板后面，简直天衣无缝。"

书房的角落有一块活动的隔板，不仔细看几乎看不出来。聂云开笑道："这还真是个藏东西的好地方。"

"第三间就是卧室那边，连着外面的小厨房。原来的主人是个从内地流浪到香港的乞丐，当时觉得自己一生的梦想就是在香港拥有一间属于自己的房子。"

聂云开一顿："也算是个务实的目标。"

郑彬接着说："不过后来他走投无路的时候，结识了黑道的人。因为胆大不要命，得到的第一笔赏金就足够他买下了这间房，但他很快发现挣钱太容易，不甘心住在这里，于是正式入了操刀老七的黑帮。"

"信礼门？我听说过。"

"他很快就混成了信礼门四大金刚之一，没两年就买了小洋楼，不过却无福消受，还没搬进去就被人打残、还砍了一只手，逐出帮派。现在在夜总会给人看门，也算是留在了香港。"

聂云开感慨不已："每场战争都会留下太多人间悲欢。你家简直就是一幅浮世绘。"

郑彬颔首一笑："所以说，这住处只有命硬的人才能压得住。"

这时外间传来沈希言的声音："准备吃饭了。"

郑彬从厨房的柜子里抱出一坛老酒放在饭桌上："这坛老酒我藏了好几年，今晚开了，咱们对饮几杯，好好聊聊。"

聂云开声音一扬："好啊。不过那我得先打个电话给小吴，安排一下工作，免得喝酒误事。"

郑彬指着电话说："就在沙发边上，你自便。"

聂云开看了郑彬一眼，他正低头准备拆开酒坛上的泥封。他快速走到沙发上坐下，背对着厨房，拿起电话听筒，拨了个号码。飞快地从怀中掏出一个微型窃听器，然后一只手飞快地拧开下方的传声话筒。

电话接通了。聂云开大声说："小吴啊，我是聂云开。"他的手迅速将话筒里的拨片拆下，"那份关于特许经营的中期报表你今晚得连夜做出来，明天上午开会要用到。"他边说话边小心地将窃听器安进话筒里。他很自然地往身后看了看，郑彬已经进厨房找工具去了。

聂云开故意道："你大点儿声，我听不清楚……对，你大点声说……"他的手轻轻拨动线圈，窃听器的小红灯亮了。

"好了，这回能听清了……对，就这个事，你辛苦一下……好。"他飞快地将拨片安了回去，然后旋上盖子。

郑彬的声音传来："安排好了吗？"

聂云开回过头，郑彬正站在饭桌边看着他。他随意地晃了晃听筒，放回电话机上："安排得很完美——今晚咱们喝酒，让小吴干活。"

郑彬笑笑："来吧。"聂云开起身走到饭桌边坐下，桌上没有大鱼大肉，只有几碟小菜和沈希言做的炸酱面。沈希言将筷子分了，分别放在三人面前。

聂云开微微一怔。脑中突然浮现出曾经的画面——年轻的沈玉兰打开饭盒，里面是热腾腾的炸酱面，她将筷子递到聂云开手里，微笑地看着他大口大口地吃着……

郑彬说："都是些家常小菜、粗茶淡饭，不嫌弃吧？"

聂云开用手抹了把脸，收回思绪，笑笑："这样才好。"

"我最爱吃希言做的炸酱面。来，我帮你盛一碗。"郑彬说着拿过聂云开面前的碗，但沈希言将碗接过去。

"我来盛面吧，你总是拌不匀，一口咸一口淡的。"沈希言熟练地将面盛出，加入炸酱和作料拌好，放在聂云开面前，然后又拿起郑彬的碗，"趁热吃吧。"

聂云开没说话，接过碗大口大口地吃起来。

夜幕降临，明晃晃的月光将树影泼洒在街面上。饭桌边的三人安静地吃着饭，郑彬时而和聂云开碰杯，聂云开时而和沈希言对视，那滋味五味杂陈，竟找不到什么词可以形容……

饭后沈希言将三只空碗收了，转身去了厨房。郑彬又替聂云开倒了一杯酒。二人都已微醺。

"说起来，我本来也是中统外联部门的老资格，很早就去国外留学，所以认识很多共产党，但回国之后却因为这个背景受到排挤。加上我这个人又讨厌政治，也不想当官，所以主动下派到航空公司。不过毕竟还是身在公门，所以这么多年，我觉得自己在哪儿都是个夹心人。"郑彬自己端起杯子喝了一口酒。

聂云开苦笑："夹心人。我们既然生在这个大时代，很多事就注定身不由己。"

厨房里，沈希言缓慢地洗着碗，听见聂云开的话，微微抿了抿嘴。

聂云开两杯寡酒穿肠，默然无语。郑彬看着沈希言站在水池边的背影道："人在身不由己的时候，往往就会选择自欺欺人。"

聂云开不解地看着郑彬。

"我虚长你几岁，算是过来人了。其实从你到香港那天，我就知道，你跟希言还是彼此相爱的。"

郑彬的这句话让正在厨房里忙活的沈希言的手突然停下来。

聂云开也是一怔，刚要说什么，郑彬却抬手打断："我今天请你来家里，就是为了跟你说这些话，你得让我说完。"

聂云开不知道说什么，只好低头给自己倒了杯酒。郑彬接着说："这人哪，有三样东西是掩盖不了的，咳嗽，穷，还有爱。你们虽然阔别多年，但是感情没变，一切都是造物弄人。我猜当年你一定是因为受了重伤所以才没有回去找希言，对不对？"

沈希言的手紧紧攥住碗沿。

聂云开没说话。郑彬兀自点了点头："虽说现在我和希言的确是男女朋友的关系，但你们在香港重逢，既是天缘奇巧也合乎人情事理，我没道理拦在中间……四十好几的老头子一个了，我根本配不上希言，你们才是天生一对。"说着他撑着桌子站起身来，往门外走去，"酒喝多了，我出去走走，你们好好谈谈，不要辜负了我。"

聂云开也站起身来。一时不知说什么好。

这时，沈希言从厨房里走出来，喝道："郑彬，你给我站住。"

郑彬一愣，转过身来，看着沈希言。

沈希言骂道："你要是喝多了，我就当你今天的话是放屁。你要是没喝多，就给我听好了，我再说一遍，我跟聂云开是过去的事了，不管他当年为什么失约，过去的都已经了结。我选择了你，郑彬，所以也请你尊重我，我不是任由你们踢来踢去的皮球！"

三人都不再说话。接下来的沉默令整个屋子都在窒息了。

聂云开识趣地走了。再不走，他的心都要裂开了。

街灯将聂云开孤独的影子拉得好长，今晚的任务是完成了，可是看到沈希言咬牙切齿跟他说话的样子，他知道沈希言始终不肯原谅他。可眼下这样的时局，谁又能左右自己的命运呢？

聂云开走后，沈希言索性拧开一瓶酒，独自喝起来。

郑彬好似清醒了一些："希言，你少喝点儿。"

沈希言颤抖道："我今天也想喝点儿酒，你陪我一起喝吧。"

郑彬看了她一眼，叹口气："你知道我不胜酒力，而且刚才已经喝了不少。"

沈希言兀自端杯。

郑彬只好点头："难得你想喝，那我就舍命陪君子了。"话落他从柜子里拿出一瓶洋酒，拧开，把二人的杯子倒满。沈希言举起杯子和郑彬碰了一下，她一口气喝了一半，郑彬干了一杯。

杯子再次倒满，二人却相顾无言。郑彬心里暗暗痛了一下，两个人加起来的孤独，比一个人的孤独还要可怕，也更可悲。

聂云开落寞地回到家里，他掏出钥匙打开房门，刚走进去打开灯，却愕然发现齐百川正坐在沙发里盯着自己，他猛地一愣，知道不妙，立即关了灯。屋内一片漆黑！

两秒钟后，书桌上的台灯再次被拧开。聂云开将旋钮调到最暗，但是足够看清楚齐百川的表情。

"为什么不提前和我打招呼！"聂云开责怪道。

"放心，没人看见我进来。"齐百川坐在沙发上，一副平常的表情。

"我不开大灯，是怕窗帘上映出两个人影，谨慎点儿好。"

"不错，看来你还没喝醉。"齐百川笑笑，故意指着茶几上的意面说，"知道你被请去喝酒，肯定没吃饱，先吃完再说事吧。"

聂云开看着面前那盘意大利面，突然他注意到茶几玻璃下原本反过压着的沈玉兰的小照片被拿出来了，显然是有人动了照片。他掩饰住自己的表情："我不饿，你有话就直说吧。"

这时，齐百川猛地一拍桌子："你小子是不是怀疑我？担心我在面里给你下毒？"

聂云开心里一震，表面仍微笑着摇了摇头，伸手去拿叉子。齐百川冷笑一声赌气般地夺过盘子，狼吞虎咽地把面条一股脑吃了个干干净净。半分钟后他放下盘子，瞪着聂云开。

聂云开觉得好笑："你连吃了两盘面。我听说饭量大的人都是直肠子，不会拐弯抹角藏着掖着，看来也未必。"

齐百川大手一挥："别跟我扯这些没用的。虽然你是上级，但我这个人一向有话直说。聂云开，我现在觉得你不信任自己的同志，反而整个儿人都在被鹧鸪牵着鼻子走！"

聂云开目光移向照片，质问道："你为什么动我的东西？"

齐百川一愣。聂云开伸手将照片拿起来，收回内兜里。

"就是因为这个女人吧？"齐百川吼道。

"这是我的事！"

"你现在是不是觉得自己已经开始欣赏鹧鸪了？你看看你那个样子，你别是中了他的美人计吧？"

聂云开怒了："我说了这是我的事！"

齐百川声音更大了："这不是你一个人的事。组织上给你的甄别时间只有半个月，现在已经过了十天，你却还在跟他喝酒谈心！"

聂云开深吸一口气，努力平复情绪。

"聂云开，你不能辜负组织上的信任，否则趁早换人来干！"

"这件事，换别人还真不行！"聂云开笃定地看着他。

齐百川自知跟他硬来不行，口气便软下来："对不起，是我有情绪，需要的话我可以道歉。"

聂云开眼睛一瞪："你不需要道歉。我也不需要什么都向你汇报。"

齐百川只好点头："行，你是上级，我会服从纪律，都听你的，下一步怎么办你说吧。"

"我让你派去鹧鸪老家调查的人，晚上八点已经乘火车回到香港，汇报一下具体情况吧。"

齐百川惊讶地看着聂云开。原来什么都瞒不住他！他从怀里抽出两张折起的公文纸，放在茶几上："既然一切都在你掌控之中，那你自己看吧。"

聂云开展开那两张纸，里面夹着一张照片，照片上一个三十多岁的农村妇女和一个十几岁的男孩站在一起。他又扫了几眼纸上的字，皱眉道："鹧鸪在江西乡下老家，真的还有老婆孩子？"

齐百川道："不光有老婆孩子，而且他们生活还很殷实，买了几十亩地，还盖了两层砖房，那可是村里的独一户啊。你没查到鹧鸪贪污，那他从哪儿来的钱？"

聂云开凝眉思索，这似乎不像郑彬所为啊。

齐百川不依不饶道："一个四十多岁有家室的人，还要在城里找年轻女人，这种人人品有问题，肯定是叛徒！"

聂云开放下公文纸，往椅背上一靠，理了理思路，半晌又直起身子看着齐百川："现在还是要冷静，不能乱了节奏。我能感觉到，这件事很快就会有结果。这样，下一步，我会找机会搞到鹧鸪家里的钥匙，然后由你带人潜入，进行彻底搜查！"

齐百川终于松了一口气。这个郑彬一天不除，聂云开一天也不会把他放在眼里。

夜已深，桌上的那瓶洋酒已经下去大半。郑彬已喝得烂醉，困倦地趴在桌上睡着了。沈希言看着他，上前推了推："你喝醉了，我扶你去床上睡。"

郑彬语焉不详地嘟哝两句，看样子是真的醉了。沈希言赶紧把郑彬拖到床上躺好，又在床沿上坐了一会儿，见郑彬彻底熟睡后，便悄悄起身往外走去。她轻轻关上卧室的门。客厅里一片漆黑。她悄悄摸出手电筒，轻手轻脚地来到客厅另一边，将墙上的挂历摘下，拿出事先准备好的细铁丝，折成双股，开始小心地开锁。眼光还时不时地回头看向卧室方向，生怕郑彬听到动静。费了半天劲，她已是满头大汗，终于弄开了那把锁。深吸了一口气，她轻轻地打开那扇通往地下室的小门，探身钻了进去。

沈希言顺着梯子爬下来，进入地下室。她用手电筒照了照，里面并不大，除了堆放了杂物之外，还有一处用布蒙起来的地方。她屏住呼吸揭开罩布，一套收发报设备呈现在眼前！她惊讶地看着发报机，正待进一步动作时，身后突然传来郑彬冷静的声音："你在这儿干什么？"

沈希言吓得惊叫起来！

第六章 潜 伏

沈希言的一声惊叫，把郑彬也吓了一跳。下一秒，地下室的灯亮了，沈希言看见郑彬正站在梯子下看着自己，她下意识地往后退了半步。

郑彬扫了一眼地下室："你是故意要把我灌醉的？"

沈希言一时语塞，她真的不知该怎么圆场。想了想，她还是鼓起勇气点了点头："我的确是故意的。因为我一直想看看，你这个神秘的地下室里到底藏着什么秘密。"

郑彬唇角一勾："现在你看到了。"

"你不想对我解释什么吗？"沈希言看向那处秘密电台。

郑彬不以为意道："我只是在做我该做的事。"

"郑彬，你到底有多少秘密瞒着我？"

郑彬没说话，走过去捡起布罩，将电台重新盖上，拉平整，然后转过身，说了句对不起。

沈希言嘴角微微颤抖，目不转睛地瞪着郑彬："你到底是谁？"

郑彬难以捉摸地一笑："别问我这么哲学的问题。"

"告诉我！"

一道寒光直直地射过来，郑彬终于点了点头："我是共产党，安插在两航内部的秘密特工，代号鹧鸪。"

沈希言惊讶地看着郑彬，一时不知说什么好："共产党？"

郑彬索性说开了："没错，十几年来我一直利用航空公司的便利，负责地下交通线，为共产党转运秘密物资、提供情报。这里的收发报设备就是我跟组织联络的工具。"

沈希言疑惑道："就这些吗？"

郑彬笃定道："就这些。这就是我全部的秘密，既然你已经发现了，就没有必要再瞒你。只不过，我不太喜欢你做事的方式。"

沈希言面上一红："对不起……我只是觉得，你这个人身上好像总藏着很多秘密，我看不透你，所以也不敢把心全都交给你……今天，你能把这么机密的事告诉我，我很欣慰。我希望，将来不要再发现你还有什么别的秘密。"

郑彬将一只手搭在沈希言的肩膀上："你不必完全了解我，你只需要知道，我对你的感情是真的。希言，我希望我们以后都能坦诚相待。还有，你要替我保密，好吗？"

沈希言抿了抿嘴唇，又点了点头。郑彬将她一把搂入怀中。

越过郑彬的肩膀，沈希言的双眼炯炯有神地盯着布罩下的秘密电台……她总觉得郑彬身上一定还有不为人知的秘密。

早上六点，东亚旅行社已经开门，一楼的前台坐着一位秘书小姐，正在接打电话。墙角的发财树刚浇过水。

雷至雄坐在办公室的椅子里，双脚架在桌上，手里捧着那本《共产党宣言》胡乱翻着。这时一个手下小声叫了一声站长。

雷至雄猛地放下书，跳起来用书猛打手下的脑袋："榆木疙瘩！说过多少遍了，叫经理！"

"是，经理。"

雷至雄瞪了他一眼。手下赶紧将一封解密的密电交到他手里："经理，十分钟前刚刚收到的密电。"

雷至雄皱了皱眉，接过密电："替死鬼目标已锁定，等待时机进行下一步动作。鼹鼠。"

雷至雄点了点头，将密电举起来。手下会意，立即掏出火柴点燃密电……

华航办公室里，聂云开正在工作。小吴拿着一沓文件走进来，放在桌上："聂总，特许经营的报表我做好了。另外这是空勤科那边送来的薪资管理季报，都放这儿了。"

　　等小吴转身出去，聂云开才拿起报表看了一眼。看到一半，他突然注意到文件上的一个细节，他立刻拿出放大镜去看。"华荣航空"几个字被放大，那个"航"字似乎有些不同。他狐疑地从抽屉里再次取出那个纸团，展开，仔细看了看，随即陷入思索。

　　想了想，他马上赶去了启德机场，正赶上午餐时间，他直接去了员工食堂，一眼便看到正在食堂另一头排队买饭的沈希言。见沈希言买好饭，走出食堂，他也悄悄跟了过去。

　　进了航站楼，转过一个弯，聂云开正和她相向走来，沈希言也一眼看到了他，立即停住脚步。

　　聂云开看着她手里的铝制饭盒："这么晚还没吃午饭呢？"

　　"忙。"沈希言顿了顿，"你怎么上机场这边来了？"

　　"我来找滕飞。"

　　"那你去吧，我走了。"沈希言说完要走，聂云开却叫住她："希言，我知道那个纸团是你给我的。"

　　沈希言故作镇定："我不知道你在说什么。"

　　"加班那天，你扔在我办公室纸篓里的那个纸团。"

　　沈希言直摇头，不说话。聂云开从口袋里掏出那个皱巴巴的纸团，双手展开，举到沈希言面前。白纸上是一行用打字机打出的小字："航油一事可让郑彬暗中联络共产党帮助解决。"

　　沈希言扫了一眼纸条，移开目光。

　　聂云开直直地看着她："这个人显然和郑彬很熟，知道他跟共党方面有联系，可以设法解决燃油的事。"

　　沈希言却道："和郑彬熟的人很多，你去问问别人吧。"

　　"希言，别瞒我了。我今天在空勤科送来的文件上发现，你们办公室的中文打字机上有一处磨损，而这个细微的磨损也留在了这张纸上——你看，油墨会在'航'字上留下一小团污点。纸条上的'航'字几乎是一团黑墨。"

　　沈希言心里暗暗吃惊，又生出一点点佩服，这个男人果然心思敏锐，但面上她仍云淡风轻地看着聂云开："聂大侦探的观察的确很细致，不过，公司的同事都知道，我并不会用打字机。"

聂云开一愣，这个他万万没想到。

"空勤科每天人来人往，我不知道你拿的这个是谁打印的。还有，虽然郑彬是我男朋友，但我并不知道他和共党有什么联系。眼下局面这么乱，说什么的都有，不过我一向不喜欢捕风捉影。所以，你也别瞎猜了，就这样。"沈希言说完抬腿就走。

聂云开盯着她的背影不死心道："你真的对郑彬有感情吗？"

沈希言脚步一顿，继而又恢复平静，快步离开。她不想在聂云开面前有任何情绪表露。

聂云开无奈，将手里的纸再次揉成团……这个女人他越来越看不透了，她或许早已不是曾经的玉兰了。

失落了好一阵，聂云开转身去找了滕飞。滕飞一听说他要搞点儿机油，有点儿纳闷。聂云开只说自己的那套微雕刀具不好使，正需要机油。滕飞也没多想，直接给他一小罐。

拿到机油，聂云开立刻返回办公室。关上门，他将手里装有机油的小罐子放在桌上。他抽出办公桌抽屉上的钥匙，然后把小罐子打开，用手指蘸了些机油均匀地涂抹在右手边缘较为平整的月丘部分。接着他将办公桌钥匙摁上去，再拿开，手上赫然留下一个钥匙轮廓。他看了看，又蘸了些机油重新抹匀……

一套动作娴熟干净，弄完这套活，他便起身拿着一份文书走进了营业部办公室，见了郑彬，便说："郑主任，港交所那边通知公司提交资产明细以及近三年所有的董事会决议原件，我需要调用一下公司保险柜里的密级材料。"说着将文书放在郑彬桌上，"樊总已经签过字了。"

郑彬颔首："挂牌上市的事有进展了？"

聂云开道："烦琐得很，得一步步来。樊总不在，你那儿应该还有一把保险柜的钥匙吧？"

"有。"郑彬微微欠身，从腰带上解下一串钥匙，递给聂云开，"保险柜在里间。我手头有点活儿，你自己开吧。"

聂云开轻松一笑："这么多钥匙，一看就是管事的人。"

郑彬只顾看文件，头也没抬："不算多，黑色的那把就是保险柜钥匙，银色的是车钥匙，最长的是公司大门的，最短的是我家的，剩下的都是抽屉钥匙。"

"郑主任还真不把我当外人。"

"我早说过，会全面配合聂总经济师的工作。城墙上挂钥匙——开诚相见。"说完他才抬起头来。

聂云开笑笑，郑彬又低头继续认真看文件。他赶紧抓起钥匙串，挑出那把黑色的，往里间去……

第二天，一把崭新的钥匙被推到齐百川面前。

聂云开淡淡地说："这是郑彬家的钥匙，刚配的。"

齐百川拿起钥匙看了看："事不宜迟，今天下午我就带人搜查他家！"

聂云开嘱咐："务必小心谨慎，鹧鸪这个人很细致，尽量不要留下蛛丝马迹。搜查的重点是文件资料、信件、日记、照片胶卷、银行存单，以及可能存在的密电、密码本，等等，总之不要放过任何地方。"

齐百川信心十足："放心吧。你一定要在公司盯住他，五点之前决不能让他回家。"

聂云开看看表："好……对了，他家书房右手边的墙角下有一块活动的隔板，你可以着重检查一下。"

齐百川重重地点点头。这一次他觉得郑彬必定会死在他手上。

墙上的钟指向三点。

聂云开将一沓文件整理好，交给小吴："帮我把这些报表拿给郑主任，请他看看有没有什么问题，下班前交给我。"

这边齐百川连同三名手下已赶到了郑彬家。

齐百川叮嘱根仔："你在车里盯着，要是有意外情况就摁三下喇叭。"说完便撬开窗户闯了进去。

墙上的钟指向三点半。聂云开故意将门打开一条缝，手里拿着一份文件假装看着，眼角余光盯着走廊。

很快，墙上的钟指向四点。听到营业部办公室的门打开，聂云开赶紧坐直身子。郑彬拿着那沓文件走进来："这些报表我都仔细看过了，没什么问题。"

聂云开故意道："这么快？这些都是要提交给港交所的，很重要。"

郑彬认真道："放心吧，有问题我负责。"

聂云开点点头："坐会儿，咱们聊聊？"

郑彬却说："不了，我落了一份文件在家里，得回去一趟。"

聂云开一愣，假装自然地看了看钟："这都四点了，来回跑一趟就该下班了。"

"那也得回去拿。那份凭证必须当天盖章存档，否则日期对不上。"

"什么凭证这么重要？"

"按香港《税务条例》补征营业税的凭证。这些都是要提交给港交所的，很重要。"

聂云开笑笑，内心却一片纠结，这下该怎么办？郑彬转身出门。聂云开眼神一凛，立刻叫道："郑主任。"

郑彬转过身，聂云开站起来拿起外套："正好我事情也做完了，搭你的车去趟荷里活道，顺便聊聊？"

郑彬沉吟一下："行，那边走边聊吧。"

聂云开总算松了口气，二人一前一后走出办公室。

坐进车里，郑彬奇怪地问："你去荷里活道干什么？"

"不是你让我去那里的成衣店买衣服的吗？前几天太忙没时间，今天正好，你还能帮我掌掌眼，我可不了解香港的时髦。"

郑彬笑笑："那咱们得快点儿了。"

片刻，车子在荷里活道边停下。二人走到成衣店门口，却发现玻璃门上着锁，挂着"Close"的牌子。

"今天礼拜六，看来店主是犹太人。"郑彬分析道。

"安息日？"

"真不巧，改天再来吧。"郑彬说着看了看表，"走吧，我得回家拿东西了。"

郑彬刚拉开车门。聂云开情急之下伸手拉住郑彬的胳膊："等等。"

郑彬转过头，盯着聂云开，狐疑地说："你今天好像有点儿奇怪啊？"

聂云开眼神里闪过一丝紧张，脑中拼命起飞智……他兀自点了点头，假装为难地看着郑彬："……其实，我今天借机跟你出来，不是想买衣服，也不是要去办事，而是想和你单独谈谈，就我们两个……男人之间的对话，关于女人，你懂的。"

郑彬意外地看着聂云开："女人？"

聂云开点头，郑彬微微一笑："都说男人之间最沉重的话题就是说到自己的女人，而最轻松的话题，就是说到别人的女人。今天你是要谈轻松的还是沉重的？"

聂云开苦笑一下，控制情绪道："当然是沈希言。"眼下没有比这个更合适的话题。郑彬看了看手表，表情有些着急。

聂云开故意拉长声音说："你知道她本来不叫现在这个名字吗？在老家的时候，她叫沈玉兰。"

郑彬没说话，掏出烟盒点上一支烟。

聂云开言辞恳切道："我们是在一次反内战的游行中认识的，那时候我们都是师专的学生，她还比我高一级，算是我的学姐了。后来我们就那样相爱了，好像一切都很自然。我们在老家度过了人生中最美好的两年。再后来抗战全面爆发，我放弃上大学的机会南下参军，从此天各一方。战乱中，我们通了几年的书信，直到我去了驼峰，而她也离开家乡，我们彻底失去了联系。"

"她虽然不知道你受重伤后被送去美国治疗了，但因为一句承诺，她一直在等你，直到绝望。"

聂云开面色一沉："当时我伤很重，昏迷了一个月才醒，医生甚至说我这辈子都不可能再站起来了，但我坚持接受最严酷的康复训练，接下来的整整两年，简直是非人的日子。"

"可你还是回来了，重新站在她面前。"

"也许我们三个上辈子就是好朋友，所以这辈子还得碰到一起。"

郑彬打眼观察了一下聂云开："说有上辈子的是骗自己，说有下辈子是骗别人，我很高兴你没骗我。"

聂云开靠在车上，默然地望着成衣店："给我一支烟吧。"

郑彬掏出烟盒弹出一支，替他点上。聂云开吸了一口，适应了一下："以前总在空中飞行，渐渐对地面上的价值观失去兴趣。"

郑彬说："可你现在已经着陆了。"

"一切都不一样了，不可能回到从前，也没必要回到从前。这么多年，我们各自经历了太多生离死别，心早就不知不觉变硬了，因为里面填满了悲伤和不能言说的秘密。你也一样，你江西乡下的老家、当了一辈子银行小职员的父亲、温柔沉默的母亲，或许还有别的亲人，不是吗？"

郑彬嘴角一扬："没错，每个人都有苦衷，也都有秘密，我的事以后有机会再跟你聊。今天你能跟我推心置腹，我很意外，也很高兴。希望以后我们能做真正的好朋友。"

聂云开兀自看着那间成衣店，心里还在想办法拖延他。郑彬用手指捻灭烟头，拍拍聂云开的肩："咱们走吧。"

聂云开转过头冲郑彬笑笑，只好点头。二人转身上车。透过成衣店的玻璃门，可以隐约看见里面柜台上方挂着一个钟，聂云开瞄了一眼，时针差五分到五点。

二十分钟后，车子在郑彬家的门外停下，二人从车里下来。聂云开跟在郑彬后面，不动声色地看了看房子的窗口。郑彬踏上台阶，掏出钥匙，打开门。屋子里空无一人，和往常一样，聂云开终于松了口气。

夜幕降临，聂云开悄悄来到威士西餐厅和齐百川碰头。

桌子上摊着一沓照片和一本《悲惨世界》。聂云开狐疑地拿起那本《悲惨世界》翻开。齐百川解释道："这是从他书房墙角的隔板后面搜出来的。"

聂云开皱眉道："这书好像不太对？"

齐百川哼笑："当然不对，这根本不是什么《悲惨世界》，而是一本伪装的密码本，而且不是我们用的。"

聂云开更皱紧了眉头，接着翻看。齐百川道："我给二零七也看过了，现在已经确定，这是保密局香港站使用的其中一套密码本！"

聂云开一凛。

"我终于找到铁证了，这个鹧鸪果然是叛徒！雨燕，咱们不能再按兵不动了，我今晚就带人去把他拿下！"齐百川的声音得意又洪亮。

聂云开把书放下，缓缓地盯着齐百川。

齐百川有些发毛："你盯着我干吗？铁证如山，还有什么好说的？！"

"你不觉得这有点太容易了吗？这么重要的密码本，就这么让我们给找着了？"

"常赶集没有碰不到丈母娘的，我们盯了他这么久，他早该露马脚了！"

聂云开狐疑地往椅背上一靠，微微摇头。

齐百川急道："我说你还在等什么？！"

"等我再想想。"

齐百川拍拍密码本："咱们等的就是这个，还有什么可想的！"

聂云开突然抬手："冷静，事情到了这个程度，很快会见分晓。放心，叛徒是跑不了的。"

齐百川重重地叹了口气，瞪着聂云开干着急。现在证据都到手了，聂云开仍按兵不动，这不是成心嘛！齐百川扔下一个气愤的眼神走了。

墙上的挂钟指针无声地滑过十二点。书桌前的墙面上用图钉钉着那张西餐厅的月份牌广告，面六月的日期已经勾划掉了12个日子。聂云开拿起笔在日历上将第13个日子划掉。重新将目光移向桌上摆着的那本《悲惨世界》，聂云开陷入长久的沉思……难道郑彬真的是叛徒？可他心底却有个声音一直在说不是。真相到底是什么？

这时窗口方向忽然传来细微的动静，一个纸团从窗帘缝隙里被扔了进来。聂云开猛地扭头，窗外突然一个黑影一闪而过。他一个箭步冲到窗边，拉开窗帘，外面早已空无一人。他满心狐疑地捡起那个纸团。纸团里包着一个透明塑料袋，里面装着一截被捻碎的烟头，聂云开盯着那烟头，紧锁双眉……

这又会是谁？这烟头到底是什么意思？本以为刚刚有些眉目的局面，现在似乎变得更扑朔迷离。

屋子里又恢复了宁静。聂云开重新打开那本《悲惨世界》，边翻看边思索。他的手指下意识地捏住封面的一角来回摩挲着。突然，他仿佛意识到什么，目光倏地投向墙上的广告页。广告页上的男女满面红光地笑着："威士西餐厅，美味贯华洋。"聂云开凝眉想了想，起身用手指将图钉抠出来，摘下广告和那本书并排摆放。他闭上眼睛，两只手同时捏住广告和书本封面的纸张。

齐百川的话又冒出来："局势越来越紧张，况且吃得起西餐的本来就不多。这不，刚让人去印刷厂印的月份牌广告，回头得散出去。"

聂云开霍地睁开眼睛，双目精光一闪。他立刻拿起广告页仔细地看了看，翻过来，终于发现纸背面最下方的角落有一行印刷的浅色商标，写着"嘉业印刷"。

落马坡的保密局秘密驻地，正在院内用生肉喂狼狗的雷至雄忽然接到一份密电。

鼹鼠发来消息说："圈套已经设好，这两天就准备行动。"

雷至雄一看急了，赶紧冲手下说："给他回电，让他赶紧弄死那个替死鬼，后面还有重要任务！"

手下立刻领命而去。雷至雄又骂了一句："都是些混吃等死的。"这个替死鬼不死，恐怕后患无穷！

第二天一早，聂云开直奔嘉业印刷厂。

透过经理室的玻璃窗，可以看见外面的机器运转，几个工人正在干活。聂云开找到经理说明来意，直接把那本《悲惨世界》递了过去。

那个穿长衫的经理点头道："没错，是在我们这儿印的，封面用的3号亚麻纸，内页是普通新闻纸。"

聂云开又问："你确定吗？"

经理肯定道："大概三天之前吧，一个男的带着底版来的。因为他只印一本，所以我有印象。"

"那个男的长什么样？"

经理回忆道："长什么样不太好说，大概四十多岁吧，穿西装戴礼帽，还打着领结，看起来像是有身份的人。"

聂云开犹豫道："戴金边眼镜吗？"

"没有，说话声音有点儿粗。"

聂云开心下一惊，果然是他！

漆黑一片的枯树林内，一个人影远远走来。齐百川看了看周围，闪身进入一间废弃仓库内。些微的月光透进窗户，照亮空旷仓库的水泥地面，聂云开坐在一把椅子里，看着齐百川。

齐百川走过来，摘下帽子奇怪道："干吗找这么个地方见面？"

聂云开面无表情："这里是九龙城寨，三不管，香港警察不会来，保密局的人也想不到。"

齐百川问："找我来，是不是要商量动手对付鹧鸪？"

聂云开却说："不着急，先让你见几个新朋友。"

这时仓库的灯应声打开，齐百川看见聂云开手里的枪口正对着自己。他吓得环视一圈，仓库的四角和大门处各守着一名持枪的游击队员。齐百川急道："雨燕，你这是什么意思？！"

聂云开缓缓开口道："这几位是东江支队的同志，专门为你连夜而来的。"

齐百川发怒道："你小子有话明说，别跟我兜圈子！"

"好。"聂云开将那本《悲惨世界》和一张月份牌广告页扔在地上。齐百川马上皱了皱眉头。

聂云开继续说："我想你应该明白我的意思了吧？这本所谓的密码本，是你偷偷去印的，为的就是栽赃鹧鸪。"

齐百川吼道："你放屁！"

聂云开凛然道："我去印刷厂调查过了，密码本封面的纸和你餐厅广告的纸张是一样的，而且印刷厂经理清楚地记得你三天之前带着底版去过印刷厂！"

齐百川狂喊："老子没干过！"

"红隼，不用抵赖了。你为了掩盖自己叛变的事实，还真是动了不少脑筋啊。你先是向保密局供出了我们在上海的联络点，直接导致霞飞路南货店被突袭、老郭牺牲！然后你又设下假刺杀的圈套，关键时刻让手下偷偷拉闸断电，好让鹧鸪说不清楚。接下来你又利用搜查的机会，拿伪造的密码本栽赃鹧鸪！你这么做的目的只有一个，那就是让鹧鸪成为你的替罪羊，我说得没错吧？"

齐百川面孔变得狰狞："一派胡言，密码本是我从鹧鸪家搜出来的，我也没让老方去拉闸！"

聂云开反问："那你为什么急着把老方送走？"

齐百川一时语塞。

聂云开继续说："你一直急于对鹧鸪下手，就是担心夜长梦多！连我也差点儿被你牵着鼻子走了，可是你得知道，纸是包不住火的，你终于还是露馅了！"

齐百川争辩道："你也不想想，我要真是保密局的人，你小子早就没命了！"

聂云开笑笑："你没那么傻，因为你知道就算除掉我，组织上还会派别人来查叛徒。而你的目的是长期潜伏，所以你必须找个合适的替死鬼！"

齐百川脸涨得通红，一时不知怎么接话。

"没话说了吧？"聂云开站起身慢慢走向齐百川，手里的枪始终对准他，"既然当了叛徒，就要想到迟早有这一天！我劝你束手就擒，否则这里就是你的葬身之地。"

齐百川胸口剧烈起伏，他盯着聂云开的枪口，眼角的余光观察了一下环境："你以为拿把破枪对着我，我就怕了吗？老子打打杀杀的时候，你小子还复习联考呢！"

聂云开眼神一凛，手里的枪已经顶住齐百川的太阳穴。

齐百川冷笑一声："没用的，我一转身你就得打空。你太嫩了，还是坐办公室比较好。"

聂云开镇定道："那你就试试……"话音未落，齐百川以极快的速度转身，同时抽出后腰的枪，聂云开的枪响了，子弹擦着齐百川的耳朵飞出去。而聂云开打空的同时已经被齐百川用枪挟持住！

几个游击队员也已经包围上来，对突变的局势面面相觑。齐百川瞪着众人，一只手持枪顶住聂云开的太阳穴，另一只手卸掉聂云开的枪，然后卡住他的脖子。他吼道："都往后退！"

聂云开脸上急剧充血。齐百川的手青筋暴露："不想他死，就全都退到角落去！老子说到做到！"齐百川大拇指拨开枪上的保险栓。

几个游击队员犹豫着往后退了两步。

"退！"齐百川挟持聂云开往窗口靠近，用胳膊肘将破烂的窗户打碎。

"聂云开，这事儿没完！"说着他把聂云开猛地往前推去，同时纵身一跃从窗户出去了。几个游击队员连忙追出仓库，但齐百川早已消失在黑暗中，只有枯树的枝头在夜风中摇晃……

聂云开站在仓库门口，盯着那片无边的黑暗，喉结耸动。看来自己还真的低估了这个齐百川！

月上中天，已是午夜。

郑彬看了一下表，立刻进了地下室。在电台前坐下，戴上耳机，将天线调试好，开始熟练地发报："明日将除掉替死鬼，事成后联络。鼹鼠。"发完电报，他从抽屉里取出一把明晃晃的尖刀，对着灯看了看，拿起油布不慌不忙地擦拭起来。黑暗中，郑彬那双平日里和光同尘的眼睛露出了真正锋利的目光。而地下室另一边的小架子床上，昏迷的沈希言手脚早已被绳子牢牢地缚在四个床脚……

郑彬目不斜视地擦着刀，这时收报机上的绿灯闪烁，他忙放下刀，戴上耳机接收电报，在纸上记录代码。很快他摘下耳机，打开抽屉的夹层，从里面取出那本真正的《悲惨世界》。他翻开密码本，对照代码逐一解密电文："继续潜伏，随时汇报共党动向。"

看完电报，他打着火机，将纸点燃，转过身看着昏迷中的沈希言。她的眼皮微微颤动，眉头紧皱，好似正在梦境里挣扎——一个蒙面黑衣人领着保密局特务突然冲进共党交通站。瞬间枪声大作，现场一片混乱，原本挂在柜台上方的腊肉、香肠散落一地……南货店老板老郭拔枪反击，当场中弹，倒在血泊中。躲在街角的沈希言将这一切看在眼里，她紧紧捂住嘴巴，眼睛里喷涌出泪水。保密局特务将被抓的地下党押进车内。沈希言没有看到站在一边的蒙面人的样子，只注意到他用手指将烟头捻灭。等保密局的人离开后，沈希言走过去捡起了那截烟头。老郭中枪画面一遍一遍地重复……

沈希言的眼里涌出泪水……霍地，她从梦境中惊醒过来，满头大汗。很快她发现自己被绑在架子床上，不远处坐着的正是郑彬！

沈希言大声呼救，但郑彬丝毫不以为意，他走过来在床边坐下，看着她。他伸手轻轻捋了捋沈希言的头发，温柔地问："睡醒了？"

沈希言恐惧地瞪着双眼："你别碰我！"

郑彬拈起一根沈希言的头发，将鼻子凑上去闻了闻："你知道我最迷恋你身上什么地方吗？头发，我喜欢你头发的味道。每次你走了之后，我都会把你留在沙发上、地上的头发丝一根一根全都捡起来。"他手里微微使劲，把那根头发拽断。沈希言吃疼地一叫。

"当然，我每次出门前也会在门把手上放一根你的头发，这样我就知道有没有人趁我不在的时候进来过。"

沈希言大吼："你这个魔鬼！"

郑彬摇摇头："不，你才是魔鬼。我实在是小看你了，差点儿被你给骗了。有那么一阵子，我还真以为你爱上了我这个老男人，天真地觉得自己成熟、稳重、有魅力。在你眼里，我是不是很可笑？"他叹了口气，苦笑，"真是没想到，我竟然被你这个丫头片子给玩了。这辈子只有我骗别人的份儿，我还从来没有被别人骗过！一切的一切，都是因为我对你产生了可笑的真感情！"说着他从床底下拿出已经拆开的电话机和听筒，听筒里赫然一个窃听器，"幸亏我及时清醒过来，识破了你的虚情假意。沈希言啊沈希言，你刻意接近我，都是别有用心，这个窃听器就是你安的吧？"

沈希言微微一愣，一时她还没明白是怎么回事。努力清醒了一下，思路才跑回脑中——当她正在郑彬家搜索时，齐百川带着手下开门进来，情急之下她只能踩着沙发躲到窗户外面……齐百川在书房墙角的隔板后发现那本假的密码本。她听到齐百川说："把这个密码本带回去，给聂云开看看。调查了那么久，早就该搜这个叛徒的家！"躲在窗外的沈希言惊讶不已。她小心地把郑彬捻灭的烟头装进小塑料袋，直到那天她悄悄扔进聂云开的窗户里……

想到这儿，她突然道："没错，窃听器就是我安的。"

郑彬玩弄着手里的尖刀，微微点头："好，你承认了就好。我心里的一块石头也算落地了。接着说吧，把你想说的全都说出来，这样我才好判断到底该怎么处理你。"

沈希言已经冷静下来："你吓不住我的，当我决定接近你的时候，就做好了各种准备。我一定要查清楚，你到底是不是那个出卖组织的叛徒！"

郑彬似笑非笑地看着她："组织？看来你确实是共党。"

"不，我不是共产党，我只是老郭的一个发展对象，当然我也利用工作便利，帮他们做过一些事。老郭是我父亲生前的战友，一直以来，他就像亲叔叔一样照顾我，也是我精神上的领路人。老郭牺牲那天，我躲在街角目睹了全过程，保密局的人走了之后，我偷偷捡起了地上的那截烟头。"

郑彬笑了："有趣，越来越有趣了。"

沈希言面无惧色道："我想起来，身边只有你一个人有用手指捻灭烟头的习惯。出于女人的直觉，我肯定你身上一定隐藏了很多秘密，但是我跟组织联系不上，完全没有人可以帮我，所以从那天之后，我就开始刻意接近你，希望找到你叛变的证据。"

郑彬嘴角微微抽搐："说完了？"

沈希言坚定道："说完了。"

"你从来就没有对我产生过哪怕一丁点儿感情吗？"郑彬不死心地问。沈希言果断地摇摇头。郑彬颤抖着伸出手抚摩沈希言的脸庞，沈希言努力躲避着："一切都结束了。你从我这里借了太多债，到了该偿还的时候了！"

沈希言啐了他一口，郑彬用手抹了一下脸，猛地甩了沈希言一个耳光。沈希言仇恨地瞪着郑彬，郑彬突然疯狂地扑了上去，开始撕扯沈希言的衣服。她拼命挣扎着，但是上衣仍然被撕开，郑彬贪婪地亲吻她的脖颈……

情急之下，沈希言一口咬在郑彬的耳朵上，郑彬惨叫一声，捂住鲜血淋漓的耳朵，终于，郑彬血红着双眼，举起了手中闪着寒光的尖刀……

天蒙蒙亮，晨光初现，又是新的一天。

聂云开从衣柜里拿出那件新衬衫，穿上，扣好扣子，又套上外套，收拾停当后，走到桌边看着墙上的月份牌。他拿起笔在六月的第 15 个日子上画了个圈，然后转身出门。

一进华航大楼，他就碰到了郑彬。他打招呼道："早，聂总气色不错嘛。"

"是啊，事情都已经办得差不多了。"

郑彬警惕地问："什么事啊？"

聂云开反问："你说呢？"

郑彬一笑："你的事，我怎么会知道。"

"不光是我的事，也是你的事。"

"是吗？"

"当然了。公司上市的事，港交所已经通过了审核，后面就剩走程序了。"二人一对视，都同时笑起来。

郑彬夸赞道："这件事能顺利办成，聂总厥功至伟啊。"

聂云开笑笑，二人并肩往办公室走去："对了，你还想不想听那五件事，四件真的、一件假的，看我是不是老到？"

"这么说你想好了，洗耳恭听。"

聂云开笑笑，看着郑彬："上航校的时候我学得最好的不是驾驶课，而是为飞行员特设的心理课，我爹原本希望我当个裁缝，我的业余爱好是在核桃上微雕，我最喜欢的酒是美国肯塔基州产的波本威士忌，我只爱过一个女人。"

郑彬微微一笑："波本酒是假的。飞行员不能喝酒，你也根本不会喝酒，那天在我家你喝了两杯其实就醉了，只是掩饰得很好。"

聂云开笑笑，未置可否："轮到你了。"

"我的牙全是假的，'四·一二'政变后被审查时打的；我乡下有老婆孩子，还跟城里的女人自由恋爱；我最喜欢的书是雨果的《悲惨世界》；我其实是共产党员；我一生也只爱过一个女人。"

两人互相试探，绵里藏针。一阵长久的对视后，涌起一片肆无忌惮的笑声……

人来人往的大街上，齐百川压低帽檐走进电话局内，看了看，来到柜台边。柜员递出一张小条，齐百川接过来走到墙边的壁挂式电话机边，拿过黄页号码簿翻找到一个号码，转动拨号盘……

营业部外间的电话铃响起，一个女工作人员接起电话。

齐百川直接道："我找营业部主任郑彬。"

郑彬拿起了电话："我是郑彬。"

齐百川忽然说："身上带烟了吗？"

郑彬微微一愣，马上说："带了，三炮台，来一支？"

齐百川道："不了，这两天嗓子疼。"

郑彬放松下来："说吧，什么事？"

齐百川道："有一批货，需要你帮忙运到内地。"

"什么货？"

"硬货。一个小时后，九龙城寨，树林北边的仓库见。"齐百川挂上电话，连小条和一张钞票一起放在柜台上，快步离开电话局，接着他就钻进一辆车里。

不一会儿，见郑彬走出华航大楼，上了车，他立刻发动车子跟了上去……

齐百川的车子拐上大街，不远不近地跟着郑彬的车。这时，前方路口有警察设卡检查，齐百川皱了皱眉头。郑彬的车很快通过检查，快速开走。一个白人警察走到齐百川车边："九龙警署例行检查，请出示身份证明和驾驶执照。"

齐百川只好掏出证件递给警察，眼看着前方郑彬的车拐弯不见了。警察看了看驾照和身份证，还给齐百川。他立即发动车子朝九龙城寨开去。

开到城寨的树林外，齐百川下车检查了一下地面上的车辙，然后掏出手枪，快步往树林里走去。穿过树林，他往废弃仓库方向看了看，郑彬的车子停在不远处。他绕道来到郑彬车子后方的树边，透过后窗看见郑彬仍坐在驾驶座上。他将枪上了膛，猫着腰来到车后，蹲下观察了一下，然后小心翼翼地绕到驾驶座车门边，突然他隔着玻璃用枪指住郑彬！

这时，他注意到驾驶座上坐的人有些异样，定睛一看，此人并不是郑彬，而且那人的双手都被手铐锁在方向盘上，拼命想要挣脱，那人看见齐百川，立即冲他惊恐地大叫起来："救我，快开门，救我，救我……"

齐百川一凛，飞快地环视一圈，没有人，他刚要拉开车门，突然意识到什么，他将目光移向车底，刚要蹲下，便听见底盘下传来细微的嘀嗒声。齐百川猛然间反应过来，立即转身向后跑去，几乎同时，车子爆炸，巨大的冲击波将齐百川推向仓库门口。浓烟滚滚中，齐百川扑倒在地，身后火光熊熊。他晃了晃脑袋，抬起头来，一脸污血。

这时，一把黑伞的伞尖顶住了齐百川的脑袋，站在身前的是个蒙面人。蒙面人将齐百川的枪捡起来塞进后腰，示意他起身进仓库。

齐百川站起身来，拍拍身上的土，举起双手，眼睛不动声色地扫了一下周围，往仓库内走去。齐百川被逼到仓库角落，但他毫不畏惧地笑笑："鹧鸪，这招够狠的啊。"

蒙面人解下面巾，正是郑彬："对付你这种老家伙，不来点儿硬货怎么行？"

齐百川哼道："就凭你这把破伞？"

郑彬道："我劝你别打什么歪主意。这把伞枪是克格勃专用的，由西蒙诺夫轻型卡宾枪改装，7.62毫米口径大威力子弹。那个在卡萨布兰卡被干掉的德军中将，就是死在它的枪口下。"

齐百川嘴硬："老子可不是被吓大的。"

"你应该很清楚，你只要敢稍微动一动，它就会打爆你的头。"

"那你可以试试，看谁快。"

郑彬豁然一笑："我可不是聂云开，能让你从枪口下逃走。"

齐百川微微皱眉："你果然一直在跟踪我。"

"螳螂捕蝉，黄雀在后，再简单不过的道理。"

"这么说，你承认自己是叛徒了？"

"放心，齐老板，我会让你死个明白的。你说得没错，半年之前，我就已经为保密局做事了，确切地说我是个双面间谍——鹧鸪和鼹鼠。"

齐百川叹了口气："看来你很早就察觉到有人在调查你？"

"当然。晚会刺杀那天，当我凭借手感发现那其实是颗空包弹的时候，我就意识到那是个局。我当卧底这么多年，对于危险有最灵敏的嗅觉，否则九条命都不够死！对我来说，那一枪打或不打都不合适，所以我故意让人在电箱里做了手脚，关键时刻停电，只有这样我才能全身而退。"

齐百川啧啧道："很高明。而且你选我当你的替死鬼，也很有眼光，在香港可没人比我更合适了。"

郑彬笑道："过奖了。你们也很不简单，为了甄别我，你跟沈希言一外一内，配合得还挺好。"

齐百川微微皱眉，没接话。这老狐狸果然什么都瞒不住他！

"整件事到最后，唯一让我没想到的是，聂云开竟然也是共党的人。只可惜啊，他这个蠢蛋现在已经认定你是叛徒，杀了你以后，我跟他之间的猫鼠游戏还得继续玩下去，挺有意思。"

齐百川咬牙道："你再回答我最后一个问题，为什么要当叛徒？！"

郑彬苦笑："当然是为了钱。"

齐百川痛苦地摇头："人不能把钱带进坟墓，但钱可以把人带进坟墓。这个道理你都不懂？"

"钱才是道理！没有钱，你就逃不出这天，也逃不出这地！我这么多年潜伏华航，单线主管那么机密的交通线，既辛苦又危险。而共党为了保证卧底身份稳固，制定了严格的纪律，严禁以权谋私、贪污金钱，而且我还不能升官，就在营业部待着，一干就是七年，没钱、没地位！你能理解这种近乎绝望的卧底生活吗？"

齐百川气愤道："老子也是地下党，不过我跟你可不一样！"

郑彬道："当然不一样。我乡下有老婆孩子，我必须有足够的钱安顿他们，这样我才能安安稳稳地在城里跟自己喜欢的女人生活，直到战争结束。当双面间谍的好处就是，不管最后这场仗谁打赢了，我将来都能平稳过渡。"

齐百川忽然说："鹧鸪啊，你喜欢吃甘蔗吗？"

郑彬一愣。齐百川的话还没落音，一声突兀的枪响，郑彬手部中弹，黑伞应声掉落，随即又是一枪，打中郑彬的小腿，齐百川看准机会，鹞子翻身一脚将郑彬踢翻在地。几乎同时，聂云开已经从仓库外破窗而入，手里的枪顶住了郑彬的脑袋。局势瞬间反转！

郑彬惊讶地瞪着聂云开。聂云开斩钉截铁地说："郑彬，你应该知道，甘蔗没有两头甜！"

第七章 叛 变

郑彬看着聂云开，惊讶之余，露出一个空洞的笑："看来你们是演了一出周瑜打黄盖啊。"

齐百川走过去从郑彬后腰拿回自己的枪。聂云开冲郑彬微微一笑："咱们俩之间的游戏终于要结束了，我还真有点儿意犹未尽，所以今天特意穿上了你送我的那件亚麻衬衫。"郑彬问："合身吗？"

"很合身，而且清爽透气。要不是你对亚麻过敏，我还没这福气呢。说起来，我也正是从这个细节上，才开始察觉到你的破绽。当我走进那间印刷厂的时候，我就知道，那本假密码本其实是你去印的，只不过你故意穿成了齐百川的样子。郑彬，你也给我们设计了一出'蒋干盗书'的好戏啊。"

郑彬似笑非笑地叹口气："唉，我费了这么大工夫，你怎么就不着道呢？"说着他伸手进内兜去掏东西，齐百川立即用枪指住他："别动！"郑彬顿了顿，无所谓地笑笑，继续从内兜里掏出烟来，点上一支，往背后的沙袋上一靠。

聂云开看了齐百川一眼："说实话，中间的确有那么一段时间，我怀疑到了红隼，但很快就把他的嫌疑排除了。"郑彬问："为什么？"

聂云开一字一顿道："因为沈希言！从一开始我就觉得你们之间的感觉不太像普通恋人，但又说不出哪里不对，后来我逐渐意识到她似乎也在背后调查你。"聂云开想起了那天从窗边捡到的烟头，还有一张字条："这个烟头是在老郭牺牲现场捡到的。"

他继续说："当我看到那个烟头的时候，已经确定你就是叛徒。所以我才决定引蛇出洞，假装中了你的计，要抓齐百川。而齐百川则假装畏罪逃跑，再把你引到这里来。"郑彬深深地吸了一口烟。

聂云开问："这个地方不错吧？是我早晨跑步的时候发现的，没想到还真派上了用场。"

郑彬道："咱们真是棋逢对手啊。不过，要是没有沈希言在背后搅和，你觉得你还能赢得了我吗？"

聂云开说："客观说，沈希言的举动确实在很大程度上掩护了我。但因为组织纪律，我并没有跟她挑明。"

郑彬笑笑："我家电话里的那个窃听器，其实是你安的吧？"

聂云开点头："没错。"

"精彩，简直比希区柯克的《深闺疑云》还要精彩。你跟她还真是心有灵犀。"郑彬不得不刮目相看。

"郑彬，你并不是输给了我，而是输给了自己。其实你一直都隐藏得非常成功，表面上几乎天衣无缝，但终归还是因为过于自信，也是因为心急了，最后反而弄巧成拙。"聂云开替他总结。

郑彬忽然说："你还记得我在天台上跟你讲的那个关于熊的笑话吗？"

"当然记得，你说'我不用跑得过熊，我只要跑得过你就行了'。那个时候你就决定了要找个人当你的替死鬼，对不对？"

郑彬颔首又摇头："可我终究还是跑得不够快啊。"他用手指将烟头捻灭，一直捻，直到烟头全都碎成渣子，"聂云开，我和你都是力求完美的人。这件事你确实也干得挺漂亮，不过到最后你们除了一本假密码本之外，并没有拿到我叛变的实证，这个任务算不上完美啊。你们只能杀了我，然后让这件事变成一桩永远的悬案。"

"这恐怕要让你失望了。"聂云开走过去，搬开两个沙袋，露出后面的一台盘式录音机，电源线连着墙上的电灯插座，录音机的磁头缓缓转动……

郑彬一愣，空洞地笑起来，继而颓丧地瘫坐下去，很快他眼里最后一丝凌厉也消失殆尽。他的嘴角微微抽搐着。终于，他那黯淡无光的眼睛里流下一滴泪水。他死死揪住自己的头发，想要忍住颤抖，但最终还是变成失控的痛哭流涕……

聂云开默然看着彻底崩溃的郑彬，心里不停地翻腾。在和郑彬这只老狐狸控制与反控制的内心较量中，他逐渐由下风转为上风的过程，实在是对心理的巨大考验。好在聂云开顶住了。然而此刻，看着已经在自己面前彻底崩溃的郑彬，他的心里却没有感受到预期中的喜悦和轻松……

郑彬目光呆滞地靠在沙包上自说自话："我一直都觉得，自己就是那个命苦的冉·阿让，逃不出这悲惨世界。这么多年来，我一心一意地完成组织上交给的秘密任务，不管是运送物资还是传递情报，我都是尽心尽力、殚精竭虑。可是时间长了，我就开始怀疑自己的卧底人生、怀疑自己的价值，我做的那些工作也许永远没人知道，而自己到死还是个要为衣食住行发愁的小人物……"

聂云开替他说："所以你就忘记了信仰和忠诚？"

郑彬苦笑："什么信仰、忠诚，只是背叛的筹码不够。当我乡下的那个泼妇老婆带着孩子找上门来的时候，我简直要抓狂了！我只能想办法去弄钱，所以我就开始在秘密物资中动手脚、夹带私货，可是没多久就出了岔子，被无孔不入的保密局逮住了把柄，最终导致我负责的秘密交通线暴露。"

"以你的丰富经验，居然在这种事上阴沟翻船，说到底还是没能战胜人性的弱点。"聂云开惋惜地说。

郑彬茫然地摇头苦笑："我被秘密抓捕之后，扛了两天的酷刑。但雷至雄威胁我要么投靠国民党，要么全家被杀。为了保全自己和家人的性命，我动摇了。"

聂云开接着说："所以老郭的牺牲，就成了你倒向保密局的投名状？！"

郑彬索性都说了："不光是老郭……保密局给我的任务是死死盯住两航，以防共党渗透。上海撤退之前，跟高层不和的殷康年本来不想南迁，甚至还打算拆卸部分航材，留下转投共产党，但就是因为我暗中作梗，才使他计划未遂。到了香港之后，我每周都要向保密局汇报两航高层的动向以及共党方面的指示。"

聂云开暗暗吃惊。一旁的齐百川恨得牙痒，冲上去想揍郑彬，但被聂云开拉住了。

郑彬继续说："叛变之后，生活表面上重归平静，但我这半年来却生不如死。老郭的死变成一个噩梦，每天晚上都来折磨我！成了双面间谍之后，我的卧底生涯必须承受加倍的风险，还有难以忍受的内心煎熬。我只能天天安慰自己，等战争结束就万事大吉了。"说完自嘲地笑笑，伸手抹了把脸。

聂云开道："郑彬，你背叛了组织、出卖了同志，早就跟行尸走肉没什么区别了，等待你的只有历史和人民的审判！"

郑彬抬眼转头看了看门外——外面天色已完全暗下来。仓库早已经被地下党和游击队员包围……

郑彬绝望道："行了，该说的都说完了。杀了我吧，我是不会跟你们走的。"

"那我就成全你！"齐百川猛地将枪顶住郑彬的脑袋，郑彬抬起头微笑地看着他。聂云开却伸手将齐百川的枪摁下："我们不能杀他。东江支队的同志会把鹧鸪带回去，交给组织发落。"

这时，郑彬的眼睛突然笃定地看着聂云开，喉结耸动，紧接着嘴角开始流出血来。

聂云开马上反应过来，立即伸手去掰郑彬的嘴："不好，他假牙里有毒药！"

郑彬用尽最后的力气挣脱聂云开的手，又吐出一大口血，虚弱地摇着头："都结束了。聂云开，我不会死在你手里的。这样，我就不会变成你的噩梦……沈希言没有爱错人，她是个好女人，你也是个有担当的男人，应该不会让她受苦……"他用手掐住自己的脖子，但还是不停地吐血。他气若游丝道，"你听我说……沈希言，现在被关在我家的地下室里……"

聂云开一惊，立即揪住郑彬的脖领："你把她怎么了？！"

郑彬苦笑："我应该杀了她的……但我到底还是……没下得去手……"最后一丝笑容凝固在郑彬的脸上，他终于断了气。

聂云开松开手，站起来："你们把尸体就地掩埋，我先走了。"

聂云开转身就走，但齐百川立即叫住他："聂云开，冷静！"并冲过来一把拉住聂云开，"你每次都叫我冷静，现在自己怎么这么不冷静？万一是个圈套呢？"

聂云开脚下一停，胸口剧烈起伏："那也得去！"

齐百川拉住他："听我的，我有办法！"

雷至雄这边一直在等鼹鼠的消息。鼹鼠昨天说，除掉了那个替死鬼之后就会联络。但到了今天都没任何消息，看来肯定出事了。想了想，他赶紧发动车子去了郑彬家。

敲门没动静，看来他确实不在家。两个手下撬了半天锁，仍打不开，雷至雄气得猛地一脚踹在门锁上，门应声而开。他掏出枪，走了进去。两个手下分别往两边进了书房和卧室。

雷至雄检查了一下茶几上的文件，没有看出异常。这时，他突然感觉到地板下似乎在连续发出一些奇怪的声音，他走到客厅另一边，努力寻找声音的来源，最终他的目光落在那幅挂历上。他伸手摘下挂历，看见后面的小门。暗门上挂着一把挂锁，但是并没有扣上，雷至雄狐疑地将挂锁摘下，推开暗门，下面连着一个木梯子通往地下室。

地下室内传出清晰的呜咽声，雷至雄回头冲手下使了个眼色，两个手下立即走过去顺着梯子往下爬。下到地下室，打开灯，赫然看见沈希言被堵着嘴绑在椅子上。"头儿，有个女的被绑在这儿！"

沈希言惊恐地看着二人。

雷至雄也下到地下室，走过来看了一眼，伸手撕开沈希言嘴上的胶带。

沈希言惊恐道："你们是什么人？"

雷至雄狰狞道："你不知道我是谁，我可知道你。"他不慌不忙地拉了把椅子在沈希言对面坐下，"哎呀，这番景象真是别有意味啊，说是金屋藏娇又不太对劲，辣手摧花？好像也不至于。嗯？"

沈希言怒道："你先帮我把绳子解开！"

雷至雄嬉笑道："那可不行。你得先告诉我，郑彬在哪儿？"

"我不知道，他把我绑在这儿就走了！"

"你是他女朋友，他上哪儿去、什么时候回来，不跟你说？"

"他的事我从来不问。你再不给我解开，我可要喊了！"

"好啊，看你能把谁喊来？"

沈希言又羞又恼地喘着气，她突然大声喊叫起来："救命啊！有人绑架！救命啊！"

雷至雄烦躁地摇摇头，拿起胶条重新封住沈希言的嘴："先别喊了。时间还早，咱们就在这儿聊会儿天吧？"

沈希言呜呜地瞪着他。雷至雄站起身来，掀开布罩看了看桌上的秘密电台："你应该挺了解郑彬的吧？郑彬这个人表面上忠厚，但其实是个老滑头！他为了自抬身价，从来不把情报一股脑交出来。在我那儿领了半年的一等津贴，连共党在两航内的潜伏名单都没挖出来，也不知道是他废物还是两航真的那么干净！好几次我都忍不了他了，要不是上面让我留着这根线监视两航的话，我早毙了他！"

沈希言恨恨地瞪着雷至雄，雷意味深长地看了她一眼："郑彬会把你关在这儿，你不可能不知道他的身份。"沈希言连连摇头否认。

雷至雄笑笑："行,那咱们就等着,看看最后谁会来救你。"

这时,门外一辆警车闪着警灯开过来,停在郑彬家门口。两名警察先下了车,紧接着聂云开和根仔也下了车。

雷至雄和沈希言都听见了上面传来的杂乱脚步声,不约而同看向楼梯处。很快,两个警察领着聂云开和根仔下到地下室。

雷至雄皱了皱眉头,暗骂一声。聂云开一眼看见沈希言,一个箭步冲上去,替她解开绳子,又撕掉嘴上的胶条:"你没事吧?"

沈希言摇了摇头。警察便问雷至雄:"这里是怎么回事?"

雷至雄马上说:"你们是九龙警署的吧?我是东亚旅行社的经理,我跟你们约翰警司是好朋友。哦,是这样,我跟住在这里的郑彬是朋友,我是来找他的,然后就发现这个女人被绑在这里,不过我没敢破坏现场。我刚才已经让人去报警了,你们没接到电话吗?"

警察看了根仔一眼:"是这位先生报的警,他说昨晚这间房子里一直传出女人的哭喊和呼救声,所以我们就过来看看。"

沈希言马上说:"是这样……昨天晚上,我跟男朋友提出分手,但他不同意,后来他喝了酒情绪失控,打了我,还把我绑起来,然后就走了。我也不知道他去了哪里,现在我只想好好休息。"

警察点了点头:"既然没出什么事,就不用立案了。要是他回来以后还想伤害你,你就报警。"说完两个警察就走了。

聂云开立即对沈希言说:"我们也走吧。"

雷至雄狐疑地盯着聂云开:"聂云开,我真是很好奇,你怎么会出现在这里?难道你开了天眼,知道她被郑彬绑在地下室?"

聂云开看了一眼雷至雄,哼笑:"没错,就像我知道你为了穿防弹背心又不显得臃肿,肯定没穿内衣,对吧?"

雷至雄一愣,下意识吞了口唾沫。聂云开扶着沈希言往梯子边走去。雷至雄喝道:"等等!今天你必须给我解释清楚,你为什么会来这儿?"

聂云开停下脚步:"这很奇怪吗?沈希言是我同事,她一天都没上班,家里人也不知道她去哪儿了,我当然要上这里来找找。"

雷至雄狡猾道："你跟她不只是同事那么简单吧？"

聂云开抢白道："雷经理，你是不是管得太宽了？"

雷至雄冷冷地盯着聂云开："聂云开，我早就觉得你这个人很可疑。我奉劝你当好总经济师就行了，千万别让我查出你有什么问题！"聂云开笑笑，不再废话，马上带着沈希言离开。

雷至雄阴晴不定地盯着二人，手下马上跟过来说："头儿，郑彬还是没出现啊。这个鼹鼠不会真钻到土里去了吧？"

雷至雄咬牙切齿地说："接着找，挖地三尺也要给我找到！"

夜幕降临，星星点点的灯光。无人的街角，聂云开早已不顾一切地和沈希言紧紧相拥，什么也不用说，一切尽在不言中……

沈希言泪眼婆娑，她将手放在聂云开胸口，感受他的心跳："你知道吗？茫茫人海中，失去一个人，只需一眨眼，找到一个人，却要望穿秋水……云开，别让我再失去你。"

二人深情对望，聂云开再次将沈希言搂入怀中："我不会再离开你了。等战争结束了，我们就在一起。"

沈希言娇嗔道："什么时候才能结束？"聂云开坚定道："不会太久的。"

月光下，长久的相拥，一个缠绵悱恻的吻就这样不管不顾地袭来……

夜色中的威士西餐厅早早打烊，门窗紧闭。还是那张角落的桌子，聂云开和齐百川对面而坐。见齐百川一杯接一杯地喝酒。聂云开禁不住问："你平时不是滴酒不沾的吗？"齐百川缓缓才道："今天是我爹忌日。"

聂云开默默点头。齐百川再次将杯子倒满酒，举起杯子看着聂云开："雨燕，我敬你一杯。你小子虽然年轻，但着实比我有能耐啊，要不是你，估计我这回肯定得栽在鹧鸪手里。"

聂云开没说话，默默将酒喝了。齐百川重重叹口气："我承认在鹧鸪这件事上，我表现得有些过激，不够沉稳，二零七也批评过我了，不像一个老党员。你知道吗？我这个人最恨的就是叛徒，我爹当年就是因为叛徒出卖死在日本人手里的。"

聂云开默然看着齐百川点了点头："我能理解，或许这就是战争吧。"

跟齐百川碰完面，聂云开马上按约定的时间地点见到了张书记。

张书记开门见山地说："说正事吧。昨天我向霍公全面汇报了鹧鸪事件，因为我们处置果断没有给组织造成更大损失，霍公对你的工作非常肯定，但对出现叛徒的事情倍感痛心疾首。"

聂云开感慨："是啊，鹧鸪的事对我触动也很大。"

"有的人活在世上是为主义献身的，有的人活在世上是为追逐金钱的。我们共产党人只能做前者，只有这样，将来的新中国才有希望。现在四野正在大举南下，鼎定只是时间问题。中央暂时没有下达解放香港的任务，我想这是鉴于香港地位的特殊性而做出的长远安排。霍公指示我们抓住时机、创造有利条件，全面开展策动两航回归的工作。"

聂云开说："我对两航的情况已经初步了解，但眼下有一个不利的因素，保密局香港站方面可能已经对我有所怀疑，虽然没有证据，但我判断那个雷至雄不会轻易放手。"

张书记微微点头，沉吟了一下："雨燕啊，保密局在香港经营多年，根基深厚，可以说是我们策动两航回归的最大敌人，我们切不可等闲视之。对他们，我们应时刻保持底线思维。也好，你刚来不久，就能考虑到这一点，说明你开始真正进入情况。策动两航回归的任务，既艰巨又光荣，我们肩上责任重大，只要我们依靠组织，团结两航十万职工，凝聚人心、迎难而上，我们一定会带领两航北飞成功，为新中国献上一份厚礼！"

聂云开目光坚定："我相信肯定会有这么一天。"

"组织上已经正式拟定了策反两航工作小组的名单，我作为工委书记，负责舆论阵地宣传、掌控香港全局，但不参与具体行动。两航内部的策反工作由你全权负责，红隼小组负责外围协助。至于基层员工的工作，由代号'喜鹊'的老章和代号'黄鹂'的老梁同志协助进行。你们要随时汇报任务进展情况。霍公希望我们能尽快打开局面，对两航领导层、中层以及基层员工的策反说服工作要同时秘密展开。先期策反工作基本告一段落后，我们工委向中央提交一份报告，组织上会对我们的报告进行评估，然后再决定中央什么时候直接派专人来港与两航老总面谈北飞的具体事宜。"

"是！"聂云开马上点头。

接着张书记从怀里拿出一张影印的便笺交给聂云开："你看看这个。"只见便笺上的一行字：“我公司留存上海之飞机及各种设备，均应该妥善保管并清点造册，将来移交给新政权。”

“这是华航总经理樊耀初离开上海前秘密留下的。正是这张字条促使中央下定决心策动两航回归。”

聂云开颇为惊讶。张书记道：“其实早在去年，老郭同志就已经通过特殊渠道与樊耀初进行过初步接触，但樊耀初明显在犹豫之中。”

聂云开道：“是啊，樊耀初和国民党高层关系密切，顾虑肯定很多，要做通他的工作绝非一朝一夕，需要下大功夫。不过据我了解的情况，殷康年那边其实早就试探性地和我们进行过联络，只是因为保密局从中作梗最终没有实质接触。”

“确实是这样。不过雨燕你要记住，策反两航不光是要做两个总经理的工作，更重要的是人心所向，两航十万员工的人心，向往光明，向往新中国、新制度的人心！人心向背是我们能否取得策反工作成功的关键，摆在我们面前的任务十分艰巨啊。”

聂云开认真地点了点头。郑彬已经除掉了，不知道等待他的又会是什么？

张书记拉聂云开在水泥墩上坐下，口气一转：“今天叫你来，除了传达霍公的指示之外，还有一个情况我要专门和你谈一谈，是关于沈希言。”

聂云开一愣。张书记说：“鹧鸪叛变的事，对组织而言也是事发突然，某些情况在变化之中无法完全掌握。沈希言是你在家乡时的初恋情人，事隔多年，而且她又改过名字，你们在香港重逢的确是意料之外的事。现在这些情况组织上都已经知道，并且表示理解。接下来，如何处理好工作和感情之间的关系，对你来说就尤为重要了。”聂云开定了定说：“您放心，我会处理好的。”

张书记点头：“沈希言在上海期间就是老郭同志发展的进步青年，而且根据你的汇报，在甄别鹧鸪这件事上，她也充分调动了主观能动性。”

聂云开道：“如果不是老郭同志突然牺牲，也许她已经是党员了。”

“话虽如此，但毕竟出了鹧鸪的事。沈希言的情况较为复杂，组织上将对她进行进一步的考察。雨燕啊，这次策反工作非同一般，你一定要严守纪律。在对沈希言的考察完成之前，你要和她保持距离，执行任务过程中不可避免的接触也要严格掌握分寸，而且暂时不能透露自己的身份和任务。”

聂云开愣了一下说：“我记住了。”

落马坡保密局秘密驻地，雷至雄正在屋里来回踱步，郑彬仍没有消息，他如坐针毡。

不一会儿，一个手下进来汇报："尸体找到了，是在九龙城寨找到的。"

雷至雄不放心道："找人来验过尸了吗？"

手下道："验过了，手上和小腿有枪伤，但不致命，法医说是死于中毒，应该是情急之下咬破假牙里的毒药自杀的。狼狗就是顺着毒药的味儿找到尸体的。"

雷至雄没说话。手下接着问："头儿，这鼹鼠死得还真有点儿蹊跷啊？"

雷至雄烦躁道："废话，八成是被共党给灭口的。"雷至雄眼神一凛："不能让鼹鼠白死了。找人放出消息，就说两航内潜伏的共党分子郑彬，因为来香港后想弃暗投明，被共党残忍杀害！"

一大早，华航大楼门口聚集着众多记者，其中不乏外刊记者。几个华航工作人员满头大汗地维持秩序。

不一会儿，樊慕远带着人从楼内走出来："大家安静一下，我是华航外联部主任樊慕远，你们有什么问题由我来回答。"

"我是《文汇报》记者，关于贵公司营业部主任郑彬意外身亡一事，能不能谈谈具体情况？"

"我是英国《每日镜报》记者，有传闻说郑彬是被共产党杀害，请问这一事件是否与解放军大举南下有关？"

"您认为中共会否进攻香港？两航将来作何打算？"

记者接连发问。樊慕远从容地看着记者："大家不要着急，我一个一个回答。郑彬先生是华航的功勋元老，他的去世公司上下都非常沉痛，但是这件事与政治毫不相干……"

樊耀初和聂云开站在窗口，沉默地看着楼下的场景。

樊耀初问："郑彬的事，你怎么看？"

聂云开顿了顿："现在外面都说他是因为想要投靠国民党，所以被共产党灭口。"

"你相信吗？"

聂云开摇头："我猜这很可能是保密局方面故意放出来的假消息。目的是为了震慑两航，警告您和殷总不要跟共产党有任何瓜葛，否则就会跟郑彬一个下场。"

樊耀初悲痛地叹了口气："我不担心他们的警告，我关心的是郑彬为什么会死，尸体的照片都印在报纸上了。保密局也好、共产党也好，他们为什么要杀郑彬？"

聂云开看着楼下，沉吟半晌："Deadline." 樊耀初不明白："什么？"

聂云开解释："您看那些记者，就像一群闻到血腥味的鲨鱼，焦躁地围在那里探听消息、彼此敌视、彼此商量、虚张声势、唯恐天下不乱……"

"他们无非是为了赶在截稿之前发出一篇耸人听闻的新闻稿罢了。"

"据说'截稿期限'的英文单词 deadline 源自美国内战，当时没地方关押战俘，只好把战俘集中到一起，在他们周围的地上画一条线，称为'死线'，任何人只要踏出死线就会被杀。那些记者其实跟被死线约束的战俘一模一样。"

樊耀初想了想："什么意思？"

聂云开答："我想，不管是谁要杀郑彬，都是因为他踏出了'死线'。"

广州兰园端木衡办公室，门口两个卫兵持枪挺立。其中一个卫兵竟然是雷至雄。他一动不动地站着，脑门上早就挂满了汗珠……

路过的人都有些不解，雷至雄怎么成卫兵了。这时才有人窃窃私语说他把事情办砸了，挨罚呢。

空旷的办公室里，只亮着一盏台灯。端木衡端坐桌边看书。他抬头看了看墙上的钟，想了想，拿起桌上的电话，摁了一下："叫雷至雄进来吧。"半分钟后，雷至雄以标准姿势小跑进入办公室，立正，敬礼。

端木衡看着雷至雄，见他双腿微微发抖，便问："站了三个小时的岗，累不累？"

雷至雄欲言又止，保持立正姿势。端木衡看了看墙边的一把椅子："那边有一把椅子。你可以坐，也可以不坐。"

雷至雄马上说："报告，我不累，如果主任还没消气，我可以继续去门口站岗。"

端木衡轻轻哼笑："汇报一下吧，站岗的时候都想了些什么？"

"是！鼹鼠的死的确是属下的错，是属下失职，保证下不为例。"

"下不为例？如果你还是这么无能，机会恐怕不多了。"

"属下明白，请主任放心，我一定会肃清两航内的共党分子，绝不给他们留丝毫机会！"

端木衡定定看了雷至雄一眼："鼹鼠的死，共党确实做得很干净，没给我们留下任何把柄，不过这反而让我断定，两航内一定还有共党潜伏！"

雷至雄忙点头："鼹鼠也是老油条了，能把他干净利索地做掉，一定是个狠角色。"

"两航这块肥肉，看来共党是早就盯上了。"

雷至雄若有所思地点头："对了主任，我最近一直在摸那个聂云开的底，这个人虽然表面上看没什么问题，但我总觉得他味儿不对。还有鼹鼠的女朋友沈希言和聂云开在老家的时候就是旧情人，这未免也太巧了。刚才我忽然在想，这个聂云开会不会就是共党的那把利器？"

端木衡眉头微微一皱："世界上没有完美的伪装，如果你相信自己的直觉，就放手去干。有时候只需要多那么一丁点儿的耐心，鱼儿就会上钩的。"

雷至雄殷勤地点头："主任的话让我茅塞顿开，属下谨记在心，我一定不会再犯同样的错误！"

端木衡微微一笑："对了，我派了个人去香港帮你，你需要帮手。"

雷至雄微微一愣，这人又会是谁？

黄昏时分，尖沙咀码头外，人头攒动。嘈杂的人声中偶尔混杂着几声汽笛声。聂云开、樊慕远和滕飞三人分别从两辆车里下来，拨开人群往出港口挤去。正赶上一班客轮到港，旅客纷纷出港，三人纷纷踮脚张望。

滕飞奇怪道："怎么这么多人？"

聂云开道："当然，现在内地的航班基本都停了，来香港只能坐船。"

樊慕远问："你们猜端木翀会穿西装还是长衫？"

滕飞说："他那个人一向讲究，当然是西装革履。"

三人翘首以盼，但端木翀迟迟没有出来。这时，人群一阵骚动，旅客们纷纷让出一条道来，七八个码头搬运工搬着大大小小的箱子从出港口往外走。

樊慕远道："哟，这么多行李，谁家这么大阵仗？"话音未落，三人同时注意到搬运工身后的端木翀，他戴着墨镜、穿着一件亮金色的宽松美式绸缎衬衫，嘴里叼着雪茄，身后还跟着一个穿西装的助理，在人群中颇为惹眼。

樊慕远招了招手，端木翀看见三人，张开双臂跑过来，挨个给了每人一个夸张的拥抱："你们三个，真是想死我了！云开，尤其是你，咱俩多久没见了？"

聂云开道："七年了，我也想你啊。"

四人抱成一团，端木翀拍了拍身边一个小伙子的肩膀介绍："这是我的助理张立峰，跟我好几年了，很能干的。"

介绍完，大家一齐上了车。樊慕远不禁问："我说端木啊，你哪来那么多行李？怪不得让我们开两辆车来接你。"

端木翀道："全都是我的家当，还有给你们带的礼物。我走之前差不多把大新百货公司给买空了！"

众人大笑。聂云开道："对了，你生意迁过来，商行的楼面找好了吗？"

端木翀说："找好了，就在九龙，离你们公司不远，我可得指着华航吃饭呢。"他提议直接去锡廊夜总会，"我坐了好几天的船，你们得陪我好好放松一下！"

进了夜总会，里面热闹非常。舞台上妖艳的钢管舞女郎正在跳舞，周围口哨声不断，女侍应端着托盘来回穿梭送酒。众人分坐在沙发上，喝酒谈天。

端木翀突然问："对了，你们三个怎么都没把女朋友带来？"

滕飞表情黯然："我可没交女朋友。"

樊慕远却美了："我的秘密小女友在真光书院念书呢，改天再让你见见。"

端木翀看着聂云开："云开，你呢，别告诉我你还是光棍一条啊？"

聂云开笑笑。樊慕远插话说："对啊，他不提我还没想起来，你怎么不把沈希言也叫来？"端木翀一愣："谁，沈希言？"

樊慕远说："对啊，沈希言就是云开在学校偷偷写情书的那个玉兰姑娘。我们也是才知道的。"

端木翀颇为惊讶："沈希言就是玉兰姑娘、你的初恋情人？"

聂云开沉重地点了点头。自从张书记跟他嘱咐过之后，他一直很纠结。本想和希言好好发展一段感情，但现在的时局，让他不得不放下。他抬头，正迎上端木翀的目光。

忽然端木翀放声哈哈大笑起来，搞得聂云开莫名其妙，这事有什么好笑的……

第八章　得不到的爱情

端木翀突然放声大笑，众人皆不明所以。

他拍了拍聂云开的肩膀："云开啊，咱俩真不愧是好兄弟，看女人的眼光都这么像！"

樊慕远还是不明白："什么意思，难道你也认识沈希言？"

端木翀道："何止是认识，我在上海的时候也曾经追求过沈希言，只不过她没接受我罢了。"

众人皆惊讶。聂云开忙问："你跟她是怎么认识的？"

端木翀道："一切都是偶然。1942 年你们去了驼峰前线之后，我一个人到了上海，有一阵混得特别落魄，在她们家的阁楼上借住过几个月。"

聂云开道："那时候我根本不知道她们离开老家去了上海。"

樊慕远说："是啊，沈希言跟云开失去了联系，却在上海遇见了你。这可真是太巧了。"

端木翀道："说起来这也是咱们兄弟冥冥中的缘分。来，咱们干一杯。"他又半开玩笑地冲云开说，"你放一万个心，咱们是生死兄弟，你还对我有过救命之恩，这女人的事我是绝不会跟你争的！"

众人大笑，聂云开颇为尴尬。这时端木翀才说还请了沈希言的妹妹简一梅。聂云开又是一惊，没想到他还认识简一梅。

正说着，身后传来女人的声音："红尘中的事就是这样，要是件件叫人预料到，那还有什么意思？"

众人回头，一身旗袍的简一梅正妩媚地看着大家。

端木翀道："一梅，你怎么才来？我们都快望穿秋水了。"

简一梅道："我多识趣啊，你们兄弟久别，当然得先让你们聊够了我才来。"

樊慕远道："不管怎么说，来迟了就要罚酒。"

简一梅却说："樊大少爷，罚酒多没意思，你们就不想听我唱歌？"

众人立即一阵拍手叫好。简一梅妖娆多姿地走到小舞台的麦克风前，含情脉脉地望着端木翀。音乐声响起，是姚莉 1949 年初原唱的摇摆爵士风格歌曲《得不到的爱情》。

"这首歌我要献给今天刚到香港的端木翀先生，祝他前程似锦、永远快乐。"

伴着简一梅的歌声，樊慕远说："端木啊，看来你跟沈希言和简一梅这两姐妹的关系都不简单啊。"

端木翀道："也不复杂，就算是患难之交吧。"他举起酒杯远远向简一梅微笑示意。

滕飞道："这姐妹俩的性格真是太不一样了。"

聂云开声音低沉道："她们是同母异父，年纪也差了七八岁。不过都是母亲一手拉扯大的，不容易。"

端木翀感叹："战争年代嘛，谁家没点悲欢离合。"这时一个男侍应生端着木托盘走过来，盘子里是一些花花绿绿的糖果。滕飞正要伸手去拿，被樊慕远拉住："你不常出来玩，不知道外面的糖果不能随便吃的。"他指了指另一边的一桌客人，几个男女面红耳赤、情绪亢奋，边喝酒边随着音乐声扭动，"你瞧，那些都是吃了糖果的。"

滕飞不明白："什么意思？"

端木翀笑笑，拍拍滕飞的肩膀："那里面包的可不是糖果，掺了麻黄碱。"

"毒品？"

端木翀点头："那玩意儿也叫苯丙胺，既能兴奋神经又能镇痛，二战的时候被很多国家列为军需药品，用它来提高作战效率，知道神风特攻队吧？"

聂云开道："没错，日本管这种东西叫觉醒剂，他们战败后悲观情绪在全民中蔓延，所以觉醒剂也跟着泛滥起来，那些沮丧的民众就靠它来麻醉自己。"

樊慕远说："所以说嘛，咱们是战胜国，用不上这个！"

众人谈笑间，端木翀独自到洗手间里洗脸，他擦了把脸，看着镜中吓人的面色，赶紧从怀里掏出药瓶，倒出两粒，用手掬了一捧自来水吞下去。

聂云开忽然从后面拍了下端木翀的肩膀，吓了他一跳。端木翀赶紧把药瓶收进内兜，聂云开好奇地看着他："你一个人躲在这儿，偷偷吃什么药呢？"

端木翀不太自然地笑笑："没什么，只是胃药罢了，老毛病了。"

聂云开狐疑地说："以前没听说过你有胃病啊？"

端木翀解释："还不是这几年做生意，东跑西颠，吃饭也不规律。"

聂云开撸起袖子洗手："你生意做得风生水起，但也得注意身体啊。"

端木翀笑笑："放心吧，我这飞行员的体格，一般人能比吗？咱们可都是上天入地的人物！"

聂云开笑笑，嘱咐他注意身体，便要起身告辞。端木翀知道他不喜欢这种热闹场合，便也没拦着他回家。

聂云开刚走出夜总会，一个门童便大马金刀地为他开门，然后伸出一只戴着破旧黑皮手套的手，讨要小费："天黑路滑，社会复杂。乐善好施保平安哪。"

聂云开微微一笑，掏出钱夹，往他手里塞了一张钞票。他挨到门童的手时停顿了一下，但门童很快抽出手，转向刚开来的一辆汽车，敷衍了事地在车子上胡乱擦拭了几下，便再次伸出那只戴手套的手拦在人家身前讨要小费："天黑路滑，社会复杂。乐善好施保平安哪。"

客人鄙夷地说这门童怎么跟要饭的似的。面对客人的嘲笑，这个门童毫不在意，无所谓地接过钱揣起来……

聂云开驻足观察了一会儿，忽然想起什么，若有所思。他突然想起郑彬曾介绍自家房子的来历："……他很快就混成了信礼门四大金刚之一，没两年就买了小洋楼，不过却无福消受，还没搬进去就被人打残、还砍了一只手，逐出帮派。现在在夜总会给人看门，也算是留在了香港。"

聂云开看着门童的背影，兀自摇了摇头，转身往街边走去。他刚走了没几步，就看见简一梅站在门廊下，手里夹着一支女士香烟，正笑看着自己："怎么，要走了？"

聂云开道："是啊，明天还要上班。你呢？"

简一梅道："出来透口气，里面太闷了。你好像不太喜欢这种热闹场合？"

聂云开道："你不也是吗，真正好热闹的人可不会觉得里面闷。"

简一梅看了聂云开一眼："听说过那句话吗，狂欢是一群人的孤单，孤单是一个人的狂欢。"

聂云开笑笑，远远看着门童的背影。二人都沉默了一会儿。

简一梅道："你好像对那个门童挺感兴趣？刚才你盯着他看了半天。"

聂云开点头："是啊，我觉得他挺有意思。他那只手是不是有点儿问题？"

"被人砍了，手套里是木头做的假手。"

聂云开兀自点了点头："听说他以前是信礼门的人？"

简一梅说："他叫黄江，跟我算是老相识了。记得我刚来香港的时候，他为了让我演上女主角，还曾经干出过拿刀架在电影公司老板脖子上的事，现在想起来真是恍如隔世。"

聂云开又看了一眼黄江的背影："看来他对简小姐真是一往情深。"

"那又怎么样，终究还是敌不过江湖险恶、人情淡薄。半年前他得罪了保密局的人，要不是我念在往日情分上，替他四处打点，他恐怕连命都没了。"

"是啊，说起来他在黑道上也曾经风光过。"

"风光的背后，不是沧桑，就是肮脏。不管是你、我、他，还是端木，都一样。"聂云开语气一转，"那再给我讲讲你们姐妹和端木翀之间的沧桑故事吧。"

简一梅瞥了聂云开一眼，笑笑："跟我打听事情可要付钱的。"

聂云开眉毛一挑："是吗，多少钱？"说完很认真地作势去摸钱包。

简一梅一笑："算了，你送我回家吧，作为交换，我讲故事给你听。"说完优雅地挎上聂云开的胳膊。

聂云开不紧不慢地开着车，简一梅坐在副驾驶座。

"在老家的时候，我只知道玉兰有个小妹叫小梅，不过还真没见过你。"聂云开先开口了。

简一梅沉声道："我本来叫简玉梅，土死了。一梅是我看了阮玲玉的电影之后改的，对我来说，一字千金。"她扬起下巴笑笑看着聂云开，"小时候，我虽然也只见过你的照片，但说起来你也算我感情上的启蒙老师了。"

聂云开一愣。

"你给我姐写的每一封信我都偷偷看过，从1937年你离家开始，整整四年，不同的地方寄回的52封信，那才叫感人呢。我那时候好羡慕我姐，所以后来当我知道端木翀喜欢的也是她的时候，心里恨死她了。"

聂云开缓缓道："所以你要当电影明星，证明自己的魅力？"

"女人的心思是不是很可笑？"

聂云开摇头："在感情面前，男人也好不到哪儿去。"

"但你们男人更虚伪，总是用家国情怀、生死大义、兄弟情深之类的东西来掩饰自己的内心。"

聂云开笑道："这么说你把我们都看透了？"

"人和人之间哪那么容易看透，就像你跟端木都情同手足了，你看透他了吗？"

"所以我才想听你讲故事啊。对了，刚才我看见端木一个人在洗手间里吃药，他说是胃药。以前没听说过他有胃病啊？在航校时他可是身体最棒的那个。"

简一梅有些惊讶地看了聂云开一眼："你竟然不知道端木在上海受过重伤的事？看来我果然没说错，原来兄弟之间，也不是什么都说的。"

聂云开微微皱了皱眉："什么意思？他吃的到底是什么药？"

"我在犹豫，要不要把这些都放进我要讲给你听的故事里。"简一梅看着窗外，沉吟了一会儿，"我想端木应该也没跟你们说过，他曾经被日本人抓进监狱，还受过非人的酷刑。不过后来他逃出来了……"

上海，寒冷的冬夜，遍体鳞伤的端木翀出现在街头，而仅隔一条街外，一队持枪日本宪兵正在吆五喝六地搜捕他。端木翀捂着伤口奋力沿着一个木梯子爬上了矮屋的屋顶，他沿着屋顶连滚带爬地往前走去。终于他难以支撑，伏下身子大口地吐血。眼看追兵将至，端木翀慌不择路地跳进一户人家的院子，继而倒地不省人事。听到动静的沈母和沈希言披上衣服来院子里探看，发现墙角浑身是血的端木翀，大惊失色。身后不远处，十六七岁的简一梅更是吓得捂住了嘴巴……外面传来日本宪兵挨家挨户搜查的声音，沈母略微沉吟后，让两姐妹将端木翀扶进屋里。沈母打开院门，冷静地面对日本宪兵的询问。日本兵头探身进院子看了看，没发现异常才转身走了。

在简一梅的讲述中，聂云开逐渐得知了一个完全不同的端木翀。当年他从日本人的监狱里逃出来后，慌不择路躲进了沈家，后来秘密留下来养伤。姐妹俩轮流陪护着生不如死的端木翀，他只能靠吗啡和大麻来挨过受伤后非人的痛苦。无数个冰冷的夜晚，沈希言不期而至的紧紧拥抱给了端木翀莫大的温暖。而在这种特殊的环境中，彼时还是少女的简一梅内心深处慢慢开始对端木翀产生了特殊的情感……

几年后简一梅在上海小姐选美中脱颖而出，很快成了小有名气的电影明星，但她一直保持着和端木的联系。只有简一梅知道端木仍然有严重的药物依赖，每个月她都会如期送来一瓶市面上无法搞到的特殊药物。端木翀在黑暗中指甲抠进皮肉的瑟瑟发抖，也只有简一梅见过。这样的隐秘关系维持至今，在简一梅看来，他们之间并非男女苟且，而是一种很难定性的特殊关系，多年来彼此默认，无须解释。

说完这些，简一梅默然点了一支烟："其实我也是很久之后才意识到，这段经历对我和端木而言，都是极为重要的。我心里知道端木对我姐有意，不想让她看到自己不堪的一面，但我也从不点破，因为我了解端木，也了解自己。"

聂云开表情复杂地点了点头。

"这些事我从来没跟别人提起过，但你知道我为什么会跟你讲吗？"

"为什么？"

"或许是我太想倾诉了，而你是个再合适不过的对象。又或许，我潜意识里就是故意想说出来，等着看看你们两兄弟之间到底会发生些什么。现在郑彬死了，端木来了，后面的故事肯定更加精彩。"

聂云开看了简一梅一眼："女人心，海底针。"

"一点儿也没错。我骨子里是个恶毒的女人，我从小就知道。"

聂云开将车停下，看着简一梅："谢谢你的故事，还有你的坦率。你到家了。"

"这趟司机没白当吧？"

聂云开笑笑。忽然他问："端木翀为什么会被日本人抓，他在上海做什么？"

简一梅摇头："我不知道，也从来没问过。晚安了。"说完她下车走了。聂云开若有所思地盯着她的背影……

回到家，聂云开越想越觉得不对劲，他戴上耳机调试好天线，开始发报："急请华东局协查端木翀在沪期间之秘密经历及真实身份。雨燕。"

今晚樊耀初家的客厅里高朋满座。

聂云开、端木翀、樊慕远、滕飞四兄弟正围着樊老夫人坐在沙发上翻看影集。这时樊江雪从厨房里跑出来："可以开饭啦！"她拉起聂云开的手，"云开哥，快来看看我做的菜。"

满桌丰盛的佳肴。众人举杯同饮。樊江雪忙给聂云开夹菜，弄得他有些不好意思。

樊耀初道："今天好几个菜都是江雪亲自下厨做的，要不是云开来，我们还没这个福气。"

樊江雪道："才不是呢，在上海的时候我不也做过饭给你们吃吗？"

众人一笑，樊江雪站起来给众人布菜。端木翀刚赞起老家的笋干味道好吃，却勾起了樊老夫人的伤感："世上还有什么东西比得过家乡的味道？……老太太我现在跟着儿子流落异乡、家国难回，在这儿还能吃上它，也该知足了。"

樊耀初道："妈，今天高兴，别又提那些事。"

端木翀马上接口说："奶奶，您就当来香港小住一阵。将来咱们还是要跟着党国一起打回去的。"

樊慕远道："端木，你怎么比我还乐观？眼下的局面明眼人都知道是无力回天，首都南京丢了两个多月，也没见反攻，国府倒是往台湾岛撤迁了。我看咱们都别做白日梦了，趁早另作打算吧。"

端木翀道："慕远，当年巴黎被占领，更是兵败如山倒，法国政府都流亡到英伦三岛了，但仅仅四年后，戴高乐将军不就率领自由法国打了回去吗？"

滕飞插话："这能一样吗？"

端木翀继续说："眼下共军只是过了长江，党国在西南和华南尚有百万兵力，一定会率领国军将士戡乱到底。"

聂云开一直观察着端木翀："端木，没想到你虽然早就弃武从商，可还是这么胸怀天下啊。"

端木翀从衣服的内衬上解下一枚勋章，放在桌上："天下兴亡，匹夫有责。这是 1938 年武汉大空战之后颁发的勋章，我一直随身带着，就是时刻提醒自己，我端木翀自幼受党国教育栽培，如今虽国难当头，但自小建立的牢固信仰是绝对不会改变的。"

樊耀初环视一圈道："今日你们兄弟相聚，我也很激动，又想起了自己年轻时的热血岁月。党国对我樊耀初也是恩重如山，但我只是个知识分子，左右不了大局，将来如何变化只能说尽人事、听天命了。我提议，大家一起来喝一杯。"

众人纷纷举杯起身。樊耀初道："这杯酒不为家国大事，只为你们四个，度尽劫波兄弟在。干杯。"

端木翀再次斟满自己的杯子："咱们四个都是一样的情同手足，但是云开，我必须得说，你在我心目中分量更重。这杯酒我专门敬你。"说完仰脖子干了。

滕飞道："端木，你是得感谢云开，那次地面撤退，要不是云开不顾危险帮你拆地雷，你恐怕早就壮烈了。"

"是啊，我现在还留着那个地雷的导管呢！"端木翀从口袋里摸出一根小小的、早就摩挲得锃亮的金属导管，动情地看着，"就是它，差点要了我的小命，不过也是它，把我跟云开这辈子都紧紧拴在一起。"

端木翀再次倒酒，"今天我太激动了，借老师家的酒多敬几杯。来，滕飞，这杯我敬你。我知道你小子对我这个大哥是又爱又恨，1942年我没跟你们一起上最危险的驼峰，你肯定觉得我端木翀贪生怕死，但我要告诉你，为国效力有很多种方式。我先干了！"

聂云开意味深长地看着他，眼神中却飘出了异样的东西……

这天中午，华航大楼办公室里间，樊耀初和聂云开正隔着茶几对弈。棋局已过半，聂云开略微沉吟后摆下一粒黑子，然后提走几个白子。樊耀初兀自点了点头："没想到我身边还藏着你这么一个棋友，以后可算有人陪我消遣了。"

聂云开淡淡道："这几天公司上市的事已基本就绪，就等一声锣响便大功告成，咱们都可以松口气了，所以陪您下盘棋换换脑子。"

"是啊，走到这一步不容易。现在我唯一担心的就是跟远航那边的协调，你还得多做点工作啊。"

"您放心，大家都是为了下好一盘棋，殷总那边肯定也明白这个道理。"

樊耀初点点头，落子："这才下到中盘，你已完全占优了，功力深厚啊，云开。"

这时，门口响起敲门声，聂云开转头看见沈希言站在外间门口。

她拿着一份文件走进里间："樊总，这份文件需要您和聂总签字。"自从郑彬死后，郑主任的位置就由她来正式接管。

樊耀初拿过笔在文件上签了字，然后推给聂云开："沈主任中午也不休息吗？"

沈希言道："营业部的工作耽误了好几天，我得赶紧把这份文件送到港交所去。"

聂云开将签好字的文件递给沈希言，她目不斜视地转身出门了。

樊耀初看了聂云开一眼，意味深长地说："说实话，我提拔沈希言当这个营业部主任，确实是顶了些压力的。公司里对郑彬的事还有一些议论，不过我还是更看重她的工作能力，所以先让她代理一阵子，也算过渡一下，过两个月再正式任命。"

聂云开道："空勤科本来就归在营业部下面，而沈希言这几年独当一面，确实是最佳人选。"

"你跟沈希言过去的事，我也听慕远讲了一些。就像你刚才说的，人生如棋局，凡事都需要自己抉择。说到你和她的关系，你有什么打算吗？"

聂云开摇了摇头："我们现在就是同事关系，或许也算朋友吧。这样挺好。"

"那你就没考虑考虑个人问题？"

聂云开顿了顿说："或许等战争结束、时局都稳定下来之后，我再考虑吧。"

樊耀初道："云开啊，我知道你少年老成，考虑的东西多，但年轻人总归是要谈恋爱、要结婚的嘛。据我所知，喜欢你的姑娘可不少啊……"

不想他们的对话全都被沈希言听了去。她站在门外，黯然神伤，面对这样的时局，她也不想强人所难，可是每天面对聂云开却什么感情都不能表达，这简直如同受刑！

第二天，聂云开便去了远航，樊耀初和殷康年之间总有些水火不容，沟通的事自然落到他身上。

不想殷康年看完文件后，气呼呼地一把扔在桌子上。他冲聂云开吼道："这就是樊耀初让你给我的航线调整方案？"

聂云开沉声道："这是初步方案，具体的要等您研究之后我们再协调。"

殷康年怒道："没什么可协调的，为这事我已经跟老樊拍了桌子，实在不行，两航就各走各的道。"

聂云开马上解释："殷总这是气话。两航本是同根同源，现在更加分不开。以前华航偏重沿海，远航偏重内陆省份，两家互补，相安无事，但是到了香港这个弹丸之地，必然会有直接竞争，航线对冲也是难免的。眼下两航面临上市，下一步的航线开拓更是重中之重。将来不管两航是否留在香港，夯实各自的业务基础都是生存之本。"

"就因为是这样，我才坚持开辟澳洲航线，可老樊还偏要跟我对着干。"

"华航并没有和远航对着干，这份方案是我们经过多次讨论才拟出来的。殷总，目前远航的飞机大部分都是由 C-46 和 C-47 运输机改装的客货两用型，更加适合中近程航线，而华航这几年为了开辟北美和澳洲的航线，已经提前换装了好几架远程客机，这方面确实是走在远航前面了。"

殷康年火气上来："你们这是看不起远航啊？"

聂云开心平气和道："恰恰相反，两航各有所长，盈利点也有差别。经过仔细研究，樊总决定逐步减少华航在东南亚的航线，把这一块的空间留出来让给远航发展，以吉隆坡、西贡、马尼拉、新加坡和曼谷这五个城市为核心的中近程航线上，远航的盈利能力其实要胜过华航，而在越洋航线上，远航目前即便大举开拓，短期内恐怕也无法实现盈利。"说着他将另一份资料推到殷康年面前，"这是我专门做的中期计划书，很详尽。现在两航的盈利压力都很大，这个方案全面考量了两航的处境和优劣势，目的就是让两航共渡难关、共同发展。殷总您好好考虑一下，樊总随时在办公室等着您的答复。"

殷康年一边翻看计划书一边说："老樊真的这么有诚意，为什么不直接来找我？"

聂云开笑笑："您也说了，之前你们为这事都拍了桌子，大家都有脾气，总得找个台阶嘛。"

殷康年想了想，放下计划书，叹口气："行了，计划书我会仔细看的，明天上董事会讨论。你帮我跟老樊带句话，就说我老殷也是明白人，私事公事分得清，只要不扯别的，以后工作上的事直接给我打电话。"

"一定带到……要是没别的事，我就先走了。今天两航工会成立，我去见见工会骨干。"

见殷康年的情绪平稳了，聂云开赶紧溜之大吉。

等他赶到华航，工会大会正如火如荼地举行。

小礼堂内坐满了两航职工。主席台上方挂着 "两航公司职工工会成立大会" 的条幅。工会主席章宝南正在发言："各位同仁、各位朋友，作为大家推选的工会主席，我感到非常荣幸。我们这个工会是崭新的工会、真正的工会，首先，它是由华荣航空和远亚航空在香港联合成立的，是两航人共同的期盼，也代表了两航所有员工的一致利益。其次，新的工会又不同于上海时期，当时那个旧工会有名无实，保障员工利益也只是一句空话。为了成立新工会，我们进行了长时间的筹备和宣传动员工作，在座的各位都付出了很多努力，现在终于实现了这一目标。从今天开始，我们要紧紧团结在一起，为两航的未来、为更美好的明天而努力！"台下爆发出热烈的掌声……

夜色降临，雨已经下起来了，启德机场大楼的灯光渐次关闭。会后，聂云开和老章、老梁聚到机库内的一间小屋里密谈。

章宝南道："雨燕同志，之前都是密电联络，今天才见到你本人啊。我叫章宝南，代号'喜鹊'，是华航的老机修师了。这位是梁浩同志，远航地勤组长，代号'黄鹂'。"

聂云开激动道："两航工会能如期成立，二位厥功至伟，组织上对你们的工作非常肯定。"

章宝南道："这次成立新工会，也是借了两航上市的东风，我们接下来会进一步在中基层员工中开展宣传和说服工作。"

聂云开说："上级指示我们要把工会的工作充分纳入两航起义中，同时也要纠正某些单纯的福利主义倾向，深入宣传新中国的政策，使工会的执、监委员和积极分子成为起义工作的骨干，形成一支重要力量。另外，策反任务刚刚铺开，现阶段一定要严格注意保密。"

老梁道："放心吧，我们都是老党员了，一定会严守纪律，密切配合你的工作，不会给你捅娄子的。"

聂云开神情严肃道："眼下两个总经理的工作是最大难点，他们不光脾气秉性大为不同，而且各自的背景情况又比较特殊，需要靠耐心各个击破。而中基层员工人数众多，成分也非常复杂，你们的工作一定要做到量体裁衣、因势利导。上级命令我们三个正式党员，秘密组成两航地下党支部，由我担任书记，全面领导策反工作，争取尽快打开局面。"

章宝南声音一扬："太好了！虽然现在只有咱们三个人，但将来一定会发展壮大的。"

聂云开建议："嗯，咱们简单搞个仪式吧。"三人站起身来，都庄严地举起拳头……

跟老章、老梁分别后，聂云开立刻往家赶。

大雨倾盆，夜色如墨。聂云开撑着伞，绕过地上的积水快步向公寓楼门走去。他走到楼道口，刚要收伞，一道闪电划过夜空，他眼角余光突然注意到雨中站着一个人。只见沈希言浑身湿透地站在墙根下，双眼茫然地盯着聂云开，眼里不知道是雨水还是泪水。聂云开一惊，连忙走过去替她打上伞："希言，你怎么在这儿站着，怎么也不打伞？"

沈希言摇了摇头，一句话不说。

聂云开急道："你倒是说话啊。"

沈希言迷茫道："你去哪儿了，这么晚才回来？"

聂云开只得含糊说："……我去办事了。"

"什么事要弄到半夜才回来？"

聂云开欲言又止，看了看周围，拉起沈希言的胳膊："上去再说。"

不想沈希言却执拗地挣脱他的手："你还没回答我。你是不是跟樊江雪出去了？"

聂云开先一愣，随即摇头："我没有。走，先跟我上楼。"不由分说拉起沈希言进了楼道。

聂云开从毛巾架上拿了一块毛巾要替沈希言擦头发，但她自己接过毛巾，那样子还在生他的气。聂云开摇摇头，走到卧室里拿出一件衬衣来："你都湿透了，去里面换上吧。"沈希言没说话，接过衣服进了洗手间。

聂云开叹口气，窗外的大雨似乎越来越大。沈希言很快从洗手间出来，但是并没有换衣服："算了，我该回去了。衣服就不换了，免得麻烦。"

聂云开马上说："换上吧，你会感冒的。"

沈希言站着没动："跟我心里的苦比起来，感冒算什么？"

聂云开深情地看着沈希言："希言，你有什么话就说出来，别憋在心里。"

"我心里想什么你难道不知道吗？"沈希言的眼光扫过来像两把刀。

聂云开躲开她的眼神："我知道。但我也对你说过，要冷静，要有耐心，等战争结束了，我们就会幸福地在一起。"

沈希言反问："如果战争永远不结束呢？"

聂云开笃定道："不会的。"

沈希言摇头苦笑："书上说得没错，所有的迫不及待，都等不来期待。这么多年，我从你那儿学会了离别、思念和等待，但我宁愿永远都学不会这些。"

聂云开深情地说："希言，请你相信我。"

沈希言绝望道："我现在什么都不敢相信。何况你身边……"

"你是想说樊江雪吗？我跟她之间什么也没有。"

"你心里应该很清楚她喜欢你，但你好像也并不排斥，任由她一直接近你，约你看电影、约你吃饭、约你喝咖啡，说不定樊总心里也正希望把你这个得意门生变成乘龙快婿吧！"

聂云开深吸一口气："我真的不知道该怎么跟你解释，我不擅长这个。"

"我不要你的解释，我只希望你能稍微理解一点我心里的不安和焦虑，能让我踏实一点儿，而不是失望。"沈希言擦了擦眼角，平复了一下情绪。

"希言，我们已经失去了太多，将来不会再有失望。而现在，你什么都不要问，什么都不要听，相信自己的内心就好。"

"我也希望我可以，但你知道吗，今天我一回家就把自己关在房间里大哭了一场，这么长时间，从上海到香港，发生了太多事，我觉得自己真的快要承受不住了。那件事结束了，可是我反而连你的面都见不到了！我觉得自己就像一只被抛弃的孤雁，完全不知道该往哪飞。总之今天我突然情绪爆发，完全控制不住自己，只能来找你。"

聂云开叹口气，走过去抱住沈希言："有我在，你永远都不会是孤雁。现在是战争时期，很多事情非常复杂，你要有足够的耐心，好吗？我希望你明白，我在香港所做的一切都不是为了我自己，而是为了更远大的目标。要实现这个目标，需要付出很多努力，也需要你在背后支持我。"

片刻，沈希言认真地点了点头："你说的我都懂。可能我只是需要释放一下，憋在心里的话说出来就好了。我没事了，你放心吧。"

聂云开忽然问："你恨我吗？不管是当年，还是现在。"

沈希言摇头："我对这个世界没有任何怨言，它不欠我什么，甚至让我两次遇见了你。"

"能有个理解自己的人，真好。"一股幸福感油然而生。

"云开，你说将来我们会去哪儿？"

"不知道，也许是十里洋场的上海，也许是下雪的北平，也许是别的我们没有去过的地方。"

沈希言温柔地说："只要跟你在一起，去哪儿都好。"

聂云开扶住她的肩膀，看着她："听话，快去把湿衣服换了。今晚你别走了，外面雨太大，我不放心。"

"那怎么行？"

"没关系，我打个地铺就行了。"

"我还是回去吧，别让你为难，我知道你们肯定有纪律。"

"严格说，我带你到家里，已经违反纪律了。"

沈希言撇了撇嘴，可心里却觉得格外甜。她的心终于可以安定下来，她没有看错人。

这边沈希言和聂云开正掏心掏肺，那边简一梅正和端木翀互诉衷肠。

雷声隆隆，大雨如注。端木翀和简一梅默默地站着，各自抽着一支烟。简一梅道："你猜他们现在在做什么？"

端木翀淡淡地说："也许已经在谈婚论嫁了，谁知道呢？"

简一梅问："你说我姐会跟聂云开提起你吗？"

端木翀摇了摇头："她从来没有多余的话。何况在她眼里，我只是个旧相识罢了。"

简一梅道："你倒是挺想得开。"

"不是想得开，而是别把自己想得太重要，在别人的世界里，不管你做得多好或多坏，你都只是个配角而已。"

简一梅微微摇头："你和我都是一样的人，永远要假装潇洒。向来心是看客心，奈何人是剧中人。我不相信，沈希言的事，你真的一点不关心。"

"关心。但生活不是只有男女之情，还有很多事要做。"端木翀将烟头在烟缸里捻灭。

对于沈希言他总有一种望尘莫及的感觉。他知道沈希言心中只有聂云开，自己可能连个配角都算不上……

一夜的雨使得地面仍然潮湿泥泞。东亚旅行社接待室里，秘书小姐正端坐在桌前认真地工作。墙上时钟的指针已将近十二点。端木翀跷着二郎腿坐在沙发里，手指有一搭没一搭地玩着旁边盆栽旁逸斜出的枝叶。穿过枝叶的空隙，秘书小姐抬起头看了端木翀一眼，皱了皱眉头："请你别弄那些叶子了，那可是我们经理最喜欢的盆景。"

端木翀的手指停住，眉毛一扬："你们雷大经理到底什么时候回来？"

"不知道，他很忙的。你要没什么急事改天再来也行。"女秘书重新低下头去看文件。

这个雷至雄不知躲到哪儿去了，找了他两天都不见踪影。这是故意晾我呢，我看他能躲到哪去！

端木翀无所谓地冲女秘书一笑，手指却已将盆栽的叶子折断……

第九章 劫机事件

一家不起眼的酒楼包厢里，雷至雄正和一个穿黑马褂的瘦高个一起吃饭喝酒。

雷至雄大口吃着菜，操刀老七替他斟满酒："雷站长今天怎么有空来信礼门找我喝酒啊？"

雷至雄不爽道："上面派了个人过来，老子不想见，晾他一晾，咱们喝酒。"二人碰杯，雷至雄干了。

操刀老七忙问："什么人啊？"

雷至雄哼笑一声："老板的儿子。我这个破站长本来就当得够憋屈了，天天查共党压力大不说，还三天两头挨训，现在又把亲儿子派到香港来牵制我，那意思摆明就是'你要不行随时换我儿子上位'！哼，当老子是棒槌！"

"确实够气人的！来，我陪您多喝两杯。"操刀老七再次为他斟酒。

"我说操刀老七，今儿我可不是光来喝酒的。告诉你，最近我琢磨着得在香港弄票大的，不光给共党一闷棍，也让老板对我刮目相看！"

操刀老七殷勤道："好啊，需要我们信礼门做什么，您尽管吩咐。"

雷至雄得意道："你得帮我出人出力，事成之后大家一起发财。回头听我招呼。"

操刀老七拍马屁道："那还不是雷站长一句话的事嘛！"

从酒楼出来，雷至雄来到保密局秘密驻地。可还没进办公室竟发现自己的办公室里居然亮着灯。他猫着腰悄悄走到窗户边，里面传出柴可夫斯基第六交响曲的音乐声。他示意手下先进去。手下便壮着胆子一脚端开房门，用枪指着里面。房间内，端木翀正站在唱片机前挑选唱片。他转过身，看着雷至雄，笑笑。

手下正要抓人，雷至雄骂了一句，烦躁地收起枪。

端木翀开口道："雷站长这儿的唱片不行啊，挑了半天也没一张合意的。只能凑合听了。"

雷至雄气不打一处来："端木翀，你是怎么找到这儿的？"

"难道雷站长不知道我是搞情报的？这点小事还难得倒我？不过雷站长啊，你选的这个地儿可不怎样，落马坡，再配上这悲怆交响曲，听着就更不吉利了。"端木翀挑衅地看着他。

雷至雄皱了皱眉头，刚要说话就被打断。端木翀道："对了，你院子里那只小狗，老是乱叫唤，我给它喂了点儿安眠药，让它好好睡一觉，不介意吧？"

雷至雄深吸一口气，突然甩了手下一巴掌。手下差点一个趔趄翻过去，他捂着脸，不明所以地看着雷至雄。雷至雄骂道："真他妈是废物点心，一条狗都管不好，让它到处乱跑，滚！"

手下委屈地滚了出去。端木翀笑笑："看起来雷站长气不太顺啊。怎么，我来这边帮你，你不欢迎吗？"

雷至雄马上换了副嘴脸："当然欢迎，您是公子爷，我是听吆喝的，要不这个站长还是让您来当吧？"

"雷站长说笑了。主任有令，我从上海站调到香港站，但职级不变，还是情报组长，负责协助站长的工作。"

雷至雄眉毛一抬："我就不明白了，你在上海吃香的喝辣的，怎么会愿意到这儿来？"

"最近这半年，衮衮诸公如过江之鲫，全都跑来广州和香港，我在上海都快没朋友了，实在是寂寞得很哪。"

"你一个孤岛时期就开始搞暗杀的人，一向独来独往，还需要朋友吗？"

端木翀笑笑，摇头："日本人早都打跑了，我现在干的可是情报工作，正是多个朋友多条路的差事。你是我的老上级，也是我的老朋友，我当然还得仰仗你啊。"

雷至雄干笑两声："承蒙端木少爷瞧得起。行了，既然来了，我就得招待好啊。不过你也瞧见了，这个破地儿就这条件，您看着挑间屋子吧，别老在我办公室里戳着了。"

"不劳雷站长费心，我们情报组自己有地儿。"端木翀摸出一张名片交给雷至雄。

雷至雄接过来看了一眼："哟，把商行都搬过来了，看来你是准备长待了。"

"待多长时间那得看雷站长的了，你要是能早些把共党肃清，咱们都轻省。主任对香港站那是寄予厚望的，咱们可千万不能再让他失望。"端木翀拿起帽子和外套，"我先走了，有什么事您随时吩咐。"

雷至雄不客气道："不送。"说完脸就拉下来，这以后的日子看来是不太好过了……

香港证券交易所大厅内人头攒动，名流政要云集。主席台正中摆放着一面系了红绸的铜锣，上方悬挂条幅："热烈庆祝华荣航空、远亚航空在港成功上市！"

樊耀初和殷康年西服革履、意气风发地走上台，二人手持小锤，一同敲响铜锣。掌声此起彼伏，记者的闪光灯不断闪动。人群中聂云开和沈希言的目光不经意交会，二人都会心一笑。

接着宴会厅举行庆功酒会，众人三三两两聚在一处，皆红光满面。殷康年端着香槟杯独自倚在立柱边看着众人，若有所思。樊耀初见状走了过来，大方地朝他伸出一只手。殷康年嘴角一扬，没说话，二人勉强握了握手。

樊耀初道："老殷啊，两航能同时在港上市，殊为不易，可喜可贺。不过你怎么看起来一副忧心忡忡的样子？"

殷康年不为所动："对我来说，上市这种事都是自欺欺人，就算高兴也就几分钟的事。你瞧瞧咱们开盘的股价，要是搁在上海，不得翻几倍？"

樊耀初叹道："是啊，按总运输周转量来说，华航原本是远东最大、世界第八大的航空公司，但是迁港之后规模急剧萎缩，远航的情况也差不多，眼看着每况愈下，所以我才要力主上市。现在至少这一步我们是成功了。"

"可是两航将来的出路到底在哪里，你真的看得清吗？"

"老殷啊，你实话告诉我，你心里是在考虑两航的前途，还是个人的出路？"

殷康年眼一瞪："你这话什么意思？"他刚要发作，随即又冷静下来，"算了，我懒得跟你争。二十多年了，咱俩从来就没说到过一块儿去。眼下你我处境不一样，你当然更理解不了我的想法。"

"你我现在同是寄人篱下，苦心经营，处境有什么不一样？"

殷康年哼一声："不用说漂亮话。谁不知道你樊耀初是什么背景，你跟上面的关系可不是一般的牢靠，将来不管怎样，好歹也有个奔头。而我呢，出身杂牌军，姥姥不疼舅舅不爱，本来就是受了排挤才到远航当这个老总。现在困守香港，我不替自己想出路，难道你替我想？"

樊耀初重重地叹口气，殷康年向来心眼小，他也懒得和他解释，二人不再说话。这时，聂云开拎着两只小礼盒走过来，看了看二人："樊总、殷总，你们在这儿呢！"

樊耀初干笑："是啊，好不容易站在一起说会儿话，又差点吵起来。你不过来，我们又要不欢而散了。"

聂云开觉得好笑："没猜错的话，两位老总一定是在探讨将来的出路。眼下两航虽然成功在港上市，但仍然是时局动荡、前途未明。"

殷康年道："聂总有什么高见不妨说出来。"

"您是问我的个人见解吗？"

殷康年直言："进了三宝殿，都是烧香人，没什么不能说的。"

聂云开沉吟一下："依我个人看，两航在香港，无论如何都难有好的发展，能像之前那样勉力维持已实属不易。"

樊耀初惊讶地看了聂云开一眼。聂云开继续说："航空公司不同于一般企业，必须高投入、高负债，保持足够的规模才能生存，所以更加需要充足的发展空间和政府的有力支持。而这些条件，港英治下的香港都提供不了，所以对两航来说，香港只能是暂避之地。"

殷康年问："那依你看，哪里才是久留之地？"

"抛开政治不谈，放眼整个远东，两航将来只有回到大陆，才能拥有真正的广阔天地！"

殷康年兀自点了点头。樊耀初却未置可否。

聂云开声音一扬："对了，今天庆祝公司上市，我专门给二位老总准备了一份小礼物。"说着把两只礼盒分别交给二人，樊耀初和殷康年对视一眼，打开盒子。两个盒子里分别是一只钉鞋，左脚和右脚。

殷康年一笑："聂总还真是别出心裁啊。"

聂云开认真道："这双钉鞋是我在拍卖会上拍到的，很珍贵，因为它是楼文敖穿过的。"

樊耀初问："楼文敖，那个聋哑运动员？"

聂云开道:"没错,去年他就是穿着这双钉鞋代表中国参加了伦敦奥运会的长跑比赛。那是他第一次穿钉鞋,双脚都磨出了血泡,赛道上很快就血迹斑斑,但他最终还是坚持完成了比赛。这件事当时在欧洲引起了很大反响。"

殷康年终于点了点头:"这鞋你送我们一人一只,当然不是让我们穿的。我猜你的意思是说,两航就像左右脚一样,必须齐心协力、共同进退?"

"你们知道吗,楼文敖现在还滞留在香港,可是他一心要回到家乡,拍卖这些东西就是为了筹措路费。"

樊耀初问:"你把这双钉鞋买下来,就是为了支持他回大陆?"

聂云开道:"是因为我很佩服他的精神。而我把这双鞋作为公司上市的礼物送给二位老总,也是希望所有的两航人都能像楼文敖先生那样,不管是在赛道上、还是归途中,只要认准了对的方向,哪怕有再多困难,也要义无反顾地走下去。"

樊耀初和殷康年对视了一眼,面上一红。樊耀初道:"看来云开的这份礼物的确很有深意。老殷啊,不知道咱俩穿上这鞋,能不能走好以后的路啊?"

殷康年看着钉鞋,兀自笑笑:"那得看老樊你将来跟不跟我走一条道了。"

回到家,殷康年把那只钉鞋端端正正摆在落地钟旁边的柜子上。他靠在沙发上,眼睛只盯着那只钉鞋。思量半晌,他终于下定决心似的给儿子拨个号码:"殷涌啊,是爹……没什么事,你这几天工作忙不忙?要注意身体。对了,有个事,以前你在港大念书时教过你的廖教授廖松环,她的电话号码你还有吧?我有点事想去找她……"殷康年拿起笔在纸上记下了电话号码,他盯着那串数字,深深地叹了口气,往事一股脑地涌出来……

第二天,殷康年直奔香港大学。

西式风格的本部大楼外,石碑上刻着校训"明德格物"。殷康年独自坐在草坪边的长椅上,他的头发梳得一丝不苟,身穿笔挺的西装、打着领结,手里还专门挂了一根文明棍。这时一个满头银丝、气质超凡的女教授缓步走到草坪边,看了看殷康年:"康年,你来了?"

殷康年转过头,站起身来,拘谨地笑笑,注视着廖松环:"松环,好久不见。"二人寒暄几句,廖松环便问他怎么想起来找她。

殷康年道:"来香港快半年了,好几次都想来找你,但总是犹豫不决。"

廖松环问道:"这么多年,你过得好吗?还是一个人?"

殷康年顿了顿："一个人挺好。我那个养子也长大了，不需要我操心。"

廖松环又问："耀初呢，他好不好？"

殷康年点了点头："他妻子去世后，也没有再娶，一心扑在工作上，你了解他的。现在我们两个都在香港，偶尔见面还是会吵架，不过都心照不宣，从来不会提起你。"

廖松环笑笑："都是老伙计了，还跟年轻时一样……你们在香港会长待吗？"

"我不知道。现在这个时局，我是真的看不清。"

廖松环想了想，看着他："你是看不清，还是不敢做决定？"

殷康年一怔："什么都瞒不过你……我现在虽然还当着远航的老总，但其实早就没了心气，对党国我也看透了，民心尽失、一败涂地。不瞒你说，在上海的时候我就有意寻找新的出路，曾经试着跟那边的人联络过，但是没有成功，失去了一个好机会。以至于现在困在香港，进退维谷啊。"

"所以你想到来找我，想让我帮你牵线搭桥？"

殷康年兀自苦笑了一下："可能人老了，做事就犹豫，有时候连自己都搞不清楚自己。我不知道今天来找你，是因为想见见你，还是拿那件事当借口。"

廖松环道："不管怎样，你能来找我，我都很欣慰。你的处境和想法我都能理解。人的一生是在选择中度过的，无论是家国大义还是儿女私情，人总是面临这样那样的选择。我们三个都是这么活过来的，不是吗？"

殷康年感叹道："是啊，人不会死在绝境，却往往栽在十字路口。"

"所以必须选择一条对的路。人的一生很短，但如果混沌地度过这短短一生，就太长了。"

殷康年问："这是莎士比亚的话吗？"

廖松环道："我改了一点儿。"话落两人都笑了。

而这一幕正被雷至雄派去的眼线逮了个正着。雷至雄没想到殷康年竟敢跟那个著名的左派教授廖松环秘密见面！这个廖松环经常发表反动言论，在香港的影响力还挺大，据说她跟共党高层的关系非常密切。殷康年鬼鬼祟祟去找她，肯定没好事！这老小子果然不是省油的灯！殷康年在上海的时候就不太老实，他不会是真的想通共吧？那事儿可就大了！

雷至雄眼神一凛，是时候给共党一点颜色看看了！

　　上午，聂云开和樊耀初正在办公室里谈事。樊慕远脚步匆匆地走进来。他开门见山道："爸，云开，出事了！今天上午远航一架从香港飞往河内的航班，起飞之后不久被一伙不明身份的蒙面人劫持了。"

　　大家都一怔。樊耀初忙问："劫机？现在情况怎么样？"

　　樊慕远道："那伙人把乘客携带的现金和珠宝全都洗劫一空，然后逼飞行员在野外迫降，他们逃跑之前，还开枪杀死了两名乘客作为威慑！两航刚上市就出了劫机杀人的事，整个香港都轰动了，现在外面已经围满了记者。"

　　樊耀初果断道："走，去远航！"三人立刻匆匆出门。

　　远航大楼外，众多记者早把殷康年围得团团转。记者争先恐后地提问，场面一片混乱……

　　殷康年好不容易逃回办公室，又接到了香港警署的电话，说要他协助调查。他的脑袋一下就大了。樊耀初他们三人赶到的时候，殷康年正愁眉不展地坐在椅子里。

　　四人一碰头，殷康年最先抱怨起来："真是打破脑袋也想不到，居然会出这种事！"

　　樊耀初分析："这件事确实有些奇怪，劫匪为什么偏偏会选飞河内的这趟航班？"

　　樊慕远道："是啊，现在外面谣言四起，说什么的都有。咱们得赶紧想办法应对，至少得开个新闻发布会澄清一下吧？"

　　殷康年道："有人说这次劫机是共党干的，你们有什么看法？"

　　聂云开兀自摇了摇头，紧锁双眉。这时，电话铃响，殷康年接起电话。原来是警署又催他们过去协助调查。他们几个便起身一起往警署赶。

　　而雷至雄这边却抢先一步找到了约翰警司。

　　约翰警司奇怪道："你怎么上这儿找我来了？"

　　雷至雄嬉皮笑脸道："我知道你现在肯定被劫机的案子弄得焦头烂额，咱俩是朋友，我当然得帮你了。"说着替约翰点上烟。

　　约翰警司却道："这个案子你帮不上忙，我劝你还是置身事外的好。"

　　雷至雄摇头道："劫机的事广州那边也很关注，再怎么说远航也是中资公司，出了这么大的事，我们保密局怎么可能袖手旁观？"

约翰狐疑地看了雷至雄一眼："现在外面有人说劫机是共产党所为，不会是你故意放的风声吧？"

雷至雄阴阳怪气道："谁放的风声不重要，关键是这世上没有不透风的墙。"说着他从兜里掏出一个透明塑料袋，里面是几个子弹壳，"不瞒你说，我也派人去现场调查过了。这几个子弹壳就是劫匪的枪里留下的。"

约翰警司一看："这些证物警察也找到了。但是几个子弹壳能说明什么？"

"这你可能就不太了解了。这种子弹是苏制托卡列夫军用手枪专用的，国民党的军队可没配发过这种手枪。"

约翰警司接过弹壳看了看："你的意思，这件事还真可能是共产党的人干的？"

雷至雄肯定道："不是可能，而是肯定！我对共党可比你要了解得多。你想想，那帮劫机的为什么专挑飞河内的航班下手？很简单，他们早就计划好了，万一劫机进行得不顺利，飞机到了河内，也还有越共的人可以接应。"

约翰警司一愣。雷至雄得意道："怎么样，我帮你破了这么大一个案子，你至少能得个二级嘉奖吧？"

雷至雄前脚刚走，殷康年他们就来了。

约翰警司把一沓照片和几个子弹壳摊到他们面前，总结道："总之，综合目前的调查来看，这桩劫机案很可能是共产党的人干的。"

聂云开狐疑地拿起那沓照片看着，他的目光很快聚焦在其中一张上。他凑近仔细看了看，若有所思。

约翰警司道："殷总，你好好想想，你跟共产党是不是有什么过节？"

殷康年摇头，深吸一口气："我从来没有得罪过共党，不知道他们为什么要做这样的事！"

聂云开放下照片，看着约翰："约翰警司，您刚才说的那几个疑点，我看未免也过于明显了。咱们反过来想想，如果那些人就是要把劫机的事栽赃到共党身上，那他们故意留下这些线索是不是易如反掌？"

约翰警司不悦道："不用你教我怎么破案。目前的情况就是这样，你们回去等消息吧。"

聂云开没说话，再次看了一眼那张照片。那张照片上是一只被洗劫一空的行李箱，盖子上留有一个生硬的泥手印……

回到家，殷康年恼怒地将一只茶杯摔碎在地："我原本还想跟他们示好，没想到他们竟然给我来了这么一手！真是欺人太甚！"

这时坐在一旁的殷涌站起身来："爹，您先消消气，这件事恐怕没那么简单，我不相信会是共党干的。"

"你不相信有什么用？警署都查到证据了。"

殷涌道："反正我就是不相信。共产党代表的是老百姓的利益，绝不会做这种杀人越货的事。"

殷康年打断道："行了，收起你那副热血青年的派头吧，别给我惹麻烦。现在是战争时期，什么事都有可能。"说着走到窗边，叹了口气，"你爹我就是个笑话，在国民党这边不受待见，想着换一条出路吧，居然又找错了对象。"

殷涌道："爹，这件事肯定有问题。不管怎么说，我还是支持你跟共产党联系。"

殷康年摇了摇头，看着窗外："我本将心向明月，奈何明月照沟渠。"

殷涌看着父亲一时不知劝什么好。

聂云开从警署出来后，直接去了威士西餐厅。齐百川将一份报纸放在聂云开面前："这帮记者动作可真够快的，现在已经有小报登出消息，说劫机是共产党指使的，真是信口开河！"

聂云开严肃道："咱们也得在舆论上进行反击。劫机的事肯定有人在幕后捣鬼，目的是栽赃共产党，煽动两航乃至香港民众对中共的仇恨。这件事如果处理不好，对后面的策反工作将产生巨大的负面效应。"

"所以咱们得赶紧想想办法啊。"

"这事得全盘谋划。红隼，现在我需要你帮我去找一个人。"聂云开耳语了一个人的名字，齐百川得令后立即行动。

冷月西斜，已是后半夜。夜总会大门口，门童黄江拉开门，最后一拨客人走出来。他仍喊着那句挂在嘴边的话："天黑路滑，社会复杂。乐善好施保平安哪。"

他不时伸出那只戴手套的假手，接过客人的小费。然后转身拿起墙根下的小板凳，往夜总会后面走去。街对面的一辆车内，齐百川和两个手下正盯着黄江。齐百川一声令下："就是他，跟上去。"根仔立即发动车子。

没想到跟了半路，突然杀出三个黑衣人，显然是冲着黄江去的。齐百川见势赶紧冲上去救人。不多时，那三个黑衣人便败下阵来。黄江还没闹明白是怎么回事，就被堵着嘴带到了聂云开面前。

黄江嘴里发出呜呜的声音，瞪着聂云开。

聂云开并不着急，他环视一圈说："黄江，知道这是什么地方吗？"

黄江一愣，扭头左右看了看。

聂云开继续说："看到那间卧室了吗？那是你来香港之后买下的第一间陋室，那时候你的梦想就是在香港拥有一间属于自己的房子，我没说错吧？你虽然实现了自己的目标，可是人心不足蛇吞象，你千不该万不该入了黑道啊。"

黄江的眼神由惊讶到黯淡，也不再挣扎了。

聂云开说："刚才要不是我让人救了你，你已经成刀下鬼了。"黄江目不转睛地盯着聂云开。聂云开笑笑，伸手把他的堵嘴布抽出来。

黄江大口喘气："你到底是什么人？为什么要救我？"

聂云开缓缓开口："进了三宝殿，都是烧香人。从我救你的那一刻起，我们已经是朋友了。"

"为什么把我带到这儿来？"

"因为这里最安全。原来的主人死了之后，这房子成了凶宅，没人来。要杀你的人也绝想不到你会躲到这儿。"

黄江点头："说吧，朋友，要我做什么？"

"爽快。那你先告诉我，是谁让你们假扮共党去劫持远航的飞机？"

黄江一惊："果然有高人在场。"

聂云开笑笑，伸手解开黄江身上的绳子："劫机现场一只被洗劫过的行李箱上，留下了一个生硬的泥手印，那不是正常人的手印。所以我想到了你。"

黄江惊道："就凭一个手印？"

聂云开点头："就凭一个手印。"

黄江摇了摇头："朋友，我也是道上混的，以你做事的稳准狠，一定是有十足把握才出手，不会光凭一个手印就把我带到这儿。"

聂云开笑笑："你说得没错。我确实还托道上的朋友打听了一下，据说操刀老七最近从黑市上专门搞了几把苏制托卡列夫手枪，劫机犯用的就是这种枪，而你以前就是操刀老七的手下，没错吧？"

黄江终于点了点头："行，的确有两下子。"

聂云开口气一转："好了，现在轮到你回答我的问题了，谁指使你们干的？"

黄江缓了半天吐出三个字："雷至雄。"聂云开示意他说下去。

黄江理了理思路："这次劫机的事就是雷至雄跟操刀老七合起伙来干的。雷至雄那个老狐狸为了撇清关系，让信礼门派人去做，这个脏活就落到了老子头上，你以为是我想干啊！"

聂云开问："你的手也是雷至雄砍的吧？"

黄江看了看自己假手，苦笑："没错。雷至雄看上了那个电影明星简一梅，想霸占她，被我带人给拦住了，我还把他揍了一顿。那时候我还不知道他是保密局的人。"

聂云开微微一惊。

"后来他让操刀老七把我安在夜总会当门童，受尽羞辱！我多少次想杀了雷至雄那个王八蛋，可我已经是个废人了，估计这仇只能等下辈子再报了！"黄江双手抱住脑袋，失声痛哭起来。

聂云开安慰道："黄江啊，现在这个世上能帮你报仇的，恐怕只有我了……"

广州兰园，办公室墙上的钟指向上午九点半。雷至雄站在端木衡对面，一脸得意的样子："主任，我是来汇报工作的。"

端木衡笑笑："我看你是来邀功请赏的吧？"

雷至雄笑笑："属下不敢。"

端木衡嘴一撇："你连劫机那种惊天动地的事都干得出来，还有什么不敢的？"

雷至雄一怔："原来您都知道了？主任，这件事我谋划了很久，为的就是打击一下共党的嚣张气焰！"

端木衡哼笑："看来你还自以为得计？"

雷至雄一愣，嗫嚅："……属下此举难道有什么不妥？"

端木衡叹口气："我让你放手去做，不是让你搞出这么大动静！你还是太小看共党了。你搞出一个无中生有的拙劣计划，想把屎盆子往共党头上扣，难道共党就会甘愿吃哑巴亏吗？"说着他把把一份《南华群众报》拍在桌上。标题文字：

"香港劫机案内情披露——保密局勾结黑帮，以邻为壑、嫁祸于人"。

"这是今天香港的报纸，你还没来得及看吧？上面已经开始披露所谓劫机案的幕后调查了，直指保密局勾结香港黑帮、栽赃共党、误导舆论。你好好看看吧，里面有很多细节，包括你们怎么从黑市搞到的苏联手枪，事后又是怎么杀人灭口的，非常详细。你觉得看了这报纸的人，会相信谁？"

雷至雄侥幸道："主任，这种左翼报纸在香港没什么人看的。"

端木衡气道："这种耸人听闻的揭秘文章，很快就会被各大报刊转载，到那时候你可真就是引火烧身了！共党是最擅长利用宣传阵地的，黑的也能说成白的，何况这件事你本来就理亏，而且做得又漏洞百出！"

雷至雄脸上红一阵白一阵。

端木衡怒道："行了，我已经让人去给你擦屁股了，这篇文章暂时不会出现在其他报纸上。"

雷至雄赶紧说了三遍谢谢主任。端木衡老谋深算地一笑："开弓没有回头箭，劫机的事既然你已经做下了，那就不能白费劲。幸好现在补救还来得及。"说着他从抽屉里拿出一张照片，推到雷至雄面前……

下午四点，聂云开再次赶到九龙警署。

约翰警司没好气地说："我们带人去东亚旅行社搜过了，没发现赃物。雷至雄的秘密保险柜也都查了，什么也没有。"

聂云开一愣。约翰警司看了聂云开一眼："聂先生，你还有什么要说的吗？"

聂云开分析道："雷至雄一定是把赃物藏到别的地方去了，你们再派人去……"

约翰警司火了："够了！我们皇家警察可不是任由你差遣的！我劝你赶紧回去，否则我就要以诽谤的罪名拘捕你了。"

聂云开平和道："约翰警司，我的调查是千真万确的，劫机就是雷至雄指使的，他专门从黑市上搞来这种枪，就是为了栽赃共产党，这样他就可以逍遥法外！"

这时，办公室的门再次被推开，雷至雄径直走进来："谁在这儿血口喷人呢！"说完阴狠地盯着聂云开。

约翰警司奇怪道："你怎么来了？"

雷至雄怒气冲冲："警察都查到我家里去了，我作为良好公民，当然要来配合调查。约翰警司,现在这小子红口白牙污蔑我,我总不能一声不吭吧?"

聂云开站起来,挑衅地瞪着雷至雄:"雷至雄,敢作敢当,有种你就承认了吧!"

雷至雄哼笑一声,狐疑地盯着聂云开:"这远航的事,你在这儿费哪门子屁劲呢?唯一的解释就是你在替共党擦屁股。聂云开,我早就看你不对劲,我劝你赶紧承认自己就是共产党,说不定我还能留你一条命!"

约翰警司烦躁地说:"雷至雄,你那些破事别在我们警署里说,赶紧把他弄走!"

雷至雄看着聂云开,得意道:"走吧,咱俩的事出去慢慢说。"话音未落,聂云开突然一拳打在雷至雄的面门上,雷至雄鼻子流血:"我最瞧不起你这种人,坏事做绝还要嫁祸于人,警察不抓你,我也要打死你!"聂云开扑上去和雷至雄扭打在一起。

约翰警司赶紧抓起哨子猛吹了几下,几个警察推门而入,将二人拉开。雷至雄满脸是血,警察用手铐将聂云开的手铐住。

约翰警司嚷道:"居然敢在警署里打架,把他关起来!"两个警察押着聂云开出去,聂云开一直愤怒地瞪着雷至雄。

雷至雄掏出手帕擦了擦鼻子上的血。

约翰警司转脸又嚷道:"雷至雄,我命令你马上从我眼前消失!"

聂云开被推进一间铁栅栏门的拘留室内,里面还关着另外几名嫌犯。他隔着栅栏看着另一边关着的人,那些人并没有戴手铐,原来都是飞机上的乘客。

警察刚锁上门,那边的众乘客开始喧哗起来:"放我们出去,我们都是良民,凭什么关我们?"

警察吼道:"别吵了,你们是留下来配合调查的,过了48小时没问题就会放你们走了。"

"你们警署就是歧视华人,凭什么那几个洋人就可以走?!"

这时乘客中一个穿西装的中年男子听见这话后站起来,他从怀里掏出一本美国护照:"警察先生,我也是美国公民,我是不是也可以走了?"

警察道:"对不起,所有华人乘客都要接受调查,这是上面的命令,我也没办法。"

众人怨声载道。警察摇了摇头,转身走了。穿西装的中年男子唉声叹气地坐下。

"你真的是美国人？"有人凑过来问。

穿西装的中年男子说："当然是真的。这是我的护照，我叫虞一民，是美国波音飞机公司的工程师。现在新中国就要成立了，我要回到大陆去！"

"你要回大陆，怎么坐了去越南的飞机？"

虞一民道："美国只有直飞香港的航班，我也是到了香港之后才知道，北上内地的航班已经很少了，但我又不想在香港滞留，所以才打算取道河内回国，谁想到会碰上劫机这种事！"

"你们这些知识分子可真够傻气的。共产党都把你坐的飞机给劫了，你还回什么大陆啊！"

众人一阵嘲笑。虞一民却说："我不相信是共产党干的，我了解共产党！"

边上的聂云开深深看了虞一民一眼，从怀中悄悄摸出一张照片比对了一下。齐百川的声音跳出来："组织上让我们找的这个人叫虞一民，是波音公司的华裔工程师。"聂云开之前听说过这个人，他是航空工程界屈指可数的顶尖专家。

齐百川说："现在他困在香港，上级命令我们抢在保密局察觉之前，设法营救并护送他回大陆。目前已经确认，虞教授就在那群被扣押的乘客当中。"

聂云开一看人对上了，心里一块石头落了地。原来他借调查劫机案的机会设法混进拘留所就是为了找到虞一民。

聂云开朝栅栏边上挪了挪位置，悄悄移到虞一民身旁。二人聊了几句，虞一民一惊："……这么说你认识我？"

聂云开道："也谈不上认识，但我一直很仰慕您。在美国的时候我多次拜读过您发表的专业论文，而且还去听过您的公开课。"

虞教授非常惊喜："你也是搞航空工程的吗？"

"我在西雅图大学留学的时候，念的是交通经济学，但我以前当过飞行员，所以选修了航空工程。"

"那咱们也算半个同行了。"

"您是空气动力学方面的顶尖专家，中国正需要您这样的人才啊。"

虞一民面上一喜："所以我一听说新中国即将成立的消息，简直兴奋得睡不着觉，连手头正在进行一项风洞试验都没做完，就动身回国了。"

"说起风洞试验，您也算是先驱了。没记错的话，1947年波音公司那次最著名的风洞试验就是您主持的吧？"

虞一民点头："是啊，只可惜因为热能实验出错导致了失败。"

"失败是成功之母嘛，毕竟那次试验也积累了很多数据。"

"这方面中国还是一片空白，将来我的这些经验都可以带到国内去。"

这时两个警察过来巡视，看了二人一眼。聂云开和虞一民立刻停止交谈，各自背靠着栅栏。

警察看了一圈后离开。聂云开低声道："虞教授，等会儿我们公司的人应该会来保释我。到时候你就说是我的朋友，我带你一起出去。"

虞教授感激地握住了聂云开的手……

九龙城寨，晨光熹微。

一辆汽车开过坑坑洼洼的道路，在一处农舍外停下。一个地下党陪着虞一民从农舍内出来，上了车。他将手里的护照和机票交给虞一民："虞教授，这是我们替你准备的假护照和今天的机票，您收好了，我们现在就去机场。"

虞教授感激不尽地看着他，眼睛闪出泪光。

同时，落马坡保密局秘密驻地内，雷至雄将一张虞一民的照片高高举起："你们都给我看清楚了，这个人叫虞一民，上面命令我们必须把他抓住！现在已经得到可靠情报，共党计划今日将他送离香港。我要你们带上全部人手，赶到启德机场，务必将他拿下！"

众手下分别上了两辆车，直奔机场！

第十章　真假虞教授

华航大楼，聂云开正在办公室里研读文件，忽然他意识到一个问题，忙起身走到文件柜前，开始翻查资料簿。很快他找到了那本资料，拿出来快速翻看着，终于找到那条资料记载，看完之后脑中犹如晴天霹雳一般！他回过神来，扔下手中的文件，飞一般向外跑去，他必须立刻赶到启德机场……

启德机场候机大厅内人头攒动。两名地下党员眼观六路，护送着虞教授向检票口走去。候机大厅入口处，雷至雄带着众便衣手下同时进入机场。

雷至雄拿出一张虞教授的照片，举起来，向手下训话："再给我睁大眼睛看一遍，务必要找到照片里这个人，千万不能让他离开香港，听明白了吗？"众手下散开，开始四下搜寻虞教授的踪迹。另一边，虞教授已经抵达检票口，但检票口前却排起长长的队伍，三人只能站在队尾焦急等待。

几名穿黑衣的保密局手下穿梭于旅客之中，两名地下党立刻察觉情况有变。二人对视一眼，悄悄握紧腰间的枪。

检票口后面，沈希言一直在焦急等待，却看见几名黑衣手下拿着照片开始顺着检票的队伍搜查虞教授的踪迹，不禁神色大变。

保密局手下与虞教授之间的距离越来越近……三人，两人，当搜查到虞教授前面一人时，地下党当机立断拉着虞教授走出队伍。

保密局手下一眼看见虞教授，立即追过去，但被另一个地下党伸脚绊倒，排队的旅客顿时一阵骚乱。"在那边！"随着一声喊叫，保密局手下已掏出枪来，周围几名旅客吓得惊叫起来。

登机大厅入口处，聂云开终于赶到，面对一片混乱，他强迫自己冷静下来，开始搜寻目标。众保密局手下从各个方向朝虞教授和两个地下党包围过去。眼看无路可走之时，沈希言突然出现在虞教授面前。

她果断道："虞教授，跟我来！"沈希言不由分说，拉起虞教授的手就往员工登机通道走去。

虞教授狐疑地看向沈希言，忽然挣脱他的手："你是什么人？"

沈希言急道："没时间解释了，先跟我进去再说！"

虞一民却道："不行，我怎么知道你是不是国民党的人？"

另一边，聂云开终于发现了沈希言的身影，他刚要上前，又停了下来。他略加思索，从怀里掏出笔，走到柜台边，撕下一张纸，飞速写了几个字。一个五六岁的小男孩正从聂云开身前跑过，聂云开一把拉住小孩，晃了晃手里卷起的纸条，还有一张百元钞票："小朋友，叔叔跟你做个游戏，如果你能在十秒钟内跑到那个穿制服的阿姨那儿，把这个纸条交给她，这一百块就归你了，好不好？"

小男孩立刻露出笑脸，接过纸条，撒腿向沈希言那边跑去。

两个保密局手下已经接近虞教授，一个地下党走上前想拦住，但一把尖刀突然从身后插进了他的后心窝，他当即倒地……

在员工通道前，虞教授意味深长地看着沈希言："请问，今天下雨吗？"

沈希言深吸一口气："下雨——"这时，那个小男孩跑到她面前，塞给她一张纸条："阿姨，有个叔叔让我把这个给你！"

沈希言打开纸条，却立刻愣住，只见纸条上写着五个字"虞教授是假"。沈希言刚抬起头看向虞一民，对方却突然掏出枪，黑洞洞的枪口对准沈希言。更多的旅客意识到一场暗战正在进行，纷纷惊叫，四处逃窜。

另一个地下党已被几个保密局手下围住，终于寡不敌众，腹背中刀，壮烈牺牲。聂云开看见眼前场景，正欲上前营救，但却忽然被人从身后大力扑倒在地。保密局两个手下将聂云开牢牢按在冰冷的地面上，雷至雄得意地看着他："聂云开，你这条大鱼终于上钩了！"

原来真正的虞教授早已被雷至雄抓了去——

昏暗的灯光下，虞教授满脸伤痕地坐在雷至雄对面。

雷至雄面孔狰狞："虞教授还是不肯开口，那我也没别的办法了。"他拿起一本《圣经》放在桌上，"我知道你是虔诚的基督徒，请你把手放在《圣经》上。"

虞教授犹豫着将左手手心朝下压在《圣经》上。

雷至雄道："现在请你闭上眼睛，就像和上帝说话。回答我刚才的问题，你跟共党约定的联络暗号是什么？"

虞教授喉结耸动，紧紧闭上双眼。雷至雄阴沉道："说出来，上帝在看着你！"虞教授浑身痛苦地颤抖着，但是嘴唇仍然一字未发。

雷至雄摇了摇头，深吸一口气，猛地举起一把尖刀向虞教授的手背扎去，一声凄厉的惨叫，尖刀刺透手背扎进《圣经》里，刀光刺眼，血光飞溅。雷至雄大吼："快说！"

虞教授痛苦地说："我说，今天下雨吗……下雨带刀不带伞。"

雷至雄这才松了一口气，得意地拍拍虞教授的肩膀……

威士西餐厅，昏暗的地下室内，张书记坐在桌边，眉头深皱，齐百川则焦虑地来回踱步："千小心万小心，还是着了他们的道儿！"

张书记道："雷至雄这次的行动不同以往，布置得非常周密，手段也很隐蔽，看来背后是有高人指点。"

齐百川停下脚步，坐到张书记对面："二零七，你快拿个主意吧，现在怎么办？我们已经掌握了保密局香港站秘密驻地的位置，只要你点头，我现在马上就带人去把雨燕救出来！"

张书记道："明火执仗地去救人，就等于暴露了雨燕的潜伏身份。"

"那到底该怎么做？"

张书记眉头紧蹙："当务之急，是先设法和雨燕取得联系，再视情况定夺。切记，雨燕同志的生命安全是第一位的！"

聂云开此刻正被关在保密局秘密驻地的审讯室内。

一只愤怒的手掌啪的一声拍在审讯桌上："快说！你到底是不是共党？担任什么职务？你的联络人是谁？身边还有没有同伙？全都给我老老实实招出来！"

聂云开面色冷静，一边周旋一边思索："使这么大劲，你手不疼吗？大家都是领薪水干杂活的小角色，放松点，别太激动了。"

手下被激怒，神情更加激动："姓聂的，你少跟我嬉皮笑脸，进了我们保密局的审讯室，我有一百种方法让你招供，我劝你别敬酒不吃吃罚酒！"

聂云开微微一笑："这位小哥你误会了，我这位良好市民当然愿意配合你们工作，只不过你刚才问的问题有点前后矛盾，我不知道怎么回答。"

"怎么矛盾？"

"刚才你问我是不是共党，然后又问我担任什么职务，联络人是谁，身边有没有同伙，对不对？"聂云开看到此人耳朵内戴着一只耳机，鬓角的头发半遮下来，隐约可见指示灯一闪一闪。

"少给我耍花样，回答我的问题！"

聂云开平静道："你问了我四个问题，但是我只能回答你第一个——我不是共党。既然我根本不是共党，又哪来什么联络人和同伙呢？哦对了，我的职务其实也可以告诉你，我是华荣航空的总经济师。"

监听室内，雷至雄拿着一个汉堡包，优哉游哉地啃着，不时对着话筒发号施令："你这样审不行，他根本不吃你这套。"雷至雄面前的桌子上放着一份聂云开的档案，他的手指在档案上指指点点，口中念念有词，"……西雅图大学毕业，高学历，绕弯子你绕不过他；驼峰坠过机，死里逃生，你吓也吓不住他……问点简单明确他没法抵赖的东西！"

手下停顿了一下，调整情绪，继续发问："好，你说你不是共党，那你为什么会出现在我们抓捕共党的现场？"

聂云开道："我是航空公司的员工，出现在机场不是再正常不过了吗？"

雷至雄对着耳机道："别废话，问他字条的事！"

手下马上掏出一张字条，拍在桌子上："这张字条你又想怎么解释？别狡辩说不是你写的，我们已经找警署的笔迹鉴定专家把这五个字和你的日常文书比对过了，这就是你的字迹，确定无疑！"

聂云开冷静道："关于这个字条，我确实需要好好解释一下，因为这里面简直有天大的误会！不过我看你一边听一边说，怪累的。"突然他提高声音道，"雷站长，别难为你的手下了……兹事体大，我看还是当面跟你解释吧。"

雷至雄皱了皱眉头，将手里没吃完的汉堡扔了，抖了抖衣服，面容阴鸷。

审讯室不远处的树林中，齐百川已带着手下埋伏其中，密切监视着院内的动向。根仔悄声道："我已经打探过了，保密局驻地前后两个门都有守卫守着，想潜进去好像不太容易。"

齐百川眉头紧蹙："每拖延一分钟，雨燕都可能有生命危险。"

根仔咬牙道："大不了我们冲进去，跟他们硬碰硬！"

齐百川喝道："怎么硬碰硬，就凭咱们这几条枪，鸡蛋碰石头还差不多！"

根仔忽然指了指远处山坡下的小路："老板你看！"

只见小路上，几个老农推着一车蔬菜，正向驻地方向走来，好像是给保密局送菜的。齐百川眯着眼睛，陷入思索。

审讯室的门被猛然打开，雷至雄推门而入，脸上挂满假笑："哎呀，真是不好意思，今儿为了抓共党，一早上就开始蹲点，饭都没吃上一口，所以让这小子先替我一会儿，招呼不周，别见怪呀。"说着在聂云开对面坐下。

聂云开也冲雷至雄露出一个礼貌的假笑："我理解，吃饭是人事，你们出外勤的，三餐不定，十有八九是要得胃病的。"

雷至雄道："我们得胃病，可不是因为吃不上饭，而是上面给的压力太大了！天天催命一样催着我们抓共党，不出活儿不行呀！"

聂云开声调一变："雷站长，这就是你们的不对了！这压力再大也不能为了交差乱抓人哪！"

雷至雄做出一副恍然大悟的样子，点点面前的字条："哦，对了我想起来了，刚才你说，这张字条里有个天大的误会是吧？"他眼中射出锐利的光，直勾勾地盯着聂云开，似笑非笑。聂云开点头："没错。"

"好！那我就给你个机会，好好解释解释。反正我吃也吃饱了，歇也歇足了，有的是时间跟你耗着。你别说，我还真好奇，这人赃并获、板上钉钉的事儿，你怎么能给它编圆了！"

门外几名老农将装满蔬菜的板车停在驻地大门口接受检查。两名守卫在蔬菜车内翻翻捡捡，大致查了查就挥手放行。领头的老农点头哈腰，拉着蔬菜车进入门内。乔装改扮的齐百川压低帽檐，不动声色地跟着蔬菜车进入驻地院内……

聂云开拿起桌上的水杯，呷了一口，这才不紧不慢地开口："小孩没娘，说来话长啊。这件事还得从远航劫机事件开始讲起……在警署，我跟雷站长发生了一点小冲突，之后我被关进了拘留所，不过却意外遇到了虞一民教授。在美国留学时，我曾经多次拜读过他的论文，还听过他的公开课，所以当时我没多想就主动跟他攀谈起来。结果我们在谈到一次失败的风洞实验时，他却露出了破绽，那次实验是虞教授亲自主持的，明明是测压的时候出了问题，可是他却说成是热能实验出错导致的失败……这根本不是虞教授会犯的低级错误！所以当时我就意识到这个人有问题。"

雷至雄头一扭："哦？这么说，你从那个时候开始，就已经怀疑这个虞教授是假的？"

"当时我还不能完全确定，所以又用另一个方法试了试他……我记得虞教授曾经在一篇报纸的采访里说过自己是回民，即使在美国也从不吃猪肉，但是那天警署提供的晚饭里却有猪头肉，而他吃得很香。这回我可以确定，这个虞教授就是假冒的！"

听到这儿，雷至雄一脸不屑："一派胡言！如果早知道他是我们放的饵，你怎么会主动咬钩？"

聂云开依然一副真诚的表情："雷站长，这你就说错了，我怎么知道他是你们保密局找人假冒的呢？这个假虞一民在拘留所里一直在替共党说话，所以我想当然地就判定，他是共党在劫机事件之后派来诱导舆论的人。所以我将计就计陪他演戏，假意帮助他，就是为了放长线，钓大鱼，看看共党还有什么花招啊！"

雷至雄大开眼界般地盯着聂云开，突然鼓起掌来："精彩！聂云开啊聂云开，你简直让我佩服得五体投地啊！喝的洋墨水多，就是不一样，脑子灵，反应快，这么短的时间里，故事编得还像模像样！"

聂云开只是笑笑："雷站长太高看我了，我只是实话实说而已，没有丝毫编造。"

雷至雄皮笑肉不笑："好，我姑且当你是将计就计，但这张字条你又能怎么解释？如果你跟沈希言不是共党，为什么在她即将说出暗号的时候，通知她虞教授是假的？"

聂云开道："我不知道你所谓的暗号是怎么回事，当时我只不过碰巧看到她跟假虞教授搅在一起，所以提醒她一下，不想她糊里糊涂地卷进什么风波。"

雷至雄哼一声："如果你真的那么光明正大，为什么要偷偷摸摸送字条，自己藏在背后？"

聂云开摇摇头，长叹一口气："我这么做，就是想避免像今天这样的误会，只是没想到弄巧成拙，现在的误会反而更大了。"

雷至雄终于忍无可忍，伸手一拍桌子："聂云开，你真以为随口编个故事就能从这里全身而退吗？"

"该说的我都说了，我相信雷站长是个明辨是非的人，如果你真能拿出明确的证据证明我是共党，我聂云开听凭你处置。"

雷至雄气不打一处来，恶狠狠地盯着聂云开，嘴角抽动。聂云开坦然地与雷至雄对视，并无丝毫畏惧。时间一分一秒地过去，雷至雄拿他没有一点儿办法。

雷至雄满脸怒容地扯开领口的扣子，气呼呼地走在保密局的走廊内。手下甲察言观色，小心翼翼地跟在一旁。雷至雄问："姓沈的那小娘儿们审得怎么样了？"

手下说："她坚持说自己是因为崇拜虞教授，才帮助他逃脱，跟共党和聂云开都没有关系。"

雷至雄气道："哼，这对亡命鸳鸯，看来是都打算嘴硬到底了！"

手下说："站长，这回我们必须得动点儿真格的了，鞭子不抽到肉上，他们就不知道疼！"

雷至雄停下脚步，略一思索，嘴角露阴笑："不急，我还有一招。"

两名守卫在走廊内巡逻而过，消失在拐角处。走廊的另一边，齐百川闪身而出，观察到守卫离去后，立刻向拘押室方向走去。少顷，他已潜入拘押室外，透过铁栏杆，看见聂云开正坐在硬板床上闭目养神。齐百川吹了声口哨。聂云开立刻睁开眼睛，看见齐百川，颇为惊讶，一跃来到铁栏杆边："红隼，你怎么进来了？"

齐百川掏出一根钢针，立时开始尝试打开门锁："别废话了，先把你救出去再说！"

聂云开一把抓住齐百川的手臂："不行，这样做就等于自动暴露了我的身份，我之前的努力就功亏一篑了！"

"这都什么时候了，先保命要紧！"

聂云开却把握十足道："别担心，还没到山穷水尽的时候，我手上的筹码还能跟雷至雄搏一搏。"

"你打算怎么做？"

聂云开看着齐百川，眼神中透露出一股自信："现在，我需要你帮我带个口信给美林大饭店303号房的客人。"齐百川一愣。

同一时刻，走廊另一侧，一名守卫正押解着沈希言向拘押室走去。沈希言脚步不紧不慢。守卫不耐烦，上前推搡了沈希言一把："快点！"

沈希言怒道："把你那脏手拿开，我自己会走！"

来到拘押室门前，沈希言一眼看见聂云开，眼前一亮。而聂云开看见沈希言，忽然神色机警。守卫打开拘押室的大门，将沈希言推入门内，然后关门离开。沈希言见守卫走远，连忙上前，拉住聂云开的手："云开，你怎么样？"

聂云开忽然做了一个噤声的动作，摇摇头，拉过沈希言的手，在她掌心中写了几个字：小心有诈。

沈希言蹙眉，警惕地不再开口。聂云开一边隔着衣服在沈希言身上轻拍探找，一边故意用淡漠的语气回答："还能怎么样，暂时死不了。"

聂云开反复查找，目光落在沈希言的脚上。他示意沈希言脱下高跟鞋，聂云开稍加检查后很快发现鞋跟里安着一只微型无线电窃听器，正有规律地闪着红灯。沈希言一惊。二人心意相通地对视一眼，开始故意演戏。聂云开大声道："也不知道今年怎么这么倒霉！"

沈希言埋怨道："都是你那张字条害的，我们现在怎么办？"

聂云开道："你问我我问谁，这次我可完全是被你牵连进来的，早知道就不多管闲事了！"

"现在急着撇清关系有什么用，最重要的是得从这出去，这种破地方，床又冷又硬，我可睡不惯。"

聂云开再次拉起沈希言的手，边说话边在她掌中写字：否认到底。

聂云开故意说："你还有心思担心这个，搞不好我们这次就得死在这儿了！通共可是大罪，我听说你还跟他们对上暗号了？难不成你是共产党？"

沈希言也抬高了音量："你少乱栽赃，还嫌事儿不够乱嘛！我也真是倒霉，先是遇上郑彬，现在又摊上这么个事儿，早知道就不乱当好人了……"

监听室内，大型监听器正在缓缓运行，雷至雄与手下耳朵上均戴着耳机，正聚精会神地监听沈、聂二人的对话。

沈希言的声音传来："当时那个虞教授莫名其妙问我今天下不下雨，我看外面阴天，就回答他说下雨，我哪知道什么暗号不暗号的。"

聂云开接着说："唉，口说无凭，我看我们这次是跳进黄河也洗不清了！"

沈希言道："我不管，反正我是清白的，随他们怎么查！"

聂云开道："我发现自从跟你重逢，我就没遇上什么好事，看来咱俩还真是天生八字犯冲。"沈希言奚落道："彼此彼此吧。"

聂云开继续在沈希言掌中写字，然后紧紧握住她的手：挺住。

聂云开继续说："这回我要是命大死不了，出了这鬼地方，我肯定躲得你远远的，免得又被你沾上什么霉运！"

沈希言冷笑："我想说的话怎么全被你说了，正好，省得我跟你废话！"

沈希言也拉过聂云开的手，郑重地在他掌中写了几个字：一起活下去。聂云开重重点点头，二人深深对视，双手紧握，一切尽在不言中……

耳机内不再有声音传出，手下放下耳机，神情疑惑："站长，听着好像没啥破绽啊……"

雷至雄不以为然地轻哼："他们越是做得滴水不漏，我就越肯定这里面有问题！他们表现得过于镇定了，故意表演出一副互相埋怨、水火不容的样子，想撇清关系。可惜呀，过犹不及，反而让我这天底下最灵的鼻子闻出来他们之间的桃花味儿！"

"那我们下一步该怎么办？"

雷至雄活动活动手腕，往外走去："本来看他们都是读书人，还想客气一点儿，到底不能偷懒呀。走，咱们得换种更有意思的玩法了！"

华灯初上，气派的美林大饭店灯火辉煌。街上人来人往，齐百川混迹于人群之中，不动声色地进入饭店之中，径直向电梯走去。

303套房内，黄江有些心神不宁地坐在桌前，手中把玩着一卷磁带。忽然门外响起敲门声。黄江警惕地起身，掏出一把贴身小手枪，慢慢向门边走去："谁？"

门外无人应答。猫眼里也看不见人影。黄江举着手枪小心翼翼地将门打开，门外却空无一人。他探出头来左右查看，忽然发现门口地面上有一张纸条。他捡起纸条，然后迅速将门关好。打开纸条一看，他随即面色一变……

审讯室内，沈希言从晕厥中缓缓醒来，发现自己躺在房间中间，双手分别被一个特制的金属环铐着。金属环连着两根锁链，锁链的另一端固定在墙上的一个奇怪装置上，那装置上有一个数字显示屏，闪着红光的数字触目惊心。

沈希言动了动双手，但锁链非常沉重，她挣扎着到处看，房间里的桌子已经撤走了，什么都没有，她只看到一双穿着皮靴的脚在慢慢走近自己。那双脚停在自己面前，她努力抬起头去看，正是雷至雄。

雷至雄笑嘻嘻道："感觉怎么样？"

沈希言骂道："快给我解开！"

"这不取决于我，而取决于你自己。"

沈希言拼命挣扎。雷至雄得意道："挣扎是没有用的。这是美国最新研制的仪器，它不仅可以禁锢一个人，还可以综合监测他的心跳、脉搏和血压，你只要能做到让那个数字降到70以下，锁自然就解开了——但前提是，你得控制自己的情绪，并且，说真话。"

沈希言痛苦喘息。机器上显示的数字是107。

雷至雄道："沈希言，这次，我不需要你回答关于虞一民的问题，只需要你把和聂云开之间的故事原原本本地讲给我听。"

沈希言闻言，微微一震。显示屏上的数字上升到120。

雷至雄得意一笑："这人哪，无欲则刚、关心则乱。你爱聂云开，对不对？但你们却因为某些原因，不能公开在一起。"

雷至雄蹲下身，靠近沈希言，循循善诱："比如……你们是一对潜伏的地下党，你接近郑彬，只是为了搞清楚他的秘密。而你真正的爱人，其实是聂云开！"

沈希言冷冷地凝视雷至雄，内心却不平静，显示屏上的数字依然居高不下："雷至雄，你的想象力真够丰富的，怎么不去当电影编剧？"

"我该当编剧，还是你该当演员，一会儿自有分晓。这是你最后的机会，如果你跟聂云开之间真的没有秘密，就证明给我看！"

夜已深，街上空无一人，"中美飞安商行"也已打烊。一只野猫穿过街道，消失在屋檐下。

端木翀正在办公室里看报纸，这时突然感觉到窗户边人影一闪。他皱了皱眉头，拔出枪悄悄靠近窗户，拉开窗帘，但是外面空无一人。他疑惑地转过身来，却赫然发现自己的座位上坐着一个陌生人。

端木翀惊讶的同时手里的枪已经对准来人："什么人？"

那人立刻举起双手做投降状，嘴角却挂着笑意。端木翀注意到他戴着一只手套。此人正是黄江。

黄江道："我是什么人不重要，你只需要知道，我不是你的敌人。"

端木翀呵斥了一声："少废话，你怎么进来的？"

"从正门喽。窗户那儿只是顺便试试你的警惕性。"

端木翀皱眉："给你十秒钟，说清楚你的来意，否则别怪我不客气。"

黄江啧啧道："一个做飞机零件生意的商人，却随身携带勃朗宁新式手枪，端木翀，你的身份果然不简单呀。"

"那你还敢来惹我，胆子倒大得很。"

"情况紧急，我来给你带个口信，你的好兄弟聂云开和你喜欢的女人沈希言，现在有生命危险。"

端木翀闻言，神色一变："怎么回事，说清楚！"

"他们受人陷害，招来通共的嫌疑，被雷至雄抓进了保密局。不过我有证据证明，雷至雄才是真正的共党卧底！"

端木翀一愣："红口白牙，你要我怎么信你？"

黄江一只手摸进胸前的口袋，准备拿东西。端木翀警觉地将枪口对准他："别动！"

黄江笑笑："别紧张，证明雷至雄是共党卧底的证据就在我口袋里，我不掏出来怎么给你？"他慢慢从胸前的口袋里伸出手，手里多了一盒录音带。他将录音带冲端木翀慢慢晃了晃，"就是这个。"

端木翀的注意力被录音带吸引。突然，黄江将录音带向端木翀的方向高高抛出："接着！"

录音带脱手后，黄江闪身向商行门口跑去。端木翀只能先接住录音带，然后再追向门口，却发现街上空空如也，早没了黄江的踪影。他看了看手中的录音带，神色凝重。

广州兰园，端木衡办公室内只点着一盏孤灯，气氛压抑。

端木衡靠坐于书桌后，闭目养神。秘书站立于书桌前，正用平静的语调汇报工作："主任，刚接到香港的电话，雷站长那边目前还没有实质进展。"

端木衡缓缓睁眼，神情看不出是喜是怒："竹篮打水，浪费我一整天的时间。这个雷至雄色厉内荏，根本不是聂云开的对手。"

秘书道："您看，我们需不需要再派个人去推一把？"

端木衡若有所思。突然，电话铃声突兀地响起。秘书接起来："是少爷的电话。"

端木衡接过听筒，放到耳边，不动声色地听端木翀向他汇报。听到某处，端木衡的兴趣明显被提起："我听着呢……哦？你确定？……"

端木翀立于桌旁，一手握着电话，另一只手则拿着黄江给的那盘录音带："没有十分把握，也有七八分。"

端木衡道："聂云开是对你有过救命之恩的兄弟，你相不相信他是共产党的奸细？"

端木翀握紧电话听筒，脑中飞速权衡，良久才开口："我不相信！"

端木衡沉吟片刻，再次开口："既然这样，那就按你自己的想法去做吧，不必再问我。"

端木翀道："我还是想听听您的意见，毕竟您跟共党斗法有过很多成功经验。"

端木衡笑笑："成功有个副作用，就是以为过去的做法同样适用于将来……我把你派到香港就是要锻炼你，你得靠自己的感觉去做，不要用我的经验。"说完他将听筒放回电话机上，神情高深莫测，自顾自地叹了一句，"物竞天择，适者生存。"

端木翀听着电话里的嘟嘟声，良久才放下听筒。他下意识地摸出那根导管，对着它兀自出神——聂云开救自己的画面又闪回般地闯进来。他将导管紧紧攥在手心，眼睛迷离地看向桌上的那盘磁带。

审讯室内，雷至雄继续盘问沈希言，显示屏上的数字是119。

虚弱的沈希言勉力支撑着自己侧坐在地上，粗重地喘息着。雷至雄冷冷看着她："说真话，让监视器上的数字降到70以下，然后你就自由了，很简单不是吗？"

沈希言闭上眼睛，脑海里不断闪现和聂云开在一起时的画面。她缓缓睁开眼睛，眼前还是雷至雄穿着皮靴的双腿。雷至雄道："我的耐心是有限的，你最好抓紧时间！这是唯一能让你和聂云开活下去的机会！"

显示器上的数字是112，沈希言深吸一口气，终于开口："十八岁那年，我第一次爱上了一个男人，他就是聂云开……那时候，我们都是爱国青年，满腔热血。为了呼吁停止内战、将侵略者赶出中国，我们义无反顾走上街头游行示威，却遭到军警的残酷镇压，我受了伤，差点被踩死，是聂云开救了我……乱世之中，谁也不知道明天在哪，但我们还是义无反顾地相爱了……那是我人生中最幸福的一段时光，我们一起看书、谈心、登高远足，每一天都充满欢笑。后来，他南下参军，走之前，还情深意切地说要回来娶我……抗战胜利后，我傻傻地去了我们曾约定过的地方，他却没有来……再见面以后，他亲口跟我承认，作为抗战英雄留学美国，那里的花花世界让他乐不思蜀，根本没想过回来！哼，男人啊，永远见一个爱一个；女人呢，只会爱一个守一个……我苦守着跟他的约定，等了十二年，不是因为爱他，而是因为恨他！……直到遇见郑彬，我才终于走出聂云开的阴影……来到香港后，他开始对我献殷勤，一开始我并没想过要接受他，但我实在孤单太久，太希望有个成熟的男人来温暖我……一切都发展得太快，我来不及反应就和他在一起了，真要问他哪一点吸引我，可能是他抽烟时的姿势很有男子气吧……这一次，我本以为自己遇到了好归宿，结果却遇到了一个衣冠禽兽，没想到这个郑彬在乡下早就有了老婆孩子。知道真相后，我跑去和他吵，没想到却激怒了他。那天晚上，他失去理智了，疯狂地折磨我，最后又把我绑在他家的地下室里。后来的事你都知道了，不是雷站长你最先找到的我吗？"

雷至雄哼道："那天，最终来救你的人可是聂云开！"

沈希言朗声道："那是他欠我的！"

"少废话，接着说你和聂云开的事！"

沈希言断断续续地说："我和他的故事已经结束了……现在，我既不爱他，也不恨他，只想离他远远的，然后过好我自己的生活。"

沈希言平静地看着雷至雄失望的脸，显示屏的数字是79。

沈希言静坐着，呼吸越来越绵长匀称。显示屏上的数字不断下降，最终定格为70。"哒哒"两声，沈希言手上的金属环应声弹开。

沈希言立即撇掉束缚，冷冷看着雷至雄："现在我可以走了吗？"

忽然，房间门被人打开，手下走到雷至雄身边耳语了几句。雷至雄狐疑皱眉："他怎么来了？"

不错，来人正是端木翀，他与雷至雄对面而坐，身后各站着两个手下。雷至雄不断权衡着对方的来意："这么晚了，端木少爷还亲自上门，不知有何贵干？"

端木翀冷冷看着雷至雄："雷至雄，我也不跟你绕弯子，我知道你抓了聂云开和沈希言，我要带他们两个走！"

雷至雄脸色一变："痴人说梦，这两个人身上有重大的通共嫌疑，不是你随便一句话就能带走的。"

端木翀面色一沉："如果我非要带他们走呢？"

"实话告诉你，我怀疑那个聂云开不是一天两天了，这次好不容易把他逮个正着，不从他嘴里挖点东西出来，我是不会撒手的！"

端木翀不客气道："我不管你怀疑谁，只要你拿不出确切证据，就无权扣押他们！"

雷至雄怒了，拉开抽屉，拿出一张"特许令"拍在桌上："这是国防部部长亲自签发的特许令！严查共党事关重大，任何人不得干涉我的工作！端木翀，别以为有你爹给你撑腰，你就可以以下犯上！别忘了你也是我的下属！"

端木翀意味深长地看着雷至雄："在真相面前，可没有上级和下属之分。"

雷至雄冷笑："什么是真相，审问到底才知道！"他身体前倾，瞪着端木翀，"倒是你，这么急着营救两个共党分子，别是有什么隐情吧？"

"你想说什么？"

"没什么，只是给你提个醒，千万别蹚这摊浑水，省得惹一身腥！"雷至雄起身，伸了伸懒腰，"天儿也晚了，端木少爷还是早点回去休息吧。至于我，生来劳碌命，事儿还多着呢。好走，不送。"雷至雄转身推开门，头也不回地走了。端木翀看着雷至雄的背影，气得双拳紧攥。

拘押室内，沈希言虚弱地靠坐在硬板床上。聂云开关切地坐在一旁，喂她喝了一口水。沈希言看见聂云紧皱的眉头，不禁伸手为他抚平，微微一笑道："别担心，我还撑得住。"

聂云开见沈希言强颜欢笑，更加心疼。他犹豫再三，终于将手伸进靴筒，从里面掏出一只微型手枪。他郑重地将手枪放在沈希言掌心，帮她握紧："这个你拿着。"

沈希言看看手枪，惨然一笑："已经到这一步了吗？"

聂云开深深凝视沈希言："真到了那一步，先保命！希言，你必须活下去！"

沈希言嘴角带着看破生死的笑意，一手拿着枪，另一只手伸进外衣口袋里，竟掏出一只口琴。聂云开看到口琴，愣住。沈希言艰难道："这是当年你经常吹给我听的那只口琴，这么多年，我一直留着它。"

聂云开的手有些颤抖，接过口琴。

"不知道以后还有没有机会听你吹响它。"

聂云开鼻子一酸："希言……"

忽然，走廊里传来脚步声。聂云开警惕地站起身来，将口琴收入囊中。沈希言也握紧微型手枪，藏在外套内。手下狐假虎威地跟在雷至雄身后走进拘押室。聂云开站起来挡在雷至雄与沈希言中间："雷至雄，你折腾够了吧，如果没有证据，请你立刻放我们走！"

雷至雄掏出手枪，黑洞洞的枪口对准聂云开："别以为你们今天能蒙混过关。聂云开，我最后问你一次，你到底是不是共党？告诉你，老子的耐心已经到头了，再跟我耍花腔，管杀不管埋！"

二人对峙，聂云开面对枪口毫不畏缩。另一边，沈希言悄悄握紧怀里的手枪。

"雷至雄，我也最后回答你一次——"

"等一下！"雷至雄侧过身，忽然调转枪口对准沈希言，阴狠一笑，"你最好想好了再说，否则，先死的会是这个女人！"

三人之间剑拔弩张，一时间，空气似乎静止。忽然间，端木翀从门外闯了进来，不由分说，一把将雷至雄扑倒。雷至雄与端木翀扭打作一团。

雷至雄愤怒骂道："端木翀，你他妈干什么？你疯了吗？"手下欲上前拉开端木翀，却被张立峰轻易制伏。端木翀猛地夺过雷至雄手里的枪，枪口抵在他额头上。拘押室里瞬间安静下来。端木翀腾出一只手，从怀里掏出一盒录音带，在雷至雄面前晃了晃："雷至雄，你的好日子到头了！"

片刻，雷至雄被绳子捆绑住，靠坐在房间角落。拘押室的桌子上多了一部录音机，端木翀站在桌边，冷冷地看着雷至雄。

雷至雄已经气疯了："端木翀，你这是以下犯上！有本事你现在就一枪毙了我，否则等我把你告上军事法庭，连你老子也救不了你！"

端木翀不急不慢道："雷至雄，你现在就是一只秋后的蚂蚱，听完这盘录音带，看你还能蹦跶多久！"说着按下录音机的播放键。

录音带缓缓转动，里面出现了雷至雄的声音："这次的劫机事件，我要让所有人都以为是共党做的，不过这只是暂时的，听懂了吗？……"

听到录音带的声音，聂云开如释重负。那天他与黄江对话的场面扑面而来——

阴暗的郑彬老宅内，没有开灯，只有月光照亮聂云开与黄江的脸。

聂云开道："黄江啊，现在这个世上能帮你报仇的，恐怕只有我了……"

黄江抬起头来："你真的能帮我报仇？"

聂云开道："只要你按我说的做，扳倒雷至雄并不难。"

客厅内，黄江站在电话机旁，他一手拿着听筒，另一只手拿着一张小纸条，上面写满聂云开设计好的问话。

黄江说："雷至雄，我是黄江。"

雷至雄冷笑："你这只见不得光的耗子居然还敢给我打电话？"

"没工夫跟你废话，我打这个电话只是要拿回你许诺给我的那五万港币！"

"你还好意思要钱？这次的劫机事件，我要让所有人都以为是共党做的，听懂了吗，这才是我要的结果！可现在，人人都说保密局才是幕后黑手！你这个废物点心就是这么办事的吗？"

"我早知道你是个卑鄙小人，利用完我就会一脚踢开，当然得给自己留点后招。"

雷至雄咂摸过味儿来："哦，所以你要故意把这件事做得漏洞百出，然后再揭露真相，激起民愤？"黄江坚定道："没错。"

"这么做对你有什么好处？"

"对你没好处，就是对我最大的好处。"

雷至雄大怒："黄江，你给我听好了，虽然现在我还没抓到你，不过这只是暂时的，就算你躲到天涯海角，我也要让你知道得罪我的下场……"

聂云开收回思绪，定了定神。录音带仍继续播放着，雷至雄的声音充斥屋内："……要故意把这件事做得漏洞百出，然后再揭露真相，激起民愤！现在人人都说保密局才是幕后黑手，这才是我要的结果！"

雷至雄回过神来，不禁大吼大叫："这是栽赃，是故意栽赃，有人要陷害我！我知道了，端木翀，就是你给老子下的套！你想坐上站长的位子！"

端木翀冷笑："雷至雄，我劝你还是省点力气吧，证据确凿，你才是那个真正的奸细，现在终于现原形了！来人，把他带走！"

雷至雄瞪起眼睛："你敢抓我？"

第十一章　老狐狸

落马坡保密局秘密基地审讯室内，雷至雄瞪着面前的端木翀，脸色铁青："你敢抓我？"

端木翀目光如炬："你敢拒捕？"

雷至雄高喊："我无罪！"

端木翀怒目圆睁："人证物证俱在，证据确凿，不容你狡辩！"

雷至雄一挥手，他身后几名铁杆手下齐刷刷地掏枪，对准端木翀。

端木翀身后的忠心手下也不示弱，齐刷刷抬枪，枪口对准雷至雄。双方陷入对峙中。角落里，聂云开护住沈希言，冷静地观察着面前发生的一切。

雷至雄冷冷地抬手指了指站在角落的聂云开和沈希言："端木翀，你被人蒙蔽了。我知道，聂云开是你的结义兄弟，沈希言是你心爱的女人，真可惜，你这个生死之交，还有沈希言，他们都是板上钉钉的共产党！端木翀，我真佩服你，爱一个女人这么多年还痴心不改，还真他妈的是个大情种！"

端木翀冷冷地看着雷至雄："真丑陋，去拿张镜子，照照你自己这张丑陋的脸吧。雷至雄，你罪恶滔天，已经走投无路了，还是弃械投降吧，不要跟只疯狗似的，光顾着乱咬人。"

雷至雄恨恨地抬眼瞪着他："我算是看明白了，想往我身上栽赃，借题发挥好轰我下台？这个地方它姓雷！告诉你，别以为你老子是党国要员，你有点儿小背景，我就会怕你。老子我可是玩了一辈子背景的高手！真要跟我比上面有人，恐怕你还不是我的对手！"

这时，一个苍老清朗的声音从门口传来："动辄拿背景关系恫吓他人，不以为耻，反以为荣，党国有你这样的禄蠹，怎么能赢得民心，怎么能保住江山？"

众人讶异地望着门口，军容整肃、披着斗篷的端木衡威严地走进牢房，他严厉地用目光扫过全场，整个房间的人都似乎被他的威严所震慑住。雷至雄看清来人是端木衡，有些胆怯："主任，您来了！"

端木衡严肃地盯着雷至雄："没料到我会来吧？"

雷至雄突然面色一变，从凶恶变成镇定。他啪地两脚一并，向端木衡敬礼："主任，您听我解释，全部是一场误会。"

端木衡不痛不痒道："香港站闹成这个样子，光凭一句误会恐怕收不了场。"说着给手下使了个眼色。手下迅疾上前，制住雷至雄，将他身上武器收走。

雷至雄没有反抗，只是静静看向端木衡："主任，我只说一句话，我是被人冤枉的，我确实没有通共。"

端木衡冷冷地吩咐手下："现在没时间听你的辩白，把他先关起来。"

端木衡缓缓环顾众人，目光透露出威严："我宣布，就地撤销雷至雄保密局香港站站长的职位，对他的通共罪行，我会一查到底，决不姑息。端木翀，从今天起，香港站的工作就由你全权负责。"

端木翀利索地立正敬礼："端木翀必定不负嘱托！"

端木衡严肃地扫视周围所有人："都听清楚了？从今天开始，端木翀就是新任香港站站长，你们所有人都要服从他的命令！"

众人肃立挺胸，齐声应和："属下明白！"

接着，端木衡抬眼看向站在角落的聂云开和沈希言："聂先生、沈女士，在落马坡这个地方条件简陋，请恕我们招待不周。"

端木翀马上接口说："父亲，我都调查清楚了，聂云开和沈希言并没有任何通共的嫌疑。"

端木衡微笑着看着聂云开和沈希言："当然，我知道聂先生和沈女士这次是被冤枉的。翀儿，你亲自开车送他们回去休息。天就要黑了，这几天诸位着实都辛苦了。另外，请二位回去转告我的耀初老弟，过两天务必要由我做东，请大家一起吃顿便饭，给二位压惊。"

众人都松了一口气，沈希言泪盈于睫。

接下来，端木翀亲自开车护送聂云开和沈希言离开。而一路上，三人都保持沉默，任窗外的风景成片掠过，每个人都表情木然。

端木翀开着车，时不时透过后视镜看向后座上低头无言的沈希言。聂云开坐在副驾驶座上，扭头愣愣地看着车窗外的景色。好一会儿，端木翀终于忍耐不住，打破了车内令人窒息的沉默："怎么大家都不说话了？"

聂云开和沈希言对视一眼，都没吭声。

端木翀有些急躁道："看出来了，你们在怪我，一直对大家隐瞒自己的真实身份。但我真的是身不由己。保密局是特殊部门，有纪律，像我这样的人，不到万不得已，身份必须保密。"

聂云开口气平常道："端木，你想多了。保密局的人也好，开公司的小开也罢，你在我们眼里，不管更换哪种身份，都是我的好兄弟。你的苦衷，我能体谅。"

端木翀又道："虽然惊险不断，但总算你和希言都平安无事了。雷至雄虽然妄想一手遮天，但还是玩火自焚。他这次输惨了。"

沈希言便问："你们要怎么处置他？"

端木翀道："雷至雄参与劫机杀人，伤天害理，罪证确凿，我猜应该会送他上军事法庭，就地枪决，以儆效尤。"

沈希言和聂云开眼神一碰，紧绷的神经终于松懈下来。

半个小时后，沈希言下了车，端木翀不忘嘱咐道："请转告伯母和小梅，我把你平平安安送回来了。洗个热水澡，好好睡一觉，全当自己做了一场噩梦。该忘的，都忘了吧。"

沈希言点点头，眼神却只看向聂云开。聂云开本想扶希言下车，但看了一眼端木翀又尴尬地把手缩了回去。在端木翀面前，他不想表露太多。沈希言也面露尴尬，极力掩饰着下了车。

车内只剩下了两个大男人。聂云开倒自在了许多，他突然说："端木，关于你现在的身份，我跟老师和慕远他们怎么解释？"

端木翀想了想说："实话实说吧。我已经是新上任的保密局香港站站长了，身份迟早都要公开。"

聂云开沉吟一下："也对，你今后必定会时常跟华航、远航打交道的。"嘴上说得平静，他心里明白，从此他们兄弟二人恐怕要展开一场殊死之战了……

夜色笼罩着落马坡保密局的秘密基地，透出死一般的寂静。

寂静的牢房中，雷至雄如热锅上的蚂蚁般来回踱步。端木衡的话不断传来："这次远航劫机事件，你自作主张，闹到不可收拾的地步。杀人越货、私自通共，这两桩罪名无论哪一桩坐实了，你都是罪无可赦。这一次，我也救不了你……你这次娄子实在捅得太大，上峰已经知道了。至雄，这一次，我实在是爱莫能助。你是自作孽，不可活。我已经向上峰通报过了，明天早上七点钟，就地执行你的死刑……"

恐惧的表情布满雷至雄的脸，他该怎么办？眼珠子一转，计就来了。他让手下再次通知端木衡，他有话要说！

端木衡早料到他贼心不死。但没想到雷至雄却有备而来。

一见面，雷至雄开门见山道："CH0457079。这串数字你不会陌生吧？"

端木衡一下愕然了，转身沉默地看着雷至雄。

雷至雄露出猫捉老鼠的神情，重复了一遍那串数字："端木主任，这是你私人在瑞士银行开设的秘密账户。这个户头里存进去的金额相当惊人。如何？你处心积虑把贪污巨款存到瑞士，自以为没人知道你这个秘密。不过真可惜，秘密总是要曝光的。"

端木衡满面怒色："雷至雄，我还真是低估了你。"

"别想轻举妄动，别打算灭我的口。你那些瑞士银行的私密材料，我早就整理好了。不过，那份可以整倒你的材料，并不在我身上。我早就料到，你我之间会有一天要图穷匕首见。"

端木衡急了："那份材料你藏在哪里？"

雷至雄胸有成竹道："放心吧。我有个相当可靠的朋友在帮我保管着。只要你放我一条生路，我可以把那份材料交给你。只要我能活着离开香港，你还是可以保留在党国的体面身份。各自留一线，日后好相见。我只要一条活路。"

端木衡面如死灰，没说半句话就走了。

那天的谈话是否能奏效，雷至雄不敢打包票，但他心里也清楚，端木衡不敢轻举妄动。

正胡思乱想着，突然，牢门外响起两声急促的惨呼，又戛然而止。雷至雄紧张地竖起耳朵，警觉地把身体藏在墙角，向门口窥探。

牢房门锁一响，门被打开了，匆匆进入的是雷至雄身边一直跟着的亲信。雷至雄依然警觉地盯着他的一举一动："你想干什么？"

亲信急道："站长，我是来救你走的，跟我来。"

雷至雄小心地跟着亲信走出牢房，迅速逃离。眼看着与保密局越来越远，雷至雄的心跳才渐渐平息。他缓缓开口道："说吧，下一步怎么安排？"

亲信便说："眼下香港正在风口浪尖上，不太平。您先去南洋避避风。我给您找了条船，就舶在荃湾码头，后半夜就开船。"

雷至雄忽然阴森地笑笑："还是你想得周到。说吧，端木衡开出的条件是什么？"

亲信一愣。雷至雄哼笑道："别掩饰了。没有端木衡的默许，就凭你一个人，根本没办法救我出来。他到底开出什么条件？"

亲信也不好再装了，只得说："端木主任的要求很简单，他希望您能交出那件生命攸关的东西。"

雷至雄点了点头，转脸看向车窗外："事关我和他的身家性命，他放我一马，我也会投桃报李，成交！"

亲信马上问："交易地点是……"

雷至雄想了想道："荃湾码头，凌晨两点钟，就在那里办好咱们的交易。你安排我跑路，我把端木衡要的东西亲手交给你。"

亲信点点头，马上打电话通知了端木衡。

雷至雄脑子转得飞快，他就知道端木衡这只老狐狸为了保命也会怕他三分。想到这儿，雷至雄的脸色一点点变红润，嘴角已绷不住地咧开。

午夜时分，落马坡保密局秘密基地仍灯火通明，端木父子都没有睡。桌上摆着一盘残棋，端木衡边下棋边和儿子嘱咐宴请的事。

"明天晚上跟樊耀初和殷康年吃的这顿饭，规格高一点儿，才能显示出我们父子的诚意。既然是我们做东，要早点儿通知到赴宴的宾客，要给他们时间做准备。另外，别忘了请聂云开，还有沈希言，明晚那顿饭，我希望他们都要到。"

端木翀道："您放心，我都安排好了。明天一早就派人去樊家和殷家送请帖。父亲，夜深了，您也该早些休息了。"

端木衡却并无睡意，雷至雄的事搞得他心神不宁。

就在这个时候，张立峰前来报告，说雷至雄越狱逃跑了！

端木翀马上和父亲汇报，不想端木衡连眼睛也没抬，仍端详着棋盘："不要慌，被关在洞里的老鼠一旦找机会逃出来，就会往它自以为安全的地方跑。更何况这只老鼠落荒而逃的时候，身边还有一只猫盯着。"

端木翀奇怪道："父亲，难道您早就预先知道他会逃跑？"

端木衡不语，手中棋子正落在棋盘上该落的地方。

黑漆漆的荃湾码头上，装着各种货物的麻袋包堆成了一座座小山。

雷至雄和亲信躲在麻袋山投射的阴影下藏身，观察着码头上的动静。不远处，一群装卸工正在吵吵嚷嚷搬运着一艘货船卸下的货物。

亲信看了看手表，有些焦急："站长，快两点钟了，您送东西的朋友怎么还不见人影啊？他该不会爽约吧？"

雷至雄坦然道："放心吧。我那朋友出了名的忠肝义胆，他一定会来的。"

这时码头附近出现了一个身穿黑衣、头裹黑色头巾的人，站在那里左顾右盼。"说曹操曹操就到了。"雷至雄马上走出阴影，向那黑衣人招手。黑衣人犹豫了一下，跟着雷至雄走到麻袋山背后的阴影里，身上背着一个包，嘴里埋怨着："大半夜的怎么找了这么个地方？安全不安全啊？"

雷至雄道："得了兄弟，什么话也别说了，东西拿出来，先验验货吧。"

阴影里，亲信阴狠地从腰间拔出手枪，枪口已经对准雷至雄的后背，而雷至雄本人似乎对此毫无察觉。

雷至雄看着手里的东西道："不错……东西拿得够齐的……你的酬劳我也给你准备好了。"他貌似低头看着包里的东西，脸上带着笑，却出其不意转身从亲信手中一把夺过枪，然后迅疾向他开枪。

亲信愕然中枪，他瞪着雷至雄不能置信，喉咙里咯咯作响。那个黑衣人吓坏了，转身就要跑，被雷至雄追上，一枪毙命。

雷至雄把那个黑衣人的包丢到地上，一包包的大烟土散落一地。

雷至雄骂道："蠢货！都说了是生死攸关，我能轻易把那么重要的东西交给你？找个贩烟土的就让我试出真假虚实了！"

枪声立刻惊动了码头上的人。雷至雄抬头一看，几辆吉普车疾驰而来，从车下跳下为首的人正是端木翀，他指挥着手下几面包抄，围住了码头。雷至雄阴笑着点点头："老狐狸在后面出谋划策，小狐狸迫不及待来杀人灭口了！"他咬着牙拿起手枪，猫腰向一堆堆麻袋后跑去。

一个保密局手下发现了他的响动。众人立即和雷至雄交火，雷至雄边退边开枪。他退到码头边缘，子弹打光了，走投无路下，他一咬牙纵身跳入海中。众人追上，端木翀拿起一挺机关枪，咬牙向海面上扫射，海面上立刻浮现出一片血迹。

深夜，等聂云开赶到西餐厅的时候，齐百川早做好了一盘意大利通心粉，周到地推到他面前。

聂云开一乐，狼吞虎咽地吃起来。填饱了肚子他才说："这次在落马坡也是命悬一线。端木衡其实一直都知道雷至雄杀人越货的累累罪行。他们上下沆瀣一气。这次也只是为了平息众怒，才把雷至雄推出来，当了他的替罪羊。"

齐百川点头："保密局香港站跟走马灯似的，拿下一个雷至雄，又上位一个端木翀。"

"端木翀比雷至雄还不好对付。至少雷至雄有私心，有贪念，有破绽。端木翀心思缜密，目前看起来，会是我们的劲敌。"

"华东局方面已经详细调查过端木翀的历史，抗战时期他就是军统的秘密杀手，一直在孤岛上海进行地下行动。"

聂云开回忆道："当年我们在笕桥航校的时候，教官就曾点评过，端木深藏不露，做事稳准狠，有杀气。"

"我这人不怕遇到劲敌。这么多年什么厉害角色没见过。对了，这几天你们被保密局关押，樊耀初和殷康年为了搭救你们，都暗中动用了各自在国民党政府里的重要关系。"

聂云开眉一抬："哦？这个消息确凿吗？"

齐百川肯定道："是我们潜伏在广州的内线汇报的，相当可靠。也正是因为樊耀初和殷康年的努力游说，惊动了国民党政府里的高层，无形中给端木衡很大的压力，所以他才当众表演了这出挥泪斩马谡。"

"在非常时期能够不惧牵连，出手相救两个被怀疑是共产党的员工，这说明樊耀初和殷康年还是相当有勇气的。"

齐百川道："二零七建议，你可以找个机会，试探一下樊耀初和殷康年两位老总的心意。"

聂云开陷入沉思："对了，端木衡还想亲自做东宴请两航的老总，他这也是在设法拉拢人心。"

齐百川点点头，看来又有新任务了。

端木翀杀了雷至雄之后，立刻回去和父亲汇报。

端木衡仍然坐在棋盘前，他怀疑地问："雷至雄真的死了？"

端木翀道："还没有找到尸体，不过依当时情势推测，他生还的机会很渺茫。父亲，您就放心吧。您一夜没合眼了，还是睡一会儿吧。"

端木衡神色凝重："雷至雄狡诈难测，只有亲眼看到他的尸体，我才能放心。这个心头大患不除掉，我睡不着，也吃不香甜。"

"我已经跟香港警方通过气，他们会帮忙严密排查各种交通要道，就算雷至雄还活着，他也逃不出香港。"

端木衡嘱咐道："知会过了白道，也记得要知会黑道。别忘了，雷至雄跟信礼门的操刀老七向来交情不错。"

端木翀点头："您放心吧。天一亮，我就亲自去拜会操刀老七。"

端木衡又想到一点："还有，雷至雄在香港的私宅，你亲自带几名骨干，给我仔细地搜一遍。他所有私人物品都要给我带回来。派人查清他私人电话的所有记录，尽快拿给我。"

端木翀忽然问："父亲，雷至雄是不是有什么地方得罪您了？"

端木衡掩饰道："怎么这么问？"

"我只是觉得，您好像格外在意雷至雄的死活。他不死，您好像不能心安。"

端木衡面色一沉："我这是在为党国锄奸。像他这种吃里爬外的党国罪人，查出一个，就要处理一个。党国正值多事之秋，必须杀一儆百！"

端木翀立刻保证道："父亲，您放心，雷至雄逃不掉的。生要见人，死要见尸。"

第二天一早，端木翀直奔信礼门。

操刀老七一听端木翀来了，特意准备了榴梿果肉："端木站长，这玩意儿叫榴梿，产在南洋，闻起来臭烘烘的，可吃起来味道甘美。您尝尝？"

端木翀耐着性子，勉强拈起一条榴梿，强忍着不适入口。操刀老七暗暗观察着端木的反应："味道不错吧？这东西闻着臭，吃起来喷香。我们混江湖的也是这样，名声嘛，听着不大让人受用，但办起事来，却总能让大家满意。信礼门向来跟保密局交情匪浅，现在您当了站长，今后还照着老规矩来，该怎么合作，就怎么合作。"

端木翀面色一整："大当家的果然为人爽快，够仗义。我相信今后我们一定会合作愉快。我还有个不情之请，雷至雄是党国通缉的要犯，眼下他生死未卜，如果他还活着，很可能会偷偷跑来求助信礼门出面庇护……"

操刀老七马上说："请端木站长放心。我跟雷至雄从来没有任何私人交情。如果他敢来找我，我马上叫手下兄弟绑了他，交给您发落。"

"太好了，今后我们香港站和信礼门一定会合作愉快，各取所需，共荣共存。"端木翀话音刚落，一个门人突然从外面跑进来，凑到操刀老七耳边低语了几句。操刀老七脸色一变。

端木翀察言观色道："大当家的，是不是有什么要务需要处理？不要因为招待我耽误了您的江湖大事。"

操刀老七有心掩饰，故作豪迈地大笑："嗨，万事从来风过耳，统统琐碎入红尘！全他妈都是一些鸡零狗碎。"冲门人骂道："滚一边儿去！没看见我在跟端木站长聊天嘛！一丁点破事都来找我拿主意，要你们这些白吃饭的干什么！"又转脸对端木笑道："端木站长，这壶太平猴魁也喝得没滋味了，换壶今年的雨前龙井，咱哥俩儿慢慢品着。"

端木翀含笑摆手："心领了。大当家的事多，我今天就不打扰了。改天咱们再一起品茶聊天。"

离开了信礼门，端木翀马上对张立峰说："我怀疑雷至雄没有死，已经跟操刀老七的人联系上了。派情报组里两个机灵的，给我盯住操刀老七，他人去哪儿就盯到哪儿。"

张立峰说："行动组的人已经到了雷至雄的私宅，正在检查所有私人物品和电话记录。"

端木翀立刻让张立峰送他去雷至雄的私宅，雷至雄住的地方，他必须亲手搜过一遍才能放心。

到了晚上，端木翀才想起来，今晚天香楼还有一场重要晚宴。他看了看表，立刻开车赶了过去。

天香楼雅间的大圆桌上，一道道丰盛的菜肴已热腾腾地被端了上来。端木衡坐在主位，含笑看着坐在自己身边的樊耀初："据说这家酒楼大厨的祖上，就是当年谭延闿的家厨，因此这家的湘菜风味深得组庵家宴之真传，来，大家都尝尝。先吃这道味厚汁浓的红煨鱼翅，再用这道又鲜又甜的糖心鲤鱼清清口，接下来再吃这道麻辣子鸡，辣得舌头又痛又麻又过瘾……"

樊耀初笑道："一谈起美食，子平兄总是滔滔不绝。每次跟你一起吃饭，不仅能大快朵颐，还能听饱一肚子的典故。"

端木衡道："民以食为天哪。耀初老弟，还记得当年长沙大撤退之前，我们在太平街边小摊上吃的那碗米豆腐，真是清香绵软，味道一流。"

"忘不了。日军攻城的生死关头，我们坐下来吃了一碗米豆腐饱肚，然后带着飞机制造厂诸位同人在隆隆炮火中撤离长沙城……子平兄，当年如果不是你大力相救，飞机制造厂的全体员工，恐怕已经做了日本人枪下之鬼。这份救命之恩，耀初真是没齿难忘。"

端木衡叹道："每次提起来那段陈年旧事，你都如此动容。耀初老弟，你真是个重情义的人。光阴无情，人事更迭，像你这样重情重义的人，越来越难得了。"说完他的目光落在身边一个空座上，"世态炎凉，翻脸无情的人，我反而是见得越来越多了。"

樊耀初会意，忙替没到场的殷康年补台："今晚子平兄盛情设宴，原本康年老兄是一定要来的。只是他犯了胃气痛的宿疾，勉强前来又怕扫了大家的雅兴。"

端木衡嘴角一撇："胃气痛啊？听说是他的老毛病了，有工夫得提醒老殷，老毛病该治就要治，不要养痈贻害，后患无穷。"

席间众人都听出端木衡在含沙射影，但谁都不吭声。樊耀初只好含糊着应对："子平兄说得是，下次等见了康年兄，我一定要提醒他，保养身体是第一等要务，千万不能马虎。对了，子平兄，国府方面对我华航预备开辟澳洲、非洲、南美等几条新航线的方案意见如何？"

端木衡道："情形不乐观哪。国府两家大型航空公司都迁到香港，这里只是个弹丸之地，还有泛美、英航等多家航空公司和你们竞争，狼多肉少，你们要想在这里开辟新航线，提高竞争力，恐怕还需要两航共同携手，否则自己人先内斗起来，还有什么利润可言？"

樊耀初叹气："华航联合远航一起开辟新航线的事情，我也不是没有考虑过。一直想请康年兄坐下来，大家一起商谈具体方案，可惜康年兄最近身体一直不太好……"

端木衡哼了一声："恐怕殷康年现在已经心不在此。不瞒诸位，近来我得到一些情报，殷康年跟香港大学的一个女教授，叫廖松环的，来往甚密。"

樊耀初一惊，喃喃道："廖松环？"

"她是香港很出名的一名左派分子，公开支持共产党，常常在香港左派报刊上撰写文章，是个让人头疼的人物。殷康年身为远航的大老板，居然跟这种亲共分子走得如此之近，也不知他究竟是什么心思？耐人寻味呀……"

众人听了，都心里一震，但面上都不好发作，宴会的场面一时有些僵。

就在宴会过半时，雷至雄已经和操刀老七碰上了头。

雷至雄二话不说拿出了一个皮箱，打开一看，全是金条和珠宝。他抓了一把金条拍在桌上："你帮我脱身，端木父子若是追究起来，你难免麻烦。这是我的一点心意。等我到广州告御状，整倒端木父子俩，老七，香港这片江山还是我们的。大家一起发财！"

操刀老七笑了笑，伸手拈起一根金条："别跟我提什么钱不钱的。为兄弟两肋插刀，这是江湖规矩。这样吧，我拿一根小黄鱼，替那些忙前忙后的小兄弟们讨个茶钱。其他的你收起来，穷家富路，你去了广州就算是告御状，也要上下打点，都需要花销。"

雷至雄着实被操刀老七的义气感动了："老七，我雷至雄真没看错人！得了，大恩不言谢。等我杀回来东山再起一并报答你！对了，我还想托你帮个小忙。我有个姓秦的朋友，住摆花街四十七号 B 座，我在他那里存了件东西，现在我不方便出门，你派个人去他那里，帮我把东西取出来。"

操刀老七道："这会儿还能让你记挂的东西，想必是要紧的玩意儿。光凭我的人红口白牙说两句，你那个朋友就能把东西交出来？"

"我给你写张便笺，他见了我的字，一定会把东西交给你的人。"

操刀老七沉吟一下："好，我派个稳妥人去跑趟腿儿。"

　　话落，雷至雄赶紧拿笔和纸写便条。操刀老七手里拿着那个一口没吃的梨，昏暗的灯光照着他的脸，阴晴不定。

　　待操刀老七走出旅馆大门，早有一双眼睛盯了上去……

　　天香楼里，端木衡突然举起酒杯，笑意盈盈地看向聂云开："云开，你和翀儿当年在笕桥航校同窗多年，不介意我以长辈自居吧？"

　　聂云开忙起身，端起酒杯："于公于私，端木主任都是云开的长辈，这杯酒我敬您。"

　　"这是一杯赔罪酒。我老了，管束手下无方，没察觉雷至雄蜕变成为党国的祸患，放任其为祸一方，他以权谋私，陷害忠良，滥杀无辜，愧对了党国对他多年的栽培！云开，喝了这杯酒，压惊，赔罪，致歉，诸多情谊，都在这杯酒里了。"

　　聂云开感激道："多亏端木主任出面明断，还遇难者公道，还无辜者清白。冒昧问一句，保密局打算怎么处置雷至雄这个党国罪人？"

　　这时一直在席上不说话的端木翀开口了："雷至雄已经被枪决了。"

　　樊慕远在一边咋舌："保密局做事真是雷厉风行，痛快！"

　　端木衡又端起一杯酒，笑看向沈希言："沈女士，这杯酒我敬你……"沈希言忙起身举起酒杯，躬身而立。

　　端木衡道："你看上去纤纤弱质，却能凭一己勇气，挺过雷至雄那丧心病狂的考验，这份铮铮风骨，如此坚强的新女性，着实令人心生敬佩。"

　　沈希言轻笑："端木主任谬赞了，希言实在愧不敢当。"

　　端木衡笑意满满："虽然两位经受了这一场无妄之灾，但祸福相倚，总算是否极泰来。我听说二位多年前原本是一对情投意合的恋人，可惜这段感情被战火无情阻隔。但两位之间的缘分未了，山高水远相隔十几年后居然还能再度相见，郎未娶女未嫁，这真是天作之合……"

　　这话端木翀不爱听了，脸色越来越铁青。沈希言却有些又惊又喜，还有些羞涩。聂云开在一旁极力掩盖着内心的波澜，这老端木说这话是什么用意？

　　端木衡朗声道："耀初老弟，我有心想在今日替这一对历经磨难的年轻人做个媒，你看如何？"

　　樊耀初一喜："好哇！我赞成！"

众人都呵呵笑了起来。这时端木翀突然起身道："我不赞成！"

端木衡一愣："翀儿，你冒冒失失地想干什么？"

端木翀生气道："父亲，我心里爱慕希言很多年了，既然都是男未婚女未嫁，我和云开机会是均等的，完全可以公平竞争。"

端木衡却打断道："笑话！他们两个情投意合，早在十几年前就已经山盟海誓过了。"

端木翀争辩："十几年过去了，人是会变化的。父亲，十几年前两个人有感情，不等于现在还有。爱情是最缥缈不实的东西，时过境迁，事移情移。"

这下场面有些尴尬了。谁也不好再说话了。沈希言的脸上火烧火燎的。就在这个当口，雅间门被推开，一个手下急匆匆地进来，跑到端木翀身边耳语。他立刻悄声转告父亲。端木衡面色一变，起身："诸位先吃着，我出去处理一下紧急公务。"父子俩匆匆走出雅间。

聂云开刚要起身，却被樊慕远摁住："别生端木翀的气……他也不是有意的……"

聂云开摆摆手："没有，我喝得头晕，想出去透透气。"

操刀老七从小旅馆出来，就直接找到了韩退之。眼下这事不是儿戏，他必须得找个人商量。

韩退之阴沉地说："你先稳住雷至雄，找我来拿主意就对了。雷至雄气数已尽，端木父子才是我们的靠山。"

操刀老七道："四哥，我是个粗人，只会打打杀杀。动脑筋找靠山的事，我都听您的，您怎么吩咐，我就怎么办……"

过了半个时辰，端木父子走出天香楼，正赶上韩退之和操刀老七走下汽车，两拨人迎面撞上。

韩退之一见老端木，马上满脸堆笑地迎上："端木主任，我来得应该正是时候。"

端木衡不明所以："韩四爷，好久没见了。不过我现在有重要公务要急着处理，咱们改天再叙旧吧。"

韩退之却说："韩某没猜错的话，端木主任如此焦急，是为了雷至雄吧？"

端木衡霍地停下脚步："看来韩四爷是有消息？"

　　韩退之笑了，他上前凑到端木衡的耳边说了几句话，又从口袋里掏出一张便条递给端木衡。

　　端木衡看着便条终于笑了："好，太好了，还是韩四爷明白事理。"

　　韩退之笑道："大是大非面前，韩某向来分得清轻重缓急。"

　　端木衡立刻转脸吩咐儿子："你带一组人去抓雷至雄，务必要使用雷霆手段令其就范！"

　　端木翀马上带人去了小旅馆。众人举着武器悄然向雷至雄所住的房间走去。端木翀等人来到房门外，一个手下突然起脚踢开房门，门开了。众人冲进去，却发现房间内空荡荡的。

　　愕然间，雷至雄突然从窗外倒吊着身子，向端木翀等人开枪，众人猝不及防。端木翀眼疾手快拉过一个手下替自己挡了枪子，其他人均中枪倒地。被打死的手下正好倒下压住了端木。雷至雄怪笑着，从窗口一跃而入，慢慢向他走来。雷至雄大手一挥，手中枪柄重重击在端木翀脑袋上……

第十二章　灭　口

深夜的摆花街暗影攒动，端木衡带着保密局众手下悄然而至。

确定了房间后，一个手下敲了敲门。一个矮小的中年男人开了门："你找谁？"

手下马上说："是雷至雄站长派我来的。这是他亲手写的便笺，他委托我向你取一样东西。"

那人接过便条，看了看，点点头："好，你等着，我把东西交给你。"他转身进屋，却突然从背后掏出手枪，手下立刻中枪倒地。

隐藏在门旁黑影里的端木衡暗叫不好："所有人给我冲进去！"众人举起武器向门内射击，门被冲开，众手下一拥而入。很快那人便被制伏，躺在一个角落里手捂着伤口。他的家人们惊慌地挤坐在他的身边。

端木衡坐在一把舒服的椅子上，漠然地看着那人问："你怎么会知道拿便笺的人身份有诈？"

那人奄奄一息道："雷至雄已经给我打过电话，说发现有人盯梢，恐怕已被人出卖，让我不要相信任何人。"

端木衡叹道："真是狡诈多变，令人防不胜防。"

手下说："主任，雷至雄已有防备，我赶紧通知站长那边停止行动吧？"

端木衡忽然一顿："恐怕现在已经来不及了。你带人火速赶过去支援！"转脸他对那人说，"朋友，你伤得很重，血这样一直流，命就保不住了。还是跟我做个交易，把东西交出来，我马上派人送你去医院。"

那人痛苦地摇头："受人之托，忠人之事。我这条命原本就是雷爷救的，今天还给他，合情合理，心甘情愿。"

端木衡漠然看向那人的家人老小们，残忍地笑了："受人之托？忠人之事？"

说着突然举枪射击，一名家人应声中枪气绝。大家惊声尖叫起来。

那人恼怒地摇晃着身子："你！……你好狠毒！"

端木衡咬牙道："狠毒？还有比这更狠毒的！把东西交出来，否则明年的今日，就是你们一家老小的祭日。"抬手又是一枪，又一名家人中枪死去。

那人怒目圆睁："求求你，不要开枪了！我告诉你，东西在哪里……"

待端木衡拿到了那厚厚一沓材料，冷冷地看着躺在角落中的那家人，命令道："格杀勿论，把这里连人带东西全都烧干净！"

小旅馆的房间内，一盆冷水浇在头上，端木翀苏醒过来，他发现自己已经被雷至雄五花大绑起来。

雷至雄在地上摸了数把手枪，掖在后腰上，然后把端木拎起来，推向门口，自己一手拎起手提箱，一手拿枪顶住端木的后腰："走！"

端木翀不明白他要去哪里。雷至雄恶狠狠道："你的命在我手上，我可以跟你老子讲条件。"

端木翀凛然道："你干脆一枪打死我算了。家父为党国奉献半生，从不因情徇私，不会为了保全我而放过你这个党国叛逆。"

雷至雄仰天大笑："你也是三十几岁的人了，还这么天真。你真以为令尊一心为党国呕心沥血，从来心无杂念？端木翀，到底是你为人幼稚，还是令尊的演技实在高超，居然能蒙骗你这么久！"端木翀一愣："你到底想说什么？"

"俗话说，人无远虑，必有近忧。令尊可不是一般的深谋远虑。就算党国完了，你们端木家也会千秋万代，兴旺发达。因为令尊早就在瑞士银行替你们后代子孙存进一大笔巨款，那可真是一大笔钱！都是你那一心为公的亲爹贪赃枉法得来的赃钱！"

"信口雌黄！"

"令尊一心要置我于死地，你真以为他是为了党国吗？我呸！他是怕我把他所有的脏事张扬出去！什么一心为公，我告诉你，我劫机杀人抢财宝，你老子一清二楚！只要能诬陷共产党，什么脏事他都会默许我去干的！劫机杀人能拿到这么多的珠宝和黄金，你老子也稳赚了一笔！那些钱也沾着血！端木衡也是凡人，也有贪念。党国欲振乏力，聪明人都在给自己筹谋后路。令尊实在是个精明厉害的人！走快点儿！"

"你胡说！你要带我去哪儿？"

"去英国空军驻地。操刀老七出卖了我，水路我是走不了了，但我还有钱，满满一箱子的金银珠宝。只要肯花大价钱，英国人会派飞机送我离开这个鬼地方！"

寂静的路边，停着数辆汽车。雷至雄推着端木翀向其中一辆汽车走去。突然，车后的阴影里聂云开挺身而出，使出灵巧的擒拿功夫，单手抢过雷至雄手中的手枪。

雷至雄冷不防受袭，手中皮箱也被撞飞。他马上从后腰拔出一把枪，举枪向端木翀射击，聂云开抱住端木翀滚到一边墙角处，子弹落空。端木翀一看是聂云开来了，顿时精神一振。

雷至雄刚想上前捡皮箱，聂云开的子弹就射过来，雷至雄边躲避着子弹边摸索着上车。聂云开趁这个空当解开了端木翀身上的绳索。二人一同跃起，冲向雷至雄。雷至雄无奈只好放弃皮箱，躲到车内。

聂云开抢到了皮箱，扔给端木翀，继续向汽车内着急发动汽车的雷至雄开枪。雷至雄在车内大骂，一边发动车子一边冲聂云开开枪。端木翀眼疾手快挡在聂云开身前，他右边胸口中枪，摔倒在地。聂云开见状马上将他扶起来问他伤势。

端木翀咬着牙想硬撑着说："别管我，追！一定要抓住雷至雄！"

这时几辆汽车赶到，保密局众手下匆匆下车。端木翀马上命令："开车送我回东亚旅行社处理伤口。雷至雄开车朝东边走了！你们快去追！"

众手下答应一声，留下一辆汽车，其他人匆匆上车离去。

端木翀又道："云开，你别管我，你赶紧去追，拿上这只皮箱，这里面装着雷至雄的细软。没有这箱东西，他插翅也逃不出香港。"

聂云开急道："你真是不要命了！真以为自己是铜墙铁壁啊！"

端木翀道："我要不挨这一枪，你刚才就死定了。"

聂云开看着他，一时不知该怎么办……

午夜时分，漆黑的客厅中，尖厉的电话铃声突然响起。这个时候谁会打电话过来，穿着睡衣的沈希言睡眼惺忪地接起了电话。

　　一个陌生的男声响起："是华航的沈主任吧？这里是启德机场调度中心，贵公司一架小型货机刚才在起飞时突发事故，我们机场方面联络不到贵公司负责运营安全的曾主任，所以冒昧请您先过来一下，事故比较重大，需要有贵公司的人在场协调……"

　　沈希言立刻清醒了："好，我马上就赶过去。半夜不太好叫到出租车，可能会耽误一点时间。"

　　陌生男人说："请放心，机场方面已经派出一辆汽车前去您家接您，大概十分钟后就会抵达您家门口，车牌号是港 C 八四一。"

　　"好的，我马上就出门。"沈希言挂了电话，匆匆换衣服出门。

　　沈母也被电话吵醒，抱怨道："唉，当个营业部主任，真是够忙的。大半夜的又要出门处理事情！"

　　果然看到路边停着一辆汽车，司机戴着帽子低着头坐在驾驶座上，沈希言马上走过去说："我是华航的沈希言，是启德机场派你来接我的吗？"

　　司机点点头。沈希言便上了车，汽车一溜烟开走了。不知开了多久，沈希言焦急地看着车窗外，却渐渐发现路况不对。她奇怪地问："司机先生，我们走的是去启德机场的路吗？"司机压低声音说："我选的是近道。"

　　"近道？可是我经常去机场，我们现在走的这条路，好像跟启德机场的方向正好相反吧？"

　　这时司机突然回头，沈希言愕然一看，此人正是雷至雄！她不由得尖叫一声。雷至雄奸笑道："沈小姐，我们走的就是一条近道，是往鬼门关走的道儿。"

　　沈希言惊恐地看着雷至雄，脑中一片空白……

　　这边聂云开直接把端木翀送到了医务室。

　　不知过了多久，医生从手术室出来，冲聂云开说："子弹钻得很深，幸好没伤到动脉。"端木翀疼得满头大汗躺在床上。

　　聂云开刚要开口，张立峰跑了过来："站长，雷至雄打来一通电话，他点名让您亲自去接。"

　　端木翀费力一笑："舍命不舍财，我就知道他得主动来找我。"

　　片刻，电话那端传来雷至雄嘶哑的声音："我那个皮箱在哪儿？"

　　端木翀强忍着疼说："皮箱在我手里，里面都是好东西，值一大笔钱，足够你环游世界了。"雷至雄气道："在你手里就好，咱们谈谈条件吧。"

"雷至雄，那只皮箱就是撒手锏，已经在我手里。你还有什么资格跟我谈条件？"

雷至雄得意道："我也有撒手锏，让你听听这是谁的声音。"接着话筒里传来沈希言焦灼的声音："端木翀吗？雷至雄绑架了我，他开车到了郊外，我感觉应该是在浅水湾附近……"话筒被抢走了，电话那端又响起了雷至雄的声音："听到了吧？沈希言在我的手上。"端木翀怒目圆睁。聂云开也紧张起来。

端木翀道："雷至雄，你要敢动她一根头发，我发誓，不管天涯海角我都要抓住你，把你碎尸万段！"

雷至雄冷笑："冷静，冷静，对这种冰冷苍白的女人，我一向没兴趣。她只是我跟你谈条件的砝码。只要你肯合作，我不会伤害她。"

聂云开立刻向端木翀做着手势，提醒他冷静下来。

"时间和地点，说吧！"

雷至雄脸上挤出笑："痛快！浅水湾有幢被废弃的神仙楼。一个小时后，我在那幢大楼里等你。你要一个人来，不要跟我玩花样。记住，要是你想毁了我，我就先毁掉你最心爱的女人，大家一起同归于尽！"

电话挂断后，聂云开和端木翀都气得咬紧了牙关。

空旷的野地里，一座突兀的三层小楼伫立在那里，破败不堪，显得格外凄凉。雷至雄推着被捆绑着的沈希言，推开已经霉烂生锈的大门，走进这座楼的一楼大厅。雷至雄点燃打火机，亮光下，大厅内四处都是灰尘和蛛网，空旷得一说话就有回声。

沈希言警惕地问："这是什么鬼地方？"

雷至雄道："你还真说对了，这里就是个鬼地方。日本人占领香港的时候，国民党有一位高官投靠了日本人，以为从此一生一世永葆荣华富贵。他在浅水湾买了这块地，大兴土木，盖了这座小洋楼，美其名曰神仙楼。可是没想到他押错了宝，日本人最终战败，香港也被光复，那个大官无颜面对昔日同僚，服毒自杀。他的家人也都四散逃离，这座小洋楼也就此破败。真是世人都说神仙好，升官发财却忘不了。谁料想，忙来忙去都是一场空……"

沈希言骂道："卖国求荣的投机分子，这样的下场是他咎由自取。"

"你真是个聪明人。投机？当官的人有哪个不投机？我们这些身在官场的人，跟在赌场里的赌徒没什么差别，押对了宝，跟对了人，飞黄腾达，鸡犬升天。可是像我这样，押错了宝，跟错了人……只能落个亡命天涯的下场。"

沈希言不屑道："亡命天涯？恕我直言，你对自己目前的处境太乐观了吧？前有大海，后有追兵，身无分文，这种情况下，你真觉得能活着离开香港？"

雷至雄嘿嘿嘿地笑了起来："你说得不错，单凭我肯定不行，不过我手里有你呀。沈希言，你就是我最后一张王牌。有你在我手上，端木翀一定会把那皮箱金银细软乖乖送过来。自从当年你在上海救了他一命，他心心念念爱上了你，为了你，他一定会来跟我做成这笔交易。"

沈希言担心地看着门外，夜色漆黑一片，看不到一点光亮。

聂云开这边放下电话就火速开着车赶往浅水湾。一路颠簸，坐在车后座的端木翀不小心碰到伤口，闷哼一声。

聂云开担心地问他伤口情况。端木翀却道不碍事，他表面上装作若无其事，手伸进衣服里摸到伤口包扎处，却摸到了沁出的血。

端木翀硬挺着说："云开，当年你救我一命，我一直欠你一份情。今天我替你挨了一枪，那份人情我还上了。我一直爱了希言很多年，她一颗芳心到底所归何处，还是个未知数。我要跟你公平竞争。"

聂云开边开车边气道："现在是人命攸关的时候，你有点儿正形好不好？"

端木翀执意道："我跟你商量的是正经事！咱们都是三十多岁的人了，婚姻大事是关系一辈子的大事。这辈子我最想娶的女人就是沈希言。就算她曾经爱过你，但那早已经是过去的事了。我就不信我争不过你。"他说得越发激动起来，不小心扯动了伤口，痛得呻吟了两声。

聂云开气道："你能别这么激动吗？咱们眼前的大事是救人！你看这样行吗？你身上有伤，不方便跟雷至雄正面过招，等一会儿我去见他。"

"不行，雷至雄指明让我一个人去送皮箱。你要是一露面，我担心他会狗急跳墙。"端木翀看着摆在手边的皮箱，"放心，有这个诱人的皮箱在，雷至雄必定会心有旁骛。只要他一分神，我们就里应外合，动手制伏他。"

聂云开叮嘱："千万记着，现在希言在他手上，我们待会儿行动起来，要先保全她的人身安全。”

　　端木翀艰难地笑了笑：“原来你平日里装的那些冷漠都是假象。看来，你心里还是爱着她的。”聂云开沉默了，索性不回应。

　　雷至雄举着枪，押着沈希言走到神仙楼的楼顶平台上。平台上摆放着几把晒太阳用的藤制桌椅，布满灰尘，月光下越发显得破败凋敝。

　　“当初这家人富贵享受之日，肯定没想到这里会有如此凋零破败之时。”雷至雄心里发虚。

　　沈希言冷冷地看着雷至雄：“当初你在落马坡呼风唤雨、喊打喊杀的时候，也没想到自己会有今天吧？”

　　雷至雄咬牙切齿道：“我还真是低估了你，看上去文文静静的，说话一针见血。无妨，十年河东，十年河西。只要能顺利离开香港，我保证，总有一天我会卷土重来。”

　　“那一皮箱细软，恐怕是你带人劫持飞机、杀人越货得来的赃物吧？那上面都沾着血，花这样的昧心钱，你不怕有报应吗？”

　　雷至雄气极，举起手枪指着沈希言，沈希言毫无惧色。他悻悻地放低枪口：“我之所以不动你，是因为你是诱饵，对我还有用。”

　　很快从楼下传来端木翀的喊声：“雷至雄，我来了！你别缩在黑影里！站出来！咱们都是爷们儿，面对面了结这一切！”

　　在夜色的掩护下，聂云开潜身到神仙楼背后墙根，艰难地踩住后墙斑驳凸出的石砖，悄无声息地向上攀登着。

　　端木翀拎着皮箱站在平台上，雷至雄用枪顶着沈希言，面向端木，紧张地看向楼下黑茫茫的四周：“行啊，是条汉子，真敢一个人来见我。把皮箱放在桌上，打开来让我看一眼。”

　　端木翀依言把皮箱放在藤桌上，打开皮箱，掏出一只手电筒照亮了给雷至雄看：“你要的东西都在这儿，放她走。”

　　雷至雄警惕道：“把手枪掏出来，扔在地上。”

　　端木翀犹豫了一下，雷至雄用枪顶住了沈希言的后脑：“不想看着她的脑浆被子弹崩得一地都是吧？照我说的做。”

　　端木翀只得掏出手枪，扔在地上。雷至雄立即把地上的枪踢飞：“看来这个女人对你真的很重要。端木翀，我这个过来人忠告你一句，男人这辈子可以说错话、跟错人，做错事，但就是不能泡错女人。"说罢举枪欲向端木翀射击。

沈希言见状惊叫着撞向雷至雄的手臂。雷至雄反手一个耳光打在她脸上，然后伸手猛推沈希言一把。沈希言身不由己向平台外倒去——千钧一发之际，端木翀冲上去一把拉住正摔下平台的沈希言的手，她的大半个身子已悬挂在平台外面。

雷至雄奸计得逞，抱起皮箱："我说什么来着？这个女人对你来说绝对是个克星，为了她，你端木翀恐怕今天要死在这里了。"话落他举枪瞄准端木翀。

就在这时聂云开翻上平台，一个箭步从后面袭击雷至雄夺枪，二人扭打起来。端木翀忍着胸前伤口的剧痛，一点点把悬挂在平台下的沈希言拉了上来。

雷至雄解开脖子上的领带做武器，勒住聂云开的脖子，被聂云开一个反身背摔，摔在地上。在厮打中他手上的领带穿过聂云开的袖子，两个人被捆在了一起，两人一起滚到平台边缘，眼看就要一起滚落下去。刚刚爬上平台的沈希言见到聂云开遇险，扑了上去拽住聂云开的腿。聂云开半个身子已经被拖得悬挂在平台外。

借着领带捆在聂云开身上，雷至雄整个身子都挂在平台外面，但他两手仍紧抱着怀里的皮箱。他恨恨抬眼看向上方："敢找帮手对付我？我死也不服！端木翀，我就是做鬼也不会放过你！"

这时端木翀已捡起枪，向雷至雄瞄准："想报仇？下辈子来找我吧。"接着枪声响起，雷至雄身上鲜血四溅。最后一枪，端木翀打断了捆在聂云开身上的那条领带。气息奄奄的雷至雄闭目，抱着皮箱摔下平台。

此刻沈希言已力不从心，聂云开没来得及翻身上来，便拽着她一点点向平台下滑落。幸好端木翀及时赶过来拉住了聂云开的另一条腿，两个人一起用力，将险些翻落平台的聂云开拉了上来。

惊魂未定的沈希言冲动地扑到聂云开怀里。聂云开也忍不住将她紧紧地抱住。端木翀坐在另一边，伸手入怀，摸到被撕裂的伤口流出的血，略带苦涩地看着眼前这一对拥抱的璧人……

两日后，聂云开才和齐百川碰上面。

得知雷至雄死了，齐百川终于放下心来："这下保密局方面暂时打消了对你的怀疑。减轻了压力，你也可以暂时缓口气了。"

聂云开却沉重道："但目前两航的情形仍很复杂。樊耀初跟端木衡毕竟曾是生死之交，这就决定了他目前仍对国民党政府抱有希望。虽然华航在香港发展非常不顺利，但他仍在多方想办法，找出路。倒是殷康年，因为多年来备受排挤，远航又发生了被雷至雄劫机的事件，令他对国民党方面非常不满，连面子上的和气都不愿维持了。这两位老总处境不同，对他们需要采取不同的手段，各个击破。"

"未来的道路，仍然是任重而道远啊。"齐百川摩挲着手中永不点燃的烟斗，端详着聂云开，"不过你放心，天塌下来当被盖！咱们共产党人天生就有这种乐观向上的豪情！"

聂云开抬头，眼中充满期盼："红隼，组织那边对沈希言的背景调查，到底什么时候才能有个结果？"

齐百川一笑："着急了？沉住气吧。你也不是不知道，组织上对任何一个人的调查，都必须要细致，严密，一丝不苟。这都需要时间，得有点儿耐心。"

"这么多年了，其实希言在我心里的位置，一直无可替代。多希望有一天，我和她能成为并肩作战的同志，再也不用在她面前伪装自己。"聂云开动情地说。

齐百川摩挲着手中的烟斗："你的心情我理解。但组织是有纪律的。你的身份特殊，没经过组织允许，哪怕是在你心爱的人面前，伪装也好，演戏也好，为了完成任务，硬着头皮也要演下去。"

聂云开默然点头。确实在任务完成之前，他不能有私心。齐百川无声地叹息着，他的手摩挲着那只锃亮的烟斗。

数日，等端木翀出院后，立刻去见了父亲，有太多的话他想问。

端木衡站在办公桌后，正端详着墙上挂着的那幅"难得糊涂"，见儿子来了便问："事情都办妥了？"

端木翀报告："雷至雄身中数枪，从高楼上摔下去，人已经死了。"

端木衡明显松了一口气，转脸指着背后悬挂的字幅："这间办公室被雷至雄布置得一团俗气。把'难得糊涂'这种自作聪明的话奉为圭臬，没有一点儿为党国担当的胸怀。你要把这里的布置好好改一改，去掉这股庸俗气。"

端木翀却道："办公室只是身外之物，再俗气也毁不掉人心中的格局。所以古人说，破山中贼易，破心中贼难。"

"所谓心中贼，其实只是一种妄念。只要为人光明磊落，就不会为邪念所侵扰。"

端木翀大着胆子问："父亲，其实每个人心里都藏着妄念吧？佛家所谓贪嗔痴，好像很多人都逃不开。"

端木衡缓缓说："被贪嗔痴所困，其实都是私心过重。"

端木翀突然说："看来世上芸芸众生，都是凡人，都有弱点。父亲，您也会被私心妄念所困扰吗？"端木衡一转身："怎么会突然问我这个问题？"

"此刻，这里只有你我父子二人，我希望您坦诚看着我的眼睛，您真的在瑞士银行拥有一个秘密账户？"

端木衡愕然，不敢正视端木翀的目光："雷至雄临死前，跟你说了什么？"

端木翀目光坚定道："关于那个瑞士账户，我只想听您的一句回答：有，还是没有？"

端木衡良久地沉默着。他不知道怎么跟儿子开口。端木翀失望地冷笑了："看来雷至雄说的是实情。请问，瑞士银行那个属于您的账户里，是不是存着一笔数额惊人的财产？再请问，这笔钱究竟是怎么得来的？虽然党国待您情深义重，但仅凭您明面上的收入，恐怕凑不齐瑞士账户里面的一个零头吧？"

端木衡极力想维护着自己的尊严："注意你说话的态度。我是你的父亲。"

端木翀声音抬高道："正因为您是我的父亲，我才让这场问话仅限于父子之间！"

端木衡突然坐下来，他的威严在一瞬间被儿子的质问一扫而光："翀儿，父亲老了，禁不住你这样的盘问，你要体谅我的心情。"

端木翀冷冷地看着父亲："您真的是老了。昔年您有何等的英雄气魄，雄心壮志！您一直告诫我，要令国家强大，要救民于水火！可现在呢？党国存亡之际，您心心念念的，居然只是蝇营狗苟，在乎的只是一己私利！"

端木衡无奈地叹息："党内派系争斗不断，贪污腐败蔚然成风，党国的基业早已保不住了。空怀雄心壮志又有什么用？国家已然丢掉了，民心已然失去了，无力回天。你说得对，我是老了，我必须要为你、为我们端木家早做一点打算！"

"父亲，苟利国家生死以，岂因祸福避趋之！这是您当年教给我的座右铭！您从来没教我如何趋利避害，为保住自己家门那些微末私利违背自己做人的原则！父亲，您怎么会变得如此陌生？"

"我只是变得更加认清现实了。翙儿，眼看国府在广州也快守不住了，撤往台湾是迟早的事。一旦所有人都撤到那个弹丸小岛，为了一官半职，为了蝇头小利，多少高官之子、将军之子，都会争斗不休，打成一锅糨糊！我不打算让我的儿子去蹚那摊浑水！所以我殚精竭虑、上下打点，安排你坐上这个保密局香港站站长的位子。在这里，你拥有说一不二至高无上的权力，你可以尽情施展你的才干！退一万步说，就算你在这里干砸了……凭着咱们家存在瑞士银行那笔款子，你进可攻、退可守。你还年轻，我不希望你困守在这片即将溃败的基业上！"

端木翙突然激动起来："党国不会败，更不会亡！目前面临的困局只是暂时的，我们迟早会反攻回去！三民主义才是治国之良方！"

端木衡看着儿子，喟然摇头："你太小看共产党了，作为我们多年的敌人，共产党已经深得民心。认清现实吧，我们已经输了。"

"这一次输了，并不代表我们没有反攻的机会。父亲，党国之所以会输，就是因为主权当政的是你们这样的老人。你们真的已经老了，胆气变怯弱，目光变短浅，你们大半生都把精力放在内部的钩心斗角上，却忘记了三民主义原本的主张。父亲，我还年轻，光复党国的希望，相信会在我们这一辈人的身上实现。"端木翙说罢，向端木衡恭敬地立正敬礼，转身向门口走去。

端木衡道："你不要忘了，我和港九的约翰警司约好明晚一起吃饭，你也要出席作陪。"

端木翙在门口停住脚步，头也没回："我会准时出席的。"

端木衡沉声道："你大可以在心里尽情鄙视我。在宦海浮沉多年，我必须要提醒你，想涉足政坛，不仅要有狮子的勇猛，更要施展狐狸的狡猾。你现在，勇气有余，心机不足。凡事都要三思，对任何人都要时刻保持怀疑。"

端木翙转过头来，看向父亲："包括对您吗？"

端木衡点头："包括对我。"端木翙也点头："好，我记住了。"

看着儿子离去的背影，端木衡心里沉甸甸的，一种深深的担忧自胸腔攀爬而上……

远航劫机案的元凶雷至雄伏法后，樊耀初特意约殷康年到福满楼庆祝，这桩血案中的枉死者可以瞑目了。

殷康年却并不乐观："哼，雷至雄虽然已经死了，但为了维护党国形象，国府方面仍然会顺水推舟，把劫机案凶手的罪名栽赃给共产党。这分明是葫芦僧乱判葫芦案嘛！端木衡请客我为什么称病不去，因为那桌酒筵我没心思吃！"

樊耀初喟然点头："国府要优先考虑安抚人心，保护党国名誉。"

"豢养雷至雄这种祸国殃民的毒瘤，国民政府信望一落千丈。那架飞机上多少条人命，平白横遭无妄之灾！真令人痛心！"殷康年悲愤地举起酒杯，轻轻将酒水洒在地上，"这一杯酒，我要祭奠冤死的亡灵们，可怜他们惨死之冤终不能昭雪！"

二人喝了几杯之后，殷康年的情绪才渐渐平复："说起来你我还真是缘分不浅，在德国因为爱上同一个女人而打架，回国后各自埋头事业，还要在航空业再次成为对手，真是斗到老，打到老啊。"

樊耀初笑道："就算是打到老，那也是不打不相识的缘分！"他思忖着，找到话头，"对了，我听说……松环她人在香港？"

殷康年刚刚放松的神经又绷紧了起来，狐疑地看向樊耀初："原来你设下这场宴席，是为了套我的话，询问松环的事？"

樊耀初马上摇头："不不，康年兄，您千万别误会。我是真心想消弭一下你我之间的误会。保密局的耳目已经盯上你了。听端木主任说，松环现在是香港有名的左派人士，你跟她私下来往，似有可疑……"

殷康年打断道："够了！老端木就是条警犬，什么气味也不放过。我跟松环多年相识，坦然相交，我不怕他查！樊耀初，当年在德国你因为怯懦耽误了松环的终身，如今你儿女双全，家大业大，可松环她还是孑然一身，你怎么弥补她这一生？我奉劝你，不要去打扰她生活的安宁。酒喝过了，该说的话也说了，告辞。"

殷康年不顾樊耀初的劝阻，决绝离去。

这天下班，聂云开刚要去接沈希言出院，却被齐百川堵个正着："你不能去医院接沈希言了，二零七找你。"聂云开一皱眉，二人马上和张书记碰头。

张书记递过来一份文件，聂云开认真地看起来。齐百川站在角落，摩挲着烟斗，沉默不语。不一会儿，聂云开默默放下文件嗫嚅道："真没想到，希言的继父曾经是国民党高级特工……"

张书记道："虽然简明毅这个人已经在抗战中亡故，但组织还要进一步审查沈希言相关的一切背景关系。在组织对沈希言政审结束之前，你必须要和她保持安全距离，绝对不能对她透露任何和组织有关的事情，绝对不能。"

聂云开正色道："我接受组织的安排。"

"局势复杂，敌我莫辨，我们必须要步步谨慎，对所有人都要仔细甄别。"

"我明白。"聂云开嘴上说着，心里却一团乱麻。齐百川看在眼里，走过去拍拍聂云开的肩膀，却一句话也没说。

沈希言还一直在医院里等云开，旁边的简一梅看了看表，劝她不要等了，这个时候不来肯定有事耽搁了。沈希言略有失望，但她明白云开一定是有事脱不开身，也只好随简一梅出院了。

凌晨，启德机场一角，一架小型客机即将起飞。端木衡身边跟随着一批毕恭毕敬的随行人员，机舱舱门已经打开。

端木翀特意赶过来给父亲送行。雷至雄死后，端木衡也有心离开香港避一避，这个地方烦心事太多了。走向通往舱门的舷梯附近，父子二人站定说话。

端木衡嘱咐道："香港站站长这个位子，将在外君命有所不受，反而可以施展你的才干。你肩上的担子很重。"

端木翀却信心满满："请您放心，我一定会好好干的。"

端木衡口气一沉："我必须要提醒你：这一次虽然聂云开洗清了通共嫌疑，但对他还是要有所防备。共产党早就派人渗透到香港各个领域，那些曾被怀疑通共的人员，都会长期登记在保密局的怀疑名单上，对名单上的每一个人，我们都需要认真甄别，不能松懈。"

端木翀不以为意："您是不是有些太多虑了？别人我不敢打包票，但聂云开我还是了解的。他应该跟共产党毫无瓜葛。"

"干我们这行，永远不要百分之百信任一个人。这个聂云开，目前看上去没什么破绽。但是，两航刚迁至香港，人心不稳。在这个关头，他来华航担任总经济师，我总觉得有些蹊跷。"

"两航是党国重要基业，我一定会盯住两航上下可疑人员。但聂云开是我兄弟。目前来讲，我还是非常信任他的。"

"该提醒的我都说过了。既然我把香港这摊事交给你，我会尊重你个人的判断。还有一件事，我早在香港安排了几枚搞情报的钉子，其中最重要的一个，代号叫轸宿，他是我的关门弟子，是我亲手培养起来的，能力是一流的。该出现的时候，此人会现身来见你。"说着端木衡向舷梯走去，片刻他又回头看向送行的儿子，脸上浮现出神秘莫测的微笑，"香港的事情就全靠你了。翀儿，虽然你对我失望了，但我知道，你势必不会让党国失望。"

端木翀啪地立正，向父亲敬礼："父亲，儿子会铭记，苟利国家生死以，岂因祸福避趋之！"端木衡点点头，这才放心地向机舱内走去。

等飞机终于起飞后，端木翀突然大口地喘息起来，身子也开始剧烈地抖动着……他知道自己快挺不过去了，立刻让秘书叫来了简一梅。

等简一梅匆匆赶到，端木翀已经在房间里颤抖得缩成了一个团。她走到床头，伸手摸了摸端木翀的额头，麻利地从手包里掏出注射器和药水瓶，找准端木翀胳膊上的静脉，注射进去。片刻，端木翀渐渐停止颤抖，恢复了平静，开始进入短暂的睡眠状态。

简一梅伸手抚摩着端木翀微闭的眼睛、额头，突然发现他的左手紧攥着，简一梅打开一看，他手里是一张沈希言少女时代的黑白照片。那是当年端木翀躲避在姐妹俩小屋里时，临走时从桌上相框里偷走的那张照片。她心里一沉，紧接着胸口就疼起来。

等端木翀醒来时，简一梅第一句话便问："犯着毒瘾那么难受的时候，还要拿着她的照片？看着她的脸，能让你的感觉舒服一点儿？"

端木翀却说："你的好奇心太重了。"简一梅顿了顿："你还是忘不了她？"

端木翀却岔开了话题："对了，我想起一事，你跟那个断了一只手的黄江，是不是有交情？"

"我跟他可是老相识了，怎么了？"

"太好了，你能不能帮我一个忙？"

简一梅脸上浮出一个大大的疑问……

第十三章　兵不厌诈

布置雅致的淮扬小馆，除了简一梅和黄江这一桌宴席之外，再无旁人。简一梅端起酒壶，为黄江面前的酒杯满上。黄江有些诚惶诚恐，疑惑地环顾着四周。

简一梅看出他的不安："这家淮扬小馆今晚被我全包了。除了我和你之外，这里不会再有其他的客人。"黄江惊道："为什么？"

"这里环境清雅安静。我跟你喝两杯小酒，吃几口小菜，坐下来好好叙叙旧。放心，没人会打扰我们。"说着抬头含情望了他一眼，"黄哥，记得吗？像这样单独相处，把酒谈心，还是在两年前……"

"我记得你那时的样子，太美啦！只要你凝神回眸，笑一笑，艳若春花。一看到你那张笑脸，我就呼吸发紧，心跳加速！"

简一梅掩口媚笑："多亏你横下一条心，揣着把手枪闯到电影厂老板的办公室里，用枪指着他，逼他捧红我，吓得他筛糠一样抖个不停，只好捧我当女主角，托你的福，我一炮而红，成了炙手可热的大明星……"

黄江回顾当年心生感慨："当年信礼门七爷手下的四大金刚，我排名第一，在江湖上我也是响当当的一号人物！电影厂的老板算什么东西？不看我这个僧面，他也要看七爷的佛面！捧你当个女主角，不就是我黄爷一句话吗？"

黄江有些得意，面带微醺。简一梅突然一把抓住他搁在桌上的那只残臂："这只手，也是为了我废的。黄哥，我欠你的情实在太多了。"

黄江硬生生地抽回手臂藏起来，有些自惭形秽，又有些骄傲："唉，天黑路滑，社会复杂！不怪你，都怪命啊。"

接着简一梅就诉起苦来，说雷至雄当年怎么对她欲图不轨。说着梨花带雨，盈盈欲泣。黄江被简一梅完全软化了。忽然她破涕而笑，擦着眼泪看向黄江："现在好了，雷至雄死了，黄哥，我一定要动用所有的人脉，帮你重回信礼门，重新得到七爷的倚重，重新当回那个江湖上响当当的大人物！"

黄江爽快地仰脖喝干杯中酒，已是醉意朦胧："小梅你知道吗？雷至雄落到这个下场，还有我黄江一份功劳！他心狠手辣剁掉我的一只手，君子报仇十年不晚，我让他赔了一条命！想起来真是痛快！"

简一梅趁机继续倒酒，哄着黄江："真的吗？雷至雄的死也跟黄哥你有关联？"

黄江得意道："他想趁劫机捞偏财，被我抓住把柄。有个高人指点我，反将他一军，说他跟共产党有牵连！我是人证，还有确凿的物证。搞得雷至雄黄泥巴掉在裤裆里，不是屎也是屎了！"

简一梅继续追问："高人？什么高人？黄哥，你倒是跟我说说这里面的大乾坤啊。"

黄江卖关子："这个嘛，天黑路滑，社会复杂……我不能说。我答应过人家，要永远保守这个秘密。我要恪守江湖道义，顾及兄弟情义。这个秘密跟谁也不能说。"

"跟我也不能说？"

"嗯，跟你也不能说。这是男人之间的道义！那个高人对我有恩，我要帮他保守秘密……"任简一梅怎么套话，黄江始终没把这个高人说出来。

当晚，简一梅就跟端木翀说了所有的细节。端木翀陷入思索中，这个高人会是谁呢？突然一个名字蹦了出来，难道会是聂云开？

第二天一早，张立峰就拿着一沓黑白照片进了东亚旅行社。

端木翀看着这些照片，每张都是廖松环和樊耀初并肩而行亲切交谈的情形。

端木翀拿起一张照片端详着，又放下，皱眉疑惑："走了一个殷康年，来了一个樊耀初，这两个航空公司的老总，怎么都在跟这个廖松环进行私下接触，难道，他们真的想跟共产党方面达成某种共识？"

张立峰道："站长，廖松环一直在香港的左派报刊上鼓吹共产主义思想，是个相当危险的人物。既然她现在和两航两位老总私下里有来往，我建议，咱们得升级对她的监视级别。"

端木翀点头："嗯，不仅要盯住廖松环，还要派人秘密监视殷康年的动静，必要时上手段。"

"明白！那对樊耀初呢？要不要上手段？"

端木沉吟了一会儿，摇了摇头："以我对樊耀初的了解，他应该对党国还是忠心耿耿的。至于他到底和廖松环有什么私人交情，还需要我们进一步的调查。但暂时先不用监控樊耀初。先给我盯好殷康年，那个老家伙，像个怨妇一样，一直对党国充满怨怼。要提防他暗地里和共产党沆瀣一气。"

夜色深沉，沈希言独自守在大门口外,翘首盼望。聂云开脚步匆匆向门口走来。沈希言大喜，正准备迎上去。但却看到一辆汽车疾驰而来，停在门口，穿着空姐制服的樊江雪匆匆下车。

沈希言莫名地向门旁缩了缩。只见樊江雪急切拦住聂云开，撒娇地挎起他的胳膊，二人边说边向大门口走去。原来樊江雪明天过生日，特地来邀请云开参加。

马路这边，沈希言看着这两人卿卿我我，黯然离开。

隔天，沈希言就去了聂云开的办公室故意问："今晚江雪要办一个生日晚会，你也会去吧？"

聂云开道："嗯，要去的。不过我现在手头还有点儿事，你先去吧。"

沈希言迟疑了一下说："云开，我怎么觉得自从我出院后，你对我冷淡了？"

聂云开平静道："没有啊。你别多心，最近工作比较忙，有什么话我们晚上见面再说好吗？"

沈希言沉默地点点头，默然离去。门一关上，聂云开就停住手上的忙活，刚才在沈希言面前强装的镇定全都不见了，他郁闷地坐下来，看着面前的文件，有点儿茫然地叹了口气。张书记的文件赫然在目，他做不到视而不见。

晚上，樊江雪的生日宴热闹非凡，DDS 舞厅被围得水泄不通。布置豪华的舞厅内，乐队众乐手在舞池一角演奏着悠扬的音乐。众人唱着生日歌，簇拥着穿着梦幻长裙的樊江雪。这时候聂云开来了，腋下夹着一只大纸盒子，送上了可爱的蛋糕礼物。

樊江雪激动得两眼发光："我太喜欢了！云开哥，这简直是我们女孩子做梦都想要的礼物，太完美了！"她激动地上前拉住聂云开，"云开哥，为了表达我的谢意，你必须要陪我跳今晚的第一支舞！"

乐曲欢快地演奏起来。樊江雪拉起聂云开欢快地跳了起来。

沈希言在一旁看着，心都要碎了。

这时简一梅走过来，冷脸道："这个聂云开真是太懂得讨女孩子欢心了。你俩到底怎么回事？当着你的面跟樊江雪这个小丫头片子打得火热，这样好吗？"

沈希言很郁闷地看着舞池里共舞的樊江雪和聂云开，不发一言。

简一梅还火上浇油："你看他们笑得多开心！"

沈希言发怒道："行了，我们是来给江雪庆祝生日的。你安静会儿吧。"简一梅耸了耸肩，伸手拿起一杯鸡尾酒。

樊江雪和聂云开边跳舞边聊："云开哥，每当我过生日就好想我妈啊。都说孩子的生日，就是妈妈的受难日。我妈走的时候，我还很小，连她长什么样子我都快记不清了。听哥哥说，我爸其实早年留学德国的时候有一个心爱的女人，姓廖，如果不是为了履行和我妈的婚约，我爸根本不会和我妈结婚。他们的婚姻里没有爱情，所以我妈一直都不快乐，生下我没几年她就去世了。"

聂云开问："廖？这个姓氏倒很少见。"

樊江雪道："是啊，前几天我听哥哥在家里跟爸爸吵架，听说那个姓廖的女人现在也在香港，好像是在香港哪间大学里当教授吧。这么多年过去了，我爸居然跟她又联系上了，他们最近经常见面。唉，我妈这辈子都不是我爸真正心爱的女人，没有爱情的婚姻，大概对他们两个人来说，都是一种折磨吧……"

聂云开却因为江雪所提出的新线索而饶有兴致起来："廖教授？我好像听端木主任提过她的名字……"

樊江雪道："听说她好像是个非常支持共产党的左派，常常写文章骂国民党政府的腐败。"

聂云开沉吟："那就对了，廖松环教授，香港著名的左派人士。"

获得了这个情报，当晚，他就发起了电报："请速调查香港大学廖松环教授，与樊耀初及殷康年昔日在德国的个人历史。"

深夜，聂云开坐在西餐厅的角落，一开一合地玩着手中的打火机。

齐百川故意打趣道："时刻要跟自己心爱的人刻意保持距离，这些天，心里不是滋味吧？"

聂云开怅然地苦笑："我一直避开所有跟她见面的机会，找各种借口躲避着她。希言她很聪明，知道我在躲着她。她很难过，但也很坚强。我看得出来，她心里不好受，我心里也不好受……可这就是纪律，我必须要遵守。"

"你也别太悲观，二零七说了，组织上对沈希言的审查还没有盖棺论定。只是鉴于她家庭情况复杂，需要进行进一步的调查。上次二零七不是当面给你解释过吗？你身上担负的任务很重要，对你身边每一个人，必须要仔细甄别，认清敌我。尤其是你跟她这种关系，如果感情用事的话，弄不好会给我们党带来不可弥补的损失。"齐百川有些不忍，他望着手中的烟斗，陷入了回忆中。他给云开讲了自己的亲身经历。想当年他也有一个爱人叫阿芬，也是党员……但敌人实施白色恐怖，阿芬不慎被捕，面对敌人的严刑拷打，她胆怯了，供出了好几个同志的线索，导致他们被捕后遭到杀害……

齐百川痛苦地回忆说："因为对我有份感情，阿芬没有出卖我。当得知她叛变的消息后，我带着一把手枪，找到了她藏身的地方，我用枪指着她，她还心存侥幸，希望我可以饶她一命……我流着泪，还是对着她扣动了扳机……这只烟斗，就是她送给我的……"

聂云开站起身来，理解地拍了拍齐百川的肩头。两个男人，再次因为共通的个人感情，而达成了深度的理解。

今晚沈母过生日，端木翀早早来到沈希言的家，要亲手做几样好菜。他没想到的是聂云开并没有来。

端木翀从厨房出来，端着一盘菜肴，满面笑容地摆上桌："最后一道大菜，松鼠鳜鱼！伯母，我就会做这老三样，糖醋排骨、咕咾肉、松鼠鳜鱼，粗浅得很。伯母，您可千万别嫌弃。"

沈母乐得合不拢嘴。简一梅在一旁打趣："妈，干脆您收端木大哥当干儿子吧，你看他，每次来都能逗您开心。"

端木翀却笑着看向沈希言："伯母过生日，云开怎么没来？难道你没有请他吗？"

沈希言愣了一下，忙强颜欢笑："哦，本来我是约了他来的，但是正赶上公司有急事，他要加班，所以来不了啦。"

沈母看了看沈希言，叹口气："唉，也不知道我们家小兰跟聂云开是上辈子结下的什么缘分，这么多年了，天大地大，居然也能再碰到一起……问你们到底现在是怎么回事吧，你总是嗯嗯哈哈的，也没个准话。小兰，你都三十多岁的人了，这终身大事……"

沈希言不悦道："妈……您别说了。今天是给您过生日，别唠唠叨叨的。来，大家把酒杯举起来，妈，祝您长命百岁，年年有今日，岁岁有今朝。"

众人喝酒，端木翀忍不住观察着沈希言落寞的神情。一旁的简一梅，却观察着端木翀，看着他的目光仍旧落在姐姐的身上，她的神情更加无奈，最终她坐不住了，离开了饭桌。她怕再坐下去，眼泪会掉下来。

码头边，海风阵阵。天空阴云密布，夜色低沉。简一梅踩着高跟鞋，海风将她旗袍角儿吹起来。她借着醺然的酒意，在码头边走来走去，柳腰款摆。不知不觉中，泪水便控制不住地流下来。

"怎么，喝了几杯酒，我们的大明星就多愁善感起来了？"端木翀的声音从背后响了起来。

简一梅惊讶地回转过身来，看着端木翀插着裤兜站在自己身后不远处："你怎么神出鬼没的，跟踪我吗？"

"我看你离开饭桌，好像一脸心事的样子，就跟你出来了，你一个女明星一个人走在街上，实在不放心。我是一番好意。"端木翀解释。

简一梅轻轻笑了起来："呸，明明是你偷偷摸摸跟踪我，还说的好像你是一番好意。"

两人闲扯了一会儿，端木翀才说出了重点："对了，我想请你出面帮个小忙。"

简一梅眉头微蹙，好像端木翀总是有对她交办的事："你说吧。"

端木翀神色凝重道："我现在对一个人的忠诚产生了怀疑，想让你帮忙去试探他一下。"

"谁？"

"远亚航空的老总，殷康年。"简一梅一听，眉头蹙得更紧了……

很快，聂云开就得到了一份秘密文件，他和张书记在威士西餐厅碰头。

聂云开道："这是总部通过海外情报来源，综合各部门提供的情报，最终整合了一份有关廖松环个人背景的详细报告。廖松环，女，四十九岁，执教于香港大学工程学院，其父廖秉政是北洋政府驻德国的外交官员，她自幼随父亲在德国生活，十六岁时结识了越洋到德国深造的樊耀初，二人郎才女貌，一见倾心。但樊耀初在出国前已由父母做主定下了一门亲事，廖松环不愿意破坏他人的终身幸福，毅然选择与樊耀初分手。二人从此后天各一方。1937 年，在海德堡大学任教多年的廖松环，应香港大学聘请到香港定居，至今未婚。廖松环政治上要求进步，是香港地区非常强硬的左派人士，她公开支持我党的治国方针，频频在各种左派报刊上公开发表文章，是一名在社会上有莫大影响力的知名左派人士。"

张书记道："原来，廖松环女士是樊耀初的初恋爱人。那殷康年和廖松环又是怎么回事？"

聂云开道："当年樊耀初和廖松环花前月下的时候，殷康年正好是廖秉政身边的警卫侍从，据说他对廖松环也颇有好感。后来樊耀初为了遵守婚约，与廖松环分手，殷康年还出于义愤跟他打过一架。当然，这都是将近三十年前的旧事了。据说，殷康年之所以一生未娶，也是因为始终忘不了廖松环女士。"

齐百川也跟着恍然大悟地点点头："这就难怪了。我说殷康年和樊耀初这两个人怎么一直看对方不顺眼，原来他们两个人是多年的情敌。"

聂云开道："殷康年收养的义子殷涌，曾经就读香港大学工程系学院，是廖松环的得意门生。因此殷康年和廖松环一直保持着联系。自从远航迁至香港后，殷康年一直和廖松环保持着来往。现在连樊耀初和廖松环也久别重逢了。于公于私，廖松环对樊耀初和殷康年都会产生莫大影响。我建议组织上考虑，让廖教授参与到争取两航回归的具体工作中来。"

张书记补充道："雨燕说的思路，正是我想跟大家一起商量的。最近我们得到情报，殷康年曾经积极通过左派人士，意图跟我方有所联络。"

聂云开道："主动寻求机会跟我们联络，这说明，殷康年的思想在松动。"

张书记点头："我们要积极地把握住这个机会，进一步摸清殷康年的虚实。"

聂云开建议道："事不宜迟，我马上就找个借口去拜访他。"

张书记叮嘱道："殷康年很可能已经被保密局的人盯上了，你的行动必须谨慎再谨慎。"

聂云开沉重地点点头。

这天一早，殷康年梳洗一番就去了香港大学，钻戒都买好了，他今天鼓足勇气要向廖松环求婚。

一见到廖松环，殷康年就把早准备好的这段话说了出来："松环，虽然我们都老了，但仍然可以有追求爱情的权利。小环，我爱了你一辈子，希望你能答应嫁给我！"

廖松环一惊，接着就笑着摇了摇头："康年兄，你行事总是如此出人意料。"

殷康年坚持道："答应我吧，小环，看在我爱了你一辈子的情分上。"

廖松环有些感动，但还是伸手把戒指轻轻推开："我，真的不能答应你。"

殷康年泄气地说："在你心里，我难道就一直比不上樊耀初？"

廖松环道："康年兄，我们是多年的老朋友，我不妨对你明言：新中国就要成立了，我准备回北平去，投身新中国的建设。那里百废待兴，需要各行各业的人才。"

"你要回去？"

廖松环坚定地点点头："康年兄，你对我的情意，我都知道。我们都老了，男女之间的小情小爱我早已不放在心上。现在我只希望能够在自己有限的生命里，为我们多灾多难的祖国多做些事情。"

殷康年冲动地握住廖松环的手："好，你要回去，我就陪你一起回去。"

"康年兄，你身为远航公司的老总，考虑问题要慎重。你的去留会影响很多人的命运。不能一时冲动。"

殷康年沉吟一下："我会好好想一想去留的问题。我会的……"

光线昏暗的酒吧内，没什么客人，殷康年靠在吧台上，沉默地喝着杯中酒。酒保擦着酒杯，不时瞟一眼殷康年。

很快简一梅带着一阵香风走了过来，径自坐在殷康年身边吩咐着酒保："来杯马天尼。"她转过身来，故作意外地跟殷康年打着招呼，"这不是殷老板吗？太阳还没下山，您就躲到酒吧里来寻开心了？哟，喝得不少嘛。怎么，殷老板有心事？"

殷康年自嘲地笑笑："这种纸醉金迷的地方，只许你们年轻人来寻开心？我们是老了，但老人也是血肉之躯，也有痛苦，也会迷惘。"

简一梅故作惊诧地凑近殷康年端详着："殷老板，要是不嫌我年轻见识少，跟我说说吧，令人痛苦的事情，若是向人倾诉出来，就等于有人和你一起分担，那痛苦的感觉也能减轻一点儿。"

殷康年叹息："跟你说？你一个二十刚出头的小丫头，说了你也不会懂。我们这代人，生逢乱世，大半生过得颠沛流离，惊涛骇浪。家国，党派，离乱，生死……看不尽的沧桑离别，经不完的生死考验，唉，折腾到什么时候算是个头？"

简一梅凑到殷康年耳边低语："听您这意思，是倦鸟思归呀？不瞒您说，要是在香港这个小地方待倦了，想跟北边的人联络联络，找我。我在北边有的是硬关系，牵线铺路搭桥，看您想怎么谈，都随便。"

半醉的殷康年一惊："你？年轻人别说大话。你可知道你在说什么吗？"

简一梅调皮地一笑："知道啊。殷老板在这里待腻了，去留两彷徨，想跟北边的人商量商量归宿问题。怎么样？您的心思我猜了个八九不离十吧？"

殷康年惊慌地左右四顾："小点儿声。"

"哟，您一个堂堂大老板，胆子就跟芥菜籽这么大。怕什么，共产党在香港也有势力。您要是真想找他们的人，我可以帮你牵上这条线。"

"你？你一个当演员的，年纪轻轻，怎么会跟那帮人有联系？"

"殷老板，您这就外行了。我们文艺圈里跟共产党关系密切的左派人士，那可是一抓一大把。当年在上海，天一、联华、明星，三大电影厂，哪家没有几个'左'倾的导演和演员跟延安有联络？共产党特别喜欢吸纳我们这样的人，交游广阔，有影响力。"

殷康年半信半疑："你真的跟他们有交情？"

"何止有交情，我就是他们在香港帮忙联络重要人物的线人。不信？好吧，我早就知道您曾经试图通过香港的左派人士，跟共产党方面取得联系。这事是有的吧？您别害怕，如果我不是跟共产党有交情，您这等秘密的事我是怎么知道的？是不是？这下您该相信我了吧？"见简一梅满脸诚恳，殷康年渐渐放下了戒备："没想到，你也是他们的人……"

简一梅却道："不对，还说不上是他们的人。我跟您心爱的廖教授一样，只是在政治上倾向共产党，偶尔，也会帮他们一些小忙。比如我就知道，他们一直希望能有机会坐下来跟殷老板您好好聊聊。"

"聊聊？聊什么？"

"当然是聊聊您的去留问题。怎么样，有兴趣了吧？等我一下，我去打个电话。"简一梅匆匆走到酒吧角落电话处打电话。

殷康年不安地喝酒。片刻简一梅回来说："我帮您约好了。明天下午三点，半岛酒店大堂。"

殷康年犹豫道："可是，见了面我跟他们谈什么？"

"您想谈什么就谈什么。他们都是有诚意的，一定会跟您谈到满意为止。"

简一梅自觉大功告成，忙举起酒杯，和殷康年碰杯："干杯，祝我们明天一切顺利！"

殷康年始终还有些半信半疑，但又有些跃跃欲试。

回到家，刚不到十分钟，门铃又响了，殷康年一看，来人竟是聂云开。用人糖姐已端出茶来。殷康年不知聂云开这时找他，来意何在。正想问他，聂云开先开口了："我是无事不登三宝殿。今天下班在路边碰到一个人卖仇英的画，说是祖传的珍藏，我买了两幅，早就听说殷总您对古玩字画颇有研究，所以特意赶过来想请您帮我赏鉴赏鉴。"

殷康年看着展开的字画，戴上老花镜研究着："嗯，这两幅仇英的仕女图，十足十是仿的。看这笔触倒是仿得很老到。大概是清人的仿作。"

聂云开道："看来我这眼力还得练。要不，总是花钱还被打眼。"

两人正说着，聂云开突然发现字画旁边的墙上留下几个污脏的指印。他便问糖姐："我刚才进门，闻到一股消毒药水的味道，家里有人生病了吗？"

糖姐这才说没有人生病，白天防疫局的人来，说这里有人得了恶性传染病，要入户消毒。

聂云开思忖了一下，不用问，这房间应该已被人动手脚了，恐怕窃听器早就装上了。聂云开便不再说什么了，他只悄悄走到正堂字画前，轻轻掀开字画，墙壁上悬挂的电线和监听设备赫然映入眼帘。他赶紧冲殷康年使眼色。殷康年一看吓了一跳，聂云开马上对他做出噤声的手势，耳语道："殷总，您被人监听了！"

殷康年惊讶地立在原地……

第二天上午，半岛酒店大堂，简一梅等静候殷康年的到来。

不一会儿，见殷康年走进来，等待已久的简一梅忙站起来迎上去，满面堆笑地表示欢迎："殷老板，您真是太准时了。让我来介绍一下，这位是殷康年先生，大名鼎鼎，是远航的一把手，这位嘛，是秦先生，他可是为了见殷老板一面，大老远地从外地赶到香港来的。"

殷康年笑着握住了秦先生的手。简一梅和秦先生眼神一碰，忙挑起话头："殷老板，您心心念念要见的人，我给您安排好了。两位，机会难得，好好聊聊吧。"

殷康年一扬眉："秦先生，你真的是共产党？"

秦先生没想到他这么问，有点儿愣，但还是硬着头皮作答："没错。鄙人不才，是共产党驻香港地区的总负责人。"

殷康年看着他笑了起来，意味深长："那真是太好了，呵呵……"

那两人被他笑得很疑惑，但也跟着笑了起来。突然殷康年脸色一变，从口袋中掏出一把手枪，直指秦先生眉心。

简一梅吓了一跳："你这是干什么？"

殷康年喝道："不要动！你也不要乱动！我这把枪子弹已经顶上膛，你们两个最好都不要轻举妄动！"

情势急变，大堂内原本埋伏的众特工不明所以，一个个摸着腰间的手枪蹿了起来，准备聚拢围过来。殷康年旁观四周，声音响亮："服务生过来！我要报警！"

众特工面面相觑，不敢妄动。扮作服务生的一个特工只得硬着头皮走过来："先生，您先把手枪放下，有什么事请慢慢说……"

殷康年仍旧用手枪指着秦先生，语调平稳冷静："胆大妄为的共产党，居然敢跑到我面前来当说客！服务生你过来，打这个电话，五五四九，那是保密局香港站的办公电话。你告诉保密局的人，我帮他们抓住一个在香港地区秘密活动的共产党，就在这里等着他们。你快去打电话啊！"

简一梅脸色苍白，看着殷康年，勉强笑了起来："殷老板，咱们往日无仇，近日无冤，您这么动刀动枪的，何必呢？"

殷康年哼一声："我殷康年大半辈子都在替党国效力，老了老了，不管遇到何等困境，也不能改弦更张，坏了自己的名头！共产党想费尽心思拉拢我？看错人了！"众特工躲在角落里都有点不知所措。

张立峰马上跟端木翀汇报。

"殷康年真是这么说的？"端木翀听后都有些难以相信。

张立峰肯定道："千真万确。"

这下端木翀看不明白了，难道他怀疑错了？

"站长，现在该怎么办？殷康年手里那把枪可上了膛了。万一有个擦枪走火……"端木翀想了想只有亲自去灭火了。

不一会儿，见端木翀来了，殷康年发话道："端木站长，真是神兵天降！我刚刚让那个服务生给你们保密局打电话报告这里有共产党，还没过五分钟，您就亲自带人赶来了。好，殷某真心钦佩端木站长行动之迅速！"

端木翀面色尴尬："正巧我带着人在附近，听说有情况就赶紧过来。对了，您说这个人他是共产党？"

"没错。就在刚才，这个人当着我的面，亲口承认自己是共产党，还说他就是共产党在香港地区的总负责人。端木老弟，你赶紧把他抓起来，好好审问。"

一旁的简一梅尴尬地插话："误会，这完完全全是一场误会……端木站长，我来给您介绍，这位秦先生是一位飞机零件供应商，从南洋来的。我只是业余时间充当掮客，帮着他们拉拉生意。秦先生求我找个机会介绍殷老板给他认识，我真的不知道殷老板是怎么就误会了，秦先生在南洋也是有头有脸的人物，怎么会是共产党呢？"

殷康年怒道："简小姐，他刚刚明明承认自己就是共产党！"

简一梅和稀泥道："罢了，罢了，殷老板，您就算买卖不成，可人情还在。哪儿能谈不成生意就翻脸呢？诬陷秦先生是共产党，这罪名可太大了，人家是老老实实的生意人，胆子小得很……"

端木翀马上说："赶紧核实这个人的身份。"说着为殷康年倒茶，"殷总，坐，把枪收起来吧，这里安全得很。我们喝口茶，等我的人把这件事慢慢调查清楚。"

殷康年这才收起枪，沉稳坐下，拿起茶杯喝茶，语带双关："有你端木站长出面调查，我还有什么不放心的？喝茶，喝茶。"

这个所谓的秦先生在一边已吓得魂都快没了，冷汗直流……

第十四章　两航游行

张立峰佯装执行任务，把秦先生押了下去。

殷康年稳稳地坐在大堂内喝茶。片刻，来人汇报说，秦先生已调查过了，的确是一名守法商人，和共产党没有任何关联。

殷康年便将端木翀数落一通便告辞了。老子玩了一辈子鹰，差点儿被小家雀啄瞎了眼……幸好那天聂云开赶来得及时，不然他还真不知被保密局盯上了。

殷康年走后，端木翀和简一梅大眼瞪小眼的一声不吭，如此周密的计划怎么就被殷康年识穿了呢？

简一梅颇有些不耐烦："前思后想，也想不出到底是哪里出了破绽。"

端木翀沉思着，突然想到一点："去监视屋，我要查一查监听的记录，把这两天的监听记录拿给我过目。"

当端木翀接过监听笔记后，他皱起了眉头："昨天晚上，聂云开曾经到过殷家？"

特工道："是。聂云开昨晚七点十六分进了殷家，逗留了大概一个半小时，期间吃饭、闲聊，鉴赏古董字画，欣赏交响乐，于八点四十七分告辞出门。"

端木翀看着监听笔记喃喃着："欣赏交响乐……"突然他合起了手中的册子，"把这里监听的摊子撤了吧。"

张立峰问："是，那对殷康年的监视呢，还继续吗？"

端木翀道："全部撤掉。已经打草惊蛇，再跟下去也没什么意义。"

这夜狂风大作，吹得窗户吱吱作响，聂云开正要去关窗，不想就听到了敲门声。聂云开警惕地开了门，来人竟是殷康年。

　　他先致谢说："今天的事，多亏聂先生及时提醒，殷某才不致酿成大错。此番情意，殷某没齿难忘。"

　　聂云开道："您言重了。明显是有人暗中设圈套想害您，我身在局外，看得明白些，提醒您不要以身涉险，于情于理都是应该的。"

　　殷康年脸色一沉："我今天来，除了当面道谢外，还希望你能给我一句明白话……聂先生，你是不是共产党？"

　　聂云开有些讶异，他迎接着殷康年的目光，内心思忖揣度着。这时水烧开了，水壶惊心动魄地尖叫了起来。

　　聂云开马上说："水开了，我给您沏壶热茶。"幸好坐了一壶水，正好解围。聂云开借故起身，沏了一壶端了过来。这时，殷康年突然站起身来，伸手解开外套扣子，脱下外套，手不停继续解着里面一层衣服的纽扣。聂云开不解："殷总，您这是？"

　　殷康年把脱下的衣服搭在椅背上，好整以暇脱着里面那件："你放心，我身上没有带着窃听设备，更没带着武器。"说话间，他已脱光所有上衣，露出虽然有些松弛但对于他这个年纪仍算结实的上身，"我问你，是想确认，你这双脚站在哪边，是不是我能够信任的人。"殷康年还准备解腰带，被站起来的聂云开制止。

　　"殷总，您不要多心，我相信您襟怀坦荡。"聂云开拿起椅背上的衣服，披在殷康年身上。

　　殷康年道："聂先生，殷某佩服你的胆色，更佩服你的谨慎。早年间我戎马驰骋，秉性直率。我对你敞亮，也请你不要防备我。我开门见山，你要真是共产党的人，帮我递个话儿，殷某在国民党这一亩三分地，一没靠山二没背景，谁都能过来踩我一脚。这憋屈日子我过够了。新中国也需要发展航空事业，急需航空人才。远航要人才有人才，要设备有设备，我老殷打算审时度势，弃暗投明。"

　　聂云开笑了笑，把茶杯向殷康年面前推推："殷总，您喝茶。"

　　殷康年又道："云开老弟，请不要怀疑我回归祖国的诚意。"

　　聂云开字斟句酌道："殷总，我们都是中国人，我们都爱自己的祖国。能够团结一切可以团结的力量，建设一个强大的新中国，让中国人自己建造的飞机翱翔在天空，让中国可以在世界强国面前，争取平等发展的机会，让每个中国人都有自信，有尊严，有幸福。我相信这是所有中国人的心愿。为了这个心愿，我愿意跟殷总站在同一个立场，为远航谋求更光明的未来。"

殷康年听得热血澎湃，他仰头喝干杯中茶，向聂云开伸出手去："云开老弟，你的意思我都听明白了，我愿意把远航上下几千员工的身家性命，包括我殷康年的身家性命，全部都托付给你，托付给你身后那个能够给中国人带来光明和幸福的政权。老弟，拜托了！"

话落两只大手紧紧地握在了一起……

对于殷康年的表现，齐百川却有所怀疑。

"你真的信任殷康年带远航回归的诚意？"

聂云开道："殷康年行伍出身，脾性直率，平生最不喜欢受夹板气。保密局刚刚还给他设了圈套。他在国民党那边步履艰难，前途渺茫。在这个历史关头，为了远航的将来，他愿意做出明智的选择，向我们这方靠拢，也是在情理之中的。"

齐百川道："看来远航回归祖国的态度还是很积极的。只要殷康年愿意跟我们合作，事情就好办多了。但华航现在看起来，仍然是一块难啃的硬骨头。"

"殷康年也对我提起，樊耀初跟老端木素有交情，对国民党仍抱有侥幸心理。我们要想说服他，必须要借用廖松环教授的力量。以情打破他的心防，以理消除他的犹豫情绪。"

"放心吧，二零七已经安排好了，明晚八点钟，你和廖松环教授在维多利电影院见面，商谈有关工作的具体安排。"

细雨绵绵，聂云开撑着伞走出华航大门，匆匆向前走着。突然，半路等待着的沈希言拦住了他的去路："为什么？我问你为什么一直躲着我？"

聂云开愕然看着沈希言。一时不知怎么回她，只好躲避开沈希言的注视，绕开她抬脚向前走："我今天有急事，沈主任有什么事情明天到办公室谈吧。"

沈希言撑着伞，执拗地望着对方："我和你的事在办公室说不方便……"

一束车灯从雨幕中亮起来，沈希言身后一辆汽车开过来。尖厉的汽车喇叭声似乎划破了茫茫雨幕。

沈希言说："一直有一种感觉，虽然你离我很遥远，但你在天空中飞翔的频率跟我是一样的。我们是同类。"

"你的话太深奥，我听不懂。这雨越下越大，天就要黑了，早点儿回家，别让伯母担心。"

沈希言哀怨地瞪着聂云开，任凭雨水迎头浇来，木然走入雨幕中。他心痛地看着，却只能站在原地，默默看着沈希言那瘦弱的身躯混在行色匆匆的人流中，离自己越来越远……

嘀嘀——汽车喇叭声令聂云开从沉思中醒来。他看到一辆汽车慢慢驶来，开到自己身边，车窗摇下，露出端木翀的脸："这大雨天，你傻子似的有伞不打，站在这儿发什么呆？上车，去吃刀鱼面。跟四兄弟约好了，走吧！"

"我今晚有事。"聂云开并不想去。

端木翀道："你不会还在生我的气吧？过去我一直向你们隐瞒着保密局的身份，是我不对。消消气，阿菊亲手做的刀鱼面还是要吃的。"

聂云开硬被拽上了车。

小酒馆内只有端木翀他们一桌客人，四兄弟端坐桌旁，只有端木翀一个人仰脖喝酒，其他人都看着他。

"怎么了今天，酒都不喝了？看来问题有些严重啊。"端木翀先开口道。

滕飞拉长脸道："人不明不白，酒也不清不楚，我不喝。"

端木翀道："老四，说话别带刺。你们心里埋怨我，可我实在是身份特殊，就算是在出生入死的结义兄弟面前，党国利益第一，该瞒的事情我必须要瞒。"

樊慕远打圆场，端起酒杯来："有老大你这句话，我们还有什么好埋怨的？都是为国家效力，来，干了。"

滕飞气愤道："干什么干？咱们还有国家吗？被赶到香港这么一个小岛上，英国人欺负我们，你们保密局的人动不动就拿通共的罪名打打杀杀，请问，我们这些可怜的小老百姓还有活路吗？"

端木翀伸手搭在滕飞肩头："老四，别这么冲动！"

滕飞一把将端木翀的手拨开："骗我们很好玩是吗？你接着骗啊！你们保密局的人，天天正事不干，专门在背地里搞那些阴谋把戏。我不跟阴谋家同桌吃饭，我走了！"滕飞气呼呼地站起身来，向门口走去。

樊慕远想起身追赶。端木翀伸手拦住了他，神色有些黯然："算了，他心里还在记恨我，勉强的酒喝着不香，让他走吧。"

这时，阿菊走来，手中端着两瓶温好的酒。聂云开在边上一直不说话，他小心地瞟了一眼手腕上的手表，指针指在七点二十。

端木翀端起酒壶给聂云开面前的酒盅满上："云开，你喝。"

聂云开没耐性道："没头没尾的酒喝了半天，你有什么事要说就说吧。"

端木翀不慌不忙道："你先喝，你的酒喝完了，接下来，听听我要交代给你的事。"

聂云开以为他要说什么事，结果竟是希言。

"我要交代的就是希言的事，她不快乐。虽然她什么都没说，但我知道，她待在香港不快乐。云开，别看香港现在是英国人管的，对任何党派好像都是中立的，但这里的水深得很。你别忘了，希言她曾经的未婚夫，那个死掉的郑彬可是个共产党。我明白告诉你，保密局一直派人盯着她。她的名字，还在我们内部的危险名单上。"

聂云开气道："你明明知道她只是被无辜牵连的，她不是共产党。"

端木翀道："我也想保她，但通共的事上面盯得太紧，宁可杀错，不能放过。她在香港留一天，就一天得不到安全。你想想，随便一个风吹草动，一句话，一封信，一个北边来的消息，就有可能把希言牵连进去。如果事情发展到那一步，我也救不了她。只有一个人能救她，就是你。"

"我？"聂云开一愣。

"对，你把华航的工作辞掉吧，我让美国国会的朋友帮忙，已经在美国给你安排了一份更好的工作，你带着她离开香港，去美国，给她一个安稳的未来。"

聂云开默然。端木翀耐不住沉默，又喝干一杯酒："怎么？不愿意？"

聂云开严肃道："这是我和她的事。"

端木翀道："你还没回答我的话，跟她踏踏实实结婚，过下半辈子，你到底愿不愿意？"

聂云开道："现在说这事，还为时尚早。"

"当年你和她曾经有一段情，如今你未娶，她未嫁，两个人再续前缘，顺理成章的事情。你还犹豫什么？"

"我已经告诉你了，为时尚早。"聂云开厉声重复道。

端木翀重重把酒杯扔到桌上。聂云开不动声色，看着端木翀愤怒的脸。端木翀吼道："你就这么不愿意离开香港？"

聂云开思忖着，斟酌着字句："我怎么知道她愿不愿意跟我走？"

端木翀道："她愿意，她心里还有你。我知道，你也知道。"

聂云开默然站起："还有其他的事吗？没事，我先走了。"

端木翀气结："要是你还有良心，要是你还记得从前她对你的好，马上向她求婚，带她走。"

聂云开扫兴道："对不起，那是我跟她的事，你安排不了。"

端木翀重重把酒杯砸到桌上，酒杯碎裂，支离的碎片插到他手心里，血顿时流出来。边上的樊慕远吓了一跳。

端木翀狂吼："我是一片好心，你不要敬酒不吃吃罚酒！"

樊慕远吓坏了："我说各位，咱们有话都好好说行吗？别急眼，别动气。"

端木翀叫起来："你能告诉我，你为什么非要留在香港？你为什么非要留在华航？"

聂云开平静道："我喜欢香港。我喜欢待在这儿，不行吗？"

端木翀道："你执意要留在香港的动机，在我看来十分可疑。"

聂云开波澜不惊道："你当上了保密局香港站站长，看什么人都可疑。这是职业病。"

"我真希望你是清白的。如果有一天，我真查出来你跟共产党有什么关联……云开，你别怪我这把枪不认兄弟！"

"你真是喝醉了，我走了。"聂云开说着夹着把伞，匆匆离开酒馆。端木翀面色潮红，一怒之下把桌上的饭菜都掀了……

聂云开早有任务在身，他可没工夫跟端木翀浪费时间。看了看表，他快速赶往维多利戏院。

雨停了，维多利戏院门口悬挂着巨幅海报《血染海棠红》。聂云开匆匆检票入场。戏院内一片漆黑，银幕上正上演着悲欢离合。聂云开默默走到戏院最后一排，在座位上坐下。他身边正端然坐着廖教授。

他低语道："对不起，廖教授，我来晚了。廖教授，目前情况就是这样，我们对樊总的劝说工作仍没有太大把握，我们很希望能得到您的帮助，更希望您能充分理解我方的诚意。"

廖松环同样压低声音道："你们的处境我理解。我也了解耀初的性格，深知他对祖国有深深的眷恋。既然你们信任我，我会找机会试探他的心意。"

聂云开一脸兴奋："太好了，您的说服工作对决定华航的去留至关重要。"

清晨，一架正在等候的客机停靠在机场上，众多乘客正通过活动舷梯进入机舱。一辆神气的福特轿车一路摁着喇叭，驶入机场，停在客机舷梯附近。车上走下来一名拎着手杖、戴着礼帽、西装革履的英国男人，他手上还牵着一只大狼狗，狼狗血红的舌头伸出来。司机从车上拿下大包小包的行李，亦步亦趋跟着英国男人走向舷梯。

站在舷梯口迎宾的樊江雪皱眉，上前拦住了牵着狼狗准备登机的英国男人："对不起，先生……请让我看看您的机票。"

那个英国男人高傲地打量了一下樊江雪，身边的司机放下行李，掏出机票给她展示："你连我们家先生都不认识？这是史密斯先生，他可是大英帝国驻香港政府辅政司署的大官！你赶紧让开点儿，别耽误了史密斯先生回国休假。"

樊江雪不管那套，说："史密斯先生，您不能把这条狗带上客舱。请您自己登机好吗？"

史密斯轻蔑地瞪了樊江雪一眼："我在香港工作了五年，每年这个时候我都会带着皮特坐飞机回国度假，从来、从来没有一个小小的乘务员，敢拦阻我的去路。"

樊江雪坚称这是华航客机的规定，乘客不能携带狼狗这种大型动物进客舱。司机立刻把樊江雪拨到一边，她险些摔倒。

她倔强地起身，拉住牵狗的绳子："你们讲不讲理，不能带狼狗上飞机！"双方就这样撕扯起来，狼狗激怒了，大叫。

站在舷梯上方的众空姐看到事情不好，赶紧向滕飞机长和副机长闵修文报告。

看到狼狗蹿上去撕烂了江雪的衣服，匆匆赶到的滕飞发怒了，他快步走下舷梯，挡在精疲力竭的江雪身前："这位先生，如果你想在华航的飞机上制造麻烦，作为机长，我有权力取消你的乘客资格，禁止你登上飞机。"

史密斯不屑："你说什么？你知道我是谁吗？"

滕飞不容置疑道："我不管你是谁，想坐华航的飞机，就要守华航的规矩！"

史密斯道："不要忘记，这个地方是香港，是我们英国管辖的范围！"

"香港只是暂时属于你们英国管辖，可领土和主权还是属于我们中国的！"

"哈哈，笑话！中国！你是属于什么中国？你们的政府都被共产党追得无立锥之地了。你们就是一群丧家之犬，还不如我的皮特，还有个主人！"

这时副机长闵修文也跑过来劝架："滕飞，千万别冲动！"

滕飞攥着的拳头缓缓放下了："把你的狗留下，否则今天你别想上飞机。"

史密斯哼道："笑话，我偏偏要带着皮特坐你这班飞机。"滕飞气不过，走过去一脚踢飞狼狗。狼狗哀嚎着，一瘸一拐跑向史密斯身边。史密斯怒了，从口袋中拔出手枪，指向滕飞。

闵修文见状马上喊了句："大家小心！"就冲滕飞扑了过去。枪声响了，正打在闵修文的胸口，鲜血汩汩流出。

滕飞和樊江雪都怔住了。闵修文缓缓摔在地上。滕飞愤怒地扑上去，一把将史密斯扑倒，他挥起拳头，重重砸在史密斯脸上……

等樊耀初赶到机场的时候，沈希言早焦急地等在那里。他面色凝重地听完沈希言的讲述，一时不能言语。

沈希言痛惜道："……事情的经过就是这样的。副机长闵修文已经确认死亡。肇事的大卫·史密斯和他的司机，还有机长滕飞以及全部机组成员，都暂时被扣押在机场的警卫室里。慕远负责外联工作，但事起仓促，我没找到他，幸亏聂总经济师人在公司，一听说机场出事，他就放下手中的工作，第一时间赶到那里。他现在应该正在和港英当局派去的人交涉。"

樊耀初听到聂云开已在和他们交涉，心里稍稍平复了一下。他们立即赶往警卫室。这件突发事件对华航和港府的关系，恐怕会有莫大影响。

启德机场的警卫室内，史密斯正在咆哮，他不耐烦地看着手表，敲打着桌面："你们要把我关在这里关到什么时候？我要回国休假！"

聂云开一脸愤慨："史密斯先生，你现在涉嫌谋杀，恐怕你哪里都去不了！"

史密斯吼道："我那是自卫！你们华航仗着人多，对我进行殴打谩骂，我是在自卫！看看我的脸，就是被你们的人给打的！"

一旁的樊江雪忍不住了："你少含血喷人！你开枪杀人的时候连眼睛都不眨，你是凶手！"

史密斯张牙舞爪道："我开枪又怎么样？我是英国公民，你们无权对我进行审判！"

聂云开冷眼道："史密斯先生，我奉劝你不要太嚣张，香港是一个讲法治的地方，人命关天，你没那么容易逃脱法律的制裁。约翰警司，他刚才说的话你都听到了吧？"

约翰警司尴尬地干咳了几声，凑到史密斯耳边："大卫，我要是你的话，在目前这种状况下，最好闭上嘴巴。"

这时，门开了，樊耀初和沈希言走进来。约翰警司站起来跟樊耀初握手："樊老板，您好，很遗憾发生了这种不幸的事情。"

樊耀初正色道："我也很遗憾，我们居然要在这种场合再度相见。我们华航不明不白损失了一名优秀员工，我希望港府能给我们一个公正的交代。"

约翰道："樊先生，有人死亡这种事情，总归是非常不幸的。但具体案件还需要进一步调查，为了尽快查明真相，我希望带走与此案有关的人员。大卫·史密斯、滕飞和樊江雪小姐。"

樊耀初眼一瞪："你想带走我华航的人？"

约翰道："是为了查明真相。樊老板，请您相信我，作为法律的捍卫者，我绝不偏袒任何一方。"

樊耀初声音一顿："要是我不让你带走我的员工呢？"

约翰耸了耸肩："樊老板，我们警察存在的意义，就是为了惩恶扬善，请跟我们警方合作，那会让大家都比较愉快。"

僵持中，樊慕远满头大汗地冲了进来。樊耀初不满地瞪了儿子一眼："身为外联部主任，华航出了这么大的事，你怎么到现在才来？"

樊慕远顾不得解释，马上说："爸，我刚才接到了端木主任发来的急电。"

约翰警司在一边笑了："今天这件事实在影响太大，看来我们港督已经第一时间跟贵政府联络过了。"

樊耀初接过电文，匆匆浏览，脸色大变。他转头，沉痛地看着众人，终于对约翰点点头："好，我今天让你把人带走，但你只能询问他们二十四个小时。二十四个小时过后如果你们警方不放人，那我会为他们请律师，控告你们无故扣押证人。"

约翰道："你放心，我们警方会公平执法。"

樊耀初道："还有，这个大卫·史密斯无故杀死我华航员工，我希望警方能尽快给公众一个说法。"

"这是当然。樊先生，法律是公正的。诸位，请跟我来。"史密斯、滕飞、樊江雪跟约翰走了。

樊耀初看着众人的背影，手里那封电文被攥得起皱。

沈希言低声问："樊总，端木主任那封电文到底说了什么？"

樊耀初把手中的电文扔到桌上，示意他们自己看。

"正值党国多事之秋，内外交困，切不可以龃龉小事影响党国与英美友邦之友谊，涉事一方乃是英国政府官员，身份敏感，若能大事化小小事化了，替党国分忧解难，方为上策。"沈希言读完，抬头看向大家，"这意思是……"

聂云开急道："目前国府正在筹备搬往台湾，内外交困，压力颇大。端木主任的意思，恐怕是希望我们华航明确表态，对此事不予追究。"

沈希言厉声道："可是我们一名员工无故被枪杀！史密斯是凶手，他涉嫌谋杀！要是港府偏袒凶手，华航上下这么多员工，群情激愤，我们能压得住大家的愤怒吗？"

坐在角落的樊耀初一声长叹："唉，弱国无外交……"

第二天，约翰警司就接受了报社采访。

"很遗憾，我们警方汇集多方面的线索，得出的结论是，此次事件是一起因误会而发生争执，从而引起的手枪走火事件。涉案人并没有主观杀人的动机，当然，作为英国政府的官员，他将被立即派遣回国，接受行政上的处分。好了，诸位记者朋友，启德机场事件是一场不幸的意外，但并不是一起刑事案，基于各方面证据不足的原因，警方宣布就此结案。"

听到这一消息，聂云开不得不找到齐百川、老章、老梁研究局势。

喜鹊分析道："启德机场枪击事件被港府草草了结，目前华航上下群情激愤，很多员工都主张罢工游行抗议，给港府施加压力，为死去的员工申冤。"

黄鹂接着说："远航员工对这件事也很愤怒，死的是华航的人，可谁都知道，远航跟华航唇亡齿寒，大家在香港的处境一致，命运休戚相关。这一次华航的人被无辜打死，不知道什么时候这种厄运就轮到我们远航了！"

齐百川道："二零七那边也正在积极组织香港的左派民主人士,明天的《南华群众报》《大公报》以及《文汇报》的头版头条,都将发表廖松环教授撰写的文章。"

聂云开沉声道:"我们要最大限度上调动两航员工的积极性,给港府施压,罢工、游行,都是抗议的一种手段,我们要借此维护两航员工的权益。把员工们的积极性调动起来!"

喜鹊一点头:"好,发动两航员工,行动起来!"

第二天,两航员工拉着"为华航冤死员工讨还公道""抗议港英当局偏袒凶手"的横幅,列队走在大街上,他们高声喊着口号,游行示威。

"我们要公道!我们要法制!港英政府偏袒凶手!血债血偿!……"

喜鹊和黄鹂走在人群中积极鼓励大家。当游行队伍来到政府门口时,两航员工直接静坐下来,大家秩序井然,高喊口号……

这样的局面下,端木翀坐不住了,他直接给樊耀初打电话,要求他解散游街。

樊耀初冷静地回道:"华航员工此次游行是出于义愤,我实在没办法弹压……端木主任,目前两航在香港的处境,如履薄冰,举步维艰。我的难处也希望您能够体谅……"挂了电话,他的目光落在桌上的《南华群众报》《大公报》《文汇报》上。报纸头版头条的文章,署名正是廖松环。他想了一下,是该跟廖松环见面了。

不想,两人一见面廖松环就告诉他要回内地了。

樊耀初诧异地望着廖松环,久久无语:"松环,你疯了?现在内地是共产党的天下。"

廖松环平静道:"在你眼里,共产党就那么可怕?"

"我不是怕……平心而论,我对共产党并无偏见,但毕竟为党国服务多年,共产党对我而言,是对手,也是敌人。一场内战,群雄逐鹿,他们赢了,党国输了。但一个会打胜仗的政党,未必能搞好和平时期的建设。松环,我劝你要三思。不要离开香港,不要丢掉你现有的一切,不要回内地。再观察观察局势,好吗?"

廖松环不禁问:"耀初,你一直在审视事态、遥望局势,你已经把华航从上海搬到了香港,下一步你打算往哪里搬?海南,还是台湾?"

"下一步再往哪里搬,说实话,我也不知道。目前局势过于复杂,我们不幸生在这战乱的时代,如果做出一个错误的选择,不只是我前功尽弃,还有华航上下众多员工的前途,甚至性命,都可能毁于一旦!"

"问题是，你现在还有选择吗？你心里其实很清楚，海南也罢，台湾也好，都只是一个小岛，倘若国府真搬到那里去，航空线路一定会精简，国民政府原本的空军就可以把你们一口吞掉。留在香港，这里是英国人管辖的范围，华航即使想发展，也会受到各方面掣肘。到时候你仍然是进退两难。"

"可是你怎么能肯定，华航回内地就有生路？"

廖松环笃定道："我肯定。新中国马上就要建立了，新的政府需要发展民用航空事业，他们急需这方面的人才。耀初，你还犹豫什么呢？难道你真想留在香港耗尽天年，还是到美国过那种物质丰富但精神上贫瘠的生活？"

樊耀初犹豫着："松环，我不是不想回去。我的老家在浙江，祖辈的坟都在那里。我当然想回去。华航迁到香港后，发生了很多事情，我承认，我心里对国府真的非常失望。可是，我有自知之明，我毕竟是国民政府的要员。过去，我也曾跟共产党为敌。你让我怎么回去？你让我怎么敢回去？一旦回去，吉凶难料啊……"

廖松环平静地望着樊耀初："共产党方面对投诚人员的政策：既往不咎，来去自由。"

樊耀初苦恼地望着廖松环，艰难地摇了摇头："给我一点儿时间，让我看清楚局势。我现在还不能下判断，对不起，松环，我现在还不能决定华航的去留问题。"

廖松环垂下头："人各有志，不能强求。耀初，实话告诉你吧，我是新中国政府在香港地区的政协召集人，负责组织香港和东南亚地区的各行业精英回归祖国。这次回去，我就是为了参加在北平召开的政治协商会议。我会在北平等你。如果你选择不回去，那么我们可能这一生都不能再见面了。"

樊耀初伤感地看着她，一时不能言语……

第十五章 暗 杀

跟廖松环分别后，樊耀初的心情久久不能平复。或许他真该做个决定了。这天晚上，他召开了家庭会议，将自己想离开香港的想法说了出来。

他缓缓道："就是因为看到眼下局势风雨飘摇，我才想为大家谋一条出路。慕远、江雪，想不想回浙江老家去？"

樊慕远一听大惊失色："爸，您疯了吧？老家现在已经是共产党的天下！我们哪里还能回得去呀？"

樊耀初直言道："如果，我是说如果，有朋友从中协调，我们能够和共产党取得联系……"

樊慕远打断道："您别再往下说了！您脑子里想的都是犯禁的事情！爸，您最近跟那个倾向共产党的女教授廖松环，来往实在太密切了！您必定是受了她的挑唆，才会生出这些疯狂的念头！爸，我必须得提醒您，您要做的每一个决定，都与这个家所有人休戚相关。总之，我绝对不会同意您带着全家人回到老家，回到共产党管辖的地盘上去！这个念头太可怕了！"扔下这些话，樊慕远拂袖而去。

他一气之下去了酒吧，正巧碰上了端木翀，便跟他发泄了一通。

端木翀一听，计上心头，劝道："都是一家人，何必这么大动干戈呢。我给你出个主意……"

樊慕远一听，倒觉得此主意非常可行。

送走了樊慕远，端木翀立刻对张立峰下令："告诉监听组，继续对廖松环家进行二十四小时监听。"他面色阴沉道，"这个樊慕远，明明是走投无路了，想找我出个主意，还在我面前替他老爹遮遮掩掩。看来是樊耀初打算通过廖松环和共产党暗地接洽……"

张立峰道:"站长,樊耀初通共这件事,咱们不能坐视不理啊。"

端木翀眼珠一转:"这次不用我们出手。樊慕远自然会让他老爹打消这个愚蠢的念头。"

任谁也想不到的是,端木翀给樊慕远出的主意竟然是服毒自杀!当樊耀初接到消息赶往医院的时候,人差点没背过气去。他愣怔地坐在那里,微微颤抖的手里拿着那只空了的安眠药药瓶。

当韩安娜去医院看樊慕远时,他正躺在病床上,津津有味地吃着牛排。韩安娜坐在床边,担心地不停抚摩着樊慕远的头颈:"你真傻!就算有天大的分歧,跟伯父好好说嘛,居然闹到要吃安眠药自杀!真是吓死我了!"

樊慕远一脸得意:"亲爱的,你是虚惊一场。我吃的那些安眠药都是假的,吃不死人。我是为了吓唬我们家老爷子。"

安娜嗔怪地推了樊慕远一把:"你这闹得也太大了吧?江雪打电话通知我的时候,吓得我心脏都要跳出来了!"

"不闹得大一点儿,怎么能威胁得住我家那个固执的老爷子?"

"你到底因为什么跟伯父闹翻了,是不是伯父反对你跟我的事?"

樊慕远道:"放心吧。我和你的事他暂时还不知道。等我们全家搬到美国去定居,我就公开和你的关系。"

韩安娜叹气:"唉,天天这么偷偷摸摸的,真累。"

樊慕远擦了擦嘴,一把将安娜搂到怀里:"放心吧,我一定会让我爸接受我们的爱情……将来我们一起去美国,我才不要回什么老家……"

东亚旅行社内,端木翀正坐在办公室里监听樊耀初和廖松环的对话。自杀事件果然起了效果,樊耀初为难地拒绝了廖松环要他回内地发展的想法。

端木翀边听边觉得有趣:"这个樊耀初很长情嘛,对老情人照顾得真是无微不至,居然要帮她买回北平的机票。"

张立峰道:"听说,廖松环不仅自己要走,还在香港大学里鼓动那些无知学生跟她一起走。她还在各家左派报刊上发表文章,为共产党的新政权摇旗呐喊。"

端木翀道:"这么嚣张,无非是仗着身在香港,我们保密局不敢随便动她,继续对她进行严密监视。"

张立峰又道："还有件事，我们接到了'轸宿'的密电。"

端木翀声音一挑："有什么消息吗？"

"很巧，轸宿也汇报了樊家父子因去留问题发生冲突的事，樊慕远假装自杀未遂，迫使樊耀初决定暂时留在香港。"

端木翀一愣："哦？这些发生在樊家的事情，他居然知道得这么清楚？看来这个轸宿还真有几分能耐……"

没过多久，张立峰监听报告说有新情况。

端木翀立刻坐过来。耳机里的声音格外熟悉，不仅熟悉，而且还是他朝思暮想的声音——竟然是沈希言，她居然去了廖松环的家！

只听沈希言说道："这是樊总让我帮您订的泛美航空的机票，下个月三号，晚上八点二十分，从启德机场起飞，目的地是北平西郊机场。对了，机票的款子樊总已经付过了。他还让我转告您，三号那天，他会亲自接您去机场，送你登机。樊总还特意提醒您，他担心您在保密局的危险名单上，请您千万要注意安全。"

廖教授连连道谢。端木翀听不下去了！他颓然起身，注视着漆黑一片的玻璃窗。

"为什么要来蹚这趟浑水？为什么连你也要跟我对着干？为什么你要跟我为敌？"端木面色苍白，充满血丝的眼睛目光灼灼，好像一头困在牢笼中的野兽。看来他必须亲自出马了！

事不迟疑，第二日，端木翀直接去了廖松环家。

听完端木翀说明身份后，廖教授毫不客气地说："你们的党国在人民头上作威作福的时代已经过去了。"

端木翀却客气道："廖教授，令尊廖秉政当年也是同盟会的成员，一生笃信三民主义。我想问问您，为何对党国怀有强烈的偏见？共产党到底给了您什么好处，令您为其摇旗呐喊？晚辈冒昧地提醒您一句，不要被共产党的宣传洗了脑。在我看来，共产党的政治理念极其空洞可笑，只会打着为无产者代言的旗号蛊惑人心。"

廖松环不悦："端木站长，您今天是来跟我讨论政治观点的吗？"

"我是前来奉劝您迷途知返的。共产党人最擅长实施红色恐怖。如果您一意

归 鸿

孤行非要去北平，等待您的，很可能就是悲惨的下场。"

窗外一道闪电划过夜空。廖教授却静静地笑了："这么说，你是想给我指一条光明的出路喽？"

"没错，非常非常光明。"他从怀里掏出一份厚厚的文件，放在廖教授面前的桌上，"这是美国麻省理工的聘书，香港这个地方太小了，以您的才华和资历，您应该去美国过更自由的生活。"

窗外，雷声轰隆滚过夜空。廖教授伸手拿过那份聘书，淡淡地笑了笑："为了拿到这份聘书，贵部恐怕是动用了不少在美国的硬关系吧？"

"以您在香港文化界的声望，花再多力气也是值得的。"

"真可惜，你们的力气白费了。"廖松环一把撕掉了那份聘书，站起身来，"收起你那套对共产主义的诋毁。淮海战场上，几百万最淳朴的农民推着独轮车为解放大军运送炮弹，抢救伤员；而你们的党国要员们，从北平和上海匆匆撤退时，还不忘记带上金库内大笔的黄金。这就是两个政党之间的差距，一个赢得了民心，一个失去了人民的支持。他们的成功，你们的失败，这是历史的选择，也是人民的选择。"

端木翀也起身，有些悻悻地看着廖教授："我来之前就猜到，您可能会拒绝我的一番好意。"

廖松环决绝道："与其花费这些力气妄图收买人心，不如好好思考一下，贵党国为何失去了整座江山。睁开眼睛看看吧，在北平即将建立的新政权，是属于人民的，是民望所归，是民心所向，更是历史的必然选择。"

端木拿起墙角的雨伞，向廖教授鞠了一躬："真遗憾，我们话不投机。时间不早了，我先告辞。廖教授，我还会再来的。"

廖松环冷脸相迎："不必再来了，不要在我身上浪费你的宝贵时间，恕不远送。"

端木翀有些不知所措，窗外的雨更大了，他看了看天，心想该做的努力都做了，看来只能听天由命了吧。

雨越下越大，同一个雨夜，樊耀初在书房里精心地擦拭着铃兰的叶子，心里充满了不舍；廖松环坐在台灯下，伏案疾书；殷康年看着廖松环年轻时的一张照片感慨万千；沈希言站在窗前，看着夜雨，心事重重；聂云开在灯下拿着沈希言那把坏掉的雨伞，满腹心事地听着雨声……

同一个雨夜，端木翀瞪着猩红的双眼，在等父亲的电话，手中下意识地把玩着那枚导管。电话铃尖厉地响起，传来父亲低沉的声音："杀一儆百，不要让廖松环活着离开香港。她的血，要洒在启德机场上……"

收起电话，端木翀直奔沈希言家，这是他唯一放心不下的女人。

见到沈母，端木翀递上了早准备好的戏票，安排司机送她去戏院看戏。沈母乐呵呵地跟司机上了车。沈希言见母亲这么喜欢端木翀，她竟有些反感。

"没什么事你回去吧，待会儿我有事要出门。"沈希言冷言冷语的。

端木翀坐到沙发上，态度突然强硬起来："今天晚上你哪里也不要去！"

沈希言又惊讶又愤怒："你是在限制我的人身自由吗？"

端木翀语调缓慢冷静，不容置疑："我是为了你好。今晚外面不太平，你最明智的选择就是待在家里。"

沈希言诧异："什么意思？今天晚上香港会发生什么？"

"该发生的，都是冥冥之中老天爷安排好必然会发生的。总之，你今天哪里也不要去，尤其不要去启德机场。"

沈希言更惊了："你怎么知道我要去启德机场？"

"伯母刚才告诉我的。她说你要去启德机场送一位贵客上飞机。"

沈希言闭口不言，心里暗暗分析他所言的用意。

端木翀道："你不用替别人隐瞒了。今晚八点二十分，廖松环将在启德机场登上泛美航空飞往北平的航班，这张紧俏机票来之不易，是你动用了私人关系帮她买到的。廖松环在保密局的名单上，一直是一个非常让人头疼的危险分子。"

"你们保密局对危险的定义，和一般人想象的差别很大。"

端木翀沉下脸："我不喜欢你跟这些危险分子有过于亲密的私人交往，对你不好。"

"我是一个成年人，和谁交往，什么是好什么是坏，包括今晚要不要出门，都应该由我自己做决定。你无权干涉。"沈希言走到门口，拉开门，却发现门外站着两个彪形大汉，他们貌似恭敬地挡住了她的去路。

端木翀马上说："别见怪，他俩是我派过来贴身保护你的。我刚才说过了，今天晚上香港不太平。"

沈希言愤怒道："我不需要任何人保护！"那两名大汉一步步将沈希言逼着

后退，终于被逼得坐在角落的一把椅子上。

端木翀轻松地起身，走到沈希言面前："他俩身上都带着枪，如果你想反抗、报警或是想逃跑的话，他们有权利把你绑起来，直到我回来。你不希望让他们对你动粗吧？"

沈希言愤恨地瞪着他："你要去哪儿？"

端木翀笑了笑："你猜？"说着向门口走去。

沈希言冲着他大叫："你们保密局是不是要对廖教授下毒手？"

端木翀停住脚步，转回身向沈希言笑了笑："你想多了。我只是替你去向廖教授转达离别的问候。"说着走出了沈家。

沈希言坐在角落的椅子上，脑子飞快转着，她不能在这里坐以待毙。她突然站起身来，两个大汉也随之站起："沈小姐，您要去哪里？"

"我想打个电话。"

"不好意思，沈小姐，站长交代了，您今晚不能碰电话。"

"这是我自己的家，我有权决定干什么和不干什么！"

"对不起沈小姐，站长说，今晚您必须听话。"

沈希言无奈又想挪动脚步，两名大汉紧紧跟随："沈小姐您去哪儿？"

"我想回卧室。"

两名大汉又把住楼梯口："站长交代了，今晚您必须时刻在我们的视线之内。"

"我要去洗手间，你们连去洗手间也要盯着吗？"

两名大汉交换了一个眼色："您可以去洗手间。为了您的安全，我们会在门口守着。"沈希言疾步钻进洗手间，嘭地关上门。

在洗手间内环顾一圈，看到那个狭窄的窗口，她立刻搬了个小板凳踩上去，艰难地推开窗户钻了出去。她马上跑到街上的电话亭拨通了聂云开的电话："我是希言，云开，赶紧去启德机场！端木他们要对廖教授下毒手！快去警告他们，提防有人刺杀廖教授……"

话还没说完，她已看到那两个大汉冲追过来了。她吓得扔下电话就跑。慌不择路中，一辆汽车飞快行驶过来，在路口来不及刹车，车头已撞上沈希言。沈希言愕然回身，一阵尖厉的刹车声划破天际……

聂云开放下电话，知道事情不妙，立刻通知机场广播，让廖松环女士注意安全。

接着他就往机场赶。

候机大厅内，廖松环被樊耀初和殷家父子簇拥着，向停机坪走去。这时候机大厅广播喇叭响起来了："请廖松环女士注意……请廖松环女士注意……"

一行人疑惑地停步。殷康年道："都这个时候了，还有人找你？"而这时，广播又没有声音了。樊耀初也奇怪道："怎么又没声儿了？"

殷涌道："是不是搞错了？"

廖松环也没在意："我马上就要上飞机了，想必也不会有什么重要的事再找到我头上，走吧。"众人继续向停机坪走去。

他们哪会想到，正是端木翀收买了广播站的播音员，才令广播戛然而止。从广播站出来，端木翀冲张立峰说："快派人去电话局查一下，这个示警电话是从哪里打来的。"张立峰立即布置下去。

端木翀迅速走上楼梯，俯瞰着楼下正向通往停机坪大门走去的廖松环一众人的动向。

张立峰道："站长，他们就要登机了，什么时候行动？"

端木翀抬眼看向大厅二楼一间无人注意的房间，门口悄然开了一条缝隙。缝隙处，一支狙击枪的枪口正在瞄准着廖松环。通向停机坪的大门口，负责检票的工作人员正在一个个检票。

廖松环停住脚步，望向众人："就送到这里吧。"

樊耀初和殷康年两个人努力抑制着内心的感情，看着眼前的廖松环。殷康年道："松环，你先回去看看，要是环境真像你说的那么好，我老殷也愿意回去。"

樊耀初道："康年兄，公共场合，说话要谨慎。"

殷康年却脖子一扭："怕什么？都是中国人，想回自己的家乡难道还有罪？"

樊耀初哭笑不得："康年兄啊，你怎么跟三十年前在德国时一样，还是这般心直口快。"

殷康年道："那时候你是读书深造的高才生，青年才俊；我只是一个潦倒的小军官，你和我是一个天上，一个地下。哼，当年要不是有你，也许松环就跟我好上了。"

樊耀初道："哎哟，都这么多年了，你还记恨我。"

殷康年气道："你耽误了松环一辈子，我就恨你一辈子。"

廖松环快招架不住："樊兄、殷兄，当着孩子的面，你们就别闹了。我们今天在这里，不说告别的话。"说着她伸出双手，紧紧握住两人的手，"不管二位对年轻的新中国心里还有何等顾虑，我还是希望能在不远的将来，在北平等待着二位归来的好消息……"

就在这时，一枚子弹带着呼啸声飞来，正中廖松环的左胸。热血迸溅在樊耀初和殷康年的脸上、身上……大厅的枪声惊得众乘客四散奔逃。樊耀初抱起中弹的廖松环，抓住她的手："小环！你睁开眼睛看看我！……"

廖松环艰难地睁开眼睛，看着樊耀初，努力微笑，她艰难地动了动嘴唇。樊耀初疯了般地问："你想说什么？"

殷康年大声道："你凑近点儿！"

樊耀初凑到廖松环唇边，廖松环嚅动着嘴唇，艰难地吐出几句话："记得……下辈子，你一定、一定要娶我……"一双眼睛缓缓闭上。

樊耀初和殷康年两个老男人围在一起，老泪纵横。

殷康年痛哭道："松环……老子爱了你一辈子，可你呢？你这辈子和下辈子都许给樊耀初这个没良心的老家伙了！松环，你有什么话要跟我说，你倒是说呀……"两个老男人守着廖松环的遗体，抱头痛哭。

候机大厅楼上不为人注意的角落，端木翀冷冷地拿着望远镜看着楼下的混乱。突然，望远镜镜头中，出现了焦急奔跑过来的聂云开。

聂云开拨开惊吓慌乱奔跑的众人，冲到廖教授的遗体旁，他沉痛地默默摘下帽子，低头哀悼。

端木翀不动声色地拿开望远镜，正想说什么，张立峰气喘吁吁跑过来道："站长，出事了……沈小姐出车祸了！"

啊！端木翀惊吓之余马不停蹄地赶到了医院。一看到那两个手下他扬手就是一巴掌："人没看好，还出了车祸，你们两个还想不想活！"幸好医生过来说只是被车子撞得有些脑震荡，没有生命危险，他才收了手。看着不省人事的希言，端木翀突然脸色苍白浑身颤抖起来。这时恰好简一梅走了进来，她知道这是毒瘾又发作了，只好把端木翀接走。等为他注射药物后，他的面色才渐渐平静下来。

简一梅突然问："她到底怎么出的车祸？"

端木翀沉默不语。简一梅道："你不想回答，必定有你的苦衷。我提醒你，最没办法摆脱的上瘾，不是在肉体上的，而是在心里。她心里那个人一直都不是你。你又何必这样自苦？"说完她气得走了，她明白在端木翀的心里只有沈希言。

等端木翀怅然地回到医院时，却发现床边多了一个人，正是聂云开！他不管不顾地走进去。两个大男人冷漠对视着，目光锋利如刀。

聂云开道："我打电话到沈家，伯母说希言出了车祸。告诉我，今晚到底发生了什么事？"

端木翀道："具体情形我也不大清楚，我只是路过。"

"路过？那还真是巧啊。"

"大概是我跟希言命里有缘。对了，你怎么会打电话到沈家去？"

聂云开掩饰道："没什么事，只是想问候一下伯母。"

端木翀试探地说："今晚天气不错，你没出门走走？"

"我一整晚都没出门，一直待在家里雕我的核桃。"聂云开转脸看着昏睡的沈希言苍白的脸，极力抑制着内心汹涌的情感。

端木翀道："医生说希言主要是脑震荡，应该没有生命危险。你先回去吧，我会照顾她。"

聂云开却道："孤男寡女，你照顾她不太方便吧。"

"全香港的人都知道，我端木翀喜欢沈希言，要是担心瓜田李下，等她养好伤出院，大不了嫁给我。"

聂云开气得无语。端木翀不耐烦地看看手表："这么晚了，你回去吧。希言这里有我照顾，你尽管放心。"

聂云开咬着牙道："明天我会派两名华航女员工过来负责照顾，保密局公务繁忙，别在这里耽误你的宝贵时间。"

"我的时间因人而异。对希言，我永远都有空。"

颇为敌意的对视冒出寒光。聂云开压抑着要揍对方的冲动，迅速离开。端木翀注视着他的背影，好笑道："整晚都待在家里？聂云开，你明明在撒谎……"

一整晚，聂云开夜不能寐，他真恨自己为什么留那个浑蛋照顾希言，为什么不能是自己！

第十六章　底　牌

　　沈希言终于醒了过来，她冷冷注视着坐在一边正在细心削着一个梨的端木翀。看到那张脸，所有的回忆都变得清晰起来。

　　沈希言强忍着说："我什么时候可以出院？"

　　端木翀温柔地道："以你目前的身体状况，医生建议你在医院静心养伤。"

　　沈希言控制不住道："到底是医生的建议，还是你的刻意安排？你明明在故意阻拦我出院。怎么，担心我会向警方提供廖教授被害的线索？"

　　"希言，我看你真的是被车子撞糊涂了。廖教授是在启德机场被人杀害的，你那晚始终都在家里，哦对了，七点多钟的时候你出了趟家门，过马路的时候不小心被汽车给撞了。你能给警方提供什么线索？仅凭你一家之言，无凭无据，警方怎么会相信你呢？"

　　沈希言语塞，愤怒地瞪着端木翀。端木翀把削好的梨递给沈希言，她决绝地把头扭过去。端木翀缩回手，自嘲地笑笑，自己大口吃起梨来："廖教授遇害那晚，我听说机场广播处曾经接到一个电话，打电话的是个男人，他提醒机场方面，廖教授可能有生命危险，要有所防备。不过很可惜，那个电话还是打晚了，没来得及制止悲剧的发生……"

　　沈希言开始警惕起来。端木翀意味深长道："我的人查了半天，才发现那个示警电话居然是从聂云开的寓所打出去的。有趣吧？聂云开怎么会知道有人要加害廖教授呢？"

　　沈希言有些担心，强力掩饰着："你的人一定是搞错了。端木翀，你已经达成了你的目的，请不要再牵扯无辜的人。"

　　"说来说去，你心里还是在乎他。"

沈希言沉默着。

端木翀语气一转："希言，何苦跟我怄气？你明明知道我是爱你的，不愿意让你受到任何伤害。"

沈希言厌恶道："你对我满口是爱，但却一脸狰狞。"

端木翀愣了愣："是吗？我这样凶吗？吓着你了？好，以后我改。"

沈希言把头扭向窗外。那张狰狞的脸她看够了。

因为没有保护好廖教授，聂云开向组织做了深刻的检讨，请求处分。张书记却关心廖教授的去世对樊耀初和殷康年有什么影响。以他的分析，这两个人思想上肯定发生了变化，要抓住这个时机，或许能推动下一步的说服工作。这倒给聂云开提了个醒，这或许正是一个机会。

自从廖教授走后，樊耀初一病不起。

端木翀借机登门看望。谁知正碰上了聂云开和滕飞。眼看着争吵就要发生，但看樊耀初身体不适，都忍着一口气。

端木翀微笑着走近樊耀初："老师，您得快点儿好起来。您是党国的柱石，很多事情还等着您替党国出力呢。看着您日渐憔悴，我们身为您的学生，心疼啊。"

樊耀初冷冷地看着端木翀："你还记得我是你的老师？"他明知道廖松环之死跟眼前这个端木翀脱不了干系，但又没办法撕破脸，只能沉着脸。

端木翀说："你们几个先出去一下，我有要紧的事，要跟老师单独商量。"

聂云开愣了一下。滕飞满脸不悦："想把我们支出去，你又要在老师面前搞什么阴谋诡计！"

端木翀不计较道："你别闹小孩子脾气，我跟老师有公务要商谈。"

众人不语，看向樊耀初。樊耀初只得说："你们先出去吧。"

聂云开走出房门的一刹那，飞快转头，看到端木冷峻地从随身皮包中掏出一份文件，推到樊耀初面前。

樊耀初戴着老花镜看着文件，表情惊疑不定。片刻他放下文件，望向端木翀："国防部要调派两航飞机人员，前往西南运输物资？"

端木翀道："没办法，眼下西南战事吃紧，所需军用民用物资只能靠空中运输。还有，西南方面还有很多重要人员等待撤离，空军力量有限，你们两航必须抽调最佳机型和最精干的空勤人员，协助空军完成此次西南航运任务。"

"目前我们华航正在谋划拓展澳洲和南美洲的新航线计划，人力物力上都在向这个计划倾斜，恐怕……"

"老师，学生把国防部机密文件拿给您过目，就是要提醒您，国事为重。不管华航还是远航，在商业上的一切拓展计划必须全部暂停，集中人力物力，先保障西南战线的空运畅通。"

"两航都在香港上市，如果暂停新航线拓展计划，恐怕会对股价……"

端木翀不死心道："老师，皮之不存，毛将焉附？如果国府节节败退到不能挽回的地步，那么两航作为国府最为倚重的企业，也不会有任何光明的出路。这个道理，想必老师心里最清楚。"

樊耀初在端木锐利的逼视下，沉默着。似乎他没有拒绝的余地了，想了想，他只能找殷康年商量。

殷康年和樊耀初的想法如出一辙，在大局势的压迫下，又不得不低头。国防部一道命令，华航和远航现有的航线全部停航，原来准备推出的新航线计划也泡汤了。所有的飞行员都被派到西南去运输战备物资，公司上下怨声载道。更令他们没想到的是，替国防部完成这次西南战场的运输任务后，两航的股票大跌。眼看两航要被挤出香港市场了。殷康年和樊耀初忧心忡忡，都不知该如何面对了。

这几日，眼看公司状况一日不如一日，樊耀初又病倒了。聂云开特意带了礼物去看望。

一见门，便见樊耀初正珍而重之地擦拭着他和廖松环合影的相框。聂云开缓缓地开口："老师，斯人已逝，活着的人还要好好活下去。请您一定要节哀。"

樊耀初痛苦道："我是心里憋屈。病了这段时日，待在家里回想我这一生，净是遗憾。做了太多的错事，辜负了太多的人。每想至此，真是意冷心灰，对什么事都提不起精神。"

聂云开揪心道："眼下，华航生死存亡就在一线之间，老师，您千万不能在这个当口心灰意冷啊。华航上下的工作千头万绪，还需要您这个掌舵人来定方向哪！"

樊耀初瞥了一眼桌上的文件，叹气："你带来的账目我看过了，赤字，满眼都是赤字……华航最近的日子不好过。"

"现在我们只能盼着为期一个月的西南战线空运任务能快点儿结束。希望国防部不要再下达这种指令了。若是华航再停运一个月的正常航班，那全体员工真要去喝西北风了。"

"勉强完成了这次航运任务，华航也是拼得元气大伤。这一个月来，华航和远航停运的航线和客人，全被泛美抢走了。这就是残酷的商业竞争，你放弃的市场，自然有人像鬣狗一样蹿上来抢夺，毫不留情。"

聂云开突然说："老师，我有个不成熟的建议，华航和远航不能再内斗了，香港的市场就这么大，华航和远航应该联起手来，合并现有的航线，将人力和物力花在共同开辟新航线的领域上，一起来对抗泛美的行业竞争。"

樊耀初沉思着，这也正是他的想法。两航目前都是山雨欲来风满楼的态势，他和殷康年两个老家伙于公于私，都应该并肩作战了。

五光十色的舞厅内，樊慕远和韩安娜在舞池内随着悠扬的舞曲翩翩起舞。两人边跳边计划着未来。

樊慕远一直担心安娜的父亲不同意他们这门婚事，如果不去美国，他们在香港恐怕没有好日子过。樊慕远的父亲坚持留在香港，这也令安娜倍感绝望。

樊慕远却道："华航在香港快要撑不下去了，到时候我爸还不是得替这个家想退路……"

两人正说着，只见一帮人闯进了舞厅，为首的正是韩退之和操刀老七。韩安娜有些慌乱地看着父亲，不敢言语。

韩退之冷峻地说："天天撒谎说去上什么英文课，原来是跑到舞厅里来跟樊家公子秘密约会……"

樊慕远马上站起来解释："韩先生，我和安娜来往是光明正大的……"

操刀老七立刻说："韩四爷说话，你插什么嘴？"

樊慕远不敢吭声了。眼看着局面陷入僵持，韩退之忽然说："这里人多眼杂，找个单间，我有几句心腹话，要跟樊家少爷好好聊聊。"

几个门人上前拉起樊慕远，跟着操刀老七就走。韩安娜惊慌地拉住韩退之："爹，您有话好好说，千万别动粗。"

韩退之笑了笑："乖女儿，别怕，你爹我是那种爱动粗的人吗？我最讲道理了。"

包间里，韩退之审问一般道："你和安娜交往多长时间了？"

樊慕远小心地说："我和安娜原本在上海就认识，自从我来到香港和她重逢后，我们就相爱了，算起来也有几个月了……"

"难怪安娜这些日子没心思学习，原来是被你给迷住了。"

樊慕远马上发誓道："伯父，我对安娜是真心的，我要娶她做我的妻子！"

见状，韩退之呵呵笑了起来："你有诚意娶我的宝贝女儿，我还是很高兴。"

樊慕远听这话张终于松了一口气。韩退之却又语气一转："但我猜，令尊还不知道你跟我家女儿私下来往吧？"

樊慕远有些愕然，一时间张口结舌："家父、家父他……"

韩退之哈哈笑了起来："慕远，你不用替令尊隐瞒了。他一直不喜欢我。多年前我们在上海生意场上就打过交道，我知道在令尊眼中，我是个既贪婪又黑心的商人，又出身江湖草莽，他对我肯定是不屑一顾。"

樊慕远马上解释："伯父言重了。家父只是为人清高了一点儿，但对伯父并没有成见。"

"如果让令尊知道，他的儿子爱上了我的女儿，樊家和韩家，即将结成秦晋之好。你说，他会是高兴呢，还是恼怒呢？"

樊慕远信心满满："就算是生身父亲，也无权干涉我的婚姻自由。"

韩退之眼睛一亮："好，是条汉子。我喜欢你这孩子的秉性，像是我韩退之的亲女婿！"他和操刀老七对视一眼，心里有了主意。

樊慕远走后，韩退之脸上露出了猫玩老鼠般狡猾的笑意："老七呀……有个女儿生得漂亮，能迷倒人家大少爷，管用。"

操刀老七意会道："四哥，您想借这件事，把利文斯顿先生交代给咱们收购两航的活计顺手给干了？"

韩退之头一晃："不但要干，还要干漂亮了。借着儿女亲事，套上做生意的交情，这机会千载难逢。老七，刚才我跟樊家那小子掏心窝子的那几句话讲得怎么样？"

操刀老七赞道："讲得精彩，都是肺腑之言。"

韩退之自嘲地一笑："总跟人玩真诚，这种事干久了，连我都被自己感动了。"

紧接着他让操刀老七写请帖，他要亲自宴请樊耀初！

这天，韩家小洋楼内，乐曲悠扬，宽敞的大厅装饰成舞厅的样子，四周是西式自助餐，众多宾客或起舞，或寒暄饮酒，众多侍者托着食盘穿梭其中。樊耀初陪着樊老夫人坐在角落的沙发上，看着舞池内的年轻人翩翩起舞。乐曲声中，韩退之挽着五太太含笑走来，一路和众多宾客额首含笑致谢。利文斯顿紧紧跟随在他们身后。

韩退之夫妇向樊老夫人鞠一躬："今日真是蓬荜生辉，我这小小的结婚纪念舞会，居然请动了老寿星前来捧场。我和内子都觉得无上荣光啊。"

樊老夫人笑着："老寿星可不敢当，这人上年纪了，更爱凑热闹。"

韩退之马上介绍："这位是泛美航空的老板利文斯顿先生，耀初兄，你们两个是老交情了吧？"

樊耀初一愣道："我跟利文斯顿先生很熟，生意场上经常见面。"他不解，今天的晚宴为什么会把利文斯顿叫上？

利文斯顿向樊耀初母子点头示意："韩老板跟我是老朋友了，承蒙他盛情邀请，今天我又有机会认识很多美丽的东方女性。"

韩退之跟着笑笑："利文斯顿平生有两大爱好，东方美食和东方美人。"

樊耀初接话道："韩老板盛情相邀，小女和令千金又是闺中好友，理应前来恭喜贤伉俪。"

韩退之笑盈盈指着舞池中共舞的樊慕远和韩安娜，直奔主题："你我两家何止是女儿交好，耀初兄，你可能还不知道吧，令公子和小女深深相爱，年轻人热情如火，他们如今已经爱得难舍难分。"

樊耀初有些惊讶："这事我还真不知道。"

樊老夫人倒是很高兴："我说慕远这些日子怎么神神秘秘的，原来是谈恋爱了。"

韩退之见机道："咱们都要结为亲家了，好多事情咱们当家长的得合计合计呀。来吧，耀初兄，找个僻静的地方说说话。"

韩退之把樊耀初引到装潢豪华的书房，直言想赶紧操办婚礼。

不想樊耀初却说："婚姻大事，关乎一个人一生的幸福。慎重一点，对他们只有好处。被热情冲昏了头脑结了婚，你家安娜还出国留学吗？若是日后再后悔起来，岂不是给他们平添烦恼？"

　　韩退之见他有推托之意，马上说："结了婚，他们小夫妻也可以一起去美国深造嘛。"

　　"看来你已经替他们开始谋划将来了。难怪，最近慕远动不动就建议我放弃华航的生意，全家搬到美国定居。原来令千金对他的影响力还真是不小哇。"

　　"我的耀初老兄，跟你讲一句掏心窝子的话。美国多好哇！你是个人才，何苦守着华航这个烂摊子，你应该去美国大展宏图嘛。现在你们华航已经全盘失去了原先在内地的市场。与泛美这样国际化的超级航空公司，在香港这个狭小的空间内展开竞争，太不明智。华航现在就是一块烫手山芋，你应该赶紧把它有多远甩多远！"

　　樊耀初叹了口气："你都说了，华航是个烂摊子，是个大包袱，我就是想甩，也得有人要。"

　　"破船还有三斤钉，华航现在收拾收拾也能卖个不错的价钱。耀初兄，你要是愿意的话，开个价，把你手里的股份都卖给我。"

　　樊耀初惊问："你要华航做什么？你韩老兄向来做船运和铁路的买卖，从未涉足航空业。"

　　"你不要管了，你把华航交给我，我把钞票付给你。亲家嘛，你好我好，大家欢喜。"

　　樊耀初盯着韩退之那张油脸，突然笑了起来："韩退之，你收购华航股份的钱是利文斯顿帮你出的吧？华航是几代中国人辛苦打造的民族工业，你巧言令色想骗我把华航卖给外国人，居心何在？"

　　韩退之一听，赶紧解释："耀初兄，你生什么气嘛，外国人的钱也是真金白银，花花绿绿的钞票，你难道还嫌腥气？"

　　樊耀初一脸嫌弃："跟你同处一室，多待一分钟我都觉得无法忍受。道不同不相为谋，咱们就此别过吧。"说着含怒离去。

　　利文斯顿早躲在书房后面偷听了二人的对话。樊耀初走后，他才探出身来，气得声音颤抖："就像你们中国人常说的那样，樊耀初敬酒不吃，喜欢吃罚酒。既然他不愿意跟我们和气生财，那我只好动用港府的力量来迫使他低头了。"

　　韩退之也恨得咬牙切齿："非得让我们动用政府高层的关系，这个樊耀初，难受也是他自己找的！"

一早，华航临时办公基地内，樊耀初正在听聂云开汇报工作。

聂云开表情严肃道："西南空运任务已接近尾声，我华航已经重新开启原先的航运线路，虽然目前运营状况还不太理想，但人员和航班都已经恢复正常运行，下一步我们和远航共同开辟新航线的计划一旦实施，股市会得到良性刺激，股价应该会回升……"

两人正说着，樊慕远手拿一份文件慌张地闯进来："爸，爸，不好了！港英交通局叫我过去，向我们华航和远航同时颁布了'战时紧急法令'，他们让我们两航停止使用启德机场和相关的厂房以及库房！"

樊耀初怔住了："港府这么做的理由是什么？"

樊慕远道："我把文件拿过来了。港府那帮人说，解放军已经兵临广州，眼看就要南下。香港恐怕也要面临战备状态。所以，港府决定封闭和征用两航在启德机场租用的厂房和库房，供英国皇家空军使用，并限制两航的飞机在启德机场起落。"

聂云开道："不能用机场、厂房和库房，那不就是逼迫两航停业关门吗？"

樊慕远接着说："还有，紧急法令还规定，明令两航在十天之内搬离启德机场，若届时不搬迁，便直接扣留两航在启德机场的一切物资。"

聂云开气道："什么紧急法令，这明摆着是釜底抽薪。老师，这恐怕是利文斯顿那伙人，想收购华航被您拒绝，又把脑筋动到了港府高层那里！"

樊耀初猛拍了下桌子："这是想绝我们两航的后路！"

紧接着殷康年的电话就打来了，他也得到消息了。两人一合计不造反不行了，必须和港府硬扛到底，去交通局抗议。

同时，聂云开立即联系了喜鹊和黄鹂，商量对策。

大家都知道交通局出了这个难题为难两航，这下，国防部交给两航西南运输物资的任务没办法完成了。黄鹂倒觉得是个机会，两航正好借此机会，暂停西南的运输工作。国防部那帮人就要心里发慌了！

聂云开建议，可以借此发动群众，建立积极分子小组，为将来的和平起义做准备……

结果正如黄鹂所料，端木狒坐不住了。他马上找到约翰警司询问实情："我只是想知道，贵政府特别针对两航颁布的战时紧急法令，背后到底是谁的主意？"

约翰警司顾左右而言他："你的好奇心是不是太重了一点？"

端木翀道："不是我好奇。贵政府闹了这么一出，明显是要置两航于死地！可两航目前还担负着我国防部在西南战场上的航运任务。任务完不成，我的压力很大呀。"

"唉，这里面牵涉的利害关系一大把，恕我实在不方便向你透露其中的玄机。"

端木翀摸了摸下巴："总不会是贵政府里混入共产党了吧？贵政府针对两航，现在已经影响到我国防部西南战场的战局！"

约翰警司故意笑笑："哈哈，我们政府怎么会和共产党做什么交易？端木站长，这样喜欢疑神疑鬼，我建议你换份日光下的工作干一干。"

在约翰的笑声中，端木翀愤然离去。看来这个约翰早已跟他不是一条心了。

深夜，韩宅书房仍亮着灯，韩退之正和利文斯顿密谋。

操刀老七道："两航的工会组织工人们成立了护场队，天天在启德机场巡逻，保护他们自己的飞机起落，厂房和库房也都有人日夜看守，皇家空军的人也吃了瘪。那帮人简直红了眼，连枪都不怕！"

利文斯顿担心道："樊耀初和殷康年这几天向各级部门投诉，还动用了广州国府那边的力量来当说客。事情要是闹大了，我这边港府的关系恐怕也顶不住。"

韩退之倒一脸轻松道："火已经点起来了，一不做二不休，再把这把火拨得旺一点儿。老七，派人烧掉两间库房，给他们点儿颜色看看！"

第二天，果然有人报告启德机场库房着火了！

幸好滕飞眼尖，一眼看到正向远处狂奔的蒙面人，不用问，此人就是纵火者。他紧追不放，直接将此人摁在了泥地里。

滕飞马上将此人交给了聂云开。聂云开看着眼前这个鼻青脸肿的男人，吃了一惊。此人正是黄江！

"老黄，好好的营生你不去干，非跑到我的地盘上放火伤人，你这是专门给我找别扭？"

黄江看见是他，一骨碌从地上爬起来："云开老弟，哎哟，你可不要冤枉我，我可没有害人的心！我只是一个小马仔，拿人钱财，替人消灾！"

聂云开波澜不惊道："这么说，背后指使你放火烧我们华航库房的大佬，是

底　牌

你们信礼门的七爷喽？"

黄江伸手嘘了一下："天黑路滑，社会复杂！说这么大声干什么？我是一个字也不会说的。你这身上搞不好安着窃听器，想偷偷给我录音。我懂！"

聂云开立刻把衣服脱了，让他搜身。黄江摸了一通，明显放下心来。聂云开道："其实你不说我也知道，让你跑到我们两航的地盘上来捣乱的，不是韩四爷还能是谁！全香港谁不知道，信礼门看上去风光无限，其实都是替韩退之干脏活儿的。让你带人来烧我们华航的库房，是韩退之在幕后主使吧？"

黄江道："知道了你还问什么！我说云开老弟呀，你这心眼儿也要活一点儿，还待在华航干什么，没前途的！你看报纸上都登了，你们两航的股价一天天往下跌，眼看就要把老本蚀完了！我们韩四爷和泛美的利文斯顿先生，那交情好得很！泛美原本想花钱买下华航和远航，这样在香港放眼航空业，就没人能跟他们竞争了。可是你们两个老总都是死心眼，不肯卖。所以软的不行就只好来硬的喽。港府封了你们使用机场的权利，你们两个老总都傻眼了吧？"

聂云开摇头："原来政府颁布的紧急法令，也是韩四爷想的办法？"

"那当然！利文斯顿先生跟政府里很多高官都是好朋友！他们想弄你们两航，还不就跟弄只蚂蚁那么简单。所以说，我的云开老弟，华航已经没前途了，你看泛美怎么样？大公司，你去了肯定会被重用的！"

聂云开笑笑起身，看来这个韩四爷和利文斯顿先生，为了折腾两航还真是下了血本啊！

而黄江不知道的是，在他说出这些话的时候，聂云开早就在屋里安上了录音设备。这设置正来自保密局。

前一天，当端木翀听聂云开说要录音设备时有些蒙："你想干什么？"

聂云开跟他摊牌："我们华航和远航目前的艰难处境，想必你都知道了。两航被港府摁在启德机场动弹不得，完不成国防部的西南运输任务，想必这些天你也没少挨上峰的训斥吧？"

端木翀半信半疑："难道你有办法解决目前两航的困局？"

聂云开道："你先把设备借给我，再跟我一起去看看我手里的底牌。"

不用说，聂云开所谓的底牌当然就是黄江！

第十七章　绑架案

有了这个底牌，端木翀毫不迟疑地去了韩宅。

当韩退之听完黄江的录音后，面色一凛，一时不知说什么。

端木翀得意道："韩四爷，两航这块大肥肉你自己吃不下，就勾结泛美使出这种下三烂伎俩？"

韩退之故作镇定道："做生意嘛，什么手段都要用一用。这次是我用人不当，得了，我认栽。"

端木翀道："你承认得倒挺痛快的。"

韩退之无惧道："端木站长，咱们都身在英国人管辖的地盘，你们保密局那套喊打喊杀的法子，在这里也不太管用。我之所以认栽，是怕你向香港各大报社通风报信，害了我那些在港府里做官的朋友。做生意嘛，这条路走不通，我就换条路。我向你保证，明天交通局会立即撤销对两航的战时紧急法令。两航随时随地可以自由使用启德机场，以及库房和厂房设施。我是个爽利人。和气才能生财。买卖不成，咱仁义还在。"说着端起手中茶盅，"天也不早了，我也就不留你了。送客。"

端木翀起身，看到角落里的黄江，从口袋里掏出几个大洋扔给他："别难为你这个手下，要是把他灭了口，你就等着和利文斯顿上明天报纸的头条吧。"

操刀老七气得上去揪起黄江。韩退之摆摆手："算了吧。是我自己心急，把事情办砸了。"

"滚！"操刀老七骂声刚落，黄江连滚带爬退出了书房。

韩退之眉头一皱，计上心来，看来他得去一趟广州了。

第二天报纸头条标题"交通局撤销战时紧急法令，启德机场向所有航空公司自由开放"醒目地映入眼帘。端木翀放下手中的报纸，长长松了一口气。说起来这事还得感谢聂云开，要不是他搞到人证，这事也摆不平。端木翀想了想，还是自己多心了。如果他真和共产党有什么牵连，这次为什么还要替两航解决这么大的麻烦？共产党的人巴不得两航的飞机不能去西南效力呢。

正在此时，他接到了父亲的密电："国防部下令，西南战区的空运工作暂停。"

张立峰有些不明白，为什么要暂停工作？端木翀却一目了然："粤湘赣防线已被共军突破，眼看广州就要守不住了。上峰要把两航的飞机和人员调回来，先帮国府从广州紧急撤离。"

端木衡这边刚挂了电话，韩退之已经笑着迎了上来。

端木衡冷言道："广州眼下兵荒马乱，韩老板不惜孤身犯险，跑到这里来见我，所为何事？"

韩退之笑脸相迎："我只是替利文斯顿先生前来传句话，泛美想跟党国做笔大生意。"

"滋生了那么多是是非非，把港府高层都惊动了，怎么，收购两航的事情你们还不死心？"

"看来什么事都逃不过您的法眼。不过，眼下局势风云突变，国府既然就要搬到台湾，两航这么大的产业，在香港也好，在台湾也罢，都派不上什么大用场。何不退一步，便宜卖给泛美得了。"

端木衡不想插手："两航是党国多年来苦心经营的重要产业，我无权随便决定两航的去留。"

韩退之劝了半天，都没管用，于是他话锋一转："漂亮话谁都会说。可我听说，其实国府很多高官都在瑞士银行里开了秘密账户。说起来，雷至雄虽然人已经死了，但他生前是个多嘴多舌爱讲话的，有关很多高层的秘密，其实他也私下里跟我透露了不少……"

端木衡沉默了，审慎地端详着面前这个狡黠笑着的韩退之："韩老板，你究竟想怎么样？"

韩退之一笑："咱们这代人命不好，生逢乱世，不管耗费多少精神去应付，恐怕结局都是乱得一塌糊涂。我看还不如干脆随波逐流，很多事睁一只眼闭一只眼，随它去吧。您说呢？"

端木衡沉默着。室内的挂钟一秒一秒，嘀嗒嘀嗒地走着。韩退之满脸不在乎地喝着茶。端木衡沉声道："眼下国府就要撤到台湾，身为主管撤台事务的官员，每天杂事一大堆，我老了，精力不济了，很多事情恐怕想管也管不过来了。韩老板若是没别的事，坐坐就回去吧。"

韩退之把茶杯一放，满面笑容起身："好。有端木主任这句话，我就放心多了，再会。"说完扬长而去。

端木衡气得翻了他一个白眼。

韩退之当然不会把希望都寄托在端木衡身上，他还有一张王牌就是——樊慕远！如果这个傻女婿能把他的股份转让出来，相信事情就会出现比较好的转机。

当樊慕远拿到那份股份转让书时吓了一跳："作为华航的股东，私下出售自己手里的股份，会遭到董事会驱逐的。"

韩退之忙把温暖的大手搭在樊慕远肩头："华航已经是一艘正在缓慢下沉的破船，你还有什么理由非要和那些执拗的人待在上面，等着同归于尽呢？我的傻孩子，听我这个过来人跟你说两句心里话。如今这个乱世，与其信仰国家、主义、法律、神佛，不如信仰女人。女人天生比男人干净，抱着一个冰清玉洁的女人，才是男人一辈子的救赎。你看看我的女儿，她爱你，你许诺过，要给她一个幸福的将来！"

樊慕远犹豫着，终于，他咬咬牙，把名字签了下去……

接着韩退之跑到香港股市交易所，指挥道："放消息出去，两航经营不善，股价看低，市面上正在大幅抛售。"

众交易员在手中小黑板上不停地修改，华航、远航股票的股价正随着时间的流逝，一次次狂跌。韩退之的脸上浮现出狡诈得意的笑容……

樊耀初得知儿子卖掉股份之后，气得差点吐血，一怒之下将他赶出了樊家，一家人弄得泣不成声。这次樊老夫人并没有袒护孙子，反而站在儿子这边，因为她知道华航是樊家的命根子。

樊耀初发誓道："我会动员一切力量去筹措资金，对抗泛美这次阴谋收购。"

樊老夫人主动拿出了全部首饰："你拿去变卖了吧，华航遇到了劲敌，儿啊，拿出勇气冷静应对，我知道你不会输的。"

樊耀初一咬牙便给端木衡打了电话，他急需要资金援助。不想端木衡二话不说就拒绝了！樊耀初气得面色如纸。

第二天，他立刻召开了股东大会，韩退之堂而皇之地坐在华航会议室内，令樊耀初烦不胜烦。

樊耀初号召各位股东一定不能转卖华航的股票。韩退之立刻鼓动说："诸位没听说吗，广州就要保不住了，共军一路南下，如果共军越过深圳河，到时候香港恐怕也要起刀兵之灾。市面上已经人心惶惶，各行的生意都会受影响。股价嘛，我看还会接着往下跌。不过不要紧，只要你们有人愿意卖，我就出钱买。免得到了最后各位手里的股票变成一堆废纸，不值一文。各位，好好考虑考虑。我随时静候。"

樊耀初马上道："诸位，不要慌。我樊耀初就算是砸锅卖铁，也不会让华航的股票再往下跌！"

聂云开一直在边上冷静地观察着众人。股东散去后，聂云开才说："目前唯一可行的就是要搞到资金，但是渣打银行、花旗银行都不肯贷款给华航。"

樊耀初无力地摇头："真是墙倒众人推啊。"

这时沈希言带来了一个消息："樊总，我刚从远航营业部那里得到消息，殷总准备要卖掉半山的住所。"

樊耀初怔愣住，无力地瘫坐在那里。

聂云开关切地看着沈希言："要打好股市这场阻击战，工作量很大。你刚出院不久，身体吃得消吗？"

沈希言淡然一笑："放心吧，我挺得住。"说着目光躲避着聂云开。自从出院后，两人没有过多的交集，沈希言明白，现在聂云开心里装的是国家大事，早已把儿女私情置于身外。

当晚，聂云开收到消息，去了西餐厅。

张书记知道两航目前的困境，给大家吃了一个定心丸："我们在香港开办的华润商贸，可以出面帮两航筹措资金。如果觉得华润这个牌子过于醒目，可以让他们以海外资金的名义资助两航渡过难关。你看樊耀初和殷康年目前的心情怎么样？"

聂云开道："两个人都很焦虑。两航在香港看不到未来，国民党那里又完全不给支持。他们现在是孤木难支。我觉得借这次华润注资的机会，我们可以向他们亮一下底牌。"

齐百川担心地问："你有把握吗？"

聂云开果断地点了点头。张书记和齐百川交换了一下眼色："那就照你的计划进行。还有一件事，是关于沈希言的。"

聂云开莫名紧张了起来："组织上对她进一步的审查结果出来了？"

齐百川道："别紧张，是好消息。组织上对沈希言的政审已经有了新的结论，认定她的政治背景是清白的。她一贯在政治上要求进步，和曾经身为国民党官员的继父毫无牵连，是可以信任和发展的同志。"

聂云开终于松了一口气。

齐百川笑道："恭喜你呀，雨燕，你总算是守得云开见月明了。"

聂云开忍不住脸上涌出笑意："我早就说过，她没问题，我早就说过！……"说着他竟突然哽咽了，"没事……我这是太高兴了……"

看着聂云开委屈地哽咽着，张书记和齐百川的眼睛也湿润了，他们知道这段时间聂云开的心里有多苦，终于熬出头了。

从西餐厅出来，聂云开直奔沈希言的家，他要把自己这些日子所受的委屈统统倾诉出来。

刚要进家门的沈希言对聂云开的突然出现有些摸不着头脑。

千言万语却在两人面对面的那一刻全消失了。聂云开的大脑一片空白，他只知道冲沈希言傻笑。好半天他才说："那个，明天晚上，我想请你找个地方坐坐，喝杯咖啡，聊一聊，你有空吗？"

沈希言有些喜极而泣，重重地点点头。

"先施百货一楼，有一家意大利人开的咖啡馆，我们明晚七点在那里见，好吗？"

沈希言再次点头，面上已开出了一朵花。

聂云开咧嘴一笑："那就明天见。希言，我有好多话想跟你说。"

沈希言从他眼睛里看到了星星，她知道希望来了，美好已然不期而至……

第二天晚上六点，聂云开早早就赶去了先施百货咖啡馆，心里思绪万千。刚落座不久却看到两个女人正在临桌争执，抬眼一看竟是樊江雪和韩安娜。

原来樊江雪朝韩安娜要人，让她交出哥哥，现在华航出了这么大的事，他却连人影儿都不见，太不像话了！韩安娜却说："慕远就是为了你们全家人的利益着想，才希望伯父马上从华航抽身。聪明人一看都知道，华航前途渺茫，我真不明白，伯父为什么还要硬撑？泛美和我爹提出的收购条件这么优厚，换作任何人都会马上答应啦。"

见两人吵成这样，聂云开不得不劝架："安娜，你错了。令尊的观点太过自私偏狭，我非常不认同。读过美国作家海明威的小说《丧钟为谁而鸣》吗？书里有这样一段话：没有人是自成一体、与世隔绝的孤岛，每一个人都是广袤内地的一部分。如果海浪冲掉了一块岩石，欧洲就减少。如同一个海岬失掉一角，如同你的朋友或者你自己的领地失掉一块。每个人的死亡都是我的哀伤，因为我是人类的一员。所以，不要问丧钟为谁而鸣，它就为你而鸣！"

樊江雪马上鼓掌。见吵不过他们，韩安娜一气之下走了。

樊江雪见她要走，马上追了出去，不说出哥哥在哪，她决不罢休。追出咖啡馆，樊江雪在她身后大叫："你这回要这么走了，咱俩可就绝交了！"

韩安娜并不妥协回道："绝交就绝交！"等她回头时，却发现樊江雪突然不见了！她吓了一跳，四下一扫，她发现有辆车把樊江雪拉走了，不好，出事了！韩安娜赶紧冲车子的方向追赶。

街上行人寥寥。樊江雪喊救命的声音依稀传来。而正准备赶到先施百货的沈希言刚好看到这一幕。天哪，这是绑架！

她马上冲车子大叫。这时韩安娜也从窄巷口冲了出来，她正好看到一只手不灵光的黄江刚捡起蒙脸的毛巾，身旁正是樊江雪。

安娜惊讶得瞠目结舌，而沈希言因为跑得过急，一下摔倒在地上。安娜把沈希言扶了起来，二人立即赶往先施百货跟聂云开汇报。沈希言上气不接下气地把情况说完，这时韩安娜才嗫嚅着开口："我认出绑架她的人，其中有一个是七叔手底下的人，姓黄，有一只假手。"

"黄江！"聂云开脱口而出。韩安娜不安地点点头，她知道这件事跟父亲脱不了关系，可是爹为什么要绑架江雪呢？

聂云开当机立断："希言、安娜，你们马上去樊家，告诉樊总这件事。你们告诉他，午夜之前，我会设法把江雪平安救出来。"

沈希言不放心地看着他："你要当心。"

聂云开回给她一个温柔的眼神："放心吧，一切都会没事的，相信我……"

当沈希言和韩安娜跑到樊家时，韩安娜先不顾一切地叫起来："樊伯父，樊伯父！江雪被绑架了！"可她的话音刚落，她竟在客厅正中看见了自己的父亲，她惊得张大了嘴巴，马上警觉地问，"爹，是不是你干的？是不是你叫人绑架江雪的！你不要伤害她！她可是我最好最好的朋友！"

韩退之虎着脸起身，走到安娜面前，挥手就是一巴掌，打得安娜嗫声捂脸。手下拉着安娜强行离开。接着韩退之冷眼瞥了一下沈希言："沈小姐，不好意思，我和樊总正在谈事情，你不方便在场。但你也不能离开。这桩生意需要保密。对不住，请你先去书房回避一下。"

沈希言看着樊耀初。樊耀初无奈地点点头。沈希言被赶到书房。

这时，韩退之才说："耀初老兄，咱们接着谈吧。"

樊耀初脸色铁青："我和你还有什么好谈的，你派人绑架我的女儿，你我之间已经图穷匕首见了！"

韩退之指指茶几上一份文件："我必须要厘清事实：令千金被绑架的事情，我毫不知情。今天来，我只是想跟你谈生意，只要你在这份股权转让书上签下名字，我保证，不仅令千金可以安全归来，你们樊家也可以立即获得优厚的现金。"

樊耀初气愤道："之前你从我那不肖之子手里买的股份，加上你从其他那些股东们手里收购的，还有这些天从股市散户们手上买到的股份，如果再加上我手上的股权，恐怕华航十之八九的股份全都到了你的手上，不，更确切地说，是到了泛美的手里。"

"做生意嘛，为的就是求利。假如不是老兄你太过固执，早认清形势选择和我们合作，何至于要闹到今天这样不愉快的地步。"

这时老罗悄然过来，凑到樊耀初身边向他低语着。他抬头看向韩退之，目光如剑："转让股份这么大的事，我需要好好考虑，计算其中得失，我需要时间。"

"耀初兄，我希望你不是想跟我拖延时间。现在是八点半，如果过了零点，你还不能做决定的话，恐怕你们就很难一家团圆了。"

樊耀初怒道："你这是在威胁我吗？"

韩退之嘴角一撇："我是在提醒你，请仔细考虑。"

樊耀初看了一下墙上的挂钟，指针指向十点一刻。

聂云开这边已和齐百川找到了黄江，他们左右逼供，黄江终于说出了江雪的藏身地点。原来操刀老七有个相好叫芳姑，是湾仔的红牌阿姑。他们把江雪藏在了芳姑做生意的地方。齐百川刚要行动，聂云开却说："这事不用咱们动手，我自有办法……"

被关在书房的沈希言再次焦急地看向墙上的挂钟，已经十一点五十分了。樊耀初坐在那里，两眼紧盯着桌上摊开的股权转让书。

这时，韩退之出现在门口，冷冰冰地望向樊耀初："耀初兄，考虑得如何了？时间可不等人哪。再说，你能等，令千金也不能等啊。"

樊耀初发怒："韩退之，你敢动我女儿一根指头，我让你全家偿命！"

韩退之不慌不忙道："我早就说过了，做生意而已，何必要动肝火呢。唉，你真老了。这么大年纪了，还气急败坏威胁人，只会显得你软弱无能。"

就在这时，电话铃响了起来。樊耀初迫不及待地接起电话，他嗯嗯了几句，表情突然变得轻松了。他放下了电话，缓缓起身，望向韩退之。韩退之突然感到一丝不祥："是谁打来的电话？"

樊耀初淡定地说："警察局。没想到吧，我女儿已经被警察解救出来了。还有，参与绑架我女儿的人已经被抓起来了。韩老板，你该回家了，警察应该很快会去拜访你，上门录取你的口供。"

韩退之大惊："你在撒谎！"

这时一名手下匆匆跑到操刀老七身边，低声耳语了几句。操刀老七马上说："四哥，湾仔出事了，警察把那里给抄了。"

韩退之脸色铁青。他冷眼看了看樊耀初："我们走！"拔腿就向外走。樊耀初却叫住他："等等，请把这份东西一并带走！韩老板，对于今天发生的所有事情，我会保留一切刑事诉讼的权利！"说着将股权转让书扔了过去……

正准备去警署处理江雪绑架案的约翰警司一出门却碰到了端木翀，端木翀直接拉他坐进了车里，开门见山道："听说樊江雪被绑架的线索是聂云开向警方提供的？"

约翰警司一叹："真是什么都瞒不过你。我真怀疑，你们是不是买通了警署的人当内线。是的，是你的好朋友聂云开报告警方，说樊江雪被人绑架了，还有她被藏匿的具体地点。警察破门而入解救人质的时候，他就跟在后面。"

端木翀眼珠一转："我真的很感兴趣，聂云开如何得知绑匪藏匿樊江雪的确切地点？"

"你在怀疑什么？难道你是在怀疑你的好朋友绑架了樊江雪？哈哈！"

"当然不！你跟我都心知肚明，到底是谁派出手下做了这件案子。我只是奇怪，聂云开如何查清绑匪那么多底细？"

约翰警司半开玩笑道："也许聂云开也在绑匪里面买通了一个内线？哈哈！"

端木翀目光闪动，饶有兴致："约翰警司，你这句话虽然是玩笑，但听上去好像很有道理……"

江雪绑架案能顺利解决，樊耀初心里明白聂云开功不可没，一早他就直接去了聂云开的办公室重谢。千谢万谢，感叹一番之后，聂云开把话题引到正事上。

"江雪就跟我亲妹妹一样，她遇到危险，我理应出手相救。还有，现在华航面临这么大的困难，我岂能坐视不理。"

樊耀初眼睛一亮："哦？你想到什么好法子了？"

"韩退之他们想收购我们华航的股份，连绑架的下流伎俩都使出来了，这说明什么？说明他们已经到了丧心病狂的地步，即使有泛美在背后提供资金支持，他们却仍旧快撑不住了，因此想速战速决。"

樊耀初道："所以他才想绑架江雪，逼我立即就范？"

"如果我们能找到资金支援，在股票大战中撑下去，泛美很可能会后劲不足，无法跟我们斗下去。"

樊耀初长叹一声："云开，你这种方案我不是没有考虑过。可是如今这时局，想找到大笔资金支持，又谈何容易？"

这时聂云开才说："如果国府不肯出手相救，那我们就只好自己找出路了。华润公司的钱老板，跟我有些私交。他愿意拿出资金来，帮助两航在这次股票争夺战中撑下去。"

樊耀初面色一沉："我虽然年纪大了，但还不糊涂。云开，这家华润公司跟共产党是有牵连的。"

聂云开直言不讳道："不错，明说了吧，其实华润公司就是共产党出资在香港设立的商行。"

樊耀初一惊："云开……难道你跟共产党有交情？"

聂云开看着他，缓缓而坚定地点了点头："老师，您打算向保密局告发我吗？"

樊耀初摇了摇头："我当然不会那么做！只是我真的没想到，你这种留过洋的时髦人物，居然也会是共产党……"

聂云开笃定地说："共产党人经历不同，风貌不同，我们相同的，是对共产主义的信仰。"

樊耀初惊问："难道，你之所以从美国回来，就任华航的总经济师，也是你们党交给你的任务？"

"我党对两航在香港的境遇一直非常关心，老师，您在临撤出上海前留给解放军的便笺，我们也收到了。在便笺里，老师您虽然只是寥寥数语，但我们仍能感受到您对国家和民族的热爱和不舍。老师，其实您心里最清楚，香港如今内忧外患，华航在这里的处境只会越来越艰难。"

樊耀初看着写字台上自己和廖松环的合影，叹了口气："没想到，两航困在香港的时候，我的政府对我们置之不理，而唯一愿意伸出援手的朋友，居然是共产党。"

聂云开郑重道："老师，华润提供的资金，不会有任何附加条件。请您安心收下。昨天殷总已经收到华润的资金，他希望华航和远航马上公开发布新航线拓展计划，向股市提供利好消息，刺激股价上扬。"

樊耀初又一惊："难道康年兄早就知道你的身份了？"

聂云开缓缓点头。

樊耀初叹道："看来我真是太迟钝了。贵党派你到我身边这么久，我居然毫无察觉。云开，替我转告华润公司的钱老板，谢谢他在这个艰难时刻拔刀相助……"

夜色中，端木狮的眼睛紧紧盯着正在小酒馆喝得醺然薄醉的黄江，他边喝边揉着脖子上的扭伤，嘴里还念念有词地说："聂云开这个人，不仗义，很不仗义……我跟他那是什么交情？过命的交情！可他倒好，说翻脸就翻脸，动不动就给我背后插刀子！唉，天黑路滑，社会复杂，我黄江真是瞎了狗眼，当初还跟他共谋大事！"

端木翀立刻叮嘱秘书："此人一定要盯住了，他和聂云开之间一定有见不得人的勾当。"

刚说完，收音机里传来广播："现在播报突发新闻，现在播报突发新闻，中国华荣航空公司和中国远亚航空运输公司，刚刚向香港各家新闻机构宣布，两家航空公司已经得到大笔海外资金援助。同时，华荣和远亚还宣布……"

端木翀一惊，这是什么情况？

接着传来殷康年的声音："告诉大家一个好消息，华荣和远亚已经分别得到了两笔雄厚的海外资金的援助，两航的运营资金非常充沛，股市上的短期收购行为不会影响公司的运营大局。"

"同时，我们今天还要向大家再宣布一个好消息。华荣和远亚将同时更改经营策略，不再互相争夺市场。"这是樊耀初的声音，"我们两家航空公司即日起，将联合开辟从香港至大洋洲、南美洲的新航线，取长补短，强强合作，将以更加实惠的价格，为广大乘客提供更优质周到的服务。在此，希望华荣和远亚合作愉快……"

端木翀彻底蒙了，这简直就是奇迹，这究竟是怎么发生的？

第十八章　特　使

韩宅书房内，利文斯顿冷冷看着颓然的韩退之。

利文斯顿厉声骂道："两航宣布合作，明天股市一开盘，股价就会上扬。你把一切都搞砸了！"

韩退之绝望道："我已经竭尽全力了。要怪，就怪他们神通广大，居然搞到了海外资金！"

利文斯顿不留情面道："总之，我来是要通知你一声，你在股市上花出去的钱，请你自己全部承担。泛美不会认这个账。泛美不会承担你这种疯狂的收购成本。所有经济上的损失，请你自己设法偿还。对了，你所有触犯法律的行为，我事先不知情，也与此毫不相干。"

韩退之气得浑身发抖："人家是过河拆桥，你是河没过去也要拆桥，真的要翻脸？你我可是同盟关系！"

利文斯顿一笑："同盟关系？难道你不明白，我们的同盟是建立在金钱和利益基础上的。现在金钱没有了，利益也就不存在了，还谈什么同盟？"

韩退之咬牙道："都说你们美国人最讲实际，只认钱不认人，过去我还不完全相信。今天我总算是明白了。"

"你明白就好！"利文斯顿抬屁股就走人。韩退之面色如纸，颓然地坐下，他该怎么收拾这个烂摊子？

东亚旅行社办公室内，端木翀拿着秘书交上的照片不停地思索。

照片上黄江和聂云开坐在一起吃肠粉，还有一张是聂云开正往黄江手里塞钞票。这两人究竟是什么关系？端木翀拿起笔在纸上写了黄江和聂云开两个名字。

又在两个名字中间加上一个加号，之后打了一个重重的问号。

这天，韩退之正躲在书房打电话向花旗银行借款，电话才打到一半，约翰警司竟然来了，韩退之吓了一跳。不用问，正是樊江雪绑架案，约翰要将韩退之带回去接受调查。

韩退之佯装镇定，不断替自己争辩，二人正说着，带着一阵爽朗的笑声，端木翀出现在客厅："看来我来得不巧。约翰警司也在？"

约翰警司道："是的，和韩老板谈一些公务。"

端木翀自顾自坐下，神态悠闲："听说了，为了调查樊江雪被绑架那桩案子？约翰警司，我看你是搞错了调查的方向。不瞒各位，我还真收到一些消息，能够证明韩老板跟绑架案毫无关联。"

约翰警司一愣："我们警方办案，需要看到证据。"

"约翰警司，不要那么心急嘛。你需要的证据我很快就会给你。"端木翀使了个眼色，约翰警司便会意地起身："看来是我搞错了。对不起，韩先生，打扰了。"

韩退之总算松了一口气。等约翰警司走后，韩退之马上赔上笑脸："端木站长，茶沏好了，有话不妨直说。"

端木翀喝了口茶："你我心知肚明，我刚刚救了你一回。"

韩退之却道："我刚才已经跟约翰警司解释过了，本人对什么绑架案毫不知情。"

端木翀打断道："行了，韩老板，警察已经走了。你就不用在我面前硬撑了。就算你想撑到底，但泛美那边已经不打算再向你提供支持，你只是一根孤木，还能撑多久？"

韩退之马上换了口气："端木站长果然耳聪目明，什么事都瞒不过你。"

"警方要调查樊江雪绑架案，这桩麻烦我猜还难不倒你，实在不行找下面小兄弟出来顶一顶。但是泛美釜底抽薪，不再向你提供资金支持，你在股市上已经抛出太多真金白银，眼看两航联手，股价一定会上扬，你瓜分两航的计划也成了泡影。就算把你韩氏名下所有资产都变卖了，恐怕也难以填平这笔烂账吧？"

韩退之被端木翀说得冷汗涔涔："哼，生意场上，原本就是有输有赢，这算不了什么。"

"可惜这次输赢实在有点儿大！你韩四爷苦心经营这么多年，一手打下的富贵江山，就因为你一念之差，想一口吞掉两航，却没想到蛇是吞不了象的。现在你骑虎难下，没有钱帮你补亏空，不仅觊觎不了两航，连你自己的韩氏集团恐怕都要濒临破产。我说得没错吧？"

韩退之无语，举着茶盏喝茶，但手却抖得厉害。

端木翀笑道："告诉你一个好消息，我已经跟泛美的利文斯顿谈好了，有我国府方面出面做担保，泛美同意跟你共同承担在股市上的资金风险。"

韩退之眼睛一亮："这是真的？"

"千真万确。这一次我可是替你搭上了国民政府的面子。"

韩退之表情一松："端木站长，贵政府卖这么大的人情给我，想必是有附加条件吧？"

端木翀道："我就喜欢跟聪明人交谈。条件嘛，是有一条，不过对你韩四爷来说，只是举手之劳。香港是英国人的地盘，保密局在这儿做事要受很多辖制。既然国府帮助了你，也希望信礼门能助国府一臂之力。我希望信礼门能为保密局香港站所用。"

"端木站长说得真客气，直白一点儿就是，你想让我和操刀老七所有手下都变成保密局在香港的眼线，供你驱使。"

端木翀点头："嗯，是这么个意思。怎么？四爷不肯答应？"

二人四目交汇，看不见的刀光剑影……终于，韩退之一拍大腿，从齿缝中挤出两字："成交！"

黄昏时分，端木翀接到了来自轸宿的密电："十日晚，九点，花园道，圣约翰大教堂见。"

端木翀后仰在椅子上，沉思着，这个神龙见首不见尾的轸宿，终于肯露面了？

而聂云开这边同样也接到一份密电——来自霍公。为了争取樊耀初和殷康年回归的信心，中央决定将派特使来香港和两航老总进行秘密会谈。

十日晚，端木翀准时来到圣约翰大教堂，教堂内空空荡荡，烛光摇曳。除了一个背对着自己坐在长凳上正在低头祈祷的女人之外，空无一人。

端木翀缓缓向那个女人走去，一步一步，他脚上的皮鞋踩在大理石地面上，嗒嗒作响。那女人没有回头，好像完全没有注意到端木翀已经坐在自己身旁。那女人戴着帽子，帽子垂下黑色面纱，盖住了她的脸。端木翀说："上帝说，要有光，于是便有了光。"

那女人说："不过，任何光芒都比不上在浩瀚大海中行舟，看到夜空中的星光，那是上天赐给行船人的路标指引。"

见暗号对上，那女人才掀起黑色面纱。端木翀一看此人正是简一梅！端木翀吓了一跳："怎么是你？"

简一梅妩媚地一笑："怎么不是我？我就是轸宿，令尊亲手训练的关门弟子。"

端木翀吃惊地点点头："明白了，原来你早就是我们保密局的人。"

"是，这要感谢你当年的指点。虽然认识你时我才十五岁，但我渴望像你一样，去战场上杀敌，当一名孤胆英雄。"

"于是你就加入了保密局？哦，不对，那时候还叫军统。"

"没错，就在你的伤养好后不告而别的那个春天，军统的人在学校里秘密发展抗日学生，我被挑中了。那年暑假，我跟妈妈和姐姐谎称去乡下同学家玩，但实际上在浙东一处山区里，我接受了秘密训练。射击、擒拿，样样精通，我以全优的成绩毕业。很快我就被送往重庆，在美国人雅德利开办的黑室里继续学习情报和密码。端木恩师到黑室视察时发现了我，于是把我调到他身边，接受了一系列最先进的特工训练。"

"难怪我父亲说你是他最得意的弟子。你那电影厂大明星的身份也是为了掩饰？"

简一梅得意道："身为电影明星最大的好处，就是能够时刻周旋在高层人物身边，而不会引起任何人的怀疑。我的演技不错吧？"

"既然家父是你的恩师，那么他知道吗？我一直从你手里拿药品，还有我药物上瘾的事情……"

"你放心，他不知道。你对药物上瘾，只是我和你之间的一个小秘密。我不希望让端木恩师受此事烦扰。"

端木翀感动地说："真是善解人意……我想我们今后一定会合作愉快。"

简一梅笑了笑，紧紧握住了端木翀的手："我从渣打银行内部人士口中获悉，资助华航和远航的并不是什么来自海外的秘密资金。那两笔钱都来自华润贸易公司。"

端木翀一凛：“华润？全香港都知道那是共产党的公司。”

“事关重大，樊耀初和殷康年他们既然接受了华润的资助，证明了我们之前的怀疑：共产党一直在想办法争取两航，而且他们已经有所进展。”

“意料之中。现在共产党既然要组建新政府，就应关注和发展民航事业，没有民用飞机，就等于没办法开展外交。在这个世界上，一个国家不能没有盟友，更不能与世隔绝。如果他们坚持孤立主义，那是撑不了多久的。”

“我有一种强烈的预感，共产党肯定会强化同两航的联络。”

“比如直接进行秘密会谈？”

“很有这种可能。别忘了，共产党的统战工作可是超一流的。”

“我们手头上的线索太少了。时间紧迫，要是能挖出共产党潜伏在香港的秘密电台，事情就容易得多！”

简一梅忽然道：“对了，你可以找约翰警司帮忙。据我所知，香港警方刚刚从英国引进了一批设备最先进的无线电监测车，如果他愿意帮忙，可以在短时间内找到全香港可疑电台的位置。”

端木翀眼前一亮。二人商量好分头行动。端木翀去找约翰警司借设备，简一梅则去找黄江……

夜归的黄江正哼着小曲儿，却发现破败的家门口，简一梅正靠在汽车边等他。

简一梅一见黄江便说：“黄哥，出大事了！我今晚在一个高级酒会上得到消息，有人向警方告发了你，说你就是绑架樊江雪一案的元凶！警察很快就要对你展开抓捕行动，我听了吓了一跳，慌忙找了个借口偷跑出来好通知你。黄哥，你怎么惹了这么大的祸？”

黄江眼睛一瞪：“到底是谁向警察告的密？是不是聂云开？”

简一梅察言观色，假装默认。黄江一拍大腿：“我就知道！这小子食碗面反碗底！他太不仗义了！”

简一梅趁机问：“黄哥，你到底怎么得罪了聂云开，他干吗这么狠？这么干，明摆着是要一心置你于死地！”

“哼，他就是想灭我的口！想当初，他主动找上我，说要跟我合作，想个办法扳倒雷至雄，他做了一盒假的录音磁带，诬陷雷至雄私通共党……”黄江一气之下全说了。

简一梅假装满脸关切地说："情况太紧急了，我只替你准备了一些现款，还有几件换洗衣服。我给你安排了一条船，你先去南洋躲一躲，等风声过了，我再派人接你回来。"

黄江拿起脚下的小包袱，感动得快哭了。简一梅马上把黄江带到了码头。黄江抱着包袱，一路上嘀嘀咕咕："小梅，我黄江只要逃过此劫，我一定会找机会风风光光地回来……"

码头上一片黑水茫茫。黄江问："你安排好的船呢？"

"大概还没到。"简一梅嘴上不动声色地敷衍着，手却从包里掏出袖珍手枪，趁其不防，突然出枪顶在黄江太阳穴上。

黄江身子一震。简一梅道："黄哥，对不住了。"

黄江难以置信地看着这一切，嘴上喃喃地说："天黑路滑，社会复杂呀……小梅，没想到，我黄江这条命会断送在你手里……"

简一梅眼角滑过一滴清泪，但仍毅然决然地扣动了扳机。黄江头部中弹，轰然倒地。简一梅蹲下身，把手枪握在死去黄江的手中，匆匆离去……

紧接着端木翀就把约翰警司拉到了码头，看着黄江的冰冷尸体，端木翀道："黄江，就是绑架樊江雪一案的主谋，他企图潜逃未能得逞，行径败露后畏罪自杀。约翰警司，你可以向上峰结案了。"

约翰警司露出了满意的笑容。第二天，他二话不说，亲自开着一辆外表装扮成全封闭货车模样的无线电监测车过来。

端木翀满意地坐了进去，看来这笔交易非常划算……

一处僻静的冷冻冰库，里面悬挂着各种生猪海鲜。看门人最后一次巡视过冰库，关上了硕大的铁门。他走到房间深处，将手摁在一处不起眼的碗橱内，碗橱突然像门一样徐徐打开。碗橱将小屋分隔成截然不同的两个区域。外面是昏沉沉看似贫苦人生活的区域，而里面，一墙之隔，却是整洁干净，墙上翻下来的木板上放着无线电收发报机，一旦接收电报完成，木板可以翻上去，被油漆成与墙壁一样的颜色，所有设备藏在墙内，外人根本无从察觉。

看门人的妻子正戴着耳机，紧张地接收着电报。收报结束，妻子拿出密码本，开始对照着翻译电文。

"从北平来的密电？"

"是，北平方面通知特使抵港的轮船班次、时间，还有接头方式——"两人正说着，突然门外响起爆炸声。小屋的大门被炸开，轰然倒下。一伙蒙面人迅速冲入。

看门人警觉地起身，掏出手枪，妻子手脚利落地开始藏设备。她把刚翻译好的电文塞在密码本里，端出一只铁盆，把密码本扔在其中，点燃烧毁……一颗子弹迅速划过，正打在她的胸口……紧接着看门人也腹部中弹，他躺在地上艰难地喘息。铁盆里文件仍在燃烧着。

为首的蒙面人一脚踢翻铁盆，将火苗踩灭。他扯下蒙面巾，正是端木翀："把所有设备、没烧毁的文件全部带走。这两个人怎么样？"

张立峰道："一个死了，一个还有气儿。"

端木翀命令："死的活的都要带回去。放把火，把这里通通烧干净！看来约翰的这辆无线电监测车还真是神通广大啊！"

当天夜里，齐百川便接到了情报，接头人告诉他尖沙咀冷冻冰库那个秘密电台一个小时前突然发生火灾，应该是意外失火，秘密电台没有暴露，只是看门的那两口子都烧死了。

齐百川有些吃不准，怎么偏偏在这个节骨眼出事，难道仅仅是意外？

地板空地上，摆满了烧毁得已经不成样子的纸质文件，装订成册的本子全部被一张张拆开，都已经是烧得发焦的碎片。端木翀和简一梅两个人坐在地板上，聚精会神地审视着面前一张略显完整的破碎纸片，但被火舌舔过的纸片焦黄，字迹已经看不清楚了。

端木翀失望道："密码本已经烧得一塌糊涂，没什么价值了。但夹在这里面的这张纸，我敢肯定这是他们刚刚收到的一封密电。"

简一梅一看："可惜这张纸被烧得太厉害了，实在看不清上面到底写了什么。"她说着突然眼睛一亮，"我想到办法了。"她小心翼翼地用镊子夹起烧焦的纸片，放在铁丝网上，把酒精灯推到铁丝网正下方，"这个办法很冒险，但我们只能试一试，待会儿你要睁大眼睛，不管看到什么，一定要拼命记下来。"

端木翀深吸一口气，屏气凝神。只见简一梅点燃了酒精灯，火焰开始把铁丝烧得发红，纸片被烧卷了……突然，纸片上出现了几个隐约的字，火焰让这些零星的字燃烧起来，重新出现了。

端木艰难地辨认着："八月十七日……轮船泰山号……特使来港……由……负责与两航之联络……"那些字出现在火焰中仅是一瞬间的工夫，纸片便彻底被烧成灰烬。

端木翀和简一梅对视，不约而同重复着。端木翀遗憾道："可惜电文不完整了。这里'由……负责两航之联络'，明显的是一个人的名字。又或者，是一个人的代号。总之，这个人就是共产党在香港负责联络两航事宜的人。他会是谁呢？"

两人思忖着，脑子里都想到了一个人的名字，但谁也没说出来。

端木翀道："明天我就找约翰警司，私下请求他们香港警方的帮助，一定要设法抓住共产党派出的秘密特使。"

简一梅眉头微蹙道："奇怪，樊耀初和殷康年通共的事实已然是确凿无疑，为什么恩师不让你直接逮捕这两个背叛党国的老家伙？"

端木翀解释："父亲的意思是，即使我们抓了樊耀初和殷康年，换其他人来两航坐这个老总的位子，可谁又敢保证，换上来的新人不会和共产党暗通款曲？"

简一梅点头："还要抓住那个一直潜伏在樊耀初和殷康年身边的神秘人物……"两人心照不宣地点点头。

一早，约翰警司就接到了端木翀的消息，立即前往维多利亚码头。

他向身边的码头负责人一脸公事公办的口气："我们刚刚得到消息，这艘泰山号邮轮上有一名潜逃的刑事罪犯，警方需要扣留这艘船上所有乘客，对他们逐一进行甄别。"

而令约翰警司气馁的是，搜查了一整天，竟没搜出一个可疑人物。"船上每一名乘客的身份我都核对过了，没有任何问题。"他气得跟端木翀抱怨。端木翀也迷惑了，难道真是判断错了？

他赶紧找到简一梅碰头。

"我怀疑，是我们的推测在哪个环节出了纰漏。"端木翀自责道。

简一梅分析："我通过轮船公司的内线，找到了泰山号的订票信息，发现了一件很有趣的事。"说着她把那摞纸平铺在桌上，"这一班泰山号的邮轮上，本来有二十三名乘客订了票，却在邮船启程两天前退掉了船票。更有趣的是，这二十三名乘客马上又订了另一艘来香港的船票。"

端木翀忙问："那他们现在人呢？"

"很遗憾，就在泰山号抵港五个小时后，他们就到香港了。因为我得到的情报太晚了，所以没办法通知你详情。"

"也就是说，在我们焦头烂额地甄别泰山号乘客的同时，我们要找的人已经坐着另一艘船抵达香港，并且神不知鬼不觉地已经潜入了这个城市。"

简一梅点了点头："不过还有希望。因为这二十三名乘客，隶属于一个剧组。他们是从上海启程，来香港和庄氏电影公司合作拍摄一部叫《清宫风云》的电影。整个剧组一共有二十三个人。这是全体成员名单。还有，庄氏电影公司的二老板，为了迎接他们，明晚将在六国饭店举行一场欢迎酒会。好消息是，我已经受邀参加酒会。"

端木翀看着桌上的名单，目光兴奋起来："太好了，天网恢恢疏而不漏，小梅，干得漂亮！"

豪华的六国饭店门口，霓虹闪烁。一辆辆汽车陆续停在门口路边，各种打扮精致的名流人士走下车来，缓步走入饭店。

西装领结的端木翀和身穿华丽晚装的简一梅下车，并肩向饭店门口走去。二人面带微笑，但悄语中内藏玄机。两人都预感，他们要找到的那个共产党特使就藏身在这个从上海来的剧组里。

布置华丽的大堂内，乐队在鼓劲演奏，舞池中，众人在翩翩起舞。

简一梅向端木悄然介绍着："……庄氏电影公司的二老板和他大哥不一样，他向来亲共，因此这个剧组从上海抵港后，庄二老板对他们相当友好。不仅向他们提供电影厂的摄影棚和设备，还借出很多演员，要参与这部戏的演出。"

端木翀又问："那个正跟庄二老板交谈的男人是谁？"

简一梅道："他叫陈彤，是剧组的一名化妆师。别看他其貌不扬，当年他在上海就是出了名的左派分子，听说在抗战时期他还曾经去过延安。"这时门口有些动静。他们向门口看去，发现樊耀初和殷康年一前一后来到酒会，正和认识的人寒暄着。

　　端木翀道："这两位老总果然来了。"

　　简一梅道："虽然今晚这酒会上香港各界名流来得不少，但能让樊耀初和殷康年两位大老板同时出席，还真是有点儿不同寻常。"

　　就在这时，乐队开始演奏一支舞曲。端木翀下令派人二十四小时盯住这个从上海来的剧组，尤其是那个化妆师陈彤，他的一举一动都要记下来，随时汇报。

　　但几日后，张立峰传来的消息却是没有一点儿动静："这个剧组的人真的没有任何可疑。每天基本上都在摄影棚里拍戏，不用拍戏的时候，他们大多数人都会躲在房间里休息。因为香港对他们来说人生地不熟，他们基本都不怎么出门的。"

　　端木翀有些不能相信："那这个陈彤呢？"

　　张立峰道："他在香港倒是有几个老朋友，闲下来他常常约朋友去吃大排档，喝早茶。但他见的人里面并没有跟两航相关的人物。"

　　端木翀紧皱双眉，难道又搞错了？

　　不一会儿，电话铃响了，他警觉地接起来。是一个陌生声音："端木站长吗？你好，我是猫眼，是令尊麾下负责收集情报的人。我要告诉你一个很重要的情报，樊耀初和殷康年，准备在今天晚上和共产党派来的特使进行秘密会谈，时间，地点，我都搞清楚了……"

　　端木翀紧攥着电话话筒，眼睛里闪出兴奋的目光。

　　已近黄昏，一个穿着场工衣服的男人，腋下夹着一只皮包，悄然走出摄影棚。他看了看四周，快步走到下一个街角，聂云开正在一辆车内等候着他。他上车后冲聂云开说："雨燕同志，让你久等了。"

　　聂云开发动了汽车："特使同志，这几天辛苦你了。"

　　一条僻静的街道上，聂云开把汽车停下。车后座的特使已经穿好西装，戴好礼帽。聂云开低语："离这里两条街就是威士西餐厅。我们步行过去比较稳妥。"

　　特使点头："好，为了避免引起别人的注意，我们分头行动。"

　　樊耀初这边已准备出门，可刚走到门口，老罗突然跑了过来："不好了，老爷，少爷被人绑走了，他们让您接电话……"

　　樊耀初脸色一变，话筒那端传来樊慕远惊慌失措的声音："我被人绑架了！还有安娜！爸，你快想办法救我们！"接着话筒那端换了一个冷酷的男人的声音：

"樊老板，放心，令郎刚刚被注射了一针镇静剂，暂时睡过去了，他实在太聒噪了。"

樊耀初厉声道："你们到底想要多少钱，说个数吧。"

"樊老板，别着急啊，你今晚要乖乖待在家里，等我们的通知，到了时间我自然会再联络你，告诉你我们的要求。"

"可是，我晚上有个重要的约会——"

"什么天大的约会，能比令郎的性命还重要？樊老板，别怪我没有提醒你，令郎的小命就攥在我的手里。请你今晚务必要待在家里，等我的电话！"电话随即挂断了。

樊耀初不知所措地愣在那里。

夜色重了起来，殷康年乘坐的汽车正行驶在路上。他看了一下表，离约定的时间还有半小时。突然，从胡同口冲出一辆汽车，横着拦住了殷家的汽车。司机紧急刹车，殷康年的头撞上了车厢，额头被撞破了。接着，又有几辆汽车将殷家的汽车退路拦住。其中一辆汽车向着殷家汽车后面结结实实地撞了上去。嘭！殷康年乘坐的汽车被众多汽车挤在中间，车子瞬间熄火。马路上横七竖八的汽车，鸣笛声嘈杂一片。

而此时特使已随着聂开云走进了西餐厅。聂云开看了看手表，已是七点十分。他奇怪，樊耀初和殷康年为什么都没到，他们似乎都没有迟到的习惯。

特使低语："会不会情况有什么变化？"

这时齐百川带来了坏消息，他接到樊耀初的电话，樊慕远被人绑架，为了和绑匪周旋，他必须要留在家里，所以今晚不能来了。

聂云开眉头挤在一起："被什么人绑架？"

齐百川道："身份不明。还有，殷康年也刚刚打来电话，说在半路上发生车祸，他和司机都受了轻伤，警察正在处理这起事故，一时半会儿脱不开身。"

"又是绑架，又是车祸，这也太凑巧了。"

齐百川慎重道："两件事发生得都很蹊跷。看来今晚情况有变化。雨燕，我看特使同志在这里不宜久留。"

正在这时，有人报告说端木翀来了！齐百川脸色一变，赶紧上去周旋。端木翀正坐在吧台，刚点了一杯威士忌，齐百川打招呼道："端木先生，有什么可以为您效劳的吗？"

端木翀一抬头："你认识我？"

齐百川道："全香港谁不知道，你是国府端木主任的贵公子，东亚旅行社的老板，端木翀先生，大名鼎鼎的青年才俊！"说着眼光扫向四周，他发现，就在他和端木翀说话的同时，陆续进来很多面孔陌生的客人，他们行踪诡异，两人或三人占住一张桌子，冷淡地坐在那里。紧张态势似乎要一触即发。他紧张地把手向吧台下摸去，那里深处藏着一把手枪。

就在这时，餐厅门嘭地被撞开了。餐厅中众人都是一惊。众多全副武装的警察冲进来，枪口对准了所有人。约翰警司跟着后面，不慌不忙地走了进来……

第十九章　万劫不复

　　齐百川望着来势汹汹的约翰警司和众多的警察，仍然保持着冷静。他在吧台下摸索枪的手缩了回来，脸上浮现出沉着的笑容："约翰警司，何必搞这么大阵仗？这样会惊扰到正在餐厅里用餐的客人。"

　　约翰警司道："齐老板，我们警方得到线报，有人在这家餐厅里贩卖军火和毒品，按照香港法律规定，警方要对这里进行搜查！"他手一挥手，众警察散开，开始对每个顾客、每处地方进行检查。

　　威士西餐厅门外，众警察把守着，气氛显得相当紧张。刚刚处理完车祸赶过来的殷康年一看餐厅已被警察包围，便赶紧在路边停下了车。想了想，他跟司机说："开车，去樊耀初府上。"

　　眼看着几个警察冲进吧台，就要搜查到餐厅通向密室的暗门……齐百川正不知如何阻止，就在这时，皮尔斯总督察带着夫人满脸怒气地从单间里走了出来："约翰警司，到处都乱哄哄的，你们到底想干什么？"

　　约翰没料到会遇上皮尔斯，张口结舌向他敬礼："总督察先生，我们得到线报，有人在这里进行军火和毒品交易。"

　　皮尔斯不满道："在这里？你们的线报会不会搞错了？光顾这间西餐厅的都是社会名流。我是这里的常客，谁都知道，威士西餐厅从不招待身份不体面的客人。"

　　齐百川在旁边瞅准时机补充："皮尔斯总督察非常欣赏敝餐厅的招牌菜色，多年来一直是我们的忠实顾客。"

　　皮尔斯生气道："我和夫人在这里度过了很多美好时光，齐老板是一位遵纪守法的好公民，怎么会有人在这里进行非法活动？约翰，这里是香港的高尚地段，不是九龙城那种藏污纳垢的三不管城区！"

皮尔斯夫人也跟着叫唤："真糟糕，亲爱的，今天可是我们的结婚纪念日，原本是多么美好的气氛，全被他们给破坏了。"

约翰尴尬地轻咳两声："总督察先生，我想，也许是我们收到的线报出了疏漏，很抱歉打扰到各位。"他只得清清嗓子命令全体收队。

齐百川稍稍松了口气。等警察撤离后，他发现端木翀并没有走，仍在故作镇定地喝酒。见这架势，齐百川明白，他一时半会儿是走不了了⋯⋯

距离云咸街几条街外的一条寂静街道，月光照射在干净的街道青石板路上。突然，路面上一个下水道井盖被轻轻地掀开一条小缝，缝隙中露出聂云开的眼睛。他四处巡视着，确认街上无人，从下面顶起井盖，从里面钻了出来。

他回身把特使也拉出来。两个人一起把井盖重新盖好。观察了一下周围的环境，静悄悄的，没有异样。他们彼此交换了一个眼色，脚步匆匆离开了。幸好西餐厅有密道，不然真有可能让他们给搜到了。

二人来到一条偏僻寂静的街道，街边诸多商铺间，有间门边悬挂着"徐氏诊所"灯箱招牌的铺面。聂云开带着特使快步走到诊所门口，用一种奇特的节奏敲着门。很快，门开了，一个穿着白大褂医生模样的人审视着他们："请问你们找谁？"

聂云开道："是徐医生吗？我和我表哥是从大屿山专程来找您看病的，我家里有人得了罕见的哮喘，很难受。有人建议我们看元朗的钟神医，但我家人更相信西医，因此想找徐医生为我们诊治一下。"

徐医生上下打量了他们一番，面色稍有缓和："治病救人是医生的本分，二位请进。"聂云开和特使走进诊所，门被徐医生小心地关上。

樊宅客厅的指针已经指向八点半钟。樊耀初、樊江雪在客厅坐卧不安。电话铃声又响了，樊耀初忙起身接起电话。陌生男人的声音响起："樊老板，很好，你遵守承诺，今晚没有出门。"

樊耀初急道："少废话，我的儿子呢？"

"放心，令郎很安全，他和安娜小姐就在贵府门口。不信？开门去看看吧。"

老罗赶紧跑到家门口，果然，在樊家门口的草坪上，樊慕远和韩安娜被绑着，嘴里塞着破布，肩并肩坐在那里。大家总算一块石头落了地。

已是晚上八点半，简一梅焦急地看了看，怎么还不见来人。她身在《清宫风云》剧组，正在连夜赶拍。镜头前，她饰演的隆裕皇后正和饰演光绪皇帝的演员对戏。

片刻，操刀老七带人粗暴地闯进了剧组，简一梅揪着的心总算放下来，她看了他一眼，同时看了看一旁的化妆师陈彤。

操刀老七叫道："这间摄影棚所在的地盘是属于我们信礼门的，按照江湖规矩，你们在这里拍戏，要向我们交保护费！"

导演不明所以："可是这间摄影棚是庄氏电影公司的产业呀，我们向他们租的时候，没人告诉我们还需要交什么保护费呀？"

手下上前挥手就是一巴掌，导演无辜挨了一下，捂脸后退，被众人扶住。"你们凭什么打人？"剧组的人嚷嚷起来，眼看局面不可收拾。纷乱中，简一梅一直锐利地监视着陈彤的一举一动。

操刀老七趁乱向手下低声提醒："拿好端木站长给我们的名单，按照名单查人，凡是不在这里的，都给我仔细标出来！"

不一会儿，手下向操刀老七汇报："七爷，查清楚了，整个剧组里就少了一个人，场工冯阿勤。"

聂云开这边跟着徐医生上了二楼的治疗室。徐医生谨慎地拉上窗帘，对聂云开和特使露出笑容，和他们握手："同志们好，我是这个地下联络站的负责人徐亚光。"

聂云开道："你好，我代号雨燕，这位是从北平来的特使同志，我们遇到了一些麻烦，红隼同志希望我们在你这里暂时避避风头。"

徐医生道："放心，我这个地方还是相当僻静和安全的。"边说边看向特使的手背，"特使同志的手受伤了？"

特使道："可能是刚才忙着脱身，在秘道里擦伤的，不碍事。"

徐医生道："有的地方出血了，还是做一个简单的消毒吧，以防止感染。我下楼去拿消毒工具。"说着走出二楼治疗室，小心地带上房门。

徐医生下楼后，聂云开走到窗口，撩起一角窗帘向外面观察着，外面没什么动静，看上去一切正常。这时徐医生走进房间给特使伤口消毒："幸亏伤口不是很深，消毒后伤口应该就不会受到感染了。你们饿不饿？楼下的冰箱里有面包和香肠，我给你们做些三明治填填肚子吧。"

聂云开不好意思道："不用麻烦了。"

徐医生热情道："不麻烦，一点儿也不麻烦。你们在这里坐一会儿，我马上去做好三明治给你们端过来。"

聂云开注视着他的背影，突然跟了过去："徐医生，我来帮你吧。"

两人走进简易厨房，从墙角的冰箱里拿出面包和香肠，徐医生客气道："雨燕同志，不用帮忙了，三明治很容易做的。你们渴不渴？我烧壶开水，给大家沏壶咖啡。"说着拧开煤油炉，将水壶放在炉子上烧着。

聂云开站在厨房门口，打量着四周："你这地方不错，一个月租金多少钱？"

"大概……大概每个月是五十几港币吧。具体数目我记不大清楚了。这里是按年租的。"

聂云开点点头："这地方面积很大，可租金却相当便宜啊。徐医生，听说你是在港大念的医科？"

"是，念医科最辛苦了，呵呵。"

聂云开道："可是真奇怪呀，你身上怎么一点儿酒精的味道都没有呢？职业医生有很多习惯。比如给病人治疗后，在切面包和香肠之前，会洗洗手，用医用酒精消消毒。"

徐医生突然愣住了。聂云开一步步逼近对方："说，你到底是谁？"

徐医生突然一脸杀意："我是抓你们的人！"说着手中的刀唰一下向聂云开飞去，聂云开敏捷躲开。刀剁在门框上。他迅速从腰间拔出手枪，连续向聂云开开枪。

聂云开躲避着子弹，瞅准机会拿起炉子上的水壶向假徐医生扔了过去。右肩头不慎被子弹擦伤，同时他掷出的开水壶正砸中假徐医生。他捂脸向后退着，紧握着手枪仍胡乱地开着枪。

聂云开忍着伤痛拔下门框的刀，迅疾甩出。刀尖正中假徐医生心窝，他颓然摔倒。聂云开松一口气，摁着伤口走过去，捡起假徐医生手中掉落的手枪。这时特使闻声从楼上赶过来："怎么了？"

聂云开急道："这里是个陷阱，我们必须马上撤！"

街道上弥漫着湿热的雾气。聂云开摁着右肩头的伤口，和特使并肩走出私人诊所，他们疾步向诊所附近的路口走去。就在快走到路口的时候，身后已经亮起了刺眼的车灯。端木翀等人乘车已经闻讯赶到诊所所在的谢菲道上。端木翀在车内匆匆瞥了一眼前方这两个人影，也并没有在意。

等他们赶紧到诊所时发现假的徐医生已经中刀倒地，眼看只有出的气没有进的气儿了。他拼着最后一口气颤巍巍地指着自己的右肩膀说："雨燕这里挨了一枪……"这时端木翀才想起刚才夜色中的那两个人影，他一声令下，赶紧开车往刚才那个路口追，可是等赶到的时候大街上已空无一人。他泄气地骂了一句："妈的，又让他跑了！"一张懊丧的脸已扭曲得变了形……

樊宅一家人围着樊慕远和韩安娜，两人讲述被绑架的经历，惊魂未定。樊江雪分析道："爸，这些绑匪真奇怪，不为钱，把全家人折腾了一晚上！他们到底图什么呢？"

樊耀初刚要说话，殷康年大步流星走了进来，也不客套，直接道："耀初老弟，恐怕是出事了。"樊耀初冲他使了眼色，两人转身去书房说话。

殷康年道："我看得一清二楚，威士西餐厅被警察围了个水泄不通。耀初老弟，今晚令郎无端遭到绑架，我半路上遭遇蹊跷的车祸，原本计划见面的西餐厅被警察包围了。这样看来，情形可不大对啊……"

樊耀初纠结道："难道我们和特使会面的事，已然走漏了风声？可是，怎么会呢？"

"不管怎样，你我二人好歹没被抓个现行，但特使和……"说到这儿，樊耀初突然伸出手指，示意殷康年噤声。他拿起一张纸，在纸上写着字，然后递给殷康年："小心，也许家里隔墙有耳。"

殷康年会意，也拿起笔在纸上写着："我现在很担心特使和雨燕的安全。"

樊耀初看完立刻拿起一只打火机，将纸张点燃。两个人看着烟灰缸里的灰烬，愁眉不展……

夜色中，微弱的路灯下，沈希言小心翼翼地一路行来，她看到路边陆羽茶室的招牌，焦急地等在那里。刚才她突然接到云开的电话，让她到这里会合，不知道又发生了什么事。

很快，聂云开从黑影里闪出，沈希言注意到聂云开用手捂着右肩膀，但血迹已经浸染了他的手指。她吓了一跳："你受伤了？"

聂云开小声道："希言，坦白说吧，我现在陷入了极度危险的境地，个人安危事小，但是我肩负着非常重要的任务。你明白吗？我需要找到一个可以完全信任的人，希言，我可以完完全全信任你吗？就像信任我自己一样？"沈希言看着聂云开的眼睛，似乎这是二人自重逢以来完全彻底的一次交流，她激动而热烈地点头。

这时聂云开才把特使从另一个角落里拉出来，并跟希言说："他是我的朋友，对不起，真实的名字和身份都不方便向你透露。你可以叫他老冯，老冯是来自北方的贵客。今天晚上发生了一些突然事件，老冯目前不方便回到他原来住的地方。我也不放心让他住到旅馆去，怕人多眼杂，引来不必要的麻烦。希言，我希望你把老冯带到你家里去，对伯母，你可以解释他是你的一位老同学，刚从老家到香港来。你放心，如果情形顺利，他不会在你家打扰太长时间。"

沈希言明白了，立刻说："你放心，不管外面有多大的风有多大的雨，我家里绝对安全。我用自己的生命向你保证，我安全，老冯就安全。"

聂云开终于放下心来。沈希言看着他的伤口却是一万个不放心，执意要拉他回家。聂云开沉声道："你放心，我会见机行事。今晚必须要见樊总一面，不然我无法安心……"

端木翀在诊所扑了空，正怀恨在心，张立峰在车里有些不知所措："站长，我们下一步去哪？回东亚旅行社吗？"

端木翀突然鼻子里一哼："去樊耀初家！"

当樊耀初和殷康年看到端木翀时都拉长了脸。而樊慕远和韩安娜完全不知内情，还在絮絮叨叨讲刚才被绑架的惊魂记。端木翀显然对绑架事件了如指掌。

这时樊耀初突然冷冷地开口："端木啊，慕远他们被绑架的事情从发生到现在，也没过几个小时，为了保证他们的人身安全，我们家里人也没敢外传，你是怎么知道的？"

端木翀笑了笑，镇定道："保密局是干情报工作的，香港街面上有任何风吹草动，我都会知道。"

殷康年道："既然端木站长如此耳聪目明，那照你看，这次慕远被绑架究竟是何人所为？"

端木翀缓缓说："我猜恐怕是共产党吧。"众人都一惊。他接着说："恩师和殷总一直为党国的航空事业呕心沥血，党国的人才在共产党看来，那就是眼中钉、肉中刺。为了让恩师俯首就范，暗杀绑架，恐怕他们什么手段都干得出来。"

樊慕远有些后怕道："天哪，照你这么说，我和安娜能活着回来可真是万幸！"

樊江雪觉得不对劲："端木大哥，你说共产党想让我爸俯首就范，这话是什么意思？"

端木翀意味深长看向樊耀初："我也只是在推测，至于事实到底是不是如此，那就要问恩师了。"

端木翀此话一出，连樊慕远都听出来话中有话。众人开始紧张地沉默着。殷康年愤愤开口："端木站长是怀疑老樊和我，私下里跟共产党有什么牵连吗？"

端木翀打了个哈哈："殷总不要误会我的意思。共产党擅长威逼，也精通利诱，我只是提醒在座诸位要小心防范。"

殷康年道："若真是共产党干的，明枪暗箭我们都不怕。但怕就怕这起绑架案其实幕后另有其人，却要栽赃到共产党的身上。大家别忘了，雷至雄不就这么干过吗？"

樊耀初轻轻咳了两声，缓和声调开口："总之，绑匪并没有向我提出任何要求。何况，慕远和安娜也平安被送回来了，这算是不幸中的万幸。慕远，很晚了，送安娜小姐回去吧，别让她家人担心。"

端木翀知道这是要催他走了，也只好站起来。这时老罗匆匆走来说："老爷，聂先生来了。"

樊耀初、殷康年、端木翀都是一愣。端木翀原本欲走，闻听此言停步转身，笑看着樊和殷："哟，恩师，今天晚上客人络绎不绝，还真是热闹啊。"

聂云开匆匆走进客厅大门，迎头撞上向外走的端木翀，也是一愣："你怎么来了？"

端木翀厉声道："这话我还想问你呢。半夜三更你跑到恩师家里，意欲何为啊？"

聂云开一时语塞。这时机灵的樊江雪跳过来一把拉住聂云开的胳膊："是我打电话叫云开哥过来的，我想要云开哥陪我看通宵电影，怎么，不行啊？"

端木翀恍然，收起原本刚刚升起的疑心，笑了笑："哦，原来是这样……没想到我们的江雪小妹也长大了。好，我不打扰你们了，告辞。"端木翀别有用意地看了一眼聂云开，便走了。

聂云开紧皱的眉头终于松了松，紧接着，他冲樊耀初和殷总使了个眼色，二人会意，起身去书房详谈。

为了防止窃听，三人都用纸笔交谈。聂云开写道："这些就是南美几个国家政府的回信。他们均已同意我们在他们的国家开辟航线的请求。两航需要针对新开辟线路，先做出一份详细的飞行分析，包括线路规划、沿途天气状况和降落地形须知……"接着他写道，"慕远被绑架，是否与保密局有关？"

樊耀初点点头。聂云开又写下："如果二位有苦衷，原定计划可以马上停止。"

殷康年在纸下苍劲有力地写下："即使被威胁，我们初心不改！对贵党的诚意，苍天可鉴！我看咱们两航得共同拟定一个飞行人员的名单，飞南美可不是闹着玩的，我们得慢慢甄选……"

三个人默默看着纸上的文字，互相对视，默然点头，感受到彼此的真诚，胸中充满澎湃激情。

东亚旅行社，端木翀和简一梅正坐在办公桌前一张张翻看那天在西餐厅偷拍的照片。简一梅道："那天整个剧组查了只失踪了一个人，是场工冯阿勤。我敢断定他那天一定去了西餐厅。"说着她拿出冯阿勤的资料照片递给端木翀。

看了看，他突然冷笑了一声，从一堆照片里挑出了一张："这个冯阿勤果然有问题！"

简一梅拿起照片端详："这下可以肯定了，从北平来的特使应该就是这个冯阿勤！"

端木翀突然又拿起一张照片，愣了一下。照片上，聂云开正行色匆匆地走进西餐厅。"怎么会这么巧？"简一梅从端木翀手里接过照片，皱起眉头。她翻过照片，看背面的记录时间是六点五十三分："那个冯阿勤进入西餐厅的时间是六点四十九分。他们两个人进入西餐厅的时间，相差仅仅四分钟……这会是巧合吗？"

端木翀跳起来："那一定有冯阿勤或者聂云开离开西餐厅的照片！快找！"

可他们找遍了也没有这样一张照片。简一梅沉吟道："看来聂云开和冯阿勤会遁地术，明明两个人一前一后进了西餐厅，却始终没人看见他们从西餐厅出来。"

端木翀分析道："小王临死前已经向我们报告，当晚九点多的时候，特使和雨燕曾经来过谢菲道上的徐氏私人诊所。"

"线索全都对上了，应该是雨燕从西餐厅设法带走了特使，而且，这个雨燕应该就是聂云开本人。"

端木翀思索着，缓缓抬头，和简一梅的目光交汇在一起。两人都有些恐惧。简一梅不安地问："是不是需要向端木主任打个电话？"

端木翀缓缓摇头，他从口袋中又习惯性地掏出那枚导管，心不在焉地把玩着。突然，他猛然站起，像一头受伤的野兽，愤怒着伸手将桌上照片统统推到地上！简一梅和张立峰都呆住了。

墙上的时钟嘀嗒嘀嗒地走着。办公室一片静寂，好像已经凝固。端木翀独自坐在那里，一动不动，好像一尊失去了生命的雕塑。他的目光一直盯着面前放在桌上的那枚导管。他终于拿起电话，给父亲拨了电话……

放下电话，端木翀咬着牙给聂云开拨了电话，他必须在最短的时间内与他见面。父亲的那句"如果他是共产党我只会杀了他"如雷贯耳……

鲜客来面馆里，只有聂云开和端木翀一桌客人。小菊把两碗热腾腾的面端了上来。见只有他们两个人，聂云开明白今晚凶多吉少。

端木翀道："别张望了，我跟小菊说好了，今晚这里就招待我和你两个客人。"

聂云开故作轻松道："呵呵，包下整间面馆，就为了吃两碗面，你是有钱没地儿花了？"

端木翀正色道："今天我有重要的话要跟你说。但凡一句话说错，就有可能是万劫不复。"

聂云开笑道："我说端木，你今天到底是怎么了，说的怎么都是我听不懂的话？什么叫万劫不复？你到底想跟我说什么？"

端木翀声音一扬："别跟我装糊涂了。聂云开，你到底是不是共产党？"

窗外，一道霹雳闪过，泼天大雨哗哗地下了起来。

第二十章 永不点燃的烟斗

大雨瓢泼，雷电交加。冯阿勤和聂云开分别走进西餐厅的照片摊在桌上，端木翀瞪视着聂云开，让他给一个解释。

聂云开猛然一笑："什么意思？就凭这些东西，你就认定我是共产党？"

端木翀脸色铁青："我确定了一些事情，但还有一些事情没有确定。云开，作为兄弟，我希望你对我开诚布公，不要有任何隐瞒。"

聂云开笑了笑，端起面碗，吃完剩下的面，把碗一放："我说端木，你们保密局是不是看谁都像共产党？"

端木翀脖子往前一探："你什么也不想承认是吧？那好，我说，你听。"接着他把冯阿勤的特使身份揭了出来。

聂云开故意道："我能问一下，这么机密的情报你是怎么得到的？可靠吗？这照片上的人看上去实在是太普通了，不像是一个干大事的人。"

"人不可貌相。我的情报来源非常可靠。而且我也确认，樊耀初和殷康年两位老总，已经答应跟这名特使秘密见面，时间就在昨晚七点钟，地点就在威士西餐厅。我猜写有会面时间和地点的纸条，就是你昨天早上借口送文件，亲自送到了樊耀初的手上。"说着他拿出一个透明文件夹，里面夹着没烧干净的纸条，"樊耀初的确是想烧掉这张纸条，可惜他太没有经验，因为他没有受过特工训练。不知道，凡是要销毁任何东西，必须要亲自盯着一切都烧干净才能离开。很幸运，让我拿到了这件证据。"

聂云开极力控制住自己的情绪："你的推测太牵强了。樊总每天早上有读早报的习惯，也许这张纸条是被人夹在报纸里送到他手上的呢？"

"六点四十九分，冯阿勤独自走进西餐厅，四分钟后，你也匆匆走进了西餐厅，很巧，也是一个人。这怎么解释？"

"这有什么奇怪的？我经常去威士西餐厅，有时吃牛排，有时吃意粉，那家餐厅的大厨手艺相当不错。"

"我在七点十一分走进威士西餐厅去喝杯酒，直到警察来临检，很多客人都被惊动了，但奇怪的是，我始终都没在餐厅看见你的人影。而且，我的手下也没拍到你或者那个冯阿勤从那间西餐厅走出来的情形。关于这一点，你怎么解释？"

聂云开拿起偷拍的照片皱皱眉："我建议你应该把那个负责偷拍的手下直接开除。他照相技术也太烂了，把我照得一点儿也不帅。"

"聂云开，你能不能正经一点儿！"

"我很正经！我知道你在盘问我，我要是一个不留神答错了，你的手枪会指着我的脑袋！这可是生死攸关，我怎么敢不正经！如果我没记错的话，昨天晚上因为天气过于湿热，一直都有雾气，能见度很差。威士西餐厅的客人很多，我昨天去餐厅，只是为了取一瓶预订很久的红酒，大概只待了不到三分钟，拿了酒我就离开了。也许我出门的时候正遇上一群前来用餐的客人，他们把我挡住了，所以你的人没拍到我。"说完聂云开笑眯眯地看着对方。

端木翀气道："聂云开，你可真会狡辩啊。"

"我只是说出事实。端木，你不能仅凭你的手下没拍到我离开西餐厅的照片，就认定我是共产党。这种证据根本站不住脚。"

"哦，我想起来了，你说得对，昨天晚上的确起了很大的雾。我得到消息，特使和他那个代号叫雨燕的香港联络人，被我的手下堵在了谢菲道的徐氏诊所里。可惜，当我匆匆赶到的时候，他们再一次从我眼皮底下溜走了。"

聂云开嘲笑道："你可真倒霉，两次设下埋伏，两次都扑空了，运气太差了。"

"不过我在那片茫茫雾气中，模糊看到有两个人匆匆离开的身影，一高一矮，其中有一个身材很高大，他捂着自己右边的肩膀，好像是受了伤。因为我的手下临死前打了他一枪，子弹应该是在右肩膀上！"

聂云开平静地看着端木："那又如何？"

"那个叫冯阿勤的特使，是个只有一米六左右的矮个子，而那个受伤的高个子，就是中共在香港负责与两航联络的负责人，代号雨燕。聂云开，你就是雨燕，对吧？"

聂云开下巴一抬："为什么？因为我个子很高？有没有搞错？像我这样的高个子男人，全香港没有十万也得有五万。端木翀，我早就提醒过你，在保密局干久了，有职业病，看谁都像共产党。"

端木怒视着聂云开，一拍桌子："巧言令色！想在我面前蒙混过关，告诉你，不可能！"

这时面馆门帘一掀，滕飞一手夹着一只酒坛子，大踏步走了进来："小菊，过来接把手，今晚上这雨可真大！"

端木翀愕然，他怎么来了？滕飞冲他俩笑着道："云开，端木！你俩来吃面怎么也不事先通知我一声？"说着大咧咧地坐下，抖了抖身上的雨水，给自己倒了杯茶一饮而尽，"云开，昨晚跟你喝多了，现在我这口还渴呢。你拿的那瓶红酒真不错。下回再去威士西餐厅，跟齐老板说，那种上好的红酒再从欧洲多进两瓶。"

聂云开笑了笑："滕飞，你来得正好。请你告诉端木翀，昨晚从七点半到十点，我人在哪里，在干什么。"

滕飞满不在乎地应答："在我宿舍里呀！昨晚我跟云开喝酒聊天，两个人喝光一瓶红酒，本来还想再接着喝点儿五加皮，可樊江雪那个鬼丫头打电话来，叫云开去陪她看通宵电影，云开就扔下我去老师家了。云开，我猜江雪那丫头是暗恋你吧？"

幸好昨天他提前和滕飞做了沟通。两人心照不宣地眼神一碰。

聂云开故意道："去你的！别胡说，江雪就是咱们的小妹妹。"

端木翀冷眼旁观："滕飞，你真的确定昨晚七点半到十点钟那段时间，云开真的跟你在一起喝酒？"

滕飞点头道："没错呀！我还没老到连昨晚发生的事情都搞不清楚吧？你们到底是怎么了？出什么事儿了？端木翀，你干吗板着一张脸，三堂会审？"

端木翀将疑虑的目光重新投在聂云开身上，语气略有缓和："好，就算你昨晚有人证，但我还是想看看，在你的右肩上到底有没有一处枪伤！"

聂云开满脸恼怒地站起："你闹够了没有？今天晚上，从坐下来开始到现在，你真的是在一步步挑战我的底线。你怀疑我是共产党？想看看我肩上有没有枪伤？行，我可以把衣服解开，让你看个清楚，可是端木，如果我这肩头没有枪伤，你打算怎么办？十几年的兄弟情分，你居然这么怀疑我？来，干脆你亲手把我身上的衣服撕开，我让你今天看个够！"

端木翀也起身，走到聂云开面前。一边的滕飞屏息看着这一切，心怀担忧。端木翀缓缓伸出手去，眼看就要触及聂云开的衣领处。突然他的手在半空中拐弯，落在聂云开的右肩膀上，用力捏了捏。

聂云开始终面色平静，连眉头都没皱一下。端木翀勉强挤出一丝笑容，口气缓和道："云开，别生气嘛，我也是职责所在。大家十几年兄弟了，我相信你是清白的。"

聂云开冷冷地正视端木："自从你当了保密局香港站的站长，疑心生暗鬼，从你眼里看去谁都像是共产党。再深厚的兄弟情谊也敌不过你如此翻脸无情！"说着他大义凛然地走了出去……

端木翀睨着他的背影疑惑：难道他真的不是那个代号雨燕的共产党？

迷蒙的夜色开始降临在整条街道上，几辆汽车速度奇快地在路上行驶着。端木翀面色兴奋，像是个要收网猎物的猎人。今天他收到线报，樊耀初和殷康年今晚在莲香楼见面，说不定那个特使也会出现。这两只老狐狸终于沉不住气了。想到这儿他不禁面露得色，今天晚上这次收网行动，一定要抓住中共的特使，粉碎他们的阴谋！

莲香楼包间内，围桌而坐的四个人默默看着两名"侍者"送菜进房间。根仔手脚麻利地把手中凉菜放在小餐车上，退到门口，目光如电开始警戒。另一个侍者把小餐车推到一边，摘下厨师帽和口罩，正是特使冯阿勤。

聂云开低声介绍："这位先生叫朱易，是我党从北平派出的特使，此次历经重重波折，今日终于和樊总、殷总两位老总见面了。朱先生是我们情报战线上出名的记忆专家，这次和两航会谈需要的全部资料细节，都藏在朱先生的脑子里。时间宝贵，现在就请他为两位老总详细介绍人民政府替两航规划的未来蓝图。"

樊耀初和殷康年激动地过去握手。特使缓缓道："根据新中国的现有条件，准备在华北、中南、西南为我国航空事业的发展，建立几个基地。如果能够集合你们两航现有的机群、器械以及人才储备，会对发展新中国未来航空事业有莫大的帮助。只要两航愿意回归新中国的怀抱，未来愿意在哪座城市设立飞机制造厂、修理厂或是建设大型机场，人民政府都会通力协助。包括两航回归员工的家庭安置情况，任何要求我们都会尽全力满足。"

聂云开补充道："还有一件重要的事要告诉大家，中国人民解放军已为策应两航回归做好了充分准备。就在五天前，四野已经派出两个防空旅进入岭南地区，控制住东南领空，准备随时掩护两航人员和物资，保障我们两航能够安全撤出香港。"

樊耀初和殷康年颇受震动，殷康年道："新政府既然看得起远航，没说的，远航愿意回归！"

樊耀初也态度坚定道："樊某毕生心愿就是能看到中国国家强盛，国富民强，我们中国人在世界上也能凭自己的实力，创建出一流的航空事业！华航愿意回归！"

特使上前伸出双手，和樊耀初、殷康年的手紧紧握在了一起……

这时，包间的大门被人打开，端木翀领着手下突然闯了进来。

聂云开站起来，一脸惊讶："你怎么来了？"

端木翀缓缓扫视着包间内，满桌丰富的酒菜，桌旁只坐着四个人：樊耀初、殷康年、聂云开和沈希言。当他看到沈希言坐在聂云开身旁时，心中猛地一痛。他竭力冷静道："我正好带着几个兄弟在莲香楼吃饭，听说恩师和你们也来了，所以特地来打个招呼。"说着把手下赶了出去，很自然地落座，"今天这桌人凑得有些稀罕，究竟有什么重要大事能请动华航远航两位老总同时莅临，坐在一起喝酒吃饭啊？"

樊耀初笑吟吟地拿起酒杯："端木，你来得倒真是时候。让你说中了，今晚有大喜事，是云开和希言共同出面请我和康年兄来吃这顿饭的。"

端木翀一愣。这时殷康年也有样学样地举起酒杯："端木站长，你可能还不知道吧？聂总经济师就要跟沈主任订婚了，今晚这顿饭，就是他们小两口出面请我和耀初老弟商量婚礼的有关事宜。你也知道，咱们大家在香港都是客居，条件有限，我们正商量着，如何把这桩婚事办得风光些、热闹些！"席间众人都欢喜地笑了。

端木翀却像受了重创般，差点没坐稳。他看向沈希言："这是真的？你们不都说从前的事已经时过境迁不可追了吗？你和他……到底是什么时候又和好的？

我居然都不知道……"

沈希言什么也没说，只是微笑地转脸看向聂云开，一脸的幸福。

聂云开顺势拉起她的手："说起来也是因祸得福，要不是希言前段日子出了车祸受了伤，也许我永远都不会知道，原来她在我心里的分量有那么重。所以，她一出院我就向她求婚了，生命苦短，我们都要好好珍惜眼前人。"

端木翀掩饰着，随手抓起一只酒杯给自己满上，高高举起："满目山河空念远，落花风雨更伤春，不如怜取眼前人！好，恭喜你们终成眷属，恩爱到白头！这杯酒，我敬你们！"可是这口酒下肚却是苦涩无比。

两人满怀深情地凝望着对方，聂云开一把将沈希言拉到自己怀中。两人紧紧拥抱在一起。沈希言眼角流下晶莹的泪花。聂云开在沈希言的耳边轻声低语："……我们成功了。"

今晚的订婚虽然只是一个幌子，但他暗暗发誓，总有一天，他会给希言一个风风光光热闹的婚礼……

深夜，端木翀坐在办公室里，这几天毫无进展，他一脸疲惫，胡乱用手抓着头。简一梅安慰道："别急，中共特使一定会设法跟樊耀初和殷康年秘密接触，我们一定能抓住他。码头都已经布置好了。"

这时电话铃突兀地响起了。端木翀匆忙地抓起来一听，抓着话筒的手背青筋凸起，放下电话，他突然自嘲地笑了："是猫眼打来的，他刚刚得到消息：中共特使今天早晨坐上返沪的客船，已经离开香港了。"

"啊！"简一梅惊道，"这怎么可能？"

端木翀沉重道："猫眼说，他可以肯定，中共特使已经跟樊耀初和殷康年秘密见过面了，就在我们的眼皮底下！日夜监视，到头来还是让共产党钻了空子！猫眼说，中共特使是在殷康年义子殷涌的协助下，坐船离开香港的。"

简一梅一惊："殷涌？对了，我想起来了，殷涌是个工程师，在维多利亚码头工程处任职，负责码头船舶的维修检查工作。共产党真是擅长利用各种关系。"

"殷康年父子甘冒风险帮助特使离港，樊耀初也对此知情，这两个人的态度已经说明一切了。"

"特使已经截不住了，接下来我们该怎么办？"简一梅急道。

端木翀从口袋中掏出那枚导管，习惯性地把玩起来："没有抓住中共特使是一大遗憾，但如果能够一举擒获这个雨燕，我们照样也能阻断两航和共产党的联系。别忘了，雨燕就是共产党派到香港专门负责和两航沟通的联络人。"

"有道理，就算我们抓住一个特使，中共也可以再派一个过来。但只要我们抓住雨燕，就等于斩断了两航和共产党的私密通道！这才是釜底抽薪的绝妙对策。"

"要不惜一切代价，抓住雨燕！"端木翀的眼中杀气一片。

夕阳西下。码头船坞中，殷涌正在指挥几名修理工在一艘停泊的货船爬上爬下地检修着。突然，不远处传来两声枪响。殷涌等众人茫然地抬头四处张望。从船坞附近堆砌的各种杂物堆旁，跌跌撞撞一路跑来一个浑身是血的男人。他不顾一切地跑到殷涌面前，一把抓住他急切地问："你是不是殷涌？是不是殷康年老总的公子？"

殷涌茫然点头。这个男人道："太好了！情况紧急，我是在广州的中共地下党，特使乘坐的轮船在广州码头被保密局给截住了，他们不知道从哪儿得到的消息，挨个盘查船上所有乘客，特使身份暴露，已经被抓了！"

殷涌一下蒙了："什么？怎么会这样？"

"我本来是赶到香港来报信，但被保密局的人发现了，他们在追杀我！……"这时从不远处，张立峰带着众手下出现了，他们一路追逐着赶过来。那男人吓得说："请你设法联络到雨燕同志，保密局的人即将把特使押回香港，请他一定要组织营救工作！"他说完，拔腿就跑，张立峰等人紧紧追赶。砰的一声枪响，那个男人头部中枪倒地。张立峰冷冷地命令手下将尸首扔到了海里。

张立峰转身走到殷涌等人面前，面色冷峻道："刚才那个人跟你们说了什么？"

殷涌知道情况危险，立刻镇定道："什么也没说。他只是说被人打劫，向我们求救。"

张立峰目露凶光："笑话，什么打劫。我们这是警方秘密行动。你们几个不要乱说，当什么也没看见！"说完带着众手下离开了。殷涌看着不远处那摊鲜血，一阵心悸。他赶紧跑回家跟父亲汇报。

殷康年满脸惊诧："特使在船上被保密局的人抓走了？"他边说边摇头，"会不会是保密局为了试探我们，故意设下的苦肉计？"

殷涌凝重道："我看不像。那个报信人真的被保密局的人一枪打死了，尸首也扔到了海里。这是我亲眼所见！"

殷康年倒吸了一口凉气："要是特使落到保密局的手上，那事情可就严重了。"

殷涌道："报信人说希望我们能够想办法联络到雨燕，他说雨燕会组织营救工作的。爸，雨燕究竟是谁？我们怎样才能找到他？"

殷康年没说话，他走到窗前，夜色开始笼罩下来，真是乱云飞渡，迷障丛生啊。他想了想道："事关重大，小涌，你马上去一趟云咸街上的威士西餐厅。那里的齐老板你也认识，你把今天发生的所有事情都告诉他。他一定会设法通知雨燕。"

事不迟疑，殷涌立刻赶往西餐厅，把今天发生的情况都跟齐百川汇报了一遍。不想齐百川却说："你得到的是假情报。半个小时前我已经收到消息，特使抵达广州后已经更换了其他交通工具，目前他人很安全。"

"假情报？可那个人真的是冒着生命危险来找我报信呀！他让我务必要把特使被抓的消息通知雨燕，让雨燕设法组织营救……"殷涌难以置信地说。

齐百川喉头一紧："哦，那个人居然还知道雨燕？"这时侍者探头过来说保密局的人来了。齐百川点点头。他马上让殷涌回忆一下，那个送情报的人长什么样。

殷涌回忆道："那个人皮肤很白，对了，他左脸上有一颗很大的黑痣，就在这里。"他用手指着自己的脸颊，比画着。

齐百川缓缓点头："……原来是程大雷。"这个程大雷就是秘密情报站的看门人，原来爆炸的时候他并没有死，那么问题就来了……想了想，他全明白了，他示意殷涌赶紧离开西餐厅。

这边殷康年还坐在客厅里等殷涌的消息，不想糖姐的声音突然传来："老爷，老爷！"只见张立峰持枪顶着糖姐，缓缓走入客厅。他身后跟着众多特工，杀气腾腾。

殷康年吓得一哆嗦。紧接着端木犹如舞台亮相，缓缓走进客厅，看着殷康年笑了："殷老板，一个人下棋多闷啊，不如大家坐下来好好聊聊天？"

正在此时，客厅内的电话铃响了，张立峰用枪捅了捅他，示意他接电话。殷康年胆战心惊地接起电话，果然是聂云开打来的，他说："我是雨燕。特使的事情我已经知道了，你那里不安全，我们换个地方见面。今晚十点钟，元朗余氏祠堂。

我们见面后再商议对策。"电话挂断了。

端木翀同时也听到了电话，他笑着说："还是殷老板的面子大，雨燕终于要露出他的庐山真面目了。"

月光下，余氏祠堂门口两侧的路灯昏黄不明，一个戴着礼帽的男人背对着路口站在祠堂门口。一个同样低戴着礼帽的男人匆匆走来道："殷老板，等急了吧，别着急，咱们好好商量一下营救特使的计划……"说话的人正是齐百川。

不想那人一回身，并不是殷康年。这时灯光大亮，端木翀带着众手下现身了，黑洞洞的枪口同时指向齐百川。端木翀得意道："雨燕，你好哇，久仰大名。"

齐百川似乎愣了一下，电光火石间从黑影里蹿出几个特工将其扑倒在地，狠狠揿住了他。端木翀喝道："把他带回去，小心，雨燕可是个大人物，要好好招待。"众特工押着齐百川匆匆上车。

这时张立峰问："站长，殷家那父子俩怎么办？"殷家父子俩已被几名手下用枪指着，无奈地坐在车里。端木翀打开车门，客气地说："殷老板，你跟共产党暗通款曲的事情，我都知道了。现在之所以不动你，是因为党国存亡之际，我不想横生事端。希望你和樊耀初好自为之，不要再执迷不悟，跟共产党牵涉不清。这一次帮我抓住雨燕，你们父子算是将功补过。回去记得转告樊耀初，悬崖勒马，好自为之。"说完啪地把车门关上。接着他眼珠一转，命令张立峰，"马上把聂云开接到落马坡去！"

夜路上，汽车朝落马坡行驶着，聂云开坐在车内不明所以："你们站长大半夜叫我到落马坡来，到底想干什么？"

张立峰道："聂先生，您就别问了。我什么都不知道。"

落马坡审讯室里，齐百川手脚被绳索捆在一把椅子上，衣服已经被扯烂了，浑身上下都被皮鞭抽得累累伤痕。

端木翀一见聂云开便得意道："告诉你一个好消息，对不住，这次真的是我搞错了，我向你郑重道歉。你不是共产党的雨燕，我一时糊涂，差点儿抓错人。真正的雨燕，就是这个人，齐百川。"

聂云开一脸蒙："齐百川？那个威士西餐厅的老板？怎么，他就是雨燕？"

端木翀肯定道："没错。人证物证都对得上，还有，他肩膀上有一处新鲜的枪伤。"

聂云开看着玻璃那面被绑在椅子上的齐百川，假装恍然大悟的样子："真没想到，他居然会是共产党。"

齐百川面容平和镇定。不论对面的人问自己什么问题，他的回答一概都是一个标准答案："我是一个生意人。我在云咸街上开着一家西餐厅……"

端木翀道："听到他说的话了吗？不管我的人问他什么问题，他只是重复这两句话。其他的什么都不肯说。这个人一定曾经受过严格的特工训练。"

聂云开貌似轻松地看着玻璃那面，内心却翻腾得如滚开的沸水。

几个小时前，齐百川的声音清晰地回响起来："出了一件生死攸关的事。敌人想利用殷氏父子，引诱雨燕现身。我的西餐厅已经暴露了，雨燕，端木翀已经开始怀疑你了。没有人比我更清楚你对两航回归所起的作用，我们必须要想个两全的良策，洗清端木翀对你的怀疑。你听我说，今天晚上，我必须要用自己这具已经暴露的身躯，替你挡住敌人怀疑的目光，竖起一道安全的屏障……雨燕，你不用再说了，我坚持这么做……雨燕，多保重，替我完成两航回归的任务。"说完他放下手里那只永不点燃的烟斗，拿起了手枪，掉转枪口对准自己的右肩头，沉着地开了一枪。

聂云开胸口钻心地疼，但他仍极力让自己保持冷静。

玻璃那端，众特工忙着七手八脚给齐百川身体各个部位安装电击点，连通密密麻麻的电线。

端木翀得意道："就算他是铁打的，待会儿也要跪地求饶。你等着，我给你看一出好戏。"他伸手摁下一个电钮。众多电流一起通过齐百川的身体，他抑制不住地叫起来。聂云开扭过头去，不忍再看。端木翀幸灾乐祸道："难受吧？不想受这份罪，就把一切都说出来吧。"

齐百川微弱地说了一句什么。端木翀没听清，他向前探身："你说什么？"这时，齐百川被捆在椅背上的双手之间，有亮光一闪，那是一枚微型小刀，锋利的刀刃正在轻轻割着绳索。齐百川又嗫嚅着，端木翀又向前靠去。突然他抬起头来，目光如电，泰然地笑了："雨燕生就一双翅膀，注定要在大海上自由翱翔！"被捆绑的双手突然已经挣脱了绳索的束缚，齐百川如一头雄狮般跳起来，抢起椅子击中端木翀。

端木翀被椅子撞飞，他反应迅速地爬起来。此时，齐百川已经撂倒几名手下，动作敏捷地抢到手枪向他射击。连开数枪，手枪没子弹了。此时，张立峰带人冲进审讯室，数发子弹打在齐百川手臂上、腿上、肩膀上、腰上……

齐百川咬着牙，拖着受伤的身躯，在审讯室的地板上爬行着，伤口流出的血拖出一条长长的痕迹……他终于艰难地拿到一把手枪，突然他倒转枪口，对着自己。他最后冲玻璃这边笑了笑。聂云开强忍着悲痛，眼眶已控制不住地红了……端木翀看到齐百川想要自杀，着急地想阻止："不要！"但已经来不及了，一声响亮的枪声，齐百川面带微笑地缓缓倒在地上。一摊鲜血，从他的头边缓缓流出。

玻璃这边，聂云开沉痛地闭上了眼睛……

第二十一章　订　婚

处理完雨燕，端木翀赶紧打电话跟父亲报喜。

端木衡却一脸平静，只问雨燕是否就是聂云开。端木翀却道出了齐百川的名字。端木衡一愣，平静的五官拧到一起，最后劝了一句，要他时刻保持警惕，对两航不能轻举妄动。

端木翀道："樊耀初和殷康年已经与中共特使有过接触，怕是有了异心。只是樊殷二人在两航精耕细作多年，根系庞大。若是骤然换掉这两个股肱老臣，我担心会令局面更加动荡，所以我暂时没有对他们动手。"

端木衡点头："你做得很对。党国如今内外交困，人心惶惶，香港局势更是一日三变，水深难测。稍有不慎，恐怕会全盘崩溃，到时候更难收拾。我了解樊耀初，他性格谨慎，跟中共私下接触恐怕也是要给自己找条后路。生逢乱世，各找出路也算是人之常情，我相信他还不至于彻底背叛党国。"

"我明白。只是，我担心守得了初一，守不过十五，只要两航继续留在香港，风险就依然存在，除非——立刻将两航迁往台湾。"

端木衡沉默片刻说："你说得不错，我会立即安排迁台委员会签发正式的两航迁台命令，在此期间，你继续以温和手段控制住两位老总。"

端木翀放下电话，掏出导管，放在手上把玩着，眼神阴晴不定。

第二天，他便召集樊耀初和殷康年谈话。

当樊、殷二人听到端木翀说把两航迁往台湾，都惊恐地瞪大了眼睛。樊耀初气道："端木翀，这又是唱的哪一出？你也看到了，办公楼和宿舍好不容易才完工，几条国际新航线刚刚打通，眼看两航就要在香港站稳脚跟，现在贸然迁移，无异于掘根断源，对两航的伤害将是巨大的。"

殷康年马上应道："是啊，人挪活树挪死，两航可经不起这么折腾。"

端木翀猛地将茶杯往桌上一摔："航空公司的经营，我是外行，但有个道理我是懂的，那就是两害相权取其轻。迁移两航是会有所损失，但总好过为他人作嫁衣裳！中共的联络人雨燕虽然已经除掉了，但难保不会出现第二个，第三个！我今天亲自给两位总经理送这道命令，并不是要听你们的意见，而是看你们今后的表现是否对得起党国的信任！"

众人听出端木翀的威慑之意，殷康年更是面容煞白。樊耀初道："不管怎么说，只给半个月的搬迁期限，实在是太仓促了。"

端木翀盯着在边上一直不开口的聂云开说："事关党国基业的大事，自然是要分秒必争……聂总经济师，你说对吗？"

沉默的聂云开笑笑："既然是上峰的指令，我们身为两航的管理者，就是克服万难也要不负重托，我支持上峰的迁台计划。"

话落，樊耀初和殷康年都有些惊讶。聂云开语气一转："不过，两航迁台是大事，牵一发而动全身，牵扯到两航的方方面面，必须做出详细的方案，不如我来为两航详细谋划一个迁台方案，如何？"

端木翀满意地点点头……

等端木翀走后，聂云开才对两位老总说："红隼同志的牺牲虽然暂时平息了保密局对我们的调查，但老师和殷总仍然是他们高度防范的对象。国民党政府担心你们再和中共继续联络，才急着要将两航迁往台湾。在这个敏感时期，我们在表面上一定要做出积极配合的姿态，以打消他们对两航的怀疑。"

殷康年道："嘴一张牙一咬，答应下来是容易，可怎么应付过去呢？总不能真的准备迁台吧？"

聂云开道："既然端木提出了两航迁台的方案，就没打算给我们拒绝的机会。但明着不行，暗地里，我们还有一字真诀——拖！只要我们在迁台条件上做足文章，迁台这个事就得拖着。我已经有大致的行动方案。老师，殷总，只要你们初心不改，我们的行动还是可以顺利进行下去。"

樊耀初道："开弓没有回头箭。云开，都到了这个时候，我们自然不会动摇。"

殷康年惭愧道："是啊，你们共产党的一片赤诚，我殷康年早已了然在胸，可我们父子却一时疏忽，中了端木翀的奸计，害得红隼同志白白牺牲，如果我对起义再说半个不字，简直就是天理不容！"

三人都凝重地点点头……

没几日，聂云开就交给端木翀一份迁台预算。他一看数字竟然需要两百万美金！他马上将资料拿给父亲过目。端木衡仔细看了看，发现聂云开算出来的两航迁台预算，条条章章都有据可查，无可辩驳。

端木翀气道："这个聂云开，用钱来难为我们，还真是拿住了党国的死穴。没有预算，那两航迁台的事岂不是要半途而废？父亲，我们是否需要强硬一些？只要把他们两个总经理弄到台湾去，施加一点儿小小的压力，不愁他们不就范。"

端木衡却说："现在的局势，欲速则不达，你得掌握好火候——工不到，事不成；气不成匀，饭不熟。"

一艘小渔船停泊在幽静的港湾内。聂云开和张书记秘密约到一艘船舱内碰头。

对于齐百川的死，两人都非常痛心。张书记悄声道："为了安全起见，也为了纪念齐百川同志，雨燕这个代号今天起不再使用，你的代号正式更改为金乌。上级还决定，同意让沈希言同志加入你那个两航回归工作小组中，让她全力配合你的工作。沈希言同志的代号是：海鸥。古代传说中，金乌就是太阳鸟。金乌同志，愿你和海鸥同志并肩携手，早日把两航全体员工带回到太阳升起的祖国去！"

聂云开欣喜地笑了："二零七，请转告上级，金乌替海鸥同志保证，一定胜利完成任务！"

张书记道："现今国民党反动派已经全面从广州撤离，他们只能撤到台湾那个小岛上暂时栖身了。"

聂云开点头说："目前老端木通过遥控小端木，企图重新掌控两航的主控权，樊总和殷总也受到威胁。拖字诀虽然暂时抵挡住了国民党政府对两航的迁台计划，但只是被动应战。我们要设法掌握主动权，接下来该是通过工会组织，在两航各层员工中展开动员工作了。"

张书记最后说："时间紧迫，两航回归计划必须马上启动，你是两航回归工作的总负责人，你来全面推进各项工作。希望我们在两航的工作也能早一天看到胜利的曙光。"

聂云开相信这一天已经不遥远了。

跟张书记分开后，聂云开马上找到了沈希言，他要把好消息带给她！说明来意后，沈希言早已喜极而泣。

聂云开拿出了一把手枪严肃道："你现在要学会开枪！"说着手把手教她。片刻，他拉起沈希言的手，突然说，"还有一件事我必须要说，希言，我们订婚吧！"

沈希言惊讶地望着聂云开，不敢相信："你说什么？"泪水再次激动地涌出来。

聂云开兴奋道："我说我们订婚吧。为了消除端木翀的怀疑，我跟他承认我们过几天就要举行订婚典礼，组织上也已经同意了。这是任务，却也是我内心最真实的愿望。希言，你愿意嫁给我吗？"

沈希言马上点点头，幸福的泪水缓缓流下："我愿意，我做梦都在等着这一天。"沈希言刚想拥抱，聂云开忙制止她。他小心地拿起沈希言手里的枪，拉上保险，放入腰间，开玩笑地说："对不起，我不该在你拿着枪的时候向你求婚，总觉得是有人受到了胁迫……"

沈希言笑着捶打他，却又紧紧将他拥住："傻瓜，你的求婚是最完美的，我一辈子也忘不了……"

夕阳余晖下，两人相拥的身影格外动人。

端木翀把报纸狠狠地扔到桌上，报纸醒目的位置上刊登着聂云开和沈希言的订婚启事。他的心狠狠一抽，可又有种无力回天之感，他知道沈希言爱的是聂开云，在希言心里，他甚至一文不值。

对这则订婚启事同样含酸的还有樊江雪，她对聂云开一直一往情深，可最后他还是选了希言。输在希言手里，她也无话可说，毕竟从外在到内在，希言完美得无可挑剔。那晚看到他们二人出双入对地来报喜，她还能说什么呢？

希言也深知江雪的心思，特意拉着她的手祝她早日找到如意郎君。看得出希言是真诚的，那一刻江雪也释怀了。最好的爱也许就是成全，有情人终成眷属，她唯有祝福……

第二天，皇家大戏院大厅内贴着显眼的红色双喜字。滕家兄妹，樊家兄妹，聂云开和沈希言，六个年轻人嘻嘻哈哈地布置着喜筵会场。红布、彩绸、彩带，将这里点缀得既热闹又温馨。

会场正前方布置了一个铺着红毯的高台，滕飞将一人高的话筒通上电，拉到高台中央摆好，吹了吹麦克风，音箱响起他洪亮的声音："接下来，请各位欢迎聂云开、沈希言一对新人入场——"他用肉嗓子哼起了婚礼进行曲。聂云开和沈希言挽着手、肩并肩，彩排着缓步前行。滕小菊嘻嘻笑着，向聂云开和沈希言身上头上撒着彩色纸屑。樊慕远和樊江雪羡慕地望着这对璧人。

众人正嬉笑忙碌着，突然厅门被推开了，露出一张年轻人的脸。

滕飞看到那个年轻人，停住了手中的忙碌："谭剑？你怎么来了？"

谭剑一脸无奈："刚接到上面的通知，今天晚上要执行特殊任务，协助广州国府运输撤离物资。另外，此次为特殊飞行任务，要求保密。"

聂云开忙过来问什么事，滕飞也不宜多说，交代了一下便和谭剑走了。两人回到宿舍，滕飞一边收拾一边抱怨："广州国府那帮孙子，用起我们来真顺手！不管白天黑夜，只要特殊命令一下，咱们拼死拼活就得给他们飞！"

滕飞见谭剑没有反应，疑惑地抬头，发现谭剑正在发呆："怎么了，是不是北边来什么消息了？难道是家里出事了？"

谭剑志忑道："滕哥，我今天刚收到消息，我爹病了，病得很重。"

滕飞忙说："缺钱吗？要不要兄弟几个给你凑凑？"

"那倒不用。我老家已经成立了人民政府，听我姐说，人民政府办的医院，免费给人民治病，不收钱。可是我想家，滕哥，我爹这一病，也不知道还能不能治好，万一他有个好歹……"

滕飞打断他："别胡思乱想，没那么糟糕。你家老爷子身子一向挺硬朗的。再说了，咱们跟着华航来到这里，就等于断了线的风筝，有家也难回啊。"谭剑沉默着，叹了一口气。

滕飞道："行了，赶紧收拾，小祥还等着咱们呢，听说这次有国防部的军官随同，急慢不得。"谭剑只得点点头。看到滕飞背着行李走出房门，谭剑又看了看家书，眼里闪着异样的光芒。

滕飞收拾完便前往启德机场机库，几名机修工正在检查着准备起飞的 C-46 运输机，滕飞在一边不放心地说："章师傅，油箱系统的维护必须要仔细点儿。您是老机修师傅了，应该最清楚：这款 C-46 运输机最致命的弱点，就是油箱非常容易漏油，如果在高空飞行时，汽油遇上组件里的火花，后果可是不堪设想啊。"

老章道："滕机长，放心吧，我们早就检查过了。这架运输机刚刚改装了新油路，虽然耗油量高，但是可以杜绝在飞行中的漏油现象。"

滕飞道："那就好，我们这次执行特别任务，恐怕要装载不少货物，承重没问题吧？"

"放心吧，C-46的好处就是容量大，能装着呢。"老章刚说完，三名军装笔挺的国军军人出现在机库门口。

"都准备好了吗？"滕飞和谭剑转脸，看到一名国军少校带着两名士兵快步走到自己身前。国军少校一脸倨傲："我姓陈，是国防部作战厅的少校参谋。请问，今晚执行特别飞行任务的是哪几位？"

滕飞走前一步，向陈少校点点头："陈少校好，我是机长滕飞，这两位是协助我担任此次飞行任务的副驾驶谭剑、第二副驾驶李小祥。请问我们今晚的具体飞行路线是什么？"

陈少校从公文包中掏出一张纸递给滕飞："给你，请你们尽快做好准备。我们将在七点钟准时起飞。"

滕飞接过纸看了看："看来是要从广州运输物资去金门了？"

陈少校道："具体情况你们不需要知道，只要规划好线路，保证飞行安全就行了。滕机长，六点四十五分，我们停机坪见。"说着带着两名士兵转身离开。

这时谭剑凑到滕飞身旁问："机长，这三个带枪的家伙要跟咱们一块儿飞？跟押犯人似的，这不是信不过咱们吗？"

滕飞道："肯定是为了运送重要战备物资，怕我们半路跑了，所以要一路押送。只要我们不惹事，没必要搭理他们。"

谭剑点点头，眼神却极其飘忽。

黄昏，皇家大戏院门口，鞭炮被竹竿挑着，噼噼啪啪地热闹地燃放起来。樊慕远挑着竹竿，喜笑颜开。聂云开和沈希言并肩站在门口，向前来道贺的各位亲朋好友，不停微笑点头致意。聂云开穿着西装，打着领带，神采奕奕；沈希言穿着新制的旗袍，颜色比平时素雅的风格略显美艳，惊艳全场。

两人齐齐走上舞台，聂云开向众宾客鞠躬："感谢大家百忙之中出席我和希言的订婚典礼，为我们共同见证此生最重要的时刻。下面有请我们的证婚人，中国华荣航空公司总经理樊耀初先生发言。"

樊耀初微笑着上台，走到麦克风前："诸位，今天在这里即将缔结婚约的两位新人，一个是我昔日的得意门生和如今的左膀右臂，另一位是女中巾帼，她的辛勤工作，顶起华航的半边天。今日聂云开先生和沈希言女士，在诸位的见证下，缔结神圣的婚约，我相信他们必定能够百年好合，白头到老。云开做学生的时候，是名好学生；如今做公司的管理者，也是个好帮手，希望他和希言女士成婚后，也是个好丈夫，好爸爸！"

在众人热烈的鼓掌声中，端木悄无声息地出现在宾客中，他看着台上的这对新人，心里不是滋味。这时，聂云开一眼看到了人群中表情复杂的端木翀。他拉着沈希言走了过去。

端木翀马上挤出笑容："你们两位大喜的日子，我再忙也得来沾沾喜气。希言，祝你幸福。"

沈希言道了谢，端木翀拿出了事先准备好的礼物。就在此时，张立峰突然闯入，他凑到端木翀耳边低语一番。端木翀的脸色越来越难看。片刻，他用冷冰冰的眼神盯住了聂云开："新郎官，很抱歉，可能要搅了你的订婚宴了，麻烦你叫上樊总，华航麾下飞行员谭剑，驾机私逃，滕飞作为通敌同谋，已被军方扣押……"

订婚仪式不得不中断。

三人进了会议室，端木翀一脸的狰狞和阴森，他不急不慢地说："……根据广州白云军用机场发来的急电显示，华航飞行员谭剑趁机场警卫疏忽之时，私自驾驶 C-46 货机强行起飞。当地塔台制止警告，均告无效。雷达显示，谭剑驾机向北飞去。刚刚保密局已经收到从南京内线发来的消息：谭剑驾驶飞机，已在南京机场降落。更为重要的是，他驾驶的那架 C-46 货机上，装满了国防部要运往台湾的重要军事资料！这些资料的泄露，对党国在未来的战略部署，将是重大损失！樊总，谭剑是你们华航的人，这次单飞事件，华航难辞其咎！"

樊耀初不卑不亢道："端木站长，你也说了，谭剑驾机单飞，是一次个人行动。试问，一个人想跑路，华航事先又怎么会知情呢？"

端木翀道怒目道："你错了，樊总，有证据显示，此次执行飞行任务的机长滕飞，也在暗中协助了谭剑驾机单飞的行动。国防部方面认定，这次事件是有预谋有组织的。"

聂云开开口了："我不同意国防部的推论。我能够证明，这次飞行任务来得很突然，滕飞在接到任务前，还在为我的订婚典礼做准备。试问，他如何跟谭剑突发奇想，密谋单飞？"

　　端木翀不屑："你在这里为滕飞辩解是没用的，国防部已经将他扣住，要把他送往军事法庭接受审判。"

　　樊耀初愤怒道："端木！你别忘了，滕飞可是你多年的好兄弟！"

　　端木翀不以为然道："正是因为他是我多年的兄弟，我才不能罔顾私情！如果真的有证据显示他协助他人投敌叛国，我第一个支持把他送上军事法庭接受审判！"

　　"我不相信滕飞会做出这样莽撞的事。云开，你马上陪我去广州，我必须要亲自见到滕飞，了解事情的全部真相。"

　　端木翀冷冷一笑："我陪二位走一趟。"

　　众人连夜赶到国防部牢房。当滕飞疲惫地抬头，看到门口出现的三张面孔，先是惊喜，然后是默然。

　　端木翀冷冷地看着滕飞："滕飞，这到底是怎么回事？驾机叛逃，协助同谋，这要把你送到军事法庭可是死罪！"

　　滕飞辩道："我什么都不知道！这件事跟我无关！"

　　端木翀喝道："跟你无关？谭剑可是你的副驾驶！"

　　"他是在白云机场装运物资后，趁大家起飞前一个疏忽的空当，突然驾机起飞的。国防部跟机随行的陈少校他们想推卸责任，所以诬陷我是同谋！"

　　樊耀初马上说："滕飞，你放心，既然你是无辜的，我一定不会让他们就这样把帽子扣在你的头上。"

　　聂云开突然眼神一跳，说："滕飞，机组的第二副驾驶李小祥呢，他在哪儿？"

　　滕飞摇头："我不知道。陈少校大概是把他也关起来了吧。"

　　聂云开等人立刻找到李小祥，询问情况。

　　李小祥有些艰难地开口说："其实，事情发生得很突然，我也没搞清到底是怎么回事……我们在白云机场整备时，谭剑说飞机上的降落伞包不足，所以滕机长就跟陈少校他们一起去库房里找备用的降落伞包……后来，谭剑急急忙忙地跑来告诉我，滕机长他们被困在库房里，让我和士兵一起去帮忙……等我们跑到库房大门，发现门被反锁了……等到滕机长和陈少校从库房出来，我们才发现，谭剑已经擅自起飞，驾驶着C-46离开了机场……"他说完咽了咽口水，有些害怕的样子。

聂云开转身看向陈少校："陈少校，从李小祥的讲述中，我听不出滕飞有任何与谭剑同谋的迹象。"

陈少校却道："滕飞和谭剑一起向我建议，去库房拿备用降落伞包。这就是证据，他们企图调虎离山。"

聂云开不疾不徐道："陈少校，我看你大概是误会了，按照华航的规定，运输机必须配备三名机组成员，分别是机长、副驾驶与第二副驾驶。同时，飞机上会配备三个降落伞包，以防不时之需。但此次特别飞行任务来得突然，并且有陈少校你及两名手下一起乘机，造成机上降落伞包不足。你可知道C-46型号的货机空中失事率有多高吗？短短三年间，美国空运司令部就收到了三十一起关于C-46运输机在空中起火或爆炸的实例报告，这还不包括那些飞行失踪的飞机。因此我华航飞行手册上明确规定，C-46飞机上必须一人配备一个降落伞包。所以，陈少校，在我看来，机长滕飞对你提出到库房拿备用降落伞包的建议，并不是为谭剑驾机私逃制造机会，而是在履行他身为机长的职责，是为你的生命安全负责！"

陈少校一脸困惑："聂先生，你不要欺负我这个外行不懂飞行，更休想包庇你们华航通共的员工！"

"陈少校，国防部和华航都不希望发生这样的事情，但事情已然发生，与其要推卸责任寻找替罪羊，不如大家坐下来，厘清事情发生的各个环节。我虽然不在国防部任职，但也知道，作为重要物资的押送人员，你陈少校应该寸步不离飞机，你明显是犯了失职的错误。我奉劝你，不要为了推卸自己的责任，就诬陷我华航的员工参与同谋。"聂云开厉色道。

"你这是血口喷人！"陈少校声音高了八度。

樊耀初看不过去了，说："陈少校，我看血口喷人的明明是你们！"

陈少校气得拍了桌子："我不管你们怎么狡辩，滕飞的罪责已经是板上钉钉，我已经通报上峰，相信他很快就会得到应有的惩罚！"

眼看着快打起来，端木翀这时终于开口了："樊总，你们先不要动怒，我们单独聊几句，行吗？"

两人拐到一个角落，樊耀初对端木翀不紧不慢的态度感到不满："端木，你很清楚，滕飞是无辜的。你们都是手足兄弟，难道你就这样袖手旁观？"

端木翀缓缓道："作为兄弟，我也非常忧心滕飞的安危。可是老师，逢此乱局，滕飞是撞到枪口上了，国府为整肃风纪，一定会杀一儆百，滕飞的处境真的是不容乐观……"

聂云开跟了过来："端木，既然你清楚滕飞处境危险，请你看在兄弟之情的分上，想想办法，救他一命。"

端木翀故作犹豫状："办法嘛，倒是有。这得看老师怎么选择……我实话实说，这次的驾机叛逃事件影响恶劣，家父十分震怒，更加担忧两航在香港的安危。如果老师能够承担起所有的罪责，主动前往台湾配合调查，尽快定下两航迁台的日程表，相信一定可以打消家父心中的顾虑。"

樊耀初一愣："去台湾？"

端木翀点头："不错，只要老师同意去台湾，我就能说动家父，让他动用关系帮滕飞脱罪。"

聂云开气道："端木，你怎么能用滕飞的性命来逼迫老师？"

端木翀笑笑："这只是我的建议而已，选择权在老师手里。"

樊耀初看了看聂云开，犹豫片刻，最后不得不说："好，我可以去台湾，但你得答应我，一定要保证滕飞的安全。"

端木翀眉头一松："那是自然。"

等端木翀走后，樊耀初才愧疚地说："云开，我擅自答应了端木去台湾，一定打乱了你的计划，你不会怪我吧？"

聂云开道："怎么会呢？滕飞遇到这么大的麻烦，您要是不这么做，恐怕我们还真救不了他。只是我担心端木拿着滕飞做筹码，不但是华航，远航那边也会变得很被动。"

"是啊，华航和远航说好了要共同进退，我这猛然一迈脚，康年兄肯定也要受到牵连。依他那暴脾气，肯定是要火冒三丈了。"樊耀初重重地叹了口气。

"为今之计，也只能走一步算一步了。详细的情况我得立即向上级汇报。"聂云开看着樊耀初，二人都愁眉紧锁，不知道接下来会有怎样的局面……

对于谭剑擅自单飞，张书记也是非常意外。谭剑也算是喜鹊发展的重点对象，谁也想不到他会犯这样严重的错误呢！

张书记担忧道:"现在国民政府那边已经有所反应,接下来势必会加强对两航的控制。"

"是啊,端木翀已经开始行动了,他们想加快两航迁台的步伐,这对我们的准备工作十分不利。"

"还是我们忽略了对中层员工的控制,必须吸取教训,引以为戒。金乌同志,对于眼下的困境,你有什么对策?"

"木已成舟,能做的只能是因势利导。现在各方的压力都落在了两航两位总经理的身上,我得想办法稳住他们的情绪。"

"好。你要记住,最困难的时候,往往是最接近成功的时候。"

聂云开和张书记碰完面,迅速赶往殷康年家。

果然殷康年正气得脸色铁青:"看看,这命令来得也太快了,限我们三天之内前往台湾!这帮年轻人,逞一腔热血,单机起飞!他们有没有想过这样做的后果!还有你,老樊,你怎么能答应去台湾呢,你这一点头等于把远航也给殃及了。我们两航辛辛苦苦拖着不迁台,这下不是前功尽弃了嘛!"

樊耀初在一旁眉头紧锁道:"你先别动怒,我总不能置滕飞的性命于不顾吧?我觉得事到如今,我们就去一趟台湾,是福是祸,来个决断。"

殷康年哼一声:"你和老端木交情深厚,到了台湾还有回头路可走,我不一样,台湾之行摆明了是有去无回的鸿门宴,要去你去,我已经决定了,打死不去!"

"你这是什么话……"

二人说着就吵起来。聂云开忙制止:"两位都先冷静,这单飞事件确实是让我们措手不及,但我们绝不可自乱阵脚,车到山前必有路,总能想出办法的。"

樊耀初和殷康年对视一眼,都长叹了口气。

这突如其来的单飞事件,彻底打乱了聂云开的计划,也让两航再次陷入了困境。聂云开真切感受到,两位总经理的内心深处,小小的裂隙正在蔓延。眼看着两航迁台的行动已经迫在眉睫,他的脑海里,冒出了一个置之死地而后生的计划……

第二十二章　困坐愁城

晨光熹微。香港街头，为生活奔波的人们早已开始忙碌。两名香港巡警说笑着走过街头，越过停在路边的一辆汽车。透过汽车车窗，只见司机阿良摩挲着方向盘，不安地回望后座上的殷康年："殷总，真的要这么做吗？我怕瞒不过端木翀那小子。"

殷康年道："去台湾的日子眨眼就快到了，樊耀初已经决定按时赴台，我还有别的退路吗？前前后后发生了这么多事，此次去台湾，一定是有去无回……阿良，别犹豫了，按我们之间计划好的办！我早就下定了决心跟共产党走，我们必须留在香港，才有机会带着远航回到北边。"

阿良定了定神："好吧……那您坐稳了，别真的伤着您。"

殷康年郑重地说："成败安危，在此一举，千万别留下破绽！"

车子迅速发动，急速前行……砰！拐角处，一辆黑色汽车突然斜刺冲出，重重撞上了殷康年的车子，车窗粉碎，殷康年被冲击力掀倒……两辆车子全都冒起轻烟。巨大响声引起路人的注意，纷纷上前围观。两名巡警吹着口哨跑向车祸现场……

紧接着端木翀就接到张立峰的报告："刚刚收到情报组的消息，殷康年出了车祸，负伤住院了。就在半小时前，长兴街的东路口，跟另一辆车相撞。从送医的情况看，腿部严重骨折，应该没有生命危险……只是，肯定去不成台湾了。"

端木翀先是一惊，又一叹："有意思，早不赶晚不赶，偏偏在这个节骨眼出了车祸。"

"站长的意思，这车祸有蹊跷？"

"蹊跷不蹊跷，只有殷康年心里最清楚。走吧，去医院慰问慰问，看看我们的殷总经理究竟是腿上有伤还是心里有鬼！"

张立峰恭敬地帮端木翀披上外套。端木翀打开抽屉，看了一眼手枪，将它配入腰间。

殷康年正躺在病床上，脸上有几处擦伤，额边还贴着块纱布。他的右小腿上打着厚厚的石膏。他小声地问旁边的孙医生："怎么样，肯定瞧不出破绽吧？"

孙医生让他放心。两人正说着端木翀就来了："没想到殷总的伤这么重。这究竟是怎么一回事？"

殷康年假装痛苦道："唉，只怪我时运不济，本来想赶在赴台之前将手中琐事都安顿清楚，谁承想撞上一辆冒失汽车，把我这条老腿都给卸了。我遭点罪倒是小事，可恨的是把我赴台的重任都给耽误了。"

"殷总别这么说，你是党国不可或缺的栋梁，保重身体是最要紧的，让我看看你的伤势。"说着端木翀仔细观察殷康年的伤势，尤其是缠满石膏的右小腿，他转向孙医生，"殷总的腿伤什么时候能够痊愈？"

孙医生道："病人右侧小腿由于撞击发生胫骨骨干骨折，并伴有轻微的移位和软组织挫伤。虽然病人的身体素质不错，但要想彻底恢复，恐怕要休养两个月以上。"

端木翀突然伸手拿过孙医生手中的医学档案，翻看着："资料不太齐全啊，怎么没有殷总的 X 光片？"

孙医生忙解释："哦，病人入院时，伤势诊断已经十分明确，所以我们立即为他进行了相应的治疗措施。"

端木翀眼珠一转："这么说，你们没有为殷总拍过 X 光片，就迫不及待地给他打上厚厚的石膏？你们也太草率了吧！孙医生，为了确保诊断无误，麻烦当着我的面为殷总拍一张 X 光片。"

端木翀的话令殷康年和孙医生脸色为之一变。孙医生为难地说："这……病人现在最需要的就是静养，如果现在再去放射室拍 X 光片，恐怕会对他造成二次伤害，而且……"

这时端木翀突然掀开大衣，将腰间的配枪拍在桌面上，目射寒光："你不愿意的话，我可以亲自动手。"

孙医生面露惊慌，求助地看着殷康年。殷康年冷哼一声："端木翀，你这是什么意思？"

端木翀将孙医生的反应看在眼里。他收起手枪，转向殷康年："殷总，我说过了，你是党国栋梁，并且身负重任，我得确保你得到最有效的治疗。"

殷康年直接道："少跟我拐弯抹角了，你是怀疑我弄虚作假？"

端木翀点头："不错，我心里有这个疑惑，这次的车祸总归是太巧了，眼下时局敏感，多做一些调查也是我分内之事。如果殷总真是小腿骨折，一切好说……若是让我发现殷总使些小伎俩，企图逃避述职，恐怕再请殷总赴台就不会那么客气了。"他目光锐利地盯着殷康年腿上的石膏。

殷康年的额头冒出汗滴，他努力让自己镇定。沉寂的病房里透着压抑的气息，一旁的孙医生僵硬地抹了抹头上的冷汗。好一会儿，殷康年艰难地说："好，就依你！省得被人乱扣屎盆子。"

端木翀的嘴角得意地扬起来。

密闭的放射室内，殷康年坐在轮椅上，孙医生小心翼翼地为之拆除石膏。孙医生轻轻拉了拉更衣用的布帘，挡住端木翀的视线："现在该怎么办？躲不过去了。"

殷康年咬牙道："事到如今，只能把假的做成真的了……"说着他从检测仪器台的底部抽出钢条，交给孙医生："快动手，我忍得住。过不了这关，我们只有死路一条。"

窗口处，端木翀狐疑地望向布帘这边，眼神如鹰隼般锐利。

孙医生定了定神，深吸了一口气，终于举起钢条狠狠砸下……殷康年瞪大了双目，紧咬住牙关。巨大的痛楚令他冷汗涔涔，他感到眼前一片天旋地转。

聂云开这边同时接到了线报，赶紧通知了樊耀初，二人马上赶往医院。樊耀初在路上分析："殷家的那个司机向来稳妥，怎么会突然出这么大的事故？康年兄一直不愿去台湾，你说，这事会不会是他一手安排的？"

聂云开道："这正是我所担心的。这些天赴台的压力太大，他很可能想借着车祸留在香港。可他不了解端木翀，在这个时候退缩，只会让他紧咬着不放。来的时候，我特地往旅行社打了电话，得知端木翀已经带人往医院去了，以他的性格，肯定是要掘地三尺。要是殷总被端木翀抓住什么破绽，恐怕我费尽心机做的安排，全都要付之东流。"

樊耀初叹口气："哎，这个康年兄，总是这么一意孤行。"

聂云开踩下油门，车子加速往医院驶去。

殷康年脸色煞白，在两名保密局特工的搀扶下，吃力地在病床上躺下。端木翀细致地看着新拍出来的 X 光片："确实是胫骨骨折，伤得不轻。殷总，看来你是得休养一阵子了……"

殷康年长舒了一口气："现在你满意了？"

端木翀笑笑："今天来得匆忙，没来得及给殷总带个果篮。这样吧，我马上让下属去置办一个，聊表慰问之情。"

殷康年怒道："不必了，你们保密局的果篮，恕我无福消受！"

端木翀道："既然殷总不领情我也不强求，反正到了台湾，多的是新鲜水果，可比香港强多了。"

殷康年面色铁青："你什么意思？"

"殷总，赴台一事事关重大，其中利害你我心知肚明，明天的赴台计划不会变更。上峰下的是死命令，就算是用担架，我也会将你抬过海峡。"

殷康年愤恨道："端木翀，你可不要逼人太甚！"

端木翀从张立峰那接过一份交通事故档案，随手丢给殷康年："这是你的车祸资料，有没有猫腻你比我清楚。发生事故的地点是在长兴街，最近的医院应该是联合医院，可殷总没被送往那里，而是舍近求远到了更偏远的华新堂医院进行治疗，据我所知，这是殷总亲自要求的……"

殷康年哼道："那又怎么样，我更信任这里的医生，有问题吗？"

"你是指孙医生？就算他没有问题，可你再看看肇事的是什么人——钱大勇，我派人查了下，这可是个无利不起早、收钱办黑事的主儿。他是想杀你，或者是想帮你？就得看他这回收的是谁的钱……"

殷康年快气炸了："欲加之罪，你这是彻彻底底的污蔑！"

端木翀不痛不痒道："不，这是合理的推断。总之，这次的车祸疑点颇多，我们保密局会详细调查的……明日的台湾之行还请殷总带伤坚持，算是为党国尽忠职守。"转头对两手下说，"你们就守在这里，好好照料殷总，明天我会亲自来接殷总。"

殷康年气得胸口剧烈起伏，可又拿他没有一点办法。

端木翀打开病房门正要离开，却发现聂云开和樊耀初刚好来到门口："你们也来看殷总？"

樊耀初没搭理端木翀，径直走到殷康年身旁："康年兄，你怎么伤成这样？"

殷康年长叹一声，沉默不语。聂云开便将端木翀拉回病房内，故意问："端木，殷总的伤势怎么样？"

端木翀一脸平静道："就是单纯的骨折，不耽误明天去台湾。"

樊耀初头一抬："你说什么，他都伤成这样了，你们还要逼他去台湾？"

端木翀目光定在一处："老师，军令如山，学生也是依令行事，还请您和殷总能够理解。我还有一些公务要处理，先行一步。"

"等一下。"聂云开突然从口袋里掏出一份电报，"这有一份最新的命令。我已获得端木主任的首肯，作为两航迁台的特别事务长，代替殷总去台湾商议具体细节。所以，请你不要再打扰殷总静养了。" 殷康年惊讶地抬起头，聂云开微微点头以示安慰。端木翀读完电报，狐疑地盯着聂云开："事关重大，我得亲自向家父确认此事。"

接着他就给端木衡打了电话。不想父亲亲口确认。

"为什么？"端木翀对这个决定不能理解。

端木衡平静道："因为聂云开给了我一份非常有诚意的迁台计划，并且要求和樊耀初一起来台北进行接收地的考察，条件是让殷康年留在香港稳定大局。我同意了。"

端木翀声音一扬："您不觉得他是别有居心吗？"

"至少从目前来看，他是在帮助两航迁台。不管怎么说，聂云开是个人才，控制住他远比殷康年更有价值。你不是对他一直心存疑虑吗，在台湾，我可以仔细摸清他的底细。"

"那殷康年呢，我觉得他一直在想方设法留在香港，动机可疑。"

"随他吧，你派人盯着点。眼下两航的迁台计划才是当务之急，逼得太紧容易适得其反。"

端木翀略微沉默，最后只好说："就按您说的办。"

放下电话，端木翀气不打一处来，这个聂云开，还真让人看不透啊⋯⋯

病房里渐渐恢复了平静。聂云开见保密局的人都撤了，才放下心来。殷康年紧绷的神经也终于放松下来，露出抱歉的神色："这事是我冒失了，不该瞒着你们自作主张，要不是你们给我解围，我真是搬起石头砸自己的脚……"

聂云开替他宽心："这事不能全怪殷总，眼下局势险恶我们都有责任，只是希望危机当前大家能够精诚团结，共赴难关。尤其是你们二位，更是行动的关键，一定要信任彼此。"

樊耀初和殷康年相视一笑，和解地握住双手。

殷康年口气一沉："不过，我还是担心你们俩此去台湾是山高水险、吉凶难料。依老端木的个性，肯定会变着法子将你们扣留下来，云开你又是代我赴台，想要全身而退，恐怕是难上加难。而且保密局对两航盯得是越来越紧，我这心里啊，确实是十五个吊桶打水——七上八下。"

聂云开道："我明白你的担忧，但是请你相信，我既然选择与老师一起去台湾，就一定会将他平平安安地带回来。"

樊耀初劝道："康年兄，咱们都是老骨头了，难免心有余而力不足。这些难题就交给他们年轻人去应付吧，要对他们有信心。"

殷康年看着聂云开坚毅的眼神，感慨地点头："不错，起义的时机总会来的。我会在香港好好养伤，等你们回来。"

三只饱经风霜的手掌搭在一起，之前的裂隙在这一刻消弭无踪。

鞭炮噼里啪啦响着。众人围在门口，看着滕飞迈过火盆，鼓掌喝彩。滕小菊激动地抱住滕飞，掉下泪来："哥！你总算回来了，这阵子我都担心死了！"

滕飞不好意思道："对不起小菊，让你担心了。好了，别哭了，哥都好好地回来了，你应该高兴才是。"

滕小菊破涕为笑。老章提议："来，为了滕飞的平安归来，我们干一杯！祝愿他从此否极泰来，福星高照！"

滕飞感激道："这次要不是云开和樊总替我出面周旋，我恐怕过不了这道坎儿。章主席，怎么他们今天都没有来？"

老章说："你还不知道吧，为了让你早日归来，樊总他们正忙着赴台的事呢。樊总让我转告你，回来之后先好好休息，不必急着去上班。"

　　滕飞一脸愧疚："唉！是我连累了老师，还有华航。不过，我真是不想再给国府飞什么特殊任务了。你们不知道，我在广州机场看到的是什么。明明有重要物资急需运送，一群达官显贵却拼了命地往飞机上塞自己的私货，全是什么古董宝贝，还有个姨太太尖着嗓子非要带上她的三只波斯猫。以前我只是从飞机上丢汽车，现在我恨不得把这些党国的蛀虫全都丢到海里去……"

　　众人哄笑。老章正色道："你呀，做事还是这么随心所欲。这次的事件你应该好好反思一下，什么才是我们华航工会该有的纪律。"话落老章把滕飞引到一个隐蔽的里间，"说说吧，飞行大队里大伙儿的情况。"

　　滕飞马上说："我已经按你的指示，向飞行员们传达了工会的纪律和要求，今后的行动会更加谨慎和冷静，不会再出现谭剑这样的个人行动。同时我也鼓励大伙儿不要放弃希望，回到祖国的那天很快就会到来，不必急在一时。"

　　老章说："好啊，眼下局势紧张，人心稳定是最重要的。"

　　滕飞颔首："要不是谭剑捅了这么大一个娄子，两航的局势也不会这么糟糕，这事都怪我，没有及早察觉到他单飞的意图。"

　　"你也不要太过自责，好在谭剑已经安全回到了祖国，你也顺利归来，我们都松了一口气。今晚要见你的，是我的上级领导金乌同志，他是北飞行动的具体负责人。"

　　滕飞欣喜地问："金乌同志？"

　　这时，里间的布帘被掀开，聂云开走出来："是啊，滕飞同志，我早就想和你开诚布公地聊一聊了。"

　　滕飞站起身，惊讶地看着聂云开："云开？你是……金乌同志。"

　　聂云开微笑着点点头。滕飞惊喜地上前和他拥抱。

　　"滕飞，欢迎你回来，这些日子你受苦了。"

　　滕飞面上一喜："我没事，我真的没想到，你就是北飞行动的负责人，你居然瞒了我这么久！"

　　聂云开正色道："我们有纪律，不能轻易暴露身份。虽然你不知道我的真实身份，但我们不是一直在并肩战斗吗？"

　　滕飞笑着："对，对，我早应该猜到的……"

　　二人携手坐下，聂云开严肃道："滕飞，其实今天我叫你来，是有重要的事情要托付给你，明天一早我就要陪着老师去台湾，香港方面还得你来照应……"

滕飞使劲点了点头……

　　清晨的阳光被挡在乌云之后，天气显得阴沉湿冷。一架涂有华航标识的小型飞机停靠在停机坪上。几名衣装整肃的保密局特工在端木翀带领下列次左右，静静等候。远远的，聂云开与樊耀初沿着走道缓缓而来。滕飞帮樊耀初提着行李箱，随同送行的还有樊江雪与华航中层管理者，唯独不见沈希言的身影。

　　端木翀拦住送行者："送君千里终须一别，诸位就送到这吧。"

　　滕飞忍不住问道："端木，你实话告诉我。老师和云开这次去台湾，什么时候能够回来？"

　　端木翀犹疑道："我没法给你确切的答案，一切行动由上峰决定。但我相信，只要老师和云开能让两航迁台大计尘埃落定，应该不会受到过多责难。倒是你，千万不要再像之前那样犯糊涂，要知道，一个人的过失，往往会殃及其他人。你说对吗？"

　　聂云开拍了拍滕飞的肩头："放心吧，只是一趟公务而已。香港这边，就拜托你了。"

　　而就在这时，沈希言气喘吁吁地跑来，她拨开众人走到聂云开身边，默默地帮他换上风衣。聂云开心疼地看着她通红的双眼。

　　沈希言不舍地说："我怕台湾那边变天，你也没件厚实衣服，时间又这么匆忙，只好拿我父亲的衣服给你改改。我怕你这一走又像当年那样一去不回……"说着狠狠抱住了云开。

　　聂云开感动地望着她："不会的，我不是一个人，有你，有这么多人在背后支持着我。不管这次有多艰难，我都会和老师平安地回来。希言，我答应你，我一定会把欠下的婚礼补上。"

　　沈希言动情地靠在聂云开的胸前，希望这一刻能够永恒。

　　端木翀在一旁看着，眼神阴晴不定，有痛苦有嫉妒。

　　淅沥的小雨里，小型飞机降落在台北机场的跑道上。樊耀初走出舱门，环顾四周。聂云开撑开伞，与樊耀初一同走下飞机。一辆吉普车快速地靠近樊耀初，车上走下一位中年军官，冲樊耀初二人敬礼："卑职是迁台委员会第二后勤处副官乔任远，奉端木主任之命，在此恭候两位贵宾。端木主任原想亲自迎接，但被急务缠身，只好让卑职前来，请二位见谅。"

樊耀初道："乔副官客气了，端木主任公务繁忙，本就不必劳烦大驾。看看这航空站就知道你们迁台委员会该有多忙了。"

乔副官道："现在岛上百废待兴，不管是航空站还是我们委员会自然是一刻不得停歇……请二位上车，我这就送二位去见主任。"

聂云开跟着乔副官上车，上车前一刻，他用余光观察着四周荷枪实弹的士兵，总感觉气氛有些不对。吉普车离开机场，沿着泥泞道路前行。后座的聂云开掏出一支香烟，默默地探身递给乔副官。他注意到乔副官一瞬间轻微的警戒反应。这时，车子开到一道关卡前，守卡士兵将车辆拦下："请出示证件。"乔副官递出证件，士兵看了看证件，快速跑步将证件递给一旁的军官。军官看完证件，突然大手一挥："来人，把他们抓起来！"

话落，数名持枪士兵将吉普车团团围住。樊耀初感到十分诡异，望向聂云开，聂云开示意他冷静。乔副官恼怒地下车："你们干什么，知道车上是谁的客人吗？出了事，你们谁也担待不起。"

军官道："我不知道，但我知道这车上有共党！给我全都抓起来。"

樊耀初和聂云开在士兵枪口逼迫下走下吉普车。聂云开不明所以："乔副官，这是怎么回事？"

乔副官生气地拔出手枪与关卡士兵对峙："我警告你们，我可是端木主任的副官，我要给迁台委员会总办公室打电话！"

这时，从关卡的另一个方向停下几辆高级轿车。车门打开，一双军靴有力地踩在泥泞中。一名警卫在车门口撑开黑伞，下车的正是一身戎装的端木衡。端木衡在细雨蒙蒙中大步走来。乔副官马上惊喜地迎上："主任！您来得正好……"

端木衡却突然拔出手枪一枪打在乔副官肩头，乔副官应声倒在地上，鲜血直流。端木衡吼道："把乔任远这个共党奸细给我抓起来！"军帽下的面庞令人捉摸不清。

一群士兵将哀号的乔副官从泥地里拖走。雨幕里，樊耀初惊得面色煞白。聂云开也是脸色阴沉，眉头紧锁，也不知道这是唱的哪一出。

　　随后，聂云开和樊耀初二人被带到端木衡的宅邸。

　　黑暗中，亮起灯光。樊耀初忍不住问："云开，你说子平兄他到底是想干什么，从机场把我们拉到他的宅邸里，已经过去多少个小时了，这天都黑了，他可倒好，连个影子也不露……这是要把我们囚禁起来吗？"

　　聂云开安抚道："老师，你先别着急。端木主任大概是公务缠身，况且，他刚刚才抓了一个共产党的卧底，肯定有很多问题要解决。"

　　他边说边观察屋里的陈设，他的目光被多宝格上的小摆件吸引。

　　樊耀初奇怪道："说起那个乔副官，他真的是共产党吗？"

　　聂云开轻轻挪动一只金属雕塑品，在一个隐蔽的角落发现一根细小的白色电线沿着墙壁通向其他屋子。他马上明白了，冲樊耀初使了个眼色。

　　监听室内，聂云开和樊耀初的声音来回穿梭。

　　聂云开道："我不知道，如果是也不稀奇。"

　　樊耀初道："会有这么凑巧吗，你说会不会是子平兄在我们面前演的一出戏，来考验我们？"

　　端木衡站在一旁，也戴着一副耳机，面色阴沉，专注聆听。

　　聂云开道："共产党无孔不入我早有耳闻，我们赴台就是为了防止夜长梦多，让两航尽快迁台。希望端木主任不会做出这种庸人自扰的事来。"

　　听到这儿，端木衡失望地丢下耳机，扔下一句："继续监听，不要漏掉一个字。"转身去看望乔副官。

　　乔副官正面色苍白地躺在病床上。端木衡推门而入，抱歉道："这次真是委屈你了，伤口不碍事吧？"

　　乔副官道："多谢主任关心，只是皮肉伤，能为主任分忧解难，是卑职的荣耀。只是主任特地安排卑职演这么一出戏，是否探到樊耀初他们的虚实了？"

　　端木衡摇头，冷笑："不过是小小的下马威罢了，接下来的这几日我会继续试探他们，是狐狸总会露出尾巴的。"

　　次日，端木衡叫了樊耀初下棋。棋面上黑棋大势已去，手执黑棋的樊耀初长叹一声，投子认输。端木衡身穿便装，收拾着棋子："耀初老弟，如此心浮气躁，可不是你的棋风。"

　　樊耀初面露微愠："在这样的境况下，还能气定神闲，我可没有那样的修为。

三天，我来台北已经整整三天了，除了第一天莫名其妙卷入了一次抓捕行动，剩下的时间里我都在做什么？下棋喝茶，喝茶下棋，要不就是待在客房里一步也不能离开。子平兄，你告诉我，当初你三催四请地让我们赶到台湾，难道就是为了叙旧吗？"

端木衡道："你看你又激动了，我跟你解释很多遍了。叙旧当然是我的目的，能够忙里偷闲，与故交知己对弈品茗，岂不是人生一大乐事。至于党国公务，自然也是耽误不得，只不过现在还不到时机，你就少安毋躁。你看云开，他就比你沉得住气，安安稳稳地泡工夫茶。"

这时，聂云开开口了："眼看着党国江山寸寸沦陷，老师心急如焚，我也是感同身受。两航迁台确实非同小可，我和老师此番前来，也是想在危难之秋尽一份心力。不管主任做何高瞻远瞩，希望能够明示我和老师……再加考验，恐怕寒了我们的拳拳报国之心。"

端木衡体味着聂云开的话，将杯中茶一饮而尽："耀初老弟，你这学生当真了不得。不瞒你说，这三日里，针尖对麦芒的考验，他是一阵不失，无论气魄智慧，都让我刮目相看。刚才一番话，也的确令我汗颜……其实我也不是有意限制你们的自由，实在是共党势力无孔不入，不管是台湾还是香港局势都让我这个迁台委员会主任心力交瘁，不敢有丝毫怠慢……"

聂云开道："您言重了，在其位谋其政，晚辈理解。"

端木衡欣慰地说："既然云开把话都说开了，我也不再隐瞒。其实两航迁台的准备工作，我早已派人按照云开的方案着手进行，相信很快就能有进展。"

聂云开眼睛一瞪："您是说，原驻台日军的久鹿湾基地，已经开始整顿改造了？"

端木衡点头："不错，由程琦少校全权负责整顿的工作，你们大可以放心。"

"程琦？是你的那位亲外甥？"

"是他。明天我就带你们去久鹿湾基地视察。"

聂云开和樊耀初相视，露出欣喜神色。聂云开心中的计划已悄然开始实施……

隔天，他们三人前往久鹿湾基地，由程琦带领参观。他们边看边交流，樊耀初不由得叹道："短短时日，程少校就能将久鹿湾基地整顿得焕然一新，对我提出的诸项疑问对答如流，可见是下了一番功夫，实在令人佩服。"

程琦连连道谢。这时端木衡却想听听云开的意见。

聂云开一字一顿道:"我之所以向委员会与空军部提议整顿久鹿湾基地来接收两航,就是看中了基地良好的设施基础,不但能够节省大量的搬迁经费,还能避免与空军的资源矛盾。但计划能否顺利实施,全看基地的改造程度。之前程少校介绍的主要是外部设施的情况,并没有带我们参观机库设备,我希望能够亲眼确认一下设备的具体状况……假如基地的接收条件全部成熟,两航的迁台行动可以马上进行。"

端木衡点头:"说得在理。程琦,一会儿将遗漏的部分补上。"

程琦的脸上产生了细微的变化:"回主任,机库部分还在调整,还……不适合参观。"

聂云开马上将计就计道:"我记得程少校刚才可没有提及这个情况,机库设备是改造行动的重中之重,如果程少校遇到什么困难,还请如实相告。"

程琦吞吞吐吐道:"没有……没有困难,只是还需要一些时日。"

樊耀初趁机说:"子平兄,云开的顾虑不无道理,九层之台,起于累土,如果相应设备不能及时到位,恐怕……"

程琦正想分辩,被端木衡扬手制止:"不用说了,不管什么状况,马上带我们去仓库。"程琦只好点头。

仓库内,堆着不少物资木箱,还有帆布盖着机器设备。程琦站立一旁,忐忑不安。木箱一个接一个被撬开,聂云开取出里面锈迹斑斑的零件,递给樊耀初。聂云开掀开帆布一角,检查仪器状况,对樊耀初摇摇头。端木衡的脸色越来越难看。

聂云开道:"端木主任,樊总,我粗略看了一下,这里的设备并不是久鹿湾基地里的原有型号,基本属于废铜烂铁,没有一样能够满足两航的使用要求。"

樊耀初摇头道:"若不是亲眼所见,我简直无法相信……"

端木衡气得胸口发闷:"程琦,你能给我一个合理解释吗?"

程琦断断续续道:"这个……是我一时被金钱冲昏了头……您可能不知道,这阵子黑市上对这些设备开出了极高的价钱,我心里想的是,先把这批设备卖了,有了充足的资金,等价格下来了,不愁买不到新设备。我这么做,也是为了基地的长远考虑……"

端木衡骂开了:"置党国重责于不顾,变卖物资中饱私囊,居然还敢巧言狡辩。

你不仅辜负了我对你的信任，更辜负了党国的栽培，来人，将他扣押起来！"

士兵上去押住程琦，程琦急了："主任，您听我解释，我这也是形势所迫，您亲口教导过我，人无远虑必有近忧，为了日后的前程我必须有所准备……"

端木衡大发雷霆，一掌扇在程琦脸上："可耻！把他给我押下去，没有我的命令，不许跟任何人接触。"

面对沉默的聂云开和樊耀初，端木衡感到脸上无光："我对下属管教无方，实在是惭愧。"

樊耀初又上前问："……子平兄，那基地的事你准备如何处置？"

端木衡沉声道："我会另外派人接手整顿工作，你们两位先回宅邸休息，有新的消息我会通知你们。"

见端木衡气冲冲地走了，樊耀初不禁觉得好笑："想不到连程琦这样的高官子弟，都在党国危亡之际不思报效，蝇营狗苟。子平兄还蓄意袒护，实在令人心灰意冷。看来国民党确实已是一艘即将覆没的巨轮，两航若是迁台，只是陪葬品罢了。"

聂云开在一旁风轻云淡道："老师能够看清现实，为时不晚。程琦的丑行暴露，正说明我之前下的险棋已经起了作用。"

樊耀初脚下一顿："我不明白，难不成你早已猜到程琦变卖物资的事？"

聂云开笑笑："我不是再世诸葛，没有未卜先知的本事。我之所以知道程琦的勾当，只是因为我就是那个买家。"樊耀初简直惊得不敢相信。

原来早在来台湾之前，聂云开就已经开始搜集情报，布局行动："在台湾的地下党同志协助下，我们制订了一个大胆的计划。一旦启用久鹿湾基地，作为端木衡心腹的程琦必然是负责人，所以我们在黑市传出消息，要以高价收购特殊型号的航空设备，并主动联系到程琦，让其相信这笔天价生意从技术上毫无风险。而程琦正如我预料一般满腹私欲，见利忘义，一下落入了我们的陷阱。"

樊耀初听完为之一顿："云开，你们的这个左右逢源之计确实高明。先是给了子平兄一条看得见的康庄大道，再让他自己将这条路堵上，只不过这也只是缓兵之计，一旦子平兄重新派人整顿基地，两航迁台的计划依旧势在必行。在此之前，他也不会轻易放我们回香港。"

聂云开道："您低估了国民党内部的腐朽，如今派系斗争愈演愈烈，端木衡遇到的麻烦才刚刚开始。只要给他足够的压力，我们就有反击的机会……"

晚上，端木衡悄然来到牢房，程琦正坐在牢房内长吁短叹。见到端木衡来了，立刻舅舅长舅舅短，一通道歉。端木衡威胁他说道歉也无济于事，必须要上军事法庭接受审判。程琦吓得瘫倒在地上。这时，端木衡才说："原本你这案子我要私下解决，第一时间封锁了消息，但是有人故意走漏了风声，把我逼到如此境地。我怀疑这背后是有人在暗中操纵，你仔细想想，这件事前前后后，可有什么奇怪的地方？"

程琦思索道："您这么一说，我想起来了，当初安排我变卖设备的那个老板，还真有点神秘兮兮的，好像对我和基地的事全都了如指掌，您觉得他有问题？"

端木衡握紧拳头："看来，确实有人不希望两航迁台。"

第二天，端木衡故意约聂云开下棋，他们一边对弈一边交谈，樊耀初在一旁观战。

聂云开随口问："主任，程少校的审判结果如何？"

端木衡头都不抬："咎由自取，不提也罢。"

聂云开落下一子："听说久鹿湾基地的整顿工作受到桂系那些人的干涉，进展不顺？"

端木衡装作不在意："一点小麻烦而已。"棋局不顺，他拿着棋子犹豫不决。

樊耀初趁机说："子平兄，我和云开来台湾已经有些时日了，如果这边的接收条件不成熟，我希望能和云开先回香港，重新商议方案。"

端木衡冷冷地看了看樊耀初，严厉的眼神一扫："两航迁台完成之前，回香港一事不要再提了。"须臾，将手里的棋子重重落在棋盘上……

第二十三章 没有国，哪来的家

熙熙攘攘的香港街头，一名报童高举着报纸叫卖："号外号外！华航老总神秘被捕，两航深陷经营危机。快来看啊！号外号外！……"众人纷纷向报童买报纸，一张张报纸被翻开——

《南华群众报》头条：华航老总樊耀初神秘被捕，原因成谜。并配有一张樊耀初登机前被限制行动的照片。

《大公报》消息：两航国际航路受阻，大量商旅滞留。

《文汇报》头条：两航危机愈演愈烈，员工爆发罢工游行。

两航的员工纷纷打出条幅，正高举着拳头在街头游行抗议。沈希言与老梁、老章走在游行队伍的最前列，滕飞和樊江雪带领着两航的员工们高喊着条幅上的口号："释放樊总经理，改善经营条件！"众人跟着齐喊。街道两侧，手持警械的香港警察们正驱离围观群众，高度戒备着。

眼看着局势越演越烈，端木翀只得向父亲求助。端木衡当然明白儿子的意图，愁云锁面地说："眼下的局势是一团乱麻，桂系的人一直在借题发挥，国府也在不断催问，恐怕已经没有合适的理由将樊耀初继续留在台湾。"

端木翀沉默了一会儿，突然道："非常时期须用非常手段，我有一个釜底抽薪的计划，只要父亲能够不念旧情，我保证让樊耀初困死在台湾……"

端木衡手下一顿，看向远方的眼神变得阴晴不定……

主意拿定，端木翀派人跟了樊慕远一天。

正坐在酒吧门撒酒疯的樊慕远，突然被人拉到厕所，他的脑袋被塞进洗手台的水龙头下。樊慕远猛地打了个激灵，本能地惊呼起来。这才发现端木翀正站在面前，鄙夷地瞪着他。

樊慕远疯一般地吼道："端木，你干什么？"

端木翀鄙夷道："清醒了？清醒了就照照镜子，看看堂堂樊家大少爷，曾经的飞行英雄，已经变成了什么鬼样！"

樊慕远看着镜中的自己：面容苍白，衣装狼藉，萎靡不堪。他发出一声冷笑："还提什么少爷，什么英雄，连自己心爱的女人都见不到，就是彻头彻尾的狗熊……"

端木翀趁机说："你还真是一个大情种，我知道你现在很痛苦，可你不能就这么堕落下去！在你离家的这段时间里，你可知道华航发生了多少事情？香港又经历了多少动荡？"

樊慕远哭喊道："与我有什么关系？我也不关心！我在华航的职务早就被撤了，反正不管是在樊家还是华航，都是我爸说了算，我怎么想的根本微不足道。"

端木翀故意道："难道你就没想过靠自己去改变你所不满的生活？"

樊慕远冷嗤一声："改变？没可能的，我爸就像一道坚硬的墙，冰冷地拦在我面前。有他在，我永远不可能和安娜在一起……"

端木翀拍拍他："你错了，命运其实就掌握在你手里。"说着他拿出一张安娜在美国的照片。

樊慕远惊讶地抢过照片："安娜？她这是在哪？你快告诉我！"

端木翀沉沉地道："美国。只可惜你心里清楚，就算找到她也无法和她在一起，除非你愿意做出选择……"

樊慕远紧紧抓住安娜的照片，通红的双眼透着一股炽热的渴望。不管什么选择，他都要跟安娜在一起……

这天晚上，端木衡突然将樊耀初和聂云开带到一间老式烤肉店。樊耀初哪还有心思吃饭，半天没动筷子。

端木衡当然知道樊耀初的心思，沉声道："其实这顿饭，是为了给二位饯行的。"

"饯行？你同意让我们回香港了？"樊耀初一下来了精神。

端木衡面无表情道："不错，想必你们也略有耳闻，两航在香港发生了一系列状况，急需要你们回去稳定局势。"

樊耀初马上说："我听说了，经营不善，员工罢工，所以我才心急如焚。"

聂云开不动声色道："主任，我和老师返回香港，那久鹿湾基地以及整个迁台行动，您做何安排？"

　　端木衡道："这个你们不必担心，虽然前前后后遇到不少阻碍，但两航的迁台行动经由委员会审查确立，已经步入正轨。正所谓箭在弦上，引而待发，行动的代号就是'利箭'。让你们回到香港稳定局势，也是'利箭行动'的重要一环……我已经安排好了，明日一早，就送你们启程回香港。"

　　聂云卡和樊耀初对视一眼，露出喜悦的神色。端木衡透过火锅上的小孔拨弄着炭火，跳动的火苗映着他脸上深邃的笑意。

　　皓月当空，樊家大厅灯火通明，原来离家出走的樊慕远终于回来了。樊老夫人高兴地迎了上去。

　　樊江雪却质问他这些日子跑哪去了，华航发生这么多事，却不闻不问。樊慕远不服气道："华航不是有你们吗？再说了，爸都停了我的职，我还能做什么？好了，不说这些，奶奶，你现在的身体怎么样？"

　　樊老夫人缓缓道："奶奶还是老样子，时好时坏的，不过看到你，我这身子骨立马就舒畅多了。慕远，听奶奶的话，你这次回来就不要再乱跑了，你爸不在家里，你就是家里的顶梁柱，你得好好撑起这个家……"

　　樊慕远感慨地点点头，马上拿出手中的纯英文包装的保健品："奶奶，我这次回来给您带了美国产的高级保健品，是用最新的技术研制的，对您头疼的宿疾非常有效。每天早晚只要一小勺，坚持一段时间，一定能让您恢复健康。"

　　樊老夫人高兴道："好好，难为你有这份孝心……"

　　樊慕远叮嘱道："凡事宜早不宜迟。罗叔，你现在去准备一杯温水，这药就从今天开始服用。"

　　樊江雪却好奇地端详着保健品，心想真的有这么神吗？

　　和各位道了晚安之后，樊老夫人回房间休息。刚躺到床上不一会儿，呼吸声渐渐变得沉重，她难受地抓住自己的胸口，大口地喘着粗气："……慕远……江雪……"可没有人能听到她微弱的声音，她裹着被子痛苦地滚落到床下……

　　当樊老夫人被送到医院抢救时，樊江雪哭得梨花带雨，而一旁的樊慕远懊恼地抱着脑袋。她气道："哥，你跟我说实话，你这药到底是哪来的？"

　　樊慕远狡辩道："我跟你说过了，就是我托朋友从美国带回来的，我真的不知道奶奶会变成这样，要知道的话，说什么我也不会……"

"我告诉你，要是奶奶有个三长两短，我和爸这辈子都不会原谅你！"正吵着，重症监护室的大门打开，两人赶紧冲上去追问病情。

主治医生说："病人现在的生命体征暂时稳定下来了，但还处于昏迷状态。根据你们提供的药品样本，初步断定是药物中毒引起的身体机能紊乱，由于这种药物是新型制剂，无法得知它的具体成分。我们联系了香港其他医院的专家，还是没能找出相应的治疗方法。现在唯一的办法就是联系药品的发明者美国约克研究所，只是……只是手续繁杂，时间上怕是来不及。"

樊慕远懊恼道："医生，不管花多大的代价，请您一定想办法，救救我奶奶。"

医生为难地说："我会尽力而为……"

而走廊另一边，沈希言正打听重症室的位置，不想却碰到了迎面而来的端木翀。见他手里拿着老夫人的病历本，有些狐疑。等他们到了重症室，端木翀才冲着江雪和慕远说："你们先别难过，认真听我说……我刚才去医生那了解了老夫人的病情，医生说必须联络上美国的约克研究所才能确定治疗方案。说来也巧，为了改进台湾的中央医院，家父特地邀请了约克研究所的几名专家留在台北做研究，其中就包括约克博士本人。如果我们能将老夫人连夜转到中央医院去，一定能得到最有效的治疗，远比在这里等待要强。"

樊江雪和樊慕远面露惊喜。樊慕远马上说："那还考虑什么，香港这边我可以安排，台湾方面你能马上联络好吗？"

端木翀道："事关老夫人的安危，家父一定是亲自安排，肯定不成问题。"

樊江雪面上一喜："太好了！哥，你快去安排转院，我要亲自送奶奶去台湾。"

沈希言却皱了皱眉头："真的要去台湾……江雪，要不我陪着你一起去？"

端木翀却道："希言，我建议你还是留在香港。护送老夫人的任务我会派专人去办，安全绝对不成问题，照料方面有江雪就够了，你去了反而碍事。而且，你在华航还有工作不是吗？"

樊江雪道："沈姐姐，端木哥哥说得对，你留在香港吧，公司少不了你。"

沈希言无奈地点点头。端木翀马上说："那我去安排了。"

沈希言看着端木翀远去的背影，心中的疑团愈加浓重。

飞机起飞后，樊慕远站在大玻璃窗前，目送着飞机消失在黑夜里，他的半个身子站在黑暗中。一旁的端木翀走上前拍了拍樊慕远："你放心，老夫人她会没事的。"

樊慕远瞪着端木翀："你向我保证过的，说奶奶她不会有生命危险，只是会昏睡过去，可结果呢？"

端木翀无辜道："我也没说错，只是中间的反应强烈了一点罢了……"

樊慕远愤怒地揪住端木翀的领子："你最好不要骗我，否则我绝不会饶过你！"

端木翀没好气地推开樊慕远："我再说一次，这次的行动只是为了把老夫人和老师留在台湾，保证两航能够顺利迁台。从本质上说，这也是为了你们樊家的前程。等你帮我把迁台任务完成，我保证你可以潇洒脱身，和心爱的安娜双宿双飞。"樊慕远口气软下来："真的？"

"慕远，我们兄弟一场，我绝不会骗你。男子汉大丈夫，理应杀伐决断，你听哥哥我的，到时候，你想要过什么样的生活，谁也拦不了你。"端木翀的三寸不烂之舌说得樊慕远又有些心动了……

聂云开和樊耀初已收拾好行李准备赶往机场。也许是太过兴奋，樊耀初几乎是彻夜未眠。而就在这时，门口响起一阵急促的敲门声。他们以为送机的人来了，樊耀初不放心地问了一句："是去台北航空站吧？"

不想来人却说："不，是去中央医院。"

两人都蒙了。那人解释："端木主任说，有一位樊老夫人正在中央医院住院治疗，请两位立即前往探视。"樊耀初惊得手里的行李箱掉落在地……

端木翀这边送走了樊老夫人，那边立刻赶往韩府，韩退之久未露面，是该让他出来晒晒太阳了。

对于端木翀的到来，韩退之稍显紧张，说话有些不自然。

端木翀故意关心地说："据我所知，这些日子四爷经常大门不出二门不迈，香港都发生了那么大的事，也没见四爷出来指点乾坤。"

韩退之谨慎道："在端木站长面前，我明人不说暗话，自从收购两航失败，我韩氏公司已是元气大伤，如今只能韬光养晦，徐图再起。"

端木翀道："四爷，你不用在我面前自贬身价，你的航运公司还有多少斤两，我们保密局还是掂得清楚。我今天来，其实是有要事托付给你和七爷……这些天，两航在闹罢工游行，将香港搞得乌烟瘴气，相信你也听说了。我希望四爷能够出面，将这个麻烦局面平息下来。"

韩退之诧异道："我？我如何能够阻挠两航的游行？"

"很简单。我收到情报，两航明天会到码头一带进行示威，只要四爷能适时地将码头仓库烧毁，栽赃在两航头上，再由七爷出面，生起事端。届时事态扩大，我就有理由对两航采取强制行动。"

韩退之犹豫道："这……代价是否太大了？"

"俗话说，舍不得孩子套不住狼。若不是这样，怎能引起香港警方重视？我相信四爷是个懂得权衡利弊的聪明人，警察去找两航的麻烦总比找你的麻烦要强得多，不是吗？"韩退之被噎得说不出话来。

这几日，樊老夫人仍躺在病床上，毫无起色。聂云开和樊江雪并排站在医院天台，细问情况。听完江雪描述，他才知道安排老夫人来台湾的正是端木翀。

聂云开看着远处的青山，陷入沉思：端木翀和慕远……有这么巧的事？两人说着进了病房，聂云开看着愁眉不展的樊耀初问："老师，刚才约克博士怎么说的？"

樊耀初叹了口气："还是老样子，只是吩咐多休息，按时吃药。"

聂云开皱了皱眉头，拿起桌上的药瓶，将药片倒在手上观察。小小的淡黄色药片上，标有 COP 的英文。他觉得有些不对劲，马上尾随约克进了药品室。

约克一见聂云开，便阻止道："聂先生，这里是禁止外人进入的……"

聂云开快速走到约克面前，拿起装着药片的药瓶："我问你这个 COP 是什么东西？"

约克头一扭："我没有义务回答你。"

聂云开愤怒地将约克按在墙壁上，高举拳头。助手想要上前阻止，被聂云开喝退："你不说我也知道，主要成分是氯氮卓，镇静类药物，对不对？你故意让病人整日昏睡，谁让你这么做的，是不是端木衡？"

约克害怕道："聂先生，你冷静一点，这是合理的治疗方案，目的是缓解病人的痛苦。"

"好，我也来缓解缓解你的痛苦！"话落他一拳打在约克脸上，将药片大把塞进他的嘴里。约克拼命吐着药片，助手忙上前帮忙。聂云开整整衣襟，愤然离去。

回到病房，聂云开便将药片的事告诉了樊耀初："老师，您必须马上回香港！老夫人重病被送到台湾，是端木衡为了留下你而设的计谋。他们一直在给老夫人吃镇静类的药物，就是希望用老夫人将你拖在台湾。"

谁知樊耀初神情冷静地说母亲三个月前得了脑瘤，约克博士告诉他有方法可以让母亲的寿命多延长两年，所以才加了药量。聂云开刚想再劝，樊耀初打断道："云开，你也看到了，我娘的情绪不稳定，她的身体又这么糟。如果我丢下她自己回香港，你告诉我，她怎么熬得下去？我又怎么能够安心地离开她？"

两人一下沉默了。而这番对话，一字不落地传到躺在病床上的樊老夫人耳朵里。一行泪滴，缓缓地划过她苍老的眼角。

人来人往的码头，沈希言与几名员工给路人分发着传单。不远处的空地上，停着一辆豪华的汽车。车里坐着韩退之和操刀老七，两人正观察着沈希言的一举一动。韩退之问："老七，仓库那边准备好了吗？"

操刀老七道："四哥，老七我办事你就把心装肚子里，看这个光景，应该很快就要有动静了。"

韩退之叹道："唉，偌大一个仓库，说烧就烧，还不许把货物搬走，我这心里，还真是疼得滴血。"

操刀老七道："既然是端木站长的要求，只当是壮士断腕，保不齐以后我们还能从他那捞回来。"

韩退之白他一眼："你说得倒轻巧，你不看看现在大陆的形势，他们保密局以后能不能在香港站住脚跟都难说……只怪我们落了把柄在他手上，现在是阎王爷下帖子——不去不行了。"

这时，码头远端发出一阵火光，飘起浓烟，人群顿时混乱起来。

有人大喊："着火了，快来救火啊——"

沈希言注意到码头仓库的火势，招呼发着传单的两航员工："走，快去救火！"

车内，操刀老七看着沈希言跑向仓库，操刀老七道："四哥，鱼儿上钩了，该我出手了。"韩退之冲他不屑地摆摆手。

老章与老梁也看到了不远处的火势，都有些疑惑。这时，两航的员工小王喘着粗气跑过来："不好了，出大事了！沈主任和帮会的人吵起来了，他们硬说是我们两航放的火，警察把沈主任抓走了……"

老章和老梁大喊不好，立刻起身。等他们赶到警察局，才听说沈希言竟然被端木翀保释出去了。大家也算是松了一口气。

端木翀直接把沈希言送到了家门口，他殷勤地给沈希言开车门，想亲自送她上楼。不料，沈希言却冷淡地拒绝了："我不需要你假惺惺。"

端木翀有些不悦："我特地把你从警局保了出来，你不说谢谢就算了，怎么还骂我呢？"

沈希言头也不抬道："我不需要你保，你要保也应该保所有的两航员工，而不是我一个人。"突然她面色一凛，"你以为我不知道这是你做的手脚？我问你，你究竟在害怕什么，非要把樊总他们困在台湾？"

端木翀一直轻松的表情也严肃起来："那我也问你，你们究竟在害怕什么，非要让他们离开台湾？"

沈希言无奈地摇头，转身离开。端木翀看着沈希言远去的背影，怅然若失……

病房里，樊老夫人就着一杯水吞下淡黄色的药片。樊耀初替她轻轻地抚着背部。樊老夫人道："好了，我没事。耀初，你去打盆水给我洗洗，我有些乏了。"

樊耀初默默点头，等他走出病房，樊老夫人马上俯下身，将手指伸到喉咙里，把药片吐到手帕上。门声响动，樊耀初端着水盆回来了。她忙把药片包起来，藏在枕头底下。

樊耀初见她神色不对："娘，你怎么了，是不是又头疼了？"

樊老夫人摇摇头，平静道："……其实，我还有个宝贝疙瘩，想念得紧，你爹给我留的水烟袋啊，我都好久没抽了。你得帮我想想办法。"

樊耀初道："娘，您养病呢，先忍忍，再说这是医院，去哪给你弄那玩意儿。"樊老夫人却坚持要，弄得樊耀初急得直挠头。

下午，阳光正好，江雪和聂云开推着樊老夫人到花园走走。难得樊老夫人有精神头，一路和他们说笑，她拜托云开一定好好照顾江雪。云开保证道："您放心，江雪就是我的亲妹妹，我一定会照顾好她。"

　　"那就好，你是个做大事的人，我们樊家都承蒙你照顾了……"樊老夫人边说边咳嗽起来，露出痛苦的神情。樊江雪和聂云开赶紧推樊老夫人回房间。

　　樊老夫人咬牙忍住痛楚，强行露出笑容："没事，不要紧的，我还想再待一会儿。"这时，身后传来樊耀初的声音，只见他喘着粗气而来，手里还拿着一杆水烟袋："娘，你看我给你带什么来了。"

　　樊老夫人喜笑颜开。不一会儿，烟盘里的炭火燃烧着，一缕轻烟穿过烟瓶里的清水，进入烟管……樊耀初端着水烟袋，樊老太太平静地吸着水烟。

　　樊老太太支开了云开和江雪，轻轻地吐了一口烟圈："耀初，你还记得你去德国留学时，娘在你一堆外文书里塞的那本书吗？"

　　樊耀初知道母亲有话要说："儿子不敢忘，是娘给儿子读书启蒙的《说岳全传》，余庆堂的刻本，至今还收藏在儿子的书架上。娘是希望儿子到了国外也要时刻不忘精忠报国。"

　　樊老太太点点头："看来你都记得。耀初，你读了很多书，走了很多地方，也做了很多事，娘一直以你为荣，娘是妇道人家，说不上什么大道理。娘总跟你们念叨，希望一家人平平淡淡过日子，那都是心里话，可娘也清楚得很，没有国，哪来的家……"

　　"儿子明白。"

　　"你不明白，你还困在我们的小家里，只看得到娘一个人的悲喜好赖。娘以前教过你，生当作人杰，死亦为鬼雄，就是希望你能在乱世里做一番事业，让更多娘这样的老太太，能与儿孙一起开开心心地过上好日子，那才称得上精忠报国。其实娘知道，你一直站在岔路口，有很多难处。但是你要答应我，想清楚了走哪条路，就不要回头，一直走下去……"

　　"娘，我答应您。"

　　樊老太太终于放心地接过樊耀初手中的水烟袋："我想一个人再抽会儿烟，你去那边陪陪江雪他们。"樊耀初起身："那好吧，有事您叫我。"

　　樊老太太轻轻地吸了一口水烟，眼角泛起泪光。她趁着樊耀初等人没有注意到这边，从衣兜里掏出一包东西。手帕打开，里面是十几粒略有变形的淡黄色的小药片。湖水的倒影里，樊老太太仰着脖子，将药片悉数吞下……

第二十四章　绝地反击

香案上摆着樊老夫人的遗照。樊耀初低头跪在香案前，痛苦地闭着眼。这是一间还没来得及布置的简单小灵堂。

门声响动，端木衡走入灵堂，看着老夫人的遗照，神情沉痛。他静静地点香叩拜，手指微颤，和樊耀初并排跪着。聂云开看了看两人，走出灵堂，将门关上，默默地站在门外。

灵堂内，一片沉默。端木衡自顾自地说了一些忏悔的话，樊耀初闭着眼听着，好一会儿，他才张口说："是我这个做儿子的无能，不仅让她乡关难回，还要让她在古稀之年受此折磨，在远离故土的孤岛上不得安息。明天一早，我就带着我娘回香港去。"

端木衡马上劝道："老弟，我明白你的心情，伯母不幸离世，我们都很痛心。但是我希望你能留在这里平复一下心中的悲痛，不要着急回香港。"

樊耀初怒了："你觉得我还能在这里待得下去吗？我娘为什么会含恨而终，你心知肚明。"

端木衡赶紧动情地解释。樊耀初摇摇头："子平兄，你永远都是这么周到细致，把人情世故做到通透。你说你把我娘当亲娘看待？是，每次逢年过节，每次我娘寿辰，你就算人不到，也会派人送来大礼，真算得上是重情重义。可我今天才看清楚，你这所谓的情义也不过是你翻云覆雨的工具。哪个儿子会把亲娘当作政治斗争的筹码？！"

端木衡装傻道："老弟，你这话是从何说起？"

"你也别再自欺欺人了。我的处境我很清楚，若不是你暗中安排，我娘怎会千里迢迢来这里治病？是你们的步步紧逼，才害得我娘离我而去。这个伤心地，我一刻也不想多待！子平兄，你我深交二十余载，到头来也敌不过心头的猜忌。这是我最后一次这么叫你，从今往后，我们桥归桥，路归路，过往的交情就此一笔勾销！"

屋外的聂云开听到这话也露出意外神色。

端木衡惊恐道："耀初老弟！我们这么多年的情义，你怎么能说断就断，伯母她在天有灵，看到我们这样，怎么能够安心？"

樊耀初毫无惧色道："是你亲手断送了我们的情义。从你安排我娘来台湾的时候，就该想到这个结果。如果你还顾念一点旧情，就立即安排我们回香港，否则，就算是用枪顶着我的脑袋，我也要离开这里！"端木衡见他去意已决，也只好点了点头。

当二人走到门口，聂云开上前补了一句："主任，得道者多助，失道者寡助，人心失去了，再找回来就难了。"说完他们大步流星地走了。端木衡立在那里一脸无措。

晚上端木翀发来密电："父亲，请您放心，香港这边已经妥善安排，上峰的命令即将抵达。就算樊耀初回到了香港，两航也尽在我的掌握。"

端木衡悬着的心终于放松下来……

樊家大灵堂内，摆满了花圈和挽联。伴随着哀乐，众人排队在樊老夫人的遗像前鞠躬，樊耀初在聂云开的搀扶下一一回礼。殷康年拄着拐杖，在殷涌的帮助下深深鞠躬默哀。他走到樊耀初身边，两人的手紧握在一起："樊老弟，还请节哀。比起你的丧母之痛，我这条断腿算得了什么？想不到端木衡竟然会用老夫人来牵制你，简直可恶。你不知道，你和云开困在台湾的这些天，我是终日提心在口，食不下咽。好在你们总算化险为夷，平安归来了。"

樊耀初脸色晦暗："唉，想起这些日子，简直就是恍如隔世。转眼之间，家母已和我阴阳永隔。"

正说着，门口出现了樊慕远的身影。他的身后站着端木翀和张立峰。樊慕远步履沉重地向遗像走去，沉痛不已。他颤抖着向樊老夫人的遗像刚伸出手，却遭受到樊耀初一记狠狠的耳光："走开！不准你碰它一下！"

众人不禁为之色变。樊慕远捂着脸，悲哀地站在原地。

端木翀见状忙走上前："老师，就算慕远有天大的不是，你也不能剥夺他悲伤的权利，太残酷了。"

樊耀初怒目圆睁道："端木翀，不用你来惺惺作态，你带着这个逆子马上离开这里！"

端木翀面不改色："老师，我知道您正处在悲痛与愤怒之中。但我今天除了前来表达我诚挚的哀悼外，还有一个上峰交代的重要使命需要完成。难得两航的诸位都齐聚一堂，我来宣布一下国府发给两航的紧急命令。"

众人面面相觑。端木翀打开文书，高声宣读："由于两航频频发生罢工，甚至引发混乱与争端，已经引起港英政府的高度不满。而两航又处于迁台的敏感时期，人心不稳。为保障两航顺利迁台，即日起，两航正式进入军管状态，由端木翀任特别监管专员，所有两航人员必须随时接受其审查和调遣。"

众人吃惊，议论纷纷。殷康年不敢相信道："你说什么？军管？"

端木翀面露得色："不错。我作为两航的总监督人，从现在起，将全面负责两航迁台行动，对于两航内的背党叛国之辈绝不姑息。"

樊耀初脸色铁青："你们父子俩还真是咄咄逼人，都赶到灵堂上来发号施令了。今天是追悼家母的日子，心里没有敬意的人给我滚出去！"

端木翀不动声色道："老师，并非我要对老夫人不敬。只是上峰的紧急指令必须即刻传达到位，还请你能体谅。详细的命令很快会发到各位手上，请大家立即开始相关的准备工作。"说完将文书塞到樊耀初手里痛快地走了。

樊耀初满含失望与愤怒，久久伫立在原地，众人都有些不知所措……

端木翀这边刚走出没多远，不想樊慕远就追了出来。张立峰刚要上前阻挡，樊慕远二话不说，对准端木翀的脸颊就是一拳。谁知端木翀毫不在意地看向他："看看你，拳头已经软弱成什么样了。"

樊慕远愤怒地揪住端木翀："为什么骗我？为什么要害死我奶奶？"

端木翀慢悠悠道："你奶奶的死是个意外，而且她本来就身患重病，时日无多了。"

"浑蛋！"樊慕远对着端木翀的腹部又是一拳。端木翀忍着不还手："打够了没？没够就再来！"

樊慕远发狂起来，继续挥起拳头，却被端木翀用擒拿功夫反制，按在桌面上。樊慕远只有挣扎的份儿："放开！放开我！"

端木翀呵斥道："你冷静一点，你快看看这是什么！"说着将一份文件递给樊慕远，"上峰已经同意了我的请求，正式任命你为华航的代总经理，从明天你，你将代替你父亲成为华航的总负责人……"

樊慕远却不屑地将文件丢在桌上："什么总负责人，还不是你手里的一颗棋子，你休想再利用我，我不会再卷入两航的这摊浑水里。"

端木翀冷笑："你真的以为自己能够脱身吗？你别忘了，你爸已经把你当成害死奶奶的不肖子孙，樊家已经没有你的立足之地，除非你自己可以掌控华航的大权。慕远，事已至此，你只能义无反顾地走下去。"

樊慕远看着眼前的端木翀，觉得恐惧而陌生："端木翀，你真的变了，以前的你一腔热诚，重情重义。现在呢，为达目的可以不择手段……"

端木翀否认道："不，我没变，我始终坚守着我的信仰，我所做的一切都是为了党国的未来。你也别忘了你的立场，想想你深爱的安娜，想想你们的幸福，只有我能带你抵达光明的彼岸，我相信你会做出正确的选择。"

看着端木翀眼里那不容拒绝的逼视，樊慕远软下来……确实他已到了山穷水尽的地步，也唯有赌这一把才能在家里立足。

朝阳照耀着华航的大楼。张立峰站在楼顶监视着进出的员工。今天保密局已正式接管华航。华航的员工低着头，步履匆匆。整栋大楼透着令人窒息的气息。

端木翀准备新官上任三把火，找每个员工谈一次话。当然他第一个要问话的就是聂云开。

"知道为什么第一个叫你吗？"端木翀耸耸肩，"你心里清楚，两航树大根深，我要想有所作为，离不开你这个左膀右臂。"

聂云开一笑："你说笑了，用人不疑疑人不用，你们保密局的黑名单上，我恐怕还赫然在列吧？"

端木翀解释道："云开，怀疑是我的工作，我向来是对事不对人，这点你应该理解。之前对于你的怀疑也是基于合理的推断，但你已经证明了自己的清白，而且你能从台湾回来，更加说明了你是可以信任的。你也知道，我的天职是服从。对于两航的所有措施，我都是奉命行事，但老师他们显然对我有了成见，实在是令我痛心。眼下两航迁台任重道远，少不了你这个总经济师的协助。云开，你在两航的成绩有目共睹，我希望你能与我一同完成利箭行动。"

聂云开淡淡道："这本是我的职责所在。"

端木翀一拍大腿："很好，兄弟齐心其利断金，你能站在我这边，我就安心多了。既然我们目标一致，那就看接下来的行动了。你给我讲讲，实施利箭行动当务之急是什么？"

聂云开警惕地说："所谓兵马未动粮草先行，如今利箭的弓弦早已系在久鹿湾基地之上，如果台湾方面没能做好整顿工作，我们两航这边只能望洋兴叹。"

端木翀站起身，在聂云开身边踱步："你说得有道理，但你似乎忘了，这里是香港，共党正对两航虎视眈眈。假如我们只是低着头走自己的步子，而忘了暗影里的这只黑手，也许两航这支利箭被人调转了箭头我们还蒙在鼓里。所以，我认为当下我们最应该做的，就是对两航绝对的控制。"

聂云开反问："控制？如何控制？在这里用保密局的那一套恐怕不合适吧。"

"云开，我们手上赶的可是一辆关乎党国危亡的大车，同时这也是一场争分夺秒的时间竞赛。在这个节骨眼儿，我们一定要不惜代价，绝不能给共产党任何的机会，你说对吗？"

聂云开沉默着。他心里明白，手握两航生杀大权的端木翀，即将在两航内掀起一阵惊涛骇浪。

果然不久，端木翀就指示信礼门的人在外对两航的员工进行人身威胁，稍有不配合就被视为奸细，抓到保密局的秘密基地进行严刑拷打。此举搞得两航风声鹤唳、人心惶惶。现在端木就是想用尽一切手段给两航制造出精神的枷锁。樊耀初气得骂他是豺狼当道，鹰犬塞途。可是光骂也起不到任何作用，必须要找到一个合适的时机，好好地挫一挫他的锐气。

张书记那边传来鼓舞人心的好消息，新中国成立了！这一伟大的时刻，足以震惊全世界，给予国民党以最沉重的打击。聂云开看到了希望，他对张书记说："目前两航在保密局的严密控制下，员工们都如惊弓之鸟，死气沉沉。在如此压抑的形势下，这个消息必能极大地激发士气。二零七，我打算趁热打铁，用这颗重磅炸弹，一举摧毁敌人在两航设下的心理壁垒，扭转起义的颓势。"

张书记道："两航爱国员工日夜企而望归，及其锋而用之，可以有大功。"他让聂云开制订一个详细的计划。

聂云开成竹在胸地点点头，一个小计策已了然于心，两航遭遇连番挫折，是时候逆流而上，扬帆起航了。

清晨的薄雾笼罩着华航大楼。三三两两的华航员工往大楼走去。张立峰照例在二楼楼层巡视着。

突然一个穿着华航工服工帽的人影一闪而过，跑上楼梯间。张立峰觉得行动可疑，立即警觉地追上。穿着工装的人影快速走上楼顶，将门闩上。他走到屋顶的一个箱子旁，看了看，然后走到另一侧的墙壁，顺着绑好的绳索无声地落到地面。绳索是双绳结法，他使劲一拉，不受力的一端绳索自动脱落。之后，他快速地收起绳索，摘下工帽，此人正是聂云开，他看了看表，露出微笑，消失在楼梯口。

张立峰追到楼上，楼顶闩住的门被狠狠踹开，却空无一人。他握着手枪警惕地巡视着，目光被屋顶边缘的箱子所吸引。他小心翼翼地靠近箱子，看了看四周，一把拉开箱子的盖子。只听一声响亮的气囊炸裂声，张立峰吓得跳开，卧倒在地。一片白花花的传单随着气流飞舞而出，瞬间如雪片般从大楼的楼顶飘落。

这时，正在楼下争论的樊耀初和端木翀听到响声，疑惑地驻足抬头张望。传单飘过大楼的窗户，随风飞扬散落。许多员工纷纷走到门外，看着这不可思议的一幕。聂云开仰头看着自己的杰作，在人群中和沈希言相视一笑。

端木翀接住传单一看，只见传单上印刷着"中华人民共和国万象更新，生机勃勃，东亚旅行社诚挚邀请你回到这片光明的乐土……"原来这竟是东亚旅行社的广告。

樊耀初不可思议道："咦，这是……你们东亚旅行社的广告？"

端木翀脸色铁青，将传单握成一团，气得命人去楼顶抓人。这时张立峰狼狈地冲下楼来，端木翀马上问他是谁撒的传单。张立峰吞吞吐吐道："我刚才在二楼发现一个可疑的人，一路追到这里，原以为人躲在箱子里，结果我一打开那边的箱子，就飘出了好多的传单……"

端木翀一听气疯了："也就是说，传单是你撒的？"

张立峰愕然地点点头。端木翀咬牙切齿地骂了他一顿，把手里的传单撕个粉碎。他一声令下召开紧急大会，他一定要揪出这个发传单的人。

会上，樊耀初最先发言："端木，我记得你刚刚说过，这两航的风气必须严加整肃，这打铁还需自身硬，想不到你们自己倒先闹出幺蛾子。你作为上峰派到两航的专员，总不能明一套，暗一套，处事不公吧。"

端木翀眼睛一瞟道："樊总经理，今天的事显然是有人蓄意谋划，影响极其恶劣，我自会调查个水落石出，绝不会让蛊惑人心的犯人逍遥法外。"

沈希言发言道："不知道专员想要调查到什么时候？你们的人把大门都给封锁了，我们根本无法开展工作。难不成你调查一天，我们华航全体就跟着你们歇业一天？"

聂云开马上跟着说："是啊，既然调查结果显示大家都没有问题，再扣着不放，恐怕会引起众怒。专员，还请三思而行。"

樊耀初趁机说："你们保密局把两航盯得跟铁桶一般，我看这事，除了你们自己人别人还真办不到。这事还有什么可查的？"

端木翀站起身，强行挤出微笑："你们都不希望我查下去，如果我非要查呢？"

樊耀初面色一沉道："官大一级压死人，你要坚持我们当然配合。只不过，眼下最大的嫌犯是你的下属，你不详细调查是不是有包庇纵容之嫌！"

端木翀咬咬牙，气道："好！来人，把张立峰给我押回去，严加审问。"张立峰瞪着眼睛直喊冤枉，愣是被拖了出去。端木翀气得冲出了会议室。聂云开却不紧不慢地跟了上去。太阳慢慢西斜，天边映出一片火红的晚霞。

端木翀伫立在楼顶，夕阳将他的影子拉得老长。聂云开来到他的身旁。端木翀余光一扫："怎么，来看我的笑话？打不着狐狸，反惹一身骚。"

聂云开轻笑一下："看来你口口声声要我做你的左膀右臂，也不过是随口说说而已，在你心里，你始终只相信你自己。我劝你放弃继续追查，如果再这么没头没脑地查下去，只会让你颜面尽失，威信全无。"

端木翀意难平道："遭受如此公然挑衅，我如果不追查到底，岂不是沦为两航员工的笑柄？"

"可你能查到什么？你不得不承认，现在所有的证据都指向张立峰，敌人显然是有备而来，过了今天，想要继续追查下去更是希望渺茫。端木，你无非是想要稳定两航的军心，有句话叫大禹治水，堵不如疏，疏不如引。现如今，你的高压手段显然已经引起了员工们的反感，是时候改变思路，来消弭此次事件造成的负面影响了。再过几天就是中秋佳节了，这是两航迁到香港后的第一个中秋节，不如我们举办一场两航员工的中秋联欢晚会，不但可以安抚员工的思乡情绪，还可以借机动员员工们积极迁台。你要知道，千镒之裘，非一狐之白，假如得不到员工们的支持，利箭行动必定寸步难行。"

听聂云开说完，端木翀不得不正视道："我承认，这阵子对两航的控制有点太紧了，适当的放松也许是个好办法。不过离中秋没多少时日了，匆忙筹备，恐怕不太容易吧？"

聂云开道："这个你放心，办晚会希言他们是轻车熟路，你可以交给她来负责，至于预算方面，近水楼台先得月，我会想办法的。"

端木翀紧盯着聂云开："好一招收买人心，你这是偷学了共产党的功夫啊。"

聂云开坦然地露出笑容："能抓到耗子的就是好猫。你如果没有意见，我这就去找希言商量晚会的事。"

端木翀只好点头答应，但看着聂云开离开的身影，端木翀仍露出了疑惑的神色。突然身体控制不住地颤抖起来，他知道毒瘾又发作了，好像一次比一次厉害了……直到简一梅给他注射之后，他才渐渐平静下来。艰难地睁开眼皮，眼前的景象由模糊慢慢清晰。简一梅坐在他的床头，用毛巾给他擦拭脸颊："看你疼得一次比一次厉害，我这心里真不是滋味，只恨不能代替你受这蚀骨之痛。"

端木翀缓过一口气来："天将降大任，必先苦其心志，劳其筋骨。这点苦比起我的抱负，不算什么。相较起来，今天在华航所遭受的耻辱更让我痛苦。今天的事情让我明白了一个道理，对着影子挥拳，只会伤到自己。要想击败阴影中的敌人，只有将它从黑暗中引出来……"

简一梅道："可这些黑影，是不会轻易冒头的。"

端木翀躺在床上，眼神却透着犀利："所以我们需要诱饵，一个能够让他们蠢蠢欲动的诱饵……"他一把握住简一梅拿毛巾的手，"还有几天，两航将会举办一场中秋晚会，到时你去把我们的新朋友请来，我相信这位晚会贵宾一定能像春雷一般，惊起那些蛰伏的虫豸……"

皇家大戏院外，一条横幅被挂起来，横幅上写着"华航远航己丑中秋联欢晚会暨迁台动员会"。员工们正往门上挂着大红灯笼，贴着海报。沈希言在一旁指挥着。聂云开特意走过来问她会场准备得怎么样了，示意她到外面说话。

沈希言会意，两人马上拐到一条僻静小路上。聂云开拉着沈希言的手走在小径上，看了看四周，小声问道："会议地点安排好了吗？"

沈希言低声道："嗯，就设在戏院后面的独立休息室里。"

"没有引起怀疑吧？"

"没有，我在那边设了些晚会道具箱，行动的时候不容易受到保密局眼线的怀疑。晚会节目表上的节目我都精心做了调整，樊总、殷总以及滕飞、老章他们，都可以有正当的理由从戏院离开，跟我们在休息室里会合，时间大概是五分钟。"

聂云开面色一喜："太好了，看来这一次，我们可以在端木翀的眼皮子底下，完成这次重要的会面。"

沈希言眼睛一亮道："是啊，起义迫在眉睫，能够找到这样的好机会，确实难能可贵。"两双手紧紧地握在一起，一股甜蜜从心底油然而生。

宁静的维多利亚港湾，映照出万家灯火。一轮皎洁的圆月高悬夜空，洒下光芒。皇家大戏院门口，一排大红灯笼亮起，点缀出浓浓的中国节日气息。大戏院门口人头攒动，众人在一片庆贺声中步入礼堂。

戏院内座无虚席。靠近舞台处是几张家宴式的圆桌，樊耀初和殷康年正谈笑风生。端木翀满脸笑容地走过过道，坐在樊耀初的身边。殷康年讥讽道："我以为专员公务繁忙，没空驾临我们两航的小小晚会呢。"

端木翀皮笑肉不笑道："殷总说笑了，金秋佳节，阖家团圆的好日子，我作为两航的一分子，怎么能够缺席呢。况且，今天的晚会还负有治兵振旅的重责，意义非凡啊。"

樊耀初看了他一眼："看来专员时刻不忘自己的职责，不过华航与远航一直都是民航，岂能当作军旅管治？"

端木翀辩道："老师差矣，如今党国处于生死存亡之秋，两航不仅是国之重器，更是国之利器，自然是要磨砺以须，赤心奉国。两位总经理都是身怀利器之人，一心一念都牵扯深远，更应该竭诚尽节，不怀他念，你们说对吗？"

这时，灯光转暗，舞台上的帷幕拉开。伴随着热烈的掌声，樊江雪作为司仪走上舞台……后台，一身干练服装的沈希言给几名演员整理着领口。沈希言的眼角瞥到聂云开已经出现在后台角落。沈希言拍了拍演员，走到聂云开身边。她掏出一把钥匙放在聂云开手心："你们的节目安排在下半场，八点前你可以先去道具间准备一下演出的服装。"

聂云开微微点头，离开后台。在后台的另一侧，一名保密局的特工，借着帷幕的遮挡，正悄悄监视着。微风过处，大红灯笼开始晃动起来。月光下，树影斑驳。一阵阵热烈的掌声从戏院内传出。樊耀初和殷康年穿着礼服，携手站在舞台上，动情地演唱歌曲《长城谣》。

动人的歌声勾起在场观众思乡之情，席间有不少垂泪者。端木翀稳坐席间，脸上挂着微笑，不紧不慢地鼓掌。曲罢，樊耀初和殷康年走入后台，在樊江雪的指引之下，走出侧门。

夜色里，樊耀初扶着殷康年警惕地走过一排房间。在休息室的门前，两人停下脚步，樊耀初有规律地敲了五下门。门打开了，聂云开露出笑容，看了看四周，将两人让进休息室。门重新关上。

舞台上，一名演员正表演着魔术，台下发出一阵阵赞叹之声。端木翀坐在座位上，冷冷地看着表演。

休息室内，聂云开见大家都到齐了，马上道："今晚的会议必须争分夺秒，请大家落座。"聂云开扫视众人，神情肃穆，"自从军管以来，保密局一直严密监视着两航上下，能够让大家集合起来真的很不容易，但我们必须迎难而上。现在北飞行动已经迫在眉睫，为了能更好地开展下一阶段的工作，我宣布两航起义特别委员会在此正式成立，由我任组长，核心成员就是在座的各位……我们需要尽快安排好起义前的各项准备工作，请大家牢记我们特别委员会的会面方式与暗号……"木质小桌上，几只手紧紧地握在一起。众人无声地表达着心中的喜悦之情。

舞台上，演员正表演着扑克魔术，走到端木翀面前，靠着一双巧手，在端木翀的身上"变出"了消失的扑克牌。众人大声喝彩。端木翀却一阵冷笑，什么雕虫小技，故弄玄虚。这时，张立峰快步走到端木翀身边报告说，聂云开等人一直躲在屋里就没出来过。

端木翀疑惑道："鬼鬼祟祟，定有蹊跷。你们马上把屋子围起来，小心不要惊动他们。我倒要看看，这葫芦里卖的究竟是什么药！"说着他拔出手枪，做了个手势。附近的保密局特工纷纷猫着腰前进，将休息室团团包围。

休息室里还透着明亮的灯光。端木翀看了看，冰冷的脸上浮出狰狞的笑……

第二十五章　天平系统

休息室的房门突然被撞开，正在镜子前整理礼服的沈希言一声尖叫，慌乱地遮挡住自己。端木翀和几名特工持枪冲入，环顾四周，房间里只有惊魂未定、略显愤怒的沈希言一人。

端木注视着沈希言，目光被牢牢吸引。在他眼中，穿着华美露肩礼服的沈希言美得不可方物。

沈希言气愤道："端木，你这是要干什么？！"

端木翀猛地醒悟过来，抢步上前，脱下自己的外套轻轻披在沈希言肩上，赶紧道歉："希言，抱歉让你受惊了，我刚刚接到密报，有几名可疑分子藏匿在休息室里，我怀疑是共党分子企图对晚会不利，冒犯之处，希望你能见谅。"

沈希言口气一松道："好了，现在看清楚了，这里没有什么共党分子，就我一个人。我要换衣服了，你们出去吧。"

端木翀环视一圈，屋内东西不多，除了角落的落地衣柜，显眼的就数墙边摆放的几个大木箱。屋子中间是一张木制小桌，小桌周围随意地摆着几张椅子。端木翀拉出一张椅子，在椅子上坐下。他俯身看了看桌面的反光，然后用手指捻了捻灰尘，吹了口气："一个人？从桌上的灰尘来看，刚才这里至少有五个人。"

"你不相信我？"沈希言镇定道。

端木翀笑笑："我当然相信你，但你这人心眼好，容易让人利用。"

"行，那你找吧，我倒要看看你所谓的共党分子躲在哪里。"

端木翀厉声道："我这也是公事公办，给我仔细地搜！"众特工开始翻箱倒柜。木箱子一个个被打开，里面堆满了演出用的道具和布料，特工们仔细地翻找着，却什么也没翻着。

沈希言道："你们都小心点，都是演出用的道具，别给我弄坏了。"

众特工又开始摸镜子敲墙壁，将箱子和椅子通通挪开仔细检查，却没有发现任何异样。端木翀脸色渐渐阴暗下来。张立峰注意到沈希言脚下的地毯，准备上前检查。沈希言却纹丝不动地站着，瞪着张立峰："端木，是不是该适可而止了？舞会马上就要开始了，你们闹够了就给我出去，别耽误我换衣服。"

端木翀狐疑地望着沈希言脚下的地毯："希言，你从刚才起就没挪过地方，能劳烦你借一步吗？"

沈希言满脸愠色地瞪着端木翀："我的容忍是有限度的。"

端木翀道："我保证这是最后的调查，如果没有异常，我马上离开。"

沈希言不情愿地往侧边一站。端木翀亲自弯下腰，兴奋地掀开地毯。谁知地毯下只是平整的地板，毫无异状。端木翀失望不已，只好带人扫兴地离开。而此时，沈希言紧握的拳头才慢慢舒展开，掌心留下四个深深的指甲印，手心里全是汗。

默默走到衣柜前，再次打开衣柜，她摁住衣柜底部一块凹进去的地方，木板松动。掀开木板，这里就是一个地下通道。聂云开与樊耀初等人正是从这里进入地下通道的。幸好刚才没有任何人发现这个机关……

端木翀回到戏院内。他惊讶地发现聂云开正穿着燕尾服与樊江雪在舞台上主持节目，而樊耀初和殷康年正和员工们坐在台下热聊着。聂云开风度翩翩地说："女士们先生们，精彩的表演暂且告一段落，下面进入舞会环节，请各位放下所有烦恼，与身旁的舞伴一起尽情舞蹈吧！"众人欢呼，纷纷拥上舞台。灯光昏暗下来，舞曲缓缓响起。聂云开款款走下舞台，走到沈希言面前，优雅地伸手向她邀舞。这时，端木翀再也忍不住了，一个箭步冲过去，挡在了聂云开的前面，他也胳膊一伸道："我诚挚地邀请希言小姐与我共舞一曲！"

沈希言看着面前相互较劲的两个男人。她将手缓缓伸向端木翀，端木翀正面露喜色，谁知沈希言顿了顿，身体一转，轻盈地握住了聂云开的手，冲一脸失望的端木翀露出迷人的微笑。

樊耀初和殷康年乐呵呵地看着舞台上的年轻人纵情舞蹈。滕飞、樊江雪与樊慕远各自迈着舞步。这时，一名英国绅士挽着简一梅的手，在众人的目光里信步走上舞台。众人纷纷让出舞台的空间。

端木翀立刻走上舞台，他清了清嗓子："很抱歉，打扰诸位的雅兴。请允许我隆重介绍我们晚会的特别嘉宾，他就是我身边的这位——查理·菲尔德先生！"
查理向观众挥手致意。

"查理先生是港英政府民航处的新任官员，也是启德机场的总负责人。今天
查理先生亲自来跟我们共度中秋佳节，就是表明他与国民政府即将开始的良好合
作以及两航的友好关系，他将全力支持我们两航的日常工作与迁台事宜，让我们
用热烈的掌声欢迎查理先生。"

查理笑容满面道："谢谢大家，也谢谢端木翀先生的盛情邀请，是他让我感受
到了你们中国航空公司的诚意，有如此良好的合作基础，我相信，我与各位在未
来的合作一定会非常愉快！"

这时，聂云开疑惑地走上前："请问查理先生，你所说的合作基础究竟是
指……"

端木翀马上抢过话头："如此佳节良辰，不要让公务琐事影响了大家纵情欢乐。
来，我宣布，舞会继续！"

舞曲再度响起。简一梅妩媚地牵起查理的手，两人进入舞池中翩翩起舞。

中秋的满月高悬夜空。一团乌云缓缓飘过，遮蔽住月光。聂云开走到观众席，
在樊耀初和殷康年身边坐下："老师，你们认识这位查理吗？"

樊耀初道："以前略有耳闻，记得和我一样是做航空技术出身，没想到在英
国民航处爬得这么快，现在居然成了启德机场的总负责人。"

殷康年看了看四周，在乐曲声的掩护下低声问道："云开，端木翀带这么个
洋鬼子来是什么意思？"

聂云开小声道："据我的判断，这应该是端木翀的釜底抽薪之计，意在限制
我们两航以后的行动。原先启德机场属于英方管辖，有利于我方暗中行动，端木
翀想插手机场的事务是鞭长莫及。但现在他拉拢了总负责人查理，就能让保密局
介入对机场的控制。启德机场是全香港唯一的机场，他这一手等于是把住了天空
的大门。"

樊耀初道："扼咽喉而守其利，要真是这样，咱们接下来的行动恐怕要处处
受到掣肘了……"

殷康年急道："那怎么办，原本就已四面楚歌，现在不是雪上加霜吗？"

聂云开皱着眉头，盯着舞台上的查理和端木翀。舞台上，音乐节奏加快。查

理与简一梅俨然成了舞会最瞩目的一对，端木翀趁机也拉着沈希言跳舞。端木翀潇洒地引导着沈希言的华丽舞步，得意道："怎么样，我的舞技是不是比聂云开更胜一筹？"

沈希言道："和你像是在专业跳舞，但和云开跳舞就像在呼吸，让人很自在很安心。"

端木翀的笑容僵住："你还是那样，总能在瞬息之间让我从山峰跌入谷底。"

一曲舞毕，查理拉着简一梅朝沈希言走来，当查理得知沈希言就是简一梅的亲姐姐时，马上邀请她跳舞。沈希言并没有拒绝。

悠扬的舞曲再次响起。沈希言与查理翩翩起舞，端木翀目不转睛地看着。简一梅走到端木翀面前，抓住他的手搂住自己的腰："看哪呢，你的舞伴在这。"端木翀笑笑，牵起简一梅翩翩起舞。

沈希言踩着优雅的舞步，在查理耳边轻轻地询问着心中的疑问："查理先生百忙之中来参加两航的晚会，应该和端木先生非常熟悉吧？"

查理道："实不相瞒，我和端木先生刚认识不久，但他是个很有诚意的人，开出的条件让人无法拒绝，所以我很乐意与他合作。"

沈希言假装不在意道："哦，是什么样的条件能让您这样的大人物动心？"

查理为难道："对美丽的女士，原本应该知无不言的。但是端木先生有交代，在我们的合作完成前必须要保密，所以，很抱歉我不能细说。"

沈希言用微笑掩饰脸上的失望："我明白。"但细想一下，他和端木翀应该还处在合作的初期，还没有真正地完成交易。那么我们就还有机会。想到这一层，她脸上的表情放松下来。

很快查理的资料摆在了聂云开面前。

"这个查理之前一直任职于英国的民航技术部门，最近凭借他极力推行的技术革新方案受到英国政府的青睐，平步青云，升任启德机场总负责人，从外表上，还真看不出他是个和您一样的实干派。"聂云开分析道。

樊耀初看了看资料道："哼，印钱的不如炒钱的，这年头，蒙头干技术的恐怕都上不了台面了。"

聂云开道："时间仓促，加上查理是空降，能查到的信息并不多。不过，从资料上看，此人的政治倾向并不明显，早前并未和国民党有实质性的接触，是最近才和端木翀凑到了一起……"

"旧帮子纳新鞋，合不合脚还难说。看来，我们还需进一步调查……"

两人正说着，滕飞突然出现在门口，他走上前小声说道："老师，我刚才路过库房，看到慕远带着几个员工在整理器材装箱，我感觉有点不对头，所以来跟您证实下，是您安排的吗？"

樊耀初一听眉头皱起来："我没安排人员整理物资啊，这个慕远兴师动众是在干吗？"

聂云开分析道："会不会是端木翀的意思，让他着手准备迁台的物资？"

樊耀初气得一拍桌子："这个孽子，没准！赶紧看看去！"

三人立刻赶到华航仓库，宽阔的库房内堆放着各种各样的航空设备。华航的员工三三两两地整理着器材。樊慕远和熊科长在一套设备前监看着。

"这几箱还未拆箱呢！""可不，前几个月刚从上海搬到香港，现在又得搬了。老这样搬来搬去，何时是个头？""唉，人挪活树挪死，我们这就是浮萍随波漂……"角落里的员工都在窃窃私语，一脸不情愿。

樊耀初愤怒地看着眼前这一切，厉声道："你们这是在干什么？库房里每一样器材都是华航的公共财产，没有经过公司董事会的审议怎么可以擅自私动处置，所有人马上停下来！"

熊科长见状笑容满面地迎上来："是老樊总来了，我们可没这么大的胆子，私动公家财产。不瞒您说，我们这都是按上头的指示办事。樊总，你说是不是？"樊慕远站在原地，望着父亲，面无表情，没有吭声。樊耀初瞪了熊科长一眼，眼光从樊慕远身上一扫而过："好啊，樊总还分老少了？你们这是另立新君吗？"

樊慕远不由得低下了头："这是专员的指示。"

樊耀初呵斥："我不管你听谁指示，没有董事会的批准就不可私动公司财产！"

"难不成党国的指示还得经过樊总您的批准？"此时，端木翀匆匆走进库房，身后跟着几个便衣特工。熊科长看见端木翀的身影，如遇救兵，赶紧迎了上去。端木翀冲他摆摆手，马上取出一份文件让张立峰读："迁台委员会特令第36号：两航迁台行动在即，特命两航监管专员端木翀着手进行库房物资整顿，推进两航首批物资迁台工作。具体安排请樊总亲自过目吧。"

樊耀初根本不接文件："端木翀，你又背着我要把戏，别忘了，我才是华航的总经理。"

"这我当然清楚，只是术业有专攻，我认为这次的行动无须劳烦樊总大驾。现在我命令，华航代总经理樊慕远全权负责此次两航迁台的物资整理起运工作，技术部熊科长负责协助，其他任何闲杂人员不得进行干扰、不得私自接近库房，违者军法处置！"端木翀大言不惭地说。

"拿着鸡毛当令箭！"樊耀初头也不抬地走了。

"端木专员，饭要一口一口吃，路要一步一步走，这个道理希望你能懂。"一旁的聂云开扔给他一句话也走了。而仓库门口已多了许多巡逻的保密局特工。聂云开看到巡逻的特工腰藏武器，不禁皱起眉头。

看着大家不欢而散，樊慕远无措地愣在原地，想了想，他不得不去了启德机场，他要找妹妹樊江雪。樊江雪见了他，一脸冷漠，对于这个害死奶奶的凶手，她一句话都不想说。

樊慕远解释加道歉，都唤不回江雪的原谅。想了想，他沉重地说："我知道我说这些已经晚了，我做什么也不能让奶奶再活过来，再也没人天天张罗着醉蟹板鸭，拉着我们兄妹张家长李家短，再也没人在我们耳边念叨浙江老家的山多青，水多美……"

樊江雪红了眼眶，但仍不想跟他说话。这时，樊慕远意味深长地说："江雪，其实我今天找你来，是有一件重要的事情托你转告父亲。端木翀最近在大力整顿迁台物资，但我感觉这只是个幌子，他的重心似乎是天平系统，我发现他私底下让熊科长浑水摸鱼，偷偷进行天平系统的拆卸装箱工作。据我所知，天平系统并不在这次的迁台物资清单上。"

樊江雪一脸惊讶："天平系统？是爸花了多年心血一直在研制完善的那个……"

樊慕远点头："是，所以你要让父亲多注意这个情况，这里面一定有猫腻。"

樊江雪终于有些感动地看着他："哥，原来你还在为爸着想……你应该自己和爸说，让他明白你的心意。你应该跟我回家。"

樊慕远知道自己去说，只会把事情弄得更糟，他拉起妹妹的手："江雪，你能原谅哥我就已经非常高兴了。但是这个家我是回不去了，就算你们原谅了我，我也不会原谅我自己……我交代你的事对爸来说关系重大，你一定要转告他。记住，千万别和端木翀蛮干……"

樊江雪回到家立刻跟父亲说了天平系统的事，樊耀初一听急了，马上通知聂云开秘密碰头，事关重大，一刻不能耽误。

聂云开有些不明白："端木翀大费周章，目的就是想秘密转移天平系统？这个天平系统到底是什么来历，值得端木翀如此费尽心机？"

樊耀初解释道："天平系统的前身其实是美国的 GR 航空系统。抗战胜利后，当时的国民政府借助外交斡旋购买了大量美军在印度的剩余物资，其中最有价值的就数 GR 系统。后来国府通过空军司令部，将这套系统交到华航手上，让我组织技术骨干对其进行技术革新改进，我带着一批人殚精竭虑，潜心研究。经过几年的努力，这套系统有了突破性的进展。虽然天平系统还没有正式投入使用，但其技术水准已是专业领域的佼佼者。前一阵子好几家航空公司想要花重金购买，都被我拒绝了……"

聂云开精神一振："原来是这样，看来一直以来缺少的那块拼图终于找到了。"

樊耀初有些不明白。聂云开道："有一个新消息，查理在民航部新官上任的第一把火，就是新设了一个独立技术研发小组，并高调夸下海口，将于近期取得突破性的研究成果。您记得吧，查理在中秋晚会上透露过，端木翀给他许诺了一个诱人的条件。结合端木翀的神秘举动，你应该猜得到，那个诱人的条件指的是什么。"

樊耀初思索着，露出惊讶的神色："你是说，端木翀要把天平系统交给查理？"

聂云开点头："这是最合理的解释。"

樊耀初不禁愤怒："这个端木翀，竟然不惜以党国的技术核心做筹码，拿去收买英国人，简直是丧心病狂。天平系统是无数华航人的心血，我绝不允许端木翀做出这样的事来。云开，你可能不知道，天平系统在信号管理方面尤为突出，通过在飞机上加装自动信号装置，无论是航空公司本身还是塔台方面都可以更加有效地控制飞机。一旦让查理得到天平系统，不但启德机场会被端木翀牢牢控制，我们两航所有的飞机也会受到更大的束缚，想要带着飞机起义，成功的机会就更加渺茫了！"

聂云开沉默片刻说："看来天平系统已经直接关系到起义的成败，必须阻止端木翀和查理的交易。好在我们提前掌握了他们的情况，现在要做的是仔细分析局势、从长计议。"

樊耀初的情绪缓和下来："你说得有道理，可是该怎么办呢？咱们能不能借这个时机将天平系统偷出来？"

聂云开眉头一展："老师，我跟您想到一块儿去了。我仔细考虑了，端木翀跟查理不能在明面上交易天平系统，他们只能在私底下偷偷进行，假如我们能够在他们的交易途中抢走天平系统，不但可以防止两航的飞机被严密控制，还可以将天平系统为我所用。"

"是啊，天平系统如果能送到大陆，肯定会对新中国的航空事业大有裨益。而且查理对天平系统是垂涎欲滴，如果端木翀拿不出来，一定会彻底失去查理的信任。这确实是一条一箭双雕的好计策。"

"此事还需要仔细筹谋，与大伙儿共同商议。眼下，情报是最重要的，我们首先要查清楚他们的交易时间、偷运方式和地点。"

樊耀初凝重地点点头。就在两人一筹莫展的时候，沈希言带来了新消息："天赐良机，晚上六时与查理、端木翀于幽灵餐厅会餐，请提前通知行动组做好监听准备。"

两人都有些不敢相信，猝不及防地笑了。

华灯初上，霓虹闪烁，幽灵餐厅的包间内，查理、端木翀、沈希言三人围桌而坐。桌上已上了不少菜。查理望着沈希言，笑意盈盈。对于沈希言的美色，他垂涎不止，对着她一通夸奖。沈希言照单全收，这个时候她必须沉住气。觥筹交错间，三人谈笑甚欢。不一会儿，沈希言起身去洗手间。查理马上问道："端木先生，不知道你们那边的货物准备好了没？"

端木翀微笑着端起酒杯，抿了口酒："查理先生，你也知道货物精密，这两天我已经派人加紧进度了，您放心，对您的承诺我一定会兑现，后天一早，我自会派手下秘密地给您送去，到时候请您安排好人员接收。"

查理笑道："好，再等两天，我的浦路斯修理厂早已腾好空间，翘首以待了……"

而包厢角落的柜子里，一台监听设备正在运转着……

早晨的阳光灿烂地照耀着《南华群众报》报社的大门，屋里笼罩着一片温暖的光，而地下室的空气却格外凝重。

张书记接到了最新的电报："……霍公已经批准了金乌同志的行动计划，但强调务必小心布局，谨慎行事。"

聂云开点点头，摊开一份香港地形图："根据我们掌握到的线索，端木翀将于明日清晨将天平系统送到湾仔的浦路斯修理厂。天平系统的核心组件和研究资料被装在一个特制的金属箱内，我已经根据图纸打造了一个一模一样的箱子。行动当日，由我和喜鹊负责夺取天平系统，得手之后我们会立即赶往码头，黄鹏你负责在港口接应……"

老梁点点头。聂云开道："到了码头之后，必须由直达上海的轮船将天平系统运出去，这艘船必须可靠安全。至于两航人员的配合行动，我也已经布置好了，每个人各司其职，确保行动的顺利。"

众人安排好细节，开始分头行动。

华航库房仓库外，朦胧的雾气里停着一辆黑色轿车。端木翀负手而立，目光灼灼。两个保密局特工正小心翼翼地把一个铁皮箱子从仓库里搬了出来，放入轿车的后备厢里。

等货物已经装好后，端木翀叮嘱道："出发吧。记住浦路斯修理厂，接应的人叫马克，路上注意安全。"张立峰领命而去。端木翀抬起头，清晨的阳光从薄雾里透射出来。

天色渐渐起雾，路面冷清，没看到一个人影。黑色轿车行驶在狭窄的道路上。突然一个急刹车，坐在车后的张立峰两人惯性地往前一倾。司机马上说："前面的路好像塌了，堵了两辆车。"

张立峰眉头一拧："怎么这么倒霉，不能耽误时间，绕道。"

又有两辆车从后边开了过来，直按喇叭。后退的道路彻底被堵死。张立峰生气地下车。在拥堵点的高处，聂云开和老章正掩藏身形，观看着路面上的一举一动。

后车的几名地下党下车，互相掩护着。一名地下党上前和特工司机搭讪递烟，另一名地下党悄悄打开了保密局车辆的车门，将座位上的箱子进行调包。

拿到设备后，聂云开道："事不宜迟，我现在就送天平系统去码头。老章，你按计划送老师回华航，不要引起保密局的怀疑。"

　　老章低语："明白，老梁他们会在码头接应你，你路上小心。"

　　而端木翀这边正闭目养神，一脸轻松地听《英雄交响曲》。这时特工进来汇报："站长，果然不出您所料，有人想要偷天平系统，箱子里的定位器信号已经被激活了。"

　　端木翀哈哈一笑，睁开眼睛："果然上钩了，信号现在在哪？"

　　"信号是在长乐路一带出现的，现在正在往码头方向移动。"

　　端木翀一跃而起："太好了！一定是共党！通知下去，全队出动。你再给约翰警司打个电话，就说鱼儿已上钩，请他立即封锁前往码头的所有路口！"说完，立刻带领众特工行动。

　　华航办公楼大门鱼贯而出几辆车，端木翀坐在领头的轿车里，阴鸷地擦着手枪。而这一幕正被立在窗口的滕飞看到，那疾驰而出的保密局车辆分明是个预警，看来聂云开那边凶多吉少。情急之下，他立刻开上车，一路飞驰，握着方向盘的手不停地颤抖着……

第二十六章　在抵达终点之前

　　码头上，人头攒动，熙熙攘攘。许多提着行李箱的旅客在登船。人群中，儒商打扮的张书记平静地走过堤岸，坐在麻袋上的老梁赶紧跳下来。

　　张书轻声问："轮船那边谈妥了，你这边呢？"

　　老梁道："安排了两个稳当的，送佛送到西。不过，日头都这么高了，怎么还没来，该不会遇到什么绊子了？"

　　张书记拍拍老梁的肩膀："心急等不得人，性急钓不得鱼。越是大事，越得沉住气，还没到约定的时间。"

　　老梁点点头，有些焦急地向远处张望着。

　　聂云开开着车，突然注意到前方有港警设下的路卡，忙在路边减速停车。怎么会这个时候在这里设卡？他看了看前面排队等待检查的路人和车辆，思忖了一下，为了安全起见，还是绕个远道吧。他正准备掉头，却发现身后的路口也有异常。只见远处陆续驶来几辆轿车，停在路口处。其中一辆显然是电波定位车，车顶部的雷达不停旋转着。聂云开一惊，突然来这么多搜查的警察，难不成行动暴露了？

　　大批港警和保密局人员下了车，端木翀、约翰警司也从车上下来。聂云开的车混在形形色色的路人与车辆里，他低下头查看着周边形势，心中忐忑。几个港警和特工往他的方向一路检查而来。当他看到不远处的端木翀时，更加惊讶，看来情况不妙！他赶紧悄悄下车，提起箱子躲到了一旁的隐蔽角落。可放眼望去，根本没有逃生之路。就在此时，突然一只手拍在聂云开的肩膀上，他身子一凛，条件反射般地转身擒住对方的胳膊，才发现面前的人正是满头大汗、气喘吁吁的滕飞："滕飞，你怎么来了？到底是怎么回事？"

　　滕飞才说出这是端木翀的圈套，箱子里有一个定位器："保密局的电波定位车就停在旁边，他们的人马上就会搜到这里。"

聂云开猛拍自己的脑门："百密一疏，该死！得马上找到那个定位器。"

两人马上打开箱子，经过一番仔细搜索，在箱子的角落里终于发现了闪烁着微弱红光的定位器。聂云开小心翼翼地把定位器拆了下来。他把定位器放在地上，捡起石块，正准备砸碎它。滕飞急忙伸手阻止道："等等，它可能是我们唯一的希望。"

聂云开一愣。远处，众多的港警和保密局手下正往这里靠近，局势十万火急。滕飞道："现在这条路已经被封锁，就算把定位器毁掉了，我们仍旧逃不过他们的搜查。云开，只能设法调虎离山，你才有机会将天平系统带去码头。"说着他掂了掂定位器，吹了吹上面的灰尘，"他们追踪的目标是定位器，让我带着定位器把他们引开。"

聂云开脸一僵："你要用自己做诱饵？太危险了，我不同意。"

滕飞果断道："来的路上我都考虑过了，你也知道我脑子笨，这已经是我能想到的最好办法了。你们都身负使命，为了北飞行动，绝对不可以暴露身份，而且天平系统也不能落入查理之手。"

远处，搜查的人员步步逼近。聂云开内心一片煎熬。

"云开，没有时间了！再犹豫下去，我们谁也走不了。现在已经火烧眉毛了，必须当机立断。云开，大局为重，我们辛苦走到这一步不容易，绝不能在这里功亏一篑。你就让我再任性一次吧！"说着滕飞将定位器揣入怀中，准备离开。

聂云开纠结道："外面那么多港警和保密局的特工，你如何能够脱身？我不能让你冒这个险！"

"你放心吧，我滕飞有九条命，不会有事的。"滕飞微笑着，他取下挂在脖子上的金属飞行牌，交到聂云开手上，"拿着，这是我当大队长的飞行牌，你先帮我收好了，等着我回来，我还得戴着它上天入地呢！"

聂云开握住滕飞的手，不忍放开："……千万要小心！"

"别忘了，在驼峰的时候，什么狂风暴雪、枪林弹雨我都挺过来了，这点小风小浪难不倒我……如果，我是说如果，我真的出了意外，麻烦你帮我照顾好小菊，安顿她回湖南老家。"

聂云开泪盈于睫："别瞎说，你自己许的愿，要亲自带她荣归故里，翱翔蓝天。"

滕飞笑笑，快速地打开车门，坐到驾驶座上。向窗外的聂云开伸出大拇指，做了个飞行员的胜利手势。

聂云开心里一片翻江倒海，他缓缓举手，回应了相同的胜利手势。滕飞目视前方，发动引擎，以飞快的速度向路卡冲去。他迅速冲破路障，绝尘而去。混乱中，港警对着车子开枪，现场人群开始大乱。

手下大叫："站长，天平系统就在那辆车上！"

端木翀一声令下："所有人上车，马上追击！想从我的五指山溜走，没那么容易！"

众手下纷纷上车，几辆轿车疾驰而去。

滕飞一边开车，一边注意着后面的追兵。突然，端木翀的车子出现在侧面，滕飞一惊。子弹密集地射来，车玻璃已经被打碎。滕飞顽强地向前飞驰，企图甩开端木翀。端木翀拿枪对准了蒙面的滕飞。子弹直接打中他的侧肩，鲜血很快染红了衣服。滕飞的车子瞬时打了几个摇晃，他忍痛用右手控制好方向。

车速慢了下来。很快，保密局的其他车子也跟了上来。眼看就要走投无路，滕飞转头望着车窗外茫茫的大海，目光坚毅道："云开，兄弟我已经尽力了！往后就靠你们了……"车子突然一个急转弯，猛踩油门，车子不受控制地撞上了道路旁凹凸的岩壁，车身冒起了火苗。保密局的人在外围下车，将滕飞包围起来。端木翀举枪来到了滕飞车前，只见驾驶座上的蒙面人浑身鲜血，胸口剧烈起伏着。他猛地拉下那人脸上的蒙巾，露出滕飞满是血迹的脸。端木翀露出不可置信的神情："怎么是你？！"他愤怒地揪住滕飞，"为什么会是你？你是共党？！"

滕飞微笑着，他苍白的脸上流淌着鲜血："我说不是，你会信吗……我知道你不信，我倒是想当共产党，可我没那个好运气……"

端木翀五官扭曲道："你说你不是？那你为什么要这么做？"

滕飞抚着胸口，剧烈地咳嗽起来："为什么？你心里清楚，跟着两航已经没有希望了，我得给自己找一条出路……本来想带着天平系统回大陆邀功的，没想到功亏一篑……"

端木翀摇头，使劲晃着滕飞："你撒谎！我费尽心机就是要引你们共党现身，你休想狡辩。快说，你的同党在哪里？是谁？是不是聂云开？是不是他？"

"聂云开？是，他是我的同党。还有你，你也是我的同党……还记得谭剑吗，我那次被捕，就是你和聂云开帮我洗清了嫌疑……我能在华航活动到今天，多亏了你们这些好兄弟的帮助……哈哈哈……"滕飞吐出一口血水，剧烈喘息着。

端木翀脸色铁青，一脸激愤："你休想糊弄我，快告诉我，你的同党是谁？"

滕飞艰难地一笑："我说过了……我的同党是你，这一切都是你的安排……"

火势越来越大。滕飞意识开始迷离，气息愈加微弱。端木翀骂道："你小子给我挺着！你还有很多话要问你，你听见没！"几人拿着铁棍想撬开驾驶座，火焰映着众人满头大汗的脸。滕飞微笑着，慢慢闭上双眼。

端木翀吼道："滕飞，我不允许你死！浑蛋！"

火势慢慢烧向油箱。端木翀死命拉着滕飞。一声巨响，车子瞬间被火焰吞噬，端木翀及众手下都被气浪冲到了路边。

火光之中，滕飞闭着眼，嘴边挂着永远的微笑……

一声悠长的汽笛响彻天际。波涛中，几艘轮船缓缓驶出港湾，渐渐远去。码头上，聂云开等人目送着远去的货轮，长舒了一口气，可算是安全送出去了。聂云开摩挲着手里的飞行牌，心情久久不能平静……

当端木翀从医院醒来的时候，他第一眼看到的是简一梅。他摇晃着脑袋，做出一副努力回想的样子。突然他双手按住简一梅的肩膀问："滕飞怎么样了……不，天平系统怎么样了？"

简一梅这才告诉他，滕飞已死，天平系统已经落入共党手中了。

端木翀骂了一句该死："那……查理那边什么情况？"

简一梅道："查理知道我们弄丢了天平系统，非常生气，而且他好像从警局那知道了你和滕飞之间的亲密关系，更加觉得我们是在欺骗他，认为我们根本不想交出天平系统，无论我怎么解释、赔礼都没有用。他说他已经给上头夸下了海口，除非我们能把天平系统原封不动地送到他手上，否则他不会再与我们合作，并且禁止我们的人进入启德机场。"

端木翀气得直摇头："滕飞啊滕飞，我做梦也想不到会是你。你不惜性命也要把水搅浑，为什么要这么跟我作对！"他恼怒不已，一拳打在自己腿上，疼得吸了口气。

简一梅刚劝他几句，他又提醒道："对了，赶紧去鲜客来面馆，把滕飞的妹妹控制起来！"

话落，简一梅便带人迅速赶往鲜客来面馆，可当他们破门而入时，发现面馆里空无一人。简一梅皱了皱眉头，她看到桌上的大半碗面，伸手摸了摸碗身还有余温，看来人刚走没多久，她马上下令分头去火车站和码头搜查。等赶到火车站，早已不见人影了。

端木翀从医院出来刚回到东亚旅行社，屁股还没坐定，门居然被人一脚踹开，来人正是聂云开！

端木翀一惊："云开，你怎么来了？"

"我不应该来吗？昨天我的一个好兄弟永远离我而去，而凶手却是我的另一个兄弟。我想问问你，好好的患难兄弟，为什么会变成这样？"

端木翀神情黯然："我知道你是来兴师问罪的。滕飞的死我也不好受，但那是他咎由自取，你知道吗？他是共党，他选择站在党国的对立面，而我的职责，就是为党国扫除一切障碍。"

"就算他挡了你的道，你也不应该杀了他！难道我们兄弟那么多年的情义，你全都忘了？你就不能放他一条生路？"

端木翀脸上阴云密布："是，滕飞是死在我的手里。你要是对我有气，你就狠狠打我一顿，打到你解气为止！"

聂云开揪起端木翀的衣领，一拳打在他脸上。

端木翀趔趄了一下，苦笑："云开，你真的以为我愿意让滕飞死？我想救他！是他选择了自断生路。我还有无数的话要问他，我要问他为什么那么蠢，要和我作对！为什么不向我自首，而选择跟共党一条道走到黑……我再怎么铁石心肠，我们毕竟风风雨雨那么多年，怎会无动于衷？你们都觉得我是个刽子手，可谁又知道我的心里，手足之痛铭心刻骨。"

聂云开冷笑："是吗？那在你的心里，除了痛苦，会有悔恨吗？"

"我是痛苦，但我决不后悔。只要是企图对党国不利的人，无论是谁，我都会毫不留情地将他抹除，为此付出再大的代价我也在所不惜。你知道我的座右铭：苟利国家生死以，岂因祸福避趋之。"

"你可能忘了，那也是我们兄弟共同的誓言。"

端木翀一怔，瘫坐到椅子上……

窗外，静谧的夜空响起几声猫头鹰的叫声。留声机开始运转，忧伤的旋律流淌而出。樊耀初打开一瓶汾酒，将酒杯倒满，正准备一饮而尽，不想胳膊一抬却被人挡住。

聂云开的声音响起："老师，你这两天感冒了，不能饮酒。"

樊耀初看着一脸痛苦的聂云开，缓缓道："云开，今天你就让我喝两口，不然我这心里沉甸甸的。你和滕飞情同手足，我知道，心里最痛苦的是你。"

聂云开站起身来，走到窗前，夜空中，稀稀落落的几个星星闪烁着。"他的牺牲是有价值的，我已得到确切的消息，天平系统的丢失成功破坏了查理和端木翀之间的关系，查理表示不再与保密局合作，启德机场暂时是安全的。"

樊耀初精神一振："太好了，滕飞在天有灵该含笑了。"

聂云开转过身："老师，滕飞为我们了争取了宝贵的时间和空间，是时候加快北飞行动的步伐了。咱们走的这条路，是无数的同志用生命和鲜血铺出来的。在抵达终点之前，我们没有时间悲痛……"

樊耀初感慨地点点头，心里叹道，是啊，在抵达终点之前，我们没有时间悲痛……

第二十七章　血洗韩府

深夜，当注射器扎入端木翀的手臂，那张痛苦扭曲的脸庞才逐渐平缓下来。

简一梅收拾好注射器，用绷带为端木翀重新包扎手臂："你的状况很不好，再这样下去，你需要的剂量会越来越多，你的身体迟早会承受不住的。"

端木翀斜躺在床上，苦笑："现在只有把两航内的共党彻底清除才能让我得到真正的满足。"

简一梅心疼道："看来两航一天不迁台，你就要多忍受一天的煎熬。共党这边的线索已经断了，我认为我们应该加紧迁台的步伐。现在两航和英美方面还有不少合同需要处理，你得尽早接触利文斯顿他们。"

"现在是非常时期，宁可牺牲一些两航的利益，也得尽快解决这些阻碍迁台的绊脚石。对了，最近猫眼有新的消息吗？"

简一梅脸一沉："没有，他说两航的人一直提防得很紧，他并没有找到太多搜集情报的机会。"

"没有机会就创造机会，告诉他，现在不是畏首畏尾的时候，此时不搏，更待何时！"

简一梅一顿："我会转达的。"眼神与端木翀交织在一起……

夜色越发沉重，聂云开悄悄来到一片树林与张书记会合。

"现在北飞行动已经到了紧要关头，我们一定要吸取经验，进一步做好情报工作，避免再次落入敌人的圈套。眼下我们的交通站已经恢复运转，我已经命令他们密切注意保密局的动向，从外围为你提供情报支援。时间紧迫，北飞行动的具体部署必须要争分夺秒，组织上希望你们可以尽快拿出最终的起义人员名单。"

聂云开沉重道："自从端木翀进驻两航，用各种手段对员工进行威逼利诱，之前有心回归的部分员工在高压之下已经开始动摇、分化，变得敌我难辨，目前的起义筹备工作面临很多难题。"

张书记道："所以名单的事，你们特别委员会必须分头进行，尤其是飞行员和技术人员的争取，必须小心甄别，确保万无一失。"两人说完迅速离开。

同一时间，泰和茶楼雅间内，操刀老七正亲手为端木翀斟茶。

端木翀察言观色道："七爷今天特地约我在外面相会，绝不会是喝茶这么简单吧？"

操刀老七长叹一口气："其实，是我们四哥的事。你也知道，四哥自从上次栽了大跟头后，元气大伤，我们信礼门也跟着江河日下。最近我发现，他竟然开始偷偷变卖韩氏航运公司的财产，准备带着一家老小跑到美国过逍遥日子。"

端木翀脸色一沉："韩四爷要去美国？"

"千真万确，而且他这次是王八吃秤砣——铁了心了！恐怕再过两天就要动身了。他那个女儿安娜要死要活的，没用的樊慕远还一心想把安娜带走，被韩退之打了个半死……"

端木翀沉默地呷了口茶："……七爷，你跟韩四爷可是拜把子的兄弟，为什么要把这个消息透露给我？"

操刀老七往前一凑："端木站长面前，我就明人不说暗话。我们江湖人义字当头，可四哥却要瞒着我们一走了之，他不但对不住我们信礼门的弟兄，更辜负了端木站长对他的期望。既然是他不仁在先，也就不能怪我不义了。"

端木翀声音一扬："好，识时务者为俊杰，七爷，我早就知道你是人中龙凤。何必居于韩四爷之下做他的傀儡？只要七爷肯全心全意为党国排忧解难，我保证七爷未来的前程不可限量。"

操刀老七咧嘴一笑："多谢端木站长提携，我操刀老七发誓，愿为党国鞍前马后，拼一个好前程！"

端木翀示意操刀老七凑近，两人悄悄耳语。操刀老七点着头，面露杀意。

接着，端木翀他转身对张立峰说："立峰，晚上韩家的清扫行动，你跟操刀老七一起去，弄成黑帮火并的样子，一定要做得干净利落。"

张立峰接令："请站长放心，我会做得不留痕迹。"

端木翀张开眼，眼里透着寒光："妄想全身而退，只能付出更惨重的代价。"

三人都会意地点点头……

夜色笼罩着华航大楼，只有聂云开的办公室还透着灯光。他正拿着端木翀送的飞机模型发愣，滕飞的死让他食不下咽，再想着四兄弟曾经把酒言欢，不禁伤感。

愣怔间，樊慕远突然出现在了门口。聂云开一愣："慕远，你怎么来了？"

樊慕远绝望道："云开，我现在已经是走投无路了，如果你还当我是兄弟，有一件事你必须得帮我！云开，我就剩你这么一个兄弟了，除了你没有人能帮我。我已经想好了，无论要付出多大代价，我都要带着安娜远走高飞。你要是还当我是你兄弟，你就帮我把安娜从韩家救出来，我就算豁出性命，也在所不惜。"

聂云开顿了一下："你的忙我当然要帮，先别冲动，韩家仆人众多，莽撞抢人是行不通的。"而这时电话铃急促地响起。聂云开听完电话立刻焦急道，"快跟我去韩府，我收到消息，保密局和信礼门的人要对韩退之动手，安娜他们有危险！"

保密局的人早已把韩府重重包围，操刀老七与张立峰掏出手枪，一边行进一边对着韩家人开枪。在子弹与鲜血之间，韩府瞬间变成了修罗场。一个个韩府家眷被击毙倒下……

韩退之惊恐地将安娜藏到柜子里，老泪纵横："女儿，你躲好了，无论发生什么都不要出来，有爹在，你不用害怕，没事的。"

屋外传来粗暴的拍门声，韩退之连忙将柜子关好，他拿起手枪，准备拼死一搏。门被踹开，几名帮众持枪冲了进来，韩退之开枪射杀一名帮众，但很快就被乱枪打死。透过柜子的缝隙，安娜恐惧地看着眼前发生的一切，抱着布娃娃泪如泉涌，瑟瑟发抖。

张立峰开始在院子里泼洒汽油。不一会儿，柜子的门打开了，安娜愣怔地抱着布娃娃从柜子里走出来。她踏过韩退之的尸体，哼着儿歌往外走去，眼神一片涣散。

张立峰正准备点火，看到穿着一袭白裙子的安娜抱着布娃娃缓缓走过大厅，还哼着儿歌，仿佛对眼前的惨状视若无睹。张立峰立刻掏出手枪瞄准了她。

在这千钧一发之际，聂云开与樊慕远冲入韩府大门，遍地的尸体令他们恐惧万分。樊慕远一眼看到了张立峰手里的枪，大喊的一瞬，枪声也响了，安娜如蝴蝶般凋落，洁白的裙子开始被鲜血染红，她缓缓倒在了樊慕远的面前……

樊慕远发疯般地跑过去："安娜——安娜——"

安娜微微张开眼睛："慕远，你来接我了……"

樊慕远泪流满面："是，我来了。安娜，我马上带你离开这里，你坚持住……以后我永远也不离开你，我们一辈子都不分开……"

安娜露出苍白的笑容，用力点点头……终于，她的手掌从樊慕远手中滑落，眼睛缓缓地闭上……

"安娜——"樊慕远痛苦地抱紧了安娜，撕心裂肺的一声怒吼几乎要撕破耳膜。

张立峰用枪指着向他走来的聂云开："聂先生，你们怎么会在这？"

聂云开目睹眼前惨状，不禁怒火中烧："韩退之究竟哪里得罪了你们，你们居然杀了他一家人，连无辜的妇孺都不放过？"

"我们保密局行事，自然是有我们的理由。聂先生，你们真的不该来这里，现在我必须把你们带回去，交给站长处置。"张立峰刚想上前控制住聂云开，聂云开一脚将张立峰的枪踢飞，二人厮打起来。

这时，大厅内的蜡烛倒了，屋内燃起火焰。樊慕远大叫："我要杀了你，给安娜报仇！"发狂的樊慕远冲上去，像猛兽一样找张立峰拼命。张立峰疲于招架。聂云开趁机捡起地上的手枪，顶住了张立峰的脑袋。张立峰举起双手，示意聂云开冷静："聂云开，你不敢开枪，你是个聪明人，你知道后果。如果我死了，保密局一定不会放过你们，你们所有人都得陪葬。"

愤怒的樊慕远蹿上来，抢过聂云开手中的枪，枪口对准了张立峰："你杀了我最爱的女人，我要亲手送你下地狱！"通红的眼里映着火光，他的手指重重扣下扳机！张立峰张大了嘴，不甘地倒下。

火焰即刻熊熊燃烧起来……

昏暗的房间，酒瓶散落，一地狼藉。樊慕远歪斜在床铺上，沉沉睡着，神情憔悴。窗帘被拉开，一道阳光照射进来，樊慕远被刺眼的阳光照射得有些难受，缓缓睁开眼睛。

樊耀初站在他的身前，语气虽威严却带着关爱："浑浑噩噩折腾了三天，多大的痛也该缓一缓了。我让老罗给你熬了碗五谷粥，你趁热吃一点。"樊慕远仍坐在那儿一动不动。

樊耀初缓和道："最爱的女人不明不白地枉死，你现在悲痛欲绝，我理解你的心情。但慕远，你是个男人，遇到再大的打击也要挺下去。其实我也明白，你为了追求自己的爱情受人利用，犯了无心之失，并非不可原谅。你奶奶在的时候，天天念叨家和万事兴，她要是看到我们父子变成这样，一定会难过的。慕远，你奶奶生前最疼你，为了她，为了樊家的未来，你不能再这样自暴自弃了。"

樊慕远终于开口了："爸，谢谢你能原谅我。可是安娜死了，我真的没勇气再活下去了。"

樊耀初慈爱地拍着樊慕远的肩头："我知道，孩子，时间是最好的良药，再深的伤口也总有一天会痊愈的。你必须要振作起来，你还年轻，很多大事还要倚重你去完成。"

樊慕远头一抬："爸，我还有未来吗？"

樊耀初坚定道："一定有。慕远，我想带你们兄妹俩去一个光明的地方，一个崭新的生机盎然的世界，在那里，你可以重新开始自己的人生。"

樊慕远憧憬地仰起头，听父亲继续说："我准备带着你和江雪，带着你奶奶的骨灰，一家人回到故土，继续为中国的民航事业出一份力，慕远，你愿意陪着我回去吗？"

樊慕远惊讶地看着父亲："您还愿意接纳我？"

"你是我最骄傲的孩子，不管是我、江雪，还是故去的安娜，我们都希望你能振作起来，有一个幸福的未来。"

樊慕远倏然落泪："爸，我愿意跟您回去，安娜的死警醒了我，没有国，哪有家！国家强大了，每一个普通人才能得到幸福。回去，为新中国出一份力。"

樊耀初终于展开了眉头，父子俩紧紧地拥抱在一起……

街道上人来人往，一名戴着帽子、穿着考究的神秘人鬼鬼祟祟地进入电话亭。他拨通了端木翀的电话："是我，猫眼。"

一听是猫眼，端木翀嘴角露出笑意："我希望你这次带来的是好消息……"

第二十八章　奸　细

电话亭被雾气悄然笼罩，神秘人拿着电话，声音不疾不徐道："现在我可以在樊家自由行动，接下来我该怎么做？"

端木翀嘴角一扬："很好，根据情报组的消息，樊耀初最近似乎又有所动作，现在已经是利箭行动的关键时刻，我命令你克服一切困难，打探到樊耀初的真实动向！"

"明白。"猫眼挂断了电话，转眼电话亭里已是空空荡荡。

窗外突然下起瓢泼大雨。樊耀初和聂云开却丝毫不受打扰，两人坐在棋盘前，棋盘上已经摆了好几十手棋。聂云开手里拿着棋谱，拈起一粒白棋放入棋盘，樊耀初不禁赞叹："这一手棋的确玄妙，危局之中看似闲庭信步，实则有千钧之力啊。"

聂云开道："不错，如此一来，只要白棋按部就班，稳扎稳打，就可逐渐建立起优势。"说着他放下棋谱，从包里掏出一份签名，交到樊耀初手里，"这是技术部几名重要成员的签名，加上老师和殷总手里的飞行员名单，我们的起义名单已经基本成型，现在统一交由老师保管，您这里的保险柜还是比我那要安全。"

樊耀初沉声道："放心，我会妥善保管的。想不到事情可以进行得如此顺利，看来离行动之日已经不远了。"

这时屋外亮起一道闪电，瞬时的光亮在窗帘上映出一道身影。聂云开很快反应过来，示意樊耀初噤声。他悄悄走到窗边，猛地拉开窗帘，窗户外的阳台上空无一人。聂云开往楼下望去，泥地里有一些杂乱的脚印："刚才阳台上有人。"

樊耀初一惊，聂云开谨慎道："先把东西藏好，我们马上下楼去看看！"当二人匆匆走下楼梯，却发现浴室的门开了，樊慕远擦着毛巾走出来。聂云开看了看樊慕远的身后。只见浴室外的墙边放着一双皮鞋，沾着湿润的泥巴。他眉头一皱：

"慕远，怎么把衣裤都给换了？"

樊慕远随口道："别提了，刚才去后院找东西，东西没找到，沾了一身泥。"

樊耀初眉头一拧："你刚才去后院了？找什么？"

樊慕远平常道："一块表，我以为我白天的时候掉后院了，怕被雨淋坏了，冒着大雨去找，结果什么也没找到，只能等天亮再找找看了。"

这时，老罗抱着樊慕远的外套走进来，给樊慕远披上："少爷，我早就劝你天亮了再说，可你就是不听，你别忘了你还生着病呢。"

聂云开看了看老罗："老罗，你刚才在后院有看到什么了人吗？"

老罗道："没有啊，这大雨瓢泼的，能有什么人？是家里进贼了吗？"

聂云开表情一敛："没有，随口问问。慕远，你刚才一直在浴室里洗漱？"

樊慕远奇怪道："对呀……你们俩怎么了？不是在屋里下棋吗，怎么神神道道的？"

聂云开和樊耀初相视一眼，道："没事，你身体抱恙早点歇着吧，我和老师到门口透透气。"

雨点打在黑伞上发出噼啪的响声。樊耀初一手撑着伞，一手给聂云开打着手电筒。后院泥地里布满了杂乱的脚印。聂云开弯下腰，用量尺量了量脚印："都是同样大小，10.6英寸。"

樊耀初眉头拧成了川字："那就没错了，全家只有慕远穿这么大的鞋。你怎么看，慕远是不是有问题？"

"从目前的线索来看，慕远的确很可疑。之前留在泥地里的脚印很可能是他为了掩盖跳下阳台时的脚印而故意留下的，而且他去后院找手表的时机也十分蹊跷。"

樊耀初显得难以置信："这么说，慕远可能是敌人安排的眼线？"

聂云开警惕道："不排除这个可能，但现在没有确定性的证据，一切还言之过早。而且我们不能确定监听的人偷听到了多少信息，为了安全起见，我想今夜就留在府上，进行进一步的调查。"

樊耀初点头："也只能如此了。我这就让老罗去给你准备客房。"他刚回身，聂云开又叫住他："老师，你相信慕远是内奸吗？"

樊耀初站住摇摇头："我不知道。"他内心是多不愿意相信儿子竟成了内奸！

　　两人转身回到屋内，聂云开不动声色地去了樊慕远的房间。樊慕远正躺在床上看着安娜的照片出神，发出几声咳嗽，老罗在旁边端给他一碗汤药，他喝了几口。这时聂云开走了进去："怎么，任性淋雨，导致病情加重了？"

　　樊慕远将空药碗交给老罗："没事，略感风寒，其实自己就能好起来，不过罗叔特地给我送药，不能不领情。"

　　老罗微笑道："聂先生，客房还满意吗？如果还有别的需要，可以随时叫我。"

　　聂云开便道："你安排得非常好。你去忙吧，我和慕远聊几句。"

　　等老罗走出房门，聂云开坐到樊慕远床边。

　　樊慕远问："你今晚要留这过夜？"

　　聂云开细细观察他的表情："对，下雨天留客天。怎么，你不欢迎？"

　　"怎么可能，你在这住一辈子我都欢迎，江雪要是在家，更会高兴得睡不着觉。"

　　聂云开笑笑，拿过樊慕远的手腕把脉："来，让我给你把把脉，看看病情有几分。"

　　樊慕远笑得咳起来："得，刚走了个送药的管家，又来了个把脉的账房，你们净折腾我。"

　　聂云开感受着慕远的脉搏，装作不经意地闲聊着："想当初我们在航校，可没少干秉烛夜谈的事，只可惜离了学校，似乎很难再与人敞开心扉。"

　　樊慕远叹道："是啊，人心隔肚皮，乱世之中又有几个人值得托付真心呢。甚至那些看似亲密的人都可能在你背后捅上致命的一刀。"

　　"没错，防人之心不可无，但害人之心不可有。我始终相信，真心换真情，虚情换假意，推心置腹换来的应该是知己。"

　　"可惜知己难求，一生挚爱更是命中注定，失难再得……"樊慕远看着安娜的照片，牵动愁肠，不住地咳嗽起来。心跳声慢慢减弱。聂云开静静观察着樊慕远，松开脉搏："对不起，又惹你伤感了。你这风寒袭肺之症不算严重，来得急去得也快，好好休息，很快会好起来的，我走了。"

　　樊慕远道了声晚安。聂云开关上门时，往屋里瞥了最后一眼，樊慕远还在低头看着照片，神情在灯光阴影下模糊不清。

　　雨后的清晨，一切都显得那么清新自然。树叶上挂着水滴，地面上，麻雀在叽叽喳喳啄食吃。一阵电话铃声响起，麻雀惊飞。老罗过来叫樊慕远接电话。穿着睡衣的樊慕远手里护着话筒，小声地答应着。樊慕远刚放下话筒，老罗捧着一杯牛奶过来：“少爷，可以吃早餐了。”

樊慕远道：“不了，我还有点事要出门，回来再吃。罗叔，去帮我备车。”说完匆匆上了楼梯。

客房的门缝里，聂云开冷冷观察着这一切。

清晨的街道，行人稀少。樊慕远开着车，快速行驶着。在他的身后，跟着另一辆车。聂云开握着方向盘，控制着和樊慕远的距离。

很快，樊慕远来到圣约翰大教堂，他走向侧面的小径，警惕地东张西望，看看没什么人，他才推开了大教堂侧厅的门。樊慕远穿过侧厅进入忏悔室。他从椅子下面取出一本书，书名是 *Gone with the wind*。他坐在椅子上，打开扉页，感慨地看着上面的字迹。只见扉页上写着：“送给我亲爱的安娜，永远爱你的远。”

慢慢翻动书页，书的中间夹着一张字条，他正要取出字条，背后突然响起一个冰冷的声音：“别动。”

樊慕远一惊，发现自己的腰间已经被枪顶住，字条被聂云开夺走。聂云开展开字条，愤怒不已：“慕远，想不到你真的是保密局的奸细，你真是演得一手好戏。”

樊慕远不明所以：“云开，你到底在说什么啊，什么奸细，我就是来这取一下安娜的遗物。”

“是吗，那这怎么解释？”聂云开将字条摆在慕远面前，慕远疑惑地看着。字条写着：“猫眼，请速将复苏后的最新消息传递至老地方。”

聂云开愤怒道：“你还想装傻吗？”

樊慕远露出惊恐的表情，想要转过脸来。聂云开对着樊慕远的后脑猛地一击，樊慕远立刻昏倒过去……

等樊慕远慢慢睁开眼睛，感到头昏脑涨。他摇了摇脑袋，发现自己被锁在地下室的椅子上，嘴里还塞着毛巾。他惊恐地看着眼前的聂云开和樊耀初，拼命挣扎着，嘴里发出呜呜的声音。聂云开上前拔出他嘴里的毛巾，樊慕远呸呸吐着口水，大口喘着气：“爸，云开，你们这是干什么？我到底做错了什么？你们要这样对我！”

樊耀初怒气冲冲：“你做了什么你心里清楚！亏我以为你是浪子回头，原来是利用我的感情骗取我的信任！我真是瞎了眼，才会相信你会悔改。"

樊慕远大声道："爸，你打我骂我都可以，可你总得让我明白是为了什么吧，我真的什么也没做！"

樊耀初气道："事到如今你还要演戏，一直以来你都在为保密局传递情报！我今天才想明白，为什么我要去跟特使会面，你就那么刚好被绑架，还有殷涌来我们家通报消息后，齐老板那边紧跟着就暴露了。日防夜防，家贼难防，你实在太让我寒心了。"

樊慕远震惊道："不，你说的那些我都不知情，不是我干的。"

聂云开拿出字条："慕远，不，应该叫你猫眼。正如你接收的命令里所说的，复苏，你在沉寂许久之后，终于按捺不住，巧妙地利用安娜的死博得了我们的同情。老师刚刚接纳你，你就迫不及待地想要刺探我们的消息，真可谓是处心积虑。"

樊慕远辩解道："……这都是你们瞎推测的，事实根本就不是这样。爸，你记得吗，你说过会带着我回北边，我是真的想跟你一起为两航的事业出把力啊。"

樊耀初一挥手："住口！就是因为我轻信了你，差点毁了整个北飞行动，毁了两航的希望。这一次，我不会再被你的花言巧语所蒙蔽了。"

樊慕远情绪激动，开始大叫起来："爸！你要相信我，我真的是冤枉的！"聂云开皱着眉头，将樊慕远的嘴重新堵上，樊慕远无力地挣扎着。

聂云开凝重道："老师，你准备怎么处置他？"

樊耀初长叹一声："这种不孝子我恨不能除之而后快，可他毕竟是樊家的唯一血脉，云开，你能不能给他一条活路，先把他关在这，找个机会再把他押回大陆去接受判决。"

聂云开点下头："我明白了，就按您说的办。"

两人都藐视地看了樊慕远一眼，离开地下室。昏暗灯光下，樊慕远绝望地挣扎着。

聂云开刚走到大门口，正好碰上樊江雪回家，两人寒暄了几句。屋内的窗户前，老罗手扶着窗帘，冷冷看着聂云开的车子带着烟尘远去，露出一丝诡秘难测的笑容。

房间里的熏香炉正燃着熏香，轻烟袅袅。樊耀初躺在摇椅上，闭着眼睛。老罗为他披好围布，拿起一旁的修面工具，开始细致地修面。

樊耀初淡淡地闲聊："老罗啊，你来我们樊家多少年了？"

"回老爷的话，已经整整十五年了，当年您在南京飞机制造厂当厂长的时候我就已经跟着您了。那时候您干起活来真是拼命，为了搞研究茶不思饭不想的，我和老太太看着都心疼。"

"已经这么多年了啊。老罗啊，这些年樊家要是没有你的操持，都不知道会变成什么样，你是我们家的功臣。"

"这我可不敢当，樊家上上下下都没把我当外人，我这些年吃好的住好的，能在樊家做管家是我上辈子修来的福分，要是您不嫌弃我不中用，我还想跟着您一辈子呢。"老罗的剃刀在樊耀初满是泡沫的脸上轻轻刮着。

樊耀初的困意涌上，声音也慢慢低沉下去："老罗……你还真是忠义呢……"

"可不敢这么说，都是我分内的事。"老罗注意到樊耀初已经睡熟，发出轻微的鼾声。他手里握着明晃晃的剃刀，摇着樊耀初试探，"老爷？老爷？"见樊耀初毫无反应，老罗开始仔细地搜身。片刻，他从樊耀初的贴身衣袋里搜到了保险箱的钥匙，他狡猾地一笑，赶紧走到熏香炉跟前，搓搓鼻子，将熏香熄灭。接着他走出卧室，将门轻轻关严。屋里，樊耀初还在沉沉睡着。

他轻手轻脚地来到书房，直奔保险箱。打开锁后，他拿出听诊器，开始一边尝试密码，一边听着密码锁的声响，头上已冒出细密的汗滴。只听咔嚓一声，密码锁打开了，老罗兴奋地打开保险箱，翻看里面的现金和文件。很快他从卷宗里翻到了一份起义人员名单，他拿起微型相机进行拍照，然后将保险箱里的东西恢复原状。

就在老罗关上保险箱，转身的一瞬间，一个黑洞洞的枪口已经顶到了他的额头上！聂云开的声音响起来："老罗，你总算露出狐狸尾巴了。"

老罗倒吸了一口冷气，定睛一看："聂云开？你为什么会在这？"

聂云开头一摇："为什么？因为我们已经等候多时了！进来吧，各位！"接着书房门打开，樊耀初、樊慕远和沈希言一起走了进来，樊慕远的手里也拿着一把手枪，指着老罗。

樊耀初横眉冷对道："老罗，枉我那么信任你，没想到你居然是潜藏在我身边的奸细！"

老罗看着愤怒的众人，很快了解了自己的处境，他苦笑一声举起手来。聂云开将他手里的微型相机一把夺过："老罗，你才是真正的猫眼，对吗？"

老罗不置可否："树桩上的鸟儿——迟早要飞。我知道总有这么一天，只不过没想到你们竟然设了这么大一个套。不错，我就是猫眼。"

樊耀初气得胸口疼："你是什么时候成为樊家的眼线的？又是谁派你来的？"

老罗坦白道："就在你当上华航总经理不久，端木衡长官找到我，让我对樊家进行监视，保证华航的安全。现在看来，端木衡长官还真的很有先见之明。"

樊耀初愤慨道："想不到端木衡那么早就在我身边埋眼线了，看来党国从未信任过我。"

老罗闷声道："我在樊家一直小心翼翼，要不是最近上头逼得紧，我也不至于暴露。不过我不明白，我的误导计划应该很完美才对，为什么你们会识破？"

樊慕远恨得牙痒痒。聂云开眼神犀利，露出笑容："不得不说，我们一开始还真被你给误导了。只可惜，这世上并没有天衣无缝的计划，再周密的安排也会有漏洞。你先是拿走了慕远的手表，然后故意在行动前提醒他，让他在后院里冒雨寻找，留下了脚印。然后，趁他在浴室换洗的过程中，你偷偷穿上他的皮鞋，爬上书房外的阳台，主动泄露行迹。暴露后你跳下阳台留下脚印，随后又将皮鞋放回原处。不得不说，你这招虚虚实实十分高明，成功地将我们的疑心引到慕远身上。第二天一早，你又利用电话将慕远引到教堂里，用早就准备好的道具将慕远的内奸身份锁死，让我确定他就是潜藏的猫眼。"

老罗的眼睛望着黑洞洞的枪口，闪烁着贼光："不错，很精彩，可我还是不懂，你是从哪里看出破绽？"

聂云开道："首先是脚印。你穿着慕远的鞋子从阳台下跳下，企图制造出一样的脚印，可惜你忘记了一点，慕远的鞋长达 10.6 英寸，比一般的人要长出一截来，你穿的时候应该也感觉到了。"

众人都看了看慕远的长鞋子。老罗道："是不合脚，可脚印又看不出来。"

聂云开道："平时可能看不出来，可当你从高处跳到泥地时，那细微的深浅不一就足以证明穿着这双鞋的人并不是它真正的主人。"

老罗摇着头："我不相信，难道就凭这两个脚印，你能怀疑到我头上？"

"当然不是，我开始对你起疑是发现你的袜子换了一双。你穿着提前准备好的衣服从阳台跳下，肯定全身湿透，需要更换回之前所穿的那套衣服才不会引起怀疑，可惜袜子并不是原来的那双，虽然都是灰色的，可灰度还是有细微的差别。"

老罗哑然失笑："我真是小看你了，没想到这么小的疏忽都没能逃过你的眼睛。可那时候樊慕远的嫌疑更大，你没理由不怀疑他。"

聂云开道："你错了，我有理由不怀疑慕远。"

老罗不服气道："凭什么？是因为你们的交情吗？"

"猫眼，你知道鼹鼠吗，他也是你们保密局的间谍，没得到好下场。他曾跟我说过，人有三样东西是掩盖不了的：咳嗽，穷，爱。那天慕远受了风寒，一直在咳嗽，如果他是内奸，绝不敢在那个时候躲在窗外偷听。还有最重要的一点，那就是慕远对安娜的爱，那是绝对无法伪装的挚爱，他不可能利用安娜的死来处心积虑地接近我们。所以，慕远不可疑，而你很可疑。我要做的，就是证明这种推测。"

沈希言这时开口道："现在这种推测应该可以完全证实了。"说着她将一份印有教堂徽标的文件放在桌上，"我花了一上午的时间去圣约翰教堂做了一番调查。你在教堂后院的地下室租了一间小屋。我查到了你用假名字签的租约，上面的签名和你领圣餐时写祝祷的字迹完全一样。"老罗一愣，流下汗来。

沈希言继续说："圣约翰大教堂曾经被日军当作总部，后院的地下室保留了完整的电源线路和隔音设施，而你租那间屋子就是为了安放你的秘密电台。每个星期你都会假借忏悔的名义去教堂秘密发报，或者跟保密局的人接头。我说得没错吧？"

老罗环视众人，干笑一声："你们果然是费尽心机啊，为了调查我居然搞出这么大阵仗，而且还故意在我面前演了一场好戏！"

聂云开痛快道："不错，我们用名单做钓饵，你果然不负众望地上钩了。"

老罗头一沉："行，我认栽！不过话说回来，我在樊家潜伏这么多年可不是白待的，你们在查我，我也同样眼观六路耳听八方，樊家的所有细枝末节都逃不过我的眼睛。我做事从来都是留后手的！"说着他从口袋里摸出一个耳环晃了晃，"这个耳环你们应该认识吧？告诉你们，我已经抓了樊江雪，并且在她身上绑了定时炸弹。"

樊耀初大惊，樊慕远冲上去一把揪住老罗的衣领："快说，你把江雪弄到哪儿去了？"

老罗趾高气扬道："别着急啊，只要我能平安离开这里，你们自然能见到她。不过来不来得及拆掉炸弹，就要看她的造化了！"

聂云开用力拿枪顶着老罗的脑门："别废话，马上带我们去！"

老罗讨价还价道："可以，不过我有个条件。先把相机还给我，然后再给我准备一辆车，加满油停到楼下。"

樊耀初上前一步："老罗，我劝你不要一意孤行，跟着保密局为虎作伥是不会有好下场的！"

老罗气不过："现在还跟我讲这些大道理，你不觉得太晚了吗？你女儿的命可是危在旦夕，炸弹的定时器我只设置了一个小时，现在时间恐怕已经过了一多半了。"

聂云开道："慕远，把相机给他。希言，你去把我的车开过来。"

老罗手一抬："等等，我要的可是樊耀初那辆专车！那可是我这个贴心大管家专门为樊总经理从美国定制的，防爆轮胎加防弹玻璃，花了大价钱，我开着安心。"

樊耀初恐惧地深吸一口气。聂云开果断道："照他说的做，你带我们去见江雪。"

老罗微微一笑，将他们带至阁楼。果然樊江雪被堵着嘴锁在椅子上，身上绑着定时炸弹，上面的计时器正在飞快转动。樊慕远和樊耀初立即冲过去，抽出江雪的堵嘴布。樊慕远想要解开她身上的炸弹，但完全没找着门路。樊江雪惊恐道："爸，哥，救救我……"

老罗在一旁得意道："现在时间还剩二十分钟，你们动作快点也许来得及。樊耀初，念在多年交情的分上，我没把事情做绝，你可得领情啊！"

聂云开愤怒地用枪托猛击了老罗一下："快把炸弹解开！"

老罗擦了擦嘴角的血，冷笑："别做白日梦了，我不光不会替她解开，而且我兜里还有一个遥控器，只要我摁下去，所有人一起上天！不信的话不妨试试看。"说着他举起手里的遥控器，众人都一惊。

老罗摇着头阴笑道："你们现在是不是觉得有点小瞧我了？别怕，不到万不得已我不会那么做的。这种功率的无线电遥控器有效距离超不过二百米，但也正好够我走到车子。只要我安全离开，大家都没事。"

这时，沈希言走进来，对聂云开说车子准备好了。老罗得意一笑："行了，这笔账应该很好算，你们没有别的选择。所以我劝你们还是把时间花在那个定时炸弹上吧。我得走了，你们慢慢玩。"他举起手里的遥控器，环视一圈，慢慢往外走去。聂云开手里的枪缓缓跟着老罗移动。樊耀初和樊慕远仍在努力试图拆解炸弹，满头大汗……

令人窒息的安静中，沈希言突然举起手枪指住老罗："站住！"

老罗眉头一皱："哟，还有不省事的。"

沈希言道："你只要走出这幢房子，肯定就会按遥控器。咱们得互相制约，你交出遥控器，我来当你的人质！"

老罗冷笑："当我三岁小孩吗，想骗我的遥控器？"

沈希言果敢道："我是聂云开的未婚妻，有我当人质，你才安全，否则他无论如何都不会让你离开这幢房子的。更重要的是，你相机里拍下的文件都是加密的，没有我的帮助你们很难破解。老罗，这笔账应该很好算，你没有别的选择。"

老罗点了点头，笑笑："这可真是和尚到了家——庙（妙）啊。得了，那就听你的，咱们互相制约，都放心。"

沈希言将手里的枪口调转，朝老罗伸出另一只手。聂云开上前一步，枪口顶住老罗，拨开保险栓。老罗慢慢将遥控器放在沈希言手里，同时拿过她的枪，一把将她掳过来。沈希言立即将遥控器扔出去，樊慕远当空接住。老罗道："现在大家都放心了吧？走！"说着挟持沈希言往外走去。

沈希言镇静道："云开，不用担心我，你们快拆炸弹。"说着她和聂云开深深地对视一眼，她悄悄摊开手掌，手心里写了一个"油"字。聂云开心领神会，微微点头。老罗粗暴地把希言拖了出去。

聂云开深吸一口气，探身看着樊江雪身上的定时炸弹，计时器上只剩不到五分钟。樊慕远急道："怎么办，这是死扣，强行拆有引爆的风险。"樊江雪紧张地咽了口唾沫，努力控制颤抖的身躯。

聂云开冷静道："去拿螺丝刀，先把定时器打开。"他们以最快的速度拆开定时装置的外壳。可是里面线路复杂，大家都看傻眼了。

樊慕远额汗涔涔："没有线路图也不知道引线位置，怎么办？"

樊耀初道："你们在航校的时候学过拆地雷。地雷是用击针打击火帽爆炸，炸弹应该差不多，就是多一个计时装置而已。"

　　"对，先把定时器上的飞轮拆掉！"聂云开迅速闭眼理清了一下思路，"很多新式定时炸弹，飞轮就是摆设或者只是散热器，即使它不工作炸弹到时间一样会爆炸，现在没时间仔细研究结构了，四分钟内要做两件事：一是拆除飞轮，二是找到并剪断火药线！"

　　樊慕远头一点："好，我来拆飞轮！"他迅速用螺丝刀卸下飞轮外壳的螺丝，手指抠住飞轮的底座，用力一拔将飞轮卸下。但是炸弹上的定时器还在发出声音！樊耀初急道："没用，还在计时！"一滴冷汗从聂云开的额头滑落，只剩两分钟了！

　　老罗开车快速穿过街道，沈希言双手铐在把手上，努力扭头看着后窗外。老罗从后视镜里看了看："别异想天开了，没人会来救你的。那个定时炸弹可是我们保密局的秘密武器，就算他们最后能拆掉，也来不及救你了。"说完得意地笑笑。

　　聂云开掀开隔板，一堆乱七八糟的电线和精密结构展现在三人面前。樊慕远刚想伸手拔电线，聂云开道："别动！不能乱拔，要剪火药线，不能弄断电源线，否则短路一样是爆炸！"

　　樊江雪哭了，眼泪从她紧闭的双眼里涌出来："爸，哥，你们快走吧，别管我了。云开哥，你快去救希言姐姐吧……"

　　聂云开摇头："江雪，我不会丢下你不管的。你别哭，相信我们。"

　　樊江雪兀自摇头，眼泪扑簌簌地落下。时间一秒秒滑过，此时的聂云开反而彻底冷静下来。他仔细用手拨开一堆电线，顺藤摸瓜，找到蓄电池以及药膛，可是它们在一个腔内，上面有两根线，一红一蓝。聂云开忽然道："就是这里了！"

　　樊慕远发蒙："两根线，一红、一蓝，剪那根？"

　　聂云开也怔住："我不知道！剪对就没事，剪错就会断路触发！"

　　聂云开手里紧紧攥着两根细细的电线，分别看了看二人。

　　樊慕远紧张道："选吧。对了咱命大，错了，我也不后悔跟你做一场兄弟！"

　　"那我剪了，赌一把！"聂云开的喉结耸动，"都在我手里了，要是炸了，你们到那边可别揍我。"

　　樊耀初默默点了点头，走过去紧紧搂住女儿。计时器还在走着，10秒。只有10秒了。聂云开一脸的汗水："老师、慕远，我是共产党，扛红旗的！咱们选红的，军旗的颜色！"

　　樊耀初和樊慕远对视一眼，点头。聂云开把伞兵刀搁到了红色引线上。所有人都屏住了呼吸。五秒、四秒、三、二……聂云开手腕一抖，红线被挑断。咔嗒一声，计时器归零，炸弹没有爆炸。聂云开和樊慕远同时跌坐在地上，互相看着，重重地一笑。

樊耀初搂住女儿终于松了一口气："女儿，没事了。"

聂云开马上从地上站起来，擦了把额头上的汗，他必须马上去救希言。当他走到楼下，发现地面上一条清晰的油渍延伸出去。他想起希言手心里的那个"油"字。聂云开快步打开车门上车，沿着地上的油渍一路追踪而去……

一片枯败的槐树林外。星星点点的油渍尽头，车子停在黄土道边。老罗用力踩油门，但车子纹丝不动。"妈的，怎么没油了？"老罗气得下车检查。他注意到车后的油渍，伸手蘸了一点闻了闻，然后蹲下仔细查看车底部，很快发现油箱上有一个小洞。老罗恼怒地拉开后座车门："油箱上的洞是怎么回事？"

沈希言一脸平静："我不知道。"

"不知道？肯定是你做的手脚！你这个臭娘儿们，敢跟老子玩花样！"老罗伸手一巴掌打在沈希言脸上。她啐了老罗一口，老罗更加恼羞成怒，对她一阵拳打脚踢。

沈希言毫不畏惧："你打死我吧，这样你相机里偷拍的文件就是废纸了！"

老罗哼道："你以为我们保密局的破译人员是吃素的？没有你照样破译！看我不打死你个小娘儿们！"

这时，一辆车呼啸着开过来，车子还没停稳，车门就打开了，聂云开举着枪跳下车，向老罗走过来："老罗，你个王八蛋，你再敢动她一下，我打爆你的头！"

老罗一诧，立即朝聂云开开枪："有种你就过来！"

聂云开躲到树后回击，几枪之后，老罗的胳膊中弹。很快两个人的枪都没子弹了，老罗只得扔掉枪猫着腰上了车。聂云开倚着树迅速更换了弹夹，再次瞄准，但已不见了老罗的身影。他猫腰走到车边，看见老罗已坐回驾驶座，而沈希言被铐在后座上动弹不得。他用力拉后座的车门，但车门早已锁上。

聂云开绕过去，纵身一跃跳上发动机盖，隔着挡风玻璃用枪指着老罗。他开枪了，但是防弹玻璃丝毫没损伤，车内老罗一边龇牙咧嘴地用布条包扎手臂上的枪伤，一边对聂云开咬牙切齿："别费劲了！等着吧，车上安了定位器，保密局很快就会找到我！"说着他转头看了看头发蓬乱、嘴角带血的沈希言，笑笑，"我要把她卖到窑子里去！"

聂云开愤怒地用脚猛踹挡风玻璃，车子剧烈晃动，但玻璃仍完好无损。这时后座上的沈希言也开始用脚踢老罗，老罗恼怒地回身给了沈希言一拳，沈希言身子一歪倒在座位上。聂云开大怒，他用力将枪顶在挡风玻璃上，对准老罗，开枪，弹壳飞溅。一枪、两枪、三枪，挡风玻璃上终于出现了一丝裂纹。老罗脸上出现一丝恐惧。四枪、五枪，玻璃上裂纹呈圆形扩散开来。老罗惊得张大嘴巴。聂云开笃定地握着枪，眼睛一眨不眨地瞪着老罗。第六枪，弹壳崩飞出去，玻璃上的裂纹再次扩大。老罗下意识地往旁边躲。聂云开再次扣动扳机，但这发却是空枪，枪里没子弹了。老罗随即明白过来，狰狞地隔着玻璃哈哈大笑。聂云开马上从兜里摸出一件东西，一颗锃亮的子弹摊在老罗面前。老罗狰狞的笑容顿时凝固。

聂云开瞪着老罗，将子弹填进空弹夹内，再次对准老罗："猫眼，这颗子弹免费送你了！"老罗吓得赶紧躲闪，但这时枪已经响了，子弹穿透玻璃，正中老罗的眉心。他圆睁双眼，当场死在座位上。聂云开喉结耸动，良久才吐出一口气。

正闻讯赶来的简一梅立刻听到了枪声，众人纷纷掏出手枪，往树林外跑去……

聂云开从老罗身上摸出手铐钥匙，将沈希言救了出来："咱们快走吧，保密局的人很快会追来。"

沈希言却突然想到相机还没找回来。聂云开急道："不用管它，猫眼拍到的都是假文件，留给他们吧。"话落他扶着沈希言快步往后面的车走去。

二人刚上车，简一梅就带着手下从树林内穿出来。众人往老罗的车子跑过去。聂云开迅速发动了车子，车轮飞速滚动，扬起巨大灰尘。就在车子原地掉头的瞬间，沈希言远远地看见了为首那个蒙面人的身影。沈希言眉头微微一皱，心里涌起异样的感觉……

这时简一梅也远远看见了车内二人，挥手命令手下开枪。聂云开忙伸手将沈希言的头摁下，同时猛踩油门。子弹噼里啪啦打在车尾，车子绝尘而去……

简一梅泄气地停住脚步："看清车里的人了吗？"手下纷纷摇头。

简一梅忽然嘴角一抽："那应该就是聂云开的车。"说完她转身走到老罗的车边，在老罗的尸体上摸了摸，从他衣服内兜里取出那只相机，接着她迅速赶回去和端木翀会合。

端木犫神情泰然地看着她，等着她汇报好消息。

简一梅急躁道："现在我已经确定聂云开和沈希言就是共产党，什么时候下手？"

端木犫没说话，片刻他开口道："不着急，饭还差一口气才熟。利箭行动只剩最后一步了，必须查清两航里所有被策反的人，否则即便到了台湾也是遗患无穷。等他们行动，我们再出手，一击致命！"

简一梅把相机交上去，立刻命人解密。谁知研究了半天，端木犫忽然道："全是假的。名单上熊光中为首的那几个人都在我的严密掌控之下，不可能被策反。这分明又是一出蒋干盗书。"

简一梅也点了一下头："没错，相机和里面的胶卷就留在猫眼的尸体上，本身就很可疑。"

"现在这盘长棋已经下到官子阶段了，到底是黑子屠杀大龙，还是白子突围成功，很快就会见分晓。而这块实地的争夺，关键中的关键，就是要牢牢控制住启德机场。你懂我意思吧？"

简一梅想了想："不管用什么手段？"

端木犫看着简一梅，嘴角若有若无地一扬。

沈希言背着包疲惫地往家里走去，远远地看见一个人从家里出来，快步走下阶梯。沈希言如同被闪电击中，下意识地往旁边躲避，愣愣地看着人影走下阶梯离去，脸上闪过一丝疑虑。

她缓缓地推开家门，见屋里没动静，便快步走到自己的房间。环视了一圈，她敏锐地发现柜子上的东西似乎被人动过，衣柜抽屉缝隙还夹着一件衣角。这时，沈母走了进来："小兰，你回来了？"

沈希言道："是啊妈。对了，今天有人进过我屋吗？"

沈母道："没有啊。不过小梅刚刚回来过，说是拿点东西，很快又走了，她进没进你屋我不知道，怎么啦？"

沈希言便道："没事。小梅最近是不是都不去电影公司了？"

"嗯，也不知道她都在瞎忙些什么。对了，小梅好像跟那个端木犫走得挺近，他们不会是在谈恋爱吧？"

沈希言一愣："我也不清楚。妈，我要换衣服了。"

关上房门，她坐在椅子上，努力回想着——树林里那个蒙面人和刚才走下楼梯的身影不断在脑海闪现，逐渐与简一梅的身影重叠起来……沈希言惊疑地捂住了胸口。想了想，她又重新把衣服穿上，立刻去找聂云开。

听希言这么说，聂云开也是一惊："你是说，简一梅就是今天带头追击我们的那个蒙面人？"

沈希言沉重地点点头："我现在担心我们的身份已经暴露了，咱们得赶紧想想办法。"

聂云开站起身，想了想："假设保密局已经知道我们的身份，那他们为什么按兵不动？唯一的解释，就是他们在等。端木翀不会急着收网，大家都在等最后的决战，希望毕其功于一役。"

沈希言也站起来："你的意思是我们还有回旋余地？"

"现在是暴风雨来临之前短暂的平静。我们要做的就是冷静，一切如常，该做什么做什么，不要露出任何痕迹。"

沈希言点了点头，紧紧地握住了云开的手。只要在云开身边，再多的危险她都不怕。只是现在这个敌人竟是自己的亲妹妹，这多少让人接受不了。接下来她们姐妹之间会发生什么样的冲突，她不敢往下想……

第二十九章　一出好戏

启德机场外，查理正打算去接女儿，却接到电话说女儿已被一个阿姨接走了，查理蒙了，这是什么情况？他抓起电话吩咐手下立刻调查。

这时，一身洋装的简一梅拎着包款款走进办公室。她兀自在沙发里坐下，从包里掏出一只色彩鲜艳的小发卡，冲查理说："我就是你要找的人。"

查理一愣，挂上电话，走过来拿起发卡看了看："这是我女儿的发卡，是你绑架了她？"

简一梅笑着摇头："我只是找人帮你照顾她几天而已。"

查理面色一凛："你到底想干什么？"

简一梅痛快道："明人不说暗话，很简单，上一次，我们没能和查理先生达成合作，这一次，我希望查理先生能配合我们保密局的工作。"

查理愤怒地瞪着她："简一梅，我现在就要报警！我最不能容忍的就是家人受到威胁！"说着拿起电话准备拨号，但简一梅伸手按住电话机："你必须容忍……我这个人，为了信仰、为了任务，可以忍受各种折磨，甚至可以随时牺牲自己的生命。如果查理先生不希望自己的女儿和我一样，那就乖乖听我把话说完，然后乖乖跟我们合作。"

查理从简一梅的眼睛里看到了炽热的疯狂，终于，他屈服了，缓缓放下手中的电话筒……

这天，沈希言带着母亲去国医堂看病。沈母最近一直腰疼，想去国医堂瞧瞧。医生一看便说问题不大紧，可以做一下理疗。沈希言便交了钱，让母亲治疗，自己等在诊室外。

　　她在走廊里走了一圈有些无聊。就在经过隔离室时，她好像听到了屋内传来异样的声响。沈希言走过去推了推门，门锁着。她绕到窗户旁，赫然看到屋里的椅子上绑着一个六七岁的白人小女孩。小女孩的嘴被堵着，正发出呜呜的声音。

　　沈希言正在惊疑间，身后传来的声音吓了她一跳："是传染病。我是说，屋里的小女孩得了传染病，这种病会让人神志错乱，不但攻击别人，还会伤害自己，只好绑起来。"

　　沈希言看了那医生一眼，有些同情地说："那岂不是很可怜？"

　　医生说："这病有传染的风险，你最好不要靠近这里。令堂的针灸也快完成了，我们回屋里等吧。"沈希言跟着医生离开，忍不住回头张望了一眼。

　　第二天一上班，沈希言便将几份文件交给聂云开："云开，这是你让我整理的两航最新航班表，几条相对冷门的国际航线已经停航，撤下来的部分 C-46 也已按要求存入机库，详细情况都在文档里，请你过目。"

　　聂云开道："嗯，很好。我现在就核对，你在这陪着我。"

　　沈希言又问："现在公司的运营基本要停止了，详细的迁台日期定下来了吗？"

　　"还没有，按计划是在一周后。"

　　沈希言在聂云开对面坐下，看了看四周，压低声音道："云开，留给我们的时间已经不多了，北飞的具体行动方案还没有确定吗？"

　　聂云开低声道："我也知道时间紧迫，但端木他们盯得很紧，行动必须万分谨慎……而且，现在还有一个棘手的情况，启德机场似乎混入了不少保密局的眼线。"

　　沈希言一愣："你怎么知道？"

　　"昨夜，我和慕远以工作的名义去了趟启德机场，对机库的警铃做了点手脚，准备来个投石问路……"

　　沈希言眉头紧蹙："你是说，保密局的眼线已经安插到启德机场的各个角落？"

　　聂云开点点头："从机场保安队的反应速度来看，确实是这样。恐怕我最担心的事情已经发生，查理与端木翀达成了合作，现在的启德机场已经完全落入了保密局的控制。"

　　"怎么会这样？我记得丢失天平系统后，查理一直对端木翀心怀不满，两人的关系确实是跌入了谷底。"

"看起来端木翀又找到了与查理合作的方法，在查清楚他们的虚实之前，我们最好先不要轻举妄动。"

沈希言认真地点点头。从聂云开的办公室出来，她直接去了启德机场找查理。

查理见她来了，便将签好字的文件递给她。沈希言接过来说："谢谢查理先生，两航近期面临着迁台的重任，杂务繁多，免不了要仰仗您的协助。"

查理礼貌性地点点头："只要是严格遵循启德机场的规章，我会配合的。"

沈希言翻看文件，发现有一些错误："对不起查理先生，您好像漏签了几处签名，还有日期也是错的。"

查理拿过文件，看了看："噢，真是抱歉，我这就修改。"拿起笔，却发现笔没有墨水，略显烦躁地翻找其他的笔。

沈希言见状，试探地问："查理先生，恕我冒昧，我发现您最近似乎状态不佳，是不是在工作或生活上出了什么问题，有没有我可以帮忙的地方？"

"不，我很好。谢谢你的关心。"查理掩盖着自己的异样，从桌上找到一支笔，却不慎将桌上的相框扫落到地上。沈希言捡起相框，看到了查理的全家福。照片里查理疼爱地抱着自己的女儿，那女孩可爱的面容直映眼帘，沈希言脑中仿佛被闪电击中。这不正是国医堂被绑在椅子上的小女孩嘛！

清晨，天边刚绽出几缕阳光，端木翀一进办公室就把聂云开叫了进来："云开，利箭行动总算到了最后一步，具体的飞行计划你可安排好了？"

聂云开早有准备地将一袋卷宗递给端木翀："我也正想和你汇报呢。关于这最后一步，我已经按照之前的计划，将两航的飞机分成三批，五天后陆续飞往台湾完成最后的迁移。详细的名单都在上面。" 端木翀仔细翻看着名单，露出冷笑："云开，我发现你把自己和樊总、殷总都分配在最后一批名单里，是不是暗藏什么玄机？"

聂云开不慌不忙道："我这么安排主要是考虑两航在香港的诸项事务还没有彻底收尾，需要樊总和殷总继续坐镇后方，虽然两航在香港的时间不算长，但他们身为两航老总，总是希望能让这里的一切圆满收官。"

端木翀身子往后一靠："两位老总果然是尽心尽责，但恐怕不能如愿了。为了防止夜长梦多，利箭行动必须提前。"

　　"可还有几条航路没有关停，相关的物资还需要时间进行整顿清点。"

　　"这个你不用担心，你看看这个。"说着端木翀将台风的气象报告交给聂云开，"这是港九气象站刚刚发布的消息，明日晚间起香港受到台风'梅丽雅'影响，启德机场将进入三天的封闭状态，所有航班暂停，在此期间你可以加速物资整顿速度，等台风一过，启德机场重新开放，立即执行利箭行动。"他暗暗得意偏偏这时刮起台风，老天都在助他。

　　聂云开心下一沉："这……是否过于仓促了？"

　　端木翀不在意道："事在人为嘛，我相信你可以安排好。忘记跟你说了，你和两位老总必须安排在首批名单内，并且由保密局专人护送，你也知道，共产党对你们是虎视眈眈，我必须保你们周全。"

　　聂云开暗暗惊讶，将气象报告丢在桌上："我反对，受台风影响我们更应该将利箭行动推迟，如此贸然改变原定计划，必定影响到两航全体的部署，到时候出现诸多漏洞，恐怕会阻碍利箭行动的顺利实施。"

　　端木翀意味深长地望着聂云开："你如此执意阻挠，难不成是有别的安排？"

　　聂云开严肃道："我只是阐述自己的意见，希望能顺利完成党国交托的任务。"

　　"那就好，我的安排正是为了党国的最高利益，无论有什么困难，立即执行！"

　　看到端木翀不容分说的表情，聂云开长叹一声："好吧，那我通知大家。"话落他拿起气象报告，步伐沉重地走出房间。

　　端木翀得意地看着他的背影，在这种形势下，想必聂云开再有本事也不敢跟天公斗吧。

　　聂云开忧心忡忡地站在走廊上，这个时候还能有什么权宜之计？正陷在思索中，熊科长从办公室走出，和聂云开撞在了一起。气象报告掉落在地，熊科长忙道歉："对不住，对不住，聂总你好像有心事啊？是要刮台风了吗？那聂总负责的迁台行动是不是得有新的安排？"

　　聂云开心不在焉道："等着吧，晚些会有正式的通知。"说完便朝沈希言的办公室走去，熊科长悄悄四下张望，蹑手蹑脚地跟了上去。

　　沈希言正拿着水壶浇着窗台边的海棠花，见聂云开匆匆进来一愣。聂云开走到沈希言身边，从背后握住她拿水壶的手，低声道："隔墙有耳，你说你的，同时认真听我说。"

沈希言会意，发出娇嗔："干吗呀，大白天的，人家还在浇花呢！"

聂云开压低声道："紧急状况，北飞行动有变，必须改走陆路。"

沈希言一愣，浇水的动作停住了。屋外，熊科长往门缝里看了一眼，只看到聂云开与沈希言耳鬓厮磨，他将耳朵贴在门上，认真听着。

聂云开摇动水壶，沈希言回过神来。沈希言马上又娇嗔地说："云开，你看我这株海棠的叶子有点发枯，你说该怎么办呢？"

聂云开低声说："今天晚上去火车站，买上十五张离开香港的车票。"

沈希言大声道："你说要按点浇水，可是到底要在哪个点浇才好呢？"

聂云开又道："出发时间是明天晚上七点，最好分成不同的车次。"

沈希言点头："好吧我都听你的，养朵花还真是不容易……"

熊科长还趴在门上偷听着，不想门突然打开了，聂云开看着尴尬的熊科长凛然道："熊科长，你有什么事吗？"

熊科长面孔紫涨："本来是有事要找沈主任的，突然想起来卷宗落在办公室了，你看我这记性，我回去找找。"赶紧狼狈逃离。聂云开皱了皱眉头，再次回到房间，拉着沈希言的手："我得设法通知老师他们，你自己小心行事。"

沈希言点点头，不安地看着他远去的身影。

一灯如豆，靠在桌旁的拐杖在灯光下拖成长长的影子。

樊耀初、殷康年两人面对着聂云开，都陷入了沉默。

"真的没有别的办法了吗？"樊耀初眉头不展。

聂云开道："但凡有更好的选择，我也不会冒险让两位来这里进行紧急会面。端木翀临时提前了迁台日期，再加上台风的影响，我们原先的部署已经无法实现，如今只能放弃飞机，优先保证两航人才的回归。"

殷康年道："既然启德机场要到明天午后才封闭，索性我们破釜沉舟，今天夜里就进行北飞行动。"

聂云开顿了顿："这个方案我也考虑过，但是我们的好几名飞行员必须明天中午才能返航，等他们回到香港时启德机场已经封闭。再者，端木翀对于今明两天的防备必定十分严密，他巴不得我们在此时行动。我们现在最好的脱身机会，就是趁着他还将防御重心放在启德机场，弃卒保车，迅速坐火车撤离。"

殷康年不解："可舍弃了飞机，只剩我们这些光杆司令，起义还有什么意义呢？"

樊耀初也道："是啊，巧妇难为无米之炊，没有飞机，我们这群人回去了该如何开展航空事业？"

聂云开沉着道："人心所向，就是最大的胜利。我已经同上级达成共识，把你们安全送离香港，才是眼前最重要的任务，至于飞机与设备，我们可以再寻良机。"

樊耀初叹道："哎，看来也只能如此了。"

一份火车票清单摆在了端木犰面前。

简一梅一字一顿道："一共买了十五张票，四张去武汉，四张去上海，还有七张去广州，出发时间都是明晚的七点。"

端木犰五官一怔："果然不出我所料，老鼠被逼到绝境里，就会拼命往唯一的洞口钻，根本顾不上这洞口究竟是通往何方……"

简一梅道："既然猎物已经上钩，你准备如何部署？"

端木犰回身看着墙上的港九全区地图，眼里寒光闪动："火车站必须重点布防，你马上派人把车站调度室控制起来。另外，告诉操刀老七，从现在起，二十四小时监视住樊耀初和殷康年。"

"我们的人手有限，是否让启德机场那边的人员撤离？"

端木犰沉吟一下："撤下一部分派到车站去，不过，机场内关键位置的暗哨必须保留。我了解聂云开，不到将他们一网打尽的那一刻，绝不能放松警惕。一梅，为了稳妥起见，你就留在机场里控制住查理，务必保证启德机场时刻在我们的掌控之下。至于聂云开，我会亲自盯着他。这一回，我绝不会给他任何的机会。"

简一梅浮出笑意，看来戏码将会越来越精彩了。

当晚端木犰直奔聂云开家。台灯下，聂云开正戴着单筒眼镜雕刻着核桃，手候地一抖，雕刻刀划破了他的左手食指，殷红的血滴渗出。聂云开用纱布裹好伤口，正在此时，门外响起了敲门声。

聂云开打开门，一怔："端木兄，这么晚了，你怎么来了？"

端木犰笑笑："怎么，嫌我给你派了苦差，要让我吃闭门羹？"他立刻注意到聂云开的手指，"手指怎么了？"

"没什么，刚才雕核桃，不小心划了一下。"端木翀好奇地拿起单筒眼镜，端详核桃上的雕刻。核桃上刻着"苟利国家"。端木翀不禁想起航校时期，四兄弟在面馆里高高举杯，意气风发，四人合念：苟利国家生死以，岂因祸福避趋之！想到这儿，他道："难怪你说心不静，往事不堪回首啊。"

聂云开转入正题："你这么晚来，不会只是想看我的核桃吧？"

端木翀便掏出一张戏票，晃了晃："明天晚上六点请你看戏，宝光大戏院，马炳生先生伤愈之后的第一场大演，二楼包厢，一票难求。"

"看戏？难得见你如此雅兴，可惜明天两航还有很多事情等着我去处理，恐怕没有时间与你一同赴会，改天吧。"聂云开马上拒绝。

端木翀拍了拍聂云开的肩头，郑重地将票放在他的手心里："这你就错了，正是因为两航即将离开香港，我们绝不可错过明天的连环好戏。明天你哪都不要去了，下午四点我会准时来这里接你。"

聂云开看了看手里的戏票，无奈笑笑："你总是这么强人所难，也罢，既然你都安排好了，我就舍命陪君子。"

端木翀刚要转身离开，又回头补了一句："对了，记得把核桃上的两句话雕完，手足之情，不可忘怀。"

门重重地关上，聂云开转头看着桌上的核桃，面色凝重。

同一轮弦月下，大家都一夜无眠——殷康年在灯下默默地看着廖松环的遗照；殷涌仔细地擦着手枪；老章和老梁在屋里一起核对着名单；张书记依旧在奋笔疾书；樊江雪在床上读着聂云开送的书籍；沈希言为沈母盖好被子，眼神充满不舍；聂云开端坐在台灯下，认真地雕刻着核桃……

隔天下午，墙上的时钟指向四点整，响起清脆的报时声。聂云开走出家门，眯着眼看着有些阴沉的天空。

已在门口等候的端木翀赞道："四点整，分秒不差，云开，你果然是个守时之人。"

聂云开面无表情道："端木兄的下属彻夜守候，你又亲自迎接，我聂云开何德何能获此殊遇，岂能叫人久候？"

端木翀一笑："你当然值得这番待遇，能与我端木翀煮酒论英雄的，只有你一个。"

聂云开笑笑："不过是看一场戏，论不上什么英雄。听说赶场要趁早，可以出发了吗？"

"当然，请吧。"端木翀对手下一抬手，"出发，宝光大戏院。"

戏院里人声鼎沸，座无虚席，小贩在观众中叫卖。宽敞的舞台上正进行着暖场表演。二楼的包厢内，聂云开和端木翀坐定，服务生端上瓜果茶水。聂云开手里盘着两枚核桃，观察着四周的环境。包厢布局优雅，视野极佳，墙上还挂着时钟，将近六点。包厢的旁边是一个电话间，装有电话。包厢内外站着数名荷枪实弹的保密局特工。

聂云开四下一看道："端木，为了看一场戏，你这阵仗不小啊。"

"你也看到了，今天不但是马炳生伤愈后的首演，还是《群英会》与《借东风》的连台好戏，全香港的人都挤破了脑袋。若不是我全力安排，想在今天舒舒服服地看上这场好戏，简直比登天还难。"

"那我还真是沾了你的光了。"

"所以我劝你抛下一切琐事，安心享受今夜良辰……云开，都说戏如人生，但是有时候，一场戏就能决定一个人的一生。"

聂云开头一扭："哦，看来你对今晚的好戏，充满了期待和感慨？"

端木翀冷冷道："令我有感而发的不是戏，而是人。"

"什么人？"

端木翀严肃地看着聂云开："是你。"说着他将随身携带的地雷导管放在桌上，"你还记得这个吧？你将我从地雷上救下的那一刻起，我告诉我自己，这个男人是我一生的兄弟。"

聂云开道："你不必耿耿于怀，你也救过我，我们早已两清了。"

"是啊，我们曾经不惜为对方去死。还记得在笕桥的那些时光吗，我们一起翱翔蓝天，一起立志报国，一起为心中信仰而嘶吼。"

聂云开伤感地看着手上的核桃："只可惜，豪言犹在，斯人已去。当年的情义纯如水，烈如火，我此生难忘。如今，早已物是人非。"

"是，国家蒙难，我们走上了不同的道路，再聚首已是身不由己……由于两航的缘故，我坐到现在的位置，我们之间也产生了很多分歧。但是，无论我多少次地怀疑你是我的敌人，我的内心始终相信你是清白的，相信你受人蒙蔽，相信你能迷途知返……这就是兄弟今天的肺腑之言。"

端木翀说得动情，聂云开却有些低落："你真这么想？"

端木翀凝重道："云开，你我曾是生死至交，为何不能坦诚相待，我知道你心里藏着很多事，说出来，我们兄弟可以共同面对。"

聂云开眉头一挑："你指的是什么？"

"你误入歧途，还能悬崖勒马，只要你愿意对我坦白。"

"我听不明白，我现在走的路不是你为我指定的吗？"

端木翀摇摇头："我希望你能考虑清楚，这是我最后一次问你，也是你最重要的选择。"

两人目光紧逼，空气似乎凝结，只有聂云开手里的核桃发出轻微的碰撞声。一声锣响，舞台上大幕拉开，打破了包厢里的沉寂。

聂云开道："好，我坦白……"端木翀期待地等着聂云开接下来的话语，不想听到聂云开说，"我想看戏。"说完他兀自转身，专注地看着舞台。端木翀叹气，面露失望与惋惜："好好看吧，以后可能没有机会了。"

舞台上，黄盖与甘宁上场，起霸。底下观众大声叫好，聂云开也忍不住击掌喝彩。端木翀饶有深意地盯着聂云开，又向门口的手下招手："既然这边已经开锣了，你去探个消息，看看那边的好戏，是不是也开演了？"

聂云开知道端木翀故意说给自己听，不为所动地看着舞台。

冬日的夜幕早已降临。樊慕远四下看了看，打开车门，示意樊耀初和樊江雪上车。

樊耀初小心地问："慕远，一切还顺利吗？"

樊慕远道："暂时没有发现异常，因为启德机场已经全面封闭，公司人员全都提前下班，我对外的说法是我们今晚全家去看电影。"

樊耀初嘱咐："就按云开之前安排好的路线，先跟康年他们在摩罗街会合，然后前往火车站。"

樊慕远赶紧发动汽车，车子慢慢远去。身后，樊家宅子依旧灯火通明，装出未曾远行的样子。路边阴影处，依旧停着监视的车子。操刀老七坐在车内，手中不停地耍着明晃晃的刀子。一名信礼门的帮众走到车窗前报信："樊耀初和他的儿女都在车上。"

操刀老七命令："通知帮里弟兄，别跟太紧，免得漏风。还有，去告诉端木翀，兔子撒腿，鹞子离手。"

包厢里，聂云开仍在专注地看戏。舞台上，戏曲渐入佳境。只听一声锤锣，马炳生扮演的诸葛亮闪亮登场，现场掌声雷动。聂云开转向端木翀，故作轻松道："马先生的诸葛亮出场了，果然风采依旧。"

端木翀冷漠地点点头："的确颇有神韵，马炳生被誉为四大须生之首，备受推崇，但这位天天演绎诸葛孔明的人，却是个不识时务之人。"

"怎么讲？"

"你可知道，马炳生来香港养病一年，一直处于保密局的严密监控之下，党国欣赏他的才华，希望他能迁往台湾，可他却与共党勾搭，企图逃回大陆，你说，是不是忘本负义，不识时务？"

聂云开听出端木翀的含沙射影之意，笑而不语。

端木翀道："怎么，难道你也赞同这种背弃党国的愚蠢之举？"

聂云开道："端木兄可能忘了马先生是为何来香港养病的，若不是北平的党国要员编出个子虚乌有的汉奸案，令他倾家荡产，马先生何至到了香港还是一身病痛，负债累累。马先生对党国心灰意冷，也在情理之中吧。"

端木翀冷笑："看来你很同情马炳生？"

"我不过是爱其别具一格的马腔罢了。马先生何去何从，各凭本心，你说对吗？"

端木翀正欲作答，手下小声上前报告，端木翀故意让他大声说话："云开不是外人，有什么消息直说。"

手下便放声说："是！刚刚得到七爷的回报，樊耀初一家已经动身前往火车站，殷康年父子也已出发，预计会在途中会合，两边都处于我方的严密监控之下。"聂云开脸上不动声色，手上却不禁握紧了核桃。

端木翀很快捕捉到聂云开的情绪变化："云开，听到这个消息，你似乎有一些紧张？"

聂云开冷静下来，露出笑容："紧张？我只是觉得奇怪，也没听到什么行程安排，这黑灯瞎火的，樊总和殷总跑去火车站干什么？"

端木翀笑道："原来你不记得了？没关系，看看这个，或许会让你想起来。"说着他拿出一份火车票的清单，清单上清楚列着十五张火车票的车次、座位与出发时间。聂云开仔细地看着清单，面色冷峻起来。

端木翀冷哼一声："看清楚了吗？这就是樊耀初和殷康年去火车站的原因，他们身为两航的总经理、党国的股肱栋梁，却被共党策反，企图带着手下员工叛逃到大陆！"

聂云开平静道："端木，仅凭这份不知所云的清单，做出这样重大的判断，太草率了吧？"

"云开啊云开，到现在你还要揣着明白装糊涂吗？这些火车票就是你委托希言买的，而你就是那个蛀蚀党国重器的共党匪首，我说得对吗？"

聂云开哈哈朗声一笑："端木，我觉得你可以去写戏本了。"

"戏本？不错，这就是我写的戏本，而你们全都是我的戏子。要不，我试着把你们这十五名戏子的名字给你罗列出来？要是错了，你可要提醒我。"他站起身，负手踱步，"首先是两位主演，总经理樊耀初以及殷康年，然后是配角沈希言、樊慕远、樊江雪、殷涌，接下来就是那些无知的龙套，飞行一队的罗三醒、钱学民、杜鹏，飞行二队的李济舟、唐强、薛小川……当然，还有始作俑者，你，聂云开。"

聂云开的脸上保持着克制："念完了？"

"有什么错误吗？欢迎指正。"

"端木，我只有一个要求。如果你想跟以前一样给我扣个罪名就请把我押走，否则就不要打扰我观看马先生的精彩演出。"

端木翀撇着嘴，点点头："好，既然你要继续装傻，我也不勉强。我今天请你来，就是要让你心服口服。"

聂云开别过身子，继续看戏。手里的核桃快速地旋转着，脸上不安地露出一丝焦虑。看来这次是低估端木翀了，接下来该怎么办，他脑子飞速转着。

汇聚古玩店铺的摩罗街人来人往，汽车喇叭声此起彼伏。樊慕远开着车子与殷涌的车子在拥挤的街道上会合，一前一后行驶着。不远处，操刀老七的几辆车子牢牢地跟踪着。

突然前面街道上传来争吵声，道路变得拥堵，许多车子被堵在原地。操刀老七在车内举着望远镜，他观察到樊耀初一家和殷康年父子一起下车，走进了旁边的古玩店。

操刀老七奇怪道："搞什么名堂？他们下车了，靠近点。"

手下说："七爷，路堵死了，车子开不动。"

操刀老七骂道："猪脑袋，不会下车走过去！"众手下刚要下车，操刀老七看到樊耀初等人又出来了。他拿着望远镜仔细地看着。只见樊家三人与殷家父子各自上车，拄着拐的殷康年格外显眼。

深夜，封闭状态的启德机场略显黯淡，只有少数灯光亮着。一辆巡逻车缓缓开过。塔台旁边的办公室里，透出明亮的灯光。

充满气泡的香槟慢慢装满高脚杯，简一梅一身干练的装束，将酒杯端到查理面前："查理先生，希望这杯胜利之酒能够让你放松一些。"

查理不满地看着她，没有接："我已经按你们的要求，亲自封闭了启德机场，你们究竟什么时候放了莉莉安？"

简一梅微笑道："你别着急嘛，我早跟你承诺过，只要两航安然迁台，你的女儿很快就能回到你的身边。而今夜，就是最关键的时刻。"

查理不解："为什么？"简一梅道："因为我们的敌人将在今夜被彻底消灭。"

查理漠然地接过酒杯："你自己不来一杯吗？"

"现在还不行，我还有职责在身，不过用不了多久，我就能与你共同品尝胜利的滋味。"

查理嘴角一垂："哼，希望你们知道自己在做些什么。"说完气愤地将杯中酒一饮而尽。

人来人往的火车站门口，几名摊贩正叫卖着。樊耀初和殷康年的汽车已停在了火车站外的僻静处，阴影之中看不清虚实。远处，车内的操刀老七手持望远镜监视着。一男一女快步往两辆汽车的所在地走去。一个手下说："七爷，樊耀初他们停在旮旯里有些工夫了，一直没动静，我们是不是可以出手抓人了？"

操刀老七道："皇帝不急太监急，没看到鱼儿还没到齐吗？保密局的人和咱们的弟兄已经把这里围严实了，谅他们也飞不出去。至于什么时候收网，端木翀自会给信的。"说话间，又有两名两航员工模样的人左顾右盼地向集合点走去。

操刀老七笑眯眯道："又来两条鱼儿。"

宝光大戏院里，端木翀悠闲地摇着脑袋，跟着台上的蒋干轻轻哼唱。一旁的聂云开则有些坐立不安，不断地看着墙上的挂钟，指针指向六时三刻。端木翀嘲笑地说："怎么看你心不在焉的，是不是临近发车时刻，你担心樊耀初他们赶不上火车？其实你就跟台上的蒋干一样，自以为得计，却不知一举一动都在别人的股掌之间。要不是你自作聪明，急着让樊耀初他们逃离香港，我怎能这么轻易地就将这些背弃党国的叛徒一网成擒？"

聂云开保持沉默，他已经懒得跟他废一句话。

这时，手下又上前报告："樊耀初一行十四人已经在火车站大门西侧集结完毕，正准备进入火车站内，行动队与信礼门的七爷都已经准备就绪，是否实施抓捕，请站长指示。"

端木翀兴奋地站起来，按着聂云开的肩头："看样子，你辛苦策反的这群人是不准备等你一起逃命了。云开，我可以给你最后一次戴罪立功的机会，只要你肯向我自首，供出两航内的其他共党和异己分子，看在兄弟情分上我保证你的安全，同时我也会对这十四人网开一面。否则，等他们上了火车，我下令收网抓人，这叛国通敌的罪名可就是板上钉钉了，到时候你和他们会落得怎样的下场，我相信你心里有数。"

聂云开缓缓站起身，走到挂钟底下，抬头望着指针跳动。

端木翀道："你以为不说话就能拖延时间？我实话告诉你，火车绝不可能开出车站。我最后给你十秒的时间考虑，你们所有人的命运就在你一念之间。"

时钟的秒针有力地跳动着。端木翀继续念："六，五，四……三，二……一！"就在端木翀的手往下挥的瞬间，聂云开发声制止："慢着！我跟你坦白。"

端木翀得意忘形地笑了："终于肯开口了，说吧。"

聂云开坐回到座位上，端起茶盏喝了口水，调整着呼吸："没错，我是共产党，代号金乌。"这时包厢内的三名手下迅速围住聂云开，齐刷刷地拔出手枪，枪口稳稳地对准他。端木翀示意让手下收起枪："很好，说下去。"

聂云开一凛："你想知道什么？"

"先说说你是什么时候开始背叛党国，背叛信仰的？"

聂云开朗朗道："我从未背叛过我的信仰，在认识你的时候，我就是一名共产党员。虽然信仰不同，但那时的我们有着共同的理想，都想为祖国、为人民贡献出一切。如今，我们的目标早已大相径庭。"

"哼，藏得够深，说吧，两航里还有谁是你的同谋？还有多少员工想要叛逃？"

"叛逃？他们只是想回到自己的故土，回到祖国的蓝天下继续翱翔。比起跟随一个腐朽的政府颠沛流离，困守在孤岛慢慢走向消亡，回到新中国才是他们光明的前途，那里会有一个崭新的世界，等着他们去实现理想和抱负，就像我们当年所期望的那样……"

"住口！这就是你的坦白吗？简直是冥顽不灵，你太让我失望了。"他转身下令，"通知下去，立刻收网抓人！"

这时，舞台上传来喧闹的鼓声。聂云开和端木翀同时向舞台望去。

舞台上，曹操命四红文堂斩杀跪地的蔡瑁、张允，监斩鼓咚咚响着。端木翀走到聂云开身旁，冷眼看着舞台。端木翀道："因为蒋干，可怜的蔡瑁、张允被这样不明不白地斩了。云开，看来这出《群英会》，马上就要落幕了。"

聂云开面不改色道："是啊，不过你别忘了，接下来的《借东风》才是今晚的重头戏。"

端木翀疑惑地看着聂云开。聂云开转过脸，露出难以捉摸的神情。

火车站里人头攒动，"樊耀初"一行人并没有登上火车，而是快速往人少的出站通道走去。通道里，保密局的特工堵住了去路。身后，操刀老七带着帮众围了上来："樊总，这么晚了，拖家带口的想上哪快活啊？"

那人转过脸，却是一张陌生的脸，他道："什么樊总，认错人了吧？"

操刀老七大惊，连忙检查其他人，发现樊慕远的脸也变了，全是一群陌生人。操刀老七愣怔住了。这是怎么回事？原来，刚才在古玩店时，他们早就换了装束，悄然离开了。

操刀老七脸色煞白，忙带着手下冲回车站。他放眼望去，只见车站里出现了许多跟樊耀初一行人相同装扮的路人。一样的礼帽，一样的旗袍，根本无从分辨。操刀老七傻眼了，急躁地嚷道："快，马上告诉端木翀，樊耀初他们不见了……"

第三十章　北飞行动

宝光大戏院包厢内，端木翀一边把玩着地雷导管，一边用手指不断地敲击自己的大腿，他急迫地等待着最新的消息。

一旁的聂云开却闭着眼睛，静息听着舞台上周瑜的唱段，好似完全沉浸在好戏中。

端木翀正狐疑，手下又神色慌张地跑入包厢："不……不好了，站长，出大事了！七爷回报，樊耀初他们不见了，车站里的都是幌子！"

聂云开猛地睁开眼睛。端木翀完全不能相信："你说什么？一群饭桶！"他急躁地揪起聂云开，"聂云开，是不是你在搞鬼？说！樊耀初他们藏哪去了？"

聂云开偷笑："端木，你该听听台上是怎么说的。"端木翀疑惑地往舞台上望去，只见诸葛亮正重新上场。诸葛亮念道："病从心头起，还需心上医。"聂云开接口说："你心里一直在害怕，害怕局势完全脱离你的掌控，也许，你最害怕的事正在发生。"

端木翀脸色煞白，一把将聂云开推在椅子上，匆匆转身，往包厢外走去，扔下一句："看住他！"手下立刻掏出手枪指着聂云开。聂云开摊摊手，脸上不仅没有紧张，反而露出笑容。

端木翀马上打电话给简一梅，问启德机场有什么情况。

简一梅拿着听筒，一脸平静道："没有，我这边一切正常……对，我跟查理在一起，启德机场还处在封闭当中，没有任何飞机可以起飞，你那边怎么了？……什么？你说樊耀初他们不见了？……我明白，放心，我这边万无一失……好，再联系。"

查理反倒轻松了："看起来，你们似乎不太顺利？"

简一梅嫣然一笑："你多虑了，只是小老鼠有些调皮而已。"

放下电话，端木翀想了想又重新拿起电话，这次他打给了约翰警司，马上报案说樊耀初和殷康年失踪了，希望警察局可以出面搜寻。

稍后，他情绪稳了稳，命令手下道："你现在马上通知所有的行动小队以及信礼门，全面搜索樊耀初等人的下落，不管是两航的办公室、宿舍，还是他们的宅邸，凡是有可能藏身的地方，全给我搜一遍，就算把香港掘地三尺，也得把人给我挖出来！"

放下电话，他走进包厢，冲手下扬了扬手。手下便收起枪撤出包厢。聂云开仍神态放松地看着戏，端木翀挡在了聂云开的面前，聂云开嘴里发出不满的啧啧声："别挡着啊，正精彩呢。"

端木翀气道："聂云开，别装了，你只不过是在虚张声势，你心里清楚，樊耀初他们就是笼中鸟，瓮中鳖，谁也别想离开香港。"

"既然你这么有把握，何不安安心心坐下来把戏看完，等着你手下的人给你把鸟和鳖都抓回来。"

端木翀冷笑一声，坦然地与聂云开并肩而坐。舞台上，诸葛亮将周瑜的病根写在名帖上，递与周瑜。周瑜缓缓展开名帖。

端木翀道："聂云开，我知道你想和我斗智，自以为可以决胜千里。可你别忘了，就算你万事俱备，你还欠着东风。台风梅丽雅封锁了机场和码头，唯一可能逃生的铁路也被堵死了，对你们来说，现在的香港就是一个无处可逃的囚笼，找到樊耀初他们只是时间问题。从台风梅丽雅降临香港的那一刻起，就注定了你的失败。"

聂云开眉头一皱："梅丽雅，的确是个难题。"

"说起梅丽雅，你知道为什么台风全都是用女人的名字命名吗？因为它们对于世界就像女人对于男人，在疯狂和激烈的相拥之后，只留下无尽的痛苦和毁灭。"

聂云开却摇着头："这个命名法实在太过狭隘，发明它的人也许跟你一样，对女人有着偏执而可笑的认识。在我看来，女人是温暖和美丽的象征。不过你说的有一点我赞同，那就是永远不要小看了女人的力量，也许在关键的时刻，掌握命运钥匙的就是女人。"

端木翀注视着聂云开的眼睛，他分明看到聂云开的眼眸深处有一团火焰在燃烧。这时他才想起了沈希言，他马上命令手下把沈希言给他找来！聂云开一笑："你的脑子很快。"

端木翀哼道："既然你想和我玩把戏，我就奉陪到底。要不然，今晚的戏码也太乏味了。"

聂云开坦然道："放心，精彩的还在后头。"

舞台之上，周瑜也是一脸杀机。

简一梅放下电话后，一直愁眉不展。查理显得很不耐烦："你们是不是搞砸了？我不管你们和两航的人怎么斗，我只关心莉莉安的安全。我现在严重怀疑你们失去了掌控力，你必须让我看到莉莉安还安全，否则我拒绝与你们继续合作。"

简一梅安抚道："查理先生，我跟你说过了，莉莉安在很安全的地方，吃得好住得好，还有人陪着……"

查理口气一沉："我不相信你，除非我能看到确凿的证据。"

简一梅眼神凌厉道："好，查理先生，我会给你带来证据的。在这之前，请你老老实实地守着启德机场，若有半点差错，恐怕你就再也见不到你那可爱的女儿了。"她说着快速走向门口，对手下说："快，马上去国医堂。"她边说边掏出配枪。

查理站在窗前看着简一梅的汽车远去。他在房间里来回踱着步，一时不知道接下来该怎么办。这时办公室外响起敲门声，查理回过身，看到门口站着一名穿制服的警卫："先生，请问需要帮忙吗？"

查理摆摆手："没有，你去忙你的。"

警卫摘下警帽，露出樊慕远的脸庞："可是我需要先生的帮忙。"

查理疑惑地看着樊慕远，皱着眉头："你是……樊慕远？你来做什么？"

樊慕远道："晚上好，查理先生，我是来给你送一份香港民航处的紧急文件的。"樊慕远将手里的纯英文文件递上，"查理先生，斯图亚特长官要求你立即取消启德机场的封闭状态，恢复正常运行。"

查理摇头："这不可能。"

樊慕远道："没有什么不可能，你也看清楚了，这是民航处的正式文件，盖章和斯图亚特先生的亲笔签名您应该认得。"

查理仔细看了看："真实性我不怀疑，但我不理解，启德机场的封闭是基于安全条例的，没有理由强行开启。"

樊慕远目光坚定地说："既然文件货真价实，我只希望查理先生可以立即执行命令，开启启德机场。"

"你只是华航的人，我无法接受这个命令，除非我得到上级的正式通知，否则我有正当的理由保持机场的封闭状态。"查理说着悄悄将手伸向办公桌下的警铃。

这一小动作没能逃过樊慕远的眼睛，他快速拔出手枪，指向查理："别动，把你的手从警铃上拿开，双手张开，放在桌面上。"

查理咽了咽口水，只得照做。

樊慕远道："你可能以为我只是一个耍嘴皮子的纨绔子弟，可事实呢，我曾开着战斗机飞越过驼峰航线，面对过无数的枪林弹雨，当我的手指放在扳机上时，我从来不手软。"

查理害怕道："你想怎么样？"

"既然民航部的文件还无法让你开启机场，那就再加上我手上这把枪，不知道是否够分量了？"

查理对着黑洞洞的枪口，额上冒出汗滴："对不起，我还是不能……我不能。"

樊慕远举着枪一步步逼近查理，查理强忍着恐惧。当枪顶到查理额头时，樊慕远突然放下枪，查理松了一口气。樊慕远质问："查理先生，你真的甘心做保密局的傀儡，任由他们摆布吗？他们可是绑架了你女儿的罪犯。"

查理讶异道："原来你都知道？不错，我的女儿在他们手里，我得考虑她的安全。就算我心里有再多愤怒不满，也只能按他们的要求行事。"

"如果我们帮你救出女儿，你是否愿意为我们开启启德机场？"

"当然，只要我亲眼见到我女儿安然无恙，我自然会遵照民航部的要求恢复启德机场的正式运作。"

"好，我们做个交易。我们把莉莉安带到你身边，你保证我们可以使用启德机场，同时派人将保密局的眼线逮捕。成交吗？"樊慕远向查理伸出手。查理想了想，握住樊慕远的手："成交！"

月光照耀着僻静的国医堂，几声猫头鹰的叫声让夜色更加寂静。国医堂内漆黑一片。简一梅和手下快步走近国医堂。简一梅观察了一下环境，立即掏出武器："这时候一点灯光都没有，肯定有情况。"

国医堂的门吱呀一声打开了。特工小心翼翼地进屋搜索，他走入内间，打开灯，突然看到几名医生的尸体倒在地上，看起来这里是经过了一番恶斗。他警惕地返回到大厅。

灯突然暗了，只听一声闷响，那名手下应声倒地。隐藏在屋外的简一梅从窗户将打火机扔进屋子，靠着一瞬间的亮度，迅速开枪。

不料这时背后突然有人拿枪抵住了她。此人正是沈希言！"别动！"那声音一响，简一梅已然听出来了，她赶紧叫了一声姐！

"我说了别动！"沈希言一把夺过简一梅的枪。

简一梅换上一副日常的笑容，转身道："姐，你果然已经知道了我的身份，你可真会演戏。"

沈希言冷冷道："少废话，进屋。"她押着简一梅走进国医堂，拉下电灯绳，屋里又亮了起来。

简一梅道："你们想救莉莉安？可以告诉我你们的目的吗？"

沈希言一语不发地往简一梅身上套绳子，之后她快步走向隔离室，救出莉莉安。

屋子里，简一梅被绑在柱子上，嘴里塞着毛巾，正烦躁地挣扎着。

下一秒，屋子的门开了，一脸惊讶的沈母出现在门口："小梅？"

见简一梅呜呜地叫着。沈母快步过去解开简一梅的绳子："小梅，这到底是怎么回事？你怎么会被绑在国医堂里？"

简一梅的绳索被解开，她摘下嘴里的毛巾："妈，你怎么来了？"

沈母道："唉，今天我的腰疼病又犯了，就想着找薛神医再给我做一次针灸，没想到一来就看见你了。你刚才的样子可把妈吓坏了，你快告诉我，这究竟是怎么一回事？"

这时沈希言带着莉莉安走过国医堂前，看到屋里的情景大惊："妈！"

沈母吃惊地回头看着沈希言，只见沈希言突然将莉莉推到一旁，拔出手枪指向这边。原来，简一梅已经将刀子架在沈母的脖子上。

简一梅冷峻道："姐，把枪放下！"

沈母惊惶无措："哎哟，我的天啊，小梅，我是妈妈啊，你这是干什么？"

沈希言怒道："小梅，有什么冲我来！不要把妈卷进来。"

简一梅决绝道："妈，对不起了，我和姐有一些矛盾，只能请你来帮我劝劝姐。"

"阿弥陀佛，你们姐妹俩是在做什么，怎么还动刀动枪的，有什么话不能好好说吗？"

简一梅道："妈，我就把实话告诉你，我是保密局的特工，而姐是企图背叛国家的地下党，她想带着两航的人逃回大陆，我们两个今天是水火不容！"

"什么保密局地下党的，我怎么听不懂啊？你们两个不都是规规矩矩的女孩子吗？"

沈希言走进屋内，与简一梅对峙："小梅，我们俩的事跟妈没有关系，不要牵扯到妈的身上。"

简一梅针锋相对道："我也不想让妈卷到我们的恩怨里，可我有我的使命，我绝不会让你把莉莉安带走。所以我劝你最好放下武器，乖乖地投降。你应该知道，为了任务我绝不会心慈手软。"刀紧紧地顶在沈母脖颈上。沈母已经难受得说不出话来。

"小梅，你别乱来……好，我投降。"沈希言无力地放下枪。

简一梅面上一松："很好，我就知道你不会置妈的生死于不顾的。把枪丢掉！"

沈希言犹豫道："小梅，你可以抓我，但请你放了妈和莉莉安。"

"你知道这不可能，我不但要抓你，我还要将那些企图叛逃的两航员工全部抓捕，你们一个都逃不了。"

"小梅，你不要再助纣为虐了，国民党已经败了，两航只有回到祖国才有光明的前途，也只有新中国才能让老百姓过上好日子。为了妈，我们可以一起回上海，一家人好好生活。"

"住口！收起你那套蛊惑人心的谎话。马上照我的话做，把枪丢掉！"简一梅发狠地将刀锋贴着沈母，沈母已经老泪纵横。沈希言心中不忍，将枪丢在地上。

简一梅喝道："踢过来！"沈希言只得将枪踢到两人的中间。

简一梅又道："你还有一把，别以为我不知道，也丢过来。"沈希言只好将身上的另一把枪也丢到地上。两把手枪静静地躺在两人的正中央。简一梅挟持着沈母，警惕地靠近手枪。简一梅瞅准时机，松开沈母，快速捡起手枪。与此同时，沈希言也飞身去抢另一把枪。

简一梅更快地捡起手枪，向沈希言扣动扳机……眼看简一梅要向沈希言开枪，沈母见状赶紧挡在两人中间。沈希言刚刚拿起手枪，只听见砰砰几声枪响，沈母的胸前中弹，缓缓倒下。

"妈！"沈希言凄厉地喊了一声。简一梅惊愕不已。这时沈希言愤怒地开枪，打中简一梅的手腕和大腿。负伤倒地的简一梅还想捡起掉落的手枪，手枪被沈希言一脚踢走。沈希言赶紧抱起沈母，泪如雨下："妈，妈，你为什么要那么傻？"

沈母躺在沈希言怀里，看着同样倒地的简一梅，泪水流过面颊："你们姐妹俩不要吵架好不好，妈看到你们骨肉相残，妈的心里真的很痛……小兰，妈一直盼着，盼着你们姐妹都……漂漂亮亮地出嫁，嫁给疼你们的男人，再给我生几个可爱的外孙……妈这辈子就算圆满了，可我好像等不到那天了……"

沈希言看到自己的手上沾满了血迹，泪流满面道："对不起……妈，对不起……"

沈母的眼皮奋拉下来，说话的气息慢慢减弱："你们姐妹俩从小就爱吵……爱闹，转头又拉着手唱呀，跳呀……也许我睡一觉起来，你们姐妹就和好了……"说完她带着期望的笑容，永远地闭上了眼睛。

沈希言悲痛欲绝："妈——"简一梅也痛苦地闭上了眼。

这时，沈希言愤怒地拿起枪对准倒在地上的简一梅。简一梅艰难地爬起身，露出凄凉的笑容："你开枪吧，否则，只要我还有一口气，你们就休想得逞。"

"到现在你还执迷不悟，难道对于妈的死你就一点都不内疚，一点不痛苦？"

"我的痛苦算不得什么，为了党国，再大的牺牲也是值得的。"

"你那腐朽的党国真的值得你这样付出吗？你就看不清真相吗？"

简一梅哼一声："真相？真相就是你们想要叛国投敌，你们企图毁了我和端木的未来，就算耗尽我所有的力气，我也要阻止你！"她拖着重伤的身体还想抵抗，发狠地扑上来。沈希言闪身，简一梅扑空，倒在沈母面前。简一梅看着沈母的面容，脸上闪过痛苦的神色。

沈希言用枪指着简一梅，手里的枪慢慢顶到简一梅头上。她扣着扳机的手微微颤抖。简一梅狰狞道："你们跑不了的……"

沈希言坚定不移道："你错了，黑暗永远阻止不了光明的到来。"说罢她用枪托狠狠地将简一梅打昏。

漆黑的夜空里，星光暗淡。大山的阴影笼罩着国医堂。树叶在夜风中发出沙沙的响声。沈希言抱着莉莉安，一路狂奔……

宝光大戏院的包厢里，端木翀正脸色铁青地听手下汇报："约翰警司和七爷那边都没有发现樊耀初的踪迹，启德机场和火车站也没有新的情况，行动队调查了两航的办公室和宿舍，没有线索……"

端木翀一拍桌子："这么一大波人，还能人间蒸发了不成？通知下去，继续给我找，绝不要放过任何蛛丝马迹！"

一旁的聂云开说话了："看起来，你们还是一无所获。"

端木翀喝了口水，缓和急躁的情绪："聂云开，我劝你先不要得意，这种躲躲藏藏的游戏是玩不长久的。而且你不要忘了你自己的处境，只要我愿意，我可以随时结果你的性命，樊耀初他们也是一样，百般折腾，不过是无谓的挣扎。"

聂云开坚定道："我知道，从我坐上你的车那一刻起，我就没打算从这里离开，但是老师他们的去留，你控制不了。"

端木翀一愣，继而冷笑："你还真是个丈八的烛台，照亮了别人，却照不到自己。云开，你觉得这样值得吗？参与北飞的一个都跑不了，你只不过是白白送命……"

"我聂云开再怎么说也是学经济出身的，赔本的买卖我是不会做的。"

端木翀大笑起来："看起来，你早就计算好了，准备和我一斗到底？"

"不错，这场事关两航生死的大戏，在终场之前，鹿死谁手，还未可知。"

"很好，有魄力，我就喜欢和你这样的人斗智斗勇。今晚，这里就是我们的舞台，运筹帷幄，决胜千里，看看是你计灵，还是我的招狠。但我提醒你，没有筹码的困兽之斗，注定了你们悲惨的结局。"

聂云开眼神冷冽地一扫："那可未必，端木，骑驴看唱本，还得走着瞧。"

舞台上，锣声大作。聂云开露出笑容："刚才你说我万事俱备只欠东风，你看，东风这不是来了吗？"

端木翀顺着聂云开的手指往舞台上望去。舞台上，诸葛亮焚烧着符咒，七星坛上风声大起。端木翀面色阴沉，压抑着心里的波动……

当沈希言将莉莉安带到查理面前时，小姑娘哭着飞扑到爸爸的怀中。查理泪如泉涌，父女二人激动地拥抱在一起。

沈希言和樊慕远站在一旁为之动容。查理缓缓转过身来："我心里很清楚，是端木翀的错，我会让他和那些保密局的浑蛋付出代价！"说着他快步走到办公桌旁，拿起电话……

机场保安队快速列队跑过大厅。一名穿着安保制服的保密局特工被按倒在地，不断挣扎叫骂。另一名特工穿着保洁制服，企图躲在房间里，被保安队揪出。越来越多的保密局特工被抓捕……

不一会儿，查理带来好消息："……机场保安队汇报说，已经将保密局安插的八名人员全部控制住了。"

樊慕远和沈希言相视一笑。樊慕远急促道："既然保密局的眼线已除，麻烦查理先生立即恢复启德机场的正常运行，我们的时间十分紧迫。"

查理沉默着。沈希言和樊慕远感到疑惑："难道查理先生不愿意遵守我们之间的约定？"

查理解释："不，我会遵守约定解除启德机场的封锁状态。但是，你们知不知道，即使机场恢复运行，以现在的气候条件，没有飞机可以从这里起飞……"

樊慕远正色道："这个就不劳查理先生费心了，只要查理先生能够立即开启机场，剩下的就交给我们。我们保证会按机场的规章制度行事，不会给你添任何的麻烦。"

查理思索了好一会儿，终于冲樊慕远点了点头……

片刻，仪器上的所有的开关被打开，机场跑道两侧的指示灯渐次亮起。樊慕远和沈希言神情坚定地穿过昏暗的大厅。候机厅里的大灯被工作人员点亮。仪器噪声中，雷达开始显示影像，各种各样的仪器灯光开始闪烁。塔台顶上射出明亮的探照灯。

樊慕远和沈希言稳步地走在楼梯上，光影交错。整个启德机场，越来越多的灯光被点亮。原本暗淡的港湾水面，渐渐倒映出机场照射来的灯光。呼呼的风声里，水波粼粼。

专用的员工候机厅上挂着"中国华荣航空公司"和"中国远亚航空运输公司"的牌子。樊慕远和沈希言推门而入，只见樊耀初和殷康年等起义人员已经齐聚在房间内。

看到沈希言和樊慕远，众人兴奋地围了上来。樊慕远道："这都是云开安排巧妙，我只是按他的计划行事，真没想到他连民航处的文件都给我准备好了。"

樊耀初无不佩服道："一切都在云开的预料之中，我们在摩罗街摆脱敌人的跟踪后，老章他们就及时地掩护我们绕回了启德机场。趁着机场封闭期间，我们一直藏身于未开启的候机厅里。敌人就是想破脑袋也猜不出来，我们就躲在他们的眼皮子底下。"

众人发出愉快的笑声。这时沈希言问道："咦，我们的飞行员们呢？"

殷康年道："现在杜鹏他们已经和技术人员前往机库进行起飞准备了，估计用不了多久，我们的十二架飞机就可以展翅高飞了。"

樊耀初激动道："到目前为止，我们这边的计划进行得很顺利，离胜利只差一步之遥了。"

樊江雪不安地问："沈姐姐，现在就差云开哥了，他什么时候到？"

樊慕远马上说："是啊，云开给我们每个人都安排好了详细的行动计划，不知道他这个总指挥现在在哪儿？"

沈希言从口袋里掏出一枚核桃，担忧地看着："我不知道，他下午的时候就被端木翀带走了，只是通过核桃给我留了新的指示，他与我们约定的会合时间是八点整。"

众人全都抬头看着墙上的挂钟，现在是七点五十分。指针规律而有力地跳动着。

戏院里，聂云开正凝视着墙上的时钟。

端木翀疑惑道："从刚才开始，你就在不停地看时间，你是在等待着什么？"

聂云开坦然道："快结束了……"

端木翀眼神突然变得凌厉："哦？说说看，什么快结束了？"

聂云开看了看暂时无人的舞台，遗憾地笑笑："今晚的连台好戏，只剩下最后一场了。"

"是啊，我知道你意犹未尽，但是你还能在我面前谈笑自若的时间，也只剩这最后一场戏的工夫了，好好珍惜吧。"

时钟的指针正式指向了八点。候机厅里响起了清脆的报时声，灯光仿佛受到电流干扰，产生了短暂的闪烁。一首《莉莉玛莲》的旋律从房间的某处静静流淌而出，歌声优美动听。众人面面相觑，沈希言更是惊异。音乐声减弱，录音机里传来了聂云开的声音："北飞的同志们、战友们，当你们听到这段录音的时候，说明你们已经完成了既定的计划，平安地抵达了启德机场。同时，也说明我将不能按时抵达，与你们一同飞向光明。请接受我的歉意，往后的行动，我只能拜托给你们了。"

众人难以置信地互相看着。樊江雪上前紧张地握住了沈希言的手。聂云开的声音继续在空中回响："这次的北飞行动困难重重，能够与大家并肩作战，奋斗到最后，是我的光荣。为了北飞，许多同志付出了鲜血和生命的代价，唯有继承他们的遗志，将两航带回祖国的怀抱，才是对他们最大的安慰。"

樊耀初和殷康年感慨地点头。

"现在北飞行动只差最后一步，希望大家团结一心，克服最后的难关。飞机起飞之后，可以分为两个编队，一批由汉口北上，一批经南昌至天津。飞机尽量在云中穿梭，远离国民党空军控制区。假如真的有国民党空军的飞机前来追击，可以利用它们转弯半径大，打击有死角的劣势与之周旋。我军的地面部队会进行相应的支援和接应，相信大家一定能够平安抵达。"

樊慕远认真地听着。短暂的空白之后，聂云开的声音变得低落："最后，希言，我想向你说一声对不起，这一次我又没能准时赴约，又要与你再度分别，我答应过你，在北飞成功后会给你一个美好的婚礼，给你一个安稳的家，可是我又要食言了，对不起。但我想要告诉你，你一直珍藏在我的心里面，不管是在航校，在美国，还是在此时，你从未离开过，你是我此生唯一爱过的女人……"

沈希言早已泣不成声……

定定看着钟表的指针，聂云开的双眸里，一股柔情与牵挂在流转闪动。

端木翀看着出神的聂云开："云开，你难道就没有为你自己的未来考虑过？就算你不为自己考虑，你也该想想希言，她为你付出了多少连我都看在眼里。我们都爱她，我知道这种感觉，如果从此不能再与她相见，那种滋味，比刀割还痛苦百倍。"

聂云开沉默片刻说："你说得不错，希言确实是我最大的遗憾，我辜负了她很多。但我和你不一样，即使和她天各一方，我们的心也依然紧贴在一起。因为我知道，她会理解我、支持我，她有着和我一样的理想和信仰，我和她为之奋斗的，是更多人的幸福和未来。"

"哼，还真是冠冕堂皇，你就承认吧，你给不了她幸福，只有我才能最终拯救她。"

这时手下快速进入包厢汇报新情况："行动队的人刚刚回报，从远处目测到启德机场有异常！"

端木翀一惊："什么异常？"

"说是启德机场似乎处于开启状态，各项设施都在运作。"

端木翀音量高了八度："你说什么？这怎么可能？联络过启德机场了吗？"

"已经进行过联络，可是机场的电话无法接通，简组长还有机场里的暗哨，全都没有回音。"

"什么？马上让操刀老七和约翰警司他们赶到机场，看看究竟出了什么状况！"手下正要离开，另一名特工乙匆匆跑进来："报告，约翰警司和七爷刚刚发来讯息，码头和火车站都发现两航的员工，已经控制住了，正在进行仔细地盘查。站长，还让七爷他们去启德机场吗？"

端木翀犹豫着冲手下丁摆摆手："先等等。"他走到聂云开面前，瞪着他，"又是你放的烟幕弹，对吗？"

聂云开笑笑："端木兄，你稳坐帐中，自然能看清虚实，不知道你要怎么调兵遣将？"

端木翀思索着，冷笑："不过是扰乱视听、浑水摸鱼的把戏，我不会让你得逞。"他下令，"立即通知约翰警司和老七，留在原地保持警戒，不要轻易擅离职守。启德机场方面，立即派最近的行动组前往探明情况，一有消息，立即回报。"手下匆匆离去。

聂云开疑惑地看着端木翀："我以为你会亲自带队去启德机场，难道你就不担心老师他们从机场开着飞机逃了吗？"

端木翀收起紧张的神情，坦然地坐下："虽然我不知道你用了什么方法能让启德机场重新开启，但我知道，只要我以不变应万变，你们就没有任何逃脱的机会。再怎么变着花样地蹦跶，你们还是逃不出我的五指山。"

聂云开叹一口气："你真的很自信，不，是自负。你真以为启德机场固若金汤？"

"聂云开，你不当飞行员太久了，你可能忘了，一个飞行员永远不要和老天爷作对。启德机场三面环山，一遇大风天气，就有强烈的风切变，假如你们想要在台风天气里强行起飞，等待你们的只有机毁人亡！很遗憾，你们辛辛苦苦撬开了一扇门，却发现门的后面是一堵坚实的厚墙。"

"你说得没错，启德机场的地形很特殊，起降条件也很苛刻，在强风天气下，谁也没把握能够安全起飞。但如果天公作美，风平浪静，只要是熟练的飞行员，应该不难做到吧？"

"你说什么？"端木翀紧张地盯着聂云开。

夜幕中，十二架标记有华航和远航涂标的飞机，依次排列在跑道上。最前方的是一架 CV-240 飞机——空中行宫号。机舱内，樊耀初等人紧张地坐着。沈希言摩挲着手上的铜钱。樊江雪和沈希言坐在一起，她抚着沈希言的肩膀安慰道："沈姐姐，云开哥哥一定会没事的。"

沈希言用力地点点头，露出微笑。前面，樊耀初和殷康年并排坐着，二人都神色凝重。

殷康年苦涩道："历经千辛万苦，终于看到了曙光……却不见了引路的明灯。"

樊耀初也心如刀割："云开不知道能不能平安回来……为了这次的北飞，我们牺牲了太多！康年兄，我们唯有为新中国开启崭新的航空篇章，才不负所托。"

这时机舱内响起了飞行员罗三醒特地放出来的广播："启德塔台，这里是空中行宫号，已在 2 号跑道入口等待，请求起飞！请求起飞！"

樊耀初等人坐在座位上，紧张地倾听着，等待着。塔台没有回应。驾驶舱内，身穿飞行员制服，头戴头盔的罗三醒对着话筒重复着起飞请求："这里是空中行宫号，已做好起飞准备，2 号跑道入口待命，请求起飞！请求起飞！"

机舱里鸦雀无声。樊慕远看了看手表，有些紧张。

塔台上，坐在操控台前的操作员，耳机里传来罗三醒的呼叫。查理站在一旁，眼睛紧盯着操控台的屏幕。

操作员转过身来，望着查理："查理先生，风速仪显示之前只是数据异常，现在已经解除了安全警报，符合起飞条件。"

查理点头："好，那就批准起飞。"

操作员犹豫道："如果我们允许起飞，恐怕会受到国民党方面的责问。"

耳机里面继续传来呼叫声。查理突然问道："他们有手续吗？"

"有，手续齐全！"

查理又问："他们的飞机在今日的飞行表上吗？"

操作员翻看了一下旁边的记录表，表示在。查理脸上终于露出一丝微笑："既然全部符合规定，你还犹豫什么？准许起飞！"

操作员果断地拿起话筒："空中行宫号，请进入2号跑道，准备起飞！"

凉风习习，宁静的夜空里，星光闪烁。端木翀站在戏院过道的窗前，看着外面风平浪静的夜色，脸色煞白。

手下不安地说："咦，刚才风还挺大的，怎么这会儿全停了，这看起来不像是要来台风啊？"

端木翀愤怒地甩开窗子，冲手下咆哮："马上让最近的人员赶到启德机场，不，是所有人，所有人赶过去！现在！"说完他焦躁地冲进包厢，一把揪起聂云开愤怒地质问："为什么？为什么香港受台风的影响会是这种天气，这不可能！"

聂云开微笑地望着端木翀："台风梅丽雅，11月8日于西太平洋海域形成，9日午后往冲绳海域移动，对香港影响逐渐减弱……"

端木翀直摇头："你说什么？这不可能！"

聂云开不急不慢道："端木，你向来是一个观察入微的人，任何疑点都逃不过你的眼睛。但你的这个优点也恰恰成了你最致命的弱点。你的心里是不是从没怀疑过台风梅丽娅的真实性？因为你不但从报纸广播上得到消息，还亲自从气象员那里得到了确切的数据。"

端木翀面露恐惧。他想起之前确实亲自问了一个气象员，并拿到了一份台风的监测数据。他猛地缓过神来，眼里露出愤恨的光芒："那个气象员是你们的人？"

聂云开点点头："不错，为了让你彻底相信，我们在气象局里制定了全套的假数据，通过广播传遍了整个香港。并且制造了一些细节，比如加固屋顶，制作支架，让你对整件事深信不疑。"

端木翀慌了："不可能，你们不可能那么早就开始做准备。"

"端木，棋在局外，当你拿到那份气象报告的时候，这局棋你就已经输了。也就是说，现在的启德机场，就是一个洞开的门户，老师他们应该已经在飞机上准备起飞了。"

　　端木翀青筋暴起，极力压制着自己的混乱："不，不可能！我苦心孤诣，怎么可能让你们占了先机！他们跑不了的，一切还在我的掌握之中，我的人很快就可以把他们抓回来！"

　　聂云开好笑道："别自欺欺人了，你心里很清楚，已经来不及了。"

　　舞台上，诸葛亮正在江边等待赵云接应。一个手下又跌跌撞撞地冲进来："站长，不好了！我们去晚了，行动队回报，他们已经目测到有飞机从启德机场起飞，一共十二架，是两航的飞机！"

　　聂云开激动地笑了，他仿佛听到了轰鸣的飞机引擎声响起。跑道上，空中行宫号飞快地冲向跑道尽头，缓缓起飞，进入夜空中。一架架飞机掠过跑道，陆续升空起飞……

　　端木翀颓然而坐："完了！全完了！"

　　舞台上，戏剧也已接近尾声。赵云道："扯起船篷，催舟哇！"

　　诸葛亮道："请了！请了！……"

　　端木翀突然愤怒地站起，掏出枪来指着聂云开的额头："是你……是你毁了我苦心经营的一切！我的前途，我的抱负，我的信仰，因为你，它们全都化为乌有了！我要你一起陪葬！"

　　聂云开缓缓站起身来，看着愤怒的端木翀，神色淡然："端木翀，你的失败并不是因为我，而是因为你的党国走到了穷途末路。真正欠着东风的是你们，这个东风就叫作民心。你现在看到的只是两航骨干和十几架飞机的北飞，也许在不久的将来，香港、澳门、台湾都会回到祖国的怀抱。什么是前途？这才是真正的前途；什么是未来？这才是光明的未来，是充满神圣理想和人民期盼的未来！"

　　聂云开发出爽朗的笑声。端木翀的胸口愤怒地起伏着，他将枪顶在聂云开的脑门上。

　　舞台上，幕布缓缓拉上。聂云开坦然地盘着核桃，面露微笑，毫无惧色。端木翀的脸庞被愤怒所扭曲。他的手重重地扣下扳机。

　　一声枪响。两颗核桃落在地上，慢慢滚动着……

　　机舱内，疲倦不堪的众人都在闭目养神。沈希言手握着聂云开的核桃，望着窗外，神色怅然。夜幕中，十二架飞机如同十二颗闪耀的星星，向着明亮的北极星飞去……

1950 年 1 月，天津新机场正式破土动工。

机场工地，人来人往，劳动号子一声声响起来。宽敞的跑道上运送着货物，一片欣欣向荣的建设景象。

不远处，沈希言坐在山坡上，欣慰地望着机场内的景象，不时低头摩挲着手腕上的铜钱。聂云开至今生死未卜，她的眼里噙满了泪水。她坚信云开一定还活着，因为他还欠她一场婚礼，他答应过的就一定会办到，因为他是聂云开！

"我答应过你，在北飞成功后会给你一个美好的婚礼，给你一个安稳的家，可是我又要食言了，对不起。但我想要告诉你，你一直珍藏在我的心里面，不管是在航校，在美国，还是在此时，你从未离开过，你是我此生唯一爱过的女人……"

聂云开的声音仿佛就在耳边。

泪水滑过脸庞，沈希言喃喃地说："北飞成功了，云开，你答应过我的，你不能食言……"

"是的，我不能食言……"

一个熟悉的声音从背后悄然响起，沈希言触电一般回眸一望，她笑了，笑得惊心动魄，又璀璨夺目……

（本书纯属虚构，若有雷同，纯属巧合）